N

NORTHLAND

Te Kao

Bahía de Islas

Dargaville

Cuevas de Waipu

Mar de Tasmania

AUCKLAND

Auckland

Península de Coromandel

Mangatarata

Hot Water Beach

Kaihere

Thames

Whiritoa

Paeroa

Rotorua

I S L A   N O R T E

Océano

Pacífico

El secreto de la casa del río

EL SECRETO DE LA CASA DEL RÍO

SARAH LARK

Papel certificado por el Forest Stewardship Council®

Título original: *Das Geheimnis des Winterhauses*

Primera edición: marzo de 2020

© 2017, by Bastei Lübbe AG
Publicado por acuerdo con Ute Körner Literary Agent, S. L.,
Barcelona/www.uklitag.com
© 2020, Penguin Random House Grupo Editorial, S. A. U.
Travessera de Gràcia, 47-49. 08021 Barcelona
© 2020, Susana Andrés, por la traducción
© Tina Dreher, Alfeld/Leine, por las guardas

Printed in Spain – Impreso en España

ISBN: 978-84-666-6732-6
Depósito legal: B-557-2020

Compuesto en Comptex & Ass., S. L.

Impreso en Liberdúplex
Sant Llorenç d'Hortons (Barcelona)

BS 6 7 3 2 6

Penguin
Random House
Grupo Editorial

LA NIÑA ACOGIDA

1

—¿Es muy grave? ¿Cómo ha ocurrido tan de repente?

En el pasillo de la Unidad de Cuidados Intensivos, Ellinor se precipitó sobre el primer médico que se cruzó en su camino. Este, un hombre muy joven y con ojos fatigados, la miró desconcertado.

—¿De quién se trata? —preguntó observando a través del vidrio la cama del paciente que estaba junto a la máquina de diálisis—. Ah, la señora Henning, insuficiencia renal aguda. ¿Es usted pariente suya?

La miró inquisitivo. Por su aspecto no guardaban entre ellas ningún parecido. Ella tenía una tez muy clara, el cabello de un rubio oscuro y los ojos verdes. Karla era más morena.

Ellinor asintió.

—Pues claro... Quiero decir, sí. Somos primas segundas. —Trató de dominarse—. Discúlpeme, por favor, ni siquiera me he presentado. Pero yo... La madre de Karla nos llamó y dijo que estaba en el hospital, he venido enseguida. Es que no sabía que se encontraba en la UCI y luego... Por favor, ¡dígame que no es tan grave como parece!

Cuando preguntó en la recepción del hospital por Karla Henning, la remitieron a la UCI. Allí se encontró a su tía deshecha en llanto en el pasillo, delante de la habitación, incapaz a todas vistas de comprender lo que le sucedía a su hija. Ellinor se dirigió a la hermana que la había ayudado a ponerse la bata de protección antes de entrar a ver a su prima. Fue muy amable, pero no le pudo facilitar ninguna información más precisa sobre el estado de Karla. Ellinor todavía luchaba ahora por superar el shock que había sentido al acercarse a la cama de la enferma. Todos esos tubos que unían a su prima con diversos aparatos le habían infundido menos temor que la visión del rostro hinchado, los edemas y el sonido metálico de la respiración. Karla no parecía estar consciente, solo un leve parpadeo confirmó que la había reconocido. No pudo reaccionar cuando esta le cogió la mano y se la apretó ligeramente.

Ellinor estaba horrorizada ante ese súbito bajón. El día anterior, cuando hablaron por teléfono, Karla parecía estar normal, solo se había quejado de que estaba cansada y de tener unos dolores en el vientre similares a los de un calambre. «Deben de ser los riñones otra vez», había dicho con un suspiro. Era hipertensa y ya había tenido problemas en los riñones con anterioridad. Ellinor le había hecho prometer que al día siguiente iría al médico. Y entonces todo se precipitó.

—Tranquilícese primero —indicó el médico—. Señora...

La mujer se llevó las manos a la frente.

—Sternberg. Ellinor Sternberg —se presentó por fin—. Discúlpeme, por favor. Es que estoy... totalmente trastornada. Mi marido no me ha advertido de lo grave que es...

De hecho, Gernot ni siquiera había considerado necesario ponerse en contacto con ella por el móvil después de atender a la llamada de su tía. Se había limitado a dejar una nota sobre la mesa de la cocina antes de marcharse a su estudio. «Karla en el hospital universitario. Ocúpate de ello.»

Ellinor se había puesto en marcha de inmediato, aunque al principio no había pensado en las molestias que su prima sufría el día anterior, sino más bien en un accidente.

—Es... es grave, ¿no? —preguntó en voz baja.

El joven médico la miró con simpatía.

—Por supuesto no es algo que carezca de importancia —respondió amablemente—. Pero ahora la señora Henning ha iniciado el tratamiento de diálisis y su estado no debería tardar en mejorar. Aunque qué cabe esperar a largo término, sin embargo... —El médico se rascó la frente—. Venga al despacho —invitó a Ellinor—. Es mejor que no hablemos aquí en el pasillo.

Lo siguió a una sala de reuniones, pero se sentía como una tonta. No estaba haciendo un buen papel, y eso que se desenvolvía muy bien a la hora de lidiar con momentos difíciles. Como colaboradora científica de la universidad, desempeñaba diversas tareas administrativas y organizativas, impartía clases y dirigía proyectos. Se relacionaba bien con la gente y tenía gran capacidad para desempeñar diversas tareas a un mismo tiempo. Pero en ese momento no controlaba nada. Para ella, Karla era mucho más que una pariente. Eran como hermanas, casi de la misma edad y amigas íntimas. La idea de perderla le resultaba insoportable.

—¿Qué tiene exactamente? —preguntó cuando el médico, que se había presentado como doctor Bonhoff, le ofreció una silla. Él se sentó al escritorio.

—Su prima padece una glomerulonefritis, una inflamación aguda de los riñones. Eso significa que los glomérulos del riñón ya no consiguen filtrar los productos de desecho de la sangre, lo que provoca síntomas de intoxicación o la formación de edemas. Se deja de orinar. Por desgracia, en el caso de la señora Henning la enfermedad está tomando un rumbo desfavorable, estamos tratando ahora una insuficiencia renal aguda. —El médico jugueteaba con un bolígrafo.

—Pero... pero ¿es reversible? —preguntó Ellinor—. ¿Se recuperará?

El doctor Bonhoff cogió entre las manos un talonario de recetas del escritorio.

—Por el momento somos optimistas —contestó con prudencia—. La glomerulonefritis suele curarse. Pero hay casos en los que el tratamiento no surte efecto. Por ahora no vemos que su prima mejore, pero esto todavía no quiere decir nada. En cualquier caso, seguiremos intentándolo.

—¿Y si es que no? ¿Si no sirve? —insistió ella, sobrecogida—. No... no se morirá, ¿verdad?

El doctor Bonhoff negó con la cabeza.

—En un principio no vamos a pensar en eso, todavía podemos hacer muchas otras cosas —contestó—. Si el riñón falla de forma crónica, tenemos la opción de la diálisis periódica. Y si no hay más remedio, un trasplante. Pero primero nos atenderemos al tratamiento que hemos comenzado. Seguramente la señora Henning pronto se sentirá mejor.

—¿Y cuál es la causa de que le haya pasado esto? —preguntó Gernot mientras colgaba el abrigo en el armario.

Había llegado a casa al mismo tiempo que Ellinor, pero, a diferencia de ella, lo había hecho a pie. La típica lluvia de otoño vienesa lo había dejado empapado y, por consiguiente, estaba de mal humor. Pese a eso, ella, alterada como se encontraba, ya le había hablado de Karla en la escalera sin esperar una gran empatía por su parte. Su marido y su prima no se caían demasiado bien.

—No lo saben —respondió ella con un suspiro—. Es una sobrerreacción del sistema inmunitario, quizá causada por una infección... o por tener la tensión alta...

—Siempre he dicho que tiene que hacer más deporte —observó Gernot, cogiendo una cerveza de la nevera—. Está muy gorda.

Ellinor se dispuso a sacar del horno el gratinado que había preparado por la mañana. Pero él movió la cabeza y la hizo salir de la cocina. Unos minutos después le llevó a la sala de estar una bandeja primorosamente presentada con canapés de salmón ahumado y distintos tipos de queso y de encurtidos.

—He pasado por la tienda de *delicatessen* —dijo al ver la cara de ella—. Y no he podido resistirme. A fin de cuentas nosotros no tenemos problemas de peso. —Sonrió y contempló complacido la silueta de su esposa.

Ella respondió a su sonrisa. Se sentía halagada y, desde luego, la bandeja la había sorprendido gratamente, al menos si no pensaba en lo que tenían que haber costado todas esas exquisiteces. Seguro que con ese dinero habría podido pagar las provisiones de toda una semana. Pero aun así se dejó convencer para abrir una cara botella de vino. Ese día necesitaba algo bueno, la visita al hospital la había dejado por los suelos.

—El que Karla tenga la tensión alta es genético. —Defendió a su prima por enésima vez. Gernot no se cansaba de atribuir la dolencia de la enferma a su estilo de vida—. No fuma y no tiene sobrepeso, no todo el mundo puede tener un cuerpo tan atlético como el tuyo. —Él había tenido suerte en el reparto de genes. Era delgado y musculoso. Con abundante cabello negro, el rostro de rasgos marcados y los ojos castaños y almendrados, era un hombre sumamente guapo—. Karla lleva una alimentación sana —prosiguió Ellinor—. Y casi sin sal. No puede hacer nada contra la tensión alta, tiene esta predisposición.

—¿Y por qué no tienes tú ese mismo problema? —preguntó él, provocador—. A fin de cuentas sois parientes próximas. No, no me vengas con historias. Ahí pasa algo. Algo debe de hacer mal...

Ella suspiró y arrojó la toalla. No lograría convencerlo, solía aferrarse a sus opiniones. Y en cierto modo eso estaba bien. Ella se sentía orgullosa de que su marido se mantuviera fiel a sus convicciones, incluso si eso no siempre le hacía la vida más fácil. Era artista, pintor y escultor, y las galerías y los agentes continuamente le hacían sugerencias respecto a cómo presentar sus obras de modo que gustaran más y pudieran venderse mejor, por ejemplo, utilizando lienzos más pequeños e intentando que sus motivos no fueran tan lúgubres. Y eso que los críticos se expresaban de forma mucho más diplomática que Karla, quien insistía en mofarse del arte de Gernot.

«Si alguien se cuelga esto en la pared, se deprime —había comentado al ver la última exposición—. No me extraña que nadie compre. ¿Quién quiere en la sala de estar un cuadro con unos intestinos de luto? Y más cuando la estancia debería tener como mínimo el tamaño de un salón de baile para colgarlo... El público para el que pinta es "propietario de castillo con riesgo de cometer suicidio". Y es un objetivo bastante reducido.»

Pero Gernot no se dejaba intimidar ni por las mordaces observaciones de Karla ni por las constructivas críticas de los galeristas. Estaba convencido de que su momento ya llegaría y entonces su arte se impondría. Entretanto permanecía fiel a su estilo. «Soy un artista, no comercio con el arte», solía decir despectivo cuando alguien le preguntaba si podía pintar un retrato de su perro o un cuadro de su casa.

Ellinor apoyaba que su marido rechazara tales ofertas, aunque no siempre con entusiasmo. Por supuesto se sentía orgullosa cuando los críticos y los periódicos elogiaban una de sus exposiciones, pero también habría celebrado que contribuyera algo más en los ingresos de la familia. En la actualidad ella cargaba con los gastos y de ahí que le resultara casi imposible ahorrar un poco de dinero para llegar a satisfacer tal vez su deseo más urgente. Hacía años que intentaba quedarse embarazada sin éxito y esperaba recurrir a la reproducción asistida antes de que fuera demasiado mayor. Tenía treinta y siete años, le quedaba poco tiempo. Por el momento, sin embargo, no le había resultado factible reunir para ello la suma de dinero, demasiado alta, y se consolaba con la idea de que en su familia los embarazos eran tardíos. A su madre le había ocurrido lo mismo.

—Yo tengo otros problemas —respondió en ese momento—. Es probable que proceda de otra rama de la familia, lo que es una suerte en este caso. Tengo la tensión más bien baja. Y ahora sirve vino y cuéntame cómo te ha ido el día. Seguro que mejor que a mí...

Como era habitual, Gernot habló poco y no contó nada que fuera estimulante. En lugar de trabajar en su taller, como ella suponía, se había reunido por la tarde con su agente para discutir sobre las distintas exposiciones y proyectos que habían planeado. El artista tenía en gran estima a su agente Maja, quien lo asesoraba desde que se había separado del agente y galerista con quien había estado vinculado durante muchos años. Según él, la colaboración con ella era estupenda. Ellinor era más bien escéptica al respecto, pero no se atrevía a señalar que la joven no había podido acordar ni una sola exposición de mayor relieve. A fin de cuentas, interpretaba cualquier opinión crítica como una manifestación de sus celos. Admitía que había tenido una relación con Maja antes de haberse casado con Ellinor, cinco años atrás. A estas alturas insistía en que eso ya había pasado y que ahora eran solo amigos. Pero Karla tenía sus dudas y no tenía pelos en la lengua a la hora de hablar de ello con su prima. «¡Basta con que observes cómo mira a Gernot! Y que no para de decir lo fantásticos que son esos cuadros tan raros. No hace más que dorarle la píldora. Maja quiere algo de tu marido, por eso lo ha incluido en su catálogo. Tarde o temprano, él volverá a morder el anzuelo.»

Naturalmente, ella lo defendía: ¡confiaba en él, quería confiar en él! Era imposible que Maja lo representase porque estuviera enamorada de él. Tenía renombre como agente, también representaba a artistas famosos y no iba a poner en peligro su reputación por un cliente de cuya capacidad no estuviera del todo convencida. Aun así, Ellinor tenía dudas y sospechaba que Gernot lo sabía. En cualquier caso, se guardaría de decir algo contra ella. Su marido podía ser muy mordaz si creía que ella no se fiaba de él.

Al día siguiente, en la universidad, solo la aguardaban trabajos de oficina. No tenía que dirigir ningún seminario y podía tomarse la mañana libre para ir al hospital y visitar a Karla. Por supuesto, esperaba que la evolución fuera positiva, pero el doctor Bonhoff, que volvía a estar o todavía estaba de servicio y aún más agotado que el día anterior, no pudo tranquilizarla. Se lo encontró en el pasillo, delante de la UCI, y él de nuevo le facilitó información con amabilidad.

—Claro que después de la diálisis el estado de su prima ha mejorado algo —explicó—. Pero los riñones todavía no funcionan. En realidad la inflamación está extendiéndose pese al tratamiento. Estamos buscando desesperadamente la causa y tratamos de mejorar la situación con antibióticos por si hubiera una infección. Pero me temo que estamos ante una enfermedad crónica de los riñones...

—¿Tendrá que acabar en una diálisis periódica? —preguntó. Estaba más contenida que el día anterior—. ¿Cada dos días?

El médico asintió apenado.

—Sí —respondió—. El problema, sin embargo, es que la señora Henning tampoco soporta bien la diálisis. Ya en este primer tratamiento han aparecido complicaciones, entre otras una crisis hipertensiva, una subida repentina de la tensión arterial. La hemos controlado, pero a la larga... Su prima también deberá ser muy prudente entre cada tratamiento.

—¿Y un trasplante? —tanteó Ellinor—. ¿Podría considerarse?

El doctor Bonhoff asintió.

—Eso sería lo mejor, aunque no será fácil encontrar un donante. Ya la hemos incluido en prevención en la lista de Eurotransplant, pero su grupo sanguíneo es raro y hay otros factores... En cualquier caso, no será fácil. Lamento darle tan pocas esperanzas.

Ellinor se llevó la mano a la cabeza.

—No hay... Espere... ¿Cómo se llama? ¿Donantes vivos de órganos? ¿Que un amigo o un familiar done un riñón al enfermo? Me refiero a que... bueno... tenemos dos riñones.

El doctor Bonhoff se frotó la sien, al parecer era uno de sus gestos característicos.

—Sería una posibilidad —admitió—. De hecho, ya se ha realizado una prueba a la madre de la señora Henning. Todavía estamos pendientes de los resultados.

—¿Hay probabilidades de éxito? —preguntó.

El doctor Bonhoff se encogió de hombros.

—No puedo decírselo, aunque entre los parientes más cercanos se encuentran con frecuencia donantes adecuados. Si lo desea, usted misma puede hacerse una prueba. De todos modos, no tiene que tomar una decisión sin pensárselo bien. Además de la operación, hay otros muchos riesgos: cansancio, trombosis, enfermedades cardiovasculares... Y, por descontado, el peligro de que llegue un día en que uno mismo sufra una enfermedad del riñón y solo disponga de un órgano. En cualquier caso, tiene que reflexionarlo a fondo.

Ellinor asintió, aunque ya había tomado una determinación. ¡Claro que iba a donar uno de sus riñones! ¡Si había alguna oportunidad de salvar a Karla, ella no la dejaría escapar!

Estaba más animada al despedirse del doctor Bonhoff y se preparó para el próximo encuentro con Karla. El médico le había advertido en qué situación se encontraba. El tratamiento había debilitado a su prima y era posible que hasta se quedara dormida durante su visita.

En efecto, no la encontró en mejor estado que el día anterior. Karla apenas la reconoció. Pese a ello, acercó una silla a la cama de la enferma y empezó diligentemente a hablar un poco de su trabajo y a hacer algunas bromas.

—No te preocupes —dijo al final con una pizca de humor negro—. Encontraremos una solución. Con mis ovarios no hay gran cosa que hacer, ¡pero mis riñones funcionan de fábula!

2

—¡Estás loca! —Gernot movió la cabeza incrédulo tras comprender por fin lo que Ellinor quería decirle. Esta no le había soltado sin más que había decidido donarle un riñón a Karla, sino que había estado pensando seriamente de qué modo comunicar sus intenciones a su marido, aunque eso no cambió para nada su reacción de rechazo—. Dejarás que te abran, arruinarás tu salud, tendrás una cicatriz enorme... —enumeraba, subrayando sus palabras con gestos teatrales.

—La cicatriz es el menor de los problemas —lo interrumpió ella—. Apenas se verá. Además, he estado leyendo que surgen dificultades muy pocas veces. La intervención tampoco es tan complicada. Y puede vivirse bien con solo un riñón.

—Claro. ¡Por eso mismo la naturaleza se ha preocupado de darnos dos! —se burló Gernot—. Es absurdo, Ellinor, no lo hagas.

—¡Podría salvar la vida de Karla! —insistió ella—. ¡Incluso si luego aparecen un par de molestias, habrá valido la pena!

—¡Un par de molestias! —Gernot se llevó las manos a la frente—. No estamos hablando de un dolor de cabeza de vez en cuando, sino de unas mermas enormes del estado de salud, que tú aceptarás frívolamente solo para ahorrarle a tu prima un par de achaques. Claro que ir cada dos días a purificarse la sangre es algo serio, pero mucha gente lo asume. Se puede vivir con diálisis. De esto dan prueba cada día millones de personas en todo el mundo.

—¡Pues es evidente que ella no puede! —replicó Ellinor.

Gernot hizo una mueca.

—Tu querida Karla siempre necesita una ración extra —observó—. Deberías pensar en ello. ¡Se aprovecha de ti!

Si la situación no fuera tan grave, Ellinor casi se habría echado a reír. Era justo el mismo reproche que Karla siempre le hacía con respecto a él. Estaba convencida de que se aprovechaba de su esposa. A fin de cuentas vivía en su casa y de su dinero. ¡Pero no podía sacar a relucir el tema en ese momento!

—¡Karla apenas está consciente! —explicó indignada—. Lo último que se le puede reprochar es que se aproveche de alguien. Es posible que hasta intentara convencerme de que no lo hiciera. Seguro que no tiene ningunas ganas de que yo...

—¿De que te sacrifiques por ella? —preguntó Gernot en un tono melodramático—. Yo no estaría tan seguro. Sacrificarse por alguien es, a fin de cuentas, la prueba de amor máxima que...

—¿Prueba de amor? ¡Estás como una cabra! —Ellinor movió la cabeza—. Ni que estuvieras celoso. Aunque es cierto, quiero a Karla. Ella es por decirlo de algún modo... mi segundo yo, mi hermana, mi alma gemela. Hemos crecido juntas, siempre lo hemos hecho todo juntas. Hasta...

Hasta que había conocido a Gernot. Ellinor se mordió el labio. Su relación con él había enfriado la que tenía con Karla sin que el cariño mutuo se hubiera mermado por ello. No se tomaba a mal que su prima lo criticara tan duramente, pero ahora se veían menos. Sven, el compañero sentimental de Karla, tampoco lo soportaba. Así que ya no celebraban reuniones los cuatro como habían hecho con anteriores parejas de las dos amigas.

—Sea como fuere, me voy de nuevo a la clínica —anunció dando por concluida esa conversación inútil—. Voy a hacerme un análisis de sangre. Volveremos a hablar de esto cuando sepa si puedo o no ser donante.

Todavía estaba bastante furiosa cuando dirigió su coche rumbo al hospital. Le costaba no enfadarse ante la forma de actuar de Gernot. Claro que desdeñaba a Karla, y esta también le hacía notar su antipatía con claridad. Pero, para ser honesta, había que reconocer que su marido no se lo había puesto precisamente fácil a su prima y a Sven. Ya la primera vez que se habían encontrado los cuatro se había comportado de modo arrogante e impaciente, había contestado a las amables preguntas de ellos acerca de su trabajo con ironía y desinterés, y había tachado de convencionales los demás temas de conversación que se habían planteado. Convencional era el restaurante que habían elegido para verse y convencional era la conducta de Karla y Sven. Sus profesiones, Karla era profesora y Sven, funcionario de policía, carecían de interés.

Ellinor suspiró. No cabía duda de que Gernot era a veces brusco y ella a menudo se asustaba de lo duro de corazón que podía llegar a ser. Por otra parte, estaba convencida de que ese comportamiento escondía su vulnerabilidad. Por ejemplo, el rechazo a que donara el riñón... Él era sensible a su manera y se preocupaba mucho por mantener un aspecto perfecto. La sola idea de ver el cuerpo de ella desfigurado por una cicatriz tenía que asustarlo. No era fácil convivir con un artista, tenía sus estados de ánimo, sus puntos débiles, pero era justo eso lo que lo hacía tan interesante. El sexo con él era de una intensidad que ella jamás había experimentado. Era imaginativo, excitante, ella amaba su cuerpo, su elasticidad, las caricias de sus manos nervudas.

Sonrió al recordar cómo al principio de su relación él a menudo la había pintado con los dedos o con colorantes alimentarios antes de hacer el amor. Entonces la llamaba su «obra de arte» y la animaba a que hiciera lo mismo con él. Se había reído de la «pintura de guerra» y discutido a veces con ella sobre si el amor entre un hombre y una mujer era la expresión total de la paz o más bien la forma más intensa de la guerra entre sexos, en la que uno intentaba dominar al otro.

Con él podían mantenerse las más animadas conversaciones. Al principio de su relación, había creído que emprenderían juntos una aventura interminable. Con el tiempo la relación se había ido deteriorando y reinaban la costumbre y la monotonía. Pese a ello, siempre quedaban días, o con más frecuencia noches, en las que Gernot convertía su mundo en algo especial. En una ocasión en que Karla y ella habían hablado sobre este tema, su prima le había dicho que para ella amor significaba sobre todo calidez, la calidez y seguridad que se dispensaban mutuamente dos personas. Lo había asociado con acariciarse sobre una alfombra mullida delante del fuego chispeante de una chimenea. Ellinor, por el contrario, se veía con su marido en un cuadrilátero de llamas y ceniza ardiente. El fuego podía arder de forma contenida, pero avivarse de nuevo; podía calentar, pero también quemar; podía significar felicidad, pero también dolor...

Cuando llegó al hospital, había conseguido convencerse de que con Gernot la felicidad siempre había superado la decepción. Y todo sería aún más bonito cuando por fin tuvieran un hijo. Pasó algo afligida junto al vidrio que daba a la sala de maternidad. Deseaba mucho tener un bebé, y estaba segura de que Gernot sería un buen padre. Precisamente él, que siempre insistía en dejar su marca en el mundo, que deseaba que «quedara algo de él», como solía expresar. Un hijo sería algo mucho más importante que un par de pinceladas sombrías sobre un lienzo gigante.

Con un suspiro, Ellinor pulsó el timbre de la UCI y preguntó a una monja por el doctor Bonhoff. La siguió hasta la sala de médicos y enseguida oyó unas voces conocidas. Echó un vistazo por la rendija de la puerta y reconoció al médico, a la madre de Karla, Marlene, y a su propia madre.

—Lo siento muchísimo —decía el doctor Bonhoff en ese momento. La madre de Ellinor le tendió un pañuelo a Marlene—. Los valores no casan, de ninguna manera puede usted ser donante de su hija y, por desgracia, tampoco su marido. —El día anterior también se había hecho la prueba al padre de Karla—. Pero no llore, todavía no está todo perdido. —Marlene sollozaba inconsolable—. Mire, todavía queda el Eurotransplant —prosiguió el doctor Bonhoff—. En cualquier momento puede surgir un donante. Y a lo mejor hay otros miembros de la familia. La señora... hum... Sternberg, por ejemplo, quiere que le hagan la prueba.

Ellinor iba a aprovechar que hablaban de ella para entrar y confirmar sus intenciones, cuando su madre interrumpió al médico.

—¿Quién? ¿Ellinor? ¿Mi hija quiere donar un riñón?

Parecía alarmada, algo completamente distinto de lo que Ellinor había esperado. Su madre quería mucho a su sobrina, la había criado junto con su hija. Los padres de Karla tenían un negocio y no podían dedicarse mucho tiempo a ella.

—Entre primas es del todo posible —contestó el doctor Bonhoff—. Y usted misma, siendo su tía, señora...

—Ranzow, Gabriele Ranzow...

—Señora Ranzow, también entra en consideración. Si usted quiere podemos hacerle un análisis de sangre.

—Ni hablar. —La voz de Gabriele resonó tan estridente como si fuera a soltar un gallo—. En primer lugar no soy tía directa de Karla. Su madre y yo solo somos primas. Además... En fin, ¡no puedo hacerlo y mi hija tampoco! ¿La ha informado acerca de los peligros de una intervención de ese tipo? ¿Sobre los riesgos que corre?

En realidad, no parecía que la madre de Ellinor estuviera pensando en unos riesgos concretos. Se diría más bien que buscaba desesperadamente argumentos para que su hija no donara el riñón.

Esta decidió intervenir. Entró en la sala.

—Buenos días a todos. Mamá..., ¡lo que yo haga o me deje hacer es asunto mío, no tuyo! —protestó con determinación—. Tía Marlene, ¿la prueba ha dado como resultado que no puedes ser donante? ¿Y tampoco el tío Franz?

La madre de Karla asintió. Estaba terriblemente pálida y tenía los ojos enrojecidos de tanto llorar.

—Lo hubiera hecho de muy buen grado —susurró—. Y, por supuesto, Franz también. Incluso Sven se ha hecho el análisis...

Ellinor le puso la mano sobre el hombro.

—Lo sé —dijo con dulzura—. Yo misma estaré encantada de hacerme la prueba. Ahora iré a que me extraigan sangre. Así mañana sabremos si funciona. —Sonrió—. A ese respecto soy muy optimista. Karla y yo siempre lo hemos compartido todo. Ahora también compartiremos riñones.

El doctor Bonhoff sonrió a su vez.

—¿Se lo ha pensado bien? —preguntó de nuevo.

Ellinor asintió.

—Por supuesto, yo...

—No hay nada que se dé por supuesto —la interrumpió su madre, quien entretanto se había recuperado del asombro que le había causado la inesperada aparición de Ellinor—. Mi hija y yo tenemos que hablar de este asunto. Discúlpenos, por favor, doctor. Marlene, no me gusta dejarte sola, pero... Vamos a tomar juntas un café, Elin, y mientras te quitaré esta idea de la cabeza... —Se levantó resoluta.

La joven miró indecisa a los presentes. Su madre nunca se comportaba así. Pocas veces había sido severa y nunca dogmática, en realidad tenía una buena relación con ella y con Karla. Este rechazo categórico a que la ayudara, incluso si se corría un pequeño riesgo, era inesperado... Decidió escuchar al menos lo que Gabriele tuviera que decirle.

—Acompáñela. —El doctor Bonhoff también se puso de pie—. Ya le extraeremos sangre más tarde. Sobre todo tiene que estar segura. En absoluto queremos persuadirla para hacer algo que no desee. Y usted, señora Henning, acompáñeme ahora a ver a su hija. Esta tarde está mucho mejor. Se ha recuperado un poco con la diálisis y vuelve a estar accesible. Hable con ella... Seguro que se alegra de verla.

Marlene siguió al médico y Ellinor se fue a la cafetería del hospital con su madre. Intentó abordar enseguida el tema de la donación, pero Gabriele no cedió.

—Claro que quiero a Karla —dijo cuando su hija pasó de las explicaciones a los reproches—. Y sé lo mucho que significa para ti. Pero... donar un órgano, que te operen, que...

La joven removía nerviosa el café mientras su madre se quejaba. Llegó incluso a decir que el padre de Ellinor seguro que no estaría conforme. Y eso que Gabriele y Georg Ranzow llevaban años divorciados y eran como el perro y el gato. De hecho, a la joven la conversación con su madre le recordaba mucho la discusión que había tenido con Gernot, solo que ya había esperado que él protestara, en cambio la actitud de su madre la había decepcionado. Al final decidió decírselo también.

—¿Cómo puedes tener tan poco corazón? —planteó a su madre—. Es casi como si te diera igual lo que pueda sucederle a Karla. ¡Mamá, sin un trasplante es posible que se muera! Yo pensaba..., en realidad había pensado que tú serías la primera que me animaría a hacerlo. Pero me hablas de los riesgos de la anestesia, de cicatrices y de no sé qué historias. Y sin embargo no sabes nada sobre los trasplantes de riñones. Todo lo que explicas..., no tienes ni idea. ¿O es que te has informado? ¿Por internet quizá?

La pregunta era algo insidiosa. De hecho, era fácil deducir de los argumentos de su madre que no estaban basados en conocimientos médicos.

—¡Sé más de lo que tú te crees! —contestó Gabriele, aunque parecía insegura de repente—. Yo... yo tengo mis razones... y... y no es nada bueno agredir de ese modo la naturaleza...

Ellinor puso los ojos en blanco. La reserva de Gabriele cada vez la sorprendía más.

—Pero ¿qué clase de argumento es este? —preguntó enfadada—. Si se trata de eso, Karla tampoco tendría que hacer una diálisis, deberíamos dejar que la naturaleza siguiera su curso. ¿Qué te pasa, mamá? Nunca eres tan... tan... —Se interrumpió. Daba la conversación por concluida—. Ya estoy harta de perder el tiempo discutiendo. Voy a ver al doctor Bonhoff y le diré que estoy decidida. Entonces al menos sabremos a qué atenernos. Si soy válida como donante, ya podremos seguir peleándonos.

En el rostro de Gabriele apareció una expresión desesperada. Se apartó un mechón de la frente y se mordió el labio.

—¡Pues entonces, por mí, que te hagan la prueba! —dijo. El tono de su voz era más resignado que agresivo—. Pero ya te digo ahora que no servirá de nada. Seguramente no tendréis el mismo grupo sanguíneo, por no hablar de otros puntos en común...

Ellinor miró asombrada a su madre.

—¿Por qué estás tan segura? —preguntó—. De acuerdo, solo somos primas segundas, pero no deja de ser un grado de parentesco bastante próximo.

Gabriele movió la cabeza y hundió los hombros, como si hubiera perdido una batalla.

—No, Elin —dijo en voz baja—. Siento que tengas que enterarte de este modo. Os lo tendríamos que haber dicho antes a ti y a Karla, pero nadie pensó, simplemente, en ello... Parecía tan intranscendente. En realidad, nosotras, tú y yo, no somos parientes consanguíneas de Marlene y Karla. Mi madre no era hija biológica de quien hizo las veces de su madre.

—¿Cómo? —Ellinor frunció el ceño, perpleja ante la confesión de Gabriele—. ¿Te refieres a que era una niña adoptada?

Gabriele negó con la cabeza.

—No. Era más bien una especie de... hum... niña acogida. En cualquier caso, sus apellidos eran distintos de los de sus hermanas. Me di cuenta de ello el día que su pasaporte cayó en mis manos. Dana no era una Parlov, sino que se llamaba... espera, cómo era..., Vlašić...

—También suena a eslavo —señaló Ellinor por decir algo. Lo que su madre le había revelado casi la había dejado sin palabras—. Y me quieres contar que... ¿Que a ti tampoco te lo dijo nadie? ¿Por qué no? ¿Qué había que ocultar?

Gabriele se encogió de hombros.

—Seguramente no había nada que ocultar. O al menos no habría que expresarlo así. Suena como si se hubiera hecho un gran secreto de eso, como si alguien se avergonzara de ello o hubiera un drama escondido. Pero creo que a todos les daba igual. Seguro que todavía te acuerdas de lo unidas que estaban la abuela Dana y sus hermanas. Nunca se sintió como una extraña en la familia. Cuando yo lo descubrí, me dijo que solo la molestaba llevar otro apellido. De verdad que entonces me quedé tan atónita como tú porque se hubiera mantenido en secreto. Los abuelos Parlov todavía vivían. Dana contó que, de todos modos, ella siempre había dicho que se llamaba Parlov porque quería llevar el mismo apellido que sus «hermanas». A veces eso le causó problemas en la escuela. Luego, cuando todas se casaron, se relativizó ese asunto porque cada una adoptó un nuevo apellido y nadie se acordó de que Dana no siempre había llevado el de las demás. En realidad todo esto tampoco es importante, si no se tratara precisamente de un trasplante de riñón. Debería habértelo contado mucho antes, pero ahora que de repente quieres ser donante me ha entrado el miedo. Cuando analicen la sangre seguro que sale a la luz que no sois parientes, ¿verdad? —Miró a Ellinor buscando comprensión—. En fin, ahora ya lo sabes. Y si de todas formas quieres que te hagan el análisis, yo también me lo haré, por supuesto. A mí me gustaría tanto como a ti ayudar a Karla. Te lo digo en serio, yo... yo daría por ella un riñón enseguida. Pero es muy poco probable que los resultados sean positivos.

Incluso si había pocas posibilidades, Ellinor no iba a rendirse tan deprisa. Solo estaba desorientada. Pese a todo quería ver a Karla y luego hacerse el análisis.

Se encaminó una vez más a la UCI, donde se encontró con un doctor Bonhoff inesperadamente excitado. Sostenía en la mano un impreso con los valores de un análisis de sangre y conversaba animado con una enfermera. La recién llegada oyó palabras como «creatinina» y «tasa de filtración glomerular» sin entender su significado, pero el médico se dirigió a ella en cuanto la vio.

—Señora Sternberg, tenemos buenas noticias —explicó—. Yo ya no contaba con ello, pero el estado de su prima está mejorando. Suponemos que por fin está reaccionando a los medicamentos que le administramos. Sea como fuere, hay razones para ser optimistas, pero con prudencia. Tal vez los riñones se recuperen... ¿Venía a verme por lo del análisis de sangre?

Ellinor asintió, pero también comunicó al médico lo que su madre le había revelado.

—¿Y ni usted ni su prima tenían la más mínima idea? —preguntó el médico moviendo la cabeza—. ¡Menuda historia! Tendrá algo en lo que trabajar próximamente, ¿no es cierto? Seguro que querrá llegar hasta el fondo de esta cuestión.

Ella contestó que sí. No iba a hablarle a Karla de ese asunto de inmediato, no le sentaría bien alterarse. Pero cuando estuviera mejor, seguro que ella querría averiguar cuál era su origen. Aunque el de Karla no entraba en cuestión, Marlene era sin lugar a dudas una Parlov. Dana, por el contrario, la abuela de Ellinor...

Decidió seguir el rastro de aquella niña acogida.

3

Ellinor inició sus pesquisas en la casa de los padres de Marlene, donde en la actualidad vivía el único tío de Karla con su esposa e hijos. Se trataba de una casita en el barrio vienés de Nussdorf, una zona tradicionalmente vinícola. Guran Parlov, a quien hasta entonces Ellinor había considerado su bisabuelo, la había construido en 1915 para su familia, algo de lo que había estado muy orgulloso. Por lo que su abuela le había contado, Ellinor sabía que había llegado a Viena procedente de Dalmacia, donde había vivido en condiciones muy pobres. Nunca había contemplado la posibilidad de un día llegar a ser propietario de una vivienda. En cualquier caso, había sido un trabajador muy eficiente y con buenos conocimientos en viticultura. Así que en Viena encontró enseguida trabajo en unos viñedos de renombre y en el transcurso de pocos años ascendió al puesto de encargado.

Tanto él como su esposa Milja habían ahorrado hasta el último chelín para conseguir una parcela de tierra y una casita. Ambos habían estado muy orgullosos de ello y todavía en la actualidad la familia lo tenía en gran consideración. Nunca se había planteado venderlas. Friedrich Parlov tenía un consultorio dental y continuamente invertía en la conservación de la vivienda. Guardaba buenas relaciones con sus hermanas, primos y primas.

Recordaba haber pasado muchos días de verano de su infancia en el entorno campestre de la casita.

Gundula, la esposa de Friedrich, era muy hospitalaria y cariñosa. Enseguida la invitó a un café cuando el fin de semana siguiente la llamó para preguntarle por sus recuerdos de familia. El aromático pastel de limón que la vivaracha y rolliza mujer de afectuosos ojos azules sacó del horno cuando la joven llegó despertó al momento en estas memorias de su infancia. Comió encantada una gran ración mientras contaba a Gundula los secretos de su abuela Dana. El asombro que suscitó fue enorme. También Gundula había pensado que Gabriele y Ellinor eran parientes consanguíneas de su marido. Pero primero quería saberlo todo sobre el estado en que se encontraba Karla.

—Por supuesto nosotros nos habríamos hecho la prueba como donantes. Al menos Friedrich y los niños, yo entraría tan poco en consideración como tú.

Poder asegurar que probablemente eso ya no sería necesario tranquilizaba mucho a Ellinor. Karla seguía recuperándose, de lo contrario ella no habría reunido energía suficiente para iniciar la búsqueda de sus raíces. A esas alturas, su prima ya había dejado la UCI y ella la había puesto al corriente de lo que Gabriele le había desvelado. Como era de esperar, despertó con ello un gran interés y Karla esperaba ansiosa los primeros resultados de sus indagaciones.

—Si todavía hay documentos, seguro que están en el desván de la casa del tío Friedrich —había indicado diligente—. Me encantaría ayudarte. A saber qué más averiguas sobre la abuela Dana. Quizá desciende de la nobleza y es una princesa perseguida y ocultada por los Parlov... —Karla siempre había tenido mucha fantasía.

Ellinor solo había podido reírse, de tales especulaciones.

—Más bien una hija ilegítima o una expósita —había puntualizado de forma más realista—. Es posible que con parentesco cercano. De lo contrario no habría habido razón para que una familia que de por sí era grande y muy pobre cargara con otra boca que alimentar.

—¡Pues entonces a lo mejor sí somos parientes! —había dicho Karla—. Tienes que averiguarlo sin falta. Esperemos que tía Gundula no haya tirado todos los documentos de los bisabuelos. Me refiero a certificados de nacimiento y similares.

Gundula negó vehemente con la cabeza cuando le comunicó esa sospecha.

—Tirar, no hemos tirado nada —le aseguró—. Los papeles y las fotos de los Parlov todavía están aquí. A fin de cuentas son documentos de la época. Friedrich siempre ha pensado en ordenar el material y donarlo un día al archivo municipal. En cualquier caso todo está en un baúl, algo mohoso, seguro, pero a salvo. Está en el desván. Podemos bajar los documentos.

Gundula buscó una caja de cartón y, en efecto, en medio de un caos de muebles viejos, juguetes y ropa desechada se hallaba el baúl. Ellinor abrió la pesada tapa y lo primero que vio fue un álbum de fotos; luego, certificados y documentos. El certificado de nacimiento de Guran Parlov cayó en sus manos al instante. El papel estaba amarillento y resquebrajado y lo había emitido un sacerdote en lugar de un funcionario del Estado como después pasó a ser habitual.

—Pijavičino —leyó lentamente el nombre del lugar en el que había visto por vez primera la luz el fundador de la familia—. ¿Tienes idea de dónde está?

Para su sorpresa, Gundula asintió.

—Sí. Incluso estuve allí. Friedrich también se interesa un poco por cuáles fueron sus raíces y por eso pasamos unas vacaciones en Dalmacia. Sabía por su madre que la familia proviene de la península de Pelješac. En los tiempos del abuelo Guran todavía pertenecía al imperio Austrohúngaro. Hoy en día una parte es croata, la otra pertenece a Montenegro. Estuvimos en Croacia y visitamos el pueblo de donde procedían Guran y Milja; está en el interior y es conocido por sus vinos. Guran seguro que trabajó en los viñedos durante su infancia. No me extraña que supiera tanto del tema.

—¿Era habitual entonces que la gente de allí emigrara? —peguntó Ellinor.

Gundula se encogió de hombros.

—No tengo ni idea. Friedrich no profundizó tanto. Además, no hablamos ni una palabra de croata. Simplemente viajamos allí, echamos un vistazo, compramos un par de botellas de vino y eso fue todo. Croacia es bonita, reservamos un precioso hotel en la costa.

Ellinor guardó en la caja de cartón el certificado de nacimiento y otros documentos que le parecieron interesantes, aunque todavía no podía estimar su importancia. Así que el país había pertenecido a Austria, pero solo había unos pocos escritos en alemán. En medio de distintos documentos y papeles, encontró cartas. Una de ellas enseguida atrajo su atención. Estaba escrita en un papel grueso y todavía muy bien conservado, con un elaborado membrete. Unos zarcillos y cepas enmarcaban una palabra imposible de descifrar. Los elementos de adorno dejaban entrever que se trataba del nombre de una bodega o de un viticultor. Para su sorpresa, la carta estaba redactada en alemán.

—¡Es una carta de recomendación! —exclamó perpleja, después de leer por encima las fórmulas de saludo y llegar al auténtico contenido de la misiva—. Por lo visto de un viticultor. El autor recomienda al destinatario un trabajador estupendo. «Destaca por su eficiencia así como por su sensatez y conocimientos, y es sumamente competente tanto en el trabajo en la viña como en el prensado de la uva. Guran Parlov es voluntarioso y razonable, obediente y fiel. Es un hombre honesto. Está unido por matrimonio cristiano con Milja, una mujer eficaz en el trabajo doméstico al igual que en el de niñera, y también ha disfrutado de una formación como sirvienta.»

Gundula tomó con interés el escrito de las manos de Ellinor.

—Una especie de certificado —constató—. Para el abuelo Guran y su esposa. Es interesante, por lo visto los Parlov dejaron su pueblo con el beneplácito de su patrón. Y eso que yo había pensado que en esa época los campesinos eran considerados como siervos. Yo siempre había creído que cuando uno esperaba encontrar un mejor modo de vida en otro lugar tenía que despedirse a la francesa.

Ellinor asintió.

—Yo también. Y más por cuanto la carta no da a entender que el viticultor estuviera satisfecho con la partida de Guran. Al contrario, se diría que lo tenía en gran estima. Además, Guran demostró su eficiencia en Austria. ¿Por qué se desprende alguien de un trabajador tan capacitado?

—¿Quizá porque el austríaco le pidió al dálmata que le recomendara a alguien? —reflexionó Gundula—. Aunque... no sería lógico. Seguro que aquí había mano de obra igual de bien preparada y que no tenía que aprender el alemán.

—Y en ese caso el autor de la carta se habría referido a esa petición —añadió Ellinor—. En cambio, se dirige al destinatario. Le pide al viticultor vienés Alfred Erlmeier que dé un puesto de trabajo a Guran en sus viñedos.

Gundula siguió ojeando más documentos.

—Lo que él, en efecto, hizo —confirmó—. Guran trabajó toda su vida con Erlmeier, con gran satisfacción para ambas partes, lo que demuestra que el viticultor dálmata no exageró en su carta. No lo elogiaba para quitárselo de encima. ¿Cómo se llamaba?

—Maksim Vlašić —averiguó mientras tanto Ellinor—. Y Vlašić... ¡Tía Gundula, ese es el nombre, el apellido de soltera que mi madre me dijo que llevaba la abuela Dana! ¡No puede ser una simple coincidencia!

Gundula negó con la cabeza y, alterada, cogió la carta.

—No —dijo—. Estoy totalmente segura de que antes cerraron un trato. Guran y Milja se llevaron a la hija ilegítima de Maksim Vlašić y a cambio él les consiguió un empleo mejor en Austria. Cabe preguntarse también si la idea de emigrar partió de Guran o de Vlašić.

—En tal caso, la niña no llevaría el apellido de Vlašić —objetó Ellinor—, sino el de la madre. Sigamos investigando. Hasta ahora solo suponemos que el traslado de los Parlov a Viena estuvo relacionado con Dana. De la carta no se deduce quiénes eran sus padres ni tampoco qué la unía a los Parlov. La teoría del «trato» es bastante inverosímil, al final. ¿A quién se le ocurre una idea así?

—Cien años atrás no se andaban con contemplaciones —observó Gundula—. Sin pensárselo demasiado, el hijo no deseado se dejaba al cuidado de otra persona. Ojos que no ven, corazón que no siente. Entonces nadie comprobaba cómo le iba al pequeño en la familia de acogida. —Gundula era trabajadora social y conocía bien la historia de la asistencia de niños abandonados.

—Pero los Parlov cuidaron de Dana con cariño —replicó—. La criaron como si fuese hija suya. Seguro que eran gente de buen corazón, pero a lo mejor tenían algún interés en esa niña que todavía no hemos descubierto.

—Aquí hay más certificados de nacimiento —anunció Gundula, sacando otros documentos del baúl—. Las dos hijas biológicas de los Parlov, Evica y Gavrila...

—¡Y aquí está el de Dana! —Ellinor cogió excitada el tercer documento—. En alemán. Y no fue expedido por un sacerdote, creo, aquí pone «registro civil de Zadar».

—Zadar era entonces la capital de Dalmacia —señaló Gundula—. ¿Y?

—La madre era una tal Liliana Vlašić. Y no tuvo al bebé en

Pelješac, donde con certeza todo el mundo la conocía, sino en la capital. Entonces se supone que enseguida se lo entregaron a los Parlov. Qué raro que no esté registrado a su nombre... Quizá no querían.

—No podían —señaló Gundula tras estudiar con más atención el escrito—. Evica y Dana eran prácticamente de la misma edad. Evica nació solo dos meses antes que Dana, de quien era imposible que Milja hubiera estado embarazada.

—Así que Liliana debía de ser la hija o la hermana de Maksim —reflexionó Ellinor—. Y su hija nació fuera del matrimonio en 1905; no hay datos sobre el padre.

—Una pequeña tragedia que alguien resolvió con elegancia bien lejos —resumió Gundula—. ¿Qué debió de sentir Liliana? En fin, nunca lo sabremos. —Se encogió de hombros—. ¿Bajamos? Aquí hace cada vez más frío y ya hemos repasado los documentos.

Ellinor asintió, pero no iba a rendirse tan fácilmente. Su curiosidad no solo había despertado por ser bisnieta de Liliana, sino por ser historiadora. Quería saber qué había pasado en Dalmacia por aquel entonces.

Tomó otro café con Gundula casi con impaciencia y se despidió después de que esta le dejara llevarse los papeles. Conocía a un joven estudiante croata de intercambio que la ayudaría a traducir los textos en su lengua. Aunque era probable que los documentos no respondieran a las preguntas urgentes que a ella le rondaban por la cabeza.

Ellinor regresó en coche al centro de Viena y se sorprendió a sí misma dirigiéndose no a su casa, sino al hospital. Quería compartir con Karla los hallazgos. Su prima todavía disfrutaba del privilegio de tener una habitación para ella sola. Por el momento, la segunda cama estaba sin ocupar.

—¡Tienes mucho mejor aspecto! —exclamó al saludarla y lo dijo sinceramente.

Karla estaba mucho más recuperada y las enfermeras la habían ayudado a ducharse y lavarse el pelo. Se había peinado los largos y oscuros rizos y se le había deshinchado la cara. Aun así, seguía estando pálida y sin duda había adelgazado, pero era evidente que mejoraba.

—También he recibido la visita de un caballero. —Karla sonrió y señaló un enorme ramo de flores—. En cuanto oyó hablar de un posible trasplante, Sven enseguida se hizo la prueba. Y se puso muy triste porque sus valores no eran compatibles con los míos. A cambio quiere que nos casemos cuanto antes. No sé cómo espera influir con ello en la función de mis riñones, pero sí es cierto que el corazón se me ha acelerado en cuanto me lo ha propuesto. —Ellinor se echó a reír y felicitó a su prima. Karla y Sven siempre habían dejado la boda para más adelante, pero ahora ese asunto parecía ir en serio—. ¿Y tú? ¿Has averiguado algo? —Karla miró interesada el montón de papeles que su amiga sacaba de su bolso y depositaba sobre la mesita de noche.

Ellinor asintió y la informó acerca de sus indagaciones.

—La familia Vlašić se deshizo discretamente de Dana, pidió que los Parlov cuidaran de la niña y los apoyó en su partida hacia Austria —concluyó—. Queda la cuestión de qué fue de Liliana. ¿Qué opinaría ella de esto? ¿Tenía derecho a intervenir con respecto a la familia de acogida? ¿Y quién debía de ser el padre?

—Espero que no fuera el bisabuelo Guran —observó Karla—. Bueno, sería lo lógico...

Ellinor negó moviendo la cabeza con determinación.

—No. Tal vez desde el punto de vista actual, pero ¿en 1905 en Dalmacia? Si un trabajador hubiese deshonrado a la hija o sobrina de su patrón, ¡habría corrido sangre! Posiblemente el bisabuelo Vlašić habría matado a Guran y habría condenado a su familia al destierro fuera del pueblo. En lugar de eso, lo recomendó para que obtuviera un trabajo mejor. Y la bisabuela Milja quiso a Dana como si fuese su propia hija. Ese no sería el caso si hubiera sido fruto de una relación adúltera.

Karla ya estaba elaborando otra hipótesis.

—¿Lo que quieres decir es que el padre, hermano o lo que fuera ese Maksim para Liliana podría haber matado al progenitor de la niña? —preguntó sobrecogida.

Ellinor se encogió de hombros.

—No sería algo imposible —dijo—. La venganza de sangre todavía se practica hoy en los Balcanes. Quién sabe, quizá el hombre pertenecía a un clan enemigo o qué sé yo. En cualquier caso, investigaré para averiguarlo. En cuanto tenga un hueco, volaré a Dubrovnik.

Los proyectos de viaje de su esposa no entusiasmaron a Gernot Sternberg.

—Aunque, por supuesto, prefiero que te vayas a Croacia a que te quiten un riñón —comentó irónico—. Con esos peculiares caprichos que tienes ahora, uno debe agradecer hasta las cosas más pequeñas.

—¡De caprichos, nada! —se defendió Ellinor—. Es la historia de mi familia. Simplemente me interesa saber de dónde vengo, qué ocurrió en Dalmacia.

—¿Y te será revelado allí como por arte de magia? —preguntó Gernot—. ¿En cuanto llegues a ese pueblucho? No sabes ni una palabra de croata, Elin. No sabes ni siquiera por dónde empezar.

—¡Pues claro que sé por dónde empezar! —protestó ella—. Por si te habías olvidado, soy historiadora. El estudio de las fuentes no me resulta ajeno para nada. Revisaré los archivos de la ciudad, si es que los hay, iglesias... En aquel tiempo las defunciones, nacimientos, matrimonios, etcétera se apuntaban en los registros parroquiales, es frecuente encontrar en ellos lo que se está buscando. Y aún más teniendo en cuenta que ese Vlašić seguramente desempeñaba un papel importante en el pueblo. Un gran viticultor...

—Pero todo en croata —repitió él.

Ellinor inspiró hondo. Sabía que su esposo tenía inclinación a ponerse celoso, por eso iba a hacer la siguiente revelación de mala gana.

—Llevaré conmigo a Milan Potoćnik. Milan es un estudiante de Dubrovnik que está aquí de intercambio; no solo habla croata, sino también serbio. Conoce incluso los dialectos de la zona. Ya ha estudiado la historia de Dalmacia antes. Así que el idioma no será ningún impedimento.

—¿Te vas con un hombre? —preguntó encolerizado.

Ella puso los ojos en blanco.

—Milan tiene diez años menos que yo. Como mínimo. Es un chico muy amable, pero eso es todo. Gernot, no puedes estar de verdad celoso de un estudiante con el que tengo un trato eventual. Cada día chicos jóvenes vienen a verme a mi despacho o asisten a mis seminarios. ¡Si quisiera tener una historia con alguno de ellos no necesitaría irme con él a Croacia!

—Pero a ese Milan le pagas el vuelo, ¿no? —inquirió—. Y de repente no importa lo que cueste. ¿No íbamos a ahorrar, Elin? Por el bebé... —De repente parecía haberse olvidado de su enfado, y también la rabia de Ellinor se disipó cuando la atrajo hacia él.

—Es un vuelo barato —lo tranquilizó—. Y sí, claro que lamento el gasto. Pero quiero saber, eso es todo. Quiero conocer la historia y deseo poder contársela un día a nuestro hijo. Son sus raíces, Gernot. Así que, por favor, no me lo pongas tan difícil.

Se levantó y se estrechó contra su marido. ¡Tenía que entender cómo se sentía ella! Y, en efecto, la rodeó con sus brazos y la velada transcurrió de una forma inesperadamente armónica. Una vez más la cautivó con un excitante juego amoroso y ella se extasió ante la posibilidad de que su tan ansiado bebé fuera tal vez concebido esa noche. Era uno de sus días fértiles y había temido que Gernot se enfadara a causa de su viaje y desaprovechara esa posible y preciada «noche del bebé». En esos momentos en que la amaba con tanta ternura, ella veía la prueba de que él deseaba ese hijo tanto como ella. Suspiró aliviada y se entregó a la dicha de su amor.

4

El sol resplandecía en Dubrovnik mientras que en esa estación del año en Austria hacía un frío considerable. Al bajar del avión, Ellinor casi sintió como si estuviera de vacaciones. Milan, su traductor, resplandecía de alegría ante la inesperada oportunidad de hacer una breve visita a su país. Durante el viaje, el joven de cabello oscuro había demostrado ser un compañero agradable. Había charlado animado de su carrera, su familia y sus planes de futuro. Ellinor admiraba su imbatible optimismo y sus ansias de aventura. Proyectaba pasar más tiempo en el extranjero, tal vez con su novia austríaca. En Dubrovnik él se ocupó diligentemente de recoger el coche de alquiler y se ofreció a conducirlo. Así ella disfrutaría del paisaje.

—Podemos ir directos a Pelješac —sugirió—. El recorrido hasta Pijavičino dura alrededor de una hora. Lo que no sé es si allí hay hotel. Lo mejor es hacer como su tío y buscar uno en la costa. —Ellinor le había hablado en el avión del viaje de Friedrich y Gundula. Aceptó la propuesta y se alegró al ver el mar, que no tardó en aparecer. Gran parte del recorrido transcurría por la costa. Disfrutó de la vista de los rocosos acantilados bajo los cuales bramaba el mar y de las bahías de aguas tranquilas, azul oscuro y playas de arena blanca. El paisaje era mediterráneo, no se diferenciaba demasiado de otros países de veraneo como

España o Italia. Algunas zonas daban la impresión de estar abrasadas, últimamente no había llovido mucho. Las poblaciones costeras vivían sobre todo del turismo, pero después atravesaron terrenos de explotación vinícola. Pelješac era montañoso y más verde que los alrededores de Dubrovnik.

—Pelješac tiene una larga historia y muy variada —explicó Milan cuando pusieron rumbo al oeste por la única gran carretera de la península—. Ya estaba poblada antes de Cristo, después cayó bajo el poder de los romanos y perteneció al imperio Bizantino. En el siglo IX inmigraron tribus eslavas. Perteneció a Bosnia y luego a Dubrovnik, un puerto mediterráneo de la importancia de Venecia y Florencia. El comercio prosperaba... Al final, todo terminó con la invasión napoleónica. Después de la Primera Guerra Mundial, Pelješac y toda Croacia pasó a formar parte de Yugoslavia y la historia más reciente usted ya la conoce. Croacia se declaró Estado independiente en 1991.

Ellinor asintió.

—Entonces, hubo un tiempo en que fue un país rico, ¿no es así? —preguntó.

Milan respondió afirmativamente.

—Sí, pero de eso hace mucho tiempo. Y los grandes mercaderes ricos debieron de concentrarse en las urbes. Allí se hablaba italiano, se establecían relaciones con otras ciudades estado del ámbito mediterráneo y se era muy cosmopolita. En el campo seguro que era otra cosa. Es probable que lugares como Pijavičino no hubieran cambiado mucho desde el siglo IX. ¿Y ricos? Seguro que había un par de viticultores con fortuna, pero la media de la población vivía en la miseria. Por eso emigraban. ¡Hacia América o hacia Nueva Zelanda! Leí en su día un poco sobre esos *gumdiggers*..., un tema fascinante, y que todavía no está agotado. Se podría escribir una tesis o algo similar sobre él, si los viajes de investigación no fueran tan caros. —Milan soltó una risa traviesa y sus ojos color avellana se iluminaron.

—Puedes solicitar un puesto en una universidad neozelandesa —sugirió ella, y Milan pareció tomarlo en consideración.

Se dirigieron en primer lugar a Dingać Borak, una idílica y minúscula población costera. En esa época, cuando ya hacía tiempo que había pasado la temporada alta, encontraron enseguida una pensión a buen precio con unas vistas hermosas al mar. Ellinor volvió a sentirse como si estuviera de vacaciones cuando terminaron el día con una copa de vino tinto. Milan le contó que la uva Dingać ya se cultivaba en la antigüedad.

—Es probable que también en Pijavičino —explicó.

Ellinor saboreó ese vino pesado, de sabor fuerte. Podía disfrutarlo sin reparos. El último intento de tener un bebé de forma natural había fracasado, como tantos otros anteriormente. Le había venido la regla dos días antes y como siempre se había quedado hecha polvo. La perspectiva del viaje era lo único que le había levantado un poco el ánimo. Perseguir el rastro de su antepasado la haría pensar en otros asuntos y estar alerta para no perderse nada. Para cuando ovulara de nuevo, ya haría tiempo que habría regresado a casa.

Antes de que el vino le subiera a la cabeza, envió a toda prisa un par de correos electrónicos a Austria. Karla recibió una foto desde la terraza de la pensión y Gernot, solo un cariñoso saludo y la noticia de que había llegado bien. Habría desaprobado que estuviera tomándose una copa de vino con Milan. Los celos de su marido la hicieron sonreír.

Mientras tanto Milan chateaba con su novia en Viena y con su familia en una pequeña ciudad cerca de Dubrovnik. Alargaría un poco más la estancia en Croacia para visitar a sus padres.

Esa noche se separaron temprano. Habían planeado salir hacia Pijavičino a la mañana siguiente a las nueve.

—El párroco se levantará pronto —señaló Milan. También él era del parecer que en los pueblos encontrarían viejos registros parroquiales en lugar de los archivos municipales modernos—. Seguro que mañana temprano celebra misa.

Ellinor se encogió de hombros. Ni ella ni Gernot eran creyentes. Sin embargo, había leído algo sobre la vida monacal durante la Edad Media y oído hablar sobre la liturgia de las horas. Si eso todavía era válido en la actualidad, el religioso pasaría la mitad de la noche en pie.

—Lo intentamos —respondió, deseándole buenas noches a su joven intérprete.

Permaneció un rato más junto a la ventana de su acogedora habitación mirando el mar, que, a la luz de la luna llena, emitía un resplandor irreal. Era deliciosamente romántico, como si el mundo estuviera encantado. Habría deseado que Gernot estuviera con ella, poder estrecharse contra él y fundirse como la luz de la luna con las olas.

Esa atmósfera melancólica la llevó a pensar en Liliana Vlašić. ¿Había mirado ella también a través de la ventana en una cálida noche de verano recordando a su amado? ¿El amado que la había abandonado o al que había perdido? ¿Se había sentido impotente, desesperada? Había engendrado a un hijo, había tenido lo que tan ardientemente deseaba Ellinor. Pero para Liliana había sido una maldición y al final había tenido que renunciar al bebé.

Se frotó los ojos. De nada servía especular. Tal vez al día siguiente descubriría algo más sobre el destino de sus misteriosos bisabuelos.

Por la mañana el sol brillaba de nuevo y, aunque hacía un poco de frío, profesora y alumno desayunaron en la terraza antes de emprender la ruta de unos veinte kilómetros hasta Pijavičino. En realidad ambas poblaciones estaban muy cerca la una de la otra, pero había un macizo montañoso entre la costa y el valle en el que se encontraba el pueblo donde cultivaban las viñas. Ellinor se preguntó si habría senderos que sus antecesores habían recorrido cien años atrás para llegar deprisa desde su pueblo al mar.

—El valle se llama Pelješka Župa —indicó Milan, cuando vieron los primeros viñedos y campos de cultivo—. Es conocido porque es muy fértil. Aquí la mayoría de los campesinos eran pobres, pero había hacendados ricos. La iglesia es lo que queda de una residencia de verano. Hay una torre que un noble mandó construir en el siglo XVII. Y ahí se acaban las atracciones turísticas. —Sonrió.

Ella se encogió de hombros.

—Tampoco estamos de vacaciones —respondió, aunque después de desayunar con vistas al mar no sentía que estuviera trabajando. Pijavičino le suscitó menos sueños románticos. Aunque el pueblo se hallaba en un hermoso entorno, entre viñedos y cultivos, las casas eran humildes y muy pequeñas, construidas con piedra natural. Unas pocas habían sido renovadas con esmero, probablemente por gente de Dubrovnik, como residencias de verano. Pero los veraneantes preferían la costa; Pijavičino era un lugar más bien aburrido. La mayoría de sus habitantes seguramente seguía trabajando en los viñedos y en ese momento en los campos de cultivo. Las calles estaban como muertas, solo de vez en cuando se veía a algunos ancianos sentados delante de las casas charlando.

La iglesia, Sveta Katarina, se encontraba en un montículo. Era muy sencilla por fuera, una construcción funcional de piedra gris. Ni siquiera tenía una casa parroquial colindante. Ellinor dio una vuelta alrededor del edificio en busca del cementerio. Por lo visto se encontraba en otro lugar. Recordó lo que Milan le había dicho, la iglesia había pertenecido en un principio a una casa de veraneo, había sido una especie de capilla doméstica.

—*Can me somehow help you?* —Una voz afable la arrancó

de su ensimismamiento. El joven con sotana que salió en ese momento por la puerta de la iglesia hablaba inglés muy mal, pero parecía muy servicial—. *You like guide to church? Visit church? Old, famous!* —El sacerdote resplandecía y ponía el mismo énfasis a su invitación como si estuviera proponiendo una visita guiada a la basílica de San Pedro.

Milan, que acababa de fotografiar la vista del pueblo desde la colina, se reunió con ellos.

—*Dober dan* —saludó.

Buenos días... Eso era todo lo que ella entendía en la lengua del país. Su acompañante aceptó de buen grado la visita a la iglesia y enseguida planteó la pregunta que deseaba hacer. Ellinor oyó el nombre de Vlašić.

El sacerdote asintió animoso y les tendió la mano para saludar.

—*Me Father Vladimir!* —se presentó con orgullo—. *This my church!*

Pijavičino debía de ser el primer destino del padre Vladimir como párroco, todavía era muy joven. El hombre, más bien bajo de estatura y fibroso, tenía el rostro alargado y unos ojos azules cautivadores. Era evidente que estaba encantado con su iglesia, si bien a ella le pasó por la cabeza la insolente idea de que con esa congregación en el último rincón del mundo no le había tocado el mejor trabajo de todos.

—El padre Vladimir nos enseñará la iglesia y luego revisará los libros de la parroquia con nosotros —tradujo Milan, cuando el sacerdote volvió a su lengua materna—. Hay algunos registros, los Vlašić le son, en efecto, conocidos por su nombre. Hoy en día ya no vive nadie de esa familia, al menos aquí. El último descendiente vendió el viñedo en la década de los ochenta del siglo pasado y se marchó. Pero antes eran muy influyentes, seguro que hay datos sobre ellos en los libros.

El padre abrió la puerta de la iglesia, dentro hacía frío y estaba bastante oscuro. Las velas emitían una luz mortecina. Algunos reflectores instalados con mucho esmero iluminaban las antiguas pinturas y hacían de un crucifijo dorado el centro de atención. El sacerdote dirigió su atención hacia un cuadro de santa Catalina; al parecer el altar era del siglo XVI. Ellinor y Milan asintieron cortésmente.

—*Nice old church* —observó ella, lo que iluminó el rostro del sacerdote—. *Very authentic, typical for this region.*

No se creyó que el padre Vladimir hubiese comprendido esas últimas palabras, que elogiaban la Sveta Katarina por ser una antigua iglesia típica de la región, pero era obvio que él se sintió halagado y los condujo solícito a la secretaría, donde se guardaban los libros parroquiales. Milan traducía la conversación.

—Podemos sentarnos fuera —los invitó el sacerdote—. Tendremos más luz y hará menos frío. Tomen asiento en el banco y yo les traeré los libros. ¿Han dicho 1905?

Milan asintió.

—La niña nació en 1905 —precisó—. Tal vez debemos hojear los libros a partir de 1904 o incluso de 1900.

—E incluso antes —intervino Ellinor—. Se trata de toda la historia de la familia Vlašić.

El padre Vladimir sonrió.

—Entonces es probable que tuviéramos que comenzar en el siglo XVI —señaló—. Hacía una eternidad que los Vlašić estaban instalados aquí. Eran una institución. Toda la península conocía sus viñedos, también en Zadar y Dubrovnik.

Ella sonrió.

—No tenemos que retroceder tanto. Creo que con el siglo XX es suficiente.

Tal como había indicado el padre Vladimir, en la fachada lateral de la iglesia había un sencillo banco de madera y una mesa. El lugar ofrecía una amplia vista panorámica del pueblo, Ellinor se imaginaba perfectamente al sacerdote invitando a sus fieles a ese banco para inducirlos a que se sincerasen con él. En la naturaleza, a la sombra de un acogedor algarrobo, se hablaba mucho mejor que en un confesionario de la lúgubre iglesia. El joven religioso volvió con unos vasos y unas garrafas de agua y de vino tinto.

—Este es vino de Pijavičino —explicó a Milan, que lo tradujo—. Si no lo prueba es como si no hubiese estado de verdad entre nosotros. —Llenó los vasos sin preguntar.

—¡Salud!

—Me alegro de haber desayunado bien —dijo Ellinor, tomando con cautela un sorbo mientras el padre Vladimir la miraba expectante.

—*Good*? —preguntó.

—*Very good*! —confirmó ella. De verdad lo encontraba rico. Era afrutado, con cuerpo, pero bastante fuerte—. Tenemos que llevarnos un par de botellas sin falta.

Milan tradujo y, manifiestamente satisfecho por haber reactivado la economía local, el padre Vladimir desapareció de nuevo rumbo a la cocina y regresó con un grueso mamotreto. Sus antecesores debían de haber registrado en él los nacimientos, matrimonios y muertes de sus parroquianos durante siglos.

Con ayuda de Milan, Ellinor pudo seguir bien la conversación posterior.

—¿Qué tengo que buscar en concreto? —preguntó el sacerdote. Tomó un trago de vino que antes había rebajado con agua y abrió el libro.

—Primero, la familia Vlašić —respondió ella—. ¿Quién formaba parte de ella en el fin de siglo? Y lo más importante, ¿quién era Liliana?

Fue relativamente fácil averiguar esos datos. Los registros de los nacimientos y defunciones de la familia, en el período de tiempo por el que Ellinor se interesaba, correspondían a Maksim Vlašić, su esposa Vesna y sus hijos Bran y Zvonko. Liliana, la única hija, era la más joven. Había nacido en 1888 y en 1905 tendría diecisiete años. El nacimiento de Dana no estaba registrado, pero Ellinor tampoco había contado con que lo estuviera. Habían llevado a Liliana a Zadar, la capital de la península, posiblemente en contra de su voluntad, con el fin de que diera a luz allí. Su embarazo fuera del matrimonio debía de haber significado una deshonra tremenda para sus padres.

Por el contrario, los registros de la familia Parlov no tenían lagunas. Guran y Milja habían nacido en el pueblo, y ella había traído al mundo a principios de noviembre de 1905, apenas dos meses antes del nacimiento de Dana, a su segunda hija, Evica. La pequeña Gavrila había nacido en 1903, once meses después de la boda de Guran y Milja.

—¿Sucedió además algo especial en esos años? —preguntó Ellinor con la boca seca—. Es decir, desde principios de 1905 hasta finales de 1906, por ejemplo. ¿Alguna muerte extraña?

—¿Se refiere a algún asesinato? —preguntó inesperadamente el padre Vladimir—. ¿Que los Vlašić vengaran con sangre que algún joven del pueblo hubiera dejado embarazada a Liliana? —Enseguida se había dado cuenta de a qué se refería Ellinor y se sumergió más a fondo en la lectura de los libros. Luego negó con la cabeza—. No. En ese período de tiempo murieron cinco personas, tres ancianos y dos mujeres al dar a luz. Ningún hombre joven falleció, lo que naturalmente no quiere decir que eso no ocurriera en otro lugar. O que el chico desapareciera sin más. Vivo o... muerto. Aquí resulta bastante fácil hacer desaparecer un cadáver. Las montañas... todavía son naturaleza virgen.

—¿No hay registros de personas que hubieran emigrado? —preguntó Milan.

El sacerdote negó con la cabeza.

—No. Pero entonces se marcharon muchos hombres. A América o a Nueva Zelanda..., los atraía el ancho mundo. ¿Qué perspectivas tenía un joven campesino sin dinero ni tierras?

—¿Nueva Zelanda? —repitió interesada. Era la segunda vez que oía el nombre de la isla en relación a los jóvenes de Dalmacia.

—Nueva Zelanda era un lugar muy deseado —confirmó el sacerdote—. Allí ejercían una profesión... ¿Cómo se llamaba? Se recogía resina o algo así para la producción de linóleum. No sé si los jóvenes se enriquecían de ese modo, pero al menos tenían más libertad que aquí. Escribían encantados a sus casas, cuando sabían escribir, y atraían de ese modo a otros muchachos.

—Y no había ningún... no sé... ¿a lo mejor alguna misa de despedida? —inquirió Ellinor.

El padre Vladimir se echó a reír.

—Creo que la mayoría de ellos se marchaban a escondidas, sin informar a sus patrones de sus intenciones de buscar suerte en otro lugar. Eran medio siervos. Los propios padres tampoco debían de estar entusiasmados con la idea de que emigrasen en lugar de ocuparse de ellos en la vejez. Su partida no se celebraba. En eso, por desgracia, mis libros no podrán ayudarles. Aunque, para ser sincero, esta es una región donde no pasa gran cosa. Por eso cualquier escándalo anda de boca en boca. Si hubiera habido habladurías sobre la joven Liliana y un muchacho, si se hubiera cuchicheado aunque hubiese sido remotamente del niño, aún se estaría cotilleando hoy en día sobre ello. No creo que la familia corriese el riesgo de vengar la deshonra de la chica y hacer con ello público ese asunto. Y más por cuanto les salió muy bien guardar en secreto ese acontecimiento.

—¿Opina entonces que el joven tal vez podría haber desaparecido? —preguntó Ellinor.

El religioso se encogió de hombros.

—Si era mínimamente sensato, debió de huir. Los Vlašić tal

vez renunciaran a perseguirlo rechinando los dientes, pero no habrían consentido que se quedara aquí en el pueblo.

—¿Y si se hubiera casado con Liliana? —preguntó Milan—. ¿No era eso... bueno... lo que solía hacerse?

Ellinor negó con la cabeza.

—Solo si la pareja podía encajar en cierta medida —le explicó—. Si el joven era un campesino, por ejemplo, y Liliana era, por el contrario, una rica heredera..., no había ninguna posibilidad. Aunque los dos podrían haberse marchado juntos a Nueva Zelanda. —Sonrió. Seguramente, a los dos jóvenes de ese pueblo encantado ni siquiera se les había ocurrido fugarse juntos.

El padre Vladimir siguió hojeando el libro.

—Voy a ver qué ocurrió con los hijos de los Vlašić —anunció—. Aquí... Bran, el mayor, se casó en 1904. ¡Y mire, esto es interesante! —Diligente, giró el libro para que los visitantes pudieran ver la página—. ¡Otro matrimonio, en 1906: Liliana Vlašić y Tomislav Kelava!

A Ellinor casi se le cortó la respiración. Comparó emocionada las fechas. Mayo de 1906, nueve meses después del nacimiento de Dana.

—¿Quién era Tomislav Kelava? —preguntó—. ¿Un muchacho del pueblo?

El padre Vladimir respondió negativamente.

—Un viticultor de Donja Banda —contestó—. Su familia poseía unos extensos viñedos. Todavía hoy existen.

Milan y Ellinor se miraron.

—Un buen partido —observó ella—. ¿Estaría ese hombre al corriente del «paso en falso» de Liliana?

—¿Es la finca todavía propiedad de esa familia? —inquirió Milan.

El sacerdote asintió.

—Supongo que sí. Vayan a ver. Organizan visitas guiadas y

catas de vinos. Pueden participar en una y hablar directamente con la gente.

Milan había sacado el móvil, buscado el viñedo y encontrado un sofisticado sitio en la red.

—La próxima cata es hoy por la tarde a las cinco —confirmó—. Reservaré sitio.

5

La propiedad de los Kelava se encontraba a unos diez kilómetros de donde se hallaban, cerca de la costa, frente a la isla de Korčula. Donja Banda era un pueblo mucho más idílico que Pijavičino, seguro que por ahí pasaban turistas con mucha mayor frecuencia. La cata de vino de la tarde estaba bastante concurrida. En el gran aparcamiento a la sombra, delante de la finca, había varios coches. La casa señorial era impresionante. Se había construido con piedra caliza como la iglesia de Pijavičino y estaba muy cuidada. Ellinor distinguió en los jardines unas esculturas, los arriates de flores estaban rodeados de rejillas decorativas. Unos arcos de medio punto embellecían la fachada y las plantas trepaban por las paredes del patio interior. Toda la propiedad emanaba riqueza. Milan y Ellinor miraban asombrados a su alrededor. Estaba claro que Liliana Vlašić no se había casado con alguien de un rango social inferior.

Los visitantes se reunieron al principio en el patio, donde más tarde se realizaría la venta de vinos. Allí los saludó una joven con el vestido tradicional y los invitó a entrar en la casa.

—Mi nombre es Ilva. El señor Kelava, propietario de este lugar, llegará enseguida —anunció en un inglés aceptable—. Esta finca es propiedad de la familia desde hace casi doscientos años.

En efecto, en una de las paredes del sótano donde se realizaba la degustación había un árbol genealógico de los Kelava. Ellinor se puso inmediatamente a estudiar los nombres escritos con una afiligranada caligrafía y enseguida descubrió algo importante.

—¡Liliana Kelava y Tomislav Kelava! ¡Los abuelos del propietario actual! —dijo a Milan.

Junto a Nikola Kelava, el padre del actual propietario, Miká, Liliana y Tomislav habían tenido dos hijos varones más, ninguna hija. No hubo sustituta para la niña que Liliana perdió. Aunque la joven había sido bendecida con una numerosa descendencia, sintió pena por ella. Suponía que nunca había logrado olvidarse de su pequeña.

Antes de poder comentar el árbol genealógico con Milan, la puerta se abrió y entró el viticultor, Miká Kelava. Ellinor lo miró con curiosidad. En cierto modo, ese hombre robusto y rubicundo, calculó que de unos setenta años, con el cabello espeso y cejas pobladas, era su tío abuelo. Buscó cierto parecido familiar, pero no encontró ninguno. Lo único que el viticultor tenía en común con su madre eran los ojos castaños, pero podía tratarse de una simple coincidencia.

El propietario del viñedo saludó a sus huéspedes con una sonrisa amplia y no solo en su lengua materna, sino también en inglés y alemán. Ahí estaban acostumbrados a los turistas. En total se habían reunido unas quince personas para la cata. Después de presentarse someramente a sí mismo y a su familia, con lo cual volvió a subrayar que esta explotaba las viñas desde hacía más de doscientos años, se refirió de forma breve y muy entretenida a los distintos estadios de la elaboración del vino y de las máquinas que se empleaban en cada caso.

—Para el estrujado, es decir, para exprimir la uva, se utiliza una prensa horizontal. Antes... —señaló una foto en blanco y negro que estaba en la pared y que mostraba a unos complacidos jóvenes con los pies hundidos hasta el tobillo en el mosto, pisando los granos de uva— se hacía con los pies. Ambos métodos sirven para aplastar con cuidado la uva, cuyas pepitas no deben machacarse, pues desprenden una sustancia amarga.

Ellinor solo escuchó a medias las explicaciones sobre la fermentación y maceración del vino. Le resultaba más interesante el comportamiento del viticultor. Miká Kelava enfatizaba muy seguro de sí mismo su discurso valiéndose de un amplio lenguaje corporal. Era un orador arrebatador, visiblemente fascinado por el tema que lo ocupaba. A continuación condujo a los asistentes hasta la bodega, donde pasó junto a cientos de barricas en las cuales envejecían distintas variedades de vino. Les habló con entusiasmo sobre los tipos de madera y el tamaño de las barricas y sobre la viticultura, y de vez en cuando daba a probar algún trago a algunos escogidos entre los presentes.

Ellinor y Milan se mantuvieron en un segundo plano. Eso era una promoción de ventas, el viticultor tenía que concentrarse en sus clientes. Después de la visita a las viñas, todos se reunieron de nuevo en el patio e Ilva sirvió vinos tintos y blancos para su degustación. Kelava los describía, contaba en qué ocasión había que ofrecerlos y con qué platos maridaban. Al final se repartieron formularios de pedidos. Uno podía llevarse directamente su compra o pedir que se la enviaran a su casa, lo que era una buena idea; muchos de los asistentes habían llegado en avión y debían tener en cuenta el peso de sus compras.

—Y pueden renovar el pedido más tarde —señaló Ilva.

Ellinor marcó algunos vinos en el formulario. No cabía duda de que eran buenos, pero para disfrutarlos a conciencia estaba demasiado excitada. Era muy emocionante estar ahí, en la casa donde había vivido su bisabuela Liliana. ¿Había amado también allí? ¿O solo llorado la pérdida? Deseaba averiguar qué había sido de ella después de que naciera Dana.

Cuando Miká Kelava se despidió de sus visitas, se acercó a él.

—Señor Kelava... Dispone usted... ¿dispone usted de tiempo?

El empresario se volvió hacia ella con una sonrisa cortés,

aunque un poco impaciente. Era evidente que tenía otras cosas que hacer.

—Sí —respondió a pesar de todo—. ¿Tiene alguna pregunta más? En lo referente a pedidos, es mejor que hable con Ilva.

Ella negó con un gesto de la cabeza.

—No. Es... es algo más complicado. Se trata... Bueno, estoy siguiendo un rastro. Hace poco me enteré de la existencia de un secreto familiar. —Sonrió con timidez—. Al parecer, somos parientes... Yo soy bisnieta de su abuela Liliana. Por decirlo de algún modo, soy una prima lejana suya.

Los ojos de Miká Kelava se ensombrecieron. Hacía un instante, su mirada era franca y amistosa.

—¿Qué tonterías está diciendo? —le contestó con rudeza—. No tengo primos, al menos no en el extranjero. La historia de la familia Kelava está documentada íntegramente. ¡Y cuando digo «íntegramente» sé lo que estoy diciendo! ¡No hay secretos que valgan!

—Por el lado de los Kelava seguro que no. —Ellinor tranquilizó al viticultor—. Discúlpeme, no quería ofenderlo. Pero está comprobado que Liliana Vlašić tuvo un hijo antes de casarse con su abuelo. Una niña, Dana. Creció en Austria con una familia de acogida y fue mi abuela. Ahora querría...

—¿Ahora querría usted husmear en la historia de mi familia? —gruñó Kelava—. ¿Desacreditar a mi abuela? ¿O se cree usted que tiene aquí algo que heredar? Debo decepcionarla. Sea lo que fuere lo que ocurrió entonces, mi abuelo ya se aseguró...

Ellinor aguzó los oídos. Tal vez había soliviantado a ese hombre, a todas vistas algo colérico, con su confesión, pero ella no le contaba nada nuevo. Era evidente que conocía el paso en falso de Liliana.

—¡Tranquilícese, señor Kelava, por favor! —insistió—. Yo no quiero husmear ni tampoco pretendo heredar nada, por el amor de Dios. Solo me interesa... conocer mejor a Liliana, saber algo de ella. ¡Entiéndame! Para mí todo esto es nuevo y emocionante. Estoy buscando mis raíces.

Kelava resopló.

—¿Considera usted emocionante que su abuela fuera una bastarda? —preguntó sardónico—. ¿Todavía sigue orgullosa de sus dudosos orígenes?

La joven se mordió el labio.

—Señor Kelava, mi abuela Dana era una persona buena y cariñosa. Tengo razones para estar orgullosa de ella y...

—Quién o qué sea usted, señorita, no me interesa —volvió a interrumpirla Kelava—. En mis viñedos no encontrará usted sus raíces. Mi abuelo borró totalmente la vida anterior de Liliana. Ella era una Kelava, todo lo demás no cuenta. Así que vuelva a su país o vaya a buscar al cantamañanas que sedujo a mi abuela y la dejó plantada. —Kelava se interrumpió en medio de la frase.

—¿El padre de Dana dejó plantada a Liliana? —preguntó. No dejaba de ser una novedad. Por fin sabía algo de su bisabuelo.

Miká Kelava se encogió de hombros.

—No lo sé —afirmó—. Y me da igual. Es lo que cabe suponer, puesto que se esfumó, ¿no? Y ahora, tengo cosas que hacer. Espero que no divulgue este asunto. De lo contrario, le pondré una demanda. ¡El niño al que se supone que Liliana dio a luz no ha existido oficialmente! ¡Y así seguirá siendo! —Y dicho esto se marchó sin despedirse.

Ellinor se quedó perpleja. Se había imaginado todos los escenarios posibles, pero este no estaba entre ellos. ¡Qué persona tan horrible! Renunció a mencionar al empresario la existencia incuestionable del certificado de nacimiento. ¿Para qué pelearse? No tenía ningún interés en ese «parentesco» ni en una eventual herencia; Miká tenía, por supuesto, razón. Dana y su descendencia no tenían nada que ver con los Kelava. Pero era una pena que su búsqueda tuviera que terminar ahí. Incluso si los Kelava sabían más sobre su bisabuelo desaparecido, si tal vez había notas de Liliana u otros recuerdos, seguro que no la dejarían acceder a ellos. Se volvió entristecida para marchare.

Milan la siguió.

—¡Qué tipo tan poco receptivo! —observó, mientras las puertas del viñedo se cerraban tras ellos—. ¡Qué desagradable!

—Sí, lástima... —Se disponía a hablar de lo decepcionada que estaba cuando oyó a sus espaldas la voz de una mujer.

—¡Hola! Espere, por favor, señora... señora. —Ellinor se dio media vuelta. Sorprendida, vio a Ilva, que los seguía al aparcamiento—. Yo, lo siento..., no escuchaba, pero he oído que hablaba usted con el señor Miká...

—No se preocupe. —Ellinor hizo un gesto tranquilizador con la mano—. Me llamo Sternberg. No hablábamos de ningún secreto. Si él no hubiera querido que nadie lo oyera, no habría tenido que dar esos gritos...

—¿A qué se refiere? —Eso superaba los conocimientos de alemán de la joven.

Milan le sonrió.

—Podemos hablar en croata —le dijo. Ilva asintió aliviada.

—¡Bien! —respondió, aunque todavía en alemán—. Porque... yo puedo contar... Quiere saber sobre Liliana y yo puedo contarle algo.

Ellinor la miró sorprendida. Calculó que la chica tendría como mucho veinticinco años. Ilva seguro que no había conocido a Liliana.

—Pero aquí, mejor que no.

La joven señaló inquieta la casa. Era evidente que no quería que la vieran con esos visitantes no deseados. Ambos entendieron.

—Donde usted diga —respondió Ellinor—. Proponga un lugar donde encontrarnos y allí iremos.

Quedaron para una hora más tarde con Ilva Ivanič en una taberna algo apartada. Se instalaron en unos bonitos bancos de madera junto a unas mesas con manteles rústicos. Unos árboles vetustos proyectaban sombras y de nuevo se veía el mar. Mientras esperaban la llegada de la joven, Milan pidió un vino.

—Ahora lo necesitará —advirtió a Ellinor—. Y no solo en dosis homeopáticas.

Ella sonrió. De hecho, el encuentro con Miká Kelava la había trastornado. No había contado con un rechazo tan absoluto. A pesar de ello se contuvo con el vino, a fin de cuentas quería tener la mente bien clara cuando Ilva le revelara lo que sabía.

La muchacha acudió puntual al lugar donde se habían citado. Daba la impresión de estar más comunicativa y no parecía tan preocupada. Había cambiado la falda larga, la chaquetita bordada y el mandil por unos tejanos y una sudadera y se había soltado el cabello que antes llevaba recogido bajo un tocado tradicional.

—Lo siento —empezó diciendo—. El señor Kelava nunca es tan... —La disculpa no parecía muy sincera. Ellinor supuso que Miká Kelava era un hombre irritable también en el trato con sus empleados—. Quizá el asunto de su parentesco lo cogió demasiado por sorpresa. Y el tema de Liliana no forma parte de los capítulos más gloriosos de la historia de la familia. —Hablaba en croata, Milan se encargaba de la traducción simultánea.

—¿Cómo es que sabe sobre este tema? —preguntó Ellinor—. Me refiero a que no es un asunto de lo que uno hable abiertamente con sus empleados. Y más algo que sucedió hace mucho tiempo. Yo más bien pensaba que los Kelava harían de eso un secreto. Al menos así lo parecía en el caso de Miká.

Ilva asintió.

—Así es —contestó—. En realidad, nadie sabe nada sobre Liliana..., bueno, sobre lo que sucedió antes de su matrimonio.

Yo tampoco debería hablar de ello. En el fondo no debería saber nada de eso. Pero mi abuela me lo ha explicado, aunque no se piense que ha ido contándoselo a todo el mundo. Le habría creado problemas. Pero con alguien tenía que compartirlo, era un peso que llevaba encima. Así que mi madre y yo estamos al corriente de lo que sucedió.

—¿Su abuela conoció a Liliana? —resumió Ellinor.

Ilva hizo un gesto de asentimiento.

—Mucho, incluso. La cuidó antes de su muerte. Durante varios años. Podría decirse que eran amigas. Aunque, naturalmente, mi *baka* era mucho más joven que *gospoča* Liliana. Le debía de recordar a alguien... a alguien que había conocido en sus años jóvenes. Mi abuela se llama Dajana, ¿sabe?, pero Liliana siempre la llamó Milja...

Ellinor asintió.

—Milja Parlov —susurró—. Así se llamaba la mujer que crio a la hija de Liliana.

Ilva bebió un sorbo de vino de la copa que Milan acababa de llenarle.

—Sí —dijo—. Milja... se quedó con la niña de su amiga. Ella y su marido. El padre de Liliana los mandó fuera. Los envió muy lejos. Liliana no tenía que volver a ver nunca más a su hija. Pero... —Ilva se volvió hacia Ellinor—. ¡Pero no crea usted que su bisabuela se olvidó de su niña! Al contrario, siempre hablaba de la pequeña. Y de su padre. Frano. Frano fue su gran amor. Nunca superó que él desapareciera sin más...

—¿Desapareció? —preguntó consternada Ellinor—. Entonces, ¿supuso que le había ocurrido algo?

Ilva negó con la cabeza.

—No lo creo. Creo que él quería irse. Pero sin ella. Ella no lo superó... Pero ¿por qué no habla usted directamente con mi abuela? No creo que tenga nada en contra de que conozca usted la historia. Seguro que Liliana así lo habría querido.

—Así, ¿Dajana vive todavía? —Ellinor ni siquiera lo hubiera imaginado.

Ilva asintió con vehemencia.

—Oh, sí, tiene ochenta y dos años, pero está muy bien. Se acuerda de todo. Si quiere, la llamo y podemos quedar con ella. Aunque mejor para mañana, hoy ya es demasiado tarde.

Ellinor estuvo de acuerdo y poco después ya tenía una cita con Dajana Marič. Satisfecha, vació la copa de vino. Por fin podía relajarse. No tardaría en saberlo todo sobre Liliana.

Dajana los recibió en la sala de estar de su hija, ordenada aunque llena de baratijas y adornos sin valor. Vivía con los padres de Ilva en una cuidada casa de piedra natural en las afueras de Donja Banda.

—Vivir sola me resultaría demasiado difícil, ahora —explicó, aunque en realidad no daba la impresión de necesitar cuidados—. Y mi hija tiene una habitación libre desde que Ilva se ha ido. Me siento un poco rara en esta situación, pero procuro colaborar en lo que puedo.

La vigorosa anciana enseguida preparó té y sirvió pasteles hechos por ella.

—¡Le gustarán! —afirmó—. En cualquier caso si se parece a Liliana. ¡A ella le encantaban los pasteles de miel!

Dajana y Ellinor se observaron la una a la otra con interés. Esta última buscaba similitudes con Milja Parlov; intentaba comprender cómo Liliana había podido confundirlas. Dajana, por su parte, buscaba un parecido familiar con Liliana. La más joven no consiguió su objetivo. Milja había sido esencialmente más fuerte, lo sabía por las fotos y por lo que su madre le había contado. La abuela de Ilva era una mujer baja y fibrosa, con el rostro surcado de arrugas y los ojos casi negros, hundidos en sus cuencas, que vivos y despiertos contemplaban el mundo como los de una mujer mucho más joven. Llevaba un vestido negro, medias oscuras y zapatos planos. Para su edad, sus gestos eran enérgicos. Milja había sido más gruesa. Si Liliana veía cualquier parecido entre Dajana y Milja era porque su memoria le había jugado una mala pasada.

Dajana mostró una amplia sonrisa.

—¡Es usted igual que Liliana! —constató—. Aunque, naturalmente, ella era mucho más vieja cuando la conocí. Debía de tener alrededor de los ochenta, era casi tan vieja como yo ahora. Pero no era demasiado vigorosa. Era una mujer triste. Y una persona triste envejece más deprisa.

»No permita que nadie la entristezca tanto, hija. —Dirigió una sonrisa cariñosa a Ellinor—. Pero... ese rostro fino, la forma de la frente... Cuando uno sabe, ve que es usted pariente de Liliana. Mientras que sus hijos no se parecían en nada a ella. Tan poco como sus nietos. Es innegable que ese sí dejó su herencia, el viejo Kelava...

Ellinor y Milan, sentados en un sofá demasiado blando, escuchaban lo que la anciana tenía que contarles. Dajana se tomó su tiempo. Evocó su propia infancia en el pueblo y cómo había luchado para conseguir ir a la ciudad a estudiar enfermería. Cuando volvió a Donja Banda de visita, se enamoró. Se casó y buscó un trabajo de cuidadora. Los Kelava necesitaban a alguien que se ocupara de Liliana.

—Entonces todavía no estaba tan decaída —recordó la anciana—. En los primeros años tenía la sensación de que yo era para ella una dama de compañía más que una cuidadora. No había nadie en la casa con quien pudiera hablar. Era una auténtica casa de hombres. Su marido, tres hijos... La suegra ya hacía tiempo que había muerto. Liliana estaba sola. Tan sola... y tan triste... —Dajana miró a la joven historiadora—. ¡No permita que nadie la entristezca tanto, hija! —repitió. Luego su mirada se perdió en el pasado.

LILIANA, DALMACIA, 1904-1905

La fiesta

—¿Ya se han lavado bien los pies?

Liliana había hecho esa pregunta cuando a los cinco años asistió por primera vez a la fiesta del pisado de la uva. La niña había observado fascinada cómo los jóvenes trabajadores y trabajadoras se quitaban los zapatos y las medias y se ayudaban unos a otros a meterse en el lagar, donde el mosto de la uva cosechada en los últimos días les llegaba hasta las rodillas, y empezaban a pisar e incluso a bailar. Así se estrujaban los granos, el zumo corría por unas ranuras del lagar hasta un depósito recolector y después fermentaba y se convertía en vino.

Para los jóvenes el pisado de la uva era un acontecimiento divertido, una celebración después de los pesados días de la vendimia, lo que en la calurosa, árida y montañosa Dalmacia representaba un duro trabajo. Casi todos los viñedos se encontraban lejos de los pueblos y llegar hasta allí ya era fatigoso de por sí. A continuación la cosecha se cargaba en burros y se llevaba por los empinados caminos hasta la propiedad. Todo el mundo se sentía aliviado cuando esto ya estaba hecho. Era el motivo para la fiesta, así que se vinculaba el pisado de la uva con la francachela y con una comilona. Carne, patatas y verdura se asaban en la *peka*, un recipiente de hierro fundido con tapadera en forma de campana colocado sobre la ceniza caliente de un fuego.

Cuanto más vino bebían los jóvenes trabajadores, más animados pisoteaban entre el mosto. Los jóvenes hacían revolotear a las muchachas danzarinas entre el grano estrujado. Cantaban y festejaban.

Ese día tan lejano todos se habían reído de la sensata pregunta que había planteado la niña. Pero Maksim Vlašić se la había tomado en serio y había hecho un gesto de asentimiento a su hija.

—Espero de verdad que todos los jóvenes se laven los pies antes de meterse en la cuba —había dicho, señalando la fuente que había en el centro del patio—. Pero tienes razón, Lili, si nadie vigila alguien podría olvidarse y entonces... Ay, nadie querría beber el vino que alguien ha pisado con los pies sucios. —Los trabajadores volvieron a soltar una carcajada. Si bien solían lavarse los pies antes de meterse en el mosto, no daban gran importancia a un poco de suciedad y sudor a la hora del pisado. Una vez que el zumo había fermentado para convertirse en alcohol todos los gérmenes ya estaban muertos. Sin embargo, Maksim Vlašić había seguido actuando como si tuviera en cuenta realmente la reflexión de la pequeña—. ¿Sabes qué, Lili? —había dicho, lanzando un guiño cómplice a los trabajadores—, esta será ahora tu tarea. ¡Te sentarás junto a la fuente y te encargarás de que nadie se suba a la cuba con los pies sucios!

Todos se habían divertido mucho cuando la pequeña corrió a la casa a buscar jabón y toallas. Aplicada, Liliana se había sentado donde le había indicado su padre, y se cuidó de que todos los muchachos y muchachas se lavaran a fondo. Para que los trabajadores no se molestaran de la cautela de la niña, Maksim Vlašić había colocado directamente a su lado un barril lleno y la pequeña invitaba a todos los que se habían lavado los pies a un trago. Había realizado su tarea de forma muy ordenada y al año siguiente había ocupado con toda naturalidad su lugar junto a la fuente.

Ese año, era una Liliana de dieciséis años la que tenía preparados junto a la fuente el jabón, la toalla y un buen vino para los pisadores. Se había arreglado para la fiesta, por supuesto. Llevaba el traje folclórico: blusa y falda de lino claro, un chaleco de colores con bordados y un mandil de lana de conjunto. El tocado tradicional le adornaba el cabello trenzado y recogido en lo alto como una coronita.

Pero no solo la ropa distinguía a Liliana de las jóvenes trabajadoras, que, por descontado, no habían aparecido con sus vestidos de domingo para bailar en el mosto, sino con las faldas más viejas y gastadas. Ella habría llamado la atención de todos modos. Su piel blanca, apenas bronceada por el sol; su rostro delicado y en forma de corazón y, sobre todo, sus ojos azul oscuro eran demasiado poco corrientes en la zona. Los hoyuelos de la barbilla y de las mejillas parecían conferirle una sonrisa perpetua, las largas pestañas le daban una expresión de asombro, como si descubriese maravillas de este mundo vedadas para otros observadores.

Aquel día de octubre su cautivadora mirada se dirigía exclusivamente a los pies de Frano Zima. Unos pies fuertes y musculosos con un empeine alto y dedos largos, tostados por el sol y callosos; su propietario, por lo visto, acostumbraba a ir descalzo. Frano estaba secándose los pies después de habérselos lavado, por lo que la mirada de Liliana se posó también sobre sus grandes y fuertes manos, acostumbradas al trabajo duro en la viña, pero elegantes...

—¿Ya he cumplido con mis obligaciones? —El joven notó la mirada atenta de la muchacha y la observó a su vez. El tono de su voz era algo burlón, no transmitía ni una pizca de la timidez con que los trabajadores solían dirigirse a la hija del hacendado. Tampoco bajaba la vista, sino que le dirigía una mirada traviesa. Ella se sintió desconcertada al contemplar los brillantes ojos verdes del chico. Nunca había visto unos ojos así. Ojos del color de las viñas en primavera, un color que prometía, que alimentaba esperanza y que la alegró súbitamente. Sonrió. No quería hacerlo. Había aprendido que en ningún caso debía alentar a los hombres, sobre todo a los que estaban por debajo de su nivel social. Pero pasó sin más. Las comisuras de su boca no la obedecieron, se levantaron y algo en su interior pareció volverse atrevido y liviano. Frano se apartó el cabello negro y rizado del rostro—. ¿Ya estoy lo bastante limpio? —preguntó de nuevo.

Liliana parpadeó para volver en sí.

—Sí —respondió, y se hubiera dado un bofetón por ser incapaz de hacer un comentario más agudo—. Muy... limpio.

—¿Me merezco entonces un vaso de vino? —preguntó Frano, provocador, señalando el barril como si hubiera que explicarle algo sobre el vino a la hija del viticultor.

Liliana se apresuró a servirle un vaso. El joven bebió un trago y se volvió entonces aparentemente para subirse por fin a la cuba.

—Está... ¿está rico? —inquirió ella. Otra pregunta absurda. ¿Cómo iba a responder él que no si se trataba del vino de su padre? Pero ella no quería dar por terminada la conversación, solo eso, quería que él se quedara un poco más con ella.

El chico sonrió irónico.

—Estaría más rico si lo bebieras conmigo —contestó—. ¿O es que no te dejan? ¿Te ha prohibido tu padre que bebas con el pueblo llano?

Liliana se sonrojó.

—No... sí... bueno, en realidad nadie me ha prohibido nada.

No había sido necesario que se lo prohibieran. Era una chica bien educada, que sabía lo que debía hacer. Nunca había ni siquiera pensado en beber con otros jóvenes o en pisar la uva con ellos. Más tarde, cuando su padre anunciara la auténtica celebración, por supuesto alzaría su vaso con él y los invitados y brindaría por la cosecha. Pero ahí... No había más que un vaso del que todos bebían.

Frano se lo tendió en ese momento.

—¡Entonces bebe conmigo! —le pidió.

Liliana volvió a llenar el vaso y bebió un sorbo. El joven la observaba. Sonrió cuando una gota quedó colgando de sus labios y ella se la lamió al instante.

—¿Está rico? —preguntó provocador. Ella asintió—. ¡Bien! —exclamó—. Y ahora que ya has bebido conmigo, también puedes bailar conmigo.

—¿Bailar? —Más tarde habría baile en la plaza, pero antes se tenía que pisar la uva y había que comer...

—Ven conmigo —dijo Frano. Y antes de que Liliana se diera cuenta, la cogió por la cintura, la levantó e hizo el gesto de ir a meterla con los otros jóvenes en la cuba con el mosto. En el último momento, sin embargo, se detuvo—. No, espera, ¡todavía no te has lavado los pies!

Los demás trabajadores dirigieron la atención hacia ellos, se echaron a reír y animaron a Liliana. Todos parecían estar un poco achispados y se habían despreocupado del respeto que le debían a la hija del hacendado. Esta debería de haberse sentido ofendida y molesta. Pero, de hecho, encontró estimulantes las bromas de los jóvenes. En ese momento tomó conciencia de lo mucho que había envidiado siempre a las chicas que baileteaban encantadas y sin reparos en el mosto. Era un placer inofensivo. Ninguno de los hombres estaba lo suficientemente bebido como para acercárseles demasiado. Incluso Milja Parlov, la anterior niñera y sirvienta actual de Liliana, colaboraba en el pisado cada año. Giraba complacida junto a Guran, su esposo, estrujando el grano.

Liliana decidió atreverse, aunque volvió a sonrojarse cuando se desprendió de los zapatos y las medias y el joven se arrodilló delante de ella para frotarle los pies con un paño húmedo.

—¡Qué pies tan bonitos tienes! —exclamó sonriendo.

Se abandonó de nuevo en sus ojos verdes.

—Tú... tú también —dijo ella y se entregó de nuevo a sus fuertes brazos, que la alzaron hasta la tina; rio con timidez cuando se quedó de pie en medio del mosto. Y de repente sintió las manos de Milja en torno a las suyas.

La joven parecía preocupada y contemplaba inquisitiva a su señora.

—¿Todo bien? —preguntó.

Ella asintió.

—Yo... hacía tiempo que quería hacerlo —afirmó y empezó a pisar rítmicamente los granos, igual que hacían los demás. Al principio se agarraba a las manos de Milja, pero luego Frano se las cogió.

—¡Ibas a bailar conmigo! —le recordó.

Liliana, que se había serenado un poco, arqueó las cejas dubitativa.

—No sé si debo bailar con un hombre que no me han presentado —dijo, bajando la vista, coqueta.

El hombre sonrió.

—Eso puede corregirse —contestó—. Mi nombre es Frano, Frano Zima.

—¿Zima como «invierno»? —preguntó Liliana. Era la palabra croata para la estación fría.

Él asintió.

—Pero de frío nada —puntualizó—. Al contrario, hoy mismo se ha encendido un fuego en mi interior. A causa de una chica con el cabello llameante...

Apartó del rostro de la joven un mechón de cabello castaño rojizo que se había soltado del severo peinado al pisar el mosto.

Ella sintió que la invadía una sensación de calor.

—Yo soy Liliana —dijo, como si él no lo supiera. La familia del viticultor era conocida en todo el pueblo.

Frano contestó afirmativamente.

—Liliana, que viene de «lirio», no podrían haberte puesto un nombre más hermoso.

Sus palabras parecían sinceras, casi llenas de devoción. Por un instante permanecieron uno frente al otro, impregnándose de la visión mutua. Era un joven atractivo, el rostro expresaba seguridad en sí mismo y valentía. Liliana tenía la sensación de estar frente a un hombre que no tenía miedo de nada. Y de repente, también ella se desprendió de sus temores ante lo que diría su padre al saber que se había metido en la tina y se había puesto a bailar con ese jornalero. Se olvidó de que su madre protestaría porque había echado a perder su vestido. Se olvidó de su posición y de su destino. Hacía unas semanas que se había comprometido y a su futuro esposo probablemente tampoco le entusiasmaría que ella estuviera divirtiéndose con los trabajadores. Se ocuparía de todo eso al día siguiente y asumiría las consecuencias. Ese día lo único que contaba era ese hombre que volvía a cogerla de las manos y la hacía revolotear bailando al son de una canción que solo ambos oían, al ritmo que marcaba su sangre con una melodía que los unió para siempre.

La promesa

—¿Lo conoces? ¿Quién es?

Liliana apenas podía esperar a que Milja cerrara la puerta de la habitación para acribillar a la joven sirvienta con sus preguntas. Sonreía expectante, aunque en realidad debería estar afligida.

Era la mañana después de la celebración y su madre acababa de reñirla una vez más por cómo se había comportado el día anterior. Le había advertido en repetidas ocasiones que debía guardar la discreción que exigía su elevado rango social. No era propio de una Vlašić pisar la uva con los campesinos y campesinas. Y para más inri, cuando su padre la había descubierto en la tina y le había ordenado que saliera de allí y se cambiara de vestido, parecía algo achispada.

Vesna Vlašić había reprochado a su hija lo indecente que era eso y lo mucho que podía desacreditarla. Después de que Liliana se hubiera lavado y puesto un vestido tradicional limpio para volver a la fiesta, no se habló más de su desliz, pero, por supuesto, sus padres y hermanos no le habían quitado el ojo de encima. La joven no se había atrevido a buscar entre el gentío al joven de los atractivos ojos verdes. Había permanecido junto a su familia con la mirada castamente baja y bebiendo sorbos de vino. Por la mañana habían tratado a fondo el asunto. El padre le había echado una reprimenda y la madre había apelado a su conciencia y buena educación.

—Suerte que al menos no había por allí ningún Kelava —había dicho su madre para acabar su sermón. Los Kelava poseían una viña en Donja Banda y Liliana se había prometido con el primogénito de la familia—. Nos habríamos muerto de vergüenza por tu culpa. Ahora te quedas dos días en tu habitación y reflexionas. Sabe Dios qué te ha ocurrido para que te excedieras de esa forma. Aunque, de todos modos, esta es la última vez que te sientas junto a la fuente y te cuidas de que los chicos se laven los pies. El año que viene te quedarás con nosotros o con tu marido. —Los Vlašić habían pensado celebrar la boda de su hija con la fiesta de la vendimia.

Ella había asentido obediente, pero su mente se encontraba en otro lugar. Y ahora, en su habitación, por fin tenía la oportunidad de preguntarle a Milja por Frano, que no se le iba de la cabeza.

La joven sirvienta siguió ordenando con parsimonia la ropa de su señora y amiga en el armario.

—¿A quién te refieres? —preguntó—. ¿Al tipo que te subió al lagar?

Liliana hizo una mueca.

—No, al duende que esta mañana me ha pellizcado la nariz —respondió burlona—. Venga, no te hagas de rogar. Seguro que lo conoces. Se llama Frano. Frano Zima.

—Entonces ya sabes quién es —replicó Milja. Era evidente que no quería hablar con su amiga sobre el chico al que había conocido el día anterior. Volvió a darse media vuelta y colocó las blusas y faldas dobladas en sus respectivos cajones.

—¡Deja eso, Milja! —Liliana agarró a su amiga de los hombros y la forzó a mirarla a la cara—. La ropa puede esperar. Pero Frano...

—Ese sí que puede esperar —dijo Milja y se sentó de mala gana en una silla.

—Bah, venga...

Milja era solo un poco mayor que Liliana, a los trece años la habían nombrado doncella de la hija del viticultor, quien entonces tenía diez, y la relación entre ambas era más de amistad que de señora y sirvienta. Habían hecho tonterías juntas, se habían reído, se habían contado chismes e incluso se habían atrevido audazmente a jugar de vez en cuando al pilla pilla entre las viñas. Entonces Milja se había enamorado y el joven trabajador Guran Parlov había respondido a sus sentimientos. Él la había cortejado y al final se habían casado después de que el padre de Liliana hubiese permitido que la joven siguiera trabajando en la casa señorial pese a estar casada. No era algo que se diera por supuesto, los sirvientes solían vivir en la casa y estar a disposición de los señores tanto de día como de noche. Maksim Vlašić había dejado que la doncella se mudase una vez que su hija le había asegurado que eso no era ningún problema para ella. La joven sirvienta se había ido con Guran a la diminuta casa de piedra natural que compartía la familia Parlov. Allí vivía con la madre viuda y una hermana de su marido que luego también se casó. Eso estuvo bien, pues había poco espacio y ella se quedó embarazada muy pronto. La madre de Guran se ocupaba de la pequeña Gavrila, mientras Milja trabajaba en la casa del señor. Seguro que en un futuro próximo tendrían más hijos, ya que la doncella deseaba una familia numerosa. Liliana lamentaba que su amiga ya no tuviera tiempo para jugar y charlar. Ahora esta cumplía con sus obligaciones y se despedía lo antes posible para ocuparse de su propia familia.

—¿Qué quieres saber? —preguntó impaciente.

Liliana se dejó caer sobre la cama.

—¡Todo! —respondió emocionada—. ¿De dónde viene? ¿Qué hace? ¿Está...? —enmudeció antes de que se le escapara la pregunta de si ya estaba comprometido con alguna chica del pueblo.

—Trabaja para tu padre —respondió Milja—. Como jornalero. —En su ancho rostro apareció una sombra de desaprobación—. Y eso que podría estar echando una mano a su propio padre. Bogdan Zima lleva la carpintería del pueblo. Les ha enseñado a Frano y a su ahijado Jaro. Pero es muy severo, se dice que dejaba a los chicos llenos de cardenales cuando se equivocaban. Frano no lo aguantó más. En cuanto terminó el aprendizaje, se marchó, y ahora ha entrado al servicio de tu padre en la viña.

—Lo dices como si fuera una vergüenza —la reprendió Liliana. Tenía la sensación de que debía defender a Frano Zima.

—No es una vergüenza, pero así no se alimenta a una familia —contestó Milja—. Claro que a la mayoría no le queda otro remedio, porque no hay más trabajo. Pero él heredaría el taller. Su padre se gana bien la vida; comparado con nosotros, por ejemplo, los Zima son ricos.

—Aun así es comprensible que no quiera que lo golpeen —objetó Liliana.

La doncella puso los ojos en blanco.

—¿Hay algún maestro que no golpee a sus aprendices? —preguntó—. También en la viña se da a los jóvenes algún que otro pescozón si no trabajan como deben. Y él es un soñador. Guran dice que hace castillos en el aire. Habla mucho, pero no hace nada. Hay que tener cuidado con él, según Guran. —El marido de Milja era capataz en la viña de Vlašić y no tenía a Frano Zima en gran consideración.

—Pues parece... parece muy amable —dijo Liliana—. Y optimista...

Milja asintió.

—De eso no cabe la menor duda. Un irresponsable divertido y simpático. ¿No estarás pensando en serio en volver a verlo? —Miró preocupada a su amiga.

Esta se encogió de hombros.

—No tendré oportunidad de hacerlo —se lamentó—. Al menos en los próximos dos días.

—Tampoco deberías volver a verlo después —le advirtió Milja con severidad—. Acuérdate de que estás prometida. Cuando se está comprometida con alguien, no es decente encontrarse con otros chicos. Y menos con los de este tipo...

Frano no esperó dos días. Al parecer, había averiguado que Liliana no podía salir de casa. Además, sabía que por las noches dormía sola en su habitación y que no tenían ninguna doncella de buen oído que esperase al lado las órdenes de su señora.

La presencia de un gran algarrobo junto a la ventana de la joven le resultó muy oportuna. El árbol no estaba lo suficientemente cerca como para entrar en la habitación, pero sí lo bastante para poder verse y hablar. Liliana se llevó un susto de muerte al notar un extraño movimiento en las ramas cuando iba a cerrar la ventana antes de meterse en la cama. Al principio pensó en un animal grande, pero luego vio al joven, sonriendo, sentado en una gruesa rama.

—Se me ha ocurrido pasar por aquí para ver qué tal anda la reclusa —anunció—. Siento que te hayan castigado por mi culpa.

Liliana se preguntó cómo lo habría sabido él, pero enseguida se abandonó a ese sentimiento feliz y cálido que despertaba en ella al ver al joven.

—Habla más bajo. Si alguien te descubre aquí tendrás un problema grave —le advirtió a pesar de todo.

Frano se encogió de hombros.

—¿Quién va a descubrirme? —preguntó—. ¿Tus padres no duermen en la parte que da a la calle?·

Así era, solo la ventana de Liliana y la de sus hermanos daban al jardín. Y entre la habitación de estos y la de ella había dos cuartos vacíos. El chico debía de haberse enterado bien antes de atreverse a visitarla allí.

—Y si lo hacen... —prosiguió—. Habrá valido la pena. Todavía haría más cosas con tal de volver a ver a la chica que vence al invierno que hay en mí.

Liliana sonrió con timidez.

—¿Hay realmente algo que vencer en ti? —preguntó.

Frano asintió con gravedad.

—Oh, sí. Mi corazón está cubierto de un hielo que hay que fundir. Antes de que una chica pueda entrar en él. Antes de que pueda darlo, pues ¿qué mujer desea un bloque de hielo? Y ahora dime, mi precioso lirio, ¿te valió la pena bailar entre la uva? ¿O te arrepientes?

Ella negó con la cabeza.

—No, yo... ¡yo nunca me arrepentiría de ello! Fue tan bonito..., me sentí tan libre...

—Eso es. Tú me vences y yo te libero. Nos beneficiamos el uno del otro. ¿Sabes que esta noche he soñado contigo?

—¿Has soñado de verdad? —inquirió Liliana—. ¿Mientras dormías? ¿O solo... —recordaba lo que Milja le había advertido— cuando tenías que estar trabajando?

Él se echó a reír.

—Tanto en un momento como en otro. Eres dueña de mis días y de mis noches. Creo respirar el perfume del lirio cuando voy a la fuente. Creo ver tu cabello flotando al viento cuando arde un fuego. Añoro tu sonrisa... Quiero verte siempre sonriendo, Liliana, toda mi vida, no me canso de ti. Y quiero tocarte. ¿No te ocurre lo mismo? ¿No deseas... estar conmigo?

—¿Cómo sería posible? —preguntó la muchacha—. No puedo moverme de aquí, ya lo sabes, me han castigado a quedarme encerrada en casa. Además, estoy prometida, Frano. Tengo un compromiso...

Frano frunció el ceño. En realidad la noticia no había podido pillarlo por sorpresa. El compromiso de la hija del viticultor se había celebrado a lo grande en primavera.

—Entonces, ¿estás enamorada? —insistió—. Porque, si no lo estás, los compromisos y las promesas no cuentan. El amor está por encima de todo, preciosa mía, y no necesita palabras, no necesita promesas solemnes. Viene determinado, es el destino, está o no está. Dime, ¿estás enamorada? ¿Enamorada de Tomislav Kelava?

La joven se mordió el labio. No había reflexionado demasiado sobre ello. En realidad estaba claro desde siempre que un día iba a casarse con el hijo mayor de los Kelava. El padre de Liliana poseía un viñedo en Donja Banda, que heredó en un momento dado y estaba situado en un sitio sumamente desfavorable para la familia. No obstante, limitaba con la propiedad de los Kelava y por ello era la dote ideal. Los Kelava eran ricos y respetados; era, pues, un matrimonio de conveniencia. Y ella tampoco había encontrado repugnante a su futuro esposo. Tomislav era un tipo moreno, grande, de complexión pesada. Un muchacho imponente con el cabello abundante y negro y ojos castaños y penetrantes. Tenía los pies en el suelo, no era un soñador y nunca habría podido expresarse de forma tan hermosa como Frano. Al menos eso era lo que suponía. No podía saberlo, de hecho, nunca había intercambiado más que un par de palabras con su futuro marido. Y la mayoría de las veces habían hablado del tiempo, de qué tal el vino y de cómo iba la última cosecha. Tomislav le había regalado una bonita joya para el compromiso, pero ella ignoraba si la había escogido él mismo, si era su madre quien la había elegido o si habían encargado a un joyero que hiciera una joya de un valor adecuado para la ocasión.

—No creo que esté enamorada —contestó al final apesadumbrada, aunque seguro que no estaba bien admitirlo.

Él le dirigió una sonrisa cómplice.

—Si lo estuvieras, lo sabrías —le explicó—. Tan bien como sabes si quieres o no volver a verme. ¿Quieres, Liliana?

Ella se frotó la frente.

—No... no sé cómo hacerlo —repitió al final.

—¡Primero di si quieres! —insistió Frano—. Quiero saber si sientes lo mismo que yo. Si hay algo que te empuja hacia mí, como yo me siento atraído por ti. ¿Quieres, Liliana? ¿Quieres volver a verme?

Liliana quería negar con la cabeza, quería responder que daba totalmente igual lo que ella sintiese. No podía ser tan fácil como él lo describía. Ella estaba prometida, las promesas no debían romperse. Ofender a los Kelava tendría sus consecuencias. Destruiría la amistad de las dos familias, o quizá sería motivo de un altercado. Sin embargo, algo en ella ya se había decidido. Sí, quería volver a ver a Frano. Quería volver a experimentar esa sensación que la había invadido cuando él la había cogido de la mano y bailado con ella. Quería estar con él.

—Sí, quiero —respondió, consciente de que con ello cambiaba su destino—. Pero no sé cómo podremos arreglarlo. Si alguien nos ve juntos... En una fiesta uno puede ser más atrevido, pero si nos encontramos, si quedamos en un sitio y aparece alguien... —Frano perdería su trabajo y ella la confianza de sus padres.

—No nos verá nadie —contestó el chico, despreocupado—. Al menos si somos un poco hábiles. Presta atención, ahora estamos trabajando en la viña que hay por encima de la iglesia. ¿Sabes dónde está?

Liliana asintió casi ofendida. Aunque no colaborase en las labores de las viñas, conocía, por supuesto, las tierras de su padre.

—Milja sube casi cada día allí —observó.

No era complicado llegar a esa viña más allá de la iglesia, y Milja, que no podía vivir sin su Guran, se escapaba cada mediodía de su trabajo para ir a verlo. Supuestamente, para llevarle un tentempié a su amado. Nadie se lo prohibía.

—¡Exacto! —la elogió él—. Y cuando puedas volver a salir de tu habitación, basta con que vayas con ella.

—Pero entonces tendré que contárselo.

Tenía sentimientos encontrados ante la idea de poner al corriente a su amiga. Estaba segura de que no la traicionaría, pero tampoco aprobaría esa aventura. Y más por cuanto Guran no tenía una buena opinión de Frano.

Este hizo un gesto de rechazo.

—Tampoco tienes que hacerlo, bonita. Tú te quedas en la iglesia. Di que vas a rezar. Que estás arrepentida de tus pecados o algo así.

—¡Eso no se lo creerá nunca!

Liliana tuvo que reprimir una sonrisa. Salvo por eso, el plan era bueno de verdad. El cura de Sveta Katarina, el padre Josip, era muy viejo, medio ciego y duro de oído, además de un hombre de una bondad extraordinaria. Si se dejaba ver al menos unos minutos en la iglesia, él siempre lo atestiguaría. Milja, por el contrario...

—Da igual lo que ella crea —señaló Frano, despreocupado—. Tu amiga tampoco es una santa. Cuando sube para encontrarse con Guran, los dos desaparecen por la viña y se oyen risitas. Ya se lo puedes decir si te amenaza con chivarse.

—¡Ella nunca haría algo así! —exclamó Liliana con convencimiento.

—Entonces tampoco tienes que preocuparte. —Frano le sonrió de ese modo irresistible—. No te preocupes tanto, lirio mío. ¡Vive la vida! ¡Sé valiente, sé feliz! Todo lo demás déjamelo a mí.

La muchacha intentó disipar las dudas de su mente. La perspectiva de desprenderse de todos los reparos y temores, de dejarse llevar —tal vez a los brazos de ese fascinante joven que parecía no tener miedo a nada ni a nadie en el mundo—, era abrumadora.

—¿Y luego? —preguntó—. ¿Después de la iglesia? ¿Adónde quieres llegar?

—Sigues el camino que lleva a la viña hasta dar con un cruce. Ya sabes, donde se cruzan los caminos para ir al pueblo y a la montaña. Donde está la estatua de la Virgen. —Frano acompañaba la descripción de la ruta con unos amplios gestos pese a estar sentado a horcajadas sobre una horcadura. No había aparentemente nada que pudiera hacerle perder el equilibrio. Liliana asintió de nuevo. La procesión de mayo seguía ese camino, a menudo había rodeado la estatuilla con flores. Qué sensación más extraña esa de que la Virgen fuera a convertirse en testigo de sus secretos—. Coges el camino que va a la montaña —siguió explicando—, y enseguida verás a la derecha, delante de las colinas, una cabaña de pastor. No sé si los pastores todavía la utilizan, pero nunca he visto a nadie. Te espero allí.

—¿Y cómo sabes cuándo iré? —preguntó indecisa—. No vas a estar todo el día sin trabajar.

Frano hizo una mueca, como si eso no lo preocupase en absoluto.

—Iré hacia el mediodía —contestó sonriendo con complicidad—. Así Guran no se dará cuenta, pues él también estará ocupado.

Por supuesto, Milja iba siempre a la misma hora, incluso su madre lo sabía y lo permitía. Liliana, por el contrario, debería encontrar un pretexto para salir de casa al mediodía. Por suerte, su padre y sus hermanos solían pasar todo el día en los viñedos y tomaban un tentempié como los trabajadores. En casa de los Vlašić la comida principal se servía por la noche.

—Lo intentaré —prometió Liliana con el corazón palpitante. Deseaba con toda su alma volver a tocar por unos minutos la mano de Frano. Poder sentir su calor. Si pudiera notar su calidez, se sentiría más segura. Recordó de nuevo la sensación de embriaguez que la había invadido bailando en el mosto. Y luego vio el rostro del joven a la luz de la luna, su expresión soñadora, sus ojos brillantes, que parecían ver a otra Liliana totalmente distinta, más audaz, más bonita. De repente fue como si él volviera a hacerla girar. Bastaba con verlo para que se marease de emoción, de alegría y de anhelo.

—Te espero —dijo él.

El anillo de hierba

—¡Lo de Guran y mío no tiene nada que ver, y tú lo sabes! —Milja reaccionó con una vehemencia inusual cuando Liliana le echó en cara los encuentros secretos con su esposo en la viña. Por supuesto enseguida había recelado de las intenciones de la muchacha. Esta nunca había sido demasiado devota, por lo que el repentino deseo de ir a rezar sola a Sveta Katarina era sospechoso. Milja le había soltado sin rodeos que Frano estaba detrás de eso y parecía firmemente decidida a no apoyarla en su plan secreto—. Guran y yo estamos casados —prosiguió—. Podemos quedarnos los dos a solas. Quizá no los mediodías en la viña, pues yo no debería apartarlo de sus tareas, pero es un pecado pequeño, venial. Tú, en cambio... Por Dios, Liliana, coquetear con un jornalero... ¡Es totalmente imposible! Nunca saldrá nada de tu relación con Frano, ¿por qué empezar entonces con algo tan absurdo?

—No es un coqueteo —se defendió Liliana—. Nosotros... él... yo solo quiero hablar un poco con él. Dice cosas tan maravillosas. Cuando habla, todo parece teñirse de otro color.

Milja sonrió.

—Deja que adivine —bromeó cariñosa—. ¿De color de rosa? ¡Lili, tienes que luchar contra esto! —le advirtió en serio—. Contra este... este enamoramiento ciego. ¡De ahí no saldrá nada bueno!

—¡No estoy enamorada! —afirmó Liliana, y todavía menos, ciega, según su opinión. Al contrario, creía verlo todo con mayor claridad desde que había conocido a Frano. Todos sus sentidos parecían haberse agudizado, estaba excitada, feliz, ¡casi tenía la sensación de estar flotando!

—¡Claro que estás enamorada! —La voz de Milja desprendía inquietud—. ¡Por favor, Lili, sé prudente! Si no es por ti, hazlo por Frano. Y ya puedes estar contenta de que tu padre sea un hombre benévolo. Podría haber reaccionado de un modo bien distinto en la fiesta, cuando te vio bailando con el joven Zima. A fin de cuentas él te ha prometido con los Kelava. Pero si os descubre solos en otro lugar, y es posible que en un apasionado abrazo, ¡la vida de Frano estará en peligro! Sobre todo si Tomislav Kelava se entera. Eres su prometida, le perteneces a él. Que un simple jornalero se la quiera arrebatar hiere su honor. ¡Y entonces no se andará con contemplaciones!

—¡Yo solo me pertenezco a mí misma! —replicó Liliana. ¿Qué más había dicho Frano?—. ¡Tomislav solo poseería algún derecho sobre mí si yo lo amase! La palabra de mi padre no vale para nada. No puede decidir por mí, como se dispone de una burra a la que se lleva al semental del vecino.

Milja inspiró hondo. Su rostro expresaba desaprobación... y compasión.

—Liliana, ¿te ha metido esto Frano en la cabeza? —preguntó con insistencia y esperando en vano una respuesta—. Entonces, todo es mucho peor de lo que yo imaginaba. Por favor, ¡tienes que ser sensata! ¡Reflexiona! Tú has accedido a ser esposa de Tomislav Kelava. Lo has prometido. ¡Ahora no puedes echarte atrás! No tan fácilmente, en cualquier caso. Si quieres romper el compromiso, tienes que hablar con tus padres. Tal vez haya alguna manera de hacerlo, quizá podrías ingresar por un tiempo en un convento...

La joven se echó a reír, esa risa le partió el corazón a su amiga. Ella misma reconoció que no era una risa cantarina y despreocupada como era usual, sino socarrona.

—¿Por una parte no debo ir a rezar y por otra entraré en un convento? —se burló—. Milja, no seas ridícula. Por el momento nadie habla de romper el compromiso. Yo... yo solo quiero estar más segura. Y Frano me está ayudando. Habla conmigo como con un adulto, no como si fuera una niña a la que se castiga sin salir de casa porque ha desobedecido. Él tiene una manera especial de ver la vida, el amor...

—¡Ya, y de ese modo solo piensa única y exclusivamente en su propio beneficio! —afirmó Milja.

Liliana movió la cabeza y se enderezó, segura de sí misma.

—Deberías oír tus palabras. Te contradices. Acabas de decir que reunirse con Frano va en contra de sus propios intereses. Has dicho que arriesga su vida por mí. ¿Acaso no es eso una prueba de que piensa en mí?

La doncella suspiró.

—Para mí es más bien una prueba de lo imprudente que es —dijo resignada—. Pero ya veo que no conseguiré que cambies de opinión. Si es lo que quieres por encima de todo, mañana puedes acompañarme hasta la iglesia cuando vaya a la viña a ver a Guran. No apruebo tus planes, pero de lo contrario irás sin mí y el peligro todavía será mayor. Si alguien te viera empezaría a hacer suposiciones sobre qué te lleva por ahí. Tienes que ser prudente, Liliana. Tienes que prometerme que no harás nada sin reflexionar, nada que no se pueda deshacer, nada que no se pueda negar y callar. —Se mordió el labio—. Nada que te ponga en evidencia la noche de bodas —puntualizó al final para ser más clara.

Liliana negó con la cabeza.

—¡Qué cosas se te ocurren! —le reprochó a Milja—. Solo quiero hablar, nada más. Solo quiero estar... estar un poco con él.

La joven se olvidó de sus propósitos en el momento en que volvió a ver a Frano. Después de pasar el cruce y de santiguarse con algo de mala conciencia delante de la imagen de la Virgen, recorrió un par de cientos de metros del camino que conducía a la montaña hasta ver el cobertizo en las colinas. El chico apareció de entre las sombras cuando la oyó llegar y sin vacilar la estrechó entre sus brazos.

—¡No sabes lo feliz que me haces! —susurró antes de besarla. Ella lo creyó, también se sentía invadida por la dicha. Era natural estrecharse contra él y era lo más normal del mundo besarlo.

Disfrutaron de media hora mágica paseando de la mano por la montaña, mirándose, besándose y repitiéndose una y otra vez lo profundos y singulares que eran los sentimientos que alimentaban el uno por el otro. Al final se separaron de mala gana: él tenía que volver a la viña y ella todavía tenía que rezar. ¡Pero volverían a verse, por supuesto! La pequeña y tierna planta de su amor debía ser cuidada y cultivada, había tanto que experimentar y que descubrir...

Liliana ya no tenía dudas sobre sus deseos y querencias, solo volvió a pensar en el riesgo que corría cuando se quedó sola y se dirigió apresuradamente a la iglesia. En el altar de santa Catalina rogó por la bendición de su amor, con lo cual se olvidaba por completo de que se dirigía a una mujer que nunca había querido desposarse. Catalina de Siena había hecho voto de castidad, el único amor que había sentido había sido hacia el hijo de Dios.

Dalmacia se encuentra en el sur de Europa. Los inviernos no eran demasiado duros, pero aun así los meses posteriores a la fiesta de la vendimia eran fríos y a Frano y Liliana no les resultaba fácil encontrar escondrijos en los que verse. En cierto modo, esto tranquilizaba a Milja. Esperaba que las inclemencias del tiempo impidieran que su amiga se entregara por completo al trabajador. Por regla general, ambos solían reunirse al aire libre, solo la cabaña ofrecía un refugio más o menos apropiado. Pero Milja consideraba que su amiga era demasiado delicada y mimada para hacer el amor sobre la paja vieja y el pestilente estiércol de oveja. Hasta el momento, sus vestidos y capas, que la doncella revistaba concienzudamente cuando Liliana regresaba, parecían limpios. Sin embargo, no la creía cuando afirmaba que su relación con Frano se limitaba a dar paseos juntos. Descubría las huellas de besos apasionados en el cuello y el escote de la joven cuando la ayudaba a desvestirse, y veía la expresión de sus ojos. Ya hacía tiempo que había perdido la esperanza de que el enamoramiento de la joven no fuera más que fuego de paja, que enseguida se apaga. Liliana había sucumbido del todo a los encantos de Frano Zima y Milja ya temía cuando llegara la primavera. Cuando el sol volviera a brillar y una acogedora alfombra de hierba cubriera las colinas, la joven se desprendería de sus últimos reparos.

En cambio, en la vida de la doncella todo se sucedía de forma sumamente ordenada. Era feliz con Guran y su hija, lo sería incluso aunque su vida todavía fuera más difícil y tuviera que apretarse todavía más el cinturón dado el escaso salario de Guran. Se alegró cuando en febrero no tuvo la regla. A finales de año daría luz a un segundo hijo. Ella canturreaba canciones de cuna al tiempo que hacía sus faenas e intentaba sofocar sus malos presentimientos cuando oía cantar a su amiga canciones de amor. Ese invierno las dos jóvenes cosían aplicadas el ajuar de Liliana: según la tradición tenía que ser la misma novia quien embelleciera la ropa blanca con bordados y ribetes, sobre todo el vestido de novia. Esta se dedicaba a esa tarea con gran entusiasmo, lo que sorprendió, y no poco, a Milja. La primera no esperaba con impaciencia la boda con Tomislav Kelava. Su amiga recelaba pensando que mientras cosía y bordaba soñaba que iba al altar con Frano. Al menos eso hacía suponer el brillo de sus ojos cuando se probaba el vestido de boda y se giraba frente al espejo.

Milja reflexionó sobre si debía hablar con ella al respecto, pero abandonó la idea. Su amiga no tardaría en sufrir un violento choque con la realidad.

En efecto, a Liliana le sentó como un jarro de agua fría que su padre le dijera en el mes de marzo que su enlace con Tomislav se había fijado para un día de octubre. Para entonces, dijo, la vendimia en los dos viñedos tenía que estar terminada. Sería el momento de festejar, y la fiesta de la vendimia y la de la boda podían celebrarse juntas. Rechazó sonriendo el intento de Liliana de presentar como excusa que el ajuar no estaba listo.

—Todavía te quedan siete meses, Lili. Todo el verano. Ya habrás bordado un par de camisas y cosido un par de vestidos. Si no hay más remedio, te pondremos a una modista para que te ayude. ¿Qué te pasa, hija mía? ¿Tienes miedo? No tienes por qué. Tomislav es un hombre honorable y los Kelava te acogerán como a una hija.

Liliana calló, también cuando su madre la llamó un par de días después y le explicó, ruborizada e insinuando más que hablando con claridad, lo que más o menos le esperaba a una mujer en el lecho conyugal. Su padre se lo había pedido, le contó, porque pensaba que tenía miedo de la noche de bodas.

En realidad, la joven tampoco era tan ignorante como otras muchachas de buena familia. Había crecido en el campo y sabía cómo los potros y los corderos se criaban, y había visto a sirvientas y mozos coqueteando unos con otros. Sin olvidar que llevaba meses encontrándose con Frano Zima y, aunque no había llegado hasta el final, sabía qué era excitarse. Se había hecho una idea de cómo en la unión eso podía llegar al éxtasis. Últimamente, él se había vuelto más insistente, pero por el momento Liliana cumplía con la promesa que le había hecho a Milja: no haría nada sin reflexionar, nada que no se pudiera deshacer. Debía conservar la virginidad hasta el matrimonio.

—Si pudiera casarme contigo en lugar de con Tomislav... —dijo una mañana Liliana, expresando así sus sueños.

Era el primer día cálido de abril; estaba tendida con Frano en un prado más abajo del cobertizo. El aire olía a heno y a flores primaverales, la hierba ya estaba alta. Brindaba a los enamorados un escondite seguro donde despreocuparse del mundo que los rodeaba.

—¡Puedes hacerlo! —respondió él tranquilamente. Acababa de arrancar un par de briznas de hierba con las que acariciaba el cuello desnudo y el escote de Liliana hasta el nacimiento del pecho. Las briznas más firmes se deslizaron bajo la blusa y la joven suspiró de placer cuando cosquillearon sus pezones. Frano aprovechó la oportunidad para bajarle un poco la prenda—. Es muy sencillo. —Se enderezó, se arrodilló ante ella y pronunció la fórmula de casamiento—: Yo, Frano, te tomo a ti, Liliana, como esposa. Y te amaré y te honraré...

—Así no vale —protestó ella—. Tiene que ser en la iglesia, ante Dios y el mundo.

Frano jugueteó risueño con un rizo del cabello de la chica.

—¿No es esto el mundo? —preguntó—. ¿Y no está Dios en todas partes? Mira, si hasta tenemos padrinos. —Señaló los saltamontes y las hormigas de la hierba—. La iglesia no es una condición indispensable. Tampoco lo es la alianza, aunque estaré encantado de regalarte una... —Retorció las briznas con las que la había acariciado, formó con ellas un cordón verde y luego hizo un anillo y lo deslizó alrededor del dedo de Liliana.

Ella sonrió.

—¿No tiene que ser de oro o plata —preguntó—. Como símbolo de la eternidad?

Frano hizo un gesto de rechazo.

—La hierba lleva siglos creciendo aquí —objetó—. Se renueva. Como nuestro amor se renovará una y otra vez cuando yo... cuando nosotros... —Le bajó la blusa un poco más y le besó los pechos. Luego deslizó la mano hasta el dobladillo de la falda.

—¿No quieres entregarte a mí, bonita? ¿No quieres consumar el matrimonio conmigo?

Liliana pugnó contra el deseo de abandonarse a Frano.

—No es un matrimonio —susurró—. El matrimonio... El matrimonio tiene futuro. Pero nosotros no tenemos. Tengo que casarme con Tomislav y tú...

—¡Pero tú prefieres casarte conmigo! —protestó él—. Tú misma lo has dicho. Y en lo que respecta al futuro... He estado pensando, Lili. Podríamos vivir juntos. Pero no aquí. Hay un país, Lili, muy lejos, en el otro extremo del mundo. Lo llaman Nueva Zelanda. Y uno puede hacer fortuna allí.

La joven arrugó la frente.

—¿Como en América? ¿Buscando oro? Así nadie se hace rico, Frano...

El muchacho negó con la cabeza.

—No como en América —explicó—. Y nada de oro. Más bien... hum... resina o goma. Allí hay. En algunos árboles. Se recoge, se vende... Dicen que en Inglaterra y América van como locos tras ella. En cualquier caso hay tres chicos que se han ido de Donja Banda a Nueva Zelanda y de Dingać Borak, dos. Uno de ellos es amigo de Jaro, el ahijado de mi padre. ¡Y sabe escribir! Jaro ha recibido una carta suya.

Jaro aprendía carpintería en el taller del padre de Frano. Ella lo conocía de vista. La mayoría de las veces lo veía solo los domingos en la iglesia, cuando espiaba a Frano y su familia. Se parecía un poco a este, pero con el rostro menos anguloso, y tenía los ojos castaños. Lo encontraba más bien aburrido y lo que Frano contaba de él confirmaba esa impresión. Jaro era amable y se adaptaba a las circunstancias. Nunca se pasaba de rosca.

—¿Sabe leer? —preguntó sorprendida. Eran contados los hijos de campesinos y artesanos que aprendían a leer y escribir, aunque el padre Josip, el anciano sacerdote, daba clases en invierno.

Frano asintió.

—Jaro sabe todo lo que es formal y pesado —contestó—. Pero en este caso nos sirve. Nos ha leído la carta en voz alta. A Dario le va estupendamente en Nueva Zelanda. Se gana bien la vida y es independiente. Por lo visto es un país bonito. Podríamos ir allí y hacer fortuna.

Liliana sintió una chispa de esperanza.

—Seguro que nosotros seríamos felices en cualquier sitio —dijo—. Con tal de que estuviéramos juntos. Pero mi padre nunca me permitiría...

Frano sonrió.

—No tenemos que pedirle permiso —señaló—. Desaparecemos y ya está. Nos vamos a Dubrovnik, cogemos un barco y adiós.

Ella negó con un gesto.

—Sería pecado, Frano. Que me fugara contigo, que viviéramos juntos sin estar casados.

El joven suspiró.

—Cariño, hagámoslo ahora mismo: cásate conmigo aquí y ahora, ante Dios y el mundo. Únete a mí. En cuanto seamos uno, entonces... entonces lo resistiremos todo. Resistiremos todo el mundo. Solo tienes que quererlo, Lili. —La miró—. ¿Lo quieres? ¿Lo quieres tanto como lo quiero yo?

—No se trata de querer. Mi padre..., mi prometido... —titubeó.

Frano movió la cabeza.

—Se trata solo de querer, Lili. De ti y de mí, no de tu padre y de tu prometido. Se trata del amor. El amor lo puede todo, el amor se atreve a todo. ¿Te he decepcionado alguna vez, Lili? ¿Te he dado alguna esperanza que no haya podido satisfacer?

Liliana se mordió el labio. Claro que Frano nunca la había decepcionado. Todo lo que le había prometido se había cumplido, él la había hecho más feliz de lo que ella jamás hubiera creído posible. Pero, por otra parte, hasta el momento, lo único que había tenido que hacer había sido buscar lugares seguros en los que encontrarse y mimarla con sus caricias. Y ahora, de repente, había que conseguir pasajes para un barco, huir a escondidas, casarse en secreto...

—¿Así también vale? —preguntó temerosa—. ¿Basta con que tú y yo pronunciemos la fórmula de matrimonio? ¿Aquí? ¿Sin el padre Josip? ¿Sin bendición?

Él levantó la vista al cielo. El sol estaba en su cenit, el padre Josip no tardaría en oficiar la misa vespertina.

—¡Iremos a que nos bendiga! —dijo sin pensárselo dos veces—. Vuelve a Sveta Katarina, yo te sigo. Para la misa de la tarde. Pronunciaremos la fórmula de casamiento antes de que el padre Josip despida a la congregación. Entonces ya estaremos bendecidos. Eso sí que vale.

La joven se rascó la frente.

—¿Seguro? —preguntó.

Frano asintió.

—Pero tenemos que darnos prisa. Si no, hoy no podremos hacerlo. —Se levantó y tendió la mano a Liliana para ayudarla a incorporarse—. Es lo que quieres.

Ella quería. Quería creer que había una solución. Y todavía estaba como embriagada por las caricias de Frano, por la esperanza que él había sembrado en ella.

Nueva Zelanda... Bajó a la iglesia canturreando ese nombre.

El padre Josip la saludó inclinando la cabeza cuando ella ocupó el lugar de costumbre, delante de santa Catalina, en un nicho de la iglesia. Luego el religioso se volvió hacia el altar. Liliana deslizó la mirada por los miembros de la comunidad presentes. No eran muchos, para ser más exactos, dos. La vieja Sima, medio ciega y sorda como el sacerdote, y Jelica, una viuda cuyo marido había muerto hacía poco y que ahora buscaba el consuelo en la iglesia. Tampoco ella era joven. Ni Jelica, ni Sima ni el padre Josip vieron a Frano, que se reunió con Liliana en cuanto la misa hubo empezado. Los «novios» hasta se atrevieron a arrodillarse uno junto al otro en el banco para rezar que estaba frente a la imagen de la santa y no se veía ni desde el altar ni desde los asientos de las mujeres.

Liliana encontró su casamiento muy solemne. Rezó las oraciones con todos y se sintió confirmada en sus actos cuando el padre Josip citó en su sermón las palabras de san Pablo: «Si no tengo amor...». Tras el himno final, Frano apretó la mano de la joven y susurraron las palabras rituales: «Y nos declaramos marido y mujer». Mientras, el joven miraba a santa Catalina como si ella fuese testigo de su unión y la muchacha hacía girar el anillo de hierba en su dedo con el corazón palpitante.

Después, cogidos de la mano, recibieron la bendición tradicional.

—Yo os bendigo en el nombre del Padre y del Hijo y del Espíritu Santo —dijo el padre Josip con solemnidad.

—¡Amén! —murmuró dichosa Liliana, mientras Frano ya se marchaba.

Pero entonces, cuando ella casi había salido, se llevó un susto tremendo. El padre Josip la detuvo antes de que pudiera abandonar la iglesia.

—Últimamente vienes con frecuencia —declaró el anciano sacerdote—. ¿Hay algo que te angustia, hija mía?

Liliana se sonrojó y negó decidida con la cabeza.

—No, padre —dijo sincera—. Me siento muy feliz.

El sacerdote sonrió.

—Me alegra oírlo, Liliana. Dentro de poco contraerás matrimonio, ¿no es cierto?

La joven se mordió el labio. ¿Se habría dado cuenta de algo?

—Sí —musitó—. Yo... yo ya me siento ahora unida a mi marido, yo...

El padre Josip asintió.

—Esto es muy bonito, hija. Y no siempre se da por entendido. No todas las muchachas están satisfechas con la elección de sus padres. Ya puedes dar gracias a Dios. Tal vez sea eso lo que te trae por aquí.

—Ahora tengo que irme... —Lo único que deseaba Liliana era salir de allí.

El sacerdote volvió a asentir.

—Claro. Deja que antes te bendiga de nuevo, hija, y que Dios también bendiga al hombre con quien te has prometido.

El corazón de Liliana latía desbocado cuando se arrodilló delante del sacerdote y sintió su mano en la cabeza. Tenía que ser una señal de Dios. Su unión con Frano era válida.

Cuando por fin pudo abandonar la iglesia, echó a correr. En el prado, junto al cobertizo, voló sin aliento a los brazos de su amor.

—¡Mi legítimo esposo! —dijo ella.

—¡Mi legítima esposa! —dijo él.

Levantó a Liliana en brazos, la llevó a su lugar en el prado y la desvistió con dulzura. Frano la acariciaba y le repetía lo hermosa que era. Y luego la amó a la luz del sol poniente, la penetró con cuidado y suavemente y se hizo uno con ella mientras el anillo de briznas de hierba se marchitaba con el sol de la tarde.

Grandes proyectos

En los días que siguieron Liliana y Frano hablaban a menudo de Nueva Zelanda durante sus encuentros. Él preguntaba a Jaro por los detalles de la vida de su amigo, y ella buscaba información en los libros de su padre para saber más sobre ese país, compuesto de dos islas, la Sur y la Norte. Un libro narraba el descubrimiento que el capitán Cook hizo de las islas. Frano averiguó más sobre la profesión de *gumdigger*.

—Se pronuncia *gamdigga*, en Nueva Zelanda hablan en inglés —explicó él—. Significa lo mismo que buscador de goma. La goma proviene de unos árboles antiquísimos, los kauris, que en el pasado cayeron y se pudrieron en las ciénagas. O más bien no se pudrieron, sino que se conservaron estupendamente bien allí.

—Como en un pantano —confirmó ella. Había leído novelas policíacas con un agradable estremecimiento y en ellas se descubrían cadáveres bien conservados en los pantanos.

—En cualquier caso, se extrae de los troncos o se rasca la corteza, a veces también hay que cavar al pie de los árboles para encontrarla. En Inglaterra se utiliza para fabricar linóleo, una especie de revestimiento del suelo —prosiguió Frano—. Como baldosas.

En Dalmacia se solía colocar baldosas de terracota, aunque solo en las mejores casas; las cabañas humildes de los trabajadores tenían el suelo de madera. Liliana asintió. Nunca había oído hablar del linóleo, pero en realidad le daba igual para qué se necesitaba la resina.

—Y muchos *gumdiggers* son de Dalmacia. Por qué, no lo sé. Es probable que uno lo descubriera y que luego corriera la voz de que es una forma fácil de ganar dinero —continuó él—. Los barcos salen de Dubrovnik, parece que está bien organizado...

Frano no mencionó que normalmente esos barcos solo transportaban hombres jóvenes a ese misterioso país y que no había padres de familia que emigraran para trabajar de *gumdiggers*. Cuando fijaran la fecha del viaje, ya encontraría una solución para ambos. Por el momento escuchaba lo que ella le contaba sobre las dos islas, en las cuales la tierra era fértil, hasta se podía cultivar uva y había unos extraños animales que, por suerte, no eran peligrosos.

—En cambio, los indígenas, a los que se les llama maoríes, me dan algo de miedo —advirtió Liliana—. Atacaron al capitán Cook cuando llegó a las islas.

Frano hizo un gesto de rechazo.

—Pues Dario escribe que son inofensivos. Las chicas al menos son... hum... bueno, muy descocadas...

De hecho, el amigo de Jaro estaba entusiasmado de lo fácil que se lo ponían las indígenas a los hombres cuando estos trabajaban cerca de una tribu maorí. En el siglo pasado había habido algún problema con los nativos, pero en el ínterin reinaba la paz en las islas.

—Es un paraíso, Lili —decía Frano, esperanzado—. Y nos está esperando a ti y a mí.

Liliana esperaba algo muy distinto. El mes pasado no había tenido la regla. No se había preocupado demasiado, pues solía ser irregular, pero ya era la segunda falta y, además, se sentía rara. Tenía los pechos tensos, oscilaba entre la euforia y un inexplicable malhumor y por las mañanas vomitaba a menudo. Pensó que se trataba de algún problema estomacal, hasta que Milja se inquietó.

—¿Hay algo más? ¿Cuándo fue la última vez que te vino la regla? —Observaba con preocupación el rostro empalidecido de su amiga.

Liliana se encogió de hombros.

—No lo sé exactamente. Es tan irregular que...

Milja también perdió el color.

—¿Es irregular o no viene? Es importante, ¡haz memoria!

La joven se mordió el labio.

—Yo diría que no me viene —contestó—. ¿Crees que tendría que ir al médico? Me resultaría muy desagradable. A lo mejor puedes hacerme una infusión que...

Milja suspiró.

—Si es lo que a mí me parece, quizá la vieja Ilana, como mucho, podría prepararte una infusión que lo arregle. —Ilana era la comadrona y se la consideraba también la bruja del pueblo—. Pero no lo hará, porque si la descubren podrían colgarla.

—¿Colgarla? —preguntó Liliana horrorizada—. ¿Por una infusión contra el dolor de barriga?

—No tienes dolor de barriga —repuso Milja—. Estaría encantada de que lo tuvieras porque eso significaría que te iba a venir la regla. Lo siento, pero por lo visto... por lo visto, estás esperando un hijo.

Liliana la miró desconcertada.

—¿Un... un hijo? Pero si yo... No puede ser... —Se mordió el labio. Casi se le había escapado un «si no estoy casada».

—Puede ser —dijo Milja implacable—. A no ser que Frano Zima se limite de verdad a pasear contigo. Pero, perdona que te lo diga, eso nunca me lo he creído.

La muchacha enrojeció.

—¿Y ahora qué pasará? —preguntó confusa.

Milja volvió a suspirar.

—Tendrás que decírselo a tus padres —decidió—. A no ser... En fin, podemos intentarlo con Ilana. Seguro que tienes algo de dinero... Si empeñas una de tus joyas..., bueno, para Ilana sería una fortuna. A lo mejor te libra de él...

—¿Me libra de él? —Liliana miraba a su amiga sin comprender.

—En fin, solo no va a desaparecer. —Milja movió la cabeza—. ¡No

puedes tener un hijo! ¡Sería una catástrofe! Tus padres, los Kelava...
¡No puedes dar a luz a un bastardo! ¡Precisamente tú, una Vlašić! ¡No
quiero ni pensar en lo que tu padre dirá de esto! Puede que... —Se mordió el labio antes de seguir hablando—. Hay familias en Dalmacia que
castigarían una mancha en el honor de la familia con la muerte de la
chica. Aunque no creo que tu padre sea capaz de hacer algo así.

Liliana empezó poco a poco a asimilar la noticia. Al principio se
asustó, se horrorizó; pero al pensarlo con más detenimiento... ¡Ese
niño le brindaba posibilidades totalmente nuevas! El embarazo enfren-
taba a sus padres a hechos consumados. Tendrían que aceptar a Frano
como yerno.

—No será ningún bastardo —respondió—. Y no es lo que tú te piensas. Frano y yo... ¡nos hemos casado! Ante Dios y ante el mundo.

Milja la miró inquisitiva.

—¿Cómo? ¿En serio habéis encontrado a un sacerdote que os
haya casado? ¿Dónde, por Dios? ¿Cómo lo habéis conseguido? Me
refiero a que... no has pasado fuera más de un par de horas. Es imposible que hayáis llegado al pueblo más cercano, ni que decir a Zadar o a
Dubrovnik.

Naturalmente, Milja sabía que en ninguno de los pueblos de montaña de Pelješac había ningún sacerdote que casara a una pareja de jóvenes desconocida. Habría querido ver certificados de nacimiento, pa-
saportes o algún otro documento y enseguida habría sabido que se
trataba de algo turbio.

Liliana se explicó.

—El padre Josip nos ha dado su bendición —empezó diciendo con
una sonrisa cómplice—, aunque sin saberlo. —Contó emocionada su
enlace matrimonial a una Milja que la escuchaba sin dar crédito a lo
que oía—. Claro que todavía no está registrado en ningún lugar —acabó
admitiendo—. Hemos pensado que volveremos a casarnos de forma
oficial en Nueva Zelanda.

—¿Dónde? —preguntó Milja.

La joven no le contestó.

—Seguro que mi padre se enfada cuando lo sepa todo, pero como espero un hijo... Ay, Milja, casi me alegro de ello. Lo de Nueva Zelanda... Me da un poco de miedo irme. Si pudiésemos quedarnos aquí.

La doncella se frotó las sienes.

—Liliana, has perdido por completo el juicio —dijo en voz baja—. Nueva Zelanda, de acuerdo... Pero eso del casamiento secreto, por Dios, ¡no hablarás en serio! Tu padre nunca aceptará que Frano Zima sea tu esposo. ¿Y cómo puedes creer que alguien acepte esa bendición que se ha obtenido con una argucia en la iglesia?

—Dios la acepta —insistió Liliana.

—Pues entonces ya puedes pedirle que te ayude —la aconsejó Milja—. A lo mejor envía a un ángel con una espada en llamas para protegeros a ti y a Frano cuando se lo cuentes a tus padres. O quizá tu padre encuentra una solución.

—Frano la encontrará —replicó Liliana con una confianza absoluta—. Por favor, déjame hablar con él antes de poner a mis padres al corriente.

Pensaba en Nueva Zelanda. Si el niño los ponía en un aprieto era necesario que se marcharan antes de lo planeado. Hasta entonces habían ido postergando tomar la decisión de cuándo salir de Dalmacia. Naturalmente, tenía que ser antes de la proyectada boda con Tomislav Kelava, pero Frano todavía no había reunido ni mucho menos el dinero suficiente para pagar la travesía.

Milja se encogió de hombros.

—Si es lo que quieres... —dijo sin hacerse grandes ilusiones—. Todavía puedes esperar un par de días. Hasta que se te note, pasará algún tiempo. Pero yo no me demoraría demasiado. En caso de que Ilana consintiera en ayudarte o que tu padre encontrara a otra mujer que te hiciera abortar, cada día cuenta.

Frano escuchó incrédulo la noticia. Como casi cada día, se encontraron en la cabaña del prado.

—¿Estás segura, Lili? —preguntó—. ¿No estarás equivocada?

Ella hizo una mueca.

—No he consultado a ninguna comadrona —confesó—. Pero todos los síntomas coinciden. Milja tiene un hijo. Ella sabe lo que ocurre.

El chico se mordió el labio.

—Tu padre me matará —dijo.

Liliana siguió.

—¿Esto es lo único que se te ocurre? ¿Qué sucede con nuestra boda? Milja dice que no vale, pero tú dijiste...

Él la abrazó dulcemente.

—Bonita mía, claro que vale. Para ti y para mí. Sabemos que nos pertenecemos el uno al otro. Pero tu padre... bueno... no es como si el matrimonio estuviera en el registro parroquial.

—Entonces deberíamos ir a ver al padre Josip y confesárselo todo —sugirió Liliana pensando en voz alta.

Ya había llegado a esa conclusión la noche anterior, durante la cual no había podido conciliar el sueño presa del miedo y la preocupación. De hecho, el anciano sacerdote era el único que podía ayudarlos. Si daba fe de su bendición... Él siempre había sido muy afectuoso con ella.

—¡Ni hablar! —Frano parecía asustado—. ¡Ese irá corriendo a decírselo a tu padre! ¡Por el momento no se lo digas a nadie, Liliana, y a ese viejo menos que a nadie! Nosotros... Bueno, yo... ya pensaré algo, Lili. Lo mejor es que nos marchemos de aquí antes de que alguien se entere. Iremos a Nueva Zelanda. Reuniré el dinero de algún modo. —Cogió las manos de la joven—. Seguro, Lili, te lo prometo.

Ella asintió, se desprendió de sus manos y sacó una bolsa del bolsillo de su falda.

—Por el dinero... —dijo—. Bueno, aquí están mis joyas. Puedes empeñarlas, a lo mejor así podemos comprarnos los pasajes.

Frano le dirigió una mirada dulce y agradecida con sus preciosos ojos.

—Lili, cariño, no puedo aceptarlo.

Liliana movió la cabeza con vehemencia.

—¡Claro que puedes! Es para nosotros. Y para nuestro hijo. Lo único que temo es que no tengan mucho valor. Solo la cadena... —No cabía duda de que el regalo de prometida de los Kelava era muy valioso. Las demás joyas no aportarían mucho.

—¡Obtendré lo máximo posible! —prometió Frano—. Pero ahora he de irme. —Dio media vuelta.

—¿No me das un beso, Frano? —preguntó ella en voz baja—. Y... ¿cuándo volvemos a vernos?

Él le dio un beso fugaz.

—Pasado mañana —contestó—. O no, mejor el fin de semana. Entonces sabré más.

—¿El fin de semana? La semana acaba de empezar —se lamentó ella.

—Necesito un poco de tiempo. Hasta entonces no digas nada, Lili. A nadie, ¿entiendes? Ya es lo bastante malo que Milja lo sepa. No vaya a ser que se lo diga a Guran. ¡Si alguien se entera de que te he dejado embarazada, mi vida correrá peligro!

Milja se dejó convencer de mala gana para esperar hasta el fin de semana y no informar hasta entonces a los padres de su amiga.

—Lili, solo lo estás aplazando. ¿Qué quiere Frano? Se muere de miedo de que digas que es el padre...

Entretanto, Milja se había inventado una muy buena historia para explicar el embarazo sin poner a Frano en peligro. Liliana tenía que contar que en abril, después de ir a misa, la habían asaltado. Por entonces había gente deambulando por la zona. Uno de los delincuentes podría haber forzado a la muchacha a hacer lo que le exigía y ella no se lo había contado a nadie por miedo y vergüenza. Si se atenía a ese relato, en el fondo nadie podría echarle nada en cara y nunca se sabría la verdad. A fin de cuentas ya haría tiempo que los gitanos se habrían ido de allí.

—Frano no tiene miedo, él nunca lo tiene —afirmó Liliana—. Él...
él... se marchará conmigo. Se casará conmigo. Por favor, Milja, esperemos hasta el domingo. Para entonces ya habrá trazado un plan.

Mientras, le había contado más sobre Nueva Zelanda y su proyecto de emigrar allí, y era cierto que Milja y Guran conocían a un par
de jóvenes que habían partido hacia ese misterioso país para trabajar de
gumdiggers. Desde Dubrovnik tampoco debía de ser tan complicado,
había reclutadores que financiaban previamente el viaje a los chicos.
Así que no se necesitaba mucho dinero para emprender la aventura.
Liliana estaba eufórica. En realidad solo tenían que llegar a Dubrovnik
de algún modo y encontrar allí un barco. Luego ya se pondría todo en
marcha.

Milja miraba a su amiga con compasión.

—Ya desearía yo ser también tan optimista —musitó—. Pero, de
acuerdo, esperemos hasta el fin de semana. A lo mejor sucede un milagro...

El sábado, a la misma hora de siempre, Frano esperaba a Liliana en su
lugar de encuentro. De nuevo la besó fugazmente antes de contarle sus
planes.

—Hay un barco, pero dentro de una semana —explicó—. Y antes
tenemos que cruzar la montaña para llegar a Dingać Borak. Desde ahí
se llega en barca hasta Dubrovnik. Tenemos que pagar el viaje, pero
para ello basta con las joyas, no te preocupes. Los pasajes para Nueva
Zelanda...

—Los paga la sociedad que te contrata —dijo ella con orgullo—. Lo
sé, me he informado.

—¿Qué has hecho? —Frano la cogió del brazo, apretándoselo an-
gustiado—. Lili, ¿no se lo habrás contado a nadie?

Liliana intentó desprenderse de él.

—Déjame —le pidió—. Me haces daño. Y no, claro que no se lo he
contado a nadie. Solo lo he oído decir.

Él la soltó.

—¡No debes decírselo a nadie! —volvió a advertirle—. Pero ahora que ya lo sabes... sí, me pagan el viaje a Nueva Zelanda. Además, Jaro viene conmigo.

—¿Jaro? —preguntó Liliana pasmada—. ¿Tu amigo? ¿No iba a encargarse él del taller de tu padre?

Frano negó con la cabeza.

—Mi padre no se lo deja. Es lo que yo siempre le había dicho a Jaro, pero él no quería creérselo. Y ahora mi hermano pequeño es lo suficientemente mayor para empezar el aprendizaje, se desenvuelve bien. ¿Qué le importa ahora Jaro a mi padre? Espera tener un heredero que sea sangre de su sangre.

Ella suspiró.

—Está bien, si el dinero de las joyas es suficiente, no tengo nada en contra de que Jaro vaya con nosotros a Dubrovnik. ¿O es que no tiene nada de dinero? Algo habrá ganado con tu padre.

Frano se encogió de hombros.

—No te preocupes por Jaro —respondió—. Lo mejor es que no te preocupes por nada, bonita. Tú prepárate para el viaje. Será el miércoles por la noche. Saldrás a escondidas de casa. Espérame en el jardín, debajo del algarrobo, yo te recogeré allí alrededor de medianoche.

Liliana jugueteó con una de las trenzas con que se había peinado su cabello castaño rojizo.

—¿Qué he de llevarme? —preguntó vacilante—. Bueno... ¿Qué tiempo hace en Nueva Zelanda? ¿Necesito ropa de invierno? Yo...

—¡Llévate lo que te apetezca, cariño! —contestó Frano—. No demasiado, un hatillo o una bolsa. Te compraré vestidos cuando gane dinero. Unos vestidos maravillosos para mi maravillosa chica...

Liliana se estrechó de nuevo contra él. A lo mejor, se le pasó por la cabeza, era la última vez por un largo período de tiempo que estarían solos. Jaro los acompañaría cuando escaparan por la montaña y luego en la travesía... Había oído decir que al menos los barcos que iban a América estaban abarrotados.

—¡Bésame! —susurró—. Tengo un poco de miedo, me lo tienes que quitar con un beso.

Frano rio. Sus ojos brillaban alegres cuando hizo revolotear a su alrededor a Liliana como el primer día.

—¡Eres un regalo para mí, mi precioso lirio! —dijo, besándola. Ella se abandonó en sus brazos—. ¡Sé valiente!

Liliana asintió.

—Te espero.

La noche

Liliana reflexionó largo tiempo antes de hacer el equipaje. En la pequeña bolsa que quería llevarse no cabía gran cosa, en realidad no más
que la ropa interior y un vestido de recambio. Se pondría el abrigo,
aunque sin duda sudaría con él puesto cuando atravesaran las montañas. El miércoles por la noche estaba indecisa delante del armario. La
razón le decía que lo mejor era que escogiera un vestido resistente y
sencillo, que no fuera de corte muy amplio ni tampoco demasiado estrecho, con mangas largas, que pudiera llevar el mayor tiempo posible
durante el embarazo. Pero su mirada se detenía constantemente en el
vestido de novia bordado con tanta delicadeza. Había invertido en
él tanto esfuerzo y tantos sueños... Con mucha frecuencia había imaginado la expresión de Frano cuando la viera con él por primera vez, cuando los dos se presentaran juntos ante el altar. El vestido era de varios
colores y tenía las mangas anchas, de modo que se las podía bajar cuando hiciera más frío. El mandil con los flecos seguro que ocultaría durante
largo tiempo el embarazo. Simplemente abriría las costuras de la cintura.

Se debatía consigo misma. La razón contra los sueños, y al final
venció su romanticismo. Dobló el vestido de novia y lo metió en la
bolsa. Ya solo le quedaba ponerse el abrigo y cubrirse el cabello bajo
un pañuelo negro. Quería confundirse con la noche cuando se dirigiera al jardín. De Milja ya se había despedido a primera hora de la tarde.
Esta intuía los planes de su amiga, pero, conforme a las instrucciones,

Liliana no le había revelado cuándo se pondrían en marcha exactamente. Excitada, escuchó los sonidos de la casa, que le revelaron cuándo se retiraban sus hermanos. Los herederos Vlašić trabajaban duro en la viña. Seguro que estarían durmiendo, a medianoche.

De hecho, nada ni nadie se movía en la casa cuando Liliana se deslizó en el jardín apretándose contra la sombra del árbol. Solo tenía que esperar. Miraba impaciente al cielo. Estaba estrellado, pero no había luna llena, como entonces, la primera vez que él había ido a verla. Todavía se acordaba palabra por palabra de la conversación que habían sostenido entonces. «Tú me vences, yo te libero...» Ahora esas frases por fin se harían realidad. Era tal como él había dicho: lo único que contaba era su amor.

Pensó en sus padres con cierta melancolía. Habría preferido otra solución antes que la fuga, en realidad estaba bien en Pijavičino y quería a sus padres y hermanos. Si no fueran tan estrechos de miras, si para ellos no importara más la tradición que el amor... Suspiró. Vio una estrella fugaz y deseó que Frano llegara de una vez. Luego pensó en su hijo. Si era una niña la llamaría Catalina. Por la iglesia en que sus padres habían establecido un vínculo de por vida. Se preguntó si en la lejana Nueva Zelanda existiría ese nombre o si en inglés sonaría totalmente distinto. Era posible que tuvieran que aprender inglés enseguida...

Liliana oscilaba entre el miedo y la alegría anticipada, pero cuando pensaba en Frano, ganaba la última. Su valentía era contagiosa, con él no podía pasarle nada.

Ojalá llegara de una vez...

Observó cómo la luna recorría el cielo. La noche avanzaba. Frano tenía que darse prisa si quería adelantar un buen tramo en dirección al mar antes de que clarease. ¿En qué estaría pensando? En cuanto se hiciera de día, se darían cuenta de su desaparición y su padre mandaría ir a buscarlos. Seguro que interrogaba a Milja, que no podría soportar la presión. Frano y Liliana tenían que darse prisa para alejarse de la influencia del rico viticultor.

Su inseguridad iba creciendo. ¿Lo había entendido mal? A lo mejor la esperaba en otro sitio tan impaciente como ella lo esperaba a él. En la cabaña que había después del cruce, por ejemplo. ¿No habría sido ese un punto de encuentro mucho mejor que el jardín? También allí había un algarrobo. ¡Quizá Frano se refería a ese, quizá se había equivocado al decírselo! O tal vez Liliana había estado demasiado excitada y no lo había oído bien. Decidió no perder más tiempo. Iría al cobertizo, seguro que él estaba allí.

Con determinación, se recogió el vestido y el abrigo y pasó por la pequeña cerca que limitaba el jardín de los Vlašić. Luego emprendió a paso ligero el oscuro camino que conducía a la iglesia. No necesitaba luz, lo había recorrido tantas veces... rebosante de alegría ante el encuentro con su amor. Intentó despertar de nuevo aquella alegría en su interior; pero, si era sincera, no sentía más que miedo.

A esas alturas, empezaba a clarear y ella apretó más y más el paso. Sudaba bajo el abrigo y la bolsa le pesaba, pero quería llegar lo antes posible al cobertizo. Si no Frano y Jaro creerían que no iba. ¡No podía ser que se marcharan sin ella!

—¿Frano? —Liliana esperaba ver surgir del cobertizo la esbelta figura del chico en cualquier momento cuando por fin llegó al prado. Sin aliento, llamó también al amigo—. ¿Jaro? —Ninguna respuesta; se acercó corriendo a la cabaña. De hecho, los dos ya tenían que haberla visto—. ¿Frano? —No se movía nada.

La última chispa de esperanza de la joven se desvaneció cuando entró en el cobertizo. Estaba vacío. Un cansancio infinito se apoderó de ella. Hasta el momento, la había movido la ilusión, pero ahora... Se arrastró hasta fuera y se sentó bajo el algarrobo. Ya no podía pensar, era incapaz de trazar un plan. Sin embargo, era muy importante que volviera a su casa sin que nadie se percatara. Quizá se había equivocado de día y él se había referido a la noche del jueves. O a lo mejor le había ocurrido algo...

Trató de recuperar la respiración mientras el sol salía por detrás de las montañas. Luchó por vencer la decepción y alimentar nuevas esperanzas. ¡Frano no podía haberla dejado en la estacada! Era probable que la hubiese ido a buscar al jardín cuando ella ya se había marchado. No debería haberse asustando, tendría que haber confiado en él... Pero con este malentendido no se había perdido todo. Seguro que se ponía en contacto con ella y aplazaban la fuga.

Con las primeras luces del día, Liliana se encaminó pesadamente de vuelta al cruce de caminos y se arrodilló frente a la estatua de la Virgen. No consiguió, sin embargo, rezar una oración. Si era franca, tras esa noche se sentía abandonada por Dios y por el mundo...

¡Pero no por Frano! ¡Por favor, no por Frano! Se pertenecían el uno al otro, nunca la abandonaría, ¿verdad? Nunca se habría ido sin ella...

—Nos pertenecemos —susurró—. Somos uno...

La joven había llegado al límite de sus fuerzas cuando alcanzó la iglesia, quería pasar de largo, en realidad todavía debía ser demasiado temprano para la misa matutina. Pero desfallecida y desprevenida como estaba fue a tropezar directamente con el padre Josip, que se dirigía con paso firme a la iglesia desde la casa parroquial en el pueblo.

—¡Liliana! —El sacerdote precisó de un momento para reconocerla—. ¿Qué haces tú aquí a estas horas? Hija, tienes aspecto de no haber dormido en toda la noche.

Liliana oyó la afable voz del anciano y todas sus defensas la abandonaron. Rompió a llorar.

—Padre... —susurró—, padre Josip, yo no quería pecar. Nos prometimos ante Dios que éramos uno. Usted nos bendijo. Me bendijo. No puede ser algo malo. Mi... mi hijo no es un bastardo...

Abandonada

Más tarde, Liliana recordaría vagamente las horas siguientes en que le había contado, llorando y temblorosa, toda la historia al sacerdote. Este había enviado a alguien a casa de los Vlašić, que, por supuesto, ya la habían echado de menos.

Al final, Maksim Vlašić se enteró por medio del padre Josip del embarazo de su hija. Esta sollozaba y gemía mientras el religioso hablaba con él. Milja, que había acompañado al padre de Liliana a la iglesia, cuidaba de ella.

—Este asunto se habría terminado con Ilana, claro —dijo, y apretó a la muchacha contra sí y la abrazó, acariciándole el cabello tratando de sosegarla—. Ahora que el sacerdote lo sabe ya no podemos pensar simplemente en deshacernos del niño.

—A lo mejor confirma que nos bendijo —murmuró Liliana.

Milja movió la cabeza.

—No negará que te bendijo, pero no te casó. Enfréntate a la verdad. No estás casada, vas a tener un hijo y Frano se ha ido. Al menos eso espero por él, porque ahora ya no puedes contar que un desconocido abusó de ti. Y qué hará tu padre si se encuentra con él...

—¿Qué significa que se ha ido? —preguntó la joven, desconcertada.

Su amiga se encogió de hombros.

—Dice Guran que ni ayer ni anteayer apareció por la viña. Es algo que suele hacer, por eso los demás no han sospechado nada. Pero ahora que te ha dejado en la estacada...

—¿Y Jaro? —susurró Liliana.

—De Jaro no sé nada —respondió Milja—. En caso de que también quisiera irse con vosotros a Nueva Zelanda, apuesto a que se ha marchado. Esos dos han puesto pies en polvorosa. Y tu querido Frano te ha estado dando largas adrede. Ya se imaginaba que todo saldría a la luz cuando te abandonara.

—Quizá le ha pasado algo —supuso Liliana.

Milja negó con la cabeza.

—A ese no le ha ocurrido nada, Lili. ¡Está camino de Nueva Zelanda! Me gustaría poder decirte otra cosa, consolarte de algún modo. Pero él es como es. Estás sola. Estás sola con el niño.

Maksim Vlašić no dirigió ni una sola palabra a su hija. Concluida la conversación con el sacerdote, indicó con un gesto a Liliana que se levantara y se sentara en el coche en el que había llegado. La muchacha obedeció sus indicaciones temblando.

—Llévala a su habitación, que rece, que reflexione y espere hasta que hayamos decidido cómo obrar con este asunto —le señaló a Milja cuando el caballo se detuvo en el patio de la casa del viticultor.

—¿Cómo...? ¿Decidido? —preguntó Liliana. Tenía la voz afónica.

Su padre le lanzó una mirada gélida.

—Vas a esperar —respondió—. Di a la gente que está enferma —ordenó a la doncella—. Y por Dios, que no se filtre nada de este tema al exterior.

—¿Qué quiere decidir? —preguntó Liliana, desalentada, mientras subía las escaleras hacia su habitación, detrás de Milja—. Yo...

—Yo tampoco lo sé —contestó su amiga, impaciente—. Pero has de comprender que algo tiene que ocurrirte. No puedes quedarte aquí e ir engordando cada mes. O te casan enseguida o... En fin, no tengo ni idea. A estas alturas yo ya me siento fatal. Todo este tema... Ojalá hubiéramos hecho lo que te propuse.

Cuando llegaron al dormitorio, Liliana se dejó caer sobre la cama sin fuerzas. Milja le preparó un baño y le subió un desayuno ligero.

—Tus padres y tus hermanos están hablando en la biblioteca —reveló a su amiga—. No quieren que se los moleste. En la cocina, por supuesto, corren los rumores, creen que se trata de una enfermedad. Han llamado a un médico. Viene de Zadar.

—Averiguará si realmente espero un bebé —susurró.

Milja asintió.

—Claro. Creo que tus padres quieren confirmarlo. A lo mejor nos hemos equivocado. Y los médicos tienen algo así como la obligación de callar. El doctor no se lo contará a nadie.

Liliana pasó una vergüenza de muerte cuando por la tarde apareció el doctor Bušič y le hizo una revisión a fondo. El anciano caballero se comportaba de modo muy solícito y amable. La joven hasta creyó ver un sentimiento de compasión en sus ojos oscuros cuando confirmó el diagnóstico de Milja.

—No cabe duda de que está embarazada, señorita —le comunicó—. En los meses siguientes tendrá que cuidarse, comer bien... ¡No excitarse! —Con estas últimas palabras se dirigió a la madre de la joven, quien, claro está, había presenciado la revisión. Vesna Vlašić apretó los labios sintiéndose desdichada.

—¿No puede usted hacer nada? —preguntó al médico llevada por el desasosiego.

El hombre negó con la cabeza.

—No, *gospoda* Vlašić. Su hija no está enferma, es joven y está sana, traerá un hijo al mundo sin problemas. No considero que precise de tratamiento médico. En lo que respecta al aspecto social..., no está en mi mano ayudarla.

Después de que el médico se fuera, comenzó para Liliana otra nueva espera. Pasaron dos días antes de que alguien, aparte de la fiel Milja, se ocupara de ella. Sin embargo, la familia Vlašić estaba muy atareada. El padre y los hermanos se habían puesto en camino y tomado distintas direcciones para cumplir diferentes misiones. Los jóvenes cabalgaban en los caballos más veloces. Nadie en la servidumbre sabía qué sucedía exactamente, aseguró Milja a Liliana, pero nadie hablaba ni de embarazo ni de Frano Zima.

—Por cierto, Jaro también se ha ido —le comunicó—. A Nueva Zelanda, según dice el hermano de Frano. Jaro no ha guardado en secreto sus planes.

Liliana se frotó los ojos irritados. En los últimos días había llorado más que en toda su vida. Ahora parecía no tener más lágrimas que derramar.

—Pero algo tiene que haber sucedido —insistía—. No me habría dejado sola, él...

Milja levantó los hombros.

—Puedes creer lo que quieras —dijo resignada—, solo tienes que asumir una cosa: tanto si lo maldices como si haces de él un santo no volverá. Ahora tienes que ser fuerte. Tus padres están trazando un plan para ti. Y no creo que te guste.

La noche del tercer día, Maksim y Vesna Vlašić entraron en la habitación de su hija. Esta se preguntó por qué no le habían dicho que bajara. Antes, cuando Liliana desobedecía, sus padres siempre le pedían que bajase a la biblioteca para comunicarle su sentencia.

—Hemos tomado una decisión —explicó la madre, sin detenerse en saludarla o preguntarle cómo estaba. La joven la miró azorada. Su madre siempre había sido más severa que su padre, que fuera ella quien tomara la palabra no prometía nada bueno—. Tu padre te llevará mañana a Zadar. Oficialmente a un hospital. Estamos diciendo que el doctor Bušič te ha diagnosticado una enfermedad en los pulmones. En realidad te llevaremos a un convento de monjas en las afueras de la ciudad. Las hermanas de la Caridad son conocidas por ocuparse en ocasiones de casos como el tuyo...

Liliana abrió los ojos de par en par.

—Yo no quiero ir a un convento —susurró—. No quiero ser monja...

—Nadie está hablando de eso —intervino el padre.

Vesna Vlašić arrojó una mirada enojada a su marido.

—Por el momento nadie está hablando todavía de eso —lo corrigió—. Dentro de unos meses podrá convertirse perfectamente en el tema de conversación. Pero eso dependerá de distintos asuntos que tu padre tendrá que negociar en el futuro. De momento traerás al mundo a tu bastardo en el aislamiento del convento. —Su voz expresaba repugnancia.

—¡No es un bastardo! —Ignoraba cómo había reunido ánimos para rebelarse de ese modo, pero de repente sentía la imperiosa necesidad de luchar por su hijo.

—¿Qué es entonces? —inquirió irónica Vesna Vlašić—. Pero, por mí, llámalo como te apetezca. En cualquier caso, lo tendrás. Cuando te hayas librado de él, veremos lo que hacemos.

—¿Qué significa esto? —preguntó la joven—. ¿Qué pasará con el niño cuando haya nacido?

Su madre se encogió de hombros.

—Se quedará con las hermanas —contestó—. Dirigen un orfanato y cierran la boca por dinero. Tu bastardo será como uno de esos niños que se encuentran en el arroyo. Pero hay que señalar que las hermanas hacen un buen trabajo, los niños están alimentados y reciben una educación cristiana. Esto a nosotros ya no nos incumbe. Cuando te hayas recuperado del parto, podrás volver. Algo encontraremos para ti. Sea como sea, solo consideraremos tu ingreso en el convento como la última solución.

—¿Ese «algo» se refiere a... un marido? —preguntó Liliana.

—Si Dios quiere —respondió Vesna, piadosa.

—Pero ese orfanato... —Liliana se sobresaltó cuando Milja intervino—. ¡No pueden hacer algo así! Esos asilos... son horrorosos. Los niños tienen que trabajar, les pegan, tienen que... bueno... es lo que he oído decir... —Alzó las manos con impotencia.

—Desde luego no los miman como si fueran príncipes —se burló Vesna—. Mi marido ha visitado el asilo. Está limpio, los niños son obedientes, les va bien. Una criatura sin madre no puede esperar más.

—¡Mi hijo tiene madre! —protestó—. ¡Podría quedarse conmigo!

Maksim Vlašić negó con la cabeza.

—Ni pensarlo —dijo—. Ya has manchado bastante el honor de la familia. Va a costarme mucho esfuerzo y mucho dinero enmendar más o menos el error. Y eso solo se conseguirá si ese niño desaparece.

—¡Pues no lo hará! —exclamó indignada Liliana—. Es mi hijo. Y también tiene padre.

Maksim Vlašić contrajo el rostro.

—Su padre —respondió fríamente— se ha marchado. Tu hermano Bran lo siguió hasta la costa para limpiar el honor de la familia. Pero ese tipo ha desaparecido. También es posible que Zvonko todavía dé con él, se ha marchado a Dubrovnik. En cualquier caso, Frano Zima ha desaparecido o está muerto...

Liliana gimió.

—Nunca más volverás a verlo, y tampoco conocerás a tu hijo. Las monjas tienen experiencia. Creen que es mejor para las madres no tener a sus bastardos entre sus brazos. Así hay menos lloriqueo. —Vesna Vlašić no dejó ninguna duda de que compartía la opinión de las monjas.

—¿Hay alguna familia que quiera llevarse al niño? —intervino de nuevo Milja—. Yo... por ejemplo... —Se acercó decidida a Vesna.

—¡Tu marido estaría muy agradecido! —se burló la madre de Liliana.

Maksim Vlašić, por el contrario, mostró interés.

—¿Cuál es tu propuesta, Milja? —inquirió—. ¿Dirías que es tuyo si Guran estuviera de acuerdo?

La madre rio socarrona.

—Me gustaría, señor —respondió Milja—. Pero yo misma espero un hijo que nacerá dos meses antes que el bebé de Liliana. Nadie se creerá que son míos los dos. Pero podría decir que es el hijo de mi prima de Dubrovnik. Tenemos parientes allí. Podría contar que mi prima murió durante el parto y que su marido ya había fallecido antes a causa de un accidente o algo así y que el niño es huérfano.

Vesna Vlašić apretó los labios.

—Tu capacidad para tener ocurrencias no deja de ser digna de admiración —observó—. Pese a todo, eso no podrá ser. Mi hija no criará al niño. Podría parecerse a ella cuando crezca. O convertirse en la viva imagen del sinvergüenza que lo engendró.

La doncella se mordió el labio. No podía objetar nada.

—No hay salida —insistió la señora Vlašić—. El niño tiene que desaparecer.

El padre reflexionaba. Al menos tomaba en consideración la sugerencia de la sirvienta. Era muy probable que la visita al orfanato no le hubiera convencido tanto como lo describía su esposa.

—Si Guran de verdad se compromete —apuntó despacio—, es posible que haya una posibilidad. Podría enviar una carta a un conocido, un viticultor de Austria. Recomendaría vivamente a Guran Parlov como trabajador en la viña, y a ti, Milja, como doncella. Podríais mudaros a Nussdorf con vuestros hijos y el niño al que acogéis en vuestra familia.

Liliana volvió a dormirse entre lágrimas. Sus padres se habían negado a discutir sobre su partida al convento, el asunto se daba por cerrado. Solo para el niño quedaba una esperanza. Ella rezaba para que acabara bajo la amorosa custodia de su amiga y no fuera condenado a una desdichada vida en el orfanato.

De todos modos no tuvo que esperar mucho a que se tomara una decisión.

Milja habló con su marido y Guran Parlov escuchó a su esposa pensativo. Enseguida comprendió que le ofrecían la oportunidad de su vida. Dalmacia era un país pobre; Austria, rico. Pijavičino se encontraba en el fin del mundo; Nussdorf, junto a Viena, cerca de la capital. Había grandes probabilidades de que allí se ganara mejor la vida, de que tal vez pudiera tener casa propia, más espacio para su familia. Ya había pensado alguna vez en dejar su país y pasar al menos un par de años en el extranjero para ganar más dinero y ahora era su propio patrono quien le ofrecía la posibilidad de cambiar. No tendría que marcharse a escondidas, sino con una carta de recomendación y seguro que emprendería el camino con algo ahorrado para el período de transición.

—¡Estaríamos chiflados si no lo hiciéramos! —opinó Guran, mientras Milja todavía pugnaba un poco con la idea de tener que dejar a su familia, el pueblo y, no en último lugar, a Liliana—. A tu amiga vas a perderla de todos modos —señaló a su esposa—. No la dejarán quedarse aquí, se casará y se marchará, lo más lejos posible. Me da pena, sí, pero es culpa suya. Y ahora ve y dile que al menos nosotros nos ocuparemos de ese niño desdichado. Solo espero que no se parezca a su padre y nos dé problemas.

El convento junto a Zadar supuso un infierno para Liliana. Las hermanas de la Caridad la instalaron en una celda amueblada sobriamente que solo podía abandonar para ir a misa y para dar un paseo al día por el claustro. Durante este último se practicaba el voto de silencio y las monjas se entregaban a sí mismas a la oración. Liliana y otras dos chicas que no vestían hábitos se hallaban celosamente aisladas entre sí. Se impedía cualquier encuentro entre las compañeras de infortunio. Ella jamás se enteró de cómo se llamaban. Las únicas personas con las que tenía contacto eran las monjas que le llevaban la comida. Ávida de conversación y con un aburrimiento mortal, las acribillaba a preguntas al principio, pero ellas solo contestaban con monosílabos o con el mutismo. Cuando les pidió algo para leer, le dieron la Biblia. Le permitían escribir cartas, pero no tenía nada que contar a sus padres y Milja no sabía leer. Al final pasaba el día dándole vueltas a la cabeza, repasaba todos los encuentros con Frano, todas sus conversaciones, sus caricias, y se devanaba los sesos buscando una buena razón para que él la hubiese dejado sola.

Quizá solo había querido ir él primero a Nueva Zelanda y planeaba recogerla pronto. Y no se lo había querido decir para no entristecerla. En los días buenos fantaseaba con la idea de un reencuentro lleno de alegría. Entonces lo disculpaba por su traición, recuperaban al bebé de la custodia de Milja y se lo llevaban a Nueva Zelanda.

En los días malos, por el contrario, imaginaba que su hermano Zvonko había descubierto a Frano y Jaro en Dubrovnik y había vengado el honor de la familia. Entonces sí que no volvería a verlo nunca más.

Casi cada noche se dormía llorando.

Dos meses antes de la fecha prevista del parto —estaba gorda, torpe y ya no cabía en ninguno de sus vestidos—, le llegó la noticia de que Milja había dado a luz una niña. Vesna Vlašić se lo comunicaba sin la menor emoción. Madre e hija, escribía, se hallaban en buen estado de salud. Pese a ello, Liliana sabía que su amiga se había llevado una desilusión. Guran tenía muchas ganas de tener un chico. ¿Se alegraría o se enfadaría él si ahora Liliana tenía un hijo? ¿Amarían primero al niño acogido, pero dejarían de hacerle caso cuando naciera un hijo varón propio? La joven pensó en el padre de Frano y en su amigo Jaro. ¿Habrían cambiado las cosas para ella si Jaro no hubiera decidido, al estar profundamente decepcionado, acompañar a su compañero a Nueva Zelanda? ¿Se la habría llevado entonces Frano con él? Intentaba no amargarse demasiado ante la idea de que era muy probable que su amado hubiese pagado el pasaje de su amigo con el dinero obtenido con la venta de sus joyas.

Pasó la Navidad sola y triste en su celda, rezando horas y horas en la gélida iglesia durante las misas y los oficios por el nacimiento de Cristo. Parecía que nunca llegaría el momento en que nacería su propio hijo. Pero un sombrío día, el penúltimo del año, sintió las contracciones. Se retorcía de dolor mientras la comadrona, una anciana monja de carácter huraño, le explicaba sin piedad que todavía pasarían horas hasta que naciera el niño.

—Puedes asistir a misa sin ningún miedo y rezar por el perdón de tus pecados —le advirtió a Liliana, que volvía a llorar.

—¿Tiene que hacer tanto daño? —preguntó atormentada—. ¿No se puede hacer nada para mitigarlo?

—Una vida virtuosa es el único remedio —respondió la hermana—. De lo contrario todas las mujeres tienen que pagar por el pecado de Eva, y una como tú... Vaya, ¿de verdad te sorprende que tengas que pagar el doble?

En el fondo, Liliana pensaba que ya había expiado lo suficiente sus pecados con la estancia en el convento, pero ahora la situación empeoraba. Soportó la misa como pudo, luego se enroscó gimiendo sobre su catre y al final llamó a gritos desesperada a su madre y a Milja. Esta la habría ayudado y la anciana Ilana seguro que también habría sabido de alguna pócima para aliviar los dolores. Pero las monjas no hicieron nada por ella. Por supuesto supervisaron el nacimiento y le dieron agua cuando la pidió. Salvo por eso, solo la invitaron a rezar con ellas. Siguiendo las instrucciones, pidió ayuda a la madre de Dios, pero no tenía la sensación de que en ese lugar la rodease algo divino. Se sumergió en un infierno de sangre y sudor, dolores y lágrimas hasta que al final, con el último y desesperado grito, el bebé salió. Se enderezó para verlo, pero una de las monjas la empujó para que se acostase. Otra cogió a la criatura, que se movía y estaba cubierta de sangre, y la envolvió en un paño.

—Es una niña —dijo sucinta antes de abandonar la habitación con la recién nacida.

Liliana acababa de tener la sensación de desgarrarse, pero ahora sintió un dolor casi peor.

—¡Démela, por favor, quiero verla!

La comadrona negó con la cabeza.

—Hay personas fuera que la están esperando —anunció mientras Liliana volvía a retorcerse a causa de nuevos dolores. Aterrada, se preguntó si debía pasar otra vez por esa tortura a causa de un gemelo, pero la comadrona dijo algo así como «la placenta». Gimió, hasta que por fin la hubo expulsado. Cuando el dolor aminoró, cayó rendida de sueño.

Al despertar, su madre estaba sentada junto a la cama. Estaba seria, pero sostenía la mano de Liliana.

—Milja... —Liliana sabía que al menos debería haber saludado a su madre, pero solo pensaba en su amiga... y en su hija—. ¿La tiene..., está...? ¿Por qué no está aquí?

Vesna Vlašić torció la boca.

—Solo se permite la visita a los parientes —dijo secamente—. Aunque Milja ha venido aquí conmigo y se ha llevado al niño. Tengo que comunicarte que está bien.

—La niña —susurró Liliana—. Es una niña. Catalina. Quiero que se llame Catalina.

—¡De ninguna manera! —La joven se sobresaltó ante la reacción de su madre—. De ninguna manera llamarás a tu bastarda con el nombre de la patrona de nuestro pueblo. Después de la vergüenza que nos has hecho pasar con el padre Josip. ¡Después de haber profanado nuestra iglesia con esos juramentos absurdos que le permitiste a tu galán! ¡He pasado noches sin dormir a causa de este oprobio! —Vesna miraba indignada a su hija.

—Entonces, ¿cómo se llamará? —preguntó la joven, agotada. Ya no le quedaban fuerzas para luchar—. De algún modo habrá de llamarse.

—Ya le pondrán el nombre los Parlov —respondió Vesna, disgustada—. Y ahora, olvídate de esta historia. Tenemos que pensar qué hacemos contigo. Las monjas dicen que ha sido un parto fácil. Mañana mismo puedo llevarte a casa.

—¿Un parto fácil? —La muchacha se preguntó cómo era posible sobrevivir a uno todavía más complicado. Pero no protestó, la perspectiva de abandonar por fin la pesadilla de ese convento le provocaba una sensación balsámica.

—Naturalmente todavía tendrás que cuidarte, pero eso no le extrañará a nadie, a fin de cuentas vienes directa del hospital. Por lo demás, no hay ningún problema —prosiguió Vesna—. Todavía tienes dos meses para recuperarte.

—¿Y luego? —preguntó estremecida Liliana—. ¿Qué sucederá en un par de meses?

—Entonces te casarás —respondió Vesna. Suspiró aliviada—. Con Tomislav Kelava, como estaba previsto. Te tomará por esposa aunque sabe lo que ha ocurrido. Tu padre ha realizado auténticas maravillas con el arte de la persuasión. Por supuesto, los Kelava exigen mucho más que una viña como dote. Nos costará una fortuna, pero vale la pena. Así se restaurará el honor de la familia. Tanto nosotros como los Kelava guardaremos en silencio tu pecado. Ya puedes dar gracias a Dios, hija. ¡De todo corazón!

6

—¿Y nunca volvió a saber nada más de su hija? —preguntó horrorizada Ellinor cuando Dajana puso punto final a su narración—. ¿Ni siquiera se enteró de cuál era su nombre?

La anciana negó con la cabeza y una expresión de tristeza y compasión apareció en su rostro surcado de arrugas.

—No —respondió—. Fue como si la niña hubiera desaparecido de la faz de la tierra. Por supuesto, me he preguntado a menudo si realmente Milja nunca le escribió. Bien, ella misma no sabía escribir, pero habría encontrado a alguien que de buen grado lo hiciera por ella. Y la niña... Seguro que en Austria fue a la escuela.

—Se llamó Dana —le desveló Ellinor—. Era mi abuela y, por supuesto, sabía leer y escribir. Pero no sabía nada de Liliana. Supongo que los Vlašić obligaron a los Parlov a guardar silencio y ellos así lo hicieron.

—También puede ser que se interceptaran las cartas —observó Milan—. Del modo en que trataron a Liliana... Sus padres no tuvieron reparos ante nada. ¿Cómo le fue con Tomislav Kelava?

Dajana se encogió de hombros.

—No lo sé. Cuando ocupé el puesto, ya había muerto. Ella vivió muchos más años que su marido. Al fin y al cabo tuvieron tres hijos, tan mal no debió de irles. Por supuesto, nadie puede saberlo, quizá la forzó a hacer lo que él quería. Pero no creo que fuera necesario. Creo que Liliana simplemente se sometió a él. Se sometía a todos. Nunca le oí decir una palabra desagradable, nunca una réplica. Además, a veces estaba hasta tal punto ensimismada que era como si no estuviese, como si algo en ella hubiera muerto hacía mucho tiempo.

—Nunca olvidó a su hija —apuntó Ellinor con tristeza.

—Sobre todo nunca olvidó a Frano Zima —señaló con amargura Dajana—. El bebé... Claro que lloraba su pérdida, pero pocas veces lo mencionaba. Tampoco más tarde, cuando poco a poco se fue perdiendo en sus recuerdos y cada vez con más frecuencia me confundía con Milja Parlov. En cambio, siempre hablaba de Frano Zima. No podía creer que la hubiese abandonado a su destino. Se aferraba a la idea de que él había querido volver para recogerla. De que algo había sucedido que se lo había impedido. Culpaba a su padre y a sus hermanos de haberlo encontrado en Dubrovnik y de haberlo matado. Sin embargo, su padre le había asegurado en su lecho de muerte que nadie de la familia lo había vuelto a ver después de su huida. El barco a Nueva Zelanda había zarpado el día antes de que el joven se hubiera citado con Liliana. Frano la había abandonado realmente. Pero ella no quería creerlo. Se pasó la vida cavilando, pensando en qué le habría sucedido.

—Tampoco está descartado. —Ellinor pensó que tenía que defender un poco a su abuelo—. Un viaje de ese tipo no estaba exento de peligros. Y los *gumdiggers* tenían que ser tipos de armas tomar. Tal vez fuera cierto que le pasó algo.

Dajana soltó una especie de bufido.

—O vivió allí feliz y contento hasta que la muerte lo separó de otra mujer. Nunca lo sabremos. Yo solo sé que Liliana lloró por él. No había día en que no soñara con él. Incluso le dirigió sus últimas palabras y pensamientos.

Ellinor intentó imaginar una pasión y una desesperación así.

—¿Qué dijo? —preguntó en voz baja.

—«Yo te he vencido, tú me has salvado. Te espero...» —citó Dajana, perdida en sus pensamientos—. Tuve muchas dificultades para explicárselo a sus hijos sin inmiscuirlos en toda la historia. El mundo se les habría derrumbado.

Ellinor arrugó la frente. Tampoco tenían que estar tan sorprendidos los hijos de los Kelava. Por la reacción de Miká Kelava podía deducirse, en cualquier caso, que los hermanos ya conocían la historia previa de Liliana. Se preguntó cómo habrían encajado la idea de tener una medio hermana creciendo en un lugar lejano. Y sabiendo el pasado «pecaminoso» de su madre. ¿Habían sentido rencor contra ella? ¿Había reforzado Tomislav Kelava ese sentimiento? ¿Se había vengado así de que ella nunca hubiese olvidado al otro hombre de su vida?

—Lo único que puedo desearle es que se haya reunido otra vez con su Frano —concluyó su explicación Dajana—. Esté donde esté. Y que él... que él tal vez fuera el hombre que ella siempre vio en él. Era una buena mujer, Dios la bendiga. No se merecía algo así. Ninguna mujer se merece que un hombre la entristezca de ese modo.

Después de darle las gracias y despedirse cariñosamente de Dajana, Milan codujo de nuevo a Ellinor a Pijavičino, como ella deseaba. Ahora que ya conocía la historia de su bisabuela, sentía la necesidad urgente de visitar los lugares en los que había vivido y que habían significado algo para ella.

Sin embargo, la explotación vinícola de los Vlašić ya no existía. El último heredero la había vendido en los años cincuenta y se había mudado a Dubrovnik. Un viticultor de los alrededores trabajaba las viñas y la casa se había rehabilitado para transformarla en un hostal. Los administradores, una pareja joven, permitieron de buen grado que echara un vistazo. Ese albergue sencillo para mochileros o trabajadores de la vendimia ya no tenía nada que ver con la casa señorial que ella se había imaginado a través del relato de Dajana. A pesar de todo, el algarrobo todavía estaba en el jardín y también se encontraba la habitación que había ocupado Liliana, pese a que allí ya no se respiraba su espíritu.

Ellinor compartió su pesar con Milan.

—¿No creerá de verdad en los espíritus? —se burló Milan cuando al final ella le pidió que esperase en el pueblo mientras ella salía a la búsqueda del cruce de caminos y del cobertizo del prado.

La joven sonrió.

—No exactamente —contestó—. Pero encuentro que las historias se aprecian mejor cuando se intenta ver los lugares o los acontecimientos desde el punto de vista de la persona que los conoció en su día. Y más cuando se trata de la historia de uno mismo o la de su propia familia.

Así pues, Milan esperó en el patio del hostal y ella se puso en camino. Siguió las huellas de su antepasada, primero hasta la iglesia, que ella ya conocía, luego por el camino hasta el cruce, en el que, para su sorpresa, todavía se encontraba el nicho de la Virgen. La estatuilla que había en su interior estaba envejecida, por lo que era muy probable que fuese la misma ante la cual Liliana se había santiguado llena de angustia. Tomó el camino de la montaña, escarpado de pronto. A los pocos minutos vio un cobertizo desmoronado en un prado. Un acogedor algarrobo se alzaba al lado. Se estremeció. Esa había sido la escena exacta que se había presentado ante los ojos de Liliana, aunque ahora no había ningún joven de fascinantes ojos verdes que la estuviera esperando.

Se separó lentamente del camino para aproximarse al cobertizo. Tal vez había ofrecido refugio a los amantes cien años atrás, pero a esas alturas la mitad del techo estaba hundida y las paredes, desmoronadas. No irradiaba vida y no despertó en Ellinor ninguna sensación. Algo distinto ocurrió con el imponente y vetusto árbol que había sido testigo aquella noche tan lejana de la desesperación de la muchacha. Y de repente se sintió muy cerca de su bisabuela, creyó compartir su dolor, sus dudas, su miedo... y las preguntas que toda su vida la habían atormentado. ¿Por qué se marchó Frano? ¿Qué le ocurrió? ¿La había amado? ¿Había querido volver? Creía oír la voz de Liliana, sus últimas palabras: «Te espero...».

Se apoyó en el tronco del viejo árbol y se dejó arrastrar a través del tiempo y el espacio.

«No tienes que seguir esperando —susurró al espíritu de su bisabuela—. Yo te lo encontraré.»

EL HIJO DESEADO

1

—¿Quieres ir a Nueva Zelanda? —Gernot pareció sorprendido, pero no tan negativo como Ellinor había esperado. Le acababa de comunicar su intención de seguir el rastro de su bisabuelo—. Pensaba que no hablaríamos de viajes de vacaciones hasta nuevo aviso... por... el plan familiar... —Dibujó una sonrisa torcida.

Jugueteó inquieta con los prospectos que había solicitado espontáneamente en una agencia de viajes camino del trabajo.

—No va a ser un viaje de lujo —señaló—. Al fin y al cabo se trata de mi familia. Claro que es caro. Pero, a pesar de todo, en cierto modo siento que debo hacerlo.

—A lo mejor... —Gernot sonrió misterioso—, a lo mejor yo puedo colaborar en los costes. Incluso podría ser que pronto tuviera mucho dinero en la cuenta.

Ellinor miró inquisitiva a su marido.

—¿Vas a asaltar un banco? —preguntó.

Él rio con superioridad.

—No, podría ir contigo y obtener legalmente una fortuna gracias a los neozelandeses —explicó—. Nueva Zelanda dispone de museos y galerías de renombre y un círculo pequeño pero exquisito de coleccionistas de arte muy ricos. Maja me lo ha contado. Aunque está en el otro extremo de mundo, no es nada provinciano.

—¡Vas a exponer allí! —Miró a su marido sin dar crédito—. Por supuesto sería estupendo, pero resulta bastante poco realista. Necesitas buenos contactos. ¿Los tiene Maja?

—¡De todo tipo! —Gernot se mostró de pronto entusiasmado—. No hace más que decirme que tengo que hacer una exposición en el extranjero para ganar fama internacional. Y conoce a un galerista en Auckland, un antiguo compañero del que me ha hablado a menudo.

Ellinor frunció el ceño. Naturalmente, estaba encantada con la idea, pero a duras penas podía disimular su escepticismo.

—¿En Auckland? Bueno, por supuesto sería fantástico unir esto a la búsqueda de Frano. Al menos podríamos desgravar los gastos de tu viaje. Pero por extranjero yo entiendo más Francia, España o Italia.

—¿O tal vez solo Bélgica u Holanda? —ironizó él, haciendo una mueca de desaprobación con la boca—. Típico de ti, Elin. El concepto de *Think big* no va contigo. Siempre tienes que empezar con pasos pequeños, no planear cosas demasiado grandes, no viajar demasiado lejos. Maja, en cambio, piensa en otras dimensiones. Cuando habla de «por todo el mundo», piensa en «todo el mundo» y no en «a la vuelta de la esquina».

Ella se reprimió la respuesta de que en ese caso ya podría pensar en Nueva York y el MoMA.

—No soy una experta en arte —cedió—. Así que cuenta: ¿crees que tanteará el terreno en Auckland para exponer tu obra?

Gernot asintió.

—Seguro —contestó él—. ¿Cuándo quieres marcharte?

—Para las vacaciones. —Lo tenía claro. Al fin y al cabo, pedir otro permiso habría significado otra pérdida de ingresos.

Él se encogió de hombros.

—No tengo ni idea de si es posible, es muy repentino. Y en Nueva Zelanda, en febrero es verano, no es una buena estación para las exposiciones de arte. Llamaré a Maja. ¿Tienes ya planes concretos? —Señaló los prospectos.

Ellinor sonrió. No se habría atrevido ni a pensar que fuera así de fácil hacerle tan apetitoso el viaje a su marido.

—En un principio me he informado en general de los vuelos y de cómo organizar el viaje —explicó—. Lo mejor es volar a Auckland o Christchurch y alquilar allí un coche o una caravana. Esto último es la solución más barata. En lo que respecta a mis objetivos precisos... Creo que el fin de semana me engancharé a internet. A ver qué averiguo sobre los *gumdiggers* y sobre Frano Zima en concreto...

—Crees que fue lo suficientemente conocido como para quedar perpetuado en internet? —preguntó Gernot, burlón.

Ella se encogió de hombros.

—Con probar nada se pierde —contestó—. Todo es posible. Tal vez alguien ha colgado las listas de los pasajeros de los barcos de emigrantes. Y en lo que respecta al apellido Zima... Seguro que en Nueva Zelanda hay pocos. En caso de que Frano o Jaro tengan descendientes, podría encontrarlos. Me limitaré a echar un vistazo por las redes sociales. Viajar hasta allí sin ninguna planificación seguro que no aporta nada. Debe de haber puntos de referencia con los que empezar a investigar.

Después de cenar, ella se dedicó a su ordenador y Gernot llamó por teléfono a Maja. La agente estaba entusiasmada con los planes de viaje y prometió ponerse enseguida en contacto con los galeristas amigos. La diferencia horaria entre Austria y Nueva Zelanda era de doce horas. En ese momento ya era de día y los comercios y galerías estaban abriendo.

Ellinor esperaba que a Maja no se le ocurriera la idea de acompañar al artista. Pero se tranquilizó al pensar que los agentes solo podían permitirse viajar con sus clientes cuando estos ya habían alcanzado cierta celebridad. Y a Gernot todavía le faltaba mucho. Maja seguramente lo dejaría viajar a solas con su esposa, incluso si...

En cuanto tecleó las palabras «Nueva Zelanda», enseguida se olvidó de la antigua relación entre Gernot y su agente. «Estado insular en el Pacífico Sur —leyó—, antigua colonia británica independiente desde hace largo tiempo. Flora y fauna fascinantes...» Cuanto más averiguaba, más atractiva encontraba la idea de explorar con él ese país en el otro extremo del mundo. Al final, con el corazón en un puño, introdujo «Frano Zima», pero con esta combinación de palabras no encontró nada. El buscador dio con varias entradas relacionadas con el apellido Zima. Las primeras se referían a Rebecca Zima y sus cuentas en Facebook, Twitter e Instagram. Inició sesión en Facebook y enseguida se encontró ante una galería de fotos. La mayoría eran de aves: suaves pollitos de kiwi.

«Tumi, salido del huevo el 2 del 11 —rezaba uno de los pies de foto—. ¡Y pude presenciarlo! Fue una sensación increíble oír el ruido que hacía en el huevo y ver luego la primera grieta en la cáscara cuando con su piquito la golpeaba desde el interior...»

Rebecca Zima describía entusiasmada el «nacimiento» de un pollito de kiwi y su cuidado, en el cual, por lo visto, colaboraba. Ellinor enseguida descubrió que la chica cooperaba con una organización llamada Kiwi Encounter en Rotorua, que se dedicaba a la protección de los iconos de Nueva Zelanda. No tardó nada en encontrar también fotos de ella. Como su entusiasta estilo de escritura ya dejaba intuir, era joven, calculó que andaría por los veintipocos años. Era bonita, con el cabello negro y rizado, el rostro redondo y unos vivos ojos azules bajo unas cejas espesas. En los selfis que la mostraban pegada a unos graciosos pollitos de kiwi se la veía con una bata blanca. En su tiempo libre disimulaba que era gordita con unos vestidos anchos, de colores vivos; además, llevaba aros en las orejas y talismanes maoríes de jade. Parecía gustarle el *look* étnico. Le cayó simpática. Pero no le encontró ningún parecido consigo misma o con su madre.

El parentesco, si es que existía, seguro que era muy lejano. Frano debía de ser el bisabuelo de Rebecca, cuando no el tatarabuelo. En cualquier caso, ella representaba para Ellinor una primera pista. Pensó en escribirle a través de Facebook y preguntarle por Frano. Pero cambió de idea al considerar el modo en que Miká Kelava había reaccionado cuando le había pedido información sobre Liliana. Era mejor visitarla personalmente.

Después de teclear la empresa en el buscador, colocó la estación de cría de kiwis al principio de su lista. El Rainbow Springs Nature Park ofrecía encuentros con distintos animales típicos de Nueva Zelanda y se encontraba en una interesante región turística. Rotorua era una población conocida por sus fuentes termales y había varias tribus maoríes que mostraban diferentes aspectos de su cultura. Pero Rebecca Zima no parecía sentirse allí en su casa. Por lo que contaba en Facebook, solo estaba haciendo un año de prácticas en el parque, luego planeaba estudiar Biología en la universidad. El período de prácticas concluía el 15 de febrero, lo que alarmó a Ellinor, pues la joven no daba ningún dato sobre su lugar de residencia. Así que decidió viajar en primer lugar a Rotorua, no quería correr el riesgo de no encontrarse con ella.

Después de tomar nota, se dedicó a otras entradas de internet que incluían el nombre de «Zima». Se referían a una empresa llamada Kauri Paradise en Te Kao, Northland, en el extremo norte del país. El propietario parecía ser un tal David Zima. Tropezó con unas fotos de muebles y esculturas en parte realmente bonitos y en parte increíblemente *kitsch*. El kauri, un árbol gigante protegido que solo crecía en los bosques húmedos de Nueva Zelanda estaba protegido de manera muy estricta desde hacía más de cien años. Ni se podían talar los árboles ni se podía trabajar su madera. Por esa razón, todas las obras expuestas en el

Kauri Paradise habían sido construidas con madera de kauris que habían caído en tiempos prehistóricos y que la naturaleza había conservado de un modo inaudito. En las zonas pantanosas todavía se hallaban fragmentos de árboles y de raíces de kauri que unas empresas especiales recuperaban, limpiaban y trabajaban. Entre ellas se encontraba la dedicada a la fabricación de muebles adherida al Kauri Paradise. Por supuesto la madera era muy cara, aunque muy bonita, desde un marrón rojizo hasta un color dorado con vetas finas.

La página no contenía más información sobre David Zima, el propietario de la compañía no estaba presente ni en Facebook ni en otras redes sociales. Ellinor la encontró, pese a todo, muy interesante. A fin de cuentas la emigración de Frano y Jaro tenía que ver con los kauris, aunque se tratara de su resina. Decidió ampliar la búsqueda y tecleó *gumdigger*.

Más tarde, cuando Gernot se reunió con ella y le contó sobre la tan prometedora toma de contacto de Maja con los galeristas de Auckland, ya se había informado con creces.

—Hasta la década de los años veinte del siglo pasado, la resina de kauri fue un importante artículo de exportación de Nueva Zelanda —comunicó a su medianamente interesado marido—. A primera vista es parecida al ámbar, pero mucho más joven, solo tiene un par de miles de años y no un par de millones. —Sonrió—. Y en el siglo XIX todo el mundo la solicitaba para elaborar el barniz. Por lo visto se mezcla con el aceite de linaza con más facilidad que otras resinas. Sea como fuere, se exportaban grandes cantidades a Londres, pero también a América.

—¿Y se extraía? —preguntó Gernot después de echar un vistazo a la pantalla del ordenador, que todavía mostraba imágenes y textos sobre el tema—. A ver, yo en realidad vinculo la palabra *digger* más bien con oro.

Ellinor asintió.

—Es cierto. Una gran parte del léxico en torno a los *gumdiggers* recuerda al que se utilizaba durante la fiebre del oro. Por ejemplo, se habla de *gumfields*, es decir, «yacimientos», y de *nuggets*, «pepitas», para referirse a los hallazgos de resina. Puede que eso se deba a que muchos *gumdiggers* llegaron a la isla como buscadores de oro y cuando no pudieron hacerse ricos en los yacimientos se dedicaron a la resina. Más tarde se reclutaba a gente directamente para eso. Sobre todo en Dalmacia.

—¿Por qué justo allí? —insistió Gernot.

Ella se encogió de hombros.

—Ni idea. ¿A lo mejor algún comerciante o mayorista tenía raíces dálmatas? Fuera como fuese, hubo muchísimos hombres de Dalmacia entre los emigrantes que cavaron en busca de la resina. El material se encontraba en la tierra, restos de bosques de kauri fosilizados. Al principio era fácil de encontrar, pero luego había que cavar a metros de profundidad, algo comparable a la búsqueda del oro. A los primeros que llegaron a los yacimientos las pepitas les caían fácilmente en las manos, pero luego hubo que esforzarse para encontrarlas. Un trabajo duro, sin duda alguna...

Gernot arqueó las cejas.

—Y apuesto que así no se enriquecían.

Ellinor negó con la cabeza.

—No. Y eso ocurrió desde un principio. La resina de kauri nunca fue tan valiosa como el oro. Los que sí se hicieron ricos fueron los exportadores, los mayoristas y los intermediarios. Pero algunos de los hombres de Dalmacia se labraron más tarde otra existencia, como pescadores, en la restauración o en la viticultura. Por decirlo de algún modo, volvieron a las raíces. Tal vez Frano también cambio de orientación. En realidad era carpintero, como su amigo. Es posible que al final los dos se dedicaran a la madera en lugar de a la resina.

—¿Y sus descendientes continúan con el negocio? —se interesó Gernot—. En tal caso lo tendrías fácil con la genealogía. Entonces, ¿sigue en pie? ¿Nos vamos a Nueva Zelanda?

Ella asintió. Estaba firmemente convencida de que había una relación entre David y Rebecca Zima y Frano, o al menos con Jaro, y ardía en deseos de llegar al fondo de la cuestión. También apuntó en la lista Kauri Paradise, en Te Kao, además de Dargaville, un lugar que en el siglo XIX había sido un baluarte de buscadores de resina. Todavía existía allí un Museo del Kauri y podían admirarse ejemplares vivos en los bosques.

En los días siguientes, Ellinor no pudo menos que admirar la eficacia de Maja. En su opinión la buena fama de la joven agente estaba justificada por primera vez. Incluso Karla, quien ya se había recuperado, tuvo que admitir que tenía contactos excelentes. Habían bastado unas pocas llamadas telefónicas para que organizara una exposición de ventas, aunque no con su antiguo compañero, sino en una galería de Auckland cuyo propietario, Winston Calverton, parecía ser una persona muy comprometida. Era joven y buscaba artistas desconocidos que él pudiera mostrar en su sala y eventualmente dar a conocer. Debido a la falta de tiempo renunció a ir a Europa y dar en persona el visto bueno a los cuadros. Con ello corría un gran riesgo, lo que Maja valoraba muchísimo. También Ellinor estaba encantada con el galerista. Había hablado un par de veces por teléfono con él para organizar el envío de los cuadros y asegurarlos. Gernot ya estaba lo suficientemente ocupado con la selección de obras que quería exhibir. Dejaba las labores de organización a su esposa.

Lamentablemente, no tardaron en surgir conflictos. Tanto Calverton como Ellinor estaban a favor de no enviar los cuadros del formato más grande a Nueva Zelanda; el galerista, por razones técnicas relativas a la venta y ella, por razones técnicas relativas al seguro, y de ahí a la economía. El precio por un transporte seguro de los lienzos era escandaloso. Calverton asumía solo la mitad de los costes y eso después de que ella hubiera empleado todo su talento en la negociación.

Por fortuna no existían barreras lingüísticas. Ella había pasado dos semestres en Dublín durante la carrera y hablaba inglés con fluidez. Tampoco Gernot tenía problemas con el idioma, después del bachillerato había recorrido Estados Unidos haciendo autostop y había pasado dos meses en una colonia de artistas de San Francisco. No admitió, sin embargo, ningún tipo de discusión con Calverton, sino que insistió en mostrar todo el espectro de su evolución. Cuando Ellinor vio el presupuesto de los gastos del envío, se sorprendió a sí misma pensando que habría sido más barato planificarlo todo simplemente como un viaje de vacaciones. Gernot, en cambio, estaba de buen humor y convencido de que no le supondría ningún esfuerzo amortizar los costes.

Ellinor reservó el vuelo, un hotel en Auckland y el alquiler de una caravana para cuatro semanas. Calverton le había advertido que en febrero había mucho tráfico a causa de las vacaciones y que valía la pena reservar lo antes posible. Aunque todavía faltaban dos meses largos para el viaje, encontró un vuelo más o menos asequible con parada en Dubái. A él le habría gustado pasar una o dos noches allí, pues le parecía que había buenas exposiciones de arte, pero iban justos de tiempo.

—El nueve de febrero llegamos a Auckland —anunció Ellinor—. El *vernissage* está programado para el quince. Antes tengo que ir sin falta a Rotorua para ver a Rebecca. Así que solo tendrás unos pocos días para estar presente durante los últimos preparativos de la exposición.

—Y eso no me lo pierdo pase lo que pase. ¡A mí no van a convencerme fácilmente de cómo hay que exponer los cuadros! —advirtió Gernot—. Una gran parte de la exposición depende de ello.

Tengo la sensación de que Calverton preferiría hacerlo todo él con su equipo. La última vez que hablamos por teléfono casi me peleo con él.

—Seguro que solo quiere aconsejarte —lo tranquilizó. El galerista le parecía muy competente—. Calverton ha trabajado muchos años en galerías de todo el mundo. Sabrá cómo presentar los cuadros de modo que puedan venderse bien.

Gernot hizo una mueca.

—¡Vender no lo es todo! Se trata de mi primera presentación internacional, de mi renombre como artista. Se trata de cómo van a verme, cómo me presento. Y yo soy quien determina cómo me presento y no un galerista cualquiera.

Ellinor suspiró y esperó que los propósitos de su marido y Calverton no fueran muy diferentes. Ella, por su parte, ya estaba preparada. Lo había planificado todo minuciosamente. Después de aterrizar se dirigirían al hotel en Auckland y recogerían la caravana el día después de su llegada. Con ella ya tendrían autonomía y podrían marcharse a Rotorua siempre que el trabajo de Gernot lo permitiera. El viaje duraba unas tres horas. Si no pasaba nada, podrían volver a Auckland el mismo día. Eso significaba que, exceptuando la estación de cría de kiwis, no verían nada más de Rotorua, lo que encontraba decepcionante. Se alegraba de hacer ese viaje, y no solo por seguir la pista de Frano, sino por conocer un país y reunir nuevas vivencias.

Siempre había soñado viajar con su marido, compartir con él experiencias especiales. Hasta el momento lo habían hecho en contadas ocasiones, no tenían dinero suficiente para los viajes independientes y a Gernot no le interesaban los viajes en grupo a destinos convencionales. De ahí que solo de vez en cuando habían viajado juntos a alguna ciudad. Ellinor viajaba a Mallorca para relajarse. ¡Pero ahora se iban a Nueva Zelanda, iban a emprender juntos una auténtica aventura!

Ellinor deseaba que por fin llegaran las vacaciones.

2

Pese a todas las alegres expectativas, el viaje de la pareja resultó tener mala estrella. El transportista que debía llevar los cuadros puso problemas, llegó demasiado tarde y protestó por el formato de dos lienzos. Al final cobró más de lo planeado, pero al menos las obras se pusieron en camino. Para más inri el vuelo se retrasó y los dos temían no llegar a tiempo para coger el enlace. De ahí que al aterrizar en Dubái no solo estuvieran cansados, sino también estresados. Ellinor, que en el avión no podía dormir bien, encontró el siguiente vuelo nocturno a Auckland especialmente agotador. En cambio, Gernot parecía estar en forma y, de haber sido por él, ya habría ido a recoger la caravana.

—Si mañana tenemos que volver aquí, lo único que haremos será perder tiempo —objetó. La agencia de alquiler de vehículos estaba cerca del aeropuerto, y el hotel, por el contrario, en el centro de la ciudad.

Ellinor logró a duras penas persuadir al menos a su marido de que no pasaran por la agencia para preguntar si era posible llevarse la caravana ese mismo día. No tenía las más mínimas ganas de familiarizarse con la conducción de la caravana y dirigirse a continuación hasta el hotel circulando por la izquierda. Si bien había descargado mapas de Nueva Zelanda en su móvil para utilizarlo como GPS en caso de que no tener conexión con internet, se sentía demasiado agotada para probar esta función. También sabía que Gernot nunca había conducido un vehículo tan grande.

Gernot cedió ante este argumento y cogieron un taxi para ir a la ciudad. Auckland les mostró su cara soleada, el mar y los altos edificios y puentes, en parte casi futuristas, que competían entre sí para ganarse la mirada impresionada de los visitantes.

El taxista los dejó delante del hotel a la sombra del Skytower. Por fortuna tenían una habitación libre preparada. Ellinor no sabía qué habría hecho si hubiera tenido que registrarse a las tres como era habitual. Casi dos horas después de su llegada a Nueva Zelanda, se dejó caer bostezando sobre la cama.

—Dame un par de horas de tranquilidad —musitó—. Después volveré a ser capaz de pensar.

Winston Calverton los había invitado a cenar en un buen restaurante. Ella quería hacer una siesta reparadora hasta que llegara el momento.

Por la noche se encontraba mejor y disfrutó de la cena con Calverton. Winston y su simpática esposa, Carol, recibieron a sus invitados en el hotel de cinco estrellas del Skytower. Ellinor saboreó una comida excelente, un vino neozelandés de primera categoría y no se cansaba de contemplar el fantástico panorama que se desplegaba ante ella desde la torre sobre el Auckland nocturno. Winston y Carol demostraron ser unos conversadores muy agradables y se interesaron por las investigaciones de Ellinor. También preguntaron a Gernot con todo detalle acerca de su evolución artística y su inspiración personal.

—Ya hemos desempaquetado los cuadros y no hay ninguno sucio o dañado —indicó Winston, al tiempo que pedía otra botella de sauvignon blanc neozelandés.

—¿Y? ¿Le gustan? —se le escapó a Ellinor.

Se mordió el labio cuando vio que el artista hacía una mueca con la boca. Él solía decir que el gusto no era ningún criterio para valorar la calidad del arte moderno. Sus obras no tenían que gustar, sino que sacudir, incluso escandalizar.

—Estoy muy impresionado —contestó Winston sin emitir ningún juicio—. Por su... hum... ¿cómo decirlo...? Por el ímpetu intransigente de su arte.

Gernot asintió halagado.

—Precisamente de eso se trata —afirmó—. ¡De apoderarse del espectador, en cierto modo de sacudirlo! ¿Acaso el arte no es excitación?

—Como mínimo debería conmovernos —intervino Carol con una sonrisa—. Si debe sacudirme de sopetón..., bueno, para ser sincera yo prefiero algo más tranquilo. ¿Quiere un postre, Ellinor? ¿O prefiere irse a dormir después de un viaje tan largo?

Ella le aseguró que se había recuperado por la tarde y aprovechó la oportunidad para cambiar de tema. Le preguntó qué le recomendaba ver en Auckland.

—Tendré algo de tiempo para dar un paseo por aquí antes de marcharme a Rotorua. Tal como es Gernot, no perderá sus obras de vista mientras las estén colgando.

El tono pretendía ser jocoso, pero Ellinor estaba preocupada. Por el momento Winston podía estar encantado con la intransigencia del pintor, pero, cuando sintiera en su propia carne su «ímpetu», otro pájaro cantaría.

A la mañana siguiente, se despertó descansada y Gernot, lleno de dinamismo. Había quedado en la galería con los Calverton y ella decidió acompañarlo y luego marcharse a dar un paseo por la ciudad.

—No te olvides de que a las cuatro tenemos que recoger la

caravana —recordó a su marido—. Deberíamos encontrarnos a las tres en el hotel y luego coger un taxi.

Después de un desayuno generoso se pusieron en camino rumbo a la galería. Gernot revisó sus cuadros y comprobó de nuevo si habían sufrido daños durante el transporte. Carol mostró el local a Ellinor. Las salas eran luminosas y las paredes estaban pintadas de blanco, así que la iluminación de los cuadros no constituiría ningún problema. Estaban desmontando una exposición de fotografías de raíces maoríes de un artista neozelandés. Casi todas las obras se habían vendido. Winston parecía desenvolverse bien en el negocio.

Al final, dejó la galería y se fue a pasear al puerto. Le encantaba el mar y la City of Sails, como llamaban a Auckland debido a sus numerosos puertos deportivos, prometía ofrecer vistas interesantes. Era una ciudad moderna y muy bonita, que esa mañana se daba a conocer bajo la luminosa luz del sol. Ellinor se alegraba de llevar un claro vestido de verano, mientras que en Austria reinaba el más oscuro invierno. Estaba de un humor excelente cuando a las tres regresó al hotel, donde un taxi ya los esperaba. Gernot no fue tan puntual ni tampoco estaba de buen humor cuando por fin apareció, un cuarto de hora más tarde.

—¡Esas salas son un desastre! —se lamentó—. Los cuadros no se realzan en absoluto, al menos no con la iluminación. La luz es demasiado clara. Las paredes blancas reflejan...

—Las paredes blancas son neutrales —intentó tranquilizarlo—. Si las paredes de la galería estuvieran pintadas de color, influirían en el efecto que producen los cuadros.

—¡El color todavía sería peor, por descontado! —replicó inquieto—. ¡Pero tú tampoco eres una entendida en arte! El arte... El arte clama por el no color. En cuanto la retina recibe ondas de luz que la misma obra de arte no emite, el efecto se destruye.

—Entones solo existiría el negro —opinó Ellinor. Gernot

había pronunciado a menudo conferencias sobre la absorción de la luz a través del negro de sus cuadros.

—Tal vez también el gris —reflexionó él—. Se lo acabo de decir. El gris sería aceptable como color de fondo, si se oscurecieran las ventanas y se trabajara de forma selectiva la luz artificial para potenciar los matices de los cuadros. ¿Y qué me dice ese tío, ese Winston, al respecto? ¡Sus clientes quieren saber exactamente qué están comprando y no solo un par de puntos de luz entre cuervos negros sobre un fondo oscuro!

Ellinor intentó mantener la calma, aunque estaba preocupada. Si un galerista como Winston se expresaba con tanta rotundidad, Gernot tenía que haberlo disgustado.

—Tal vez Winston tiene más idea que nosotros. —Trató de tranquilizar a su marido. Utilizó el plural adrede para solidarizarse con Gernot, pero él cambió de tema.

—¿Al menos esa caravana que has pedido tiene una cama fija? ¿O hay que montarla y desmontarla cada día?

Ella puso los ojos en blanco.

—Vamos, ya te la enseñé en internet. Y sí, cada noche hay que montarla, de día sirve de sofá. Y además hay una mesa plegable y sillas. Así que, si el tiempo continúa así, podremos dejar la cama montada y comer o tomar un vino por las noches fuera.

Ese día, Gernot parecía tener ganas de enfadarse por cualquier motivo y la caravana le ofrecía una buena excusa para ello. De hecho, el vehículo no era mucho más grande que un VW-Bus y bastante usado. La cama era pequeña y el colchón, demasiado fino. Pero el mobiliario era funcional; una chica joven muy amable les enseñó cómo funcionaba el suministro de agua y de gas en la minúscula cocina y cómo el sofá se convertía en cama. Gernot no se contuvo a la hora de enumerar todos los defectos, lo que a ella le resultó francamente embarazoso. Por fortuna, la empleada de la agencia se lo tomó con humor y se esforzó en lo posible por satisfacer los deseos del cliente.

—Les ofrecería otro vehículo, pero no puedo porque los tenemos reservados para todo el mes de febrero —explicó—. Lo siento. Si no quieren el coche de ninguna manera, no pasa nada. En cinco minutos lo tendremos alquilado.

—Claro que lo queremos. —Ellinor lanzó a Gernot una mirada de advertencia, agradeció a la joven sus explicaciones y cogió las llaves de inmediato. Ya había firmado la documentación en el despacho de la agencia de alquiler de coches—. ¿Quieres conducir tú o lo hago yo? —preguntó.

Él no replicó cuando ella se puso al volante. Durante la época que había pasado en Irlanda se había habituado a conducir por la izquierda y, aunque había pasado mucho tiempo, pensaba que se aclararía mejor que él con el tráfico de Auckland.

Al final se sentaron frente a una cerveza y una pizza en un pequeño restaurante cercano al hotel y Gernot se relajó tanto que hasta tonteó con Ellinor. Más tarde, en la habitación, hicieron el amor alegremente.

—Tenemos que aprovechar que la cama es grande mientras podamos, ¡la de la caravana es pequeña como un ataúd!

Ellinor le rio la gracia y decidió, como tantas otras veces, no preocuparse nunca más por esa forma tan agresiva que tenía a veces de actuar. Por supuesto, esperaba con mucha impaciencia la inauguración y se sentía excitado. Los Calverton ya estaban sin duda acostumbrados a tratar con artistas excéntricos y no se tomarían a mal sus críticas.

Se estrechó contra los brazos de Gernot y se sintió feliz cuando él la atrajo hacia sí y los dos se durmieron agotados.

3

A la mañana siguiente Ellinor decidió dar una vuelta por los museos. El Auckland War Memorial Museum ofrecía un amplio espectro de piezas expuestas sobre la historia del país y la cultura maorí. Recorrió interesada las salas y visitó el parque y los invernaderos con flores de una belleza impresionante, plantas exóticas y árboles. Hasta ya entrada la tarde no pasó por la galería. El galerista, que durante la cena que habían tenido se había comportado de forma tan agradable y franca, solo mostró una gélida amabilidad. Pese a ello parecía haber cedido: las paredes de las salas de exposición estaban pintadas de gris. Ellinor irrumpió en medio de la discusión.

—Junto con sus cuadros las salas causarán la sensación de un agujero sombrío —opinaba Winston.

Gernot asintió impasible.

—El espectador se sentirá inmerso en otro mundo —dijo—. Las obras llegarán a todos los sentidos, despertarán sensaciones..., provocarán estímulos.

Winston Calverton reprimió contestar de nuevo. No cabía duda de que quería poner punto final al debate.

—¿Cómo está lo de nuestro viaje a Rotorua mañana? —preguntó Ellinor con fingida alegría, aunque esperanzada.

Gernot se negó categóricamente a viajar, mientras que la propuesta pareció aliviar a Winston. Le aseguró que podía prescindir de la presencia del artista todo el día.

—Y pasado mañana también. Es suficiente con que supervise al final cómo se han colgado los cuadros.

Pero el artista no dio su brazo a torcer, quería estar presente el día siguiente. Ellinor se mordió el labio. El quince de febrero se acercaba y quién sabía si Rebecca Zima no concluiría las prácticas un par de días antes. Era probable que después pudiera averiguar por Facebook dónde estaba, pero podía vivir con su familia en cualquier lugar, ¡tal vez en la isla Sur! Eso dificultaría mucho que ella pudiera seguir sus planes.

—Está bien —cedió—. Aunque pasado mañana tenemos que marcharnos, de lo contrario iremos demasiado justos de tiempo. —Se volvió hacia Winston buscando su apoyo—. ¿Cree que será posible?

El galerista asintió.

—Hemos quedado muy pronto con el pintor. Si su marido está aquí mañana a eso de las diez, se hará una idea, y podemos efectuar juntos las primeras instalaciones, del resto podemos encargarnos nosotros sin él. ¿Está de acuerdo, Gernot?

Este no parecía entusiasmado con ese programa, pero asintió.

—Es un riesgo bastante grande —señaló a Ellinor, cuando regresaban juntos al hotel—. Vete a saber qué hacen cuando yo me dé la vuelta.

—Winston también piensa en la venta —se atrevió a señalar ella—. Quiere ganar dinero con su galería igual que tú... nosotros..., a fin de cuentas. Así que tiene que presentar los cuadros de forma que la gente los compre.

Gernot contrajo el rostro.

—¡Arte y comercio! Siempre igual. Piden a los artistas que se prostituyan. Si transijo, acabaré haciendo retratos de mininos. Mis obras tienen que sacudir y arrebatar a la gente.

Ellinor asintió, pero se sentía escéptica. Cuando su marido fuera de verdad reconocido, podría sin duda experimentar. Pero ella francamente ponía en cuestión que se propusiera hacerlo ya en su presentación en el escenario artístico local.

Durante el día siguiente visitó la ciudad, acudió a otro museo, hizo algunas compras y por la tarde volvió a pasar algo recelosa por la galería para ver los primeros arreglos de los cuadros. Para su tranquilidad, su esposo parecía satisfecho. Winston Calverton definió la presentación como impresionante. Y ella no pudo menos que darle la razón. El visitante se internaba en una sala oscura, las paredes pintadas de gris parecían acercarse a él y las obras iluminadas con focos puntuales lo absorbían a su lúgubre mundo. Sin duda esto despertaba sensaciones, aunque no positivas.

—Es... grandioso —musitó—. Pero también opresivo.

Gernot se encogió de hombros.

—Es arte —repuso sarcástico.

Pero por lo menos estaba dispuesto a dejar que Winston Calverton y su equipo se encargaran de la exposición en los siguientes dos días y a viajar a Rotorua con su esposa. El galerista y sus empleados lo despidieron, esforzándose por disimular su alivio.

El día siguiente Ellinor salió de la gran ciudad al volante de la caravana rumbo al sur. Estaba de buen humor, pero cambió en cuanto llegaron a la autopista. La estabilidad del vehículo dejaba mucho que desear. Con cada ráfaga de viento, tenía la sensación de que iba a salirse de la carretera y, cuando más tarde empezaron las curvas, comenzaron también a oírse ruidos en la «sala de estar». Sufría constantemente por si los cajones o armarios se abrían de golpe y su contenido volaba por el interior del vehículo.

—¡Este trasto es inadmisible! —exclamó indignado Gernot—. Es imposible que pasemos tres semanas viajando en él. ¡Cuando mañana regresemos a Auckland, les cantaré las cuarenta!

—Ya has oído que no nos lo van a cambiar —observó ella resignada.

Intentó familiarizarse con la conducción de la caravana. Necesitó paciencia de nuevo. Para llegar a Rotorua tardó más de las tres horas que indicaba el GPS. No obstante, disfrutó del recorrido. Atravesó sobre todo terrenos cultivados y, de vez en cuando, algunas ciudades pequeñas. Estas últimas le recordaban un poco al Medio Oeste estadounidense, aunque los setos colocados entre los campos de cultivo para protegerlos del viento tenían un carácter más bien exótico. También le parecieron peculiares los bosques por los que pasaron.

—¿Es un bosque húmedo? —preguntó Gernot—. ¿Crecen aquí los kauris?

Ellinor había leído que Nueva Zelanda disponía de un ecosistema muy especial.

—No, creo que por esta zona no hay kauris. O al menos ninguno de los grandes, esos están más al suroeste. El más alto que se conserva vivo mide más de cincuenta metros de altura.

—Impresionante —observó él, aunque con un aire más bien indiferente. Su interés por la naturaleza era limitado.

Hacia el mediodía llegaron por fin a Rotorua, una ciudad bastante grande en comparación con otras neozelandesas. Según la guía de viajes de Ellinor, a finales del siglo XIX ese lugar acogía a visitantes de todo el mundo. Era famoso por sus fuentes termales sulfurosas. Al principio la región contaba con una atracción turística singular: las Pink and White Terraces, unas formaciones de piedra muy especiales. Las terrazas, celebradas como la octava maravilla del mundo, habían quedado destruidas por una erupción volcánica y se habían hundido en el lago Rotomahana. En la actualidad, Rotorua era sobre todo un centro de la cultura maorí. Se podía visitar un poblado, asistir a espectáculos de danza y música y saborear un tradicional *hangi*, preparado en un horno de tierra.

El matrimonio se limitó a entrar en un local de comida rápida. En esa excursión tan breve no tenían tiempo para visitar los lugares turísticos más importantes. El Rainbow Springs Nature Park era lo único que tenían en su programa. Ellinor fue directamente hacia allí y se alegró de ver el gran aparcamiento.

—Esto es algo así como un parque de atracciones —comentó desdeñoso Gernot. Junto a un zoológico, Rainbow Springs ofrecía descensos en piragua por aguas rápidas y otros entretenimientos similares para familias—. Disneylandia en neozelandés.

—En lo que respecta a los kiwis, colaboran con el Ministerio de Protección del Medioambiente —recordó Ellinor—. Este parque no debe de ser tan poco serio, así que no pongas esa cara. ¡Nadie te obliga a subirte a las montañas rusas!

De hecho, Kiwi Encounter tenía su propio edificio y se podían adquirir las entradas independientemente del parque de atracciones. El precio era exorbitante, pero incluía una visita guiada para la que había que esperar en la tienda de *souvenirs*. Con el corazón palpitante, Ellinor preguntó por Rebecca Zima en la taquilla.

—Claro, Becky todavía está aquí —contestó la joven cajera—. Es ella quien guiará la siguiente visita. Comienza dentro de diez minutos. Mientras esperan, pueden echar un vistazo por aquí. —Señaló los artículos que ofrecía la tienda de recuerdos y Gernot dio un salto atrás horrorizado. A ella le divirtieron las pinturas y otros productos de «artesanos» locales. Encontró kiwis de felpa y pensó entristecida en su complicada planificación familiar. Le habría comprado encantada ese muñeco a su futuro hijo, pero en ese momento no podía ir a su marido con esa historia.

Rebecca Zima apareció por fin y se formó un grupo de ocho personas. Ellinor enseguida la reconoció. Llevaba una bata blanca por encima de los tejanos y la camiseta. Se había atado en la nuca el cabello, que tenía aspecto de no ser fácil de dominar. Un par de mechones ya se habían emancipado y revoloteaban alrededor de su rostro tostado. Emanaba optimismo y vitalidad. Dio complacida la bienvenida a los visitantes, se presentó y comenzó su explicación sobre los kiwis. El grupo se enteró de que eran aves nocturnas, monógamas y fieles a su territorio.

—De todos modos, tampoco llegan muy lejos —señaló la joven—, pues no pueden volar. Sus movimientos no son elegantes, en realidad se desplazan andando como patos. A veces se caen hacia delante y utilizan el pico como tercera pata. Es muy gracioso. Su plumaje podría decirse que es como de peluche, más cercano al vello que a las plumas. No tienen cola y no ven bien, pero tienen un buen olfato, lo que es más bien raro entre las aves. En cualquier caso, no defienden bien su supervivencia. Estos animales solo pudieron desarrollarse en Nueva Zelanda porque durante mucho tiempo aquí no tuvieron enemigos naturales. No se cazaron hasta que llegaron primero los maoríes y luego los ingleses. Su carne es muy sabrosa, y no son difíciles de atrapar. Durante el día se entierran y los cazadores se limitaban a desenterrarlos. Naturalmente, esto redujo la población con rapidez, pero lo peor llegó cuando los seres humanos introdujeron depredadores en la isla.

—He oído decir que desde 1921 forman parte de las especies protegidas —dijo uno de los visitantes.

—Es cierto. En realidad hace tiempo que debería haberse repuesto su número —prosiguió Rebecca—. Pero las zarigüeyas y las martas, que por desgracia se han multiplicado con rapidez en nuestros bosques, les hacen la vida difícil. Las tres especies de kiwi están en peligro de extinción en la actualidad. Sí, ¡y ahí es donde intervenimos nosotros! —Condujo a los visitantes al recinto en el que se incubaban los huevos y se criaban los polluelos—. Los kiwis no son precisamente prolíficos —explicó—. Una pareja reproductora tiene un único pollo cada dos años y el noventa y cinco por ciento de ellos muere antes de llegar a los seis meses. Esto se debe en parte a que son muy independientes, abandonan el nido a los cinco días más o menos y los padres ya no se ocupan más de ellos. Los pequeños deambulan solos, al principio también durante el día, y son víctimas de los predadores. Si queremos salvarlos, tenemos que capturarlos temprano.

Rebecca contó que en la actualidad en Nueva Zelanda se registraban todos los kiwis y se les colocaba un localizador. De ese modo se sabía cuándo uno de ellos incubaba.

Ellinor contempló asombrada los enormes huevos de las incubadoras y luego, fascinada, dos mullidos pollitos que habían nacido hacía poco. La joven los presentó e hizo una demostración de cómo los limpiaban y les daban de comer. Explicó que permanecían en la estación de cría durante los primeros seis meses de vida.

—¿Y a dónde los llevan luego? —preguntó Ellinor.

—¡A unas islas donde no se han introducido predadores! —contestó Rebecca, acariciando embelesada uno de los polluelos—. Ahí pueden crecer seguros. Cuando son grandes vuelven a su zona de origen.

—Donde son devorados directamente porque no han aprendido a defenderse —susurró Gernot a Ellinor. Quedaba claro que no compartía su fascinación—. ¡Con lo que cuesta todo esto! Se podría invertir en algo más útil.

Pensaba sin duda en colecciones de cuadros, pero ella no le hizo caso, sino que siguió a Rebecca al recinto de los kiwis adultos. Estaba a oscuras para que los animales creyeran que era de noche y los visitantes pudieran ver cómo daban vueltas y hurgaban en la tierra con sus largos picos en busca de larvas de insectos.

La visita guiada por la estación de cría terminaba ahí y Rebecca dejó a los visitantes recomendándoles que visitaran la exposición sobre protección de especies en peligro de extinción y formas de vida de los kiwis. Les habló además del «programa de adopción» de polluelos de la casa, por medio del cual se apoyaba económicamente el trabajo de la estación.

—¡Los kiwis son animales interesantísimos! —exclamó con cariño—. ¡No debemos permitir que desaparezcan!

Ellinor compartía su opinión, su simpatía hacia su potencial pariente había ido en aumento con sus explicaciones. En ese momento se puso en la fila de los que iban a dar una pequeña propina a la joven antes de marcharse.

Cuando por fin llegó ante ella, Rebecca le sonrió.

—¿Tiene alguna otra pregunta? —inquirió amablemente—. Se lo explicaré encantada.

Ellinor no sabía muy bien cómo abordar el tema, pero se decidió.

—Me gustaría hablar con usted —empezó a decir—. Pero no de los kiwis. Nosotros... Bueno, la visita ha sido muy interesante, está haciendo aquí un trabajo admirable con estas aves. Sin embargo, yo he venido aquí por usted. La he buscado en internet o, mejor dicho, he buscado su apellido y la he encontrado a usted. Podría ser que fuéramos parientes. ¿Le dice algo el nombre de Frano Zima?

Rebecca había fruncido el ceño, pero parecía más divertida que escéptica. Era obvio que su actitud no era negativa. Al contrario. Cuando mencionó a Frano, dibujó una amplia sonrisa.

—¡Pues claro que me dice algo! —Resplandecía—. Frano Zima era mi bisabuelo. Mi bisabuela se llamaba Clara.

Ellinor le devolvió fascinada la sonrisa.

—Por lo visto conoce bien la historia de su familia.

La joven asintió.

—Un poco —admitió—. Tenemos una empresa familiar, ¿sabe? Allí cuelga de la pared un árbol genealógico.

Ellinor recordó la bodega de los Kelava.

—¿Qué tipo de empresa, si puede saberse? —preguntó, aunque ya sospechaba cuál era la respuesta.

El rostro de la joven se iluminó de nuevo.

—Una mezcla de carpintería y tienda de muebles, museo y cafetería. Arte del kauri. Mi padre comercializa madera de kauri en todas sus formas. Las agencias de viaje le llevan autobuses de turistas.

—¿Es el Kauri Paradise, en el extremo norte? —preguntó Ellinor—. ¿David Zima?

—Es mi padre, sí. ¿Cómo lo sabe? Ah, claro, ¡lo ha buscado en internet! ¡Qué emocionante! Entre, hablaremos mientras tomamos una taza de café. Aquí se está demasiado incómodo.

Rebecca condujo a la pareja al interior del inmueble por una entrada del personal. Además de las habitaciones en las que estaban alojados los pájaros, había laboratorios, despachos y salas de estar. La joven precedió a sus invitados hasta una sala de descanso pequeña, amueblada de forma espartana con sillas y mesas, así como una máquina expendedora de café. Sacó dos capuchinos, uno para Ellinor y otro para ella, y un café negro para Gernot.

—¡Qué fuerte, tener parientes todavía en Europa! —exclamó mientras se sentaba—. ¿Tenía Frano hermanas o hermanos con hijos y vosotros os dedicáis ahora a investigar la historia de la familia? —Sin que nadie se lo dijera pasó al tuteo. Realmente era muy campechana.

Ellinor negó con la cabeza. Se disponía a tratar un asunto delicado.

—Por lo visto yo también soy una descendiente directa de Frano Zima —reconoció—. Mi abuela era fruto de una... de una relación anterior. Es decir, de antes de que tu bisabuela y él se conocieran.

—¿Ya tenía hijos antes de venir a Nueva Zelanda? ¡Increíble!

—exclamó Rebecca—. ¡De eso no le contó nada a Clara! O al menos eso creo yo.

Ellinor se alegró de que Rebecca encajara la noticia con tanta tranquilidad. Le explicó el modo en que había descubierto la existencia de Frano y dibujó a grandes rasgos la historia de Liliana.

—Pero esto debió de haber ocurrido mucho antes —apuntó al final la joven—. Mucho antes de la relación con mi bisabuela. Él ya debía de llevar mucho tiempo en Nueva Zelanda cuando fue al norte. Hablaba muy bien en inglés. Y eso no se aprende en un par de meses.

Ellinor se preguntó cómo lo sabía.

—Mi abuela nació a finales de 1905 —dijo.

Rebecca asintió inmersa en sus pensamientos.

—Sí, como he mencionado, ocurrió mucho antes —repitió—. Frano llegó a Northland en 1918. Mi abuelo Francis nació en 1920. Frano ya se había ido. —En la voz de la joven había un deje de tristeza.

—¿Se había ido? —Se le escapó a Ellinor—. ¿También abandonó a tu bisabuela?

—Al menos se casó antes con ella —intervino Gernot.

—Oh, sí —respondió Rebecca dirigiéndole una sonrisa afligida y sin que se percibiera ninguna ironía en su voz—. Y fueron muy felices. No creo que se limitara a dejarla plantada sin más.

—¿Cómo sabes todo esto? —preguntó, de nuevo sorprendida. A fin de cuentas hablaba de una relación que se había desarrollado casi un siglo antes.

Rebecca sonrió.

—Escribía un diario —desveló—. Muy bonito, cuando era adolescente lo leí varias veces. ¡El bisabuelo Frano debía de ser genial! ¡Los dos estaban muy enamorados!

—Lo que no impidió que se esfumara otra vez sin dejar rastro... —terció Gernot, punzante.

Ellinor le dio un golpe por debajo de la mesa. No era conveniente que Rebecca se sintiera decepcionada. La muchacha jugueteó con uno de sus rizos. Se la veía muy afectada por esa antigua historia.

—Sí. Así fue, en efecto —convino—. Desapareció sin dejar rastro. El gran enigma. Una tragedia. Nadie sabe qué pasó. Y eso que se había despedido muy cariñosamente. Estaba embarazada y él no quería dejarla, pero tenía que hacer un viaje de negocios o algo así. En cualquier caso se fue rumbo al sur y no volvió.

—¿Viaje de negocios? —preguntó Ellinor—. ¿No era *gumdigger*?

Rebecca frunció el ceño.

—¿*Gumdigger*? No. Quizá lo había sido antes, pero ya no lo era cuando llegó a Northland. El padre de Clara no la habría casado con un *gumdigger*. Bueno, tampoco le entusiasmó que su hija se enamorase de él. Frano era una especie de comerciante. Llegó a casa de los Forrester para venderles mobiliario pequeño y tallas de madera de kauri. Ya entonces comerciaban con muebles. Y él sabía dónde encontrar madera de kauri: en los pantanos entre Auckland y al norte de la bahía de Plenty, en la península de Coromandel. El padre de Clara estaba más interesado por eso que por los artículos que llevaba. Hace mucho tiempo que está prohibido talar kauris. Prácticamente todos los muebles y objetos que se venden de madera de kauri proceden de árboles prehistóricos. No sé si tenéis información de ello. Hace unos cuarenta mil años se produjo en Nueva Zelanda una enorme extinción de árboles. Cayeron miles de kauris, pero no se pudrieron. La naturaleza los conservó. Quien los desentierra ahora puede trabajar su madera con toda normalidad. Es preciosa y, por descontado, muy estimada por su valor. Ya ocurría hace cien años.

—Entonces, ¿Frano vendía madera de kauri? —inquirió Ellinor.

Rebecca se encogió de hombros.

—No lo recuerdo con exactitud —admitió—. Me interesaba más la historia de amor. —Sonrió—. Pero al final formaron una especie de sociedad entre él y James Forrester. Frano sabía dónde encontrar los troncos y el padre de Clara tenía los medios para desenterrarlos. El viaje trataba de esto, de lugares donde encontrarlos, licencias de excavación... Algo por el estilo. Fuera como fuese, no tenía ninguna razón para no volver. ¿Por qué tuvo que abandonarla? Ojalá le hubiera contado a alguien a dónde quería ir. Los Forrester pensaron que se había ido a Coromandel, pero durante el trayecto se separó de sus compañeros porque quería ir a visitar a alguien. Iba a reunirse con ellos más tarde pero desapareció. Se perdió su rastro. Algo tuvo que ocurrirle. —Por su forma de expresarse, estaba convencida de ello.

—¿Y qué debió de pasar? —preguntó Gernot.

Rebecca se rascó la frente.

—A lo mejor hubo alguien que no quiso darle el permiso para excavar en su terreno —supuso—. O tal vez Frano no era el único que sabía de ese yacimiento y que quería desenterrar la madera. Apuesto a que el negocio al que se dedicaba no era cosa de caballeros. En cualquier caso, James Forrester hizo todo lo que estaba en su mano para encontrarlo, aunque fuera para tranquilizar a Clara, pero nunca apareció en la península. O lo hicieron desaparecer en cuanto llegó. Tal vez alguien lo mató. Había muchos viejos *gumdiggers*, hombres que habían intentado de distintas formas hacer fortuna y que una y otra vez habían fracasado. Puede que tuviera enemigos.

—Quizá había otras mujeres —reflexionó Ellinor, pensando en Liliana. Tampoco a su bisabuela se le habría ocurrido nunca que Frano la dejase por propia iniciativa.

—No lo creo —objetó Rebecca, testaruda.

Ellinor tomó un sorbo de café.

—Ese diario... —preguntó—. ¿Todavía existe?

Rebecca asintió con vehemencia.

—Claro. Forma parte del patrimonio familiar. Lo conservamos entre algodones. —Rio—. Pero está en Te Kao, por supuesto, o sea, en Northland, donde viven mis padres.

—¿Les importaría que lo leyera? —preguntó.

—Por supuesto que no. —Rebecca meditó unos segundos. Consideraba a sus padres tan abiertos como ella—. Podéis ir a echar un vistazo por Te Kao... Claro que está en el extremo de la isla Norte...

Ellinor le aseguró que eso daba igual. De todos modos tenía apuntada en su lista una visita a Kauri Paradise.

—Aunque antes todavía tenemos cosas que hacer en Auckland —dijo, y a continuación la informó de la exposición. Luego le preguntó prudentemente si podía anunciar a sus padres su visita.

—Para entonces yo ya estaré en casa —respondió Rebecca para satisfacción de Ellinor—. Termino las prácticas aquí el día quince y luego regreso a Te Kao. Como de todas formas tardaréis un par de días, nos veremos en Northland.

Tras reunirse con Rebecca ya era demasiado tarde para volver a Auckland. Al menos eso pensaban Ellinor y la chica; aunque Gernot opinaba que valía la pena hacer el esfuerzo de volver para ir a la galería bien temprano a la mañana siguiente y controlar si todo estaba en orden. Ellinor se negó y Rebecca les advirtió que era imposible que se fueran de Rotorua sin admirar al menos las atracciones turísticas más importantes. Con una llamada de teléfono, les organizó una visita a un espectáculo cultural maorí con *hangi* por la noche y por la tarde se relajaron en el llamado Polynesian Spa, uno de los baños geotérmicos más antiguos y famosos de la zona. Disfrutaron chapoteando en el lago Rotorua y pasearon complacidos por el bosque húmedo para presenciar, al comienzo de la representación, la llegada de una canoa de guerra maorí. Gernot besó a su esposa a la sombra de los árboles al tiempo que resonaba el peculiar himno de los guerreros. Después del espectáculo probaron la comida tradicional. Al final el artista compró un cedé de canciones de amor maoríes y después lo puso en el portátil mientras los dos intentaban hacer el amor en la angosta cama de la caravana.

—Pero es muy auténtico. Imagínate simplemente que estás en una cabaña indígena —sugirió ella cuando él volvió a quejarse de lo estrechos que estaban.

Y lo dijo con mala conciencia, pues desde que había visitado los museos de Auckland sabía que los maoríes no vivían en cabañas primitivas, sino en casas preciosas decoradas con tallas de madera.

—En plena naturaleza seguro que había sitio suficiente para construir cabañas más grandes. En caso de que una tribu se hubiera instalado en un lugar tan estrecho, sería un milagro que no se hubiese extinguido —replicó Gernot—. Y cualquier lecho de hojas habría sido preferible a este colchón, aunque se alojasen en él un par de bichos, lo que también puede suceder aquí. ¿O has inspeccionado a ver si había pulgas en este vehículo?

Ellinor intentó tomárselo por el lado cómico, aunque después de pasar la noche sobre ese incómodo colchón le dolía todo. La hojarasca seguro que no era la solución, pero ¿qué tal un colchón hinchable? Por suerte el tiempo estaba de su parte, así que al menos pudieron desayunar fuera de la caravana, ya que habían comprado lo más necesario en la tienda del camping.

—¡Y ahora nos vamos a esas fuentes de aguas termales! —decidió Ellinor—. No hay peros que valgan, Gernot, no viene de dos horas. Los Calverton lo están haciendo todo como deben y mañana tienes todo el día por si quieres cambiar algo de sitio.

Protestó un poco, pero el artista que había en él no se resistió al juego de matices de los cráteres llenos de agua termal de Wai-O-Tapu. En la tienda de recuerdos contigua, Ellinor compró un colgante de jade pounamu para Karla cuya forma simbolizaba la amistad eterna. Gernot la sorprendió con una joya similar, aunque más delicada. El color del jade combinaba muy bien con el verde de sus ojos. Se sintió conmovida cuando se enteró de lo hábilmente que su marido se había escabullido durante el espectáculo para comprárselo a uno de los artistas presentes.

—No tenías que hacerlo —murmuró.

Él la atrajo hacia sí.

—Ese jade te quería a ti —contestó—. Estaba hecho especialmente para ti.

Ellinor lo abrazó y confió en que la piedra les diera suerte. Había aprendido en los museos que, para los maoríes, el jade era más valioso que el oro.

El viaje de vuelta a Auckland resultó estresante. Soplaba un fuerte viento lateral y Ellinor tenía que conducir muy despacio. Ir esa misma tarde a la galería era algo impensable, pero al menos a ella eso ya le convenía. Había sido un día tan bonito que no quería verlo destrozado con las críticas de Gernot si algo lo disgustaba. Dieron un pequeño paseo por la ciudad, fueron a comer tranquilamente y luego se dejaron caer aliviados en la cama del hotel. ¡El paraíso, comparada con la de la caravana! Gernot volvió a poner las canciones de amor maoríes y ellos representaron las historias descritas en el folleto del cedé. Ellinor encontró que había sido un día perfecto. Serena y feliz, esperó la inauguración de la tarde siguiente.

Por la mañana, el artista estaba impaciente por ir a supervisar la exposición, que ya casi habían acabado de montar. Ella prefirió dormir un poco más y dejarse impresionar por la presentación por la tarde. Cuando hacia el mediodía todavía no había vuelto, empezó a temer que hubieran surgido problemas y fue a la galería, donde se encontró a Winston Calverton y su marido fuera de sí.

—¡Hay que cambiar este de sitio y este también y esta luz no funciona aquí! —señalaba irritado Gernot.

Muchas de las obras se encontraban apoyadas en la pared en lugar de estar colgadas. Gernot las había hecho descolgar y estaba cambiándolo todo de sitio. El joven y amedrentado empleado de Winston —el galerista había tenido que acudir a otro sitio y acababa de regresar— no se había atrevido a contradecirlo y había llamado a su jefe desesperado y sin saber qué hacer.

—¡Gernot, esto no funciona así! —exclamó enojado Winston—. No tenemos ningún problema en cambiar de sitio los tres cuadros más pequeños, ya se ha encargado usted de descolgarlos. Y con eso varía también un poco la iluminación, aunque me temo que tendremos que tener listos un par de perros lazarillos para los visitantes. Pero los cuadros más grandes se quedan donde están y los iluminamos tal como yo he determinado. Así su efecto es óptimo.

—Se ven enormes —apuntó Ellinor tras dar una breve vuelta por la sala—. Todavía más grandes de lo que recordaba.

Winston asintió.

—Precisamente esa es la intención. Los cuadros tienen que dominar la pared, absorber al espectador de forma total en el mundo que su marido crea.

—¿Los comprará alguien? —preguntó preocupada—. Si... si son tan grandes. ¿No le da miedo eso a la gente?

Winston sonrió pese a no estar muy contento.

—Ellinor, de todos modos esos cuadros no los comprará nadie. No es que parezcan grandes, son grandes. ¿Dónde van a colgar algo así? Pero su marido los ha traído y nosotros los utilizaremos, por consiguiente, para impresionar al comprador de arte tanto como para que desee a toda costa tener un Sternberg en su colección. Ninguno así de grande, claro, uno de los pequeños. Y desearía que su marido confiara más en nosotros.

Gernot estaba lejos de confiar en alguien. Pasó el resto de la tarde cambiando de sitio un cuadro tras otro y toqueteando la instalación de la luz. Al final apareció en el hotel en el último minuto para cambiarse de ropa para el *vernissage*. Ellinor ya estaba casi lista. Con su vestido negro y una chaqueta que le daba un toque de color tenía un aspecto muy elegante. El colgante de jade combinaba bien con la indumentaria y ella se alegraba de lucirlo. Pero él ni la miró. Guardaba silencio enfurruñado, una actitud que ella conocía bien y temía. Su marido estaba molesto y de morros. No era un buen punto de partida para una velada en la que él más que nadie debería estar resplandeciente.

Cuando la pareja llegó, las primeras visitas ya se encontraban en la galería. Parecían ser buenos conocidos de los Calverton, Winston los guiaba personalmente a través de las salas y enseguida les presentó a Gernot. La mujer, sobre todo, parecía interesada en el artista y sus obras. Su marido, un señor mayor vestido de modo informal, al menos para las normas europeas, se quedó mirando con mucha mayor satisfacción las largas piernas de Ellinor, que asomaban bajo su vestido corto. Al conversar con él resultó ser un interlocutor muy simpático. Bebía cerveza, mientras Ellinor tomaba sorbos de vino. Ella intentaba percibir qué efecto obraba la exposición en los visitantes. La transformación de las salas por medio de las obras y de su vanguardista presentación era impactante. Uno tenía la impresión de entrar en un agujero en el que los cuadros abrían unas ventanas que permitían contemplar extraños paisajes. Aun así, se sorprendió a sí misma pensando en las pocas ganas que sentía de adentrarse en ese mundo. Al señor mayor que estaba a su lado parecía pasarle lo mismo.

—Yo no entiendo nada de esto —dijo, después de haber charlado un rato con ella y hablarle de su granja junto a Hamilton antes de darse una vuelta por la sala. Debía de tratarse de una empresa grande. Jeb Redback, como se presentó, se refería a más de diez mil ovejas—. Pero yo soy granjero, como he dicho, y si por mí fuera colgaría un tipo de cuadros totalmente distinto. Hay unos retratos tan bonitos de caballos de carreras ingleses... Yo preferiría tener esos en casa antes que todo ese arte moderno. Por desgracia mi esposa opina de otro modo. Compra cuadros también para invertir capital. Yo solo espero que tenga buen olfato. Ya nos hemos dejado una fortuna en las galerías de Auckland. —Ellinor asintió optimista. Los Redback debían de ser ricos. Si Gernot conseguía impresionarlos... Lo mismo compraban uno de los cuadros más grandes. Sin embargo, Jeb no tardó en frustrar sus esperanzas—. Aunque a mí tienen que gustarme un poco, a ese acuerdo hemos llegado. No tengo que saber lo que representan, pero al menos he de encontrar los colores bonitos. —No parecía que ese fuera el caso con los cuadros expuestos. Ellinor hizo un intento empleando todo su encanto. Sonrió seductora al anciano.

—Pues sí, mi marido se contiene con los colores —explicó—. Pero si trata de entender el mensaje de los cuadros, que la composición general actúe sobre usted...

Jeb Redback frunció el ceño.

—Jovencita, yo aquí no veo ningún mensaje —contestó señalando uno de los lienzos más pequeños y negro en su mayor parte. Solo unos trazos en gris y blanco atravesaban la negrura—. Si tengo que interpretarlo veo en el mejor de los casos una ventana manchada de hollín que alguien ha intentado limpiar con poco entusiasmo. Nuestra asistenta siempre crea esas rayas tras una tormenta de arena y no hay ocasión en que mi esposa no se exaspere por su causa. No puedo imaginar que los cuadros de su marido la fascinen.

Pese a su decepción, Ellinor estuvo a punto de echarse a reír. Karla se había expresado igual acerca del cuadro en un *vernissage* en Viena cuando Gernot lo había expuesto por primera vez. Y Amber Redback, la esposa de Jeb, tampoco encontró por su parte ninguna obra que la emocionase.

—¡Seguro que es arte con letras mayúsculas! —dijo al artista, cuando todavía estaban juntos después de recorrer las salas y mientras Winston saludaba a nuevos invitados—. Le llega a uno al alma. Pero en nuestra casa...

Gernot hizo una mueca.

—Yo no pinto para decorar habitaciones —respondió cortante—. Si su alma no está preparada para mis cuadros, vale más que coleccione figuritas Hummel.

Amber, una señora de edad avanzada y elegante, delgada, vestida a la moda y muy bien peinada y maquillada, lo miró desconcertada. Era evidente que le había dolido que se la considerase capaz de sentir más inclinación hacia unas ridículas figuritas de porcelana que hacia las obras de artistas contemporáneos. Ellinor disculpó a su marido cuando este se dirigió a otros invitados.

—Es muy susceptible en lo que se refiere a su obra —explicó—. Y muy intransigente.

Jeb, que no sabía de qué modo había ofendido Gernot a su esposa, pero que se percató de que estaba herida, arqueó las cejas.

—Entonces solo espero que al menos usted tenga un trabajo rentable —le dijo—. Creo que mi mujer quiere marcharse. Una pena, en realidad, ha sido agradable charlar con usted.

Winston Calverton observó la marcha de los Redback con expresión afligida. Sin embargo, estaba inmerso en una conversación con otros clientes y no pudo detenerlos. Entretanto, las salas se habían llenado de gente. El galerista no había exagerado en relación al interés de los habitantes de Auckland hacia los objetos expuestos.

Para Ellinor, los asistentes no se parecían al típico público europeo que acudía a inauguraciones más para ser vistos que para ver. La mayoría de los clientes de Winston iban vestidos de manera informal, elegantes pero no con ropa de fiesta. Casi se sentía demasiado arreglada con su vestido negro. Tampoco vio a muchas mujeres con zapatos de tacón alto y un joven incluso llevaba chanclas. Al parecer, en Nueva Zelanda era el calzado adecuado para toda ocasión. Los presentes conversaban animados sobre los cuadros y se diría que sentían auténtico interés. El bar improvisado estaba atestado. En lugar de prosecco y champán, ahí se servía cerveza y vino, todo era más relajado que en actos similares en Europa.

Se habría sentido bien entre los clientes de Winston Calverton si la atmósfera de las salas de exposición hubiese sido distinta. Esa lobreguez casi amenazadora que irradiaban algunas de las obras era oprimente. Aunque los comentarios del público eran en gran parte positivos —muchos de los presentes permanecían absortos delante de los enormes cuadros—, nadie mostraba por el momento interés en comprar.

Después de que todos los invitados hubieran contemplado la obra y se hubieran servido una copa, Winston Calverton cogió el micrófono para inaugurar formalmente la exposición. Pronunció unas palabras amables para presentar a Gernot, habló un poco de su evolución artística y le cedió el micrófono para darle la oportunidad de saludar a los asistentes al *vernissage*.

Ellinor esperaba que su marido desplegara un poco sus encantos, y más por cuanto la gente lo aplaudió con afecto. Sin embargo, durante el curso de la velada su humor no había mejorado, sino que había empeorado. No se esmeró en decir nada agradable, en cambio consideró oportuno desacreditar a su auditorio.

—No hago más que escuchar aquí conversaciones sobre si alguno de mis cuadros encaja en esta o aquella habitación. Pero así, damas y caballeros, ofenden ustedes al arte. El arte no tiene que gustar, está para mover, para golpear, sorprender, para decir verdades, aunque estas sean desagradables.

—¿Se ve usted como portador de malas noticias? —lo interrumpió uno de los presentes. Llevaba una máquina de fotografiar, así que posiblemente era un representante de la prensa.

—Soy un embajador de la verdad —afirmó Gernot—. Muestro el mundo como es, sin tener en consideración si me gusta a mí o le gusta a usted.

Ellinor cogió un vaso de agua. Ya no le apetecía beber vino, sobre todo después de ver el rostro petrificado de Winston Calverton. El galerista escuchaba con los labios apretados la reprimenda que Gernot soltaba al público. El único deseo de Ellinor era poder despedirse pronto.

La velada no duró demasiado. Los comentarios del artista daban tema para conversar, pero los presentes, al parecer, prefirieron ir a hablar a otro lugar. La mayoría de ellos bebieron uno o dos vasos más de vino o cerveza y se dieron otra vuelta por la exposición antes de despedirse. No se produjo ninguna negociación de venta ni tampoco una reserva de alguien que quisiera reflexionar sobre si adquirir o no una obra.

—No es que haya sido un éxito —dijo Gernot cuando alrededor de las diez de la noche las salas se habían vaciado—. Pero yo ya he dicho enseguida que...

Con un gesto de la mano, Winston Calverton le pidió que callase.

—Ya hablaremos mañana, Gernot —repuso sosegador—. Esta noche estamos todos cansados y estresados. Vaya al hotel o a comer alguna cosa y mañana ya veremos.

Ellinor dio gracias al cielo de que el galerista no respondiera a la provocación. Tenía hambre y un dolor de cabeza horrible. Le habría gustado ir otra vez a la pizzería que habían descubierto la primera noche, pero Gernot no tenía hambre. Se dirigió en silencio al hotel y ella se contentó con pedir un bocadillo al servicio de habitaciones.

Ya intuía que su estancia en Nueva Zelanda iba a salirles mucho más cara de lo que habían planeado.

5

—En fin, desde nuestro punto de vista, yo no lo llamaría un desastre —opinó Winston Calverton. A la mañana siguiente, el galerista se veía mucho más relajado de lo que Ellinor esperaba. De hecho, daba la impresión de estar satisfecho e ignoró estoico que Gernot estuviera enfadado porque no se había vendido ni un cuadro—. En el aspecto comercial la exposición no es, ciertamente, un éxito, pero en lo que se refiere a la imagen... Vaya, no podríamos haber imaginado una mejor promoción.

Winston tendió el *Auckland Herald* al artista y su esposa. La amplia sección de cultura incluía una crónica de la exposición. El periodista debía de haber hecho milagros para colocar su artículo por la noche.

«El coraje de no vender. La galería Calverton antepone el arte al negocio», leyó Ellinor. Incrédula, ojeó el texto, cuyo autor se manifestaba comedidamente sobre la obra expuesta, pero elogiaba al artista y sobre todo al galerista por haber antepuesto en la exposición el mensaje y el efecto que producían los cuadros a su venta: «Winston Calverton pone sus salas a disposición del peculiar e intransigente artista Gernot Sternberg para hacer una presentación vanguardista de una obra de gran formato y "de difícil accesibilidad". Según el autor, el arte no tiene que gustar, sino cambiar a quien lo contempla y su visión del mundo. El que Sternberg lo consiga con sus obras, algo lúgubres, todavía está por ver, pero, en cualquier caso, Calverton sienta bases. "Un galerista —afirma— es más que un comerciante de arte. Su deber consiste en crear sobre todo un foro para los artistas." Y sin lugar a dudas, Calverton lo ha conseguido con esta exposición, que merece la pena visitar».

—¿Eso dijo usted? —preguntó Ellinor.

El galerista sonrió.

—Restricción de los daños —contestó—. Pero no hubiera imaginado que le dieran tanta importancia. En cualquier caso, estamos satisfechos. Solo por la promoción, ya vale la pena el dinero invertido, y más porque vendrán otros medios de información. Mi esposa me ha dicho que la televisión también ha llamado. Tendrá mucha publicidad, Gernot. Y sin contar con que algún comprador aparezca por aquí.

—Este artículo..., ¿de verdad cree que es publicidad? —Gernot parecía más indignado que complacido.

Winston arqueó las cejas.

—Usted mismo lo ha dicho, no quería gustar, solo llamar la atención. Ahora se la prestan. —Se dio media vuelta. Para él la conversación había concluido.

Gernot se quedó mudo, algo que pocas veces ocurría. En cuanto el galerista hubo salido de la sala, empezó a echar pestes. Dejó por los suelos la exposición, que, según él, habría tenido mucho más éxito si se hubieran colgado los cuadros a su gusto, y criticó a los periodistas. Ellinor volvió a sentir dolor de cabeza. Sabía que al cabo de un rato ella también se convertiría en el blanco de la rabia de su marido. Al fin y al cabo él había ido a Rotorua por ella. Si no lo hubiera hecho, habría podido intervenir más.

Ellinor deseaba marcharse de la galería. Según el plan, pagarían el hotel y viajarían hacia el norte. Esto volvió a llevar a Gernot al tema de la caravana y en ese momento estaba lo bastante iracundo para querer aclarar la cuestión con la agencia de alquiler de coches.

A ella no le quedaba energía para seguir peleándose. Todavía no se había repuesto del desastre de la galería y tenía la impresión de que su organismo no acababa de amoldarse al cambio de horario. No era normal que le doliera la cabeza tan a menudo.

—Si realmente piensas que debes montar otro follón, hazlo solo —dijo resignada—. Yo me voy al hotel a acostarme.

De hecho, se sumió en un sueño profundo en cuanto se tendió en la cama y no se despertó hasta que Gernot entró en la habitación triunfal agitando un juego de llaves.

—¿De verdad te han cambiado la caravana? —preguntó Ellinor sin dar crédito.

—¡Pues claro que sí! —exclamó él—. ¿Qué te habías pensado? Aunque... ya no tenían más caravanas. Ahora tenemos un Opel kombi.

—¿Qué? —preguntó alarmada—. ¿No tenemos caravana? ¿Y dónde se supone que vamos a dormir?

Gernot se encogió de hombros.

—El hotel ya se ha inventado, cariño. Y el motel. Podemos buscar alojamientos baratos. En los campings suelen alquilar pequeños bungalós. Además, es un combi. Podemos dormir en él igual de cómodos que en la caravana. Basta con que pongamos una colchoneta hinchable en el asiento abatible de atrás.

Ellinor suspiró. Al calcular los costes del viaje había partido de la idea de que se prepararían la comida ellos mismos. Si no tenían cocina eso resultaría difícil.

—Esto lo encarece todo mucho más, Gernot —objetó.

Su marido le replicó que los costes del alquiler de un coche normal eran más baratos que los de una caravana.

—Lo ahorraremos, cariño, no te preocupes —dijo optimista. Al parecer se había desahogado ampliamente en la agencia de alquiler. Ellinor sintió pena por los empleados—. Y ahora hagamos las maletas. Si no dejamos la habitación antes de las doce, tendremos que pagar más.

Gernot cargó el equipaje en el coche y ella fue a pagar la factura del hotel. En realidad los Calverton deberían haber asumido la mitad, pero Ellinor no se había atrevido a mencionarlo. Se llevó la factura de todos modos, pues el pintor no tendría reparos en enviársela al galerista. Mientras doblaba el papel, su mirada se detuvo en la fecha: 16 de febrero... ¿Qué ocurría ese día? Estuvo dándole vueltas a la cabeza, que todavía le dolía, y entonces cayó en la cuenta. ¡La regla! Debería haberle llegado el día anterior, pero por el momento no pasaba nada. En cambio, se sentía cansada, tenía la cabeza como un bombo y... un hambre voraz. ¿No se había encontrado además un poco mareada por la mañana?

Sintió una chispa de esperanza. ¿Y si estaba embarazada? ¿Y si por fin había ocurrido sin la fecundación asistida? ¡Entonces ya no tendrían que ahorrar, podrían disfrutar del viaje a lo grande!

Un pequeño neozelandés, pensó sonriendo para sus adentros, aunque el niño, si existía, se había engendrado en Austria, claro. Se pasó la mano con prudencia por el vientre. ¿Estaba más duro de lo habitual? Invadida por un sentimiento de felicidad corrió al coche.

—¿Quieres conducir tú? —preguntó a su marido.

Si estaba encinta, seguro que era más sensato cuidarse. Gernot la miró desconcertado. Era evidente que se daba cuenta de que de repente había cambiado de actitud.

—¿Ocurre algo? —preguntó cuando ella interpretó mal por tercera vez las indicaciones del GPS de su móvil y casi lo guio a una calle en contra dirección.

Ellinor pensó si debía contárselo a su marido, pero decidió esperar al menos uno o dos días.

—En realidad, no —respondió—. Solo estoy contenta de salir de Auckland. Ahora comienza de verdad el viaje. ¡Hoy empieza la aventura!

¡Tal vez una mucho mayor que una excursión por Nueva Zelanda! Habría podido reventar de emoción.

Lo cierto es que podrían haber llegado fácilmente al lugar donde vivía Rebecca en una tarde, y más porque avanzaban mucho más deprisa en el Opel que en la caravana, pero Gernot sugirió dar un pequeño rodeo por la bahía de Plenty. Por lo visto, el buen humor de Ellinor se le había contagiado y se había puesto en modo turismo. A ella ese pequeño desvío le parecía muy bien, incluso si al principio tomaban una dirección totalmente distinta de la de los Zima. Se alegraba de ver por fin algo más de Nueva Zelanda que su ajetreada capital.

Apenas tres horas de viaje después llegaron a Monte Maunganui, el paraíso de los surferos, y se quedaron fascinados por la belleza de las playas de arena blanca y las colinas verdes. De hecho, había un camping que alquilaba cabañas, así que ese día de vacaciones no exigía ningún gasto mayor en su presupuesto. Pasearon por la arena cogidos de la mano, chapotearon risueños entre las olas y contemplaron a los surferos con sus tablas de vela y de kitesurf. Ella se sumió en sus ensoñaciones al ver a unos padres jugando con sus hijos en la playa. En las próximas vacaciones junto al mar tal vez ya estarían construyendo castillos de arena y haciendo pasteles con moldes de colores.

La cama de la cabaña no admitía queja. Ellinor se durmió entre los brazos de su esposo y se sintió descansada y relajada cuando despertó al día siguiente. Pero sobre todo no se veían señales de sangre en su ropa interior. ¡Hacía tres días que se le retrasaba la regla! Estaba emocionada y se sentía feliz cuando emprendieron el camino hacia el norte.

—Deberíamos echar un vistazo también a la bahía de las Islas antes de avanzar hasta el extremo norte —propuso Gernot—. Llegaremos a Te Kao con tiempo suficiente.

Ellinor no protestó. Además, había leído que Paihia y Russell, las dos poblaciones más importantes de la bahía, eran las dos bases desde las que la mayoría de los turistas salían para hacer excursiones hacia el extremo septentrional de la isla Norte. Por lo visto, ahí apenas había hoteles o campings.

Recogieron sus cosas y seis horas más tarde llegaron a Paihia, donde encontraron un motel a buen precio. Comieron *fish and chips* en el puerto y, aunque Gernot no tenía ningún interés, Ellinor insistió en hacer una excursión para observar delfines. La cautivaron los mulares que jugueteaban alrededor del barco y, por la noche, mientras comían en un buen restaurante indio y contemplaban el mar, ya casi se había olvidado del desastre de la galería de Auckland. Aparentemente, a él le sucedía lo mismo. Iba a pedir vino, pero arqueó las cejas cuando ella lo rechazó.

—¿No quieres vino? —preguntó—. ¿No te encuentras bien?

Ellinor negó con la cabeza. Ahora tendría que decírselo.

—No..., ¡más bien al contrario! —dijo misteriosa—. Parece como si por fin nuestro bebé se hubiera decidido...

Gernot la miró con los ojos como platos.

—¿Te refieres a que estás... embarazada? —El tono de su voz era de incredulidad.

Ella se encogió de hombros.

—Podría ser —contestó y le contó que no le venía la regla.

Pero Gernot se limitó a fruncir el ceño en lugar de alegrarse con ella.

—¿Tres días, Elin? ¡Eso no es nada!

Ellinor se lo quedó mirando.

—Tengo... —empezó a decir— tengo... una sensación muy fuerte...

Él dibujó una sonrisa forzada.

—Esperemos entonces que tengas razón —repuso con ironía—. Pero luego no te mueras de pena si te equivocas.

—No me equivoco. ¡Esta vez estoy completamente segura! —insistió ella, terca, pero le había aguado la fiesta.

Por supuesto, ella misma sabía lo irracional que era entregarse a una alegría anticipada. Pero Gernot podría haber mostrado más entusiasmo.

Llegaron a Te Kao, el pueblo donde residían los Zima, al día siguiente, pero no se detuvieron allí, sino que antes hicieron otra excursión. Su objetivo era el cabo Reinga, en el extremo norte. Ese cabo, en el que había un faro desde 1941, era un lugar sagrado para los maoríes. Creían que las almas de los muertos emprendían desde ahí el camino hacia el legendario Hawaiki, el país desde el cual habían llegado los maoríes a Nueva Zelanda.

—Ellos también inmigraron, igual que los europeos —dedujo Ellinor de la guía de viajes—, aunque setecientos años antes. Por eso se desenvolvieron mejor con la invasión europea que otros pueblos indígenas. Fueron muy hospitalarios con los inmigrantes. Fue más tarde cuando surgieron los conflictos, a partir del momento en que divergieron las opiniones sobre a quién pertenecían determinadas tierras...

—Puedes decirlo así: fue una simple apropiación de tierras —señaló Gernot—. No hace falta maquillarlo, los blancos se enriquecieron a costa de los maoríes igual que de todos los demás pueblos colonizados.

Ellinor no replicó para no enturbiar el buen ambiente que había entre ellos. Todavía no le había venido la regla y sus esperanzas aumentaban cada día que pasaba. Se había sentido feliz cuando por la mañana él había hecho una alusión a su maternidad en potencia y había vuelto a ponerse al volante. Y, en efecto, después de circular una hora por una carretera llena de curvas, vomitó. Naturalmente, su malestar también se podía atribuir al estilo de conducción de Gernot, pero prefería creer que se trataba de náuseas matinales, así que salió la mar de contenta del matorral.

El trayecto de Paihia a cabo Reinga duró más tiempo del que habían esperado. Las carreteras de Nueva Zelanda —incluso las señaladas como nacionales y que en el mapa eran similares a autopistas— no podían compararse a las de Europa. La mayoría de ellas tenían muchas curvas y eran estrechas. Ellinor todavía se sentía mareada cuando por fin llegaron al cabo, donde confluían el océano Pacífico y el mar de Tasmania. El paseo a pie desde el aparcamiento hasta el faro fue muy bonito, ofrecía unas vistas arrebatadoras sobre el mar. Bajo los rayos del sol emitía un resplandor que iba del azul celeste hasta el verde jade. Insistió en hacer unas fotos en el faro. Aunque Gernot lo encontró muy convencional y afirmaba que la fotografía solo se justificaba como forma artística, se dejó convencer.

—¡Tenemos tanta suerte con el tiempo! Así después podremos enseñarle las fotos al bebé. —Se justificó ella—. Es el primer viaje que hacemos juntos, aunque no se dé cuenta de nada.

Por la noche, Ellinor envió las fotos a Karla. No le mencionó a su prima nada sobre la frustrada inauguración de la exposición. Solo le contó los resultados de su búsqueda de Frano Zima. Y también le habló muy contenta de su posible embarazo.

Desafortunadamente, la respuesta de Karla fue tan comedida como la primera reacción de su marido: «No te precipites, Elin. Piensa en los cambios de aire y en la diferencia horaria. Ya sabes lo mucho que deseo que te quedes embarazada, pero ¿no deberías hacerte una prueba?».

Decidió, pues, acudir a una farmacia en la próxima ciudad.

La pareja se puso a buscar un alojamiento donde pernoctar. Los resultados de la búsqueda por internet que ella había hecho la noche anterior confirmaron, lamentablemente, que al norte solo acudían turistas diurnos.

—Esos todos tienen una caravana y duermen en Ninety Mile Beach —explicó la dueña de una pequeña tienda de comestibles con una cafetería a la que Ellinor preguntó—. ¿Ya han estado allí? Se extiende hasta más allá de Kaitaia. Además, apenas hay restaurantes. La mayoría de los visitantes se abastecen de comida por su cuenta.

—Pues entonces vayamos a Te Kao —decidió Gernot—. Llegaremos en un poco más de media hora. Si hay alguien que sepa de un sitio donde dormir por esa zona, seguro que son los Zima.

Antes de que ella le contradijera —en realidad le habría gustado ver la playa, que hasta podía recorrerse en coche—, ya se había puesto en marcha. Poco después encontraron al margen del camino una placa: KAURI PARADISE. En el camino de ida no se habían percatado de ella. La carretera llevaba a un aparcamiento delante de un establecimiento donde había varios autobuses aparcados. Ellinor recordó lo que Rebecca le había contado: Kauri Paradise estaba en la lista de excursiones de diversas empresas de autobuses que llevaban a sus clientes ahí, después de visitar cabo Ringa y Ninety Mile Beach. El complejo se componía de varios edificios, algunos amplios. Gernot aparcó delante del más grande.

EXPOSICIÓN – ¡BIENVENIDOS AL PAÍS DEL KAURI! El cartel estaba escrito en tres idiomas y colgaba sobre el arco de entrada. Era sin duda de madera de kauri, pintado de un dorado rojizo y decorado con tallas. Accedieron al edificio y se encontraron ante una sala en la que se exponían las obras más diversas.

—Qué horror... —se le escapó a ella al ver una plancha con figuras de enanos, elfos y otros personajes de cuento en relieve.

Gernot miraba incrédulo un animal mitológico de un rojo dorado que por lo visto había sido tallado en una raíz.

—Habría que colgar al «artista» en el kauri más cercano —susurró a Ellinor—. ¿Quién se pone esto en casa?

Probablemente nadie. La mayoría de las piezas de la exposición estaban igual de sobredimensionadas que las obras de Gernot. Ellinor descubrió una escalera de caracol tallada de una sola pieza. Esculpida en el tronco de un árbol, conducía hacia lo alto y ofrecía al espectador una visión del enorme volumen del kauri. Los visitantes la fotografiaban diligentes.

La siguiente sala de exposiciones les deparó una sorpresa. Ahí se exhibía un tipo de mobiliario doméstico más propio de un hobbit o de un duende que de un centroeuropeo, pero también un buen número de obras de diseñadores modernos y que a ella le gustaron mucho. Acarició maravillada el delicado respaldo curvado de un banco y le encantó una mesa maciza y trabajada con mucha sobriedad que resaltaba por las vetas de la madera noble. Supuso que serían más bien los hoteles o las grandes empresas los que amueblaban sus salones con esas piezas y no un particular su sala de estar. Para el ciudadano medio eran demasiado caras. Los precios que colgaban de los muebles eran exorbitantemente altos.

—La madera es extraordinaria —admitió Gernot.

No era sencillo satisfacer sus gustos. Se inclinaba por un interiorismo minimalista y siempre buscaba extravagantes piezas de diseño para su casa. Solo su modesto presupuesto le ponía límites.

—Y ha pasado miles de años en un pantano —señaló ella—. Mira, allí hay cosas más pequeñas.

La tercera sala estaba hasta los topes de turistas, muchos se encontraban frente a alguna de las tres cajas para pagar por el recuerdo que habían escogido. Se podían encontrar los objetos más diversos de madera de kauri, desde bandejas o tablas de cortar sencillas hasta grabados más pequeños en relieve. La mayoría de los compradores se decidían por cajitas o posavasos con motivos neozelandeses.

—Espantoso —sentenció el artista, mientras pasaban al siguiente edificio a través de un arco de entrada artísticamente decorado. Un rótulo anunciaba que se trataba de la cafetería.

Ellinor reconoció una versión más adulta de Rebecca en una mujer de baja estatura y rolliza, con rizos crespos y morena. El parecido era innegable. Tenía que ser su madre.

—¿Puedo ayudarles en algo? —preguntó la mujer con amabilidad.

Ellinor le devolvió la sonrisa.

—Sí... no... bueno... Usted tiene que ser la señora Zima. Conocimos a su hija en Rotorua.

—¿Es usted? —preguntó alegremente la mujer—. ¿La pariente de Europa? Mi hija estaba muy alterada y nosotros estábamos impacientes por conocerla. Ese Frano Zima... Es una misteriosa figura en la historia de la familia. Nadie sabía de dónde procedía y un día desapareció de repente en extrañas circunstancias. Pues sí, ahora parece arrojarse un rayo de luz en la oscuridad. ¿Tiene algo de tiempo? ¡Ha de hablar sin falta con mi marido! Quédese por aquí hasta que cerremos. Becky también anda cerca.

Ellinor se alegró mucho de la cálida acogida, pero pensó que antes de ponerse demasiado cómodos debía mencionar que no tenían dónde pernoctar.

—Nos encantaría quedarnos un rato —respondió—. Pero todavía no tenemos hotel. ¿Sabe de alguna pensión o un camping por aquí cerca que alquile cabañas?

La señora Zima —enseguida se presentó como Meredith— movió la cabeza con determinación.

—¡No necesitáis ningún hotel! —También ella se puso a tutear a la pareja con naturalidad—. ¡Por supuesto dormiréis en nuestra casa! No, nada de peros, no es ningún problema, tenemos una casa grande. ¡Solo faltaría que enviáramos a los parientes a dormir en la calle! Cuando hayamos terminado, os enseñaré la habitación de invitados.

6

Rebecca y su madre sirvieron café, té y refrescos a los turistas. Casi todos pedían algo, no cabía duda de que los autobuses turísticos resultaban lucrativos para los Zima. Pasados veinte minutos, la aglomeración había desaparecido, el guía turístico apremiaba a sus clientes para ponerse en marcha. Probablemente esa misma tarde tenían que volver a Russell o Paihia.

Y entonces Ellinor y Gernot conocieron a David Zima. Era alto y fuerte y, para sorpresa de Ellinor, tenía los ojos verdes. Por fin un asomo de parentesco, aunque, salvo por eso, poco tenía en común con aquel hombre de cabello moreno. David tenía un rostro ovalado, cejas espesas y labios gruesos. Parecía tan afable y abierto como las mujeres de la familia y se mostró impresionado por los esfuerzos que ella estaba haciendo para estudiar sus raíces.

—¡A Nueva Zelanda de inmediato y a la caza del bisabuelo! ¡A eso lo llamo yo ser ambicioso! —exclamó sonriente con una voz que retumbaba—. Aunque, quién sabe... Si yo hubiese tenido alguna referencia quizá también me habría puesto a buscar al bueno de Frano. Venía de Dalmacia, ¿no es cierto?

Ellinor se lo confirmó y empezó a hablar de Liliana. Pero Meredith enseguida la interrumpió y pidió a todos que se trasladaran a la casa.

—Es más agradable que estar aquí en la tienda. Y hoy, de todos modos, ya no vendrá ningún autobús, podemos cerrar.

Poco después, la pareja estaba sentada en la sala de estar de los Zima. Era enorme y, por supuesto, equipada con muebles de madera de kauri. Ellinor la encontró un poco demasiado llena y Gernot volvió la espalda intencionadamente a un relieve tan horripilante como el de la sala de exposiciones. Ni siquiera era capaz de disimular su malestar delante de sus anfitriones, pues Meredith enseguida se dio cuenta.

—Dejamos aquí las cosas por razones sentimentales —explicó—. Francis, el padre de David, talló él mismo estos objetos.

—¡Es cosa de familia! —intervino entusiasta Rebecca—. Frano también tallaba.

—¿Sí? —preguntó Ellinor. Un nuevo dato. Dajana no había mencionado esa vena artística del bisabuelo.

—Por eso vino aquí en un principio —contó David—. Para vender figuritas de madera de kauri. Incluso conservamos una todavía: un caballito. Mi padre jugaba con él de pequeño, pero tenía que tratarlo con mucho cuidado. Para la abuela Clara era sagrado.

—Entonces, ¿conoció usted... conociste... a Clara? —quiso saber, al tiempo que rechazaba la copa de vino que Meredith le ofrecía.

David negó con la cabeza.

—No. Murió muy pronto. Por su corazón roto, dijo siempre mi padre. Toda su vida lloró la ausencia de Frano. Nunca volvió a casarse, aunque todavía era muy joven cuando él desapareció.

—Es extraño, pero todos tenemos la sensación de haberla conocido —observó Rebecca—. Al menos yo. Por el diario. Tenía una forma de escribir muy emocionante. Te parece haber estado allí con ella. Tienes que leerlo sin falta. Puedes hacerlo, ¿verdad, papá?

David Zima asintió. Se levantó, se dirigió a un armario de pared y sacó un cuaderno de un cajón. El diario era precioso. En la cubierta había unos motivos modernistas y los cantos de las páginas eran de pan de oro. Ellinor lo cogió y lo abrió con cuidado cuando David se lo tendió. Casi con devoción, miró la primera hoja: «Clara Forrester. Mi diario». Había escrito el nombre con tinta y en una caligrafía bonita y legible. Pero el papel le pareció algo quebradizo.

Esto llenó de preocupación a David.

—Mañana iré a la ciudad y pediré que me hagan fotocopias —prometió—. Así tendrás tu propio ejemplar y no habrás de ir con tanto cuidado cuando lo leas.

A Ellinor le pareció una idea estupenda, así Karla también podría leer la historia. Por supuesto, lo que más le habría gustado hubiera sido sumergirse de inmediato en el diario y pasar la noche leyéndolo. Pero en esos momentos Rebecca, Meredith y David querían saberlo todo sobre la vida de Frano en Dalmacia. Con la mayor prudencia posible, pues a fin de cuentas no quería herir los sentimientos de los descendientes de Clara, les habló de Liliana. Afligidos, los Zima escucharon con atención la historia de la traición de Frano.

—Debía de tener un miedo horrible al padre de Liliana —opinó al final Rebecca—. Pero no llego a entender por qué no se la llevó con él.

—Es probable que se sintiera invadido por el pánico —supuso Meredith—. Por aquel entonces era muy joven. Y de repente se daba a la fuga y tenía que responsabilizarse además de una familia...

—Con la abuela, en cualquier caso, todo fue completamente distinto —concluyó David—. Él nunca la abandonó. Lo sabrás cuando leas el diario.

Rebecca propuso hacer alguna actividad juntos el día siguiente. Quería ir a Ninety Mile Beach con Ellinor y Gernot.

—Si tenéis ganas podemos alquilar unas motos y pasear con ellas por la playa.

A Gernot no le pareció mala idea: ir en moto era una de las pocas actividades para realizar en el tiempo libre que no le parecía burguesa. Ellinor, en cambio, rechazó la sugerencia debido a su posible embarazo. No le hacía mucha gracia ir en un vehículo de dos ruedas. Prefirió acompañar a David Zima a Kaitaia, la pequeña ciudad vecina, donde había un supermercado, una tienda de productos agrícolas y una ferretería donde hacer fotocopias. Con mucho cuidado fueron pasando hoja tras hoja sobre la fotocopiadora para no estropear el diario. Por fortuna era una máquina moderna y reproducía con mucha nitidez las notas y los dibujos de florecillas o mariposas con que Clara adornaba sus recuerdos.

—¿Qué edad tenía cuando empezó a escribir? —preguntó a David. La caligrafía todavía tenía un aspecto muy infantil.

El hombre hizo un gesto de vacilación.

—Diecisiete. Si no me equivoco nació con el fin de siglo. Y sí, se nota que los primeros escritos son inmaduros. Con certeza creció muy protegida. Una niña bien de pueblo.

Igual que Liliana. Era un nítido paralelismo, en opinión de Ellinor. Cada vez tenía más ganas de leer el diario.

Cuando regresó con David al Kauri Paradise reinaba un gran ajetreo. En el patio había seis autocares aparcados cuyos pasajeros acudían en masa en ese momento a las salas de exposición.

Meredith abría la primera caja y, aunque Ellinor contó al menos a dos mujeres que la ayudaban, era evidente que no daba abasto.

—No puedo contactar con Rebecca. Es posible que no se

haya llevado el móvil. La he llamado en cuanto se ha anunciado la visita de clientes. —El buen tiempo había atraído a tantos turistas que las empresas de autobuses habían ofrecido el doble de viajes a cabo Reinga. A los Zima siempre se los informaba poco antes de la afluencia—. Al menos Rika y Mandy enseguida se han podido liberar de sus tareas, y Pete y Suzie ya estaban, de todos modos, aquí...

Meredith explicó que los cuatro eran empleados.

—Voy a llamar a dos chicos de la carpintería —dijo David, sacando el móvil mientras se precipitaba en dirección a las salas de exposición.

—¿Podría ayudar yo también? —preguntó. No le parecía demasiado educado retirarse en ese momento a leer el diario. Además, Rebecca no estaba porque se había ido con Gernot a dar un paseo turístico.

Meredith le dirigió una sonrisa agradecida.

—¡Claro! —respondió—. Si no te importa. Seguro que puedes ayudar en la cafetería. Ve allí y pregunta por Mandy.

Así pues, pasó la tarde con los camareros en lugar de enfrascarse en una deliciosa lectura y atribuyó a ello el molesto dolor que sentía en la espalda por la noche. No obstante, se olvidó de él cuando Rebecca y Gernot regresaron. Ambos llegaron de un humor estupendo y tostados por el sol. El pintor, que enseguida se ponía moreno, tenía un aspecto impresionante. Todavía parecía llevar el viento en los cabellos y se deshacía en elogios sobre ese paisaje tan singular. Ella también resplandecía, aunque se esforzaba por parecer afligida cuando su madre le reprochó que hubiese estado fuera tanto tiempo.

—No he oído el móvil —justificó.

Ellinor escuchaba las entusiasmadas explicaciones de Gernot, contenta de que se entendiera tan bien con la joven e incrédula, pues la naturaleza exuberante de su nueva prima más bien contradecía el carácter de él. De hecho, parecía como si los dos hubieran estado inmersos en profundas conversaciones sobre arte.

—Rebecca dice que incluso podría imaginarse estudiando Historia del Arte —señaló Gernot.

—¿No quería estudiar Biología? —preguntó asombrada Ellinor. Por lo visto, su joven pariente había cambiado de planes en un abrir y cerrar de ojos.

—Cree que a lo mejor es un poco demasiado cerebral para ella —explicó él—. Pero da igual: en cualquier caso, hemos encontrado una solución para ese desagradable asunto de la exposición.

—¿Que habéis encontrado qué? —inquirió, y escuchó perpleja lo que su marido y su prima habían maquinado.

—Winston no venderá mis cuadros —contestó él—. Así que, ¿por qué han de quedarse colgados en Auckland, donde nadie los ve? Aquí, en cambio, cada día vienen cientos de individuos. Rebecca cree que deberíamos recoger los lienzos y colgarlos en la sala donde se exponen los muebles. El formato no es problema, el espacio es enorme.

Ellinor se mordió el labio. La idea sin duda era buena. Entre los visitantes seguro que habría uno o dos interesados en arte. Los cuadros seguro que encajaban bien con esos muebles macizos y, como habían deducido el día anterior, los clientes de David eran preferentemente hoteles y compañías con salas típicas. ¡Esos también compraban arte! Por otra parte...

—Gernot, no puedes decidirlo así, como si nada —objetó Ellinor—. Has firmado un contrato. La exposición de Auckland todavía tiene que estar tres semanas más. Los Calverton confían en ello.

Él hizo un gesto de rechazo con la mano.

—Y yo confiaba en que venderían mis cuadros —respondió obstinado—. No vamos a sacar nada exponiendo simplemente los cuadros. Deberíamos haber acordado un alquiler. No, si quieres saber mi opinión, ese contrato es nulo. Rebecca hablará con su padre y, si él no tiene nada en contra, mañana iremos a recoger los cuadros.

David no tenía en absoluto nada en contra de la idea de mostrar las obras en sus salas. Al contrario, encontró que eso aumentaría el valor a sus artículos. Aun así, Ellinor dudaba de que a partir de las fotos del móvil que Gernot le enseñaba pudiera juzgar si esos lienzos encajaban con el estilo de su casa; pero al parecer eso le daba igual. Y de repente, tampoco al artista parecía importarle cómo y dónde exactamente se presentaban sus cuadros. Ellinor se preguntaba qué habría dicho apenas una semana antes sobre su proximidad con relieves de enanos y animales mitológicos. ¿Acaso anteponía la necesidad de ganar dinero a sus ideas artísticas? ¿Tal vez porque iba a ser padre? La invadió una sensación de calidez.

Gernot enseguida se puso en contacto con Winston Calverton. Cuando algo se le metía en la cabeza no había quien lo parase. La conversación telefónica con el galerista no fue, sin embargo, muy agradable. Ellinor oyó que su marido alzaba la voz en la habitación contigua. Estaba de muy mal humor al reunirse después con ella. Solo más tarde, cuando recorrió con los Zima la sala donde se exponían los muebles y pensaba dónde colgar cada cuadro, se tranquilizó.

—¿De verdad quieres recoger los cuadros? —le preguntó más tarde, cuando estaban en la cama.

Había postergado la lectura del diario para el día siguiente. Tras el trabajo en la cafetería y las enervantes discusiones sobre desmontar la exposición de Auckland, estaba demasiado cansada. No se encontraba bien.

Gernot asintió.

—Claro. Son míos. Él no puede hacer nada. Nos marcharemos mañana temprano. Hay un buen tramo hasta llegar a Auckland. Rebecca dice...

—¿Y qué dice Maja? —lo interrumpió. Gernot también había hablado por teléfono con su agente.

Hizo una mueca.

—Ha puesto el grito en el cielo. Cree que la exposición ha sido un éxito, aunque no lo sea económico. Tengo que dejarlo todo tal como está y poner al mal tiempo buena cara. Esto les convendrá a ellos, pero a mí... Desde un principio no me gustaron los Calverton...

Ellinor suspiró cuando, acto seguido, él apagó la luz. De nada servía seguir discutiendo. Si ni siquiera iba a hacerle caso a Maja, ella no sería capaz de hacerle cambiar de opinión. Tampoco tenía ganas de hacerlo. La ligera molestia de la espalda se había convertido en dolor de barriga y, aunque ella no quería confesárselo, conocía muy bien ese tipo de dolor... Cuando se despertó por la noche y fue al lavabo, vio confirmados sus temores. Casi a punto de echarse a llorar buscó un tampón en el neceser. Cambios de aire y diferencia horaria..., no había bebé.

Pensó en si debía despertar a Gernot, pero decidió no hacerlo. A fin de cuentas tampoco podía ayudarla. Desanimada, lloró hasta quedarse dormida.

7

Gernot se levantó muy temprano. Cuando le comunicó la mala noticia reaccionó cariñoso y empático, la abrazó y la consoló con la perspectiva de hacer ponto un intento con la fecundación asistida.

—Funcionará —aseguró—. Cuando vendamos un par de cuadros, tendremos dinero.

Justo después de desayunar, Rebecca y él se pusieron en camino rumbo a Auckland. Cogieron la camioneta de transportes de la compañía. Si los troncos de kauri tenían sitio allí, también podrían cargarse los cuadros de gran formato. Ellinor había decidido no sumarse a la empresa. Se sentía fatal. Meredith, que enseguida se dio cuenta de lo mal que se encontraba, le recetó reposo, ibuprofeno y una botella de agua caliente. Afectuosamente le puso una tumbona en la terraza de la antigua residencia de los Zima, desde la cual podían contemplarse las instalaciones externas de la carpintería. Allí se almacenaban los troncos y raíces de kauri, muchos todavía sin limpiar, a la espera de que alguien los trabajase. Al principio encontró la vista más bien triste, pero eso iba a cambiar con la lectura del diario. El escenario donde habían acontecido los sucesos que la joven Forrester narraba era el jardín. Entonces apareció Meredith con una infusión de hierbas, una foto enmarcada y ya bastante amarilleada y el caballito de madera de kauri.

—Toma, para que el viaje al pasado todavía sea más plástico —dijo sonriendo—. Te presento a Frano y Clara Zima.

Meredith le dio la foto y a Ellinor el corazón le dio un vuelco. Tenía ante sus ojos al hombre por el que había dado media vuelta al mundo. Su bisabuelo, responsable de todo el enredo de su familia. Y su esposa.

Observó con detenimiento la foto de boda. Tanto la novia como el novio miraban serios a la cámara, antes no se solía sonreír ante el fotógrafo. Sin embargo, los dos eran sumamente atractivos. Ella era grácil, muy joven, con una delicadeza élfica y el cabello largo y ondulado coronado con unas flores y un velo de encaje. El novio era mucho más alto que ella, un hombre imponente que se mantenía erguido y con el porte de quien está seguro de sí mismo. Tenía el rostro cubierto en parte por una barba a la inglesa que le quedaba muy bien. El cabello espeso era crespo y oscuro.

—Un hombre apuesto —sentenció.

Meredith asintió.

—Ah, sí. No me extraña que Clara enseguida se enamorase perdidamente de él. Aunque era mucho mayor. Pero ella no hizo caso de eso. Frano tenía... en fin... una especie de encanto juvenil. —Sonrió.

Ellinor frunció el ceño.

—¿Hay más fotos? —preguntó con interés.

Meredith contestó negativamente.

—Por desgracia, no. Antes solo se hacían fotografías en actos oficiales, y Frano desapareció poco después del casamiento. No quedaron muchos recuerdos. Aunque... —Tendió el caballito a Ellinor—. La figurita de madera de la que hablamos, tallada a mano por Frano Zima. O al menos eso pensamos. En realidad la guardamos en una de las vitrinas del estudio de David. Su padre hizo construir un auténtico santuario para ella y David nunca lo ha modificado.

—Tendré cuidado —prometió.

El animal de madera tenía un aspecto macizo. Estaba tallado toscamente y respondía más al trabajo de un artesano que de un artista. ¿Lo habría hecho Frano para el hijo que Clara esperaba? En cuando Meredith se marchó, Ellinor se sumergió en las primeras páginas del diario.

Las notas empezaban en diciembre de 1917. El día de su decimoséptimo cumpleaños le habían regalado el diario y la adolescente se había puesto muy contenta. Describía de modo muy figurativo su día a día en Te Kao, entonces una población todavía más pequeña que en la actualidad. Hablaba de su profesora particular, que era muy partidaria de enviar al menos un año a su dotada alumna a un internado para chicas de Auckland. La joven experimentaba sentimientos contradictorios al respecto. Por una parte, la aventura la atraía; pero por otra parte estaba muy aferrada a su familia y a su caballo Kaiwa. La pequeña yegua pertenecía a la raza de los caballos salvajes kaimanawa y la joven la quería mucho. Le encantaba salir a pasear con ella por la playa y el bosque. Era evidente que gozaba de mucha mayor libertad en ese recóndito rincón de Nueva Zelanda que las muchachas de su edad y de familias adineradas como la suya que vivían en la ciudad. Su padre, por lo visto, la adoraba. Era probable que le recordara a su esposa, muerta prematuramente. Clara hablaba con mucho cariño de él pero no dejaba la menor duda ante su «querido diario» que hacía con él lo que quería.

Además de Clara, los Forrester tenían un hijo, Walter. La joven lo mencionaba con frecuencia en las primeras páginas del diario. Estaba muy preocupada por él. Walter había luchado en la Primera Guerra Mundial y presenciado, entre otras, la desastrosa batalla de Galípoli. Allí lo habían herido y había regresado hacía pocos meses procedente de un hospital de Alejandría. Clara no explicaba con exactitud qué heridas había sufrido Walter, pero Ellinor dedujo de sus descripciones que había regresado de la guerra muy afectado física y mentalmente. La adolescente describía abatida sus cambios de humor y estaba triste porque él ya no quería o podía montar a caballo. Antes de la contienda los hermanos habían mantenido una relación muy estrecha. Debía de haber sido un chico alegre y un intrépido y estupendo jinete. Clara recordaba sus paseos juntos a caballo y sus largas conversaciones sobre lo divino y lo humano. Desde su vuelta, Walter solía guardar silencio y a veces la trataba con rudeza, algo que a ella la hería. En la carpintería ya no podía trabajar, lo que a su vez inquietaba a su padre. Al fin y al cabo, Walter iba a ser su sucesor. «Y ahora se pasa todo el día en su habitación, dándole vueltas a la cabeza.»

Los Zima no habían exagerado. Clara escribía con viveza y de forma muy descriptiva. Era fácil trasladarse a su mundo, un mundo amable y feliz pese a la guerra y el desasosiego por el hermano. Nueva Zelanda no había padecido tanto la contienda. Por supuesto que se sufría por Inglaterra, la madre patria, con la cual también la joven se identificaba, y se lloraba por los caídos. Pero, por fortuna, no eran muchos los neozelandeses que se contaban entre ellos. Participar en la guerra no había sido obligatorio. Solo habían ido los voluntarios. En el país mismo no se habían efectuado operaciones militares, como tampoco en la vecina Australia. Si su hermano no se hubiese alistado, Clara ni se habría enterado de que había estallado una guerra mundial.

Además de su padre y su hermano, en casa de los Forrester estaba la tía Lucy, por lo visto una pariente, posiblemente una tía abuela. Esta había criado a Walter y Clara tras la muerte prematura de su madre y se ocupaba de la casa. Sin embargo, no vivía allí. Ellinor supuso que para prevenir habladurías sobre las relaciones entre el viudo y la mujer soltera. Clara hablaba con afecto y cariño de su tía. Se sentía protegida y querida en su familia. Su diario describía sus salidas a la iglesia el domingo, comidas campestres y actos de beneficencia, se reía de su falta de talento para los trabajos manuales —«los pobres soldados del frente que tienen que llevar los calcetines que les he hecho...»— y se refería a algún desacuerdo entre ella y su padre que la mayoría de las veces acababa solucionándose.

Leyó por encima las notas de Clara hasta que se acercó la primavera de 1918 y Frano Zima entró en la vida de la joven.

El diario de Clara 1918-1920

11 de noviembre de 1918

¡Queridísimo diario! Hoy es un día especial... Ay, pero qué digo, ¡hoy es el gran día! ¡En este resplandeciente y maravilloso día de primavera han ocurrido dos cosas que cambiarán el mundo!

Primero, la guerra ha terminado. Lo hemos oído esta mañana por la radio, hay una tregua y papá dice que hemos ganado. De ahí que en el taller los chicos estuvieran tan contentos; mi padre ha tenido que enviar a uno a casa porque ya se había bebido un vaso de más por la mañana, celebrando la victoria. Pero no se ha enfadado con él como suele ocurrir cuando alguien se pasa de la raya. Haber ganado también es para él un buen motivo de alegría. Walter, en cambio, ha vuelto a ponerse muy serio, yo casi he tenido la impresión de que iba a echarse a llorar cuando hemos recibido la noticia. Después de desayunar se ha encerrado en su habitación para estar deprimido en lugar de salir a dar un paseo a caballo conmigo. Es que la señorita Clevers no ha podido venir hoy y yo he tenido el día libre. Como he dicho: un día de suerte.

Y ahora, la segunda cosa, querido diario. Ay, no sé cómo decirlo... Te reirás de mí cuando escriba lo que siento. Pero lo haré a pesar de todo. Tengo que escribirlo para que nunca se me olvide qué día ha sido el de hoy: ¡hoy, queridísimo diario, he conocido al hombre con quien me casaré un día!

Sí, ya está dicho, y, claro, te preguntarás cómo ha podido ocurrir tan de repente y cómo es posible que yo lo sepa. Si soy sincera, tampoco lo sé. Solo sé que estoy segura. Todo lo segura que una persona puede estar. Pero deja que empiece por el principio.

Como he dicho, hoy tenía libre y quería aprovechar este día tan precioso para montar a caballo. Así que fui a buscar a Kaiwa a la dehesa y la até a la terraza para cepillarla. Suelo hacerlo en el establo, pero hoy hacía un calor maravilloso. El pelaje rojizo de Kaiwa brillaba al sol, estaba preciosa bajo las flores del árbol rata. Estábamos solas la yegua y yo. Iba a ensillarla cuando oí acercarse un carro. Me extrañó. Antes del mediodía no se esperan visitas y los proveedores van directamente a la carpintería. Pero en esos momentos entraba al trote en el patio un caballito flaco que me dio pena porque tenía que tirar de un carro bastante pesado, un carro construido con bastante torpeza y como de carga. Encima había una raíz de kauri que debía de ser muy valiosa.

En el pescante había un hombre joven sentado. Y cuando me miró..., seguro que suena raro, pero cuando él me miró y yo miré sus ojos, que eran verdes como el bosque en primavera... Lo supe, así de sencillo. Supe que ese encuentro era algo especial, que iba a cambiar mi vida. Y él también lo supo. De lo contrario nunca habría podido sonreír de ese modo, tan tan sorprendido, como si para él se abriera un mundo nuevo. Para mí fue como si de él se desprendiera un resplandor, una especie de calidez... Esa sonrisa me cautivó totalmente.

No sé cuánto tiempo nos quedamos mirándonos antes de que saltara del pescante. Se sacó el sombrero, un sueste bastante gastado, y dejó al descubierto su cabello moreno y rizado, que le daban un aire juvenil y divertido.

—¡Qué sorpresa! —dijo finalmente, deslizando admirado la vista por mi cara y mi viejo traje de montar, del que me avergoncé de inmediato—. Esperaba llegar a una granja llena de madera vieja y en lugar de eso acabo en el paraíso. Una muchacha con un rostro virginal, un caballo como bañado en oro, un árbol saturado de flores...

—Pero... pero en el paraíso el árbol está lleno de manzanas —observé.

Se me acercó.

—¡Las flores son mucho más hermosas que las manzanas, sobre todo cuando no hay ninguna amenazadora serpiente debajo del árbol! —Una sonrisa apareció de nuevo en sus labios carnosos. Tenía una voz dulce, aunque pronunciaba las palabras con cierta dureza. Seguro que el inglés no era su lengua materna, aunque lo dominaba muy bien.

—En Nueva Zelanda no hay serpientes —contesté, sintiéndome una tonta en cuanto lo dije. Seguro que él no necesitaba que le enseñaran ciencias naturales.

—Otra razón para amar este país —dijo—. Solo produce belleza, sin mácula...

Hablaba de mi país, pero su voz y su mirada me hacían dudar de si no estaría refiriéndose a mí, de si me elogiaba, de si ¿podría... amarme? Intenté apartar de mi mente estas ideas absurdas. Sería presuntuoso relacionarme a mí con una belleza sin mácula, aunque mi padre suele decirme que con mi tez clara y mi melena negra soy una chica guapa. En mí, lo realmente particular son, como mucho, los ojos. Bastante grandes y de un color parecido al ámbar o a la resina de kauri. Cuando todavía no estaba tan triste como ahora mi hermano siempre me tomaba el pelo por esto. Como ocurre con la joya o con la resina, unas veces son más claros y otras más oscuros. En mi caso depende del estado de ánimo. Cuando me siento dichosa, el iris es claro, mientras que se oscurece mucho cuando estoy pensativa. Entonces parezco una mediterránea, y eso que los Forrester vienen de Inglaterra. Un empleado alemán que trabajó aquí hace tiempo solía llamarme Blancanieves. Me contó al respecto un cuento sobre una muchacha que al final se casa con un príncipe. ¿Será este mi príncipe azul?

—Por cierto, mi nombre es Frano Zima —se presentó, haciendo una reverencia—. Y estoy buscando la carpintería y maderería Forrester.

—James Forrester es mi padre —dije—. Me llamo Clara.

Frano asintió.

—¡Clara, la que es pura! Qué nombre tan bonito. ¡Y qué bien le queda! Es usted muy especial, Clara. Cautivadora. ¿Sabe que en este momento no deseo otra cosa que quedarme aquí, hablando con usted toda la eternidad?

Me ruboricé.

—¿Para qué... para qué quiere ver a mi padre? —pregunté.

Tal vez fui algo impertinente, pero esperaba que fuera un socio de mi padre, así a lo mejor lo invitaba a cenar.

Frano se encogió de hombros.

—Negocios —respondió—. Tengo un par de cosas para vender. —Rebuscó por debajo del pescante del carro, delante del cual el caballo flaco cambiaba su peso de una pierna a otra como si algo le doliera—. Aquí está, una talla. —Sacó un caballito de madera de su bolsa y me lo tendió—. Acéptelo como regalo.

Yo cogí la figurita y la miré con más atención. Era muy graciosa, seguro que un juguete para niños.

—Es madera de kauri, ¿verdad? —pregunté.

Asintió.

—Sí. Todas estas cosas son de kauri. Además, tengo para vender esta raíz. —Señaló la superficie de carga del carro—. Se cruzó en mi camino... Así que me la llevé... desde la península de Coromandel.

—¿Se cruzó en su camino? —pregunté riendo—. Vaya, eso le interesará a mi padre. Siempre anda buscando madera de kauri. No hay que talar los árboles, tienen que ser troncos o raíces de un pantano. Y si ahora usted sabe dónde aparecen estas por su cuenta...

Frano sonrió.

—Algo de ayuda necesitan —señaló—. ¿Dónde puedo encontrar a su padre ahora? Esto no es la carpintería.

Negué con la cabeza.

—Le acompaño —dije.

Aunque podría haberme limitado a mostrarle el camino, pues el taller se ve desde la terraza, pero así podía quedarme un poco más con él y enterarme de cómo iba el encuentro con mi padre.

Por desgracia, al principio tuve la sensación de que no iba demasiado bien. Mi padre puso cara de desconfianza cuando me vio llegar con Kaiwa de las riendas y con el chico, que también tiraba de su caballo. Pero entonces Frano se presentó formalmente y con seriedad y así rompió el hielo. A mi padre le gusta cuando la gente joven sabe comportarse. Por desgracia, las figuras de madera no fueron de su agrado.

—Aquí no tenemos compradores para este tipo de cosas —dijo haciendo girar entre los dedos una barra burdamente cortada con unos colgadores para la ropa—. Mis clientes buscan muebles sólidos, hechos con destreza, nada de baratijas. Si quiere vender este tipo de cosas tiene que intentarlo en Auckland.

Frano torció la boca, desdichado.

—Hacen ustedes aquí unos muebles bonitos —dijo con admiración tras echar un vistazo al taller—. Y no lo digo porque sí, señor Forrester. Yo mismo aprendí hace tiempo el oficio de carpintero, en Dalmacia.

Dalmacia... Así que viene de ahí, pensé. No sabía exactamente dónde estaba, pero luego lo he buscado. Es una región en el sur de Europa bastante pobre. Seguro que Frano no podía ganar lo suficiente como carpintero y por eso tuvo que marcharse de su país. ¿Le debió de costar? Enseguida sentí un poco de lástima por él.

Mi padre aguzó el oído.

—¿Es eso cierto, muchacho? Vaya, sí que tiene vista para la calidad de la madera. Estos muebles pequeños y figuritas son..., en fin, sobre los trabajos de artesanía las opiniones pueden variar, pero la madera es de primera calidad. ¿Y qué más lleva usted en ese carro?

Mi padre miró de reojo la raíz de kauri. Estoy segura de que enseguida le había llamado la atención.

—Kauri antiguo —respondió Frano—. Del entorno de Coromandel. Se lo quería ofrecer a la carpintería de donde he cogido las otras cosas, pero luego he pensado que primero trataría de librarme de los objetos que ya tengo. Pero vaya..., hasta el momento eso no pinta bien. Así que he pensado... Bueno, he pensado que si la venta no da resultados volveré a intentarlo como *gumdigger*. —Parecía triste; yo era incapaz de mirarlo. No sé exactamente cómo es la vida de un *gumdigger*, pero a Frano no parecía gustarle—. Un trabajo duro, señor —añadió afligido.

—¿Por qué trabaja de *gumdigger* cuando es usted carpintero? —preguntó mi padre, y le hubiera abrazado cuando después le ofreció trabajo—. Yo aquí siempre necesito gente, por supuesto siempre y cuando tengan conocimientos en la materia. Le diré una cosa, señor... —A mi padre siempre le cuestan un poco los nombres extranjeros—. Se queda aquí hasta mañana trabajando en período de prueba. Mientras, me miro con atención la raíz que tiene en el carro. Si es tan buena como parece a primera vista, se la compro. Naturalmente, supongo que la ha obtenido de forma honesta...

Frano le dirigió una sonrisa simpática.

—No me la he metido en el bolsillo a escondidas —bromeó.

—Pero es posible que la haya extraído de terreno estatal —dijo mi padre, receloso—. No tendrá usted licencia.

El joven se encogió de hombros.

—Solo se la dan a los ciudadanos británicos, señor —contestó.

Mi padre asintió.

—Lo sé... ¡y no es justo! Bastante difícil lo tienen ya los pobres diablos que trabajan de *gumdiggers*. Esas leyes no deberían hacerse por temor a que te quiten el trabajo. ¡Proteger al trabajador nativo! Cuando lo oigo... Quien es eficiente no ha de tener miedo de la competencia. —Mi padre se había puesto a vociferar. Frano lo escuchaba paciente—. Entonces, ¿qué dice, joven? —preguntó al final—. ¿Cerramos el trato?

Frano sonrió y le tendió la mano.

—Si satisfago las expectativas... —Y dicho esto me guiñó el ojo. O al menos eso me pareció. En realidad no debería haberse atrevido, justo delante de mi padre. Sin embargo... Estoy segura de que sabía lo mucho que yo me alegraba por él.

—¿Llevo el caballo al establo? —me ofrecí después de que mi padre y Frano hubiesen descargado la raíz de kauri del carro con ayuda de dos empleados. Había que limpiarla y estimar cuál era su valor. Y mi padre quería que Frano se quedara ya en el taller.

Este volvió a mirarme como si yo le hubiese hecho el regalo más bonito de su vida.

—Sería maravilloso —dijo—. Hace días que la vieja Luna no come como es debido. Y... bueno, yo... no quisiera ser una molestia o una carga. Pero ¿hay tal vez algún lugar en el establo donde pueda dormir?

Dirigí a mi padre una mirada inquisitiva. Eso no podía decidirlo yo sola. Por fortuna, él asintió. Y mi corazón dio un pequeño vuelco de alegría cuando también invitó a comer a Frano.

—Seguro que no habrá comido usted mucho más que su caballo durante el viaje, ¿cierto? —preguntó bondadoso.

Mi padre a veces es algo brusco, ¡pero en realidad tiene un corazón de oro!

Primero llevé la yegua de Frano al establo, le hice un lecho de paja como es debido y le di una porción grande de avena y heno. Me habría gustado volver después al taller, pero me controlé. ¿Qué impresión habría dado si hubiese ido asomándome por allí cada dos minutos? Así que ensillé a Kaiwa, que ya estaba desconcertada con tanto ir y venir, cuando ella estaba lista para salir a pasear hacía rato, y recuperé la larga excursión que había pensado hacer una hora antes. Regresé entrada la tarde, pero no me sentía cansada, sino llena de energía. Cuando vi a tía Lucy trajinando en la cocina me ofrecí a ayudarla. Me gusta, y mi padre siempre elogia mis artes culinarias. Dice que tengo un talento natural, lo cual no es del todo cierto. Lo que pasa es que he estado observando a tía Lucy muchas veces y además me gusta leer libros de cocina.

Entonces propuse a mi tía que para celebrar el día —por suerte me acordé a tiempo de que había terminado la guerra, pues no podía decir que lo que me interesaba era el invitado a la cena— podíamos sacarnos de la manga un plato especial. Tía Lucy guardaba una espalda de cordero, que en realidad estaba pensada para el próximo domingo, y yo fui a buscar mi libro de recetas francesas. La espalda de cordero a las hierbas provenzales me pareció una buena idea e inmediatamente después me puse a cortar y picar verduras y hierbas aromáticas para la salsa y la guarnición.

Mi padre abrió los ojos como platos cuando se encontró a la hora en punto la cena en la mesa. Incluso conseguí cambiarme de ropa y peinarme, pues para salir a caballo me había hecho una trenza. Una cinta de terciopelo verde, a juego con el color de mi vestido, me mantenía el cabello apartado del rostro, lo que dejaba a la vista mi frente con la línea de cabello en forma de corazón, que yo encuentro bonita.

—¿Celebramos algo, hija mía? —preguntó mi padre asombrado.

Sonreí avergonzada.

—Bueno..., la paz.

—Cuando a uno se le concede la oportunidad de contemplar a su hermosa hija, señor Forrester, cada día tiene que ser una fiesta para él. —Frano hablaba con mi padre, pero me dirigía a mí sus palabras.

Sí, aquí, escrito así suena a zalamería. Incluso alguno diría que es un adulador. Pero su tono de voz era sincero y en su mirada se reflejaba auténtica admiración. ¿Se habrá dado cuenta de que me he puesto el vestido verde para él? Conjuga perfectamente con el color de sus ojos.

—Es cierto que la paz es motivo de alegría. —De repente la voz de Walter resonó desde la puerta—. Pero no veo ningún motivo de celebración. Todos esos hombres que han muerto...

Mi hermano avanzó fatigosamente con sus muletas por la estancia y yo me pregunté, como suelo hacer tan a menudo, si eran las heridas las que le daban problemas o si se trataba más bien de que él tenía la sensación de cargar con todo el dolor del mundo.

—¿Ha llegado la paz por fin? —preguntó Frano, sorprendido.

Claro, estaba de viaje y todavía no se había enterado. Mi padre le habló de la tregua. La mayoría de las veces, cuando Walter está tan deprimido, todos guardamos silencio. Estas últimas semanas he tenido la sensación de que la luz del comedor se oscurece cuando él se sienta a la mesa. Solo lo hace por deseo expreso de mi padre. Si él no insiste, Walter simplemente se queda arriba y espera a que tía Lucy o yo le subamos algo de comer.

Pero hoy todo ha sido distinto, había suficiente tema de conversación. Al final Frano se sentó a la mesa con nosotros y estaba de tan buen humor como mi padre. El período de prueba parecía haber transcurrido de forma satisfactoria, algo que también a mí me hizo feliz. Además, mi padre abrió una botella de vino bueno para brindar por la paz. Walter no se opuso a todo ello pese a su pena y, cuando más tarde mi padre le preguntó a Frano por su origen, hasta mi callado hermano mostró algo parecido al interés.

—¿Es usted europeo, señor Zima? ¿Del sur? Yo estuve en Europa...

No sé si Frano ya había oído algo respecto a las desafortunadas vivencias de Walter en la guerra o si solo lo intuyó, pero le preguntó comprensivo por sus experiencias allí y, de hecho, consiguió sonsacarle un par de palabras en las horas siguientes. Al principio fue triste. Mi hermano habló de la guerra. Luchó en el Mediterráneo y para él todas las playas estaban empapadas en sangre y el aire lleno de los disparos y gritos de los agonizantes. En su mente, el sur de Europa era una pesadilla de horror y sufrimiento.

Pero entonces Frano tomó la palabra y empezó a describir los viñedos, las playas doradas, los grillos cantarines y las cálidas noches. Nos arrastró con él a pescar en el mar y a cosechar la uva de la cual se extrae el vino seco de Dalmacia. ¡Es un narrador maravilloso y arrebatador! Podía ver perfectamente su país natal delante de mí, el luminoso mar azul, los riscos, el trabajo en la viña bajo un sol ardiente. Walter escuchaba con atención sus palabras, tan bien escogidas, y fue casi como si con ello algo en él se curara. Parecía como si la imagen que tiene de ese continente, en el otro extremo de la Tierra, cambiara un poco.

—Después de la vendimia, al final del verano, solíamos celebrar una fiesta —concluyó Frano—. Bailábamos al pisar la uva, reíamos y bebíamos, cantábamos viejas canciones.

Yo percibía añoranza y melancolía en su voz. Sentía el deseo de consolarlo... Y en ese momento, querido diario, decidí que quiero estar con Frano Zima. Yo lo entenderé, lo amaré y le daré el hogar que ha perdido. A partir de ahora conmigo estará en casa y ni nada ni nadie lo entristecerá nunca más.

12 de noviembre de 1918

Ayer, querido diario, fue un día emocionante, ¡pero creo que hoy ha sido el día más bonito de mi vida!

Por lo general soy muy dormilona, pero hoy nada me retenía en la cama. No, si tenía la posibilidad de ver a Frano antes de que se abriera la carpintería. Me levanté con los primeros rayos de sol, aunque perdí unos minutos delante del armario. ¿Qué debía ponerme? Tenía que ser un vestido con el que estuviera especialmente guapa y que, pese a eso, pareciera de uso diario. Al final escogí uno de algodón estampado de flores con un cinturón ancho y me puse un corsé para acentuar mi ya estrecha cintura y poner de relieve mis pechos, que por desgracia son bastante pequeños. Me recogí el cabello en la nuca en un moño flojo. Quería parecer más adulta que con una trenza infantil. Él ha de verme como una mujer. Cuando se entere de que solo tengo diecisiete años perderá su interés por mí.

Cuando más o menos me gustó mi aspecto, corrí a la cocina, donde tía Lucy ya estaba trajinando. Olía estupendamente bien a huevos revueltos, café recién hecho y gofres. Estos solo los prepara cuando está de muy buen humor o cuando hay algo que celebrar. Enseguida me desveló qué era lo que la hacía tan feliz: su hermana, mi otra tía, había recibido noticias de su hijo, que ha luchado en Francia. Como es radiotelegrafista tiene contactos y ha podido enviar un telegrama: Jonny está vivo, sano y salvo, lo que ya no cambiará ahora que la guerra ha terminado.

Tía Lucy, que quiere a su sobrino, mi primo, como si fuera su propio hijo, no podía contener su felicidad. Sin embargo, frunció un momento el ceño al fijarse en mi bonito vestido y en el peinado. Su mirada hizo que me ruborizara. Me conoce demasiado bien, cuida de mí desde que mi madre murió y me cría como a una hija.

—Creo que deberías ponerte un delantal antes de llevar el desayuno a ese chico al establo —me dijo con una sonrisa. Volví a enrojecer. Tía Lucy fingió no haber notado nada—. Algo tiene que comer antes de ir a trabajar —siguió diciendo tranquilamente—. ¿O es que no lo he entendido bien y no se queda aquí a trabajar para tu padre?

—Sí —asentí—. Pero creo... creo que se buscará otro lugar donde vivir. No puede instalarse en nuestro establo.

Espero que no se haya notado demasiado mi pesadumbre, pues en realidad me gusta mucho que Frano duerma cerca de mí.

—Sea como fuere, hoy le llevas, antes de nada, un desayuno como Dios manda —respondió tía Lucy y llenó de café un tazón de metal y un plato grande de huevos, judías y tostadas, así como de sus maravillosos gofres con sirope—. Y no eches a perder este vestido bueno dando de comer a los caballos —me advirtió cuando me fui con la bandeja.

Al salir de casa, enseguida lo vi. Estaba junto al pozo que hay delante del establo, lavándose. Con un cubo se derramaba el agua congelada sobre la cabeza y el torso desnudo. Yo me oculté al cobijo de la casa para verlo así. Y sí, suena terriblemente tonto, pero él... ¡él es tan guapo, querido diario! Su piel es mucho más oscura que la mía, como de bronce, y debajo se le dibujan los músculos, como en las estatuas griegas o romanas que hay en los museos de Europa. Hasta ahora solo he visto imágenes, la mayoría, de obras muy famosas, como el *David* de Miguel Ángel. Y justo a él se parece Frano, con sus brazos fuertes, la figura delgada y el cabello rizado. No tenía toalla y se secaba con su camisa, y entonces levantó la vista y me descubrió.

Por supuesto fingí al instante estar muy atareada. ¡Habría sido horrible que se diera cuenta de cómo lo estaba mirando! Bastante penoso me resultó sonreírle de oreja a oreja cuando me miró y cuando apareció de nuevo en sus ojos verde bosque esa luz, como en una de esas lámparas modernas que se encienden al tocar el interruptor. Me acerqué cohibida a él con el desayuno y le di los buenos días.

—¡La mañana no podía empezar mejor! —exclamó Frano—. Verla me alegra el día, de verdad.

—Es solo porque hace sol —dije. Hacía un día muy bonito—. Como en su tierra. Debe de ser raro que cada día brille el sol.

Frano negó con la cabeza.

—En Dalmacia tampoco brilla cada día —explicó—. En invierno incluso puede llegar a hacer mucho frío. Esto... ¿esto es para mí? —Señaló la bandeja con el desayuno que yo todavía sostenía entre las manos—. ¿O para los caballos? —Sonrió travieso.

Dejé la bandeja en el borde del pozo.

—Para usted, claro —respondí—. Ahora voy a dar de comer a los caballos.

Me dispuse a dirigirme al establo, pero me cogió de la mano. Me estremecí cuando me tocó, pero era un contacto cálido y bueno.

—Quédese un poco más haciéndome compañía —me pidió—. Los caballos pueden esperar.

Por supuesto Kaiwa no era de la misma opinión. Desde que había oído mi voz no hacía más que relinchar. Pero esta mañana no acudí a su llamada tan diligentemente como era habitual. Me senté con Frano y observé cómo comía con ganas. Devoró el huevo y la tostada y compartió el gofre conmigo después de que le confesara que era mi dulce favorito. Al final los dos teníamos los dedos pegajosos de sirope y él llenó otro cubo con agua del pozo para que nos laváramos.

—Hoy en el pueblo celebran la paz —mencionó—. Al menos es lo que dicen en la carpintería. Hay música y baile. Le gustaría... ¿le gustaría ir a bailar conmigo?

Se me desbocó el corazón. He tomado clases de baile, pero, de hecho, nunca he bailado con un chico. Walter no cuenta. Y ahora Frano quizá sea el primero que me rodee con su brazo y baile un vals conmigo o uno de esos bailes locos que llegan de América últimamente. He leído acerca del foxtrot y del charlestón. ¿Sabrá bailarlos? ¿Y yo? Pero qué importa, no pasará nada...

Levanté entristecida la vista hacia Frano.

—No puedo ir a la fiesta con usted —respondí apenada—. Mi padre no me dará permiso. A no ser que Walter me acompañe, pero él seguro que no tiene ganas.

Frano me estudió con la mirada.

—¿Pero a usted sí le gustaría ir conmigo? —preguntó.

Asentí. Aunque en realidad debería haberme hecho de rogar. En las novelas, las chicas siempre se hacen de rogar antes de aceptar la invitación de un hombre.

—¡Claro! —contesté—. Me gusta bailar.

Los ojos de Frano brillaron de nuevo traviesos.

—¿Con cualquier hombre o especialmente conmigo? —insistió.

Me ruboricé.

—Eso... ¡eso no se lo voy a decir! —se me escapó.

Se echó a reír.

—¡A ver si lo averiguamos esta noche!

Me llevó el agua para los caballos al establo y luego tuvo que irse. Preparé la avena y el heno para Kaiwa y Luna. La vieja Luna daba la impresión de estar contenta. Tenía paja en el pelaje, seguro que había dormido bien en su blanda cama. Decidí pasarle la rasqueta antes de llevarla a la dehesa. Pero primero tenía que volver a casa para tomar un tentempié. Me encontré con mi padre, que todavía estaba tomándose un último café. Bromeaba con tía Lucy y, para mi sorpresa, los dos también hablaban del baile.

—¡Y ojalá me hagas este honor, Lucinda! —decía mi padre en ese momento. A mi tía la llama por el nombre completo cuando bromea con ella—. Bailaremos y beberemos champán. Si damos crédito a lo que dicen los muchachos de la carpintería, las honorables damas de la Asociación de Mujeres han planeado inundar las calles de champán...

Tía Lucy soltó unas risas de adolescente. Esta mañana estaba de muy buen humor.

—Más bien con ponche, James, es lo que las damas se llevan a los labios. De lo contrario se emborracharían demasiado deprisa. Y el champán resultaría muy caro. En el pub dicen que servirán cerveza gratis…, por supuesto, después de la misa —añadió piadosa.

—¿De verdad quieres ir a la fiesta, papá? —pregunté asombrada al tiempo que cogía un gofre—. ¿Y Walter…?

Mi padre hizo un gesto de ignorancia.

—Si Walter no quiere celebrar la paz es asunto suyo. Yo tengo que dejarme ver en el pueblo. Quedarse al margen no causa buena impresión. Además, me apetece. Tenemos que dar gracias a Dios por muchas cosas. Puede que Walter no considere una bendición haber sobrevivido a la guerra, pero yo estoy contento de que haya sido así. Da igual lo mucho que haya cambiado, al menos está entre nosotros, a buen resguardo… Y Jonny también regresa. —Hizo una seña con la cabeza a tía Lucy—. Bien que podemos tomar uno o dos vasos para celebrarlo. —Guiñó el ojo.

Estaba tan nerviosa que casi empecé a morderme las uñas como cuando era pequeña.

—¿Puedo ir con vosotros? —inquirí con voz ronca. Por fortuna, mi padre no se dio cuenta de lo importante que era para mí esa pregunta.

—Pues claro —respondió con naturalidad—. ¿Por qué no? Cerraremos la carpintería un poco antes para que los trabajadores puedan acompañarnos a la iglesia y acudan después a la llamada de la cerveza gratis. Estate preparada para las cinco, Clara, nos marcharemos a esa hora.

No podía contener la alegría y pasé media tarde para decidir qué vestido ponerme que fuera apropiado tanto para ir a misa como para ir al baile después. Por supuesto no tenía ni idea de si mi padre me permitiría bailar, pero por el momento todo iba sorprendentemente bien, así que quería ir preparada sí o sí.

Al final elegí un vestido cruzado de seda irisada color ámbar que me queda muy bien. Además, me coloqué un coqueto sombrero en el cabello que me había recogido en lo alto. Cuando me giré así vestida delante del espejo encontré que estaba guapa y que tenía aspecto de ser muy mayor.

Y entonces, al salir de casa, me esperaba otra sorpresa. No solo mi padre aguardaba con el traje de los domingos junto al carro que iba a llevarnos al pueblo, sino también Frano Zima.

—Su padre es tan amable que me lleva con ustedes —dijo Frano. Al parecer no sabía que podría haber llegado andando hasta el pueblo como otros trabajadores de la carpintería. ¿O se habría quedado adrede para ir conmigo? En cualquier caso, me dirigió una sonrisa cómplice que yo le devolví con disimulo. Estaba muy guapo. No es que fuera muy bien vestido, pero por lo visto había metido en su bolsa una camisa blanca limpia y un pantalón de tela. La camisa tenía las mangas largas y anchas y le quedaba estupendamente. Por desgracia estaba algo arrugada. Lástima que no me la hubiera dado, podría habérsela planchado.

Como era de esperar, Walter no apareció, pero, para ser sincera, no lo eché de menos. Al contrario, solo nos habría aguado la fiesta con su perpetuo mal humor.

Las damas de la Asociación de Mujeres y probablemente el grupo de la iglesia o quien fuese que organizaba la fiesta había realizado un trabajo estupendo. El pueblo estaba irreconocible, habían adornado la plaza y las calles con flores, banderines y banderas y oímos una música de fondo. Una banda tocaba «It's a long way to Tipperary», pero enseguida se dedicó a cánticos religiosos (antes de la misa no había que crear una atmósfera demasiado jocosa). Por fortuna, nuestro reverendo es un hombre que disfruta de la vida. Recordó brevemente a los muertos en la guerra y luego rezó dando gracias al Señor y todos cantamos unos alegres himnos de alabanza a Dios. Mi padre y los trabajadores unieron sus voces con brío y solo Frano se abstuvo. Me pregunté si pertenecería a otra iglesia y, de hecho, él me confesó más tarde que en Dalmacia todos son católicos romanos. Allí no pasa que algunos sean anglicanos y otros metodistas. Todos van a la misma iglesia.

Su rostro reflejaba de nuevo melancolía y añoranza al evocar la iglesia de su pueblo, que está dedicada a una santa que se llama Catalina. Hasta ahora siempre había pensado que solo los irlandeses eran católicos romanos. Pero, bueno, si Frano es de esa religión... A mí en el fondo me da igual ir a una iglesia que otra. Las misas católicas deben de ser muy solemnes. Me sorprendí pensando en una boda...

Después de asistir a la iglesia se pronunciaron un par de discursos en la plaza del mercado que aburrieron a todo el mundo y luego por fin abrieron el pub. Como hacía buen tiempo el dueño colocó un par de barriles de cerveza en la calle y empezó a servir ahí mismo. Para las mujeres había dos grandes boles de ponche, dulce y afrutado, y yo quizá me bebí demasiado deprisa el primer vaso. El vino se me subió a la cabeza. Reía y bromeaba la mar de despreocupada con Frano, que tomaba cerveza a mi lado.

—De hecho, en Dalmacia —me explicó—, no se bebe cerveza y a nadie se le ocurriría la idea de preparar un ponche. Allí solo bebemos vino, ya a partir del mediodía, y algunos incluso para desayunar.

Lo de tomar vino en el desayuno me hizo reír, entonces empezó a tocar la banda de nuevo y con esas animadas marchas y las canciones populares el cuerpo me pedía bailar. En la pista, construida con unas bastas planchas de madera, ya giraban las primeras parejas y me habría encantado estar entre ellas. Por desgracia estábamos sentados con mi padre y los demás notables del lugar. Mi padre presentó a Frano al reverendo, al alcalde y al doctor como su nuevo empleado, pero luego no le hizo más caso, como tampoco a mí. Pero seguro que se habría dado cuenta si nos hubiésemos escapado de allí. No sabía cómo actuar, hasta que de pronto Frano tomó una decisión totalmente loca.

—¿Quieres bailar? —me preguntó de nuevo, y cuando le dije que sí, se volvió hacia mi padre sin malicia.

—Señor Forrester, si su hija me hiciera el honor, ¿me permitiría usted bailar con ella, señor?

Mi padre lo miró desconcertado. Pareció necesitar algo de tiempo para digerir la pregunta. Mientras, Frano esperaba sumiso la respuesta y dando vueltas al sombrero entre sus manos. Se lo veía amable e inofensivo.

Mi padre deslizó la mirada de él hacia mí.

—¿Quieres? —preguntó.

Yo asentí otra vez, el audaz gesto de Frano me había dejado muda.

—Pues adelante —dijo mi padre, y Frano se limitó a cogerme de la mano como un niño que se lleva a otro a jugar.

—Ven, antes de que se lo piense mejor —me susurró y nos unimos a las demás parejas que revoloteaban al compás de la música alegre.

Intentaba acordarme de los pasos que había aprendido en la clase de baile, pero diría que él no los conocía. Colocó el brazo con firmeza alrededor de mi cintura, me cogió la mano y me guio con toda naturalidad al ritmo de la melodía. Eso era mucho más impetuoso que los sosegados bailes que yo he aprendido. A veces, simplemente me levantaba por los aires y giraba conmigo en círculos hasta que me quedaba sin respiración. Luego volvía a dejarme en el suelo y saltábamos y brincábamos, y con ello yo siempre percibía su mano cálida y firme en mi espalda. Me sentía guiada, segura, protegida y rebosante de alegría. Y todo esto todavía se intensificó más cuando la banda tocó una melodía lenta y él me miró a los ojos mientras bailábamos.

—¿Todavía quieres bailar con otra persona? —me preguntó.

Sonreí. Lo cierto es que no quería bailar con otra persona nunca jamás en mi vida. Pero no podía reconocerlo, claro.

—Probemos uno o dos bailes más antes de que me decida —respondí coqueta y Frano se echó a reír.

Fue una noche larga y cálida de primavera y para mí transcurrió como en un sueño. Entretanto, habían montado en la calle puestos de comida, y algunos comerciantes vendían recuerdos y joyas en unos tenderetes. Frano me compró un bocadillo, un rosetón de la Union Jack y una banda con los colores de Nueva Zelanda. Me puse los dos, la gente rio y aplaudió cuando volví así a la pista de baile. En un rato se había llenado y Frano apenas tenía espacio para hacerme girar a su alrededor, por lo que tuvo que estrecharme contra sí. La banda tocaba canciones populares y yo las cantaba como la mayoría de los bailarines. Él tarareaba, no conocía los textos.

—Un día te cantaré canciones de mi tierra —me susurró en el oído—. Canciones de vino y de amor...

De vez en cuando bebíamos ponche e incluso champán en una ocasión, después de reunirnos con mi padre y sus amigos. Mi padre bailó, en efecto, con tía Lucy, que tenía aspecto de estar un poco achispada. Y ya al final todos cantamos «God save the King» y «Rule Britannia», y los hombres realizaron un saludo militar y todos nos sentimos conmovidos y emocionados.

De regreso a casa estaba cansada y me atreví a apoyarme en Frano. Mi padre no se dio cuenta, bastante tenía con no salirse a la cuneta. Es que al final tampoco él estaba muy sobrio.

Y entonces pasó algo más... Fue el punto culminante, a no ser que me lo haya imaginado de tanto desearlo. Cuando entramos en el patio y la noche irremediablemente llegaba a su fin, acercó mi mano a sus labios y la besó. De un modo fugaz, pero con toda gravedad. Acto seguido, me ayudó, de forma muy galán, a bajar del coche.

Esta noche bailaré en la cama, pero antes lanzaré una última mirada al establo desde la ventana. Ahí donde Frano también duerme ahora.

13 de noviembre de 1918

Querido diario. Hoy estoy un poco afligida porque Frano se ha mudado. Claro que no puede instalarse en nuestro establo ahora que ya tiene un puesto fijo en el taller de mi padre. Ha sido un golpe de suerte que George, uno de nuestros carpinteros, supiera de un lugar donde él pudiera ir a dormir. Su primo aún está en Europa —habrá que esperar todavía un tiempo hasta que recojan a todos los soldados— y, mientras, Frano puede ocupar su habitación en casa de la tía de George. Vive en Te Kao, por lo que puede venir al trabajo a pie. Ahora le he cogido cariño a la vieja yegua, aunque no tanto como a su dueño.

Salvo por esto, hoy no ha ocurrido gran cosa. Todos los empleados parecen resacosos después de la fiesta. Incluso tía Lucy se queja de que le duele la cabeza, aunque no lo achaca al ponche. Solo Frano está tan despierto y cariñoso como siempre. He vuelto a llevarle el desayuno y cuando me ha dicho que se marchaba me ha preguntado si lo echaré de menos. ¿Qué iba a contestar? Al final me he hecho un poco la tonta y le he respondido algo así como que lo importante es que Luna se quede conmigo. Justo después me ha sabido mal, porque Frano parecía muy triste, como si le hubiese hecho daño.

—Me gustaría tanto que me echaras de menos... —ha dicho—. ¿Puedo hacer algo para ser imprescindible? —Por suerte ha vuelto a sonreír y yo he bromeado diciéndole que puede llevarme el agua al establo. Es lo que ha hecho y esta noche también me he encontrado el cubo lleno.

Kaiwa me ha saludado con un relincho y Luna, con un alegre resoplido. Pero a pesar de eso me he sentido sola y desdichada. Sin Frano el establo me parece frío y vacío.

14 de noviembre de 1918

Esta mañana he ido al establo antes de desayunar para dar de comer a toda prisa a los caballos y de repente he tropezado con Frano. Ya les había puesto heno a Kaiwa y Luna y manejaba el rastrillo para limpiar el estiércol. Por supuesto, lo primero que ha hecho ha sido ponerles agua. Al principio me he sentido algo cohibida porque no contaba con encontrármelo. Llevaba el vestido más viejo que tengo para trabajar en el establo y me había recogido torpemente el pelo en la nuca. A pesar de eso, ha resplandecido al verme, como si se le hubiera aparecido una princesa.

—Por la mañana es cuando estás más hermosa —me ha saludado, y yo me he puesto roja al instante y no he sabido qué contestar.

—¿Qué... qué estás haciendo aquí? —he preguntado al final.

Frano ha puesto cara de ofendido.

—Ya te dije que te llevaría el agua —ha contestado—. Y bueno, como soy un poco egoísta y quería verme recompensado con tu presencia, me he quedado y me he dado prisa en repartir la comida a los animales. ¿Está mal?

He negado con la cabeza.

—No. No, claro que no, al contrario. Me... me alegro...

En el rostro de Frano ha aparecido esa sonrisa irresistible.

—¿Te alegras de verme? —ha preguntado.

Y sí, ya sé que una chica tiene que hacerse rogar, pero no he podido evitarlo: le he sonreído y le he contestado con un sí.

Hemos estado charlando un poco sobre los caballos y el trabajo, pero luego él ha tenido que irse a la carpintería y yo, volver a casa para no llegar demasiado tarde al desayuno.

—Esta noche volveré a llevarte el agua —ha anunciado antes de que nos separásemos—. ¿Estarás aquí?

Le he dicho que sí, mi corazón a punto de estallar de felicidad. Teníamos una cita, volveríamos a vernos por la noche. Y a la mañana siguiente...

¡Él se siente tan bien conmigo como yo con él!

15 de noviembre de 1918

Hoy Frano ha vuelto a cogerme la mano. Primero por azar, tropecé con una tabla en el establo y él me sostuvo. Pero luego simplemente no me soltó. Y con esto no me refiero a que la retuviese. Yo podría haberme liberado en cualquier momento. De hecho, su forma de cogerme era suave, natural, protectora, como cuando uno tiene entre sus dedos un animalito, una mariposa a la que quiere sacar con cuidado de casa.

Me llevó a una bala de paja sobre la que nos sentamos y luego envolvió mi mano entre las suyas, como si fuera un objeto de gran valor que casi no se atreviera a tocar. En cuanto a mí, me sentía incapaz de moverme mientras él me acariciaba con toda cautela la mano. Las suyas son bonitas, ásperas de trabajar, por supuesto, pero con dedos largos y finos que saben acariciar. Me invadió una ola de calidez, sentía un cosquilleo en todo el cuerpo y... y en especial en esa zona de la que no se habla.

No, tengo que tacharlo, son cosas que no se pueden escribir sin sentir vergüenza. Pero a pesar de todo era bonito, me hacía feliz y mi corazón se desbocó cuando lentamente y con mucho cuidado Frano se llevó mi mano a los labios y la besó. Un beso fugaz, muy leve, como si fuera una pregunta. Y así me miraba, preguntándome.

—¿Me permites que haga esto? —dijo. Tenía la voz ronca—. No quiero hacer nada que tú no me permitas hacer.

De nuevo me sentí insegura. ¿Cómo debía responder a esa pregunta tan extraña? ¿Y si contestaba con un sí, le permitía también que me diera un beso de verdad? Solo de pensarlo me ruborizaba.

Se dio cuenta y me soltó la mano.

—Todavía eres demasiado joven —murmuró—. Pensaba que eras mayor, pero los chicos del taller dicen que solo tienes diecisiete años.

—¡Casi dieciocho! —le corregí—. Y yo... ¡yo ya sé muy bien lo que quiero!

¡Y lo último que quiero es que los empleados y aprendices del taller cotilleen sobre mí!

Frano sonrió, algo melancólico en mi opinión.

—No siempre es cuestión de lo que se quiere —dijo—. ¿Queremos amar? ¿Queremos que nos amen? ¿Acaso no es algo que simplemente sucede?

Mi corazón empezó a latir más deprisa. ¿Amor?, me pasó por la cabeza. ¿De verdad está hablando de amor?

—¿No desea todo el mundo ser amado? —titubeé.

Frano se levantó.

—Puede ser —contestó y se volvió para marcharse—. La cuestión es si quieres que yo te ame.

Me dejó sin respuesta. Mientras se iba a trabajar, me quedé sentada en la bala de paja. Sus palabras se han grabado en mi memoria, nunca las olvidaré aunque no haya entendido a qué se refería en realidad. ¿Estaba inseguro? ¿Lo había desilusionado el amor? Es mayor que yo, a lo mejor amó una vez y la chica lo abandonó o lo decepcionó. No me lo puedo imaginar. ¿Quién es capaz de no responder al amor de Frano Zima?

Por la noche lo he esperado con mi vestido de tardes más bonito; he evitado que tía Lucy me viera. Me habría reñido si se hubiese dado cuenta de que me lo había puesto para ir al establo. Y habría sospechado por qué lo hacía. Por eso, hasta el momento, siempre he sido muy prudente. En realidad no es nada que esté prohibido, pero a pesar de todo no quiero que nadie se entere de mis citas con Frano.

Cuando él ha entrado he hecho acopio de todo mi valor y le he cogido de la mano. No me he atrevido a besársela enseguida, pero la he acercado a mi mejilla para que sintiera mi calor. Sorprendido, ha tanteado con los dedos la curvatura de mi mejilla y de mi barbilla. Y mientras, me miraba de una forma... Bueno, nunca hubiera imaginado que alguna vez yo fuera a utilizar la palabra «extasiada», pero Frano..., cuando Frano me mira me recuerda los cuadros de los antiguos maestros que la señorita Clevers me enseña en la clase de arte. Los hombres y las mujeres miran deslumbrados al cielo, donde la mayoría de las veces se ve a un ángel, a Dios o a la Virgen María. Frano me miraba y yo sentía amor y humildad ante tanta admiración.

Sus dedos se han deslizado por mis labios, han dibujado su contorno y su roce me ha hecho estremecer.

—Sí, quiero —he dicho.

Pensaba que Frano me besaría hoy de verdad, o sea, en la boca. En realidad le he dado algo así como vía libre. Pero él no se apresura. Esta mañana ha vuelto a llevarme con él al establo, pero esta vez me ha rodeado suavemente con el brazo. De nuevo me ha cogido la mano, me la ha besado y acariciado. Mientras, yo me he apoyado contra él y percibido su cuerpo fuerte y cálido a través de la camisa. Escuchaba cómo me susurraba palabras tiernas en el idioma de su país, sonaban de una forma rara, como invocando, casi como si fueran conjuros mágicos que me hechizaban. Antes de soltarme me ha dado un leve y tierno beso en el cabello. Cuando se ha marchado, me he quedado con el corazón palpitante.

Deseo más...

Hoy Frano me ha rozado la frente con los labios.

Frano ha vuelto a acariciarme... Es muy tierno, pero desearía que me besara ya de verdad.

Ha ocurrido, querido diario, ha ocurrido. ¡Mi primer beso de verdad! Y ha sido increíblemente romántico, tan maravilloso, todavía no me lo puedo creer. No, Frano no me ha besado en el establo, sobre las balas de paja, entre los boxes de Kaiwa y Luna. Me ha llevado fuera, al campo, en una noche de luna llena... Tiene que haber estado esperándolo, debe de haberlo planeado. Quería que para mí fuera algo inolvidable.

Pero empezaré por el principio. Por la mañana Frano me contó que no había logrado conciliar el sueño la noche anterior. La luna lo atraía, era como si sintiera su llamada.

—¿No serás un hombre lobo? —bromeé—. ¿Es posible que en la noche de luna llena te transformes y yo deba tener miedo de ti?

Frano se echó a reír.

—Nunca deberás tener miedo de mí, preciosa Clara. Incluso si fuera un lobo, lo único que querría sería tenderme a tus pies y estrecharme contra ti para que me revolvieras y acariciaras el pelaje como a un gato. Pero naturalmente no me transformo, solo percibo la llamada de la belleza de la luna llena. Aquí en Nueva Zelanda es más atractiva, más resplandeciente que en mi país. Deseo bailar a la luz de esta luna. Contigo.

Yo me apretujé contra él.

—¿Por qué no lo hacemos? —pregunté animada—. Mi padre se ha ido por la tarde al pueblo, de vez en cuando se reúne en el pub con el reverendo, el doctor, el maestro y un par de personas más. Y de Walter puedo escabullirme, seguro que no se entera de que salgo de casa por la noche. Podríamos dar un paseo.

Los ojos de Frano resplandecieron.

—¿No te dará miedo —inquirió— estar sola conmigo?

Puse los ojos en blanco.

—Acabas de decirme que no he de temerte ni aunque te convirtieras en un lobo. ¿Y ahora he de tener miedo de dar un paseo?

Frano hizo una mueca.

—Muchas chicas consideran más peligroso a un hombre que a un lobo...

Cuando lo dijo tomé conciencia de lo escandaloso que era lo que hasta ahora me había parecido tan natural. La señorita Clevers se habría llevado las manos a la cabeza si me hubiese oído. En realidad yo no debería estar a solas con Frano en el establo, por no hablar de nuestros abrazos y otras carantoñas. Si alguien me ve de noche con él, pensé, me pondré en un compromiso. La gente hablará, pues una chica decente no se encuentra de noche con un hombre para pasear a la luz de la luna.

Y sin embargo, yo no tenía mala conciencia. Me parecía que con Frano era distinto.

Me encogí de hombros.

—Tú no eres un hombre cualquiera —dije con firmeza.

Él volvió a besarme la mano.

—Yo soy tu hombre —susurró.

Y luego, cuando ha asomado la luna, he salido de casa a hurtadillas y me he reunido con Frano detrás del taller. Estaba vacío, ya hacía tiempo que los trabajadores se habían marchado y no corríamos peligro de que alguien nos viera. No tenemos vecinos directos y nuestra casa está algo apartada de Te Kao. Es raro que alguien pase por ahí cuando ya ha anochecido. Así que hemos andado sin que nadie nos molestara y emocionados, pero casi sin ningún temor, a la luz de la luna. Ha sido maravilloso, la luna bañaba el paisaje de un tono plateado, los árboles arrojaban unas sombras increíbles, solo el grito de los pájaros nocturnos rompía el silencio. Al cruzar un bosquecillo, hemos visto un kiwi que no ha huido de nosotros, sino que con toda tranquilidad ha proseguido con su torpe búsqueda de comida. Revolvía con su largo pico en la tierra con la esperanza de dar con gusanos y larvas.

—Habría que adiestrarlos para buscar goma de kauri —ha bromeado Frano.

Me he reído.

—Los kiwis son unas aves bastante tontas —he dicho—. Imposible adiestrarlas.

Frano me ha hablado un poco de su trabajo de *gumdigger*. Vivió en uno de los campamentos después de llegar de Dalmacia. De hecho, en su país era sumamente pobre y solo pudo permitirse la travesía en barco porque una compañía se la pagó. Así que primero tuvo que ganarse la vida buscando resina de kauri. Un trabajo duro, todavía ahora siento pena por él. Al final hemos dejado el bosquecillo y hemos salido de nuevo a cielo abierto y a la luz de la luna. Frano se ha detenido y me ha hecho girar hacia él para quedar cara a cara.

—No pensaba que pudieras ser más hermosa que a la luz del sol de la mañana —ha susurrado—. Pero el vestido de plata todavía te queda mejor que el de oro. Tu piel resplandece a la luz de la luna, tu cabello se funde con la noche. ¿Puedo besarte, Clara?

He asentido y levantado mi rostro hacia él. Una vez más me ha besado primero la frente, pero luego también las sienes, las mejillas, hasta llegar a los labios. Los he abierto cuando he sentido los suyos y me he sorprendido y sobresaltado cuando la lengua de Frano lentamente se ha abierto camino en mi boca. A continuación me ha invadido un raudal de sensaciones. Me he apretado contra él, mientras su lengua acariciaba la mía con unos movimientos pequeños y suaves. No podía respirar, no quería respirar, solo quería diluirme en su abrazo. Había ansiado fundirme con él y eso estaba ocurriendo. En un momento dado, he empezado a contestar a su beso, a explorar su boca con mi lengua. Entretanto sus manos se deslizaban por mi espalda, me apretaban contra él, casi como si me introdujeran en él. Era como si su cuerpo y el mío fueran a unirse. El agradable cosquilleo se ha convertido en una explosión de sensaciones.

—¿Es esto lo que hacen juntos un hombre y una mujer? —he preguntado con timidez, una vez nos hemos separado y caminábamos hacia casa estrechamente abrazados—. Bueno, cuando... se casan. Alguna vez he oído algo de «unión» y eso es a fin de cuentas lo que yo he sentido.

Me he sorprendido y hasta me he enfadado un poco cuando Frano se ha reído de mi suposición.

—No, Clara, bonita mía, la más pura —ha contestado—. Lo que ocurre entre un hombre y una mujer puede ser mucho más grande que un pequeño beso. Cuando quieras te llevaré a unos terrenos de placer que jamás has imaginado.

Yo todavía no conozco la palabra «placer», en todo caso no en relación con el amor entre hombre y mujer. Pero me doy cuenta de que con ella uno se refiere a lo que yo he sentido hoy con tanta intensidad. ¡Y quiero volver a experimentarlo una y otra vez! ¡No quiero que me ocurra un día, quiero que me ocurra pronto!

2 de diciembre de 1918. Mi cumpleaños

Hoy, querido diario, cumplo dieciocho años. Todavía soy joven, pero durante el desayuno mi padre me advirtió en broma que a partir de esta edad ya puedo casarme. Me sobresalté y me preocupó la idea de que sospechara algo de mi relación con Frano. Por ahora mantenemos nuestro amor en secreto, solo los caballos saben de nuestros besos y caricias. Pero es posible que tía Lucy intuya algo. Me observó con atención al ver que me ruborizaba ante la broma de mi padre.

—En Nueva Zelanda se puede uno casar hasta con diecisiete años —corrigió ella con voz severa—. Pero hasta la edad adulta se necesita el permiso de los padres. Así que ni se te ocurra ahora fugarte con tu amor.

Solté una risa forzada y me dispuse a apagar las velas del pastel de cumpleaños. Luego la conversación se desvió hacia otros temas que yo abordé aliviada, para que luego me pillaran poniendo un trozo de pastel en un plato para llevárselo a Frano al establo. Desesperada, busqué un pretexto, pero mi tía hizo un gesto de rechazo.

—No tengo nada en contra de que des de comer a ese chico, hija —dijo—. Mientras no vayas demasiado lejos. Por Dios, Clara, todavía eres muy joven. No dejes que este asunto se ponga demasiado serio. No hagas nada de lo que puedas arrepentirte después. —Tía Lucy hablaba con tanta insistencia que casi me dio miedo.

—Sabes... ¿sabes lo mío con Frano? —pregunté tontamente.

Tía Lucy suspiró.

—Clara, se ve que estás enamorada a cien metros de distancia. Tu padre y tu hermano no sospechan nada, pero conmigo no puedes fingir. Todo ese tiempo que pasas en el establo después de invertir horas y horas en peinarte y en ponerte el corsé... para luego regresar despeinada y jadeante. No os limitáis a charlar, es evidente.

Me sonrojé.

—No es lo que tú te crees —afirmé—. Es..., bueno, Frano no hace nada que yo no quiera.

—¡Solo faltaría! —exclamó indignada tía Lucy—. Solo me temo que no sepas lo que quieres y ese joven se desenvuelve muy bien con sus lisonjas y zalamerías. Tengo miedo de que te convenza para hacer cosas que... —Apretó los labios. Así que de nuevo se trataba de esos temas de los que no se habla.

—Pero ¿qué cosas? —pregunté provocándola, aunque ahora sabía más que los primeros días con Frano.

Sé que todas esas cosas misteriosas tienen que ver con el vientre... y con sangre. Y sospecho que ese lugar entre mis piernas es el centro del «placer». En cuanto nos acariciamos siento allí un cosquilleo y me humedezco y, a veces, cuando nos abrazamos muy fuerte, tengo en ese lugar una sensación indescriptible.

—Estoy segura de que él sabe exactamente a qué me refiero —respondió mi tía de mala gana—. Un hombre puede hacerlo tantas veces como quiera, a él no se le nota...

—¿A una mujer sí se le nota? —pregunté incrédula.

He asistido un par de veces a casamientos y el día después la novia tenía el mismo aspecto que el anterior.

Tía Lucy volvió a suspirar.

—La noche de bodas —retomó el tema— la novia se entrega a su marido. Le permite... penetrarla. —Nunca hubiera pensado que tía Lucy todavía fuera capaz de ruborizarse a su edad, pero en ese momento se giró avergonzada—. De ese modo... abre una puerta y eso es... irrevocable. Después la mujer deja de ser virgen y no, nadie se lo ve.

Solo el marido nota si su esposa se ha entregado a otro antes de la noche de bodas.

No acabo de entenderlo del todo. En cuanto a Frano y a mí, seguro que esto no tiene la menor importancia.

—Pero si el hombre y la mujer quieren casarse de todos modos —objeté—, debería dar igual cuándo... bueno... cuándo ella se entrega. ¿Cómo sucede, eso de... de entregarse?

Tía Lucy parecía un tomate de tan roja como se ha puesto.

—Ya te enterarás cuando corresponda —me respondió—. Y en cuanto a lo de casarse..., decirlo es fácil. La mayoría de los hombres no sienten el menor respeto hacia las mujeres que se entregan a ellos antes de la boda. Al principio hablan mucho y lo prometen todo, pero una vez ha ocurrido, se dan media vuelta. Después, en el mejor de los casos, la mujer ha quedado deshonrada y, en el peor de los casos... No voy a explicarte ahora también de dónde vienen los niños, Clara. Pregunta..., bueno, tu padre no te lo querrá decir, pero a lo mejor... ¡Pregunta a tu profesora!

Y dicho esto se marchó dando un suspiro de alivio y yo corrí con mi pastel de cumpleaños al establo. Frano ya estaba esperándome. Tenía un regalo para mí: un pañuelo de seda de color dorado que conjugaba estupendamente con el vestido que había llevado en la celebración por el fin de la guerra. Además, cantó una canción de cumpleaños en su idioma y luego me la tradujo.

—Que tengas un feliz aniversario y que todos tus sueños se hagan realidad. Que lleves una vida feliz y te olvides de los días malos.

Fue precioso, estaba tan emocionada que hasta lloré un poco. Frano, en cambio, se partió de risa cuando le conté mi conversación con tía Lucy.

Levanté la vista enfadada hacia él.

—¿Qué es tan gracioso? ¿Ocurre de verdad así? ¿Tú sabes cómo se hace? ¿Lo has hecho alguna vez?

Frano me abrazó sosegador.

—Sé cómo se hace y te lo puedo explicar. Aunque no ahora. Tengo que ir a trabajar. Y aún más me gustaría enseñártelo algún día. Pero una cosa tienes que tener clara: nada, nada en el mundo rebajaría el respeto que siento por ti, tanto si lo hacemos antes como después de la boda.

Por la noche no hemos podido estar mucho rato juntos. Mi padre había invitado a un par de amigos y familiares para celebrar mi cumpleaños y solo he tenido tiempo de dar de comer a toda prisa a los caballos antes de cambiarme para la reunión. Sin embargo, la idea del matrimonio y de las prohibiciones y obligaciones relacionadas con él no me ha dejado tranquila. Antes de la desafortunada broma de mi padre nunca había pensado que hubiera leyes sobre la edad casadera. Pero ahora eso no se me va de la cabeza.

—Nos podríamos casar ahora mismo, desde hace un año ya soy lo suficientemente mayor para hacerlo —le he propuesto—. Y a continuación podemos hacer todo lo que nos apetezca.

Frano ha vuelto a reír.

—Eh, ¿no debería ser yo quien te hiciera una proposición de matrimonio? Al menos en Dalmacia es el hombre quien suele preguntarle a la mujer si quiere casarse.

Lo he mirado con el ceño fruncido.

—¿No quieres casarte conmigo? —he preguntado vacilante.

Frano me ha abrazado.

—Clara, bonita mía, por supuesto que quiero casarme contigo. Solo me temo que tu padre me eche del taller si le comunico mis intenciones...

—¿Porque según su opinión todavía soy demasiado joven? —he dicho desdichada.

—También por eso —ha contestado Frano—. Pero sobre todo porque soy un muerto de hambre. No puedo ofrecerte nada. Tu padre tiene en mente algo muy distinto para ti.

—A mí me da igual lo que él tenga en mente —he asegurado con terquedad—. No es él quien tiene que vivir contigo, sino yo. Y yo quiero, aunque no tengamos mucho dinero.

Me ha besado con ternura.

—Eres una muchacha maravillosa. No solo eres bonita, sino, además, valiente y generosa. No me merezco tu amor. Al menos así lo verá tu padre.

He hecho una mueca.

—¡Solo tienes que convencerlo! —he exclamado—. Ya conseguiste que te diera empleo y, además, le vendiste la raíz de kauri. Ahora tiene que ocurrírsele algo para persuadirlo de que te acepte como yerno. Si es que no basta con que nos amemos.

Me ha apartado delicadamente el cabello de la cara.

—Lo pensaré —me ha prometido—. Algo se me ocurrirá.

Le he enviado un beso con la mano cuando he salido del establo.

10 de diciembre de 1918

Hoy mi padre también estaba de viaje. Frano ha llegado al establo al anochecer. Esta vez hemos salido a pasear con la lluvia. Me ha contado que en su país las personas se alegran de que llueva, al menos en verano. A veces todo está tan seco que la gente baila de alegría cuando caen las primeras gotas, y así lo hemos hecho nosotros. Hemos intentado percibir la melodía de la lluvia al caer y hemos girado entre los charcos del camino. Cuando levantaba la cara para mirarlo, las gotas de lluvia me caían en el rostro y él se apropiaba de ellas a besos, riendo. Al final estábamos totalmente empapados, pero tan felices como niños que han estado jugando con el barro.

Me habría encantado que Frano entrara conmigo en casa. Qué bonito habría sido frotarnos el uno al otro para secarnos, luego tal vez encender la chimenea, sentarnos delante y tomar un chocolate caliente. Por descontado, eso ha sido imposible, he tenido que enviarlo mojado, y seguro que también algo congelado de frío, a su cuarto desolador.

Así que empiezo a estar harta de tanto secretismo, querido diario. Quiero hacer público de una vez mi amor. Ha llegado el momento de que nos casemos.

20 de diciembre de 1918

Hoy mi padre se ha peleado con Walter. Ha sido una discusión fuerte, fea de verdad, yo no quería oírla. Pero, por supuesto, he escuchado con atención, como hechizada, las palabras que han intercambiado. Ha surgido cuando mi padre le ha pedido a mi hermano que volviera al taller de una vez. Opinaba que no podía ser bueno estar semanas y meses encerrado en una habitación dándole vueltas a la cabeza. Había hablado con el doctor y este compartía la opinión de que el aislamiento de Walter es insano. Tiene que empezar a moverse, aunque al principio todavía le cause dolor.

Walter ha dicho que no se trataba de dolor, sino de que es un lisiado y no vale para nada. Mi padre entonces le ha reprochado que sintiera tanta pena de sí mismo. Piensa que ya lleva demasiado tiempo con esta actitud y que ahora tiene que volver a ser otra vez normal y pensar en el futuro. A fin de cuentas, algún día tendrá que encargarse del negocio. Pero Walter ha explicado que no volverá a ser «normal» y que todos tenemos que asumirlo. La discusión ha ido a peor, mi hermano ha utilizado palabras que soy incapaz de escribir. Resumiendo: ha advertido a mi padre que no quiere saber nada de su negocio. Y que tampoco quiere pensar en el futuro, que está de acuerdo con los maoríes, para quienes el futuro y el pasado son iguales.

Yo no sabía que Walter se interesara tanto por la filosofía de los maoríes, pero en el hospital de campaña de Alejandría compartió habitación con alguien perteneciente a esta etnia y su visión del mundo le impresionó mucho. En cualquier caso, ha sorprendido a nuestro padre diciéndole que está considerando la idea de unirse a una tribu de indígenas para buscar sus raíces. Acto seguido mi padre ha explotado y explicado que las raíces de Walter se encuentran en Lancashire, Inglaterra, y que además, tratándose de raíces, en el taller hay una maravillosa de kauri que está esperando que la limpien y la trabajen. Walter ha vociferado que nadie se lo toma en serio... Y, bueno, todo ha terminado de modo que mi hermano ha vuelto a atrincherarse en su habitación y mi padre se ha ido al taller echando pestes.

Todavía estoy muy afectada por la pelea. No soporto que la gente se pelee, y cuando se grita o cuando se trata de alguien de mi propia familia me duele de verdad. Pese a ello se me ha ocurrido una idea que me ha levantado la moral: si Walter no quiere encargarse del negocio, ¿por qué mi padre no se lo traspasa a Frano? Si él y yo nos casamos, se quedará en la familia y más tarde nuestros hijos pueden seguir con él.

Me enternece pensar en nuestros hijos e hijas. Querido diario, ¡quiero tener pronto un bebé! En cuanto nos hayamos casado y aireado todos los secretos.

26 de diciembre de 1918

Querido diario, creo que ahora ya sé de qué trata ese secreto sobre la unión del hombre y la mujer y sobre esa puerta tan rara de la que tía Lucy no quería seguir hablando.

Frano y yo hemos vuelto a vernos esta noche, mi padre estaba en la ciudad y Walter sigue enfurruñado en su habitación. Era una noche maravillosamente cálida. Hemos ido al río Te Kao y nos hemos construido una especie de «nido» en la orilla, en unos matorrales de raupo. Esta vez era la corriente la que nos cantaba una melodía mientras Frano me besaba. No sabía si oía el susurro del agua o de la sangre en mis venas cuando me ha abierto la blusa y acariciado los pechos desnudos. Se ha desprendido de su camisa y yo me he estrechado contra su piel, inspirado su olor fuerte y, cuando se ha puesto sobre mí, he notado que algo en él se endurecía. Su cuerpo se apretaba contra el mío, y de repente he sabido a qué se refería tía Lucy con la palabra «puerta». Me he abierto para él, preparada para acogerlo.

Frano ha debido de notarlo.

—¿Quieres? —me ha susurrado con voz ronca—. ¿Quieres ser mía? ¿Completamente mía? —Sus manos buscaban el cierre de mi falda y no había nada que yo desease más que ayudarle a desprenderse de sus pantalones y...

Ya iba decirle que sí cuando de repente me he acordado de lo que tía Lucy me había advertido. Al respecto debo confesarte, querido diario, que tía Lucy es la mujer más buena y cariñosa del mundo. Sustituyó a mi madre, siempre me ha mimado y me ha tratado con afecto. No puedo recordar que me haya prohibido nunca nada, salvo cosas peligrosas como jugar con cerillas o con la lámpara de gas. Así que me tomo muy en serio que alguna vez sea severa y, para ser sincera, nunca la he visto tan severa y preocupada como durante nuestra conversación sobre Frano. Por otra parte, no lo conoce, no puede saber lo bueno y respetuoso que es conmigo, la consideración con que me trata. Estoy segura de que no corro el menor riesgo si le permito que abra mi «puerta» secreta antes de la boda.

—Sí, quiero, Frano —he musitado—. Pero antes quiero casarme. Todo tiene que hacerse de forma correcta, quiero que mi padre nos dé su bendición. Y tía Lucy. Y quiero llevar un vestido blanco y bailar contigo, y que todo sea precioso y cruzar en tus brazos el umbral de nuestra habitación y luego... luego lo hacemos.

—Quieres un anillo —ha constatado Frano. Ha puesto cara de enojado—. Todavía eres una niña pequeña.

Me he enderezado disgustada.

—No lo soy —he dicho—. Al contrario, soy más madura que tú, pues ya no tengo ganas de jugar al escondite. Sé incluso lo que podemos decirle a mi padre. Da igual que seas un muerto de hambre o no. Mi padre tiene una empresa, pero no tiene heredero. Walter no quiere encargarse del negocio, ni él mismo sabe lo que quiere, y aunque lo supiera, tiene razón, es un lisiado. No puede ayudar físicamente como mi padre, debería dejarlo todo en manos de los muchachos. Tú, en cambio, estás sano y conoces el trabajo. ¡Basta con esto como argumento! Tú me obtienes a mí, yo te obtengo a ti y mi padre obtiene un heredero. ¿Acaso no resulta esto convincente?

Frano ha sonreído negligente, como si no se tomase mi arrebato del todo en serio. Pero he visto en su rostro que había picado. Claro que todavía debe madurarlo, pero no tardará en tomar una decisión. A fin de cuentas, seguro que me quiere a mí tanto como yo a él, incluso si hoy le he arruinado ese momento de ternura.

De todos modos, hemos intercambiado un par de besos más, pero nos hemos ido muy pronto. Hemos andado en silencio bajo la noche estrellada. He escuchado el viento entre los helechos y los árboles rata, entonaba para mí canciones de boda. Enseguida he buscado la mano de Frano.

—Por favor, ¡hablemos con mi padre! —le he pedido.

Sus dedos se han cerrado con determinación alrededor de los míos.

5 de enero de 1919

Nuestro propósito era en realidad hablar con mi padre el primer día del nuevo año, pero luego nos decidimos por esperar un día más. Al fin y al cabo en Nochevieja todos se fueron a dormir tarde. Mi padre bebió champán con sus amigos y tía Lucy, y Frano se fue al pub con los otros chicos de la carpintería. Pensamos que no sería buena idea tocar un tema así de delicado el día después. Hablamos del dos de enero, pero era jueves y había que reemprender el trabajo en el taller. De ahí que tampoco fuera el mejor momento, así que elegimos el primer domingo del nuevo año.

Como cada domingo, tía Lucy preparó un desayuno especialmente rico y me tomé la libertad de invitar a Frano. Apareció con su mejor traje; yo también me había arreglado. Mi padre nos miró asombrado cuando entramos tan formales.

—¿Ha ocurrido algo? —preguntó receloso. Por supuesto se extrañó de la presencia de Frano.

Oí suspirar a tía Lucy. Por suerte, Walter no estaba ahí, había preferido quedarse en su habitación cavilando.

—Sí..., no... —empecé a decir nerviosa—. Sucede que queremos decirte algo. Porque... Frano y yo ¡queremos casarnos!

Ya lo había dicho. Mi padre me miró con ojos como platos.

—No, Clara... —murmuró Frano. Se lo veía muy incómodo—. Así no debes decirlo. Así no se hace. Sucede, señor Forrester, que desearía pedirle la mano de su hija. —Sonaba como si hubiera estado practicando la frase.

Mi padre se recuperó.

—Es broma, ¿verdad? —preguntó severo.

Negué con la cabeza.

—No, padre —dije con voz cristalina—. Frano y yo... nos hemos enamorado. Justo después de que llegara, él...

—¿Esto está sucediendo desde noviembre? —preguntó mi padre en un tono amenazador.

—Señor Forrester, quiero a su hija de verdad —prosiguió Frano con su discurso aprendido—. No soy rico, pero seré un buen marido, yo...

—¡Se queda usted corto! —Mi padre emitió una risa amarga—. No solo no es usted rico, señor Zima, no tiene usted recursos. No tiene nada en absoluto que ofrecer a mi hija, usted...

—¡Tampoco es del todo así! —replicó Frano, ofendido, y yo no pude quedarme callada.

—Padre, Frano puede ofrecerme un montón de cosas —protesté—. Y también a ti. Mira, es carpintero, y si Walter no quiere el taller...

—¿Pretende conseguir de este modo mi taller? —Mi padre miraba iracundo a Frano—. Bueno, esto es el colmo. Yo...

—¡Estoy única y exclusivamente interesado en Clara! —rebatió orgulloso Frano sus afirmaciones—. Por supuesto me gustaría seguir aportando mi capacidad de trabajo a su empresa...

—¡Qué condescendiente por su parte! —se burló mi padre—. Pero le garantizo que eso será todo, joven. Por el momento todavía no doy por descartado que Walter tome las riendas del negocio. Cuando su mente confusa vuelva a estar en orden, todavía podrán cambiar muchas cosas. Y en caso de que tuviera que elegir a otro sucesor, ¡sabe Dios que no sería usted mi primera elección! ¡Tengo hombres en el taller con mucha más experiencia y mucho más eficientes! Usted, que siempre llega tarde...

—¡Pero sí es mi elección! —exclamé yo—. Y si alguna vez llega tarde es solo porque me ayuda en el establo antes de ir al taller.

—¡A él no se le paga para que trabaje en el establo, que es lo que aprovecha para sorberte el seso! —vociferó mi padre.

—¡Aun así lo quiero a él! —respondí yo con convencimiento—. A él y a ningún otro.

Mi padre puso los ojos en blanco.

—Acabas de cumplir dieciocho años, Clara. Todavía no tienes ni la más remota idea de lo que quieres. Y hay algo más que se opone a esta unión. ¡El señor Zima tiene el doble de años que tú!

—¿De verdad? —Eso me dejó un poco perpleja. Claro que sé que Frano es mayor que yo, incluso que la mayoría de nuestros chicos. Pero si de verdad me duplica la edad ya deberá tener más de treinta años.

—Sí, es cierto, soy mayor que ella. —Frano volvió a tomar la palabra en ese instante. Habló en ese tono tranquilo y sereno que yo tanto amo—. Pero esto también significa que soy más maduro. Sé muy bien de qué hablo cuando digo que quiero a su hija y que siempre la querré. Para mí, Clara es... mi diosa, mi sostén...

—¿Por no olvidar su pensión de ancianidad? —preguntó irónico mi padre, lo que yo encontré realmente pérfido.

Frano negó con la cabeza.

—Me ofende, señor. Pero puedo entenderle, casar a una hija es tomar una decisión. Si yo tuviera una, pensaría igual. Sin embargo, yo no soy un cazador de dotes, señor. De hecho, no se hallaba entre mis intenciones dirigir un taller de carpintería. Eso también lo podría haber hecho en Dalmacia. —Agucé los oídos. Hasta entonces siempre había pensado que la familia de Frano era terriblemente pobre—. Yo me veo más como... como un hombre de negocios. —Mi padre se echó a reír cuando Frano prosiguió, pero este no se dejó intimidar—. Y como tal... como tal preferiría ser su socio, señor, en lugar de su heredero.

Mi padre sonrió y se cruzó de brazos.

—Vaya, estoy impaciente por escucharle —repuso burlón—. ¿Qué aportaría usted, señor Zima, en una sociedad así?

El tratamiento era extrañamente rebuscado. Sé que mi padre suele dirigirse a sus trabajadores por el nombre de pila. La relación entre él y Frano había empeorado de manera evidente llegado este punto.

Frano se sentó frente a mi padre. Hasta el momento habíamos permanecido los dos de pie delante de él.

—¿Recuerda la raíz de kauri que traje cuando llegué, señor? —preguntó—. Pues allí donde estaba, todavía hay más. Y no solo raíces, árboles enteros.

La expresión burlona de mi padre se convirtió en otra interesada.

—¿Y no está en terreno estatal? —preguntó.

Frano negó con la cabeza.

—No, privado. No he estado extrayendo resina de kauri de forma ilegal. Solo con el permiso del propietario del terreno.

—¡Frano no hace nada que sea ilegal! —me precipité a intervenir.

Mi padre me indicó que me callara con un gesto de la mano.

—¿Y ha encontrado así viejos árboles kauri? —preguntó—. No se lo tome a mal, pero si ha descubierto un tesoro, ¿por qué no se lo ha quedado enseguida?

Frano se encogió de hombros.

—Los troncos se encuentran en zona pantanosa. En la península Coromandel. Para extraerlos se precisan caballos, cadenas, carros de carga. Nosotros los *gumdiggers* hemos extraído a veces, por supuesto, una raíz o un par de ramas con las que hacemos las figurillas y los muebles que quería vender. Pero no hemos podido permitirnos recuperar árboles más grandes. Los propietarios del terreno tampoco nos habrían dejado. Conocen su valor...

Mi padre descruzó los brazos, ahora estaba más relajado frente a Frano y ya no parecía tan hostil.

—Si entiendo bien, ¿me está proponiendo confiarme el lugar exacto donde se encuentran los árboles, que yo recuperaré asumiendo los costes, y que como recompensa usted obtendrá a mi hija? —preguntó.

Frano sonrió.

—Eso sería demasiado sencillo —contestó—. No, le propongo encargarme de toda la extracción. Es decir, de viajar a la península, de hablar con los propietarios de las tierras, de negociar los acuerdos, extraer los árboles y transportarlos aquí. Tendrá usted que adelantar los fondos del primer viaje, en eso tiene razón. Pero si se obtienen ganancias con ello, espero participar económicamente en el segundo y luego disfrutar de mi parte en los beneficios.

Mi padre parecía reflexionar, yo callaba impresionada. Frano había mantenido su promesa. Había esperado a que se le ocurriese algo y su plan estaba mucho mejor pensado que mis especulaciones sobre la cesión del taller.

—¿Y quién me garantiza que no se quedará con mi carro de tiro y el dinero que le dé para pagar al propietario y contratar a unos hombres para la extracción y luego desaparecer para siempre? —preguntó mi padre con severidad.

—¡Papá! —Yo estaba indignada. ¿Cómo podía creer a Frano capaz de hacer algo así?

Frano no perdió la calma.

—Envíe a alguien que me acompañe —sugirió—. Alguien en quien confíe. ¿Sabe qué? ¡Envíe a su hijo! Le sentará bien salir de aquí. Y Clara dice que siempre le ha gustado ocuparse de los caballos. A lo mejor quiere conducir el tiro. Sentado en el pescante, no necesitará muletas.

Mi padre se rascó la frente.

—Le diré una cosa, Frano —empezó, y yo suspiré aliviada cuando lo llamó por el nombre de pila—. Si consigue convencer a Walter para que viaje con usted al sur, podemos hacer el trato, tal como usted lo ha propuesto. Me trae uno o dos kauris, tantos como puedan cargar los caballos. Y si la madera vale y si no es más caro extraer el kauri que trabajarlo y venderlo, entonces me pensaré lo de la boda.

—¡No basta con que te lo pienses! —intervine yo con descaro.

Mi padre sonrió.

—Está bien. Si vuelve y todavía lo deseas, podrás casarte con él. Es posible que llegue usted más lejos de lo que yo había pensado hasta ahora.

Le tendió la mano a Frano, este se la estrechó y yo abracé a los dos de felicidad y agradecimiento. Ahora solo falta convencer a Walter de que lo acompañe a la península Coromandel.

10 de enero de 1919

¡Querido diario, me reprocharás lo mucho que te he desatendido últimamente! Pero estábamos tan ocupados y yo me sentía tan feliz y emocionada que no conseguía escribir nada. Es increíble, pero Walter ha accedido, en efecto, a acompañar a Frano y George —mi padre también quiere enviar a este último, que es, según mi opinión, en quien más confía de todos— en el primer viaje en busca de kauri. De todos modos, Frano tuvo que utilizar todas sus dotes de persuasión para convencerlo y yo advertirle que mi felicidad dependía de él. Mi hermano se rio un poco, lo que me habría tomado a mal de haber sido cualquier otro, aunque, viniendo de él, me alegra tanto que se ría alguna vez que hasta puede hacerlo a mi costa.

Al final, Walter dijo que desde hacía unas semanas la casa se le caía encima y que, si bien no poseía dotes de comerciante, bien podía encargarse de conducir el carro y ocuparse de los caballos. Quizá hayan contribuido a ello los espléndidos ejemplares de sangre fría que mi padre pidió prestados para esta empresa. Ni yo misma me cansaba de contemplarlos, con esa complexión tan fuerte y el pelaje negro y brillante. Son auténticos shire, los cría una persona en Wellington, y un agricultor de nuestra zona tiene dos parejas. Este nos ayuda ahora prestándonos una de ellas y cuando recalcó que se la dejaba especialmente a mi hermano, cuya forma de montar siempre le había impresionado mucho, mi padre se sintió muy orgulloso.

A Frano le va bien que Walter se encargue de los caballos. De Dalmacia solo conoce los burros y me confesó que esos shires enormes le imponen mucho respeto. A George no le interesan los caballos para nada, él habría preferido viajar con el camión, pero mi padre se niega a prestarlo; además, no sería práctico. Los caballos de sangre fría pueden ser útiles tanto en el transporte como en la extracción de los árboles. Con un vehículo uno no puede meterse en el pantano para sacar la madera del lodazal.

De manera que todo está preparado y la semana que viene se pondrán en marcha. Estoy nerviosa y esperanzada, lo único que me resultará difícil será separarme de Frano. Una expedición de ese tipo dura un par de semanas, solo el viaje con los caballos a la península se prolongará bastante tiempo. Según mi padre, hay al menos cuatrocientos cincuenta kilómetros de distancia. Quién sabe si durante esos días me llegarán noticias de él. Pero lo bonito es que ahora puedo estar con él siempre que quiero si su horario lo permite. Por fin se acabaron los secretos. Viene a verme cada día sin tener que esconderse.

Lamentablemente se han acabado las carantoñas en el establo y los paseos nocturnos. Tía Lucy y mi padre procuran no dejarnos a solas con demasiada frecuencia. Es probable que al menos ella tenga miedo de que podamos adelantar la noche de bodas. Pero eso no entra en consideración. Todo va a suceder exactamente como yo lo he soñado. ¡Ojalá ya hubiera llegado el momento! Me muero de impaciencia.

15 de enero de 1919

Frano, Walter y George se han marchado hoy. Estoy triste y me siento sola.

30 de enero de 1919

Mi padre ha recibido un telegrama de Walter. Acaban de llegar y ya están negociando la extracción de un kauri. Me alegro, pero también me siento triste. ¿Por qué Frano no ha añadido ninguna frase para mí?

8 de febrero de 1919

Me consumo de añoranza por Frano. Antes, cuando leía estas frases en los libros, las encontraba ridículas. Pero ahora sé lo que siente una mujer cuando junto a ella hay un doloroso vacío. ¿Qué sucederá cuando estemos casados y todavía más estrechamente unidos? Ayer llegó una breve nota para mi padre. De Walter otra vez. Han extraído un árbol espléndido. Me pregunto cuánto dura una operación así. Y cuánto tiempo precisarán para traer su tesoro a casa.

12 de febrero de 1919

¡Por fin noticias de Frano! Con el corazón palpitante sostuve hoy por la mañana entre mis manos su carta, emitida en la ciudad de Thames. Tía Lucy y mi padre me preguntaron qué decía, pero yo solo apreté el sobre contra mi corazón sin decir palabra y corrí a mi habitación para estar a solas con mi amado.

Desafortunadamente —y esto solo te lo confieso a ti, querido diario—, la carta me ha decepcionado. Yo me esperaba palabras hermosas, justo del Frano que sabe expresarse de forma tan poética. Pero escribir no es lo suyo. De hecho, se explica como un niño pequeño y con una caligrafía muy torpe, ¡y hace unas faltas horribles!

«Hamor mio —me llamaba, y luego solo escribía—: Esto es maraviyoso. Mi corazon tañora.» Ha sido en la tercera o cuarta lectura cuando me he dado cuenta de que había esperado demasiado de un hombre que se ha criado en un pueblo de un país pequeño y atrasado. ¿Será posible que Frano nunca haya ido a la escuela? ¿Que haya sido aquí, en Nueva Zelanda, donde haya empezado a aprender a leer y escribir? En tal caso, es especialmente afectuoso y valiente por su parte intentar comunicarse conmigo por carta. Y en realidad da igual que sepa o no ortografía. ¡Piensa en mí y me ama!

¡Y vuelve a casa!

25 de febrero de 1919

¡Apenas puedo creerlo y, sin embargo, es cierto! Estoy junto a la ventana y todavía siento la calidez de Frano, su mano en la mía, sus labios sobre los míos. ¡Han vuelto, querido diario, han vuelto de verdad! Esta tarde oímos el golpeteo de unos cascos, unos cascos de caballos fuertes, que tiraban de una pesada carga. Yo llevaba a Kaiwa y Luna a la dehesa y les quité enseguida la cabezada cuando levantaron el hocico y saludaron con un relincho a sus congéneres. Entonces corrí al patio y vi entrar el carro. Los caballos iban al paso y estaban empapados en sudor, mi hermano estaba sentado en el pescante y parecía tan orgulloso como no lo había visto desde su funesta partida a la guerra. George sonreía sentado a su lado y Frano... Frano saltó del carro en cuanto me vio.

—¡Clara, Clara, Clara! —Repetía jubiloso mi nombre, me hizo girar a su alrededor y me besó despreocupado delante de toda la gente.

Entretanto mi padre y los demás trabajadores habían salido del taller y tía Lucy estaba junto a la puerta. Frano me dejó de nuevo en el suelo y se dirigió con paso moderado a mi padre.

—Señor Forrester, creo que he cumplido para su satisfacción mi parte en nuestro acuerdo. ¿Me concede la mano de su hija?

Mi padre tenía aspecto de sentirse bastante incómodo y, en realidad, no fue especialmente hábil abordarlo de forma tan directa. Pero pienso que Frano había deseado ese momento tanto como yo. Quería un sí, ya. Sin la menor dilación.

—Deje que eche primero un vistazo —farfulló mi padre dirigiéndose al carro que Walter había detenido mientras tanto. Dio un repaso a la superficie de carga y abrió los ojos como platos. ¡Sobre el carro se encontraba el viejo kauri más espléndido que yo había visto jamás! Y eso que siempre veo los árboles cuando los entregan. Los limpian y los cortan al aire libre antes de meterlos en el taller. Este era un ejemplar estupendo, lo bastante alto para ahuecarlo e instalarse en él. Mi padre lleva años soñando con un kauri del que se pueda tallar una escalera, toda de una pieza. ¡Con este árbol su deseo se hará realidad!

—¿Cuánto ha costado? —preguntó mi padre una vez se hubo recuperado de la sorpresa. Luego se quedó sin habla cuando Frano le comunicó la cantidad.

—¡Si es un regalo! —susurró, ante lo cual Frano, halagado, se encogió de hombros.

—Ya se lo dije —contestó—. Mi talento para negociar es único, supera en mucho mis habilidades para el trabajo manual. Pero Walter también ha puesto de su parte. ¡Sin él no habríamos obtenido tan buen resultado!

Frano ya no contó nada más, él y George se reunieron con los hombres que en ese momento descargaban con esfuerzo el enorme kauri utilizando cadenas y poleas. Walter solo intercambió un par de palabras con mi padre. Si bien parecía satisfecho, se lo veía muy cansado. Así que lo ayudé a desenganchar los caballos y llevarlos al establo para que pudiera meterse en casa y echarse un rato. El traqueteo del carro no le había sentado bien a su malograda cadera. Cuando salí del establo,

Frano ya se había ido y al principio me sentí decepcionada. Pero tía Lucy me guiñó un ojo.

—Lo he enviado a los baños, para que se lave y se ponga un traje, si es que tiene, para esta noche. Hemos de celebrar el compromiso, ¿no crees?

—¿Cómo? —pregunté con la respiración entrecortada.

El querido rostro de luna de mi tía Lucy resplandecía.

—Tu padre ha invitado a Frano a cenar. Queremos celebrar el éxito de su primer viaje de negocios y brindar por vuestra felicidad. Y creo que también se hablará de la fecha de la boda. De hecho, lo has conseguido, Clara. ¡Tendrás al hombre que quieres con la bendición de tu padre!

Me pasé el resto de la tarde flotando y de nuevo una eternidad delante del armario antes de decidirme por el vestido de seda verde hierba con el cinturón de color ámbar. No es un modelo a la última moda, tengo que ponerme el corsé para llevarlo, lo que ahora ya no se estila. Pero Frano siempre ha admirado lo fina que es mi cintura, que él casi rodea con las dos manos. Me compara con una elfa o un hada... y con este vestido me acerco más a la imagen soñada que con los otros. Me dejé el pelo suelto, que ahora casi me llega a la cintura, y para que no se despeinara decidí ponerme una cinta de seda de un tono verde a juego con el vestido.

—¡Una criatura sacada de un cuento de hadas! —susurró Frano cuando me vio—. Un hada... No puedo creer que seas mortal.

Me eché a reír.

—Soy inmortal, tan inmortal como nuestro amor —respondí, y él me cogió la mano y la besó suavemente, de nuevo con tanto cuidado como si sostuviera un pedazo de la más delicada porcelana.

Luego nos sentamos uno al lado del otro, saboreamos el vino y la maravillosa comida de tía Lucy y, sobre todo, disfrutamos el uno del otro. Incluso sin poder tocarnos era como si estuviésemos unidos, atados por unas cintas de oro.

Al final, mi padre nos deseó que fuéramos felices y nos dio su bendición. Ya éramos una pareja oficial, estábamos prometidos y firmemente comprometidos el uno con el otro. Tía Lucy, George, que también estaba invitado, e incluso Walter, aplaudieron con amabilidad cuando nos besamos.

Mi felicidad solo se vio un poco enturbiada al negociar la fecha de la boda. Frano deseaba que nos casáramos lo más pronto posible, pero mi padre no quería fijar ninguna fecha antes del comienzo de agosto.

—¿Medio año todavía? —pregunté desilusionada—. ¿No podemos hacerlo ya...?

Mi padre hizo un gesto negativo tan vehemente como tía Lucy.

—Un par de meses es un período de noviazgo muy corto —señaló ella—. En mi opinión, demasiado corto, sería mejor un año. ¡Nadie ha de pensar que os tenéis que casar!

No entendí bien a qué se refería. Pero al parecer Frano sí comprendió su argumento. Asintió y me consoló, aunque yo noté que también para él iba a ser difícil.

—Seis meses, cariño, en realidad son solo cinco, ¡febrero ya casi ha terminado! ¡El tiempo pasa deprisa! ¡No te darás cuenta y ya habrá llegado el día!

Mi padre siguió diciendo que yo seguramente querría celebrar una boda por todo lo alto y que una fiesta de ese tipo necesitaba cierto tiempo para prepararse. Esto me hizo razonar, mientras que a Frano parecía serle bastante indiferente cómo íbamos a celebrar el casamiento. Mi padre tiene razón, tengo que ocuparme de mi ajuar, encargar el vestido, confeccionar la lista de invitados y enviar las invitaciones. Y luego decidir el menú..., la música... Hay mucho que hacer, serán meses muy ajetreados. Si no fuera porque ardo en deseos de entregarme a sus caricias...

Odié tener que separarnos después de la cena, me habría encantado irme con él o que me acompañara a mi habitación y dormirme entre sus brazos. Sola, en cambio, no podía conciliar el sueño. Estaba despejada y muy inquieta, saboreaba en la mente los besos de Frano y me veía bailando con él en la boda. Por supuesto, podría haberme abandonado a esa alegría anticipada. Seguro que me habría quedado despierta hasta el amanecer, pero luego me habría presentado ante mi amor con cara de haber trasnochado y con ojeras. ¿Es eso lo que quieres?, me pregunté. ¡No, por supuesto que no! Decidida, volví a levantarme, me puse la bata y bajé a la cocina para prepararme un vaso de leche caliente con miel. Entonces oí unas voces en la sala de estar.

—Bébase otro trago conmigo, George —invitaba mi padre a su empleado cuando pasé por la sala de estar—. Y cuénteme algo más sobre el viaje.

Yo me detuve al instante, claro. Y debo confesar, querido diario, que me puse a escuchar la conversación. ¡A fin de cuentas, me interesaba muchísimo!

—¿Qué quiere usted saber, jefe? —Por el tono de voz de George imaginé que sonreía. Sin lugar a dudas es el más listo de los empleados. Estoy segura de que sabía que mi padre quería sonsacarle información sobre su hijo y aún más sobre Frano.

Oí que abrían una botella. Era obvio que había whisky.

—Por ejemplo, cómo habéis obtenido un kauri tan espléndido a un precio tan bajo —dijo mi padre—. Dónde lo habéis encontrado, cómo fue su extracción...

Al parecer, George tomó un trago antes de hablar.

—Es cierto que lo encontramos en la península, en un pantano entre las poblaciones de Coromandel y Whitianga, cerca de los campamentos de los *gumdiggers*. Frano dijo que era terreno privado. El granjero gana algo de dinero dando a los *diggers* el permiso de extraer resina y les deja el terreno para que construyan sus cabañas. Cuando no, tiene ahí ovejas. No sabe gran cosa sobre la madera de kauri.

—¿No os habréis aprovechado entonces de él? —preguntó decidido mi padre.

—Eso no —aseguró George—. Aunque... Frano, bueno, su futuro yerno, sabe cómo convencer a la gente. ¡Y sabe cómo engatusarla! Con el patriotismo, por ejemplo. Al granjero le habló de Walter como si fuera un veterano de guerra que quiere empezar una nueva existencia mediante la madera de kauri. Con mi ayuda y la de Frano. Lo pintó todo como si fuéramos a extraer el árbol y todo lo demás por amor a Dios o a la patria, para ayudar a un veterano a rehacer su vida. Esto impresionó mucho al granjero, así como el modo en que Walter conducía el tiro durante la extracción pese a su... pierna. Fue increíble. En lo que respecta a los animales, Walter sigue dominando el tema. Entonces el granjero quiso saberlo todo sobre los caballos de sangre fría, pero desde la guerra Walter se ha vuelto... bueno... hum... no se lo tome a mal, jefe, pero poco comunicativo... En cualquier caso, solo dijo que el tiro era prestado y eso encajaba, por descontado, con la historia heroica que Frano había contado. El granjero debe de haber pensado que teníamos que pensárnoslo dos veces antes de gastar un penique. Por eso nos hizo ese precio tan bajo. Aunque tampoco es que necesite realmente el dinero, parece ganar lo suficiente con sus animales.

—¿Qué dijo mi hijo de todo eso? —preguntó mi padre después de un breve silencio y de digerir esa historia.

—Le resultó un poco incómodo —opinó George—. A mí también. Por otra parte... Frano no mintió en realidad, Walter no podía reprocharle nada, salvo que insistía en hablar sobre sus heridas de guerra y que calló que ese no era un viaje privado sino que estábamos ahí por su negocio con la madera. Y Walter no quiere heredarlo. Lo siento, jefe, pero durante el viaje nos lo dijo varias veces. Así que, según Frano, no había que subrayar el vínculo familiar. Y por lo demás... En fin, con sus peroratas ha estimulado en cierto modo a Walter. Quería demostrar que no necesita que le tengan lástima, ha conducido el tiro muy bien por las carreteras estrechas con el kauri gigante... Me quito el sombrero, jefe, es lo único que puedo decir. Y creo... creo que si se hace otro viaje como este, Walter querrá participar otra vez.

Los hombres bebieron en silencio una vez que George hubo concluido su narración y yo decidí que ya había oído suficiente. Con mi vaso de leche, subí a retirarme a mi habitación.

Pero todavía no puedo dormirme. Me afecta lo que he escuchado.

Me pregunto qué conclusiones sacará mi padre de este asunto. ¿Admirará a Frano porque ha vuelto a demostrar que es un maestro en el «arte de la persuasión» o su actitud será más bien crítica? Mi padre da mucho valor a la honestidad absoluta. No puede soportar que tergiversen sus palabras, que es algo que alguna vez me reprocha cuando intento obtener algo de manera solapada. Por otra parte, es un comerciante y debe de alegrarse de una buena transacción.

Y ahora me prohíbo enérgicamente seguir dándole vueltas a la cabeza. Para mí lo único que importa es que Frano ha cumplido su promesa y que mi padre también tiene que mantener su palabra: Frano y yo estamos prometidos. Esto es lo único que cuenta.

3 de marzo de 1919

Mi padre está concentrado en el kauri. No cabe en sí de alegría y podrá hacer realidad su sueño de tallar una escalera de una pieza en el árbol. Todo el mundo está trabajando, preparando para ello el enorme kauri.

Frano, en cambio, parece intranquilo. No le divierte el trabajo en el taller. Estar juntos nos complace a los dos, pero, si he de ser sincera, querido diario, era más bonito cuando nos besábamos, abrazábamos y acariciábamos sin que nos molestaran. Tía Lucy solo nos permite carantoñas prudentes y bajo vigilancia, y ahora me doy cuenta de lo mucho que he disfrutado de las caricias y besos en lugares más íntimos, lo que tía Lucy llama «jugar con fuego». Esperamos la boda con gran impaciencia, pero todavía faltan muchos meses..., no sé cómo lo aguantaré.

Hoy Frano ha mencionado por primera vez que le gustaría irse de nuevo a la península de Coromandel.

—Ahora realmente ganaría algo de dinero —me ha dicho—. Tendríamos capital para empezar a instalarnos después de la boda.

—¿Instalarnos?

Sonreí. En sí ya hace tiempo que se decidió que no íbamos a mudarnos a ninguna casa propia tras la boda, sino que nos quedaríamos en la de mi padre. Es muy grande, y solo Walter y yo ocupamos todo el piso de arriba. En caso de que mi hermano se marche de verdad a vivir en otro lugar, aunque sus planes siguen siendo vagos, Frano y yo lo tendríamos por entero para nosotros dos. Mi padre está de acuerdo en que hagamos algunas pequeñas reformas para tener un par de habitaciones contiguas y a lo mejor una cocina propia. Tía Lucy encuentra esto último innecesario, quiere seguir cocinando para todos, pero yo preferiría trajinar por mi cuenta alguna vez y ocuparme yo misma de mi familia. «Mi familia» ¡Qué bien suena! ¡Me encantaría llenar toda una hoja con estas palabras! ¡Mi marido, mi familia..., mi marido, mi familia! Y si tuviéramos pronto un hijo...

Pero me estoy yendo por las ramas. En realidad, querido diario, iba a escribir sobre los nuevos planes de viaje de Frano, que me entristecen tanto como me alegran los proyectos de las reformas.

—Nosotros tenemos un negocio de muebles —le he señalado a Frano—. No tendremos ningún problema en amueblarnos la casa. Vamos a la tienda y elegimos lo que queremos. O hacéis algo especial para nosotros, eso casi sería más bonito. ¿No te gustaría hacer una cama para nosotros? —Le he guiñado el ojo elocuentemente, sintiéndome casi un poco malvada.

Frano ha sonreído y me ha acariciado la mejilla con cariño.

—Querida, claro que me gustará hacer una cama para ti —me ha prometido—. Pero tu padre y yo cerramos un acuerdo según el cual yo debo contribuir a los ingresos de la familia. Solo me aceptará como socio si mantengo mis promesas. Así que emprenderé lo antes posible otro viaje para dedicarme a buscar kauris. Además, Walter lo ve del mismo modo que yo. Y ahora quiere participar de los beneficios.

—¿Cómo dices? —he preguntado atónita.

Antes de la guerra Walter nunca cobraba por colaborar en el taller. Cuando necesitaba dinero simplemente se lo pedía a mi padre, igual que hago yo cuando deseo alguna cosa.

—Tu hermano quiere marcharse de aquí —ha explicado—. A casa de su amigo maorí o donde sea. Pero no lo dice porque tu padre se altera y él se niega en rotundo a pedirle dinero para el viaje. Pero si se lo gana, ya es otro cantar. Es una cuestión de orgullo, ¿entiendes? Sea como fuere, quiere volver a marcharse, y mejor hoy que mañana.

Para mí esto es nuevo. De hecho, tengo la sensación de que Walter no soportó bien el primer viaje. Después de pasar tanto tiempo sentado en el pescante y de un viaje por carreteras llenas de baches, todavía cojeaba más. Pasó la primera semana tras su llegada sin moverse de la cama. Aunque entiendo los argumentos de Frano. Y yo no me enfadaría con Walter. Si de verdad se marcha, tendremos el primer piso de la casa entero para nosotros. Naturalmente tengo mala conciencia al pensar así, pero me pregunto si Frano no piensa lo mismo y tal vez apoya los planes de mi hermano.

A saber lo que ha sucedido entre mi amado y Walter... Pese a todos los argumentos, tesis e ideas prácticas, los echaré de menos a los dos cuando me dejen otra vez.

20 de marzo de 1919

Frano, Walter y George han vuelto a ponerse en camino rumbo a Coromandel.

1 de abril de 1919

Sin noticias de Frano y los demás. Estoy deprimida, pero tía Lucy planea un viaje a Auckland para ir conmigo de compras para el ajuar.

5 de abril de 1919

¡Auckland es inmenso y estimulante! Llegamos ayer y vamos de tiendas. ¡La de cosas que se necesitan para montar una casa propia!

Ahora comprendo para qué piensa Frano que necesita dinero. Él habría preferido pagar todas estas cosas de su propio bolsillo antes que permitir que mi padre se ocupara de ello. Por otra parte, una joven tiene derecho a su ajuar. ¡No debería exagerar tanto con su honor!

9 de abril de 1919

Hemos regresado a Te Kao y entretanto ha llegado el primer telegrama de Walter. Todo parece transcurrir igual de bien que en el viaje anterior. Han encontrado otro kauri y ya casi han acabado de extraerlo.

12 de abril de 1919

¡Ya deben de estar de vuelta! ¡Pronto, muy pronto veré a Frano de nuevo!

26 de abril de 1919

Hoy por fin he podido volver a estrechar a Frano entre mis brazos. Ha sido maravilloso notar su piel áspera, su cariñoso abrazo, sus besos, aspirar su olor... He apretado mi cuerpo contra el suyo y me he reído mientras él besaba mis lágrimas de alegría.

—¡Pero ya no vuelvas a marcharte antes de la boda! —le he pedido. Frano solo se ha reído.

—Siempre estoy contigo —ha dicho sosegador—. Da igual dónde me encuentre y lo que haga, mi corazón te pertenece y mi alma está unida a la tuya. —Como siempre, las palabras elegidas eran maravillosas. ¿Cómo podría vivir sin oír su voz?

Mi padre también estaba satisfecho. Los hombres le han traído una madera de kauri de primera categoría, esta vez un tronco y una raíz, y de nuevo el granjero les ha hecho un muy buen precio.

—¡Y todavía queda algo más de madera! —ha anunciado Frano, feliz.

Esto me entristece un poco, porque significa que tendremos que volver a separarnos.

2 de mayo de 1919

Mi padre ha pagado a Frano su parte por el valor de la madera de kauri. Frano dijo que era un dineral y que nunca había tenido tanto en su vida. En un momento de euforia me pidió que lo celebrara esa noche con él en el establo y yo acepté, aunque sabía que ese encuentro era un error. De hecho, hubiera preferido dar media vuelta al notar que el aliento le olía a cerveza y whisky, no me gusta que beba. Pero a pesar de todo me abandoné a sus abrazos, a fin de cuentas deseo tanto que me acaricie y me bese como él ansía mi cuerpo. Pero quiero mantenerme fiel a mi propósito de conservar la virginidad hasta la noche de bodas, así que me resistí cuando Frano me insistió.

—¿Por qué las mujeres no pensáis nada más que en el maldito matrimonio? —preguntó enfadado—. ¿Qué hay en ese anillo para meter tanto ruido?

Seguro que no lo dijo con mala intención. Pero yo me sentí herida. Frano dijo «las mujeres». ¿Acaso no soy yo la primera y la única con quien ha hablado de casamiento y anillos?

—Es una cuestión de honor —respondí, dándome media vuelta.

A él le brillaban los ojos, por un segundo pensé que no me dejaría marchar. Pero luego se desprendió de mí. Yo corrí a mi habitación, pero no me sentía orgullosa por haber defendido mi honor.

3 de mayo de 1919

Frano no ha mencionado nuestra funesta discusión nocturna. Como siempre, ha estado cariñoso y amable conmigo, pero esta noche Walter y mi padre han hablado de que planea hacer otro viaje a Coromandel.

—Aunque ahora en invierno es mucho más complicado —ha señalado mi padre—. ¡Debo decir que agallas no le faltan!

—Me mordí el labio. ¿Tendrá algo que ver ese viaje con el hecho de haberlo rechazado?

15 de mayo de 1919

Han vuelto a partir y, como consecuencia, estoy triste. Y esta vez es por culpa mía. Estoy convencida de que si no lo hubiese rechazado esa noche, Frano se habría quedado. Le resulta desesperante esperar. Si no puede ser uno conmigo, no quiere estar a mi lado. Yo, en cambio, siempre querría estar junto a él, tanto si podemos tocarnos como si no. Claro que deseo más que nada en el mundo pertenecerle por fin totalmente. Pero a mí me bastaría con tener solo un pedacito de él.

Ahora esta frase me da risa. Seguro que él me preguntaría qué pedazo de él me gustaría más tener. Y sin embargo él ya me ha dado la respuesta: su alma siempre está conmigo.

20 de mayo de 1919

Ha venido la modista para tomarme las medidas del traje de novia. Además, me confeccionará otros vestidos a la última moda, hemos comprado patrones y telas en Auckland. Deseaba tanto reunirme con ella, es la prueba de que por fin algo se mueve. ¡La boda se acerca! Mi vestido de novia será tal como yo me lo he imaginado, un sueño de chiffon y encaje blanco. No llevaré corsé, en la fiesta habrá baile y quiero poder moverme con libertad. El vestido insinuará suavemente mi cuerpo, como hacen todos los vestidos a la última moda. En cuanto al velo, no adoptaré el estilo actual, se parece demasiado a una cofia. Prefiero una corona de flores, si puede ser de flores frescas. Lo único que puede complicarlo es que en agosto estamos en pleno invierno. A lo mejor tengo, por esa razón, que decidirme por unas de tul. Llevaré un velo largo y con bordados en abundancia. En realidad es la novia quien debe bordar su velo, al menos eso es lo que suele describirse en las novelas. Por desgracia no estoy especialmente dotada para los trabajos manuales y sin duda arruinaría esa preciosa prenda. De ahí que hayamos comprado esa delicada tela en Auckland, es fina como la piel y suave, uno apenas se atreve a tocarla por temor a desgarrarla.

—Tan suave y frágil como la felicidad en el amor —advirtió la señora Ruthwen, la modista—. Un soplo de viento puede llevárselo. Necesita prevención y cuidado.

Sonreí ante esa extraña comparación. Pero visto de ese modo, también podría llevar un velo de algodón basto. Estoy segura de mi amor hacia Frano y ni una tormenta lo arrastrará.

29 de junio de 1919

Esta vez los hombres están más tiempo fuera. Justo hoy ha llegado un telegrama de Walter que anuncia el fin de los trabajos de extracción. En invierno, el trabajo en el pantano es mucho más fatigoso, a veces se interrumpe porque la lluvia arrecia y los caballos no pueden avanzar en el barro. En la breve misiva de Walter hay cierto desánimo. Trabajar con frío y humedad debe de resultarle duro, mi padre opina que seguramente le duelen todos los huesos, en cualquier caso los que se le fracturaron. Estoy pensando si escribir una carta a Frano. Deberíamos haber recurrido a la lista de correos de Thames, así al menos podría compartir mis pensamientos con mi amado, ya que no mis abrazos.

Frano y los demás han vuelto. Están exhaustos, sobre todo Walter. Está horriblemente pálido y delgado. Su aspecto nos ha asustado y tía Lucy quería enviarlo de inmediato a la cama con una botella de agua caliente.

—¡No volveréis a hacerme un disparate así! —ha exclamado con severidad—. ¡Ir a recoger árboles en pleno invierno! Como si en verano no estuvieran allí. Se han mantenido miles de años en el barro y ahora van a perder su valor por un par de meses. ¡El próximo invierno os quedáis en casa!

—El próximo invierno no estaré aquí —ha advertido Walter, pero luego se ha dejado cuidar de buen grado.

Encuentro que también hay que engordar a Frano. Aunque no se lo ve tan necesitado como a mi hermano, sí que parece más flaco que de costumbre. Le han aparecido unas arruguitas en el rostro que lo hacen más viejo y varonil, lo que, de todas formas, le queda bien. Pese a ello, con lo delgado que se ha quedado no le sentará bien el elegante traje negro que le he encargado para la boda. La señora Ruthwen ha tomado las medidas a partir de su ropa de trabajo y cortará el traje siguiendo ese patrón para que Frano no tenga que probarse. Eso le sería muy fastidioso.

—¡A partir de ahora vienes cada día a comer a casa! —he decidido, rodeándole el cuello con los brazos.

Para la boda tiene que volver a estar como antes.

Solo faltan dos semanas para nuestro gran día. A estas alturas hay que planificarlo todo al detalle, tía Lucy y yo estamos pensando en la distribución de los asistentes en las mesas del banquete y escribiendo las tarjetas de los invitados y las cartas del menú. Estamos discutiendo sobre cómo decorar la casa. Mi padre y sus empleados despejarán el taller y la gran sala de exposiciones de muebles para que podamos celebrar la fiesta allí. Para que esos espacios no se vean fríos y desangelados, tenemos que adornarlos con guirnaldas y flores. Tía Lucy, que habría preferido organizar la fiesta en el jardín, sueña con meter árboles enteros y colgar unos faroles de ellos. Los empleados están pensando en cómo hacer realidad ese deseo.

Voy periódicamente a probarme con la señora Ruthwen, que ha convertido en taller una habitación de su casa. Giro y doy vueltas atónita de admiración al verme con el traje de boda en el espejo que ha instalado. Y al mismo tiempo sueño con el momento en que Frano me verá vestida así. Pronto tendrá su traje listo, seguro que estará muy elegante. Hasta he pedido una corbata. Cuando me imagino a mi hermano ayudándolo a hacerse el nudo antes del casamiento, se me escapa la risa. No creo que Frano haya llevado nunca algo así.

Desafortunadamente, él no se muestra muy interesado por esos agotadores preparativos. Cuando quiero discutir con él sobre algún aspecto, me dice que a él en realidad le es indiferente. No quiere celebración, no quiere menú de fiesta, solo me quiere a mí. Por supuesto, eso me halaga. No obstante, creo que debería esforzarse un poco más. Está tan inquieto que ni siquiera colabora en hacer los muebles para nuestra casa. Es cierto que los trabajos de carpintería no son lo suyo. De ahí que George haya tenido que construir la maravillosa y enorme cama de madera de kauri en la que «eso» ocurrirá por fin. Y este no se ha ahorrado indirectas, Frano está harto de sus bromas. Ayer casi llegaron a los puños.

—En mi país estos asuntos se toman más en serio —se defendió Frano cuando mi padre lo reprendió—. Si alguien amenaza con insinuarse a la chica de otro o pone en cuestión la virilidad de uno, se sacan los cuchillos.

Yo me asusté, y también George levantó las manos sosegador.

—¡Eh, haya paz, amigo! —dijo apaciguador—. No quería ofenderos ni a ti ni a Clara. Y si tú quieres, retiro las manos de vuestro lecho nupcial. ¡Constrúyelo tú mismo!

—¿Para que igual se rompa la noche de bodas debajo de mi hija? —gruñó mi padre. Realmente no espera mucho de las dotes de Frano como trabajador manual—. ¡Tonterías! Continúe, George, y tú, Frano, ve a la ciudad al guarnicionero y pregúntale por los tapizados de las sillas. Hace tiempo que deben estar listos...

Estos días, mi padre ocupa a Frano con encargos y compras para el taller. A él, en cualquier caso, eso le gusta. Siempre negocia buenos precios y hace amigos entre los suministradores.

25 de julio de 1919

Mi vestido de novia ya está listo. Es un sueño, sencillamente. Y la señora Ruthwen acaba de decirme que ha terminado el traje de Frano. Al final tuvo que probárselo y según la modista le queda que ni pintado.

—¡Qué alegría confeccionar un traje para un hombre tan apuesto y musculoso! —dijo la última vez que la visité. La señora Ruthwen también cree que le sienta bien la barba que se ha dejado crecer hace poco. Dice que es para la boda. Es como si se le hubiese ocurrido de golpe cuando le hablé de nuestra foto de casamiento, que hará uno de los mejores fotógrafos de la región. Quiere tener en ella un aspecto viril y distinguido, de futuro padre de familia. La señora Ruthwen lo encontró conmovedor. Nos ha recomendado a un buen barbero y un peluquero para nuestro gran día.

Me pregunto si Frano sabrá bailar el vals. ¿Le pido que practique antes conmigo el baile nupcial?

1 de agosto de 1919

Frano ha salido con los otros chicos del taller a beber unas copas al pub: despedida de soltero. Esperemos que no vuelva a tomarse demasiado en serio sus bromas.

Hasta ahora he estado sentada con tía Lucy. Después de terminar con todos los preparativos, hemos tenido tiempo para hablar. Ha intentado darme un par de indicaciones más para la gran noche y de nuevo ha utilizado insinuaciones y advertencias. Dice que dolerá, pero no lo creo. ¡Frano nunca me haría daño!

Mañana a estas horas estaré tendida entre sus brazos.

3 de agosto de 1919

Pues sí, querido diario, ¡hoy te escribo por vez primera como señora Clara Zima! Cómo me gustaría llenar páginas y páginas con este nombre. Soy tan feliz que deseo cantar y dar gritos de júbilo.

Pero deja que hable primero de la boda. Y eso que no sé por dónde empezar. Solo puedo decir que fue maravillosa, de fábula, indescriptiblemente hermosa...

Ya empezó por la mañana, con un risueño sol en el cielo. En un cielo de un azul resplandeciente, como pedido por encargo. Mi padre, yo y Walter, mi testigo de boda, fuimos a la iglesia en un carro abierto tirado por dos caballos blancos. Frano estaba conforme con que el enlace se celebrara en nuestra iglesia, no insistió en que me convirtiera a la fe católica romana. Así que tía Lucy y sus amigas de la Asociación de Mujeres se encargaron de la organización y la iglesia estaba adornada con ramas de árboles perennes y con lazos blancos y azul claro. Enseguida se llenó de gente que, como era de esperar, admiró la preciosa decoración. Aquí en el norte mi padre es muy conocido, tiene socios hasta en Auckland, así que ha sido una gran boda. Habíamos invitado a más de doscientas personas, aunque solo a unos pocos parientes. Mi padre es neozelandés de segunda generación, por lo que la familia no puede ser muy grande. Por parte materna solo están la tía Lucy y la familia de la otra hermana de mi madre. Aun así, es, naturalmente, más de lo que Frano tiene aquí. Dijo que no contaba con ningún pariente en Nueva Zelanda ni con ningún amigo de su país. No puedo evitar pensar en su mirada triste cuando habló de su tierra en Europa. Seguro que no solo añora su hogar, sino a sus padres y hermanos, primos y amigos. Qué mal lo debía de pasar sin ni siquiera saber escribir.

¡Tanto mejor, ahora va a tener su propia familia!

Lo vi frente al altar cuando mi padre me condujo por el pasillo central de la iglesia. Sonaba la música y de las filas de invitados surgió un murmullo. Hablaban de lo guapa que estaba yo de novia.

Cuando Frano por fin me vio, me tendió las manos. Se lo veía tan apuesto con su traje nuevo..., un auténtico caballero... Es un hombre extraordinariamente atractivo, con su cabello negro y rizado, la barba recortada con primor y esos ojos verdes, que brillaron de felicidad, orgullo y veneración al verme. La barba realza la forma de su cara, se ve muy serio con ella. Me pregunté si me haría cosquillas cuando deslizara sus labios por mi cuerpo.

Nos sentamos y arrodillamos uno junto al otro durante la ceremonia y Frano me demostró que prestaba atención al ritual. Se había informado exactamente de lo que se esperaba que hiciera en una boda anglicana y no cometió ni un error. Con su sonora y bonita voz pronunció la fórmula de casamiento y yo también lo conseguí sin embrollarme. Frano me sorprendió con unas maravillosas alianzas (debe de haberse gastado en ellas casi todo el dinero que ganó en su último viaje para extraer el kauri). Sus dedos parecían acariciar los míos cuando me puso el anillo, me acordé de las primeras veces que nuestras manos se rozaron y nuestras miradas se cruzaron un instante antes de que bajáramos las cabezas para recibir la bendición del reverendo. Al final Frano me besó cariñosamente, pero con pasión, delante de los congregados. Parecía no querer separarse de mí, pero nadie se rio. Todos estaban emocionados ante ese amor, profundo y verdadero, que por fin aquí se hacía realidad.

A continuación salí de la iglesia del brazo de Frano como flotando hacia una lluvia de granos de arroz y un torrente de deseos de felicidad. Él me ayudó a subir al carro y atravesamos juntos el pueblo. La gente reía y nos gritaba sus mejores deseos y yo me sentía como una princesa mientras saludaba amable a izquierda y derecha. Al principio nos ocupamos de los retratos y posamos muchas veces delante de la cámara. Yo ya lo he hecho alguna otra vez, pero para él era una novedad.

—Y así quedará eternizada vuestra boda —bromeó el fotógrafo, cuando media hora después por fin estuvo satisfecho—. Os traeré las fotografías dentro de un par de días.

Frano lo miró serio.

—En realidad no necesitamos fotos —dijo—. Por siempre jamás. Lo he jurado, y la imagen de Clara se halla continuamente ante mis ojos. Es más, está grabada en mi corazón y nuestras almas están unidas por una luz que es mucho más diáfana que la del flash.

El fotógrafo rio y yo me habría puesto a llorar otra vez de alegría.

Bajo un sol radiante regresamos a casa a través de campos y prados todavía invernales. La casa y el patio estaban adornados tan festivamente como la iglesia. Los invitados nos esperaban con aplausos, música y champán; los cocineros que habíamos contratado para la ocasión se dispusieron a servir el primer plato del menú. Por supuesto, antes se pronunciaron un par de discursos, mi padre dijo unas palabras tan bonitas que de nuevo las lágrimas inundaron mis ojos, y luego también el alcalde, el doctor y por último el reverendo tuvieron que aportar algo. A veces me sentí un poco incómoda, pues todos hablaban de mí y explicaban anécdotas de cuando era niña. Apenas se refirieron a Frano en sus discursos, solo lleva ocho meses en la región. Únicamente mi padre lo elogió porque desde el principio había trabajado por el bien del negocio familiar.

Me di cuenta entonces de que tampoco yo podría haber dicho mucho más sobre él, en realidad nunca me ha contado gran cosa sobre su infancia y juventud en Dalmacia. Me he propuesto volver a sonsacarle algo dentro de muy poco, aunque ya conozco la respuesta. Me conoces, suele decirme Frano cuando le hago preguntas sobre su vida antes de establecerse entre nosotros en Te Kao. Me conoces mejor que cualquier otra persona, me eres más cercana que cualquier otro individuo. Así que, ¿por qué te interesas por estúpidas historias de los viejos tiempos?

Claro que estas palabras me halagan, pero me gustaría compartir sus recuerdos, especialmente si no son recuerdos bonitos.

El menú fue insuperable, pero no logré comer demasiado a causa de la emoción y la felicidad. Estaba impaciente por el baile, que abrimos con cierta torpeza. Frano es un buen bailarín, pero, de hecho, nadie le ha enseñado a guiar a una dama en un vals. Mi padre salvó la situación sacando a bailar a tía Lucy tras nuestros primeros pasos. Luego salieron a la pista otras parejas y ya nadie se fijó en nosotros. Más tarde la orquesta tocó otras melodías con las que Frano pudo lucirse mejor y bailamos tan armoniosa y animadamente como en la fiesta por el fin de la guerra. De igual modo esta vez corrieron a raudales el champán, el vino y el ponche, y todos parecían felices, exceptuando tal vez a Walter, que de nuevo se aisló. Casi no prestó atención a su compañera de mesa, la hija del doctor, tan guapa y amable. Parecía encerrado en sí mismo y ausente. Pero en ese día tan maravilloso no podía ni quería preocuparme por eso. Quería olvidarme de todo salvo de Frano y sus manos en mi cintura, su risa y sus piropos. Los dos bebimos champán, pero sin exagerar, también él se controló.

—Quiero estar sobrio para la gran noche... —me susurró, después de rechazar la ya algo achispada invitación de mi padre de tomarse otro vaso de whisky con él y otros hombres.

Disfrutamos del día hasta el último baile a la luz de los faroles y admiramos al final los pequeños fuegos de artificio que George y los otros carpinteros más jóvenes habían preparado. Cuando se lanzaron al cielo los últimos cohetes y se pulverizaron las estrellas rojas y doradas, Frano por fin me cogió de la mano y me condujo a nuestras habitaciones en el primer piso. Tía Lucy había decorado la puerta de entrada con guirnaldas de flores y yo arranqué juguetona una de ellas mientras Frano cruzaba el umbral conmigo en brazos.

Después ya no hubo interrupción ninguna. En realidad había planeado retirarme unos minutos a mi vestidor y cambiarme el traje de novia por el camisón de encaje, pero él no lo permitió. Solo esperó a que me quitase el velo —ese tejido tan delicado le pareció demasiado frágil para las manos de un hombre—, luego me ayudó a desabrocharme el vestido de novia con tanto ímpetu que saltaron dos botones, yo creo que hasta se desgarró algo. Da igual, de todos modos no volveré a llevarlo.

Casi me resultó un poco molesto que me desnudara completamente, me levantara y me llevara a la cama, desde donde —otra vez un poco alterada, aunque solo un poco— contemplé cómo también él se desvestía. Estaba desnudo del todo cuando se tendió a mi lado, vi por primera vez esa... esa cosa entre sus piernas que tía Lucy llama la «llave» de mi puerta secreta. En ese momento tuve que sofocar una risa a causa de esa expresión. La... llave era bastante grande y parecía seguir creciendo. ¿Cabría?

Pero luego dejé de pensar, cerré los ojos y me entregué a las sensaciones. Sentía las manos de Frano por todo mi cuerpo, sentía sus labios, que cubrían con sus besos cada milímetro de mi piel, incluso la parte interior de mis muslos. Eso provocó que se me humedeciera la puerta. En un momento dado ardía en deseo y ansiaba simplemente tenerlo dentro de mí... y entonces condujo su... Tengo que preguntarle cómo se llama... no puedo estar escribiendo siempre «llave».

Aunque quizá no debería estar escribiendo acerca de todo esto, lo que sucede entre mi marido y yo por la noche en la cama ni siquiera es de tu incumbencia, querido diario... En cualquier caso, Frano entró en mí. Absoluta y totalmente, y es cierto que entonces sentí unos segundos de dolor. Algo se desgarró, debió de ser esa «pielecilla». Así al menos la denominó tía Lucy, en ese caso sin perífrasis poéticas. Noté la sangre entre los muslos y él, entretanto, estaba en pleno éxtasis, jadeaba y suspiraba de deseo mientras se movía en mi interior. Debo decir que a mí me gustaron más las caricias y besos previos, es posible que haya que practicar un poco más lo de la llave y la puerta. O al menos la mujer, porque él parece tener experiencia. De nuevo recelé un poco acerca de si ya habría habido otras mujeres antes que yo, pero, claro, no pregunté. Me apretujé contra él cuando por fin salió de mi cuerpo y me complací en su calidez y evidente satisfacción.

—Hoy me has hecho muy muy feliz —me susurró, y acto seguido se quedó dormido. Yo, en cambio, disfruté todavía un poco más de la primera noche con él. A fin de cuentas, he soñado tanto con llegar a dormir por fin entre sus brazos...

Esa noche, mi último pensamiento fue que, a partir de ahora, siempre siempre será así, toda mi vida.

4 de agosto de 1919

Walter se ha ido. Así, sencillamente, suponemos que se ha ido en mitad de la noche. Frano y yo no nos hemos enterado de su partida, aunque ya estábamos lo bastante ocupados con nosotros mismos. Cuando por la mañana bajamos a las habitaciones de mi padre, lo encontramos a él con tía Lucy a la mesa de la cocina, leyendo por enésima vez, como él dijo, la breve carta que mi hermano había dejado.

> Padre, disculpa por favor mi partida, pero ya no soporto la vida tal como la conocí antes de la guerra. No puedo actuar como si no hubiese ocurrido nada, debo emprender y emprenderé nuevos caminos. Tal vez regrese alguna vez, pero no lo creo.
>
> Clara y Frano, he esperado a que os casarais para marcharme. Os deseo lo mejor de todo corazón. Y paz. Sobre todo, paz.
>
> WALTER

—¿No habremos hecho nada malo? —preguntó tía Lucy preocupada.

Mi padre negó con la cabeza.

—No lo parece. Además, deja abierta la posibilidad de volver. Es probable que se una a esa tribu de maoríes en busca de otras verdades...

—Decepcionado por Dios y por el mundo —dije en voz baja. No sé cómo llegaron esas palabras a mi mente, pero es así como creo que Walter se sentía.

—Huyendo de Dios y del mundo —sentenció implacable mi padre—. En lugar de encajar las cosas tal como son. Espero que encuentre lo que busca. —Y dicho esto se dio media vuelta para que no viéramos las lágrimas que asomaban a sus ojos.

Yo, por el contrario, sí podía llorar. Lloré sinceramente la partida de mi hermano. En los últimos meses no era el mismo, pero antes había sido algo más que un hermano mayor. Era mi confidente y amigo.

Frano me estrechó apaciguador contra él. Nunca le había contado lo estrechamente unidos que habíamos estado Walter y yo antes de la guerra, pero parecía intuirlo.

—Ahora me tienes a mí —dijo con dulzura.

Y, claro, tiene razón.

9 de agosto de 1919

Ninguna señal de vida de Walter. Pero cada día me deleito despertando entre los brazos de Frano.

20 de agosto de 1919

Hace un tiempo maravilloso, es casi como si en el aire flotara un toque de primavera.

—¡Ideal para dar un paseo a caballo! —anuncié esta mañana, esperando que Frano estuviera de acuerdo. Últimamente sale a pasear a caballo conmigo. La vieja Luna se ha recuperado del todo gracias a mis cuidados y lo lleva sin el menor esfuerzo.

Pero el tiempo aviva en Frano otras ideas muy distintas.

—Ideal para salir en busca de kauris —dijo—. Lo siento, bonita mía, hemos de pensar en la próxima expedición. Tengo que volver a ganar dinero.

—Ya trabajas aquí lo suficiente —respondí intentando que cambiara de opinión y pensando en los viajes comerciales que realiza por los alrededores.

Frano negó con la cabeza.

—Tengo un pacto con tu padre —me recordó—. Y debo actuar conforme a él. Además, nosotros no somos los únicos interesados en esas maderas antiguas. Si no seguimos en la brecha, es posible que otro descubra esos bellos kauris.

—Pero yo no quiero que vuelvas a estar tanto tiempo fuera —insistí tercamente.

Él me abrazó.

—Yo tampoco quiero dejarte —dijo, tierno—. Pero no hay más remedio. Tu padre ya ha hecho alguna alusión respecto a que pronto habrá que dar por concluida la luna de miel. Y tiene razón. Lo prepararemos todo y partiremos dentro de una o dos semanas.

Se me encogió el corazón y sentí el impulso de rogar y suplicar. Por supuesto, no habría servido de nada. Frano tiene obligaciones y habla en su favor que se responsabilice de ellas. Así que durante la comida discutió con mi padre sobre los caballos y el carro y, sobre todo, sobre quién los acompañará, a él y a George, en esta salida. Para mi sorpresa, tía Lucy propuso a mi primo Jonny. Por fin ha vuelto de Europa, es alguien en quien se puede confiar plenamente y entiende de conducir carros pesados.

Frano no tiene nada en contra, por lo que se decidió ofrecerle el trabajo a Jonny.

Todos parecían satisfechos. Excepto yo.

13 de septiembre de 1919

Me da un poco de vergüenza escribirlo, pero estoy tan emocionada y nerviosa que necesito confiárselo a alguien y mi confidente más íntimo —exceptuando a Frano, claro está— eres tú, querido diario. A ver: este mes todavía no me ha venido la regla y el mes pasado tampoco. Al principio no le di demasiada importancia, para ser más precisa, ni siquiera me di cuenta, dado lo enamorada y feliz que me siento. Pero ahora, cuando pienso en ello... La última vez que tuve la regla fue dos semanas antes de la boda. Luego nunca más. Y tía Lucy dice que el que no tenga el período podría ser un signo de que este año ¡tendré un hijo!

Naturalmente me puse a dar gritos de alegría, que tía Lucy sofocó recordándome que antes mi período era algo irregular. Debo esperar primero y hablar tal vez con la comadrona.

¿Lo sabré seguro cuando Frano se marche dentro de una semana?

15 de septiembre de 1919

Sigo sin tener la regla. Tía Lucy opina que debo seguir esperando. ¡Pero es que se me está acabando la paciencia! Y soy una mujer moderna, no me avergüenza ir al doctor Carter y pedirle un examen médico. Vale, me resultará incómodo, pero es la única manera de saberlo con certeza antes de la partida de Frano.

17 de septiembre de 1919

Pasé una vergüenza horrible durante la revisión médica. ¡Pero ahora lo sé!

¡Estoy esperando un hijo de Frano!

Se lo he dicho. Esta mañana, cuando nos dábamos nuestro primer adiós, solos en nuestro lecho conyugal. Y claro, él está tan contento como yo de que esperemos un hijo. Me preguntó si estoy segura y, cuando le dije que sí, me besó y me abrazó y me repitió lo mucho que se alegraba.

—¿De verdad quieres irte ahora? —pregunté en un último arrebato de esperanza. A lo mejor, pensé, cambia de idea ahora que estoy embarazada.

Frano movió la cabeza.

—Ya te lo he explicado muchas veces —señaló con determinación—. No quiero, debo. Y no tendrías que quejarte, lo único que consigues es ponérmelo difícil. Mira, Clara, cariño, volveré pronto. Ahora, en primavera, desenterrar esos kauris es muy fácil. En seis semanas a más tardar estaremos de nuevo aquí.

—Entonces ya estaré la mar de gorda —afirmé.

Él rio.

—Todavía no se te notará nada. Y ahora deja que te dé otro beso antes de levantarme. Queremos marcharnos temprano y me gustaría tomar antes un café. Además, no quiero hacer esperar a George y Jonny.

—Tampoco necesitáis marcharos tan temprano... —Estaba dispuesta a luchar por cada minuto que él permaneciera a mi lado.

Me besó y se levantó.

—Cuanto antes nos vayamos, antes volveremos —me advirtió.

Dos horas más tarde, los caballos de sangre fría salían del patio.

Ha sucedido algo raro que me inquieta bastante.

Hoy hemos recibido un telegrama de Thames, así que los hombres están en la península de Coromandel. Pero en esta ocasión no había ninguna noticia sobre unas negociaciones exitosas. En lugar de eso, ha llegado el siguiente texto, sobre el cual mi padre estaba meditando cuando bajé a desayunar, algo más tarde porque ahora casi todas las mañanas tengo náuseas:

Estamos en Thames. ¿Dónde está Frano? George.

—¿Qué querrán decir? —he preguntado, preocupada—. Frano debería estar con ellos. Tiene que llevar a cabo las negociaciones. ¿Qué pregunta es esa?

—Deben de haberse separado —ha dicho mi padre—. Por las razones que sean. Y creo que suena como si hubiese querido reunirse con ellos en Thames. Es muy raro.

—¿Puede ser que regrese a casa? —he sugerido, esperanzada. A lo mejor le había vencido la añoranza.

Mi padre ha fruncido el ceño.

—¿Por qué iba a hacerlo?

Me he ruborizado.

—A lo mejor porque... porque...

Me resultaba algo penoso tener que confesar a mi padre que iba a ser abuelo. La noticia desvió al instante sus pensamientos, todo su rostro se iluminó. Aun así, no creía que Frano regresara por eso.

—Antes de que tengas a tu hijo, cariño —ha objetado—, pasarán todavía más de seis meses. En ese período de tiempo tu Frano puede y debe hacer todavía tres o cuatro viajes más en busca de kauris. Y para cuando ya seáis una familia como Dios manda, necesitará el dinero, y lo sabe. No, debe de haber otra explicación.

—Quizá ha ido a ver a alguien de la zona —he dicho—. O alguien le ha recomendado dónde encontrar más kauris.

Mi padre ha asentido.

—Debe tratarse de algo así. Esperemos un par de días más. Ya aparecerá.

Esta mañana ha llegado otro telegrama.

> Ni rastro de Frano. Desaparecido desde Mangatarata. ¿Qué hacemos?

Mi corazón ha empezado a latir fuerte a causa de la inquietud. Mangatarata es una pequeña población en el trayecto de Auckland a Thames. Frano me ha contado que en sus viajes anteriores se detuvieron allí a descansar antes de emprender la última etapa a la península de Coromandel. Salvo por eso nunca ha vuelto a mencionar ese lugar, no vale la pena, tiene un par de casas, una tienda, una gasolinera y uno o dos pubs. ¿Cómo puede haber desaparecido Frano allí? ¿Y por qué los demás no se quedaron para buscarlo sino que siguieron su viaje a Thames?

Mi padre se mueve ahora entre el recelo y la preocupación.

—Hija, ¿no habrá Frano puesto pies en polvorosa? —ha preguntado mordisqueándose el labio antes de redactar el texto de un telegrama.

> ¿Quién tiene el dinero de los kauris?

—¡Padre! —Yo estaba horrorizada—. No creerás de verdad... ¡No serás capaz de pensar que Frano me ha abandonado! Que... que se ha ido con el dinero que le has dado por adelantado para desenterrar el árbol. ¡Sería un escándalo!

Mi padre se encogió de hombros.

—En efecto, cariño —ha dicho en voz baja—. Y por supuesto espero que no sea así. Pese a todo, se me plantea la duda de si ha desaparecido con o sin el dinero.

—Si llevaba él el dinero —he reflexionado—, entonces... ¡Oh, Dios, sería una buena razón para asaltarlo! ¡A lo mejor está herido! O incluso muerto...

Me he echado a temblar ante esta última idea. Tenía la sensación de que mis piernas ya no me sostenían y me he dejado caer sobre una silla.

Tía Lucy me ha rodeado con un brazo y colocado una humeante taza de té sobre la mesa, delante de mí.

—No supongamos que ha pasado lo peor —me ha tranquilizado—. Puede tratarse de un simple malentendido. Esperemos a que Jonny y George respondan.

No ha llegado ninguna noticia en toda la tarde. No sé si esta noche dormiré.

29 de septiembre de 1919

Esta mañana, débil y falta de sueño, he entrado tambaleándome en la cocina. He vomitado. ¿Es el niño o es este asunto de Frano lo que me trastorna el estómago? El doctor Carter me dijo que las náuseas matinales son normales. Pero en este momento, ¿qué hay de normal en mi vida?

Sobre la mesa de la cocina he encontrado la respuesta al telegrama de mi padre.

El dinero con nosotros. ¿Seguimos esperando?

Al menos un pequeño respiro.

—Desearía poder hablar con ellos —he dicho. Y nunca hubiera pensado que este deseo se cumpliera.

En Te Kao solo hay un teléfono en el ayuntamiento y yo no tengo ni idea de cuántas líneas hay en Thames. Sin embargo, los chicos supieron sacar provecho de esta maravilla de la técnica. Es decir, a Jonny se le ocurrió la idea, puesto que trabajó de radiotelegrafista durante la guerra. En la oficina de correos de Thames dio con un teléfono, llamó a la telefonista de nuestro ayuntamiento y acordó con ella una hora para una llamada de respuesta y el alcalde nos avisó.

Por la tarde me flaqueaban las rodillas mientras estaba junto a mi padre, quien, con el auricular en la oreja, hablaba inseguro por el aparato.

—¿Jonny? ¿Qué sucede?

Poco después teníamos información más precisa sin saber, no obstante, qué conclusión sacar. Los tres habían descansado cerca de Mangatarata como en todos los viajes que han hecho hasta ahora. Habían llegado al atardecer, bebido un par de cervezas en el pub del pueblo y luego dormido en una pensión. Por la mañana, Frano se había separado de ellos para ir a ver a un amigo. Dijo a los demás que avanzaran tranquilamente. Se reuniría con ellos al día siguiente.

—¿Y no sospechasteis nada? —ha vociferado mi padre.

En el otro extremo de la línea, Jonny y George parecían pelearse por el auricular. Al final George se hizo con él.

—No pensamos nada porque Frano siempre ha hecho lo mismo, jefe —gritaba al teléfono, como si quisiera superar así la distancia—. Las otras veces pasábamos con Walter dos días en Mangatarata. La pensión es muy buena, Walter podía reponerse un poco antes de cubrir la última etapa, y Frano utilizaba el día libre para ver a su amigo. Por la noche volvía y al día siguiente continuábamos el viaje. Esta vez solo hemos dormido una noche, tres hombres sanos no necesitan pasar más tiempo; además, es un sitio dejado de la mano de Dios.

—Se fue a ver a su amigo y luego no apareció en el lugar donde habíamos quedado —ha proseguido Jonny—. ¿Qué hacemos ahora, tío James?

Mi padre se ha mordido el labio.

—¡Que lo busquen! —le he urgido—. En Mangatarata.

Mi padre ha suspirado.

—De acuerdo, volved atrás y preguntad por él. Intentad encontrar a ese amigo. No debe de vivir tan lejos si Frano iba y venía a pie en un día para visitarlo. Mantenednos informados con telegramas. Pero dejadle como sea un mensaje en Thames. No vaya a ser que aparezca por allí y no os encuentre.

—Nunca mencionó nada relacionado con un amigo en Mangatarata —he dicho apenada cuando, tras la conversación telefónica, he salido a la calle con mi padre.

Este se ha encogido de hombros.

—Tal vez no le parecía tan importante —ha contestado.

He callado, pero no me he quedado tranquila. El «amigo» era lo suficientemente importante como para interrumpir el viaje. Un viaje que debía ser lo más corto posible.

Todavía oigo sus palabras: «Cuanto antes nos vayamos, antes volveremos». ¿Y ahora desperdicia un día o incluso tres o cuatro? Cada vez tengo más miedo. Esto no es propio de él. Algo debe de haberle ocurrido.

30 de septiembre de 1919

Frano tampoco ha vuelto a pasar por la pensión de Mangatarata.

1 de octubre de 1919

Los dos hombres no han obtenido hasta ahora ningún resultado del sondeo. Según dicen, nadie en Mangatarata conocía a Frano antes de que empezara a viajar para extraer los kauris. Durante la etapa siempre fue al pub en compañía de George. El camarero y un par de parroquianos se acordaban de él. Antes, de eso estaban seguros, no lo habían visto nunca.

Mañana George y Jonny preguntarán por los alrededores.

Tía Lucy opina que tengo que ser paciente, que todo se arreglará. Pero un velo de la más profunda desesperación se cierne sobre mí. Cada día mi mundo se oscurece más.

3 de octubre de 1919

La búsqueda de Frano no ha dado más resultados y hoy mi padre iba a escribir a los hombres un telegrama diciéndoles que la interrumpan. He sollozado tanto que todo mi cuerpo se sacudía. De ahí que cambiara de opinión.

—Entonces les diré que sigan con su trabajo y viajaré hasta allí para buscarlo —ha dicho dando un suspiro, lo que me ha consolado un poco. Si hay alguien que pueda arreglar lo que sea, ese es mi padre.

Se ha preparado enseguida para la partida (en el camión no tardará en llegar) y yo he rezado con mayor fervor que nunca. También he llamado mentalmente miles de veces a mi amado. «¿Dónde estás, Frano? ¿Qué te ha pasado?»

5 de octubre de 1919

Mi padre ha llegado a Mangatarata.

10 de octubre de 1919

A petición de mi padre he ido hoy al ayuntamiento y hemos hablado por teléfono. Ha sido la primera vez que he hablado por ese aparato, algo que en otras circunstancias habría encontrado muy emocionante. Pero, por desgracia, las noticias que me han llegado han sido tristes. Con mucha suavidad y prudencia, mi padre me ha comunicado que sus pesquisas tampoco han dado resultado. Ahora espera que al menos los hombres puedan llevar a buen término la extracción de un kauri en Thames. George recuerda bien dónde encontraron el último y afirma que Frano sospechaba que allí había más.

—Entonces, ¿te rindes? —he preguntado afligida.

Mi padre ha suspirado.

—Cariño, es que sencillamente no sé dónde seguir buscando. No hay ningún punto de referencia. Nadie ha visto a Frano, nadie conoce a su supuesto amigo. He recorrido todas las granjas de la zona y un campo de *gumdiggers*. He peinado toda la región en un radio de once o doce kilómetros alrededor del pueblo. He pagado a hombres que han buscado con perros. Habrían encontrado a alguien herido o... muerto. Donde sea que esté, Clara, no es aquí. Y eso no cambiará por mucho que lo busquemos. Tendremos que asumirlo, hija. Si no regresa a tu lado por su propia iniciativa, seguirá desaparecido.

Cuando he vuelto al coche del brazo de tía Lucy estaba como en trance.

Desaparecido.

15 de octubre de 1919

Mi padre ha regresado. George y Jonny vuelven con la carga de madera, pero esta vez el resultado no ha sido satisfactorio. Han enviado un telegrama en el que dicen que solo han sacado los restos del último yacimiento. Y sin Frano no pueden explotar ninguno más. Sigue sin haber rastro de él. He llorado tanto que se me han agotado las lágrimas. Solo soy dolor, alrededor mío reina la oscuridad. Como hacía antes Walter, me encierro en mi habitación y no salgo de ella. Tampoco tengo ganas de comer ni de beber, pero tía Lucy me obliga a hacerlo. Dice que debo pensar en mi hijo. A estas alturas hasta eso me parece irreal. ¿Cómo voy a tener un hijo sin Frano? ¿Acaso lo habré soñado todo? ¿Éramos demasiado felices?

23 de enero de 1920

El niño que hay en mí es real. A menudo he tenido la impresión de que se mueve en mi interior, aunque no estaba segura. Pero hoy por primera vez he notado claramente sus patadas. Ha sido una sensación abrumadora... Incluso he sentido algo de alegría. Y enseguida me ha remordido la conciencia. ¿Cómo puedo alegrarme, cómo puedo vivir, si Frano ya no está junto a mí?

1 de febrero de 1920

No puedo dejar de darle vueltas a la cabeza. ¿Qué le sucedió a Frano? Cuanto más pienso en ello más segura estoy de que ha muerto. Si estuviera con vida, haría mucho que habría vuelto a mi lado. ¡Nunca nunca jamás me abandonaría!

2 de marzo de 1920

Para tranquilizarme, mi padre ha contratado a un detective privado que buscará a Frano. Se ha llevado la foto de boda para enseñarla. He vuelto a estallar en llanto cuando se la he dado.

20 de abril de 1920

El detective nos ha comunicado los resultados de su investigación. No se ha limitado a buscarlo por los alrededores de Mangatarata, sino que ha indagado en su vida anterior. Así la ha llamado: «vida anterior». Suena como si Frano hubiera empezado una nueva vida al llegar a Te Kao. En fin, en cierto modo sí fue así. Debía de haber puesto punto final a su anterior vida, de lo contrario me habría contado algo de ella. En cualquier caso espero que el detective encuentre la causa de la desaparición de Frano en su pasado. Sospecha que tenía enemigos de los que huir o que le habrían hecho algo malo. Yo ya no me hago ilusiones, solo me gustaría tener certezas.

En cualquier caso, hoy ha llegado el dosier y estaba ansiosa por leerlo. Pero mi padre insistió en ser él el primero en hacerlo.

—Es por tu bien, cariño —ha dicho tía Lucy—. Si hay algo... que pueda afligirte, es mejor que te lo diga tu padre.

La he mirado abatida. ¿Cómo puede creer que eso marque una diferencia? Me derrumbaré al final, sea quien sea quien me dé la noticia, he pensado.

Así que me he quedado en ascuas hasta que mi padre ha salido de su despacho y ha depositado el dosier delante de mí sobre la mesa de la cocina.

—Toma —ha dicho apesadumbrado—. Puedes leerlo, pero no te gustará.

He pasado la hora siguiente estudiando incrédula el informe y las entrevistas. El detective había interrogado a *gumdiggers* y mayoristas de resina de kauri que supuestamente habían conocido a Frano. Incluso había contratado a traductores de croata, pues la mayoría de esos hombres no habla inglés. En su idioma pudieron explayarse con naturalidad. Pero ¿de verdad hablaban del hombre con quien me casé?, me pregunto. ¿Ese hombre tan cariñoso y de fiar? ¿El que iba a ponerme el mundo a mis pies?

«Un fanfarroncete —sentenció un mayorista—. Mucho ruido y pocas nueces.»

«A Frano lo de trabajar no le iba —señaló un *gumdigger*—. En cambio siempre tocaba muchas teclas.»

«Pero vaya pico tenía —añadió otro—. Y mano con las mujeres.»

He leído horrorizada que Frano era considerado un mujeriego e incluso se daba a entender que había una mujer que lo mantenía.

«Al menos él presumía de eso», afirmó el hombre que le contó al detective esta tercera mentira. Porque tenía que ser una mentira o un malentendido o tal vez el traductor no era bueno, simplemente.

Yo al menos no puedo creerme todo eso. No encaja con el Frano que he conocido.

Al final he leído por encima el resumen del detective:

Con gran pesar por nuestra parte llegamos a la conclusión de que no hemos podido localizar a la persona buscada. Sin embargo, no hay ningún indicio que justifique el temor de que el desaparecido haya muerto de forma violenta. Si bien algunos de sus antiguos compañeros no siempre hablaron elogiosamente sobre Frano Zima, no parece haber tenido enemigos directos y él tampoco tendía a hacer uso de la fuerza. Al menos no llegó a nuestros oídos que se viera envuelto a menudo en altercados agresivos.

Frano Zima inmigró a Nueva Zelanda entre 1905 y 1910 y se ganó la vida como *gumdigger* en distintas regiones. Los hombres con quienes trabajó coinciden unánimemente en que evitaba los esfuerzos vinculados a esta tarea. Lo describen como un vividor que cambiaba con frecuencia de trabajo y de residencia, y que tampoco mantenía relaciones permanentes con las mujeres. La afirmación de uno de los entrevistados acerca de que Zima había conocido a una mujer que lo mantenía económicamente no ha podido ser verificada, más bien todo señala a su inconstancia en las relaciones sentimentales.

Esto hace suponer que en septiembre de 1919 esta personalidad inconstante rehuyó por propia iniciativa las obligaciones que conllevan una sociedad comercial y un matrimonio. En caso de que debiéramos proseguir la búsqueda, nos concentraríamos en ciudades más grandes, en las que resulta más fácil pasar a la clandestinidad. En Auckland, Wellington, así como en diversas poblaciones de la isla Sur, colaboramos con detectives locales. Pese a ello, advertimos que tampoco en tal caso podemos garantizar llegar a un resultado positivo. Si un hombre joven e independiente no quiere que se lo encuentre, es casi imposible averiguar su paradero.

Ha pasado lo que me temía. Me he hundido.

Hoy no he conseguido salir de la cama. Estoy desesperada, todo en mí se rebela contra lo que el detective dice haber averiguado. Frano no puede haber sido así, y si es cierto, entonces cambió cuando nos conocimos.

¡Nunca nunca jamás nos habría abandonado voluntariamente a nuestro hijo y a mí!

Mi padre ha venido a verme al mediodía a mi habitación y me ha traído un bocadillo que tía Lucy cariñosamente ha acompañado con ensalada y encurtidos, aunque yo no tenía hambre, el desayuno ni lo he tocado.

—Tienes que comer, hija, piensa en el bebé —me ha dicho animoso—. El pobrecito no tiene ninguna culpa...

—¿Culpa de qué? —he replicado—. ¿Tú te lo crees? ¿Crees lo que han escrito en el informe sobre Frano? ¿De verdad te crees que se ha ido así, tan tranquilo?

Mi padre se ha mordido el labio.

—Clara, no hay ningún indicio de que le haya ocurrido algo...

—¡Pues a pesar de todo algo le ha pasado! —he gritado enfurecida—. ¡Lo que ocurre es que esos detectives no lo han averiguado porque estaban ocupados sacando a relucir los trapos sucios! ¡Como si Frano fuera el malo y no la víctima! ¡Es indignante! Tienes... tienes que contratar a otro detective.

He visto que mi padre negaba moviendo la cabeza.

—Hemos agotado todas las posibilidades, hija —ha dicho con determinación—. Tienes que asumirlo. En cualquier caso, no invertiré más dinero en este asunto y tampoco es bueno para ti que te hagas ilusiones. El detective tiene razón: cuando un hombre no quiere que lo encuentren, no lo encuentran. Y con tu marido eso tampoco sería aconsejable. ¡Si me tropezara con él, lo dejaría hecho papilla! Ahora come tu bocadillo, hija mía, y olvídate de Frano Zima.

Me he callado, no tenía fuerzas para protestar. Desde el principio,

Frano no le gustó demasiado a mi padre. No es extraño que ahora esté tan dispuesto a creerse todo lo malo que cuentan de él. Pero yo no lo olvidaré nunca. Puede que seamos mortales, pero nuestro amor vivirá para siempre.

23 de abril de 1920

El niño está encajado, listo para nacer. Yo no estoy preparada, sigo atrincherada en mi habitación, me aferro a lo que me queda de Frano. Su olor todavía permanece en su ropa... y ahí está el caballito de madera que me regaló. No hago más que revivir nuestro primer encuentro, nuestras primeras caricias, nuestra boda...

25 de abril de 1920

Esta noche he soñado con Frano. Y con nuestro hijo. Me decía lo contento que estaba de él. De nuestro hijo deseado. Ahora pienso en mi sueño y me avergüenzo un poco de lo que escribí ayer. Claro que estoy preparada para tener un hijo. Lo amaré tanto como he amado a Frano. Le hablaré de su padre, haré que vuelva a vivir para nuestra hija o nuestro hijo. No permitiré que ella o él se crean las mentiras que cuentan sobre Frano.

1 de mayo de 1920

Ayer nació nuestro hijo Francis. Aproximadamente una semana después de la fecha que el doctor Carter había calculado para el parto. Fue doloroso, pero peor que las contracciones fue la añoranza de Frano, que ese día debería haber estado a mi lado. Seguro que habría esperado con mi padre en el salón hasta que hubiera dado a luz al niño. Los dos habrían bebido whisky y fumado puros y habrían estado pendientes de cualquier sonido que saliera del primer piso. Solo de pensar en cómo habría tenido que ser me volvían a entrar ganas de llorar. Durante las largas horas que Francis necesitó para abrirse camino hacia el mundo, las lágrimas corrieron por mi rostro, solo conseguí dejar de llorar cuando la comadrona puso el niño en mis brazos.

Contemplé la carita de Francis, enrojecida por el esfuerzo durante el parto. Acaricié la pelusilla de su cabeza, que espero que un día deje lugar al cabello grueso y crespo de su padre y, por vez primera desde que Frano desapareció, se amortiguó un poco el dolor que corroe mi corazón. He aquí un pedazo de Frano, algo que me dejó, algo que puedo amar en su lugar.

Siento una infinita ternura por nuestro hijo, de quien debo ser padre y madre al mismo tiempo. Y siento agradecimiento hacia Frano. Me obsequió con un gran amor y ahora con este niño encantador. Lo hizo todo por mí: si no fuera por mí, él nunca habría emprendido el viaje para buscar el kauri. Lo que le ocurrió no habría pasado si no hubiese salido de viaje por mi padre. Y Frano nunca se hubiera esforzado por crear una sociedad con él si no hubiera deseado tanto tomarme por esposa.

Frano hizo el mayor de todos los sacrificios por nuestro amor: murió por mí.

8

Ellinor dejó trastornada sobre su regazo la última página de las fotocopias del diario. La narración concluía con los apuntes del primero de mayo de 1920 y no había indicios de que Clara hubiese empezado otro cuaderno. Con la última y abatida frase había expresado todos los sentimientos que iban a determinar su vida a partir de entonces.

Pese a todo, le urgía saber más. Reunió cuidadosamente todas las fotocopias, se levantó con lentitud y salió a buscar a Meredith. Encontró a la madre de Rebecca en la cafetería, poniendo orden tras la afluencia de turistas. El negocio tenía que haber funcionado bien, Meredith estaba de un humor excelente.

—¿Qué tal? ¿Mejor? —preguntó amable, tendiendo un plato con una pasta a Ellinor—. Tómate un dónut. No los hacemos nosotros, pero llegan todas las mañanas recién salidos del horno de la panadería y ¡son excelentes!

Ellinor asintió.

—Sí, han disminuido los espasmos. —Dejó las fotocopias sobre el mostrador y cogió uno de los pastelitos rellenos de crema—. Mmm, gracias. —Una bomba de calorías, pero exquisita—. ¿Qué ocurrió luego con Clara? —preguntó.

—Pues bien, como ya sabes, nunca volvió a casarse. Francis fue su único hijo. Se produjeron algunas discrepancias porque ella quería llamarlo como Frano. El abuelo Francis contaba que su propio abuelo toda su vida lo llamó Bob (Robert era su segundo nombre de pila) para no recordar a Frano. Siempre hablaba con mucho cariño de su abuelo, los dos debieron de haber tenido una relación especialmente buena. Creo que por eso el niño no echó de menos a su padre. Por supuesto, Clara siempre tuvo a Frano en un altar. Sostuvo hasta su muerte que él no la había abandonado, sino que le había ocurrido algo horrible, y siempre reprochó a su padre que no hubiera emprendido más investigaciones sobre su caso. De hecho, ella contrató a una agencia de detectives de renombre veinte años después, cuando su padre ya había fallecido. Por supuesto, no se sacó nada en claro. Las huellas, si es que alguna vez las hubo, ya estaban más que borradas. Y tras la muerte de Clara y por tercera vez, Francis también exploró en las ciudades más grandes, como había sugerido el primer detective. Tampoco esta última indagación dio resultados. Mi abuelo llegó a la conclusión de que su madre debía de tener razón al suponer que Frano había fallecido de una forma trágica. Y más tras haber leído el diario, que es muy convincente.

A Ellinor no se lo parecía tanto. La autora había estado rendidamente enamorada y de ahí que su visión de las cosas fuera subjetiva en exceso. James Forrester, por el contrario, había tenido desde el principio una opinión escéptica con respecto a Frano. Sin duda su conocimiento de la gente era mejor que el de su hija. Y, por supuesto, estaba la historia de Liliana, que poseía claros paralelismos con la de Clara. Tanto si los Zima querían admitirlo como si no.

—¿Y Walter? —siguió preguntando—. ¿Regresó?

Meredith asintió.

—Sí. En un momento dado llegaron noticias suyas, supongo que cuando necesitó dinero. Después de haber pasado un tiempo con los maoríes, se marchó a otro sitio en busca de sentido. Fue devoto de distintos gurús y médiums. Espiritismo, ocultismo, meditación... Walter probó todo lo que era caro y absurdo. Sobre todo cuando James Forrester falleció y Clara y Francis lo mantenían. Cuando murió ya casi no quedaba nada de la herencia. Entró en la historia familiar como «el tío loco». Nunca se casó ni tuvo hijos.

—¿Y Francis? ¿Se hizo él cargo del taller? —Quiso saber. Meredith asintió.

—Llevó una vida totalmente normal. Se casó y tuvo dos hijos. La hermana de David está casada y vive en la isla Sur. Yo a él todavía lo conocí. Era una buena persona, muy simpático, un auténtico hombre de familia. Llegó a una edad avanzada, mientras que Clara murió a los cuarenta años.

Fuera se detuvo el siguiente autobús y Meredith se disculpó para ir a recibir a los turistas. Dos empleados ocuparon sus puestos en la cafetería y como Ellinor no tenía nada más que hacer se puso a trabajar con ellos. Así, el resto de la tarde pasó volando. Al anochecer, hacia las ocho, la camioneta para transportar los muebles llegó al patio con Rebecca y Gernot.

—Vaya, ¡sí que habéis vuelto pronto! —los saludó Ellinor, y comprobó echando un vistazo al rostro de su marido que este se hallaba de un humor excelente. También la chica resplandecía.

—Una vez hecho, ha sido un alivio —respondió—. El galerista no es que estuviera entusiasmado. Le ha dado bastante la lata a Gernot a causa del contrato. Por supuesto, no nos ha ayudado a descolgar los cuadros.

—La exposición se prolongaba hasta el lunes próximo —observó Ellinor—. Según el *Auckland Herald* han ido algunas personas a verla. En realidad, eso no se le puede reprochar al señor Calverton...

—Por el momento, Winston no ha vendido nada. Hemos anulado el contrato y he firmado un documento según el cual los cuadros dejan la galería sin desperfectos. Para mí, con esto queda cerrado este asunto.

Por regla general las aseguradoras daban mucha importancia a que las obras expuestas fueran trasladadas por agencias de transporte especializadas. Puesto que el artista se había llevado los cuadros en una camioneta de mudanzas sin más, el galerista temía que se produjera algún deterioro y quería estar seguro de que no lo cargarían a su cuenta. Ellinor lo encontró razonable.

—¿No queréis meter los cuadros en casa? —preguntó—. Seguro que la humedad del exterior los afecta. —La plataforma de carga del vehículo solo estaba cubierta con una lona.

Rebecca movió la cabeza.

—Lo haremos mañana. La camioneta está en una cochera.

—Allí no pasará nada —añadió Gernot.

Ellinor prefirió no hacer más comentarios. Era la hora de cenar y los Zima dieron por sentado que se quedaban con ellos. La muchacha explicó divertida su excursión a Auckland y puso los cuadros por las nubes.

—Allí no estaban bien presentados... Aquí causarán mucha mejor impresión.

Gernot le daba la razón y Ellinor reprimió una observación. ¿No se había resistido él siempre a comercializar su arte como objeto decorativo de las salas de estar? ¿Y ahora lo exponía junto a tallas de madera y muebles de madera maciza? Probablemente veía en ello un componente surrealista. Los conocimientos artísticos de Ellinor no daban para más...

—¿Y qué has hecho tú durante el día? —le preguntó Gernot cuando estaban a solas en la habitación—. ¿Has leído el diario?

Ella asintió.

—Es triste —respondió—. Infinitamente triste. ¿Me abrazas mientras te lo cuento?

Se acurrucó junto a su esposo y se tomó su tiempo para contar la historia de Clara. De vez en cuando le leía en voz alta fragmentos especialmente conmovedores.

—¿Tú qué crees que ocurrió? —preguntó al final.

No parecía muy impresionado. Se encogió de hombros imperturbable.

—Pues, ¿qué voy a pensar? Ese Frano la abandonó igual como había abandonado a la otra chica. ¿Cómo se llamaba...? Liliana.

—¿No crees que hay algo más? Los Zima están convencidos de que le ocurrió algo. —Ella misma tenía sentimientos encontrados: por una parte, quería creer en la inocencia de Frano, pero, por otra, todas las pruebas apuntaban en contra de él.

Gernot puso los ojos en blanco.

—Ahora no caigas tú también como Rebecca y su padre en esa chorrada romántica. Están firmemente convencidos de que se produjo una gran tragedia. Clara debió de hacerle a su hijo un auténtico lavado de cerebro. De acuerdo, hay que tener en cuenta que no sabía nada de Liliana. Pero cuando se conoce toda la historia, no cabe la menor duda. Ese inútil seduce a una chica, la deja preñada y luego no puede enfrentarse con ello. Se larga y las mujeres todavía lo lloran después. No intentes encontrar nada más, Elin. El error consistió en no dejar que los detectives siguieran indagando. Si hubiesen investigado en las grandes ciudades, lo habrían encontrado.

—¿No crees que si su intención no era más que huir se habría llevado el dinero para comprar los kauris?

Gernot hizo una mueca con los labios.

—A lo mejor no tuvo la oportunidad. Estoy convencido de que el padre de Clara confió el dinero a su sobrino Jonny... o a George. Así Frano no lo tenía fácil para hacerse con él. Únicamente podía hacerlo a espaldas de los demás. Pues, ¿por qué iba a llevarse tanto dinero para ir a ver a un amigo?

—Es cierto —admitió Ellinor.

Su marido la besó en la frente con suavidad.

—Nunca lo sabremos, cariño. Pero con dinero o sin él... no hay nada que desacredite una huida ante los objetos decorativos de mal gusto que ya hacían por esa época. —Gernot sonrió irónico y se acurrucó. Ellinor sabía que en unos pocos minutos se habría dormido.

Ella, a su vez, permaneció despierta pensando. ¿Era de verdad tan sencillo? Como siempre que algo la preocupaba, le habría gustado hablar con Karla. ¿Y por qué no? Se levantó sin hacer ruido y se encerró en el baño con las fotocopias. Fotografió rápidamente un par de fragmentos determinantes y se los envió a su amiga. «Hablemos por Skype —añadió—. Si hoy consigues leer los textos, te llamo a las nueve. De la noche para ti, y de la mañana para mí.»

Algo nerviosa todavía, se apretujó contra la espalda de Gernot. Se sentía inquieta. ¿De verdad había dado la vuelta a medio mundo para arrojar ahora la toalla?

9

Llamó a Karla a las nueve en punto y su prima respondió al instante. La imagen era muy nítida y ambas se alegraron de verse.

—¿Y? ¿Qué opinas del diario? —preguntó Ellinor después de haberse saludado.

Karla arqueó elocuente las cejas.

—Las elegías de una adolescente enamorada. Casi podría haberlos escrito una de mis alumnas. Habría puesto «guay» o «genial» en lugar de «maravilloso».

—Espero que el final no fuera tan trágico —señaló Ellinor.

—¡Eso te crees tú! —replicó Karla—. Si un día el Max o el Jannes de turno no les envían un wasap se les rompe el corazón. Cada día ocurren auténticas tragedias.

Ellinor rio.

—¡Pero en realidad no puedes comparar! —dijo—. Aunque Clara todavía era joven, estaba casada y embarazada, y que Frano desapareció es un hecho. Toda su vida estuvo convencida de que le había pasado algo y su familia no habla mal de él. Gernot, por el contrario, opina que simplemente puso pies en polvorosa. Primero abandonó a Liliana y salió corriendo de Dalmacia, y luego a Clara. Y ahora quería saber tu opinión. Pero si no te lo tomas en serio... —Hizo una mueca.

—Eh, perdona, no quería ofenderte. —Karla movió la cabeza compungida—. Claro que me lo tomo en serio. La pobrecilla debió de sufrir muchísimo. Pero es que hace tanto tiempo de eso... Ahora ya no me sale ponerme a llorar. Respecto a lo que opino... —Pensó unos segundos, Ellinor observó su rostro concentrado—. Bueno, yo no lo veo del todo como Gernot —prosiguió—. Tu bisabuelo era un donjuán, eso es incuestionable. Sedujo con sus encantos primero a Liliana y luego a Clara, y entre las dos es probable que hubiera un par de mujeres más. A pesar de todo, hay diferencias. Con la última se casó...

—Porque ella insistió —señaló Ellinor—. Era más lista que Liliana.

Karla hizo un gesto negativo.

—Liliana también se quería casar con él. Pero Frano la hizo cambiar de opinión con esa seudopromesa de matrimonio que ella creyó firmemente que tenía valor. Él, por el contrario, sabía que una boda entre los dos en ninguna circunstancia sería concebible. La hija de un viticultor y un trabajador sin estudios, y eso en 1905 en un país tan atrasado como Dalmacia... No tenían ninguna posibilidad de éxito, lo mismo daba lo mucho que se amaran. En 1920, las cosas eran distintas en Nueva Zelanda. Clara tenía cierta influencia sobre su padre. No la habría casado con un hombre al que ella no quisiera. Además, para entonces Frano tenía algo que ofrecer: sus conocimientos sobre los árboles kauri. Como socio de una empresa podía subir de estatus social y alcanzar el mismo nivel que la chica.

—Entonces, ¿crees que la amaba? —preguntó—. ¿O solo se trataba de sexo?

—¿Hablas de Liliana o de Clara? —preguntó Karla.

Ellinor se encogió de hombros.

—De las dos.

Karla miró pensativa a su prima.

—Seguramente no las amaba tanto como ellas a él —respondió—. En ambos casos intervino un poco de premeditación. Quizá seducir no era para Frano más que un juego en el que las muchachas de casa bien constituían un desafío especial...

—Y cuando se quedaban embarazadas, las abandonaba porque no quería tener obligaciones —meditó Ellinor—. No quería asumir ninguna responsabilidad...

Karla frunció el ceño.

—No era precisamente consciente de su responsabilidad. De acuerdo. Pero en Dalmacia tampoco podía hacer otra cosa. Tenía que huir. Si se hubiera quedado, los Vlašić lo habrían matado.

—Podría haberse llevado a Liliana —objetó—. Si tanto la quería...

Karla suspiró.

—Ay, Elin. Puede que Frano estuviera enamorado de Liliana, pero no la quería tanto como para arriesgar su vida por ella. Pues ese habría sido el caso si se hubiese ido con Liliana. Es probable que ni siquiera hubieran llegado a las montañas antes de que los Vlašić se percataran de la ausencia de su hija. Pero con Clara la situación era muy distinta. Se casó con ella con la bendición paterna. Además, era una chica preciosa, sumamente complaciente...

—Es cierto —confirmó Ellinor—. Aunque a veces me sacaba un poco de quicio con esa forma tan efusiva de ser...

Karla se echó a reír.

—Es posible. Pero llegado a un límite, él se iba a buscar kauris. Esa sociedad con el padre era ideal para él. Los viajes daban dinero y él podía evadirse. Cuando necesitaba un cambio en el matrimonio...

—Iba a ver al mencionado amigo que, de hecho, era una amiga... —Ellinor ya había alimentado esta sospecha.

—Por ejemplo —apuntó Karla—. Y sin duda también habría por ese entorno mujeres que se ofrecían por dinero. En cualquier caso, casado con Clara, le iba mejor que nunca en su vida, ¿y se marchó sin razón alguna? ¿Porque estaba embarazada? No tiene ningún sentido. Al contrario. El niño todavía habría reforzado más el puesto de Frano en la familia. Habría mantenido ocupada a Clara, ella ya no estaría tan aferrada a su marido. No, Elin. Es comprensible que no le apeteciera pasar todo el embarazo haciendo manitas, pero largarse, desaparecer para siempre, no podía haber formado parte de sus intereses. ¡Y Frano Zima sabía muy bien cómo defender sus intereses!

Estimulada por la conversación, salió a buscar a Gernot. Durante el desayuno había anunciado que iría a descargar los cuadros del camión y a llevarlos a las salas de exposición. Rebecca y ella se habían ofrecido a ayudarlo, igual que David. Este estaba impaciente por ver los cuadros. Ella esperaba que la visión del mundo de su marido, a veces algo inquietante, no lo espantara.

Sin embargo, no fue ese el caso. De hecho, se quedó sorprendida cuando descubrió los primeros lienzos colgados de las paredes de la sala. Los enormes cuadros producían un efecto muy distinto. Mediante la luz de un dorado rojizo que emitían los muebles de madera de kauri, los lúgubres colores perdían su aire amenazador.

—¡Queda estupendamente bien! —exclamó Ellinor de corazón al ver un conjunto de sillas de madera de kauri bajo uno de los lienzos de gran formato.

—¿A que sí? —David parecía tan orgulloso del arreglo como si él mismo fuera el autor del cuadro—. Rebecca tenía razón. El arte de Gernot y nuestros muebles se complementan. Voy a comprar ese cuadro.

—¿De verdad?

Ellinor no podía creérselo, estaba infinitamente reconfortada. Gernot, por supuesto, permaneció impasible, nunca mostraba una alegría desbordante, ni siquiera en ese momento. Aun así, era la primera vez que una de sus obras gigantescas encontraba comprador. A lo mejor su éxito como artista era inminente y había sido una buena idea dejar la galería de Auckland. ¡Fuera como fuese, ellos serían unos miles de euros más ricos a partir de ese momento!

—También venderemos los otros cuadros, de eso estoy completamente seguro —dijo David, complacido—. ¡Déjame hacer a mí, muchacho!

Ellinor miró inquieta a su marido. No le gustaba que hablaran de sus cuadros como de una mercancía. Pero Gernot asintió satisfecho. Y Rebecca se mostraba todavía más contenta.

—Hasta ahora nunca me había interesado por el arte. Pero nuestras salas se prestan a ser utilizadas como galerías, ¿verdad, papá? Estoy pensando cada vez más en estudiar historia del arte...

David hizo una mueca con los labios.

—Estaría contento si por fin te decidieras por una materia. A lo mejor tendrías que hablar sobre ello con Gernot. ¿Tú qué has estudiado, Gerry?

Ellinor temió de nuevo que se produjera un cambio de humor. Normalmente, su esposo odiaba que se «mutilara» su nombre fuera de la forma que fuese. Así que todavía se asombró más cuando él contestó diligente explicando su carrera artística. Era sorprendente cómo se soltaba con los Zima, ella no podía menos que maravillarse ante este hecho.

Por la tarde volvieron a recorrer la exposición. Rebecca y David habían estado colaborando todo el día y ahora cada lienzo ocupaba su puesto en el Kauri Paradise. Aunque los turistas que habían dado una vuelta por las salas no habían mostrado gran interés en los cuadros, David no tenía dudas de ningún tipo.

—E incluso si nadie compra —Gernot intentó salvar su reputación como «embajador de la verdad»—, mucha gente entra aquí en contacto con el arte por primera vez salvo en los grandes museos. Personas que quizá nunca van a galerías. Solo por eso vale la pena exponer los cuadros.

Ellinor se alegró de verlo satisfecho y creyó que había llegado el momento de reemprender el viaje. Tres días en Northland eran suficientes. Nueva Zelanda tenía mucho que ofrecer y ella quería seguir las huellas de Frano Zima.

—Vayamos a la península de Coromandel —propuso.

—¿A Coromandel? —preguntó él con el ceño fruncido—. ¿No es allí donde desapareció tu bisabuelo? Elin, ¡no creerás en serio que cien años después vas a encontrar una pista que pasó inadvertida a tres detectives!

Ella negó con la cabeza.

—No —respondió—. Claro que no. Es solo... Ya sabes, me gusta sentir la historia. Además, se ve que el paisaje de la península es precioso. Eso es al menos lo que dice la guía de viajes.

Gernot rio.

—Este último argumento me ha convencido —observó, rodeándola con un brazo—. ¿No es esa playa con fuentes termales en la que uno puede hacerse su propio spa? Imagino que será muy agradable...

La masajeó ligeramente en la nuca y ella se estremeció. Sabía cómo tocarla para excitarla. Aunque... A ella de repente le parecía absurdo tener relaciones con él..., a fin de cuentas no se quedaba embarazada. Seguía sin cumplirse su mayor deseo.

Entristecida se durmió entre los brazos de su marido.

A la mañana siguiente, tras despedirse cariñosamente de los Zima —Rebecca sobre todo sufrió una desilusión al ver que Ellinor y Gernot no se quedaban más tiempo—, pusieron rumbo hacia Hot Water Beach, una de las principales atracciones de la península de Coromandel. El día anterior había llovido pero volvía a hacer buen tiempo y el paisaje casi respondía a lo que prometía la guía. Sin embargo, no era tan natural. Como en el resto de Nueva Zelanda, había campos y prados dedicados a la explotación agraria. Ella habría preferido ver un paisaje menos alterado, tenía ganas de ver los kauris del Coromandel Forest Park, pero Gernot quería ver el mar. Al final alquilaron una cabaña de madera en un camping junto a la playa. Pero en cuanto a lo de cavarse un hueco para su pequeño *wellness* los esperaba una decepción.

—Esto solo funciona con la marea, y hasta la media noche no sube —explicó Gernot, que había recabado información—. A pesar de eso, al menos treinta mochileros jóvenes han alquilado palas mientras yo estaba en la oficina de información turística. Si quieres saber mi opinión, hoy a la luz de la luna ocurrirá como en el Alte Donau de Viena el día más caluroso del año...

Ellinor rio.

—Entonces mejor no nos enterramos en la arena —dijo ella—. Compremos un par de latas de cerveza y vayamos ahora a la playa. Ya nos imaginaremos las fuentes termales.

Él farfulló algo sobre la absurda obligación de ver todas las curiosidades turísticas, pero aceptó la sugerencia. Poco después se ponían cómodos en una estrecha lengua de arena pictóricamente situada entre las rocas y el mar. A esa hora no había gente y, salvo por el borboteo de las olas que lamían la orilla y los poco melodiosos gritos de las gaviotas, no se oía nada. Los dos bebieron la cerveza a sorbos, inmersos en sus pensamientos, si bien los de él giraban en torno al sexo. Empezó a besar a Ellinor, le levantó la camiseta y se ocupó del cierre de sus vaqueros. Perezosa, ella contemplaba el cielo azul y sin nubes, sentía debajo la arena fresca y blanda, escuchaba la melodía que entonaba el mar. Gernot dibujaba con la lengua símbolos maoríes de la felicidad sobre su vientre encima de los cuales arrojaba arena para hacerlos visibles sobre la piel. Era divertido, le hacía cosquillas, la excitaba... y sin embargo...

—Me pregunto... —empezó a decir ella, moviéndose bajo sus caricias.

—¿Si en Nueva Zelanda está prohibido practicar el sexo en

público? —preguntó sonriendo Gernot—. Bueno, yo creo que aquí no estará rígidamente controlado.

—Qué va. —Ellinor se enderezó un poco—. Me pregunto qué pasó con el amigo. Ya sabes, el amigo de Frano Zima, aquel con el que se fue de Dalmacia...

—¿Cómo? —El artista se llevó las manos a la frente—. ¿Estás tendida en la playa conmigo y no tienes otra cosa en que pensar que en esas viejas historias? ¿Te has vuelto loca?

—Es que se me acaba de ocurrir —se defendió—. Porque... es raro. Llegó a Nueva Zelanda con ese Jaro, les financiaron la travesía. Así que al menos al principio debieron trabajar con el mismo mayorista de resina. Pero Frano nunca le habló a Clara de Jaro. Y tampoco aparece en los dosieres de los detectives.

Gernot suspiró.

—Ellinor, puede haber miles de razones para ello. A lo mejor Jaro murió en la travesía, con frecuencia se desataban enfermedades infecciosas, la peste, el cólera y qué sé yo. O lo más posible es que en un momento dado se pelearan y cada uno se fuera por su lado. Ahora ya no podrás averiguarlo. Además, da igual. —Empezó a acariciarla de nuevo.

—Estaba pensando simplemente en si Jaro no sería tal vez ese misterioso amigo a quien visitó... —Ellinor no podía relajarse.

Su marido gimió.

—Más bien no, cariño. En tal caso no habría hecho de eso un enigma. Si el «amigo» no hubiera sido una «amiga», le habría hablado a su esposa de él.

—¿Después de haber afirmado que no tenía amigos de su país en Nueva Zelanda? —cuestionó Ellinor.

—Si le dijo eso, entonces debía de ser verdad. —Era evidente que Gernot empezaba a impacientarse—. ¿Por qué engañarla en un asunto tan poco importante? Jaro o bien se murió o bien volvió a Dalmacia. O emigró a Australia, América o donde fuera. Elin, estoy definitivamente harto de esta historia de tu bisabuelo. Hemos hecho lo que podíamos, ya has averiguado un montón de cosas. No vas a encontrar más por más que investigues. Darle vueltas a la cabeza no te ayudará. Así que deja ya esta locura y sé un poco feliz. Estamos en Nueva Zelanda, de vacaciones, acabo de vender un cuadro... ¿Qué más quieres?

Un bebé, pensó ella. Y averiguar a dónde había ido a parar Frano Zima. Pero era mejor no mencionar ninguno de esos dos temas.

Cerró los ojos e intentó apartar a Frano y Clara de sus pensamientos.

A la mañana siguiente volvieron a Thames y visitaron un poblado museo que en su día fue un asentamiento de buscadores de oro.

—Debía de tener el mismo aspecto que uno de buscadores de goma —señaló Ellinor cuando paseaban por la pequeña localidad, semejante a una ciudad del Oeste americano.

—No creo —contestó él—. Por lo que Rebecca me contó al respecto vivían al día. Los buscadores de oro, en cambio, tenían de vez en cuando dinero para gastárselo en los pubs o en los burdeles. —Señaló un rótulo de colores que anunciaba HOTEL Y PUB en una de las sencillas casas de madera—. Por cierto, habíamos dicho que no hablaríamos más de los *gumdiggers* en general ni de un tal Frano Zima en particular.

—Con Rebecca bien que has hablado de él —le reprochó.

Gernot hizo una mueca.

—Ella casi estaba más obsesionada por el tema que tú. ¡El gran secreto familiar! Aunque ese Frano Zima no era más que un pequeño timador que iba buscando fortuna. De un lugar a otro y de una mujer a otra. ¿Se le habrá ocurrido a alguien la idea de buscarlo aquí? —señaló el terreno alrededor de la ciudad de los buscadores de oro.

Ellinor negó con la cabeza.

—Cuando Frano llegó a Nueva Zelanda, ya hacía tiempo que la fiebre del oro era cosa del pasado—explicó—. O al menos hacía tiempo que había superado su momento culminante. Creo que esta población se restauró mucho más tarde. En los tiempos de Frano solo había un par de casas abandonadas a través de las cuales silbaba el viento.

El pintor se encogió de hombros.

—Fuera como fuese —dijo—, ¿no me habías prometido que no seguirías investigando? No quiero hacer más suposiciones sobre en qué pantano se ahogó tu bisabuelo.

Los árboles del Coromandel Forest Park no estaban hundidos en pantanos, sino muy vivos. La pareja se quedó fascinada ante esos gigantes, algunos de los cuales no tenían ramas hasta llegar a una altura de veinte metros. Su copa se elevaba más allá de la de los otros árboles que crecían alrededor. El diámetro de los troncos era inmenso. En los kauris más grandes de Nueva Zelanda el perímetro del tronco podía llegar a casi los catorce metros.

—Estos ejemplares deben de tener alrededor de mil años —dijo Ellinor con respeto—. Imagínate..., ya estaban aquí cuando se instalaron los maoríes. La de cosas que podrían contar si hablasen...

Gernot deslizó la mano por la corteza de un árbol.

—Por desgracia, todo el tiempo permanecieron aquí, en el bosque, por lo que no debieron participar demasiado intensamente en la historia del país. —Se echó a reír—. Es probable que ahora que se han vuelto una atracción turística se distraigan un poco.

—Los maoríes los adoraban —contó Ellinor—. Y hacían canoas con su madera...

—Pues cada hombre mata lo que ama... —citó él—. Ven, marchémonos ya. El día se está poniendo feo.

De hecho, el bosque húmedo hacía todos los honores a su

nombre. En Thames todavía hacía sol, pero ahora lloviznaba. A ella no le desagradó tener que volver a su acogedora cabaña de madera. Compraron vino y una pizza por el camino, cenaron en la cama e hicieron el amor. Después leyó animada la guía de viaje en voz alta.

—Mañana por la mañana temprano quiero ir a Cathedral Cove —anunció—. Desde el aparcamiento hasta la playa debe de haber un bonito paseo. Hay una roca como una especie de pasillo abovedado. Hay que verlo.

—¿Y luego? —preguntó Gernot.

Ella siguió hojeando hasta que la interrumpió la llamada del móvil. Echó un vistazo al monitor.

—Rebecca —dijo sorprendida. Contestó y pulsó el altavoz.

—Hola, ¿cómo estáis? —Por el sonido de su voz, la joven transmitía excitación, pero eso era algo usual en ella—. ¿Todavía estáis en la península?

—Sí, en Hot Water Beach —respondió Ellinor—. Hacemos excursiones desde aquí. ¿Qué tal vosotros? ¿Todo bien? —Estaba extrañada de que Rebecca los llamara después de dos días sin verse.

—¿Habéis vendido otro cuadro? —preguntó Gernot, esperanzado.

Rebecca rio nerviosa.

—No, esto no va tan rápido. ¡Pero hay otra cosa! ¡Hay una pista de Frano! No me lo puedo ni creer, pero... Las historias son idénticas...

—¿Cómo? —Ellinor se había quedado de piedra—. ¿Una pista de Frano Zima? ¿Y qué historias son esas?

—La historia de Clara y la de un tal Melvin no sé qué... No podía olvidarme de tus pesquisas y he seguido buscando en internet. Por una increíble coincidencia he ido a dar con un programa de entrevistas. ¿Tenéis internet aquí? Si tenéis, os envío un link...

LA HIJA NO QUERIDA

1

En la cabaña de madera había una buena conexión con internet, Gernot enseguida estuvo en línea. El enlace de Rebecca llevaba a una entrevista que pocos días antes se había emitido en un programa cultural de un canal de televisión neozelandés. Un moderador, por lo visto muy conocido —el público le dio la bienvenida con un aplauso frenético—, conversaba con un autor acerca del libro que acababa de publicar. El joven, un periodista llamado Melvin Dickinson, presentaba su obra *Un largo invierno*. Según los datos del moderador, la novela se trataba de una biografía en el sentido más amplio. Giraba en torno a un asesinato perpetrado por una mujer que sacudió la Nueva Zelanda de principios del siglo XX. Los antepasados del autor estaban implicados en esa historia, lo que por lo visto era conocido en el país. En cualquier caso, el moderador no había dado más explicaciones en la introducción. Ellinor esperaba enterarse de las circunstancias durante la entrevista. De hecho, eso ocurrió con la respuesta a la primera pregunta.

—¿Qué era lo que a usted le interesaba fundamentalmente, Melvin? —preguntó el moderador—. ¿El crimen, tan aparatoso en la historia de Nueva Zelanda, o hacer las paces con la historia de su familia?

Melvin Dickinson, un joven atractivo, de cabello moreno y

en la treintena, jugueteó con sus gafas sin montura. Pensó unos segundos antes de contestar.

—Bueno, el caso hace que la narración sea interesante para el público —dijo al fin—. Pero el vínculo personal fue lo decisivo a la hora de abordar este tema. Entiéndame... Para mí no fue fácil digerir esta historia. Siempre me he considerado un... no sé cómo expresarlo... una persona íntegra... tal vez debería decir simplemente... decente. Quiero hacerlo todo correcto: cumplo las leyes, pago mis impuestos... —Risas del público. Pero el autor del libro conservó su seriedad—. Considero que las mujeres tienen los mismos derechos que yo, no tengo prejuicios con respecto a otras etnias o religiones o lo que sea. ¡Estaba en paz conmigo mismo y de repente me entero de que provengo de una familia de estafadores, asesinos y violadores! Eso... eso me afectó mucho.

—¿Descubrió hace poco que Alison Dickinson era su abuela? —preguntó el moderador.

—Bisabuela —le corrigió el autor, enderezándose en su asiento. Era muy delgado, lo que todavía acentuaba más el tejano negro que llevaba con unos botines sencillos. Los había combinado con una camisa holgada de color blanco y no se había puesto corbata. En su lugar llevaba alrededor del cuello un colgante de jade maorí—. No soy tan viejo. —La gente volvió a reírse—. Y sí, es cierto, me enteré hace dos años, cuando se vendió la casa de mis abuelos. Aunque no eran realmente mis abuelos, solo habían criado a mi padre. Ambos vivieron muchos años y como sucede con frecuencia entre los ancianos la casa estaba al final abarrotada de trastos. Mi tía y su marido asumieron el trabajo interminable de ordenarla y entonces cayó en sus manos una bolsa en la que mi abuela había reunido todo lo que tenía que ver con mi padre. Debía de haber hecho pesquisas sobre la chica que encontró en su pajar a punto de dar a luz, pues una parte de la historia de Patricia estaba documentada. Mi tía envió la caja de cartón a mi padre, que se interesó poco por ella. No obstante, a mí sí me interesó, mucho. Sí, me quedé en estado de shock después de leer lo que había allí escrito. El resultado de esa experiencia es el libro.

El moderador sostuvo el ejemplar ante la cámara. Ellinor anotó el título.

—Y resulta sorprendente lo mucho que ha averiguado —observó—. Cosas sobre el caso Dickinson que hasta ahora no eran conocidas. Toda la vida de la víctima...

Melvin Dickinson asintió.

—Lo sé. «Frank Winter» no era entonces más que un nombre en Paeroa. Alison afirmaba estar casada con él, lo que él no corroboraba cuando le preguntaban. Sobre la relación corrieron sin duda muchas habladurías. Eso debió contribuir, además, a generar una profunda pena a partir de la cual ella perdió el control de sí misma... Pero nadie sabía qué más hacía ni de dónde provenía él. Entonces encontré una nota en los papeles según la cual había inmigrado a Nueva Zelanda pocos años antes. Hablaba el inglés con fluidez, pero con un fuerte acento eslavo. Y comerciaba con madera de kauri. De ahí saqué la conclusión de que podía haber sido *gumdigger*. Alguien de Dalmacia.

—¿De Dalmacia con el nombre de Frank Winter? —preguntó el moderador.

El entrevistado se encogió de hombros.

—Muchos inmigrantes se cambiaron de nombre. Para los neozelandeses, Frank Winter era más fácil de pronunciar que Frano Zima.

A Ellinor se le cortó la respiración. ¡En efecto, la investigación de ese periodista conducía a Frano Zima! Sin embargo, su bisabuelo, como ella descubrió de inmediato, no había hecho un alarde de creatividad en la elección de su nuevo nombre. «Frano» se había convertido en «Frank», y se había limitado a traducir al inglés su apellido: *Zima*, eso ya lo sabía Ellinor por lo que Dajana le había contado, significa en croata «Winter», invierno. Melvin había dado con la pista de su antepasado buscando en los antiguos informes policiales personas desaparecidas de origen dálmata y, de hecho, las pesquisas de James Forrester estaban registradas en los expedientes. Se preguntó por qué Dickinson no había seguido investigando y llegado de ese modo a los Zima de Northland. Pero tal vez el periodista no estaba interesado en saber de qué tipo de vida había huido Frano.

—Por lo demás, con frecuencia tuve que dar rienda suelta a mi fantasía —prosiguió—. Claro que en los expedientes judiciales encontré algo sobre el caso; se hizo todo lo posible por descubrir el móvil del asesinato. Pero nunca se habló del hecho de que Frank se ganara la vida, al menos en un principio, como *gumdigger,* de que se esforzó lo increíble para ascender a fuerza de trabajo...

—¿Por qué cree usted que Alison no lo mencionó? —preguntó el moderador.

El escritor se encogió de hombros.

—Solo puedo suponer que se avergonzaba de ello. Los *gumdiggers* eran en cierto modo la escoria de la sociedad, trabajadores ambulantes, siempre al borde de la miseria, sucios, pobres...

—En su libro describe usted sus condiciones de vida de forma muy ilustrativa —intervino el moderador.

El autor asintió.

—Sí. Y Frank quería salir de ese entorno. Ella fue su trampolín...

Hasta que Clara apareció en su vida y con ello se le abrieron unas posibilidades todavía más atractivas, pensó Ellinor. Le latía el corazón con fuerza. Por lo visto, Alison Dickinson había dado fin violentamente a la vida de Frano Zima. ¡Tenía que saber más!

Mientras que el moderador interrogaba a Melvin Dickinson acerca de su recorrido literario y de sus futuros planes, investigó en internet y se maravilló de lo fácil que era informarse sobre la vida de esa mujer.

De hecho, Google mostró al momento miles de entradas con su nombre. El asesinato de su prometido Frank Winter había ido a juicio en 1922 y provocado un gran revuelo. Era uno de los crímenes más famosos de Nueva Zelanda y en cierto modo había cambiado su jurisprudencia. Por primera vez, según leyó, la Asociación de Mujeres, la prensa y los sindicatos habían ejercido presión en favor de una condenada por asesinato. El acto de Alison Dickinson era comprensible. Frank Winter la había humillado, había destruido su vida. Ella no había podido superar que rompiera su promesa de matrimonio, aunque estaba embarazada. En un último encuentro lo había matado disparándole varias veces en la cabeza y el pecho y a continuación había tenido la intención de acabar con su propia vida. Sin embargo, fue un intento fallido.

—¿Y la condenaron? —preguntó Gernot medianamente interesado. No cabía duda de que habría preferido pasar la tarde haciendo cualquier otra cosa que ansiosas búsquedas por internet.

—Sí —contestó Ellinor—. Aunque el jurado le concedió circunstancias atenuantes, el juez insistió en la cadena perpetua. Estuvo en prisión, pero al cabo de cuatro años la pusieron en libertad a causa de la presión pública. Dos años más tarde se casó con Harold Trout, un funcionario sindical viudo. Tuvo con él más hijos, seis en total. ¿Sería alguno de ellos la hija de Frano?

—Debió de tenerla en la cárcel —dedujo él—. Sabe Dios lo que sucedió con ella. Y ahora me gustaría dormir. ¿Puedes dejar a tu bisabuelo en paz al menos por esta noche? Mañana ya te comprarás el libro. Después de la excursión a Cathedral Cove...

Ellinor habría preferido seguir buscando, pero Gernot tenía razón. Internet ya no le procuraría más información. Lo más inteligente era adquirir el libro de Dickinson. Seguro que el periodista había averiguado más que nadie. Pero por el momento podía hacerse una idea del libro. Acudió a la página web de una librería en línea y escribió el nombre del autor. En efecto, *Un largo invierno* apareció al instante. Lamentablemente el libro todavía no se había publicado en soporte electrónico y por ello tampoco había ningún extracto de lectura. Pero al menos encontró una reseña.

Melvin Dickinson narra algo más que un crimen que cambió la historia de la justicia. Le interesa menos el asesinato y sus causas que cómo transcurrió la vida tras él. Explora el destino de la autora del delito y su descendiente hasta la actualidad y revela también su propia consternación como miembro de la familia. En el centro de la trama se sitúa Patricia, la hija de Alison Dickinson, una niña no querida, nacida en prisión, que creció en un hospicio y que al final se vio confrontada con el horror de una familia profundamente traumatizada. Melvin Dickinson deja que el lector participe de forma activa en el relato. Lo conduce al campamento de los *gumdiggers* neozelandeses que abandonaron Europa con la ilusión de alcanzar una vida mejor y solo se hundieron de nuevo en la miseria. Uno de ellos destruye las esperanzas de una muchacha en un futuro mejor. Melvin Dickinson no juzga, sino que invita a comprender los actos de sus personajes sin perder de vista, además, las circunstancias sociales que determinaron su destino. Un libro que a veces resulta perturbador, pero lleno de fuerza y que nos hace sentir la historia.

—Debe de ser la hija de Frano —observó Ellinor después de leerle en voz alta el texto—. Patricia. Por lo visto es la protagonista. Frano interesó al autor tangencialmente, por eso no tropezó con Clara.

Asombrada de que Gernot no contestara, lo miró y descubrió que se había dormido. Decepcionada, dejó la página y apagó el móvil. Si su marido participaba tan poco no era nada divertido. No entendía por qué explorar no le resultaba tan fascinante como a ella y Rebecca. Decidió ponerse de nuevo en contacto con ella a la mañana siguiente.

2

El día siguiente empezó con desacuerdos. Gernot insistió en hacer la excursión que habían planeado y luego ir a la librería.

—Te conozco, Elin. En cuanto tengas la biografía lo único que querrás será sentarte en un rincón a leer. Y no tengo ningunas ganas de salir yo solo a pasear. Así que primero tomaremos un poco de aire fresco y luego, por mí, puedes enfrascarte en la lectura en el coche. Por otra parte, no hemos hablado sobre a dónde queremos ir después.

—Esto..., ¿qué te parecería Dargaville?

Planteó la pregunta con marcada despreocupación, pero por lo visto Gernot no había dormido tan profundamente la noche anterior como parecía. Al menos todavía tenía presentes los datos que ella le había leído en voz alta sobre el escritor.

—Es donde vive ese Dickinson, ¿no? —preguntó con un irritado tono de voz—. No fastidies, ¿no pensarás de verdad en ir a verlo, Elin?

Ellinor hizo un gesto de impotencia.

—¿Por qué no? Me encantaría hablar con él. Juntaría las tres historias. A él también le interesará hacerlo... Y Dargaville es muy interesante. El bosque de Waipoua con el kauri más grande de Nueva Zelanda está al lado, y hay una playa muy bonita...

Él puso los ojos en blanco.

—Elin, si hubiéramos querido ir a Dargaville lo habríamos hecho cuando veníamos aquí. Recorrer ahora cuatrocientos kilómetros en la misma dirección de donde acabamos de llegar es absurdo. Además, ya hemos visto playas y kauris. En cambio las cuevas con las luciérnagas, los volcanes... Solo en la isla Norte todavía hay mucho que ver. Incluso podríamos llegar hasta la isla Sur y...

Ellinor suspiró.

—Deja que lea primero el libro, ¿vale? —le pidió—. A lo mejor no vale la pena reunirse con el autor. Y en caso de que sí... Seguro que no volvemos pronto a Nueva Zelanda, Gernot.

—¡Exacto! —respondió—. Y por eso nos vamos ahora a Cathedral Cove primero. Y no hay peros que valgan. A lo mejor por fin se te aclaran las ideas de una vez.

El paseo fue, ciertamente, muy bonito, aunque cansado. Conducía por una auténtica playa de ensueño con rocas y cascadas. La formación de piedra merecía su nombre. Tenía unas dimensiones propias de una catedral y podía despertar entre creyentes el sentimiento de humildad ante la obra divina. Hacía tan buen tiempo y las aguas eran tan cristalinas que Gernot se animó a bañarse. Rodeó la roca caliza de la cala a nado y lamentó no llevar un equipo de buceo. Debajo del agua la vegetación tenía que ser interesante.

Ellinor encontró el agua demasiado fría para nadar, pero disfrutó de la excursión. Se quitó los zapatos y los calcetines y anduvo descalza por la arena, chapoteó un poco y se entregó a la belleza del paisaje. Por un rato dejó de pensar en Frano y Clara, Liliana y las nuevas protagonistas de la historia: Alison y Patricia.

De vuelta al aparcamiento sonó su móvil. Era Rebecca.

—¿Habéis visto la entrevista? —preguntó tras un breve saludo. Aseguró que llevaba horas intentando conectar con ella. En la playa no había cobertura. Ellinor asintió y le comunicó sus hallazgos. A la joven, el nombre de Alison Dickinson no le era desconocido. Ya de joven había oído hablar del caso—. En la escuela hablamos de él —explicó—. Cuando estudiamos el derecho de voto de la mujer y la emancipación. Nueva Zelanda fue el primer Estado occidental en el que las mujeres pudieron votar. ¿Lo sabíais? Y esas sufragistas que habían luchado por conseguirlo se movilizaron después por ella. Pero no logro imaginarme que ese canalla al que disparó fuera realmente el Frano de Clara...

—Pues lo parece —opinó Ellinor—. En realidad no cabe la menor duda de ello.

—Lo sé... —dijo Rebecca, afligida—. En fin, deberíamos hablar con el escritor. ¿No crees? ¿No podéis ir a Dargaville?

—¿Tú también quieres hablar con Melvin Dickinson? —preguntó animada Ellinor—. ¿Crees que se reunirá con nosotros?

—¡Claro! —contestó Rebecca, convencida—. Ya lo he organizado todo. He conseguido el libro, he llamado a la editorial y he pedido su teléfono. Al principio no me lo querían dar por la protección de datos y esas cosas. Pero entonces los he presionado un poco porque habéis venido aquí expresamente por este asunto. Así que me han dicho que se pondrían en contacto telefónico con él y le pedirían su consentimiento. En menos de media hora me ha devuelto la llamada. —Ellinor estaba impresionada. Cuando esa chica quería algo invertía toda su energía en conseguirlo—. Hemos quedado mañana en su casa —prosiguió—. Vive en Baylys Beach. Llegaréis sin dificultad si os marcháis ahora. Lo mejor es que nos encontremos hoy por la noche en Dargaville. ¿Reservo hotel para todos?

Ellinor miró vacilante a Gernot. Había vuelto a conectar el altavoz del móvil. Para su sorpresa, su marido ya no estaba tan negativo. La perspectiva de reunirse con Rebecca le hizo más atractivo Dargaville. Se sintió tranquilizada por el hecho de que se entendiera tan bien con sus recién descubiertos parientes.

—Hazlo. ¡Comemos un tentempié y nos ponemos en marcha! —dijo Gernot—. Escríbenos la dirección. ¡Hasta la noche!

—Pero primero vamos a una librería —indicó Ellinor—. Al menos quiero haber empezado a leer el libro antes de conocer al autor.

Encontró el volumen en la primera librería en la que entró, lo que no le extrañó. Una novela presentada en un programa de televisión que al parecer era famoso y popular se convertiría con bastante seguridad en un best seller. De ahí que las librerías tuvieran muchos ejemplares a disposición. *Un largo invierno* no era un libro especialmente extenso y contenía muchas fotos, así como un par de datos sobre la biografía del autor. Melvin Dickinson había estudiado periodismo, trabajado primero en un periódico y descubierto ahí su talento para la divulgación de acontecimientos históricos. *Un largo invierno* era su tercer libro, aunque el primero con un fondo autobiográfico. Los otros giraban en torno a la lucha por el derecho al voto de las mujeres y el caso de un joven maorí secuestrado en los tiempos de la guerra de las Tierras.

Cuando Gernot tomó la State Highway 1, ella abrió el libro y empezó a leerlo.

UN LARGO INVIERNO
Melvin Dickinson

Mi bisabuela no era una mala persona. Al contrario, en realidad, cuando nació en 1892 en Morrinswille, Waikato, todo estaba predispuesto para que llevara una vida grata a Dios y a los hombres.

Por qué, pese a todo ello, su existencia desembocó en sangre y muerte; cómo fue precisamente esa campesina la causante de una reforma en la justicia, y de qué manera el triste destino de Alison Dickinson determinó y emponzoñó la vida de sus descendientes lo explicaremos en el presente libro.

Su historia comenzó en el hotel Hauraki de Paeroa, donde, a la edad de catorce años, encontró un puesto de camarera. ¿O acaso hay que indagar allí donde un joven sin dinero pero lleno de ilusiones desembarcó en Auckland? A principios del siglo XX, negreros y negociantes traían a Nueva Zelanda barcos enteros cargados de jóvenes procedentes de Dalmacia, capacitados para trabajar, a quienes enviaban directamente a los *gumfields* que rodeaban Dargaville. El joven Frano Zima debió de llegar al país en 1905 con la cabeza repleta de sueños de una vida mejor...

Pero puede que la historia también empezara cuando los dos se encontraron y el destino siguió su curso. En cualquier caso, para contarla tuve que montar un rompecabezas de hechos e hipótesis. Expedientes judiciales e informes, descripciones generales sobre las condiciones de vida en los campamentos de *gumdiggers*..., todo esto se entremezcla en este libro y espero que me haya aproximado a la verdad. Que me haya aproximado a la verdad tanto como es posible en este tipo de narraciones...

LA FIEBRE DEL ORO DE LOS PERDIDOS

Resina de kauri. A finales del siglo XIX y principios del XX era el oro de Nueva Zelanda, si bien por su color y estructura más bien se asemejaba al ámbar. El tipo más solicitado es duro y dorado. Si se sostiene la resina frente al sol, se diría que este reluce a través de ella. Al igual que con el ámbar, se puede tallar y elaborar con ella joyas irisadas; sin embargo, se explotaba en su día para fines mucho más prosaicos. Los maoríes, por ejemplo, utilizaban la resina fresca como una especie de goma de mascar. Dado que se inflama con facilidad, también hacían antorchas con ella. Los inmigrantes blancos la extrajeron en grandes cantidades; descubrieron que podía mezclarse con aceite de linaza mejor que otras resinas, lo que la convertía en la materia prima ideal para la elaboración de barniz. A partir de 1845 aproximadamente se exportaba en barco a Londres y América; en 1890 el setenta por ciento de los barnices producidos en Inglaterra se elaboraba con la base de resina de kauri. Se convirtió en el artículo de exportación más importante de Nueva Zelanda. Entre 1850 y 1950 se exportaban más de cinco mil toneladas al año a una media de sesenta y tres libras esterlinas por tonelada.

Pero ¿dónde se encontraba esa materia prima que atrajo a Nueva Zelanda casi a tanta gente como la fiebre del oro unas décadas atrás? Bien, la resina es tan importante para el kauri como la coagulación de la sangre lo es para el ser humano. Si se hiere su corteza se derrama hacia el exterior y se endurece en contacto con el aire. Y puesto que muchas veces se vierte más de la que es necesaria para cerrar la herida, caen al suelo gotas como «pepitas» de oro. Así pues, el método más fácil para obtener resina de kauri consistía en hacer incisiones en el tronco para forzar la producción de resina. Esto está prohibido por la legislación neozelandesa desde 1905, así como también se vetó muy pronto la tala de estos árboles. No obstante, hay otros métodos para conseguir el oro neozelandés y aquí es donde interviene el *gumdigger*, el «buscador de goma».

En tiempos remotos había en Nueva Zelanda, sobre todo en la isla Norte, incontables bosques de kauri. Pero cuando llegaron los maoríes, en el siglo XIII, esos árboles gigantescos se encontraban solo en unas pocas zonas del país. Se supone que los cambios climáticos fueron los causantes de su extinción.

Resulta sorprendente que muchos de los ejemplares que perecieron por aquel entonces no se pudrieron del todo, sino que se conservaron en las marismas y pantanos. Su madera y su resina eran accesibles a todos aquellos que hicieran el esfuerzo de extraerlos. En un principio los comerciantes encargaron ese trabajo a los maoríes a cambio de artículos como tapaderas y ollas para cocinar. Más tarde, en los países más pobres de Europa, se reclutó a jóvenes para trabajar como *gumdiggers*. Dalmacia en especial era una de las metas. Los hombres de esa parte de Croacia, que en su día perteneció a Austria, eran conocidos por ser diligentes y honestos. Hacia 1900 los barcos transportaron a miles de ellos desde Dubrovnik hasta Auckland.

Entre estos se encontraban, en 1905, Frano Zima y su amigo Jaro, ambos de unos veinte años de edad. Procedían de una región vinícola, habían trabajado en las viñas, pero también decían haber concluido con éxito el aprendizaje de carpintero. Acerca de por qué cogieron un hatillo y dejaron su país y a su familia solo pueden hacerse suposiciones. Tal vez les habían hecho creer que se harían ricos o a lo mejor huían de algo. Ninguno de los dos envió nunca dinero a Dalmacia, como sí hacían muchos otros emigrantes cuyo motivo principal para su partida había sido mantener a la familia. En Nueva Zelanda probaron suerte primero como *gumdiggers*, puesto que no les quedaba otro remedio. Unos mayoristas de resina de kauri les habían financiado el viaje y suministrado las herramientas.

No es difícil imaginar el ambiente que reinaba en esos barcos: una sociedad puramente masculina, tres meses en el mar, todos apelotonados en una entrecubierta con los servicios básicos, unas literas estrechas y pocos retretes que además nadie limpiaba. No se permitía que los hombres subieran con frecuencia a cubierta, sino que pasaban varios días en sus fríos y húmedos compartimentos, mareados y aburridos. Las peleas y las discusiones estaban a la orden del día, pero Frano y Jaro no se involucraban en ellas. Jaro era, al parecer, un joven pacífico y a Frano le había sido otorgado el «don del hermoso arte del recitado», como decían los maoríes al referirse a una persona que se distinguía por su talento para la diplomacia o la manipulación. Resolvía conflictos y comunicaba las quejas y deseos de los pasajeros al capitán. A cambio conseguía porciones de comida más grandes y seguro que, de vez en cuando, alcohol y otros beneficios, como pasar más tiempo al aire libre. Era un compañero alegre, siempre dispuesto a gastar bromas, apostar o participar en juegos que a menudo ganaba. Los dos muchachos se hallaban en buen estado de salud cuando desembarcaron en Auckland.

El destino los condujo primero a Dargaville, el centro de la extracción de resina. Los campamentos se denominaban *gumfields*. Al principio había sido fácil encontrar resina allí, pero en el momento en que Frano y Jaro llegaron ya hacía tiempo que había que excavar mucho más para dar con ella: se buscaba hasta a cuatro metros de profundidad.

Ambos debieron de quedarse horrorizados al ver el campamento en que iban a alojarse. Los hombres dormían en grupos de dos o tres en unas cabañas y tiendas provisionales que llamaban *whare*. Los *gumdiggers* hablaban una mezcla de maorí y de palabras del léxico de los buscadores de oro: *whare* significa «casa» en maorí. Entre las cabañas transcurrían unos caminos embarrados, y eran pocos los campamentos con letrinas. En la mayoría de los casos, la gente evacuaba donde nadie los veía. Junto a los trabajadores blancos solían vivir maoríes, a menudo familias enteras, incluso los niños excavaban en busca de resina. De modo que alguna muchacha se esmeraba en obtener ingresos de otro modo. Me repugna llamar prostitutas a esas niñas que apenas por un par de chelines vendían su cuerpo a hombres sucios y con frecuencia brutales, hombres que no tenían mujeres, que tenían que gastar lo mínimo en satisfacer sus apetitos carnales y utilizaban el acto como válvula de escape de su cólera y frustración.

Frano y Jaro debieron de emplear madera de manuka para construir su cabaña y hojas de palmera de nikau para la cubierta. Tal vez consiguieron también sacos que se extendían por encima para protegerla. Es posible que convencieran a un mayorista para que les diera un anticipo o que los trocaran por algún objeto. De ese modo consiguieron tener un techo bajo el que cobijarse, un *gumdigger* no podía esperar más bienestar. La mayoría de los hombres dormían directamente sobre el suelo y, por supuesto, sin cambiarse de ropa. No había baños. Quien sentía la necesidad de lavarse iba al arroyo, a estanques o ríos. En invierno nadie acudía a ellos. Por lo visto, los dos chicos eran la excepción en lo que respecta a la limpieza; ambos se esforzaban siempre por mantener un aspecto aseado. Cuentan que Frano, un hombre de por sí apuesto, hizo uso de su talento con la palabra entre las mujeres del campamento, lo que sin duda no habría dado fruto si su aspecto hubiera sido repelente y el olor de su cuerpo, insoportable. Es de suponer que la noche de su llegada Frano y Jaro se sentaran delante de su *whare*. A lo mejor el segundo encendió una hoguera, el primero debió de conseguir una botella de whisky que compartieron con sus vecinos. Seguro que los hombres enseguida perdieron la ilusión de hacerse ricos como *gumdiggers*. Puede que incluso oyeran ya la frase de un trabajador que describía su existencia a la perfección: «Cavo en busca de resina para comprarme la comida que me da fuerzas para cavar en busca de resina».

Es probable que ya esa primera noche Frano Zima decidiera alejarse lo antes posible de la vida del buscador de goma. No se había imaginado así la existencia en el nuevo país. Pero primero tenía que trabajar para cancelar las deudas, tenía que pagar los pasajes del barco y las herramientas, si bien estas ni merecían ese nombre. Los hombres hurgaban la tierra con unos alambres afilados, los llamados *gum-spears*, intentando percibir las pepitas de resina. Al principio, Frano y Jaro no lo conseguían, era preciso tener experiencia para estimar si la herramienta había tropezado con un *nugget* o con una raíz. Primero se cavaba con una especie de pala lijada que cortaba la tierra y las raíces cuando se empleaba con fuerza suficiente. Y antes de que se intentara hacer todo eso a veces había que abrir zanjas de hasta doce metros. Los primeros días los hombres debían de acabar reventados cuando limpiaban sus hallazgos por la noche, un proceso a su vez agotador y laborioso.

Les pagaban una vez a la semana. Aparecía el mayorista, pasaba revista a lo que le ofrecían los *gumdiggers* y fijaba un precio. Alguien como Frano Zima debía de tratar de negociar con él, de elogiar la calidad de su botín y de poner en duda la exactitud de la balanza del comerciante. También debía de regatear, comprobar cuánto dinero le pagaba en realidad el hombre y cuánto se quedaba para liquidar las deudas y costear las herramientas. Jaro, más sosegado, confiaba en el sentido de la justicia y en la indulgencia del comprador, y cada semana sufría, ciertamente, una decepción.

Había gente que se enriquecía con el «oro de Nueva Zelanda». Los hombres que se lo arrebataban a la tierra no formaban parte de ellos.

De ahí que tuvieran que pasar años hasta que los dos compañeros celebraran que se habían liberado de las deudas y de la servidumbre. ¿Cómo debió de transcurrir ese tiempo? ¿Se rebelaron contra su destino? ¿Sintieron rabia o añoranza? ¿Se arrepintieron del paso que habían dado y de haber abandonado su hogar, o se aferraron a la esperanza? ¿Creyeron que todo iría mejor cuando por fin pudieran dejar

Dargaville o acaso los buscadores de goma no pensaban demasiado cuando estaban en los campamentos? ¿Vivían de un hallazgo al otro? ¿Estaban impacientes por comprar whisky con su escaso sueldo semanal? ¿Se aferraban a las contadas noches en que les llegaba el dinero para pagar a una muchacha?

Tal vez había hombres de ese tipo, pero una mente ingeniosa como la de Frano Zima también tenía que emplear el tiempo para trazar planes. Debía utilizar cada minuto para establecer contactos y aprender la lengua de su nuevo país. Para él el idioma era la clave para desplegar su talento. Ya dominaba el inglés con fluidez cuando los dos amigos por fin abandonaron Dargaville en 1912, y en esa época tomó la decisión de traducir su nombre a la nueva lengua. Frano Zima se convirtió en Frank Winter.

Pero la resina de kauri no abandonó a Frank y Jaro, no había un trabajo mejor pagado para los chicos de Dalmacia. Desde que la fiebre del oro había arrastrado a miles de jóvenes al país, Nueva Zelanda estaba abarrotada de mano de obra. A eso se añadía que los granjeros y los hombres de negocios preferían trabajadores de origen inglés. Incluso la ley protegía a los súbditos británicos. Desde 1898 se necesitaba un permiso para la explotación de resina de kauri; a partir de 1910 solo se lo concedían a los británicos.

Pero era una norma que podía saltarse, solo se aplicaba en terreno estatal. En un terreno privado podía cavar cualquiera que obtuviera el permiso del propietario, y aquí es donde entró de nuevo en juego la elocuencia de Frank. Ya debió de haberlo utilizarlo en Dargaville, pues tres jóvenes *gumdiggers* dejaron con él y Jaro el lugar para trabajar juntos por cuenta propia en otro sitio. Los cinco se unieron primero al ejército de trabajadores ambulantes. Se marcharon hacia el este, tuvieron empleos temporales, siempre en busca de un *gumfield* propio cuyos beneficios compensaran por fin el esfuerzo.

Encontraron lo que buscaban en Paeroa. Descubrieron un prometedor monte bajo de manuka y dieron con el propietario, que no tardó en sucumbir al arte de la persuasión de Frank y les arrendó el terreno. Los *gumdiggers* pagaban un precio irrisorio, pero el alquiler casi se comió todos sus ahorros. En 1913 empezaron la construcción de un *gumfield*. No es que tuvieran mucha suerte. Jugaban con fuego, al principio incluso en el sentido más literal de la palabra. Había que quemar los matorrales antes de empezar a cavar y no era poco frecuente que los incendios se descontrolaran. Una vez Frank y sus compañeros prendieron fuego a su propio campamento y en otra ocasión estuvieron a punto de convertirse en víctimas de las llamas.

Por fortuna, Nueva Zelanda abunda en corrientes de agua y pocas veces hay que esperar mucho tiempo a que llueva. Así pues, los cinco se salvaron y al propietario no le importó que se hubieran quemado un par de yugadas de maleza. Cuando por fin pudieron empezar a buscar goma de kauri llegó el invierno. El terreno se sumergió en el lodo y el barro y las zanjas que se habían excavado volvían a derrumbarse o se llenaban de agua. Frank tuvo que ser muy persuasivo para que los colmados y las ferreterías les fiaran. Debían de tener deudas con todo el mundo cuando por fin encontraron el primer kauri hundido en la tierra miles de años atrás. Me imagino que en ese momento la reacción fue la misma que la que se ve en las películas sobre perforaciones de petróleo. Los hombres no debían de caber en sí de alegría, tal vez bailaron en el barro y se abrazaron, tal vez abrieron su última botella de whisky. Pero después invirtieron todas sus fuerzas en obtener tanta resina como fuera posible. Por fin volvieron a tener esperanza, por fin rieron y trazaron planes.

Por último, Frank y Jaro se dirigieron con los cestos llenos hasta los bordes a Paeroa para vender sus primeros productos a los mayoristas. Los hombres debieron de escoger a Frank porque con él tenían las mejores perspectivas de hacer un buen trato, y a Jaro porque confiaban en él. Y entonces al final obtuvieron su recompensa, más de lo que nunca habían ganado. Los dos amigos tuvieron que sentirse muy ricos.

¿Cuánto le quedaría a cada uno después de pagar todas las deudas y repartir el resto entre los cinco? No debieron de pensar en ello. Ese día se negaron rotundamente a hacer cálculos, no querían preocuparse. En lugar de ello querían celebrarlo. Pero no les apetecía irse al pub más cercano. Más que el whisky y la cerveza, a los amigos les apetecía un poco de lujo, una cama en la que dormir, unos baños... No tardaron en decidir instalarse en un hotel la noche siguiente. Tenía que ser un buen hotel, reconocido, no uno de esos que alquilaban las habitaciones por horas. Su elección recayó en el Hauraki, uno de los mejores establecimientos del lugar. Eso acarrearía graves consecuencias.

LA CASA JUNTO AL RÍO

Alison April Dickinson era una buena chica y lista de verdad. Cuando iba a la escuela soñaba con ser maestra. Pero a principios del siglo XX, en la Nueva Zelanda rural, no se enviaba a ninguna hija de trabajador a la universidad, sobre todo cuando la familia era pobre y tenía muchas bocas que alimentar. Alison creció junto a sus diez hermanos en una granja; su padre era responsable del ganado de vacas lecheras en una gran empresa, pero entonces, como sucede también hoy, el empleado de una granja no ganaba demasiado. Pese a ello, los Dickinson eran gente honrada. Pertenecían al Ejército de Salvación. La muchacha había recibido una educación profundamente religiosa y le encantaba asistir a la escuela de los domingos. Allí incluso daba clases, tanto en su pueblo como, después, en Paeroa.

Alison tuvo que abandonar pronto su casa en Morrinsville. En el campo no había puestos de trabajo para una chica de catorce años. A pesar de todo, algo así era raro en Nueva Zelanda. Pero los Dickinson tenían parientes en Paeroa que conocían al propietario del hotel Hauraki. La contrataron como camarera de habitación, no sin antes advertirle con insistencia la vergüenza que representaría para toda la familia que ella no demostrara su valía. Así que la restregaron a fondo, le pusieron el traje de los domingos y se fue directa a la entrevista de trabajo.

En el Hauraki le dijeron lo afortunada que podía considerarse al haberle ofrecido ese puesto y lo desagradecido que sería fallar. Ella asentía a todo lo que le decían. Sabía comportarse, sabía hacer una reverencia y decía «Sí, señor» y «Sí, señora». Y sobre todo sabía callar. Respondía a las preguntas que le planteaban con cortesía, pero con brevedad, mantenía la vista humildemente baja y como consecuencia de ello causó una impresión lo bastante buena como para obtener el trabajo.

Ese mismo día ocupó un sobrio cuartito, que compartía con otra muchacha desarraigada, en el ala de servicio del hotel. A lo mejor ambas también compartían la nostalgia por su tierra y la añoranza de sus padres y hermanos. Pero tras un breve período de adaptación se sintieron a gusto con su nueva vida. La comida era mejor que los sencillos platos del pueblo. Contaban con unos baños modernos y no tenían que ir a lavarse a la fuente o a la vaqueriza. El uniforme era pulcro y a ellas, que siempre habían llevado los vestidos de las hermanas o primas mayores, les parecía casi elegantes.

Tampoco el trabajo era tan duro como el del corral, donde Alison estaba acostumbrada a ayudar en su casa. Por supuesto, el ama de llaves del hotel era severa, pero ella lo hacía todo lo mejor que podía para contentarla. Durante el horario de trabajo no charlaba con las demás chicas e intentaba en lo posible pasar inadvertida. Estaba estrictamente prohibido hablar con los huéspedes, en especial con los varones. De vez en cuando alguno intentaba establecer contacto, siempre ha habido hombres que consideraban a las camareras presas de caza. Esto era muy desagradable para ella y sus compañeras, no solo porque las avergonzaba y atemorizaba, sino también porque tenían que rechazarlos sin disgustarlos. Que un cliente se quejara podía costarle el puesto de trabajo a una camarera de habitación.

Respecto a si siempre consiguió escapar de los intentos de aproximación de los viejos lascivos o si, muerta de vergüenza, tuvo que consentir que alguien le tocara el pecho o debajo de la falda, Alison nunca contó nada. Si sucedió así, debió de hablar, como mucho, con sus amigas, con la chica que dormía con ella en la habitación y con otras jóvenes empleadas con quienes compartía secretos y folletines con relatos románticos que proporcionaban un poco de materia con que soñar antes de dormir.

En cuanto al salario, no percibía nada. Mientras ella fue menor de edad, se entregaba el dinero a los padres, quienes se quedaban con una parte de él como contribución a los gastos de la familia, pero dejaban escrupulosamente a un lado la mayor parte para su hija. Alison se guardaba un par de peniques como dinero de bolsillo, tampoco necesitaba gran cosa. El empleo en el hotel le ofrecía comida y alojamiento y, por lo demás, tampoco gastaba en viajes, pues Morrinsville estaba demasiado lejos de Paeroa para ir a visitar a la familia en los escasos días en que libraba. En lugar de ello, iba a ver a sus tíos a Paeroa y pasaba con ellos las tardes que tenía libres en su bonita casa de madera junto al río Ohinemuri. A sus parientes también les causó una buena impresión, de lo contrario su tío no la habría nombrado su heredera.

No obstante, me pregunto qué debía opinar Alison en realidad. ¿Disfrutaba de verdad de las visitas a sus parientes mayores? ¿Se alegraba de ir a verlos? ¿Tenía algo que contarles? Había pasado su infancia en el campo, disfrutaba de estar de nuevo en contacto con la naturaleza en esa casa situada en un lugar idílico, en las afueras de la población. Por otra parte, una mujer joven debía de desear estar en lugares con más vida, más estimulantes y simplemente más divertidos. ¿Tendría la «diversión» alguna importancia en esos años en la vida de Alison Dickinson? ¿Podía permitirse algún placer inocente sin sentir remordimientos? ¿Tenía amigos con los que ir a las fiestas populares o a las ferias, al cine o al teatro? No lo he averiguado. Tal vez experimentó todo eso cuando conoció a Frank Winter. A lo mejor se sintió atraída por él a causa de su forma de ser despreocupada y segura de sí misma.

Pero me estoy desviando del tema.

Cuando Alison empezó a trabajar en el hotel Hauraki, Frank todavía era Frano y estaba endeudado hasta las cejas en Dargaville. Tendrían que pasar años hasta que ambos se encontraran. Dado que la muchacha era tan agradable y educada, cambió el puesto de camarera de habitaciones por el del servicio de desayunos y ayudaba en la cocina y en la lavandería. Se familiarizó con todas las secciones del establecimiento y con ello superó un poco su timidez. Siempre se comunicaba de modo educado y solícito con los huéspedes. El propietario del Hauraki sabía valorarlo, así que un día se encontró en la recepción, donde escribía las facturas de los huéspedes que se marchaban e indicaba su habitación a los recién llegados.

Esa noche, cuando Frank Winter y su amigo Jaro llegaron al hotel, estaba detrás del mostrador. A lo mejor en ese momento distribuía el correo por las casillas de los huéspedes o llenaba con su buena caligrafía formularios de ingreso. ¿O estaría soñando? ¿Se permitía de vez en cuando dejar vagar sus pensamientos? ¿Había un príncipe azul que dominara su imaginación, un hombre alto de ojos ardientes, tez oscura y cabello rizado? ¿Y se sobresaltó quizá cuando de repente lo vio junto a la puerta? Frank Winter respondía a la idea que ella tenía del príncipe azul, de lo contrario no se habría enamorado ciegamente de él. Ya sabemos lo bien que él manejaba las palabras. Debió de bromear con ella, halagarla..., tal vez porque también él se enamoró al instante de esa chica tan bonita. Era delicada, con unos finos rasgos faciales, pelo largo y rubio y ojos azules. No era una belleza fuera de lo común, pero sí atractiva, y Frank no era exigente. En todos esos largos años en los campamentos de los *gumdiggers* seguramente no había visto ninguna joven tan aseada y hermosa. Quizá al principio solo flirteó con ella porque esperaba conseguir así una habitación mejor, un descuento para los baños y la sauna del hotel y una comida gratis. Alison hizo lo que pudo, quería agradar a Frank y su amigo. Más tarde, ante el jurado, le brillaban los ojos al hablar de ese primer encuentro con Frank.

El joven todavía le gustó más cuando salió de los baños. Conversaron, él le preguntó por una barbería. Ella le recomendó una y además un restaurante bueno y barato, y en un momento dado él le preguntó qué hacía en su próximo día libre. Ella sopesó si debía quedar con él. Era su primera cita, tenía veintidós años y, por supuesto, era virgen.

Frank la tranquilizó con muchas y bonitas palabras. A fin de cuentas se trataba de dar un paseo juntos por un lugar público, dijo, y le explicó cuánto había añorado esos últimos años estar en compañía de una mujer amable y virtuosa. Apeló a su compasión, habló de nostalgia y añoranza hacia su lejana familia. Fuera como fuese, ella consintió. Se encontraron para dar un paseo, luego para ir a una fiesta popular y más tarde ella le permitió que la acompañara a la iglesia. Frank se portaba como es debido, en esa época todavía no la apremiaba, la cortejaba con habilidad y respeto. La cautivaba. Ella era feliz.

De ninguna manera Frank podía decir lo mismo. Puede que estuviera satisfecho de cómo se desarrollaba su relación con Alison, pero en su *gumfield* surgieron las primeras dificultades. Hoy en día no podemos desentrañar con certeza qué fue lo que causó las diferencias entre los amigos Frank y Jaro y los otros *gumdiggers*; Alison tampoco tomó ninguna posición al respecto ante el jurado. ¿Acaso los otros hombres se sentían tratados injustamente? ¿Les disgustó que Frank y Jaro se hubieran divertido en el hotel a sus expensas? Sin duda había sido Frank quien había reunido al grupo y lo había mantenido cohesionado. Siempre había llevado las negociaciones con los arrendatarios y comerciantes y buscado el contacto con un mayorista. No resulta improbable que quisiera cobrar por esas tareas que los demás no reconocían. A lo mejor también les fastidió que cada vez pasara más tiempo en Paeroa. Puede que envidiaran su relación con la joven, que le reprocharan que él se creyese mejor...

Fuera como fuese, la sociedad de los cinco jóvenes de Dalmacia aguantó un año y luego los tres descontentos siguieron su camino. Frank y Jaro solos no podían o no querían seguir explotando el *gumfield*. Frank aseguró a Alison que no rendía demasiado. Los troncos estaban a mucha profundidad, era mejor explotar un yacimiento en el que fuera más fácil trabajar. Ella no opinó acerca de estas reflexiones. Estaba loca por Frano Zima, a quien solo conocía como Frank Winter. Más tarde no se mencionó su nombre auténtico ni siquiera en el proceso. Frank y Alison se habían besado, él se había vuelto cariñoso y le había confesado su amor. Ella nunca habría dudado de sus palabras. Escuchaba compasiva sus quejas sobre lo duro que era trabajar en los *gumfields* y lo mal pagado que estaba. Deliberó con él en torno a qué otra cosa podía hacer para ganarse la vida. Y como consecuencia estuvo buscando un trabajo apropiado para él. Ahora ya no tenía miedo de infringir las reglas. Cuando encontraba un anuncio de empleo que se ajustaba a Frank o a Jaro, los dejaba entrar a escondidas en el hotel, donde podían bañarse y arreglarse antes de la entrevista. Desde que había alcanzado la mayoría de edad disponía de una cuenta propia donde ingresaba su sueldo, así que compró un traje para que Frank no asistiera a las entrevistas con su gastada ropa de trabajo. A fin de cuentas, no buscaba ningún puesto de peón, sino que iba a hablar en despachos y tiendas, se ofrecía para cargos de vendedor o comercial. Es posible que cumpliese los requisitos para ello, pero nunca había ido al colegio y no sabía leer ni escribir.

Para Jaro fue más fácil dar el salto. A esas alturas, también él hablaba bien inglés y en Dalmacia había aprendido un oficio. Al cabo de un tiempo encontró empleo en una carpintería de un pueblo a quince kilómetros al noroeste de Paeroa. Más tarde, cuando la relación entre Alison y Frank se afianzó, él se casó con la hija del carpintero. Llegado el momento, se hizo cargo del taller.

Frank, por el contrario, no encontraba ningún trabajo que respondiera a sus expectativas, y cuando ocupaba un puesto que ella le facilitaba —lo colocó como conductor en el hotel, como asistente en una empresa y como empaquetador en un colmado— no tardaba en perderlo por las razones más diversas. Al final lo intentó como autónomo. Alison le prestó el dinero para alquilar otro *gumfield*, esta vez junto a Thames, en la península de Coromandel, aunque él no pensaba cavar para buscar la resina, sino que otros hicieran el trabajo duro mientras él se ocupaba de negociar con comerciantes y mayoristas. Pero el éxito no llegó. Los hombres no confiaban en él y no comprendían para qué necesitaban un intermediario. Ellos mismos negociaban, al menos con los mayoristas.

Llegó un día en que Frano volvió a ponerse a trabajar en el *gum-field*, quejándose, por supuesto, de la poca resina que se extraía, aunque en los pantanos había madera para dar y vender. Debe señalarse al respecto que también las raíces y troncos de los viejos árboles eran, y siguen siendo, muy codiciados. La madera de kauri siempre se utilizó para hacer muebles y era muy buscada. Su extracción, sin embargo, era sumamente fatigosa. Para sacar troncos enteros de una marisma, los ahorros de ella no bastaban. Además, ya casi no le quedaban. Cuando Frank planeó crear un negocio ambulante —había pensado llevar artículos en un carro tirado por un caballo flaco a los *gumfields* y con ello romper el monopolio comercial de los mayoristas—, Alison pidió a sus padres el dinero que habían reservado para ella. Ellos se negaron a dárselo para invertirlo en negocios inseguros. Estaba pensado para servir de ayuda inicial cuando la hija fundara una familia, explicó su padre más tarde ante el jurado. Él no tenía intenciones de dárselo para que mantuviera a un caradura.

Gerald Dickinson debió de expresarse de igual modo ante su hija, lo que desembocó en una tremenda pelea entre la joven y su familia. Ella suspendió los pagos mensuales para el mantenimiento de sus hermanos pequeños, perdió el contacto con su familia y se alejó de sus pocos amigos y conocidos del hotel. Frank no había dado buenos resultados cuando trabajó en el Hauraki y ella tuvo que escuchar algunas quejas y críticas. Defendía a Frank con vehemencia, jugándose con ello su propia reputación.

Finalmente Frank adquirió con un crédito —Alison respondía como garante— los artículos para iniciar su carrera de vendedor ambulante, así como un carro y un jamelgo flaco y viejísimo. Pero tampoco con este negocio le fueron bien las cosas. Para hacer la competencia a los mayoristas, tenía que vender los artículos muy baratos, con lo cual reducía de forma considerable sus beneficios. No podía seguir permitiéndose que los clientes compraran al fiado, lo que le hizo perder cierta popularidad. Además, estaba el tema del alcohol. La cristiana Alison, en cuya familia se consideraba la abstinencia como el bien supremo y el alcoholismo, el peor de los pecados, puso como condición para avalarlo que no incluyera el whisky entre sus artículos. Con ello, el negocio estaba condenado al fracaso desde un principio.

Alison sufrió por distintas razones de los continuos descalabros de Frank. Por una parte le dolía por el dinero, por supuesto. No había podido ahorrar mucho en los años que habían pasado desde su mayoría de edad, aunque consumía poco. Sin embargo, ahora esa pequeña reserva se fundía como un trozo de hielo al sol. Claro que seguía viviendo en el hotel y que no la amenazaba la pobreza, pero le afectaba la falta de perspectivas. Llevaba ya tres años con Frank. Quería casarse, fundar una familia, andaba por los veinticinco años. Pero un casamiento habría significado abandonar el puesto bien pagado del Hauraki. A lo mejor le habrían seguido dando trabajo por un tiempo, pero más adelante, cuando estuviera embarazada, Frank debería alimentar a la familia. Para que eso por fin se consolidase, siempre estaba dispuesta a prestarle su apoyo. Ansiosa, lo presionaba, quizá perdió alguna vez la paciencia y se peleó con él, pero luego cedía una y otra vez. A fin de cuentas, lo amaba por encima de todas las cosas.

También Frank la presionaba. Iba a pasear con ella, la llevaba al cine o a comer, aunque la mayoría de las veces era ella quien pagaba. Pero en el aspecto sexual no avanzaba demasiado. Ella no permitía más que un par de caricias y besos. Defendía firmemente su virginidad. Tenía una rígida educación cristiana y el amor carnal antes del matrimonio no entraba en cuestión, por muy persuasivo que fuera Frank.

Como consecuencia de ello, llegó un momento en que ambos estaban cansados e insatisfechos con la relación. Tal vez uno de ellos la habría roto. Pero entonces murió el tío de Alison, que en los últimos años había vivido solo en la casa junto al Ohinemuri. Siempre que el poco tiempo libre de que disponía se lo permitía, ella se había ocupado del viudo (también había discutido frecuentemente con Frank por esa razón, aunque él bien que se aprovechaba). No eran pocas las veces que el anciano le daba a su sobrina un poco de dinero. Tal vez ella ya sabía entonces que la nombraría su heredera, tal vez se asombró de que un notario se dirigiera a ella después del entierro de su tío. En cualquier caso, le correspondió la casa junto al río Ohinemuri y una pequeña suma de dinero.

—¡Ahora por fin podremos casarnos! —exclamó jubilosa cuando le habló a Frank de la herencia—. Podemos abrir un negocio en la casa. ¿Te gustaría? Vivimos en el primer piso y en la plana baja vendemos los muebles y esculturas de Jaro.

Además de trabajar en la carpintería, Jaro se dedicaba a tallar figuritas y hacer muebles de madera de kauri, y Frank consideraba que tenían interés comercial. Desconozco si tal valoración era objetiva o no. No se han conservado tallas, por lo que no se puede opinar acerca de la calidad estética de los trabajos. Que ella compartiera la opinión de Frank sobre su potencial en el mercado debe sin duda ignorarse. Lo adoraba, a ese respecto nada había cambiado en todos los años de una relación insatisfactoria.

La romántica Alison lo retenía diciendo que, si se casaban, sus padres también le darían el dinero ahorrado. Algo en sus argumentos debió de convencer a Frank y este convino en el compromiso. Ella estaba exultante de alegría y enseguida se puso a amueblar la casa junto al Ohinemuri a su gusto, con los ahorros que sus padres de buen grado pusieron a su disposición. La boda ya era un asunto cerrado, entendieron que su hija invertía en su propio futuro en lugar de en financiar los proyectos de Frank. Ella amuebló la casa y sustituyó los sombríos muebles por otros claros y acogedores y colocó alfombras. Reforzó la terraza y conservó dichosa todos los voladizos y torrecitas, que conferían a la casa un carácter especial. Tras una larga reflexión la pintó de azul y amarillo. ¿Eligió estos llamativos colores para hacer alarde de su felicidad?

Cuando concluyó la renovación, dejó el dormitorio del hotel y se mudó a la casa heredada. Al principio conservó su empleo en el Hauraki, aunque en ese período Frank tenía un trabajo que parecía merecer la pena.

Un par de jóvenes fuertes de un campamento de buscadores de resina de kauri habían emprendido la ambiciosa tarea de extraer un árbol entero de un pantano y comercializar luego la madera. Frank había puesto a su disposición el caballo que poseía desde su aventura de vendedor ambulante. Visitaba Paeroa solo esporádicamente, pero siempre se alegraba de los avances en renovar y amueblar la casa que hacía Alison. Ahora que solo era cuestión de tiempo que compartieran mesa y cama debió de presionarla para adelantar la consumación del matrimonio.

Ella se había mantenido firme mientras tenía su cama en el hotel. Pero la primera vez que Frank fue a verla a su casa, todas sus barreras se derrumbaron. Frank consiguió cumplir sus deseos. Alison, por el contrario, no disfrutó de las intimidades, como confesó avergonzada a su abogado. Su sentimiento de culpa superó al deseo, no se entregó, solo cedió. Y por su parte adelantó el enlace matrimonial haciéndose pasar por Alison Winter entre los vecinos de la casa junto al Ohinemuri.

Por qué lo hizo exactamente no queda claro. Admitió que los vecinos debían conocerla como una mujer respetable y se avergonzaba de haber mantenido relaciones con Frank antes del matrimonio. De hecho, sin embargo, ya se había presentado como la señora Winter antes de ceder al acoso de Frank y de compartir su lecho con él. ¿Acaso había planeado en efecto adelantar la noche de bodas? ¿Sabía que consentiría en cuanto le abriera la casa? En cualquier caso, oficialmente ya vivía en ella el matrimonio Winter y muy pronto, al menos eso esperaba ella, formarían una familia como es debido. No debió de pensar que también se arriesgaba a anticiparse a esto último al entregarse a Frank. Fuera como fuese, según sus propias revelaciones, se sintió horrorizada cuando poco después de su «noche de bodas» se dio cuenta de que estaba embarazada.

Frank no lo encontró tan mal. Cuando volvió a visitarla, estaba de un humor excelente. La extracción del kauri se había realizado sin problemas y él se había quedado con la raíz por su colaboración. La quería vender por su cuenta y riesgo pues se prometía con ello ganar más que repartiéndose con los otros hombres los beneficios de la venta del tronco. Frank planeaba viajar un poco hacia el norte, donde esperaba que una carpintería más alejada del yacimiento le ofreciera un precio mejor. Cuando regresara del viaje, se casarían. Fingió alegrarse de la llegada del bebé y la tranquilizó en cuanto al posible escándalo. Ni sus padres ni los vecinos se darían cuenta de nada si el niño llegaba un par de semanas antes. ¿Quién iba a llevar las cuentas?

A ella eso no le gustó nada. Le pidió a Frank que fueran al registro civil antes de su partida. Ya celebrarían la boda más tarde, explicó, pero para ella era importante legitimar la relación lo antes posible. Frank se negó. Con aspereza, declaró la joven después, le reprochó que no confiara en él y también que lo estuviera presionando. Frank se marchó iracundo y Alison pasó la noche sin dormir. Cuando Frank volvió a la mañana siguiente, ella transigió: claro que esperaría, claro que confiaba en él... Todavía sería mucho más bonito si él volvía con algo de dinero y celebraban de verdad el enlace. Ella soñaba con hacer una fiesta en el hotel. Estaba convencida de que sus compañeros lo decorarían maravillosamente. Quería demostrar a sus padres y hermanos que Frank era un esposo decente y que seguro que no iba tras ella por su dinero. Él reforzaba ahora ese sueño. Iba a vender la raíz y además las esculturas y los pequeños muebles de Jaro, dijo, y cargó el carro con todo lo que tenía.

Poco después, hacia abril de 1919, se marchó. Alison esperó. Al principio con paciencia, luego cada vez más nerviosa. Al final, cuando ya había pasado más de un mes, recibió una carta. Su corazón debió de dar un brinco al ver el nombre de Frank en el sobre. Sabía lo mucho que le costaba escribir. Si lo había hecho a pesar de todo, tenía que ser por razones de peso.

La joven admitió más tarde que cayó inconsciente al leer lo que Frank había garabateado con su torpe caligrafía en el papel de carta de una pensión de Mangatarata.

Lo siento, pero e tenido que romper el conpromiso. Pero te llebaré
siempre en el corazon.

Frank

Guardó ese escrito. El jurado disponía de él y contribuyó seguramente a que muchas personas comprendieran el acto de la joven. ¡Qué rabia e impotencia tenía que haber sentido! ¡O fue más bien desesperación! El futuro debió de presentarse ante sus ojos como una visión del infierno. La idea de contarles a sus padres que esperaba un hijo, de confesárselo a la ama de llaves o al propietario del hotel... Y luego todos esos años expuesta a la vergüenza pública de ser madre soltera. Ante el jurado afirmó que también pensó en el niño. Nacer fuera del matrimonio era una mancha. A los dos, madre e hijo, los esperaba un martirio.

¿Planeaba ya Alison desprenderse de él cuando envió una carta de respuesta a la dirección de Mangatarata que copió del membrete? ¿O acaso su ruego de que volvieran a hablar al menos una vez antes de separarse definitivamente fue un acto de desesperación?

Por supuesto, no podía saber si la carta llegaría a manos de Frank. Podría ser que solo hubiese pernoctado una vez en la pensión y que no volviera nunca más. Pero al final recibió respuesta, aunque algunas semanas después. De nuevo, Frank era lacónico.

No canviara nada, pero si quieres voy. Te escribire antes.
No te olbidare nunca.

Frank

Declaró que algo ocurrió en ella cuando leyó esas líneas. ¿Que no la olvidaría nunca? ¿Es que no la había olvidado ya? Abandonar, olvidar, ¿dónde estaba la diferencia?

Y Frank se hizo esperar de nuevo. Entretanto los vecinos ya debían de estar hablando de ella y la familia preguntaba cuándo iba a celebrarse la boda. Alison ya se había despedido del trabajo por vergüenza. Vivía de lo que le quedaba de sus ahorros. Todo eso debía de angustiarla muchísimo y seguramente avivaba también su cólera. No encontraba ninguna solución. Hasta que recordó haber visto una pistola al arreglar la casa tras la muerte de su tío. Entonces ni siquiera había osado tocarla, y había planeado venderla. Aunque, en realidad, no sabía cómo se vendía un arma. De ninguna manera quería que cayera en manos de un desalmado y sentirse culpable si este hería o mataba a una persona. Lo expuso de tal modo ante el jurado que parecía de verdad ser sincera. Jamás en su vida habría creído posible que un día ella misma haría uso del arma.

Sin embargo, cogió la pistola de la buhardilla e intentó cargarla. En el Hauraki había un puesto de tiro y había observado alguna vez a los huéspedes practicar el tiro al plato. Tenía una vaga idea de cómo manejar un arma y tiempo suficiente para practicar, pues Frank volvía a guardar silencio. Hasta septiembre no dio señales de vida, esta vez no desde el hotel. Había garabateado sus notas en una sencilla hoja y Alison no tuvo presencia de ánimo para estudiar el sello postal y hacerse una idea de dónde estaría metido ahora. Arrojó el sobre y la carta al fuego: su rabia hubo de triunfar sobre la frustrada esperanza.

Frank Winter apareció a finales de septiembre de 1919 en la casa junto al río. Se desconoce lo que sucedió exactamente entre los dos; al principio Alison afirmó que ya no recordaba de qué habían hablado antes del crimen. Después admitió que la había ofendido, que había afirmado que lo único que quería era endosarle al niño, que en realidad no era de él. Luego agregó que él se jactaba de haberse casado ya hacía tiempo con otra y que por eso no podía ni quería cambiar su posición frente a ella y su hijo.

La joven tuvo que haber planificado el crimen, o al menos así lo vio el juez más tarde. Los miembros del jurado opinaban que, en todo caso, lo había considerado. Solo cuando Frank la encolerizó con sus ofensas, fue capaz de hacerlo. La misma Alison admitió que únicamente había querido amenazar a Frank con el arma. ¿De verdad pensaba que podría volver a conquistarlo así? ¿Quería forzarlo con el arma levantada a ir al registro civil? Desde la perspectiva actual todo eso resulta risible, pero ella debió tratar febrilmente de salvar su honor.

Lo único seguro es que apretó el gatillo. Alison Dickinson mató a Frank con tres disparos en el pecho antes de dirigir el arma contra sí misma. El intento de acabar con su propia vida fracasó. No debió de contar con el retroceso. El hecho es que la bala solo la rozó. A pesar de todo, perdió el conocimiento.

El cartero, que en ese instante pasaba en bicicleta, oyó las detonaciones y avisó a la policía. La llevaron primero al hospital y acto seguido directamente a la prisión. Pasó una noche en Paeroa y luego la condujeron a una cárcel de mujeres de Auckland. Nunca hizo el menor gesto de negar el crimen. La primera vez que la interrogaron sobre un motivo, sobre si estaba arrepentida, dijo tres frases. Muy despacio y con la voz ronca, tal como anotó en el acta el funcionario que la interrogaba: «Lo siento, pero tuve que romper el compromiso. Aunque lo llevaré siempre en el corazón. Nunca lo olvidaré».

LA LUCHA POR ALISON

Alison Dickinson era una reclusa tranquila. No había quejas contra ella, no precisaba de ningún tratamiento especial aunque estaba embarazada y su abogado trataba de convencerla de que reclamase una alimentación mejor y una celda individual. Durante el interrogatorio cooperó, respondió a todas las preguntas, pero nunca habló de su caso. En realidad nunca pronunció ninguna palabra malsonante sobre Frank Winter, aunque se refería impasible a todo el dinero que le había prestado, cuándo lo había hecho y a lo poco que él conservaba los trabajos que ella le había facilitado. Resultó que lo había registrado todo con minuciosidad en un cuaderno. Ella misma admitió que había contado con que seguro que le devolvería los préstamos. «Yo era una mujer muy independiente —dijo—. Sabía exactamente en qué invertía mi dinero. Todo estaba ordenado.»

Uno también puede considerar ese cuadernillo como una especie de diario de una mujer ajena a cualquier euforia, que ha aprendido a no dar gritos de júbilo y a no lamentarse. Con palabras sencillas y con cifras logró aliviar la pena que atenazaba su alma. Alison Dickinson nunca habría descrito detalladamente su decepción y su dolor, nunca se habría confiado a un auténtico diario.

A principios de diciembre de 1919, algo más tarde de lo que calculaban ella misma y el médico de la prisión, dio a luz a una hija en la cárcel. Tal como declaró algo sorprendida una celadora, mostró poco interés por el bebé. De hecho, ni siquiera había pensado antes de que naciera en qué nombre dar a su hija. Creía que sería un niño. Alison accedió a llamarla Patricia, como sugirió una de las vigilantes.

Justo después de su nacimiento, llevaron a Patricia Dickinson a un hospicio en Auckland. Su madre nunca más preguntó por ella.

En un principio, el caso Dickinson no despertó gran expectación entre la opinión pública. Solo los periódicos de Paeroa informaron brevemente acerca de un «crimen pasional». Eso cambió cuando Alison se presentó ante el jurado el 5 de agosto. Por supuesto, se había contado con que provocara cierto morbo: no todos los días se veía a una joven atractiva acusada de asesinato frente a un tribunal. Pero no solo fueron los curiosos y la gente ávida de escándalos quienes determinaron el destino de esa mujer. De hecho, las especiales circunstancias del crimen también despertaron el interés de organizaciones feministas y partes del movimiento obrero. Las mujeres neozelandesas habían empezado pronto a pelear contra la discriminación y el maltrato. Ya en 1893 habían conseguido con su lucha el derecho a voto, sindicatos como el Tayloresses' Union ejercían una gran influencia. Y ahora había una congénere que tras años de sumisión por fin se había defendido. Claro que era inaceptable pegar un tiro a un caprichoso inútil, pero las mujeres vinculadas al feminismo pidieron comprensión hacia Alison. Lo mismo hicieron muchos hombres organizados en sindicatos que creían ver paralelismos entre la dependencia de ella hacia Frank y el servilismo de los trabajadores hacia el Moloc de la industrialización.

Así pues, la sala estaba a reventar de curiosos cuando condujeron a la joven Dickinson ante el juez y el jurado, donde causó una buena impresión, a fin de cuentas era algo que había practicado toda su vida. No se mostró arrepentida sino sumisa. Nunca pidió compasión. Su abogado, B. J. Dolan, quien se encargó del caso sin cobrar, intentó desatar sus emociones, que mostrase esa cólera ardiente que la había llevado a cometer el crimen para pedir la comprensión del juez. Pero ella no perdió la calma, aunque una parte de su declaración anegó en lágrimas los ojos de las mujeres presentes. «Quería arrancármelo del corazón. Yo no podía morir llena de amor y tenía que morir a toda costa. Lo he hecho todo para liberarme. Sin embargo..., todo ha sido en vano, no lo he conseguido. Está muerto, pero todavía permanece en mi corazón.»

Los testigos a los que llamó B. J. Dolan para examinar la relación entre Alison y Frank Winter no se expresaron de forma tan críptica. Los padres y hermanos de la procesada, sus compañeros de trabajo y superiores, e incluso un conocido de la víctima no se mordieron la lengua.

—Se aprovechó de Alison, la engatusó, la sedujo y luego desapareció. ¡En algún momento tenía ella que perder la cabeza! El propietario del hotel Hauraki, que no dejó la menor duda de lo mucho que la había apreciado como empleada, fue directo al grano. Las declaraciones de otros testigos fueron más comedidas, pero todos coincidían en que había sido víctima de un estafador que había prometido casarse con ella, un sinvergüenza holgazán.

—Se lo tragó todo —declaró la joven que había compartido con ella la habitación en el ala de servicio del hotel—. Siempre se creyó todo lo que le contó, lo aguantaba todo. Yo no lo habría soportado, pero ella siempre se dejaba convencer para prestarle dinero o hacer cualquier cosa por él.

—Entonces, ¿se comentaba la relación entre ambos? —quiso saber el abogado. La pregunta hizo estremecer a Alison.

La joven testigo respondió sin titubeos.

—Claro que se comentaba. Cuando él trabajó en el hotel, todos lo conocían allí. Pero nunca hablamos mal de Alison, señor..., señor... su señoría... Tiene que creerme. A nosotros solo nos daba pena.

Alison también despertó lástima entre los periodistas presentes. El *New Zealand Truth*, sobre todo, siguió el caso e informó cada día minuciosamente sobre el desarrollo del proceso. Se desconoce si leyó los artículos. Su abogado le llevaba los periódicos al juzgado. Con ello alimentaba la esperanza de animarla, pero ella siempre hacía una pulcra pila con los papeles y no parecía tocarlos.

Tras diez días de declaraciones, B. J. Dolan pronunció un vibrante discurso en el que hacía una lista de incontables circunstancias atenuantes y alegaba una disminución de las facultades mentales en el momento del crimen. Pidió al jurado que no la declarase culpable, aunque se hacía pocas ilusiones. En efecto, pocas horas después se falló el veredicto de culpabilidad. No obstante, los miembros del jurado admitieron que Alison había sido incitada a cometer el crimen. Pidieron al juez que fuera clemente al dictar una sentencia y que tuviera esa circunstancia en cuenta.

Este, sin embargo, no hizo caso de sus recomendaciones. La sentencia tan impacientemente esperada —en la sala del juzgado no cabía nadie más y casi la mitad de los presentes eran periodistas— hizo recaer en la muchacha todo el peso de la ley. Sir Robert Stout, un estricto conservador, un juez muy crítico frente al movimiento feminista, no vio ninguna circunstancia atenuante. La condenó a cadena perpetua con trabajos forzados.

Mientras en la sala se armaba un revuelo, los presentes hablaban entre sí y los periodistas salían volando para informar lo antes posible a sus redacciones, Alison Dickinson se quedó quieta, como si todo eso no tuviese nada que ver con ella. Su abogado pronunció la palabra clave: ¡Revisión!

Justo el día después del proceso, trasladaron a la convicta a la isla Sur. Las mujeres sentenciadas a cadenas largas las cumplían exclusivamente en la prisión de Addington en Christchurch.

Ella lo encajó sin quejarse, aunque tampoco dijo nada cuando se rechazó la revisión de su caso, un detalle que Dolan debería haber previsto. El intransigente Stout también presidía el tribunal de apelación. Pero mientras Alison trabajaba diez horas diarias en la lavandería de la cárcel, leía la Biblia por las noches, asistía a la iglesia los domingos e intentaba fundirse con las sombras que imperaban en la dura y yerma vida de la prisión, sus simpatizantes estaban activos. Harry Holland, editor de la revista *Maoriland Worker*, inició una campaña en pro de su liberación. En numerosas ciudades se crearon comités bajo la consigna de «Libertad para Alison Dickinson», el movimiento feminista organizó manifestaciones y escribió solicitudes, una tarea en la que ya tenía práctica. Durante la lucha por el derecho a voto habían llegado a manos del primer ministro cientos de solicitudes procedentes del entorno de los movimientos feminista y obrero.

¡La primera solicitud para la liberación de la presa la habían firmado sesenta mil personas! Además, las feministas no se limitaban a pedir clemencia. Planteaban cuestiones incómodas a la policía y la justicia, denunciaban la diferencia de trato a hombres y mujeres, reclamaban que hubiese mujeres policía, peritas y juezas. Mujeres valientes del movimiento sindical pronunciaban discursos inflamados en los que comparaban la severa sentencia fallada contra la muchacha con los castigos mucho más blandos que se imponían a asesinos, violadores y pederastas. Al final cuestionaron las diferentes posibilidades del tribunal de apelación y consiguieron que se promulgara una ley que en adelante permitió un nuevo procedimiento de apelación en casos similares.

Alison tenía que estar sorprendida ante tanto apoyo. Seguramente luchaba más contra su sentimiento de culpabilidad que contra su destino. No ofrecía entrevistas ni escribía cartas de petición, pero no rechazaba las visitas ocasionales procedentes de los círculos de sus simpatizantes. Tal vez porque no quería ser descortés, tal vez porque consideraba que cualquier cambio en el monótono día a día de la cárcel era una bendición. Así conoció a Harold Trout, un funcionario sindical que había enviudado hacía poco. Nadie puede decir si este ya la impresionó desde un principio. No era un hombre apuesto como Frank, sino de constitución robusta y solo un poco más alto que ella. El rostro casi siempre enrojecido, la nariz ancha, los labios carnosos. Pero Trout también disponía del talento para hablar con un amplio vocabulario, de forma ilustrativa y convincente. Era un populista, arrebataba a los miembros del sindicato cuando hablaba de aumentos salariales, facilidades laborales y, de vez en cuando, de huelga. Le contó a Alison las manifestaciones y reuniones que se organizaban pidiendo su puesta en libertad; a lo mejor disipó sus dudas acerca de obtener un indulto. Debió de alimentar sus esperanzas, debió de recordarle lo joven que era todavía: aún no había cumplido treinta años. Le señaló que cuando saliera podía empezar una nueva vida. Harold Trout fue a ver seis veces a Alison Dickinson durante su último año en la cárcel y, cuando por fin se aprobó el indulto, cuando tras cuatro años en la cárcel se la confió a la tutela de sus padres, él fue quien la recogió. Condujo cuidadosamente a la intimidada joven a través de la multitud de simpatizantes que la esperaba delante de la cárcel vitoreándola y aplaudiendo. Se ha conservado una foto del periódico de ese día, algo borrosa, pero muy expresiva: la muchacha está medio escondida detrás del sindicalista y su abogado. Trout muestra la sonrisa resplandeciente del triunfador, el rostro de Dolan tiene una expresión amable y neutral, y a ella se la ve pálida y vacilante. Había perdido peso durante la encarcelación. En la foto tiene el semblante de una niña asustada, el ves-

327

tido que ya había llevado durante el proceso cuelga en torno a su cuerpo enflaquecido. Es solo la sombra de la joven hermosa que trabajaba en la recepción del hotel Hauraki. Uno se pregunta inevitablemente si llegará a estar preparada para la nueva vida que Trout y otros simpatizantes le han construido.

No se sabe demasiado acerca de la vida de Alison Dickinson durante el año siguiente. Solo que no hizo ningún intento de ver a su hija o de llevársela con ella. Pasaba el tiempo en casa de sus padres, que solo abandonaba para ir a misa los domingos. Entonces soportaba estoicamente las miradas y cuchicheos de los otros miembros de la congregación. Iba vestida de oscuro, nunca se la veía reír. La familia se apiñaba a su alrededor cuando aparecía en público, aunque obraba un efecto más amenazador que protector, y es más que probable que tratara a la pecadora con severidad. Los Dickinson nunca la habían visitado durante su encarcelamiento. Para ellos, acogerla ahora era probablemente una obligación más que una alegría. La joven había deshonrado a la familia, en más de un aspecto. Es de suponer que estuviera sometida a ejercicios de penitencia y que tuviera que aceptar humillaciones y reproches.

Entretanto, los periódicos dejaron de hablar del caso. El nombre de Alison Dickinson desapareció de los titulares y con ello se fueron retirando sus ilustres simpatizantes. La única excepción fue Harold Trout. La visitaba frecuentemente en casa de sus padres. Se ignora qué hacían allí, de qué hablaban, si se quedaban a solas o si la familia insistía en vigilar los encuentros de la hija descarriada con un hombre.

Un año después de su puesta en libertad, Gerald Dickinson dio a conocer el compromiso de su hija con el viudo. Otro año más tarde contrajeron matrimonio en Auckland.

Patricia Dickinson era una niña vivaracha. Aunque las hermanas de la Caridad que dirigían el hospicio habían hecho desde el primer día todo lo posible para enseñarle a ser obediente y humilde, ella no se amoldaba. El hospicio era un lugar triste. El edificio en sí, una pesada construcción de ladrillo, era intimidador, las salas estaban amuebladas sobriamente y eran altas y por ello difíciles de calentar. Los dormitorios no ofrecían la menor privacidad. Pero al menos, salvo por las tareas domésticas y su colaboración en el cuidado de los más jóvenes, los niños ya no tenían que trabajar como hacían unas décadas antes. Iban limpios, se les daba comida suficiente, una formación escolar aceptable y una educación cristiana. Esta era severa, no se ahorraba en castigos dolorosos, como los golpes. Las monjas justificaban estas medidas diciendo que los niños formaban parte de la escoria de la sociedad, que debía ser reconducida por el buen camino con la determinación necesaria.

De hecho, ninguno de los niños compartía el destino de los bien educados huérfanos de las novelas victorianas que habían sido separados de sus cariñosos padres por un trágico accidente. La mayoría de los pequeños del hospicio de Auckland solo habían conocido desde un principio a uno de sus primogenitores, que los había tratado más mal que bien hasta su muerte o desaparición. La mayoría tenía a maoríes entre sus antepasados, algunos eran medio maoríes o maoríes de pura cepa. Siempre había razones más o menos justificadas para arrebatar sus hijos a los indígenas y concederles en los hospicios una «sólida» educación inglesa. Esos niños de las tribus eran especialmente protestones y sedientos de libertad. Aprovechaban cualquier oportunidad para escapar de la tristeza del orfanato aunque fuera un par de horas. Si no se los sometía a una estricta vigilancia, huían a los bosques de los alrededores, donde nadie les impedía gritar y pelearse, correr y jugar.

Desde un principio, la pequeña Patricia quedó fascinada por los maoríes. En cuanto supo caminar se pegó a los niños maoríes, quizá porque parecían más despreocupados y reían con más frecuencia o porque siempre estaban dispuestos a ocuparse de los menores. Las monjas no lo veían con buenos ojos. Además, los maoríes tendían a contagiar a los demás con su comportamiento rebelde. Uno de los primeros recuerdos infantiles de Patricia era la terrible tunda de palos que recibió después de haber jugado desnuda en el barro con un niño maorí de su edad. La niña maorí que estaba vigilando no había visto nada de malo en ello. En las tribus, ir desnudo no era nada indecente, sobre todo entre los niños pequeños. Así que al igual que su protegida no consiguió entender la dureza del castigo.

Las palizas no impidieron que siguiera reuniéndose con los maoríes, así que pronto se ganó la fama de revoltosa. Sin embargo, habría bastado con que fuera solo un poco más conformista para tener la oportunidad de convertirse en la preferida de las hermanas. Patricia —o Tricia, como ella misma se llamaba— era una niña preciosa, con una sonrisa cautivadora. Más tarde se convertiría en una belleza, era mucho más atractiva que su madre. Tenía el cabello negro y rizado, un rostro oval y proporcionado y los ojos azul claro de su madre. Pero su mirada no reflejaba como en Alison una naturaleza dulce y tolerante. No, los ojos de Tricia estaban alerta y eran recelosos, hacían pensar en el hielo y el fuego. Ella estaba muy lejos de confiar en su entorno. Pese a su agradable apariencia carecía de ingenuidad infantil.

Patricia pronto se valió por sí misma, era despierta y aprendía deprisa. No tardó en eludir los controles de las hermanas con la misma habilidad que los maoríes. Una y otra vez se escapaba con ellos al bosque y observaba cómo trenzaban nasas de hojas de raupo para pescar o tender trampas a los pájaros. Aprendió a encender fuego para asar la presa en él y tomó nota de cuáles eran las raíces que podían asarse en las ascuas como guarnición. Cuando regresaba al hospicio por la tarde y, como casi siempre, la descubrían —los niños tenían sus tareas en el asilo y enseguida se echaba de menos a los ausentes—, no le importaba que la enviaran a la cama sin cenar. De todos modos, el pescado y las raíces de raupo habían sido mucho más sabrosos que la eterna papilla de avena.

Tricia no sabía demasiado de su madre. Los artículos de periódico sobre Alison no llegaban hasta el hospicio y, después de todo, cuando la niña aprendió a leer, ya hacía tiempo que se había desvanecido la agitación. Pese a ello, las hermanas se encargaron de que no cupieran dudas de que era fruto de una «pecadora». Renunciaban a ser más precisas, lo que la llevó a cavilar ampliamente en torno a qué error habría cometido su madre. ¿Habría robado comida de la cocina como hacía a veces Tricia? ¿Habría salido de casa a escondidas para reunirse con los amigos equivocados? A veces soñaba que su madre era como una amiga que se rebelaba contra las severas reglas del hospicio. No pensaba en cambio en las auténticas circunstancias de la vida de su madre. No se preguntaba por qué Alison nunca le escribía ni la visitaba.

Los niños a los que les llegaban alguna vez noticias de sus padres eran minoría.

De ahí la sorpresa que debió de llevarse cuando un día la llamaron al despacho de la superiora, quien le comunicó de forma escueta que abandonaría el hospicio a la mañana siguiente. Su madre y su marido habían decidido acogerla en su familia. La hermana debió de transmitirle esta noticia con la boca pequeña, seguro que no le parecía correcto dejar a su pupila bajo el tutelaje de la «pecadora». Y seguramente tampoco ahorró en advertencias para que en casa del socialista Trout, un hombre con probabilidad bastante impío, defendiera el espíritu cristiano que durante doce años se le había inculcado.

Es posible que Tricia, perpleja, guardara silencio… Es posible que también hiciera algunas preguntas. A fin de cuentas hasta ese momento no había sabido dónde vivía su madre, que estaba casada y que había dado a luz a más hijos. La superiora no debió de esforzarse demasiado en acallar su curiosidad. Es de suponer que mencionara lacónicamente un par de nombres y hechos. Y es del todo seguro que no tuviera respuesta a las preguntas más urgentes de Patricia: ¿Qué es lo que ha movido a mi madre a acordarse de mí justo ahora? ¿Cómo es que ha tomado esa resolución repentina de llevarme con ella? ¿Qué espera mi madre de mí?

Cabe suponer que Tricia, la niña salvaje, se alegraba de abandonar el hospicio pese a todas las incertidumbres. Seguro que quienes deseaban tener hogar y familia la envidiaban. Así que se subió esperanzada en el tren acompañada de una encargada del Servicio de Asistencia a los Jóvenes que la trataba de forma distante pero con amabilidad. Incluso respondió a un par de preguntas, habló de la labor política de Harold Trout, de su importancia en el movimiento sindicalista y destacó lo generoso y valiente que había sido casándose con Alison Dickinson. ¡Y ahora sacaba del orfanato a la hija de ella! En boca de la asistente todo eran elogios.

—Debes estarle agradecida —indicó a Tricia—. E intentar integrarte en la familia. Tu madre necesitará tu ayuda. Así que sé digna de la confianza que se ha puesto en ti.

Con unas palabras así, la adolescente ya debió de sentir que algo malo se acercaba. Pero lo que realmente la esperaba no hubiera podido figurárselo ni en la peor de sus pesadillas.

UNA CHICA OBEDIENTE

Patricia tenía doce años cuando ingresó en la familia Trout, una edad, pues, en que las niñas se convierten en mujer. Alison esperaba otro hijo, era la cuarta vez en siete años de matrimonio. Tal vez Harold Trout estaba harto de tener que respetar constantemente a una embarazada. A lo mejor tenía demasiado vista a su mujer. ¿O fue quizá la misma Alison quien pensó que su hija adolescente podría ayudarla? ¿En el cuidado de los niños y el mantenimiento de la casa, como afirmó ante Tricia, o para satisfacer las necesidades de su esposo? Si lo que más tarde contó una joven desesperada a la granjera Elizabeth Frazier responde a la verdad, la vida de la adolescente en esa familia fue un tormento desde el primer día.

Alison Dickinson Trout ya no era tierna y bonita cuando Patricia la conoció, ya no era tímida y como una niña tal como la mostraban en las imágenes de su excarcelación y en la foto de boda con Trout. Los partos y su nuevo embarazo la habían hinchado. Estaba deforme y descuidada. Iba desgreñada y tenía el delantal manchado. También la casa, que Tricia y la asistente encontraron después de preguntar por ella, daba la impresión de haber conocido tiempos mejores. Sin embargo, debía de haber sido bonita, o al menos eso hacían suponer la pintura azul desconchada y las torrecitas y voladizos amarillos. La casa incluso arrancó a la acompañante de Tricia un comentario poco elogioso de los Trout como redentores de la pequeña.

—No entiendo cómo pueden vivir aquí —musitó la mujer, ya desconcertada cuando después de preguntar por la casa de los Trout a una vecina esta frunció el ceño mostrando desaprobación y empezó su explicación con las palabras: «¡Ah, se refiere a la Casa Winter!».

Tricia se habría imaginado una «casa de invierno» blanca, pero pronto se olvidó de esa idea cuando pulsaron el timbre y oyeron el llanto de un bebé y los pasos de unos piececitos. Alison Trout abrió la puerta con un bebé en brazos y dos niños más pegados a su falda.

—Sí, ¿digan?

La muchacha ya debió de sentir un pinchazo al oír esa pregunta hostil. ¿Acaso su madre no la esperaba? ¿No reconocía a su hija? De hecho, Alison la observaba con más atención de lo que se imaginaba.

—No te pareces a él. —Fueron las primeras palabras que le dijo. En su voz no había emoción. Tricia no supo si esa frase expresaba decepción o alivio—. Había pensado que no la traerían hasta mañana —explicó Alison dirigiéndose a la asistente—. Pero mejor así, por supuesto. Muchas gracias. ¿Desea… desea usted un café o alguna otra cosa? —No era un gesto hospitalario y la asistenta rechazó la invitación.

Hoy puede parecernos inconcebible que no hiciera ningún intento de examinar la casa en la que dejaba a su pupila. Enseguida habría llegado a la conclusión de que Alison Trout estaba totalmente superada por el cuidado de su familia y se habría mostrado contraria a cargarla con una hija más. ¿O vio que Tricia, con doce años, podía aliviar el trabajo del ama de casa? A fin de cuentas ya le había dejado claro en el tren que su madre esperaba que la ayudase. Fuera como fuese, en ese momento se despidió de Patricia y su madre sin hacer más preguntas, saludó a los demás niños y cerró la puerta de la Casa Winter tras de sí.

Es de suponer que al hacerlo suspiró aliviada.

¿Cómo es que pasados doce largos años de la muerte de Frank Winter volvemos a encontrar a Alison Dickinson en la vivienda que con tanto cariño rehabilitó y que luego fue escenario del crimen?

El hecho de que fuera propietaria de una casa seguro que no influyó en la decisión de Harold Trout de casarse con ella. Puede que hubiera las más diversas razones para su proposición de matrimonio, pero la codicia no era una de ellas. Por otra parte, Trout no era rico, los funcionarios sindicales estaban en esos tiempos más bien mal pagados. En la época en que se casaron, vivía en una casa muy pequeña en Thames junto con los dos hijos de su primer matrimonio. Herbert tenía trece años y John diez. Para ella no debió de ser fácil sustituir de golpe a la madre de ambos chicos. Le faltaba la experiencia en el trato con los niños y estaba traumatizada tras su estancia en la cárcel. A ello se sumó el hecho de que enseguida se quedara embarazada. Con otro niño, la casa amenazaba con reventar.

Todo eso debía de resultar sumamente desagradable para Alison, quien después de pasar años en la cárcel ansiaba amplitud y posibilidades de aislarse. La angosta vivienda urbana de Thames no se las brindaba. Así que debió de ser ella misma quien propusiera mudarse a la Casa Winter cuando a Trout le sorprendió una llamada para que se trasladara a Paeroa. Los mineros que extraían cuarzo allí, así como los trabajadores de la refinería de oro construida en 1914, necesitaban ayuda para fundar un sindicato y luchar por sus derechos.

¿Qué debió de sentir al ver de nuevo la casa junto al Ohinemuri? ¿Qué debió de pasársele por la cabeza cuando volvió a oír por primera vez el nombre de él, ese nombre con el que había confeccionado en esa época la mentira sobre su estado civil: la Casa Winter?

Si tal vez había conseguido desterrar a Frank Winter de su corazón, ahora ya no pasaba un día en que no se acordara de él. Pese a ello, con la llegada de Patricia sintió por lo visto una especie de orgullo por su vivienda, de lo contrario tal vez se habría expresado de otro modo cuando al final se quedó a solas con Tricia y los otros niños.

—¿Quieres ver la casa? —preguntó sin más a su hija—. Es mía.

En realidad, ella habría preferido comer algo. Estaba hambrienta tras el largo viaje. Aun así se conformó y siguió a su madre habitación por habitación. Más adelante se enteró de su historia, cuando fue a la escuela y se vio confrontada a los rumores de las otras niñas sobre «la hija de la asesina».

En un principio la niña, que se había criado en el ambiente sobrio y funcional del orfanato, encontró que la casa de su madre estaba desordenada y llena hasta los topes. Se sorprendió, además, de que una habitación del primer piso estuviera cerrada y aparentemente sin utilizar mientras ella tenía que compartir su habitación con dos medio hermanos.

—Puedes dormir aquí —dijo Alison, señalándole una de las dos camas—. Los pequeños se repartirán la otra.

Tricia se dio cuenta de que no había nada preparado para ella. Ni la cama estaba hecha ni tampoco habían dejado un espacio vacío en el armario para que guardara sus cosas. A continuación, ella misma vació un estante y colocó sus pocas pertenencias. Los pequeños no pusieron ningún reparo. La niña, Caitlin —Alison se la presentó cuando se lo pidió—, tenía cinco años; el niño, Tony, tres. El más pequeño de sus medio hermanos tenía un año y era varón, Pete. Ahora, el vientre de Alison volvía a redondearse bajo su delantal.

Entretanto, ya hacía mucho que había pasado el mediodía, pero Alison no hacía ningún ademán de reunir a la familia para comer. Calentó leche solo cuando el bebé lloró y dio una papilla a Tony y Caitlin.

Cuando los hijos de Harold llegaron de la escuela y Tricia conoció a sus hermanastros, los imitó y cogió pan y queso de la cocina mugrienta. Caitlin se acercó a ella y abrió la boca como un pollito. Tricia le dio también un trozo de pan que la pequeña se metió ávidamente en la boca.

—Vuestra... ¿vuestra mamá no os prepara nunca la comida? —se atrevió a preguntar al final al chico mayor, Herbert.

Este se encogió de hombros.

—A veces sí, a veces no —respondió y miró a la recién llegada de un modo que ella encontró desagradable aun sin poder decir por qué.

—Tú sabes cocinar —dijo el más joven—. Papá dice que ahora te encargarás tú de todo. Mamá no lo consigue sola. —Tricia se sobresaltó. Exceptuando que sabía asar pescado y raíces en un fuego abierto, todavía no había cocinado nunca. Su aportación en la cocina del hospicio se había reducido a cortar verduras y pan y a limpiar las ollas. Por otra parte, tampoco tenía que ser tan difícil poner algo sobre el hornillo. En el orfanato había papilla de avena por la mañana y por la noche y al mediodía un cocido. Mucha verdura, legumbres y un poco de carne hervida en agua.

Alison había pasado la tarde sentada junto a la ventana de la cocina, contemplando el río y meciendo entretanto a su hijo pequeño. Apenas hizo caso de su hija mayor, solo de vez en cuando le dirigía una mirada fugaz. A la muchacha todo eso le resultaba desagradable y extraño. No sabía qué se esperaba de ella. ¿Le molestaría a la madre que jugase con los niños? Caitlin y Tony eran muy tranquilos, casi como si estuviesen aturdidos. Más que jugar, mordisqueaban los pocos juguetes que tenían.

Por la tarde, la madre salió por fin de su inmovilismo. Se levantó, trajinó por la cocina, aunque sin llegar realmente a hacer nada. Empezó a cortar verdura, decidió luego limpiar la mesa del comedor, buscó una olla y la colocó sobre el fogón.

—Tiene que estar todo listo para cuando venga Harold... —murmuró.

Tricia preguntó con cautela si podía ayudarla y acto seguido su madre la envió al pozo a sacar agua. La Casa Winter carecía de agua corriente, lo que la joven encontró extraño. En ese aspecto el orfanato estaba más avanzado.

Cuando por fin llegó Harold Trout, algo difícil de definir hervía en la cocina y olía a la papilla quemada que Alison había olvidado al fuego. Tricia se dio cuenta de que sobre la mesa solo había platos, su madre no había pensado en los cubiertos al ponerla. Cada vez la veía más como una sonámbula. En comparación con las extremadamente resueltas hermanas con las que hasta ahora se había visto siempre confrontada, Tricia encontraba todo eso extraño e inquietante.

Harold Trout, en cambio, se mostró despierto y enérgico. Torció la boca al ver el lío que había en su casa, rechazó a los pequeños, que se cogieron a su traje con los dedos pringosos, y lanzó a su esposa una mirada enojada. Alison contestó suplicante.

—Ha... ha venido la chica —dijo, como si eso explicase el estropicio.

—¿En serio? —El hombre deslizó la vista por el grupo de niños que se habían reunido para recibirlo y la detuvo en Tricia. Esta distinguió unos penetrantes ojos azules, demasiado juntos, aunque tal vez así se lo pareció a ella. El marido de su madre frunció el ceño—. No se parece a ti —opinó tras mirar a su esposa—. ¿Te llamas Patricia? —preguntó a su hijastra.

Esta asintió.

—Tricia —corrigió ella.

Trout hizo una mueca.

—Da igual que te llames Tricia o Pat, chica... ¿Es que no tienes ojos en la cara? —El tono de su voz era hostil. Tricia se encogió ante la agresividad verbal—. ¿Es que no ves qué aspecto tiene esto?

—Veo... veo muy bien... —respondió Tricia, intimidada. No tenía ni la más mínima idea de qué esperaba Trout de ella.

—¿Ah, sí? —le advirtió—. ¿Y no se te ha ocurrido coger una escoba o lavarles las manos a los niños o poner cuchara y tenedor en la mesa, me cago en Dios?

—No pronunciarás en el nombre de Dios en vano —dijo Alison con voz ronca.

Tricia pensó en lo que las hermanas del hospicio habrían dicho respecto a ese arrebato.

—He preguntado si podía ayudar —se defendió.

Trout resopló.

—Mañana preguntas menos y haces más —advirtió—. Ahora pon la mesa como es debido y tú, Alison, mira a ver si acabas de preparar la comida. Después tengo una reunión y no quiero llegar con el estómago vacío.

Tricia seguía estando hambrienta, pero la aparición de su padrastro le había quitado el apetito. Pese a ello tomó en silencio algunas cucharadas de ese insípido cocido. Solo se diferenciaba de la comida del hospicio en que había mucha más carne. Los demás niños también comieron en silencio. Alison ponía de vez en cuando una cucharada de carne o verdura en la esperanzada boquita abierta de Pete, aunque en ocasiones simplemente parecía olvidarse de él. Tricia tomó nota de que los niños eran menudos y flacos. Era muy probable que se esperara de ella que se ocupara de los pequeños en el futuro.

—Cuando vuelva quiero ver las habitaciones limpias —se despidió Trout, mirando claramente a Tricia y Alison. Sus palabras sonaban amenazadoras, pero no parecían impresionar demasiado a la mayor. Se quedó sentada a la mesa, hasta que el benjamín, Pete, le recordó su existencia. Cuando se puso a llorar le dio de comer la papilla quemada.

Mientras, la adolescente cogió la escoba y la pala y empezó a barrer. No tardó en darse cuenta de que eso no era suficiente. Había que fregar los suelos de la cocina y el comedor, si habían de quedar más o menos limpios. A esas horas ya hacía tiempo que estaría durmiendo en el hospicio y estaba cansada. Caitlin y Tony lloriqueaban fatigados. Les lavó las manos y la cara y los llevó al piso de arriba para meterlos en la cama que iban a compartir en el futuro. Los pequeños no protestaron, se acurrucaron el uno contra el otro y se durmieron enseguida. Al bajar, se encontró con Alison, quien se quejaba ligeramente desconcertada de no encontrar a los dos niños. Cuando Tricia le dijo que los había acostado, asintió ensimismada. Luego desapareció con el pequeño Pete en el dormitorio del matrimonio.

Tricia siguió limpiando las habitaciones de la planta baja. Estaba agotada y exhausta, pero no quería disgustar a su padrastro justo después de conocerse. Así que todavía estaba atareada cuando a eso de medianoche llegó Trout. Olía a cerveza, se tambaleaba y pareció necesitar algo de tiempo para recordar quién era la muchacha que en ese momento frotaba la mesa. Entonces sus ojos centellearon y la miró... demasiado tiempo, le pareció a ella. Sintió malestar.

—Eres una chica guapa —dijo. Tricia bajó la vista ruborizándose. Hasta ese momento nadie le había dicho nada sobre su aspecto. Las monjas solo comprobaban que las niñas estuvieran limpias. Pensar sobre la propia apariencia era vanidad. Trout deslizó la mirada por la cocina ordenada y el comedor limpio—. Y al parecer eres también una niña obediente —concluyó.

Tricia no sabía si debía responder. Descansaba su peso en uno y otro pie.

—Todavía... todavía no he acabado del todo —susurró, y un miedo extraño se apoderó de ella.

Trout hizo un gesto de rechazo con la mano.

—Ya está bien, puedes irte a la cama —anunció. Tricia se dio media vuelta, contenta de poder escapar—. ¡Espera! —El imperativo la hizo girarse. Justo después el tono se suavizó—. No sin un beso de buenas noches —determinó. La niña lo miró sorprendida. Conocía la expresión «beso de buenas noches» de los cuentos. No la habían besado en toda su vida. Y ahora estaba ahí, inmóvil delante de ese hombre grande y pesado que se acercaba vacilante para poner sus labios en la frente de ella. No era realmente desagradable, pero a pesar de ello sintió asco y repugnancia. Tuvo que forzarse para no retroceder asustada. Él le puso las manos sobre los hombros—. ¿Y seguirás siendo más adelante una niña obediente? —preguntó.

Ella tragó saliva.

—Sí, señor —respondió educada.

Trout sonrió y a ella le vino a la mente la imagen de un reptil grasiento.

—«Señor», no —la corrigió—. Llámame... llámame tío Harold. Di: Sí, tío Harold.

Tricia inspiró profundamente.

—Sí, tío Harold —repitió en voz baja.

Trout asintió.

—Me alegro, Patricia. Me alegro mucho.

Tricia todavía temblaba cuando por fin se acurrucó entre las sábanas de su nueva cama y se tapó la cabeza con las mantas. Nunca hubiese creído que un día extrañaría el hospicio.

UN POCO DE AGRADECIMIENTO

Los hechos que acontecieron en la casa Trout quedaron profundamente grabados en la memoria de la joven Tricia. Más adelante informó con minuciosidad a Elizabeth Frazier de lo que ocurrió en los primeros días y de forma algo más imprecisa de lo que sucedió después. Elizabeth lo contó para que constase en acta en el Servicio de Asistencia a los Jóvenes. Todavía hoy puede accederse a sus declaraciones, lo que ha hecho factible este detallado informe.

A Tricia nunca se la reconoció como a una hija en la casa Trout, sobre todo no como a una hija querida. Alison apenas le prestaba atención y se aislaba, asimismo, de todo su entorno. Hoy se sospecha que sufría una depresión profunda. Su pasividad desconcertaba y atemorizaba a la niña. Estaba acostumbrada a que el día estuviera rigurosamente regulado en el hospicio, donde la oración y el trabajo llenaban cada minuto. Su madre, por el contrario, se quedaba sentada durante horas junto a la ventana con el menor de sus hijos en brazos, mirando el río, hasta que el pequeño Pete se ponía a llorar sin cesar, pero a veces ni siquiera parecía percatarse de eso. De los otros niños solo se ocupaba esporádicamente.

Ya el segundo día, fue Tricia quien se ocupó de sus medio hermanos. Comprobó que no había comida en la casa y, siguiendo las vagas explicaciones de su madre, se encaminó hacia la tienda, donde podía comprar a cuenta. Harold Trout pagaba la cuenta una vez a la semana. Ella se sentía cohibida. Las monjas habían inculcado a los niños que bajo ninguna circunstancia se endeudaran en ningún sitio. En la tienda, su timidez dio paso a la vergüenza porque no estaba preparada para las miradas curiosas que le lanzaron cuando se presentó como la hija de Alison. Los retazos de frases que oyó pronunciar a los otros clientes mientras intentaba recordar la lista de la compra la confundieron.

«Es ella... la Winter... ya sabe... la que nació por...»

Tricia se sentía como en una carrera de baquetas cuando salió de la tienda. Pasó el resto del día fregando y lavando, por la mañana se había dado cuenta de que los niños no tenían ropa limpia.

Alison entró en el fregadero cuando las camisas y pantaloncitos estaban en remojo.

—Tienes que lavar también las cosas de mi marido —ordenó severa—. Es muy importante. Harold siempre tiene que llevar la camisa blanca, ¿sabes? Porque aparece en público. Yo tengo que ser una buena ama de casa, ¿sabes? Si eres una buena ama de casa, los hombres no te abandonan...

Empezó a meter ensimismada la ropa interior y las camisas de su marido en la tina que Tricia había puesto al fuego. Dejó a su hija el duro trabajo de remover la ropa en remojo con un palo de madera, de frotarla vigorosamente en la tabla de lavar, de enjuagarla y de colgarla. Acabado todo esto, la muchacha estaba muerta de cansancio.

Entretanto, Alison había vuelto a preparar la comida —un cocido igual de indefinido que la tarde anterior— y estaba dando de comer al bebé cuando su marido llegó a casa. Tricia intentó esconderse detrás de sus hermanastros cuando Harold Trout contempló al grupo de niños. Pero la descubrió enseguida.

—¿Has ayudado hoy a tu madre? —preguntó con aspereza. De la amabilidad de la noche anterior ya no quedaba ni rastro, lo que a Tricia le iba muy bien. Sabía evaluar la severidad, pero no los besos de buenas noches.

—Sí, tío Harold —respondió obediente.

—¿Lo ha hecho? —preguntó a su esposa.

—Hace lo que le dicen —confirmó esta sin mencionar el duro trabajo que había realizado su hija.

Trout asintió, manifiestamente satisfecho.

—Tiene que ir a la escuela —dijo después, sin hablar con nadie determinado—. Me he encontrado antes con el rector y me ha hablado de ella. Está oficialmente registrada. ¿John? —Su hijo levantó la cabeza—. Mañana la acompañas.

—¡Ay, no, papá! —protestó John al instante, con el mismo tono de voz quejumbroso que a Tricia ponía de los nervios desde que había llegado de la escuela. Yo no voy con chicas. Y con esta aún menos. ¿Con esa pinta? Va hecha una andrajosa. Y además... Con lo que la gente dice de ella...

La niña se alisó su viejo y remendado vestido del hospicio, que se había manchado un poco mientras ella limpiaba.

El hombre frunció el ceño para llegar a la conclusión de que su hijo no iba desencaminado. Lanzó una mirada indecisa a su esposa, pero luego decidió él mismo tomar cartas en el asunto.

—Mañana iré a comprar con ella —anunció—. Después de la escuela, a la que, por supuesto, la acompañarás, tanto si te gusta como si no, John. ¿Tienes un vestido de los domingos, Patricia? —Tricia asintió—. Te cambiarás para ir a la escuela —ordenó Trout—. Y no hagas caso de lo que diga la gente. A nadie le importa quién eres ni de dónde vienes.

Dicho eso se sentó a la mesa y se sirvió el potaje. John iba a protestar, pero cambió de opinión. En lugar de eso, puso la zancadilla a Patricia cuando iba a colocarse en su sitio.

—¡La princesa de los andrajos! —siseó—. ¡Ya verás lo que te espera!

Tricia se esforzó por conservar el equilibrio tanto físico como psíquico. De haberse caído, seguramente habría arrastrado consigo el mantel y la olla con el potaje. Entendió la amenaza a la perfección, pero no sabía cómo calmar a John. Volvió a comer sin apetito, con la mirada clavada en el plato. Al menos esta vez no le dieron más tareas antes de que su padrastro volviera a marcharse al pub a tomarse una cerveza. Suspiró aliviada y se metió en la cama antes de que él regresara. Ya estaba dormida cuando la puerta se abrió. La despertó el olor a cerveza del aliento de Trout.

—Tu beso de buenas noches... —murmuró su padrastro. Tricia mantuvo los ojos fuertemente cerrados, lo que tampoco le sirvió de ayuda. De nuevo sintió los labios húmedos sobre su frente—. ¡Que duermas bien!

Le costó mucho superar el susto y el asco. Después volvió a conciliar el sueño. Y no durmió nada bien.

Por la mañana oscilaba entre el miedo y la alegría anticipada. Lo que desataba tales sentimientos no era tanto la escuela como la perspectiva de ir por la tarde a comprar con Trout. Por una parte se cumpliría así uno de sus mayores deseos. Tricia nunca había tenido un vestido que no hubiera llevado antes otra niña. El hospicio no compraba ropa nueva, todas las prendas procedían de recogidas de ropa y se pasaban de una pupila a otra. Las niñas no podían más que soñar con salir de compras. Desde las ventanas del hospicio miraban disimuladamente a los hijos de las elegantes damas que se dirigían al bazar de beneficencia de la parroquia de la iglesia contigua y se imaginaban lo bonito que debía de ser contar con vestidos de colores y de telas delicadas, medias que no picasen y abrigos que abrigasen de verdad.

Y ahora Tricia tendría, de verdad, ropa nueva, al menos un vestido para ir a la escuela, y tal vez otro para las ocasiones especiales. Los hijos de los Trout iban vestidos correctamente, a lo mejor su padrastro tenía orgullo suficiente para equipar también a su hijastra como era debido. Si no fuera Harold Trout... Se sentía inquieta al pensar en quedarse a solas con él. Y sin embargo entonces todavía no podía concretar de dónde procedía ese rechazo. Intentó convencerse de que era una persona amable. A lo mejor el beso de las buenas noches era algo propio de las familias normales. A lo mejor lo que su padrastro hacía era normal entre padre e hija.

Pero Patricia Dickinson no valía para engañarse a sí misma. Desde el primer día notó que había algo que no era normal en absoluto y eso le daba mucho miedo.

Tricia pudo apañárselas mejor con el rechazo abierto de John. Los chicos también se burlaban y fastidiaban a las chicas en el hospicio, y ella había sido conocida por ser un diablillo. Sabía defenderse cuando había que hacerlo. Pero primero intentó adaptarse. Siguió a John a la escuela guardando una gran distancia entre él y los chicos con los que se reunió en el camino a la escuela. En la clase se colocó discretamente en uno de los bancos que estaban atrás y no hizo caso de las miradas despreciativas de las otras alumnas. Pero, por mucho que bajara la cabeza, no podía evitar oír los cuchicheos. Por lo visto ya se había divulgado la noticia de su llegada.

Al principio solo chismorrearon sobre cosas como su vestido y su peinado pasado de moda; en el hospicio todas las niñas llevaban trenzas, mientras que las chicas de Paeroa llevaban el cabello suelto, atado en una cola de caballo o incluso corto. Ya entrada la mañana, Tricia comenzó a oír otros comentarios dispersos y estos eran mucho más alarmantes.

Una niña que antes había criticado que llevara el vestido demasiado corto se preguntaba si sería o no una fulana.

—Las fulanas llevan los vestidos así de cortos —afirmaba—. Y mi madre dice que su madre lo era...

—No era una fulana, era una asesina... —la corrigió otra niña, lo que a Tricia la sobresaltó.

Las monjas habían calificado de pecadora a su madre, eso sí. Pero

¿una asesina? Cuando alguien era un asesino, ¿no lo metían en la cárcel de por vida? ¿O lo colgaban?

La aparición de la profesora hizo callar en un principio a las chicas. La señorita Dorcester deslizó brevemente la mirada por la clase, descubrió a su nueva pupila en la última fila y le pidió al instante que se sentara delante, al lado de una de las niñas que acababan de meterse con ella. La alumna se echó a un lado de mala gana y todavía reaccionó peor cuando la profesora le pidió que compartiera sus libros de texto. En el orfanato, estos libros pasaban de un niño a otro, como la ropa. No había nadie que tuviera sus propios libros de texto.

—A mi mamá no le gustará que yo haga algo con esta. —Tricia volvió a bajar la cabeza cuando su compañera se dirigió a la profesora—. Es la hija de la mujer que...

La profesora le cortó la palabra.

—Esta es Patricia Dickinson —dijo con severidad—. Vuestra compañera de clase. Quién o qué era o es su madre no tiene la menor importancia.

—¡Sí que la tiene!

—¡La tiene!

A Tricia le habría gustado que la tierra se la tragara cuando fueron varios los niños que con vehemencia llevaron la contra a la profesora.

—¡Porque, si es como su madre, entonces nuestras vidas corren peligro! —exclamó triunfal un chico.

Años después, Tricia todavía recordaba las palabras de sus compañeros de clase, entonces comenzó hacerse una idea de la verdad sobre sus padres. Tampoco olvidó nunca las burlas mordaces que le lanzaron ese primer día en la escuela cuando intentó, desesperada, defenderse.

—Si mi padre era ese Frank, entonces tendría que apellidarme Winter —objetó.

Las chicas y chicos se echaron a reír a carcajadas.

—¡Te llamas Dickinson porque eres una bastarda! ¡Y todo el mundo sabe que los bastardos no valen nada!

—¡Todo el mundo lo sabe!

Al terminar su primer día en la escuela, Tricia estaba con los ánimos por los suelos. Con todos los desprecios que habían recaído sobre ella, por poco se había olvidado de los extraños sentimientos que la futura compra con Harold Trout habían desencadenado en ella. Casi se alegró de verlo esperándola delante del edificio.

Trout se acercó directamente a ella, sin hacer ningún caso de su hijo, que había salido poco antes que Tricia. Esta notó la mirada resentida del chico. ¿Estaría celoso?

Observó el rostro de su hijastra.

—¿Has llorado? —Por lo visto no era fácil ocultarle nada. Ella negó con la cabeza. En realidad no había llorado, sino que se había reprimido atormentada las lágrimas. Aun así tenía los ojos enrojecidos—. No deberías hacerlo. —Su voz tenía un tono suplicante—. ¿Quién desea ver lágrimas en unas mejillas tan bonitas?

Colocó dos de sus dedos cortos y regordetes sobre las mejillas de la muchacha como si así pudiera secar las lágrimas inexistentes. Tricia levantó la mano para protegerse, aunque pese al asco se sintió un poco consolada. Al menos su padrastro parecía tener buenas intenciones, incluso si a ella no le gustaba la forma en que lo demostraba.

—Los niños son malos —dijo en voz baja.

Trout asintió.

—Los niños son crueles —afirmó—. Pero ahora tú tienes una familia. Nadie te hará nada malo mientras seas una buena chica...

Supuso que quería animarla con esas palabras. Pero ¿por qué lo unía a una especie de amenaza?

—Ahora vamos a equiparte como es debido —dijo Trout con una alegría poco natural—. ¿Qué necesitas? Solo el vestido para ir al colegio o también... ¿ropa interior y esas cosas?

Tricia se mordió el labio. En realidad lo necesitaba todo. Sus dos juegos de ropa interior estaban tan ajados como los vestidos y la chaqueta, que ni siquiera ahora en otoño la protegía del frío, estaba hecha jirones. En invierno se congelaría. Por otra parte, no quería que Harold Trout pidiera bragas y camisetas para ella. Se moriría de vergüenza.

—En... en realidad no tengo nada —susurró.

El sindicalista frunció el ceño. Ya casi habían llegado al establecimiento, en la pequeña ciudad de Paeroa todo estaba cerca. La niña pasó tras su padrastro por la puerta abierta de la tienda de baratijas que ponía a la venta todo lo que necesitaban los habitantes de la pequeña localidad. Solo había tiendas especiales para el forraje, las semillas y los utensilios de ferretería.

Tricia ya esperaba que los clientes interrumpieran sus conversaciones cuando entraran en la tienda. Y así fue, la gente parecía no tener nada mejor que hacer que quedársela mirando. Esta vez al menos pudo esconderse detrás de Harold Trout, que saludó campechano a los presentes y que habló a continuación directamente con la propietaria del almacén.

—Esta es Patricia, mi hijastra. Creo que ya la conoce. Necesita un vestuario básico y ropa interior. Por favor, seleccione las prendas para ella.

El corazón de Tricia latió con fuerza aliviado. La dueña de la tienda era amable, era una mujer ante la cual no tenía que avergonzarse. En realidad, no solo necesitaba ropa interior, hacía tres meses que había empezado a tener la regla y necesitaba compresas y un cinturón para sujetarlas entre las piernas. Por supuesto las mujeres nunca hablaban de estos accesorios con los hombres ni tampoco en su presencia.

Una hora más tarde Tricia lo tenía todo: tres conjuntos de ropa interior adecuados, un vestido de algodón azul oscuro para ir a la escuela con la bata a juego y un vestido más claro de muselina para los domingos. Los dos eran sobrios y holgados. Tenían un dobladillo ancho que podía descoserse cuando creciera. En el almacén general de Paeroa se iba a lo práctico, esas prendas no tenían mucho en común con los modernos vestidos de los niños ricos que habían acompañado a sus madres a los bazares de beneficencia en Auckland. Pese a ello, Tricia se sentía como una princesa cuando dio vueltas delante del espejo con su nuevo vestido de los domingos. La tela ligera era del color de sus ojos y ella tenía la sensación de que flotaba alrededor de su cuerpo en lugar de acorazarlo como ocurría con su vieja indumentaria.

La dueña de la tienda le escogió además medias y zapatos de piel y un abrigo impermeable y que calentara, con la capucha a juego. Miró resplandeciente su imagen en el espejo y observó que también Harold Trout la observaba con satisfacción. ¿Era esa una mirada paternal? Tricia no sabía calificar el brillo de sus ojos.

—¿Algo más? —preguntó finalmente la vendedora. Tricia levantó vacilante la vista a Trout.

—Para la escuela... yo... —La profesora le había dado una lista de las compras necesarias y la sacó ahora del bolsillo de su viejo vestido.

—Empaquételo todo, por favor —indicó Trout sin echar un vistazo. Poco después, al montón de ropa se sumaron los libros, cuadernos y lápices. Tricia y su padrastro abandonaron la tienda con dos bolsas de papel enormes y llenas hasta los bordes.

—Gracias —dijo Tricia con educación, tanto a la vendedora como a su padrastro. No podía ni creer todo el dinero que había gastado en ella.

Trout no contestó. Parecía tener prisa. Después de dejar a Tricia con los paquetes en la Casa Winter, volvió a marcharse a su despacho, a la fábrica o donde fuera que pasara el día.

En la casa no la esperaba ninguna novedad. Alison estaba sentada junto a la ventana, contemplando el río, los pequeños se abalanzaron hambrientos sobre ella y John la saludó con una mueca.

—¿No tendrías que estar ayudando a tu mamá? —preguntó—. He tenido que hacerme cargo yo de los niños. Lástima que yo no sea tan habilidoso como tú...

Tricia vio el desastre en cuanto entró en la cocina y el comedor. John se había limitado a dejar en el suelo todo lo que había encontrado de comestible: los restos del cocido del día anterior, pan y... un tarro lleno de miel. Caitlin y Tony, hambrientos como siempre, habían intentado devorar cuanto les era posible. Así se habían puesto perdidos de la cabeza a los pies y habían dejado impresas las huellas de sus dedos pegajosos de miel por todos sitios. El tarro se había volcado o uno de los niños lo había vaciado en el suelo del comedor.

Suspiró y empezó a limpiar. Todo el trabajo que había hecho el día anterior no había valido para nada, así que tenía que volver a fregar el suelo, y pasar la bayeta húmeda por las sillas y la mesa. Y tenía que lavar a los niños antes de que su padre volviera a casa. Trabajaba a toda velocidad. Para los deberes, que tantas ganas tenía de hacer con sus lápices y cuadernos nuevos, no le quedó tiempo.

La tarde transcurrió igual que las anteriores. Trout apareció a la hora de la cena, para la que Alison había asado un pollo durante demasiado tiempo, por lo que estaba duro y en parte requemado, y la verdura de la guarnición estaba cocida en exceso. Trout se disgustó. Sin embargo, no dirigió su cólera solo contra su esposa, sino también contra Tricia.

—¿No tenías que ayudar a tu madre? —la reprendió con las mismas palabras que había utilizado antes su hijo.

La niña se rascó la frente.

—No... no puedo cocinar además de todo lo que hago —respondió en voz baja.

Trout resopló.

—¡Podrías ser un poco más agradecida! —le reprochó—. No te hemos traído aquí para que te dejes mimar.

Tricia se ruborizó, pero declinó defenderse. De nada habría servido acusar a John delante de su padre. Buscó ayuda con la mirada entre los presentes. Herbert, el hijo mayor de Trout, había presenciado todo lo ocurrido. Iba al despacho de la refinería de oro y luego pasaba al mediodía para tomar un tentempié. Por lo general se preparaba un bocadillo y habría podido hacer lo mismo por sus hermanos más pequeños si hubiese mostrado una pizca de interés por ellos. Observaba más bien a Tricia, a ella su mirada le parecía casi tan desagradable como la de su padre, pero al menos no era tan despreciativo como John. A lo mejor Herbert la ayudaba. Pero el chico no tenía la menor intención. Miraba atento lo que sucedía entre ella y su padre.

—¡Tienes que ser más enérgica a la hora de pedirle que colabore! —exclamó Trout volviéndose a su esposa, que lo miraba desconcertada, como si no supiera de qué le hablaba—. O mañana hay algo comestible en la mesa, o...

—¿O? —preguntó con voz ronca Alison.

Trout apretó los labios.

—O utilizaré otros métodos —anunció, aunque sonó poco convincente.

Tricia tuvo la impresión de que su madre y los dos hijos mayores no lo tomaban en serio. Era evidente que no recurría a la baqueta tan rápidamente como las hermanas del hospicio.

De todos modos, suspiró aliviada cuando su padrastro volvió a marcharse al pub, y una vez que los niños se acostaron pudo por fin dedicarse a sus deberes. No le parecieron difíciles, en Auckland habían avanzado más en la materia que los niños de la escuela de Paeroa. Escribió a conciencia las letras y los números en los cuadernos nuevos y con ellos se olvidó del paso del tiempo hasta que llegó su padrastro. Cuando oyó que la puerta se abría, se asustó e intentó cerrar los libros y ovillarse debajo de la manta. Eso no la había salvado la noche anterior del beso de buenas noches, pero algo le decía que era mejor fingir que dormía. Por desgracia, no fue lo suficientemente rápida. Trout entró en la habitación cuando ella todavía estaba sentada en su escritorio improvisado, había acercado una silla a una estantería vacía.

—¿Qué tal, bonita? ¿Todavía despierta? —Parecía contento. Tenía el rostro enrojecido y Tricia creyó volver a oler alcohol.

—Estoy... estoy haciendo los deberes... —Sostuvo el libro como si fuera un escudo protector.

Trout sonrió, pero no era una sonrisa cálida que llegara a sus ojos.

—Vaya, vaya. Qué niña más buena.

Se acercó, la levantó y la besó en la frente otra vez. Pero esta vez no se limitó a un beso, sino que deslizó los labios por la sien hasta la mejilla.

Tricia se apartó.

—¡No! —susurró—. No... ¡no quiero!

La expresión de Trout cambió de un segundo al otro de una fingida amabilidad a la amenaza.

—¿Ah, no? ¿La señorita no quiere? Pero no habíamos apostado por eso. Ibas a ser una niña buena, ¿ya no te acuerdas? Y... ¿no deberías ser un poco agradecida..., Patricia? —La niña miraba a su padrastro como un conejillo a una serpiente. Pensó en escapar, pero él le sujetó los brazos con las manos—. Un poquito agradecida... —Sus labios buscaron los de ella, y Tricia creyó que iba a vomitar cuando su lengua se abrió camino para introducirse en su boca. La besó intensamente antes de soltarla por fin—. Ha sido muy bonito —dijo—. Piensa en eso. Ya llegaremos a un acuerdo. Y ahora... haz tus deberes...

Tricia temblaba. Quería volver a coger el lápiz y el cuaderno, pero no lo lograba. Ya no consiguió concentrarse en los deberes, había perdido para siempre su ilusión por los libros y los cuadernos.

A partir de entonces, Trout le pedía cada día a su hijastra que fuera más agradecida. Patricia tenía trece años cuando la desvirgó en su estrecha cama, al lado de sus medio hermanos, que estaban durmiendo. Ella se esforzaba por no gritar o gemir para no despertar a los pequeños. Dos semanas después nació una niña, su cuarta medio hermana. Tricia recibió la noticia con preocupación y consternada. Temía que su padrastro tampoco pudiera contenerse con Caitlin u otra hija biológica.

La vida de Tricia en la Casa Winter fue un infierno, al menos así se la describió a Elizabeth Frazier. Alison todavía se había encerrado más en sí misma durante el embarazo. Si alguna vez reaccionaba ante sus hijos, lo hacía mostrándole a Tricia su rechazo. Esta no sabía cómo se había ganado el desprecio de su madre, a no ser que interpretase su forma de actuar como una manifestación de los celos. Debía saber lo que Trout hacía a su hija por las noches. Pero ¿cómo podía pensar que lo hacía con el consentimiento de ella? Estas ideas bullían en la cabeza de la muchacha mientras estaba en la escuela y en realidad debería estar concentrada en aprender.

Alison apenas se ocupaba ahora de Pete, quien, como era comprensible, estaba furioso por su repentino abandono y lloraba sin cesar. Tricia aprendió a no oírlo, no tenía tiempo para cogerlo y apaciguarlo tal como había hecho su madre durante meses. Después de la escuela se ocupaba de realizar las labores que se acumulan en una casa ocupada por nueve personas. Limpiaba, lavaba la ropa, hacía las compras, se ocupaba del bebé e intentaba servir una comida caliente al día para que Trout no se enfadara. Entretanto, ya sabía que él no golpeaba a Alison, a los niños ni tampoco a ella, pero era consciente de que por las noches, en la cama, tenía sus métodos para mostrarle si estaba descontento. Entonces la penetraba brutalmente y exigía que hiciera cosas horribles. Esto último era lo peor, como confesó en un susurro a Elizabeth más tarde. Mientras solo tuviera que yacer inmóvil, era soportable; pero cuando él la forzaba a coger su miembro o a metérselo en la boca ella no podía soportar el asco.

A esas alturas, en la escuela la consideraban tonta. Estaba demasiado agotada y dispersa para concentrarse en los estudios y de vez en cuando incluso la vencía el sueño en la clase porque por las noches no dormía más de tres horas. Lo único bueno de todo eso era que las maldades de los otros niños le resultaban indiferentes. Había cosas peores que ser hija de una asesina y del hombre a quien ella había matado. Y en cuanto a lo que valía un bastardo, los niños no se equivocaban: Trout se lo demostraba cada día. Un bastardo no valía nada y no tenía ningún derecho.

Aproximadamente seis meses después del nacimiento de su hermana pequeña, el hijo mayor de Trout, Herbert, alcanzó a Tricia cuando regresaba de la escuela.

—¿Trash? —Sonrió como si ella fuera a encontrar divertido que la llamara con este apodo. John se lo había inventado hacía poco. Trash, «basura».

La muchacha suspiró. Ya hacía tiempo que había aprendido a vivir con las vilezas de John. El chico envidiaba la atención que su padre le prestaba y le daba a entender claramente lo mucho que la odiaba. Que desfigurase su nombre era inofensivo frente a las malas jugadas que le hacía. Su padre se había encolerizado con ella cuando el muchacho arrojó medio kilo de sal en el potaje y afirmó después que era ella la culpable. Y cuando un día John llegó al punto de volcar la olla donde se hacía la colada, casi quemó a Caitlin.

—Mi nombre es Patricia —lo corrigió con gravedad.

Herbert ensanchó todavía más su sonrisa.

—Vale, entonces, Pa-trash-a. Sé que por las noches te lo montas con mi padre.

Tricia empalideció. Tenía bastante claro que Alison lo sabía. Pero ¿los chicos? No quería ni pensar en si John se enteraba.

—Yo no me lo monto con nadie —se defendió.

Herbert se echó a reír.

—Ya puedes negarlo tanto como quieras, lo sé. Lo veo meterse en tu habitación cada noche.

Jugueteó con su trenza para esconder el temblor de las manos.

—¿Y? —preguntó.

Herbert arrugó la frente.

—Bueno, he pensado en qué pasaría —contestó— si yo lo fuera explicando un poco por aquí.

Tricia sintió un escalofrío.

—¡No lo hagas, por favor! —dijo en voz baja—. Por favor. Porque no... no es algo que yo quiera...

Herbert resopló.

—Va, venga Trash, ¡no irás a decir ahora que no te gusta! Confiésalo, te encanta, estás impaciente por que el viejo llegue por la noche a casa.

Ella quería negarlo, pero sabía que no tenía ningún sentido.

—¿Qué quieres de mí? —preguntó resignada. El chantaje no le era extraño, también en el hospicio los niños intentaban siempre beneficiarse de sus pequeñas infracciones—. No puedo darte nada. Ya lo sabes. El tío Harold no da dinero a ninguna mujer. Ni a mí ni a mamá. Compramos de fiado y él paga después. Por lo demás, yo no tengo nada de valor. Así que, ¿qué quieres?

Herbert sonrió pensativo.

—Bueno... Podrías darme lo que le das a mi padre...

—¿Qué? —Tricia no entendió al principio. Luego se sofocó—. Quieres... quieres... ¿que tú y yo?

—¡Que nos divirtamos un poco! —respondió Herbert—. ¿Qué ocurre? Yo hasta ahora no lo he hecho nunca, podrías enseñarme. Va, ven..., ¿empezamos con un beso?

Todo en Tricia se resistía a ello, pero el chico se había preparado. La amenazó con decírselo primero a su hermano, luego a su madre, más tarde a la profesora.

—Y de repente, todo el mundo sabe que Pa-trash-a Dickinson ¡es una puta! —concluyó triunfal—. ¿No crees que sería mejor hacerme de vez en cuando un favor?

Patricia se odiaba por lo que hacía, pero no veía otra salida. No se le ocurrió que, si Herbert divulgaba lo que sucedía, la repugnancia de los adultos no se dirigiera a ella, sino a Trout. A fin de cuentas era la bastarda, la basura, la puta. Soportó entonces en silencio las torturas de su padrastro y del hijo de este. Herbert la atacaba al mediodía, Trout por la noche. Ya no acudía tan frecuentemente como antes y Tricia esperaba que volviera más a menudo con Alison. Por otra parte, la horrorizaba que apareciera otro hermanastro.

A menudo me he preguntado si Tricia nunca pensó durante esos años de tortura que ella podría quedarse embarazada. En el fondo es casi un milagro que en tanto tiempo no tuviera ningún hijo. Tal vez se atribuya al duro trabajo que realizaba o a que estaba desnutrida. Incluso sería posible que sufriera varios abortos sin saber que había estado embarazada o que su maltratado cuerpo reabsorbiera al feto.

Cuando casi había cumplido los dieciséis años de repente dejó de tener el período y empezó a sentir náuseas por las mañanas. Patricia sabía por el embarazo de Alison qué significaba eso. En adelante, no solo debería responsabilizarse de sí misma y de sus medio hermanos y hermanastros, sino también del pequeño ser que llevaba en su vientre. Y por fin reunió fuerzas para escapar de sus maltratadores.

—No habría soportado que fuera una niña —confesó posteriormente a Elizabeth, pero seguro que no solo fueron razones altruistas las que la empujaron a escapar. Sin duda huía de la vergüenza que significaría en Paeroa que una chica tan joven se hubiera quedado embarazada. La amenaza de Herbert se habría visto confirmada: todo el mundo sabría que la hija bastarda de Alison Dickinson era una furcia.

Así pues, Tricia se fugó a los bosques, que abundaban en la región. Tiempo atrás, su padre Frank había extraído ahí la goma de kauri, pero eso ella no lo sabía, claro. Tuvo suerte de que fuera verano, pues no poseía más que lo que llevaba en el vientre cuando, después de comprar en la tienda, decidió no volver a la Casa Winter. Le remordía la conciencia al recordar a los niños que había abandonado, pero estaba lo suficientemente desesperada como para pensar por una vez en sí misma y en su propio hijo. Los alimentos que había comprado bastaron por un tiempo y luego se acordó de todo lo que había aprendido de los niños maoríes cuando era pequeña. Pescó, encendió hogueras, puso trampas para los pájaros y buscó raíces comestibles. Las primeras semanas se apañó bien, pero luego llegó el otoño y el embarazo entorpecía sus movimientos.

Tricia empezó a buscar la proximidad con las granjas de la península, por la noche se deslizaba a hurtadillas en los gallineros para robar huevos o en los corrales de vacas para saciarse de leche. Llovía mucho durante el invierno neozelandés y sufría a causa del frío y la humedad. No había aprendido a construir un refugio.

Cuando se acercó el momento de dar a luz, llovía a cántaros. Hacía un frío de muerte y estaba oscuro como boca de lobo, Tricia no había probado bocado en dos días y estaba al límite de sus fuerzas. Sabía que, si no encontraba cobijo, no sobreviviría al parto y con toda seguridad el recién nacido no resistiría ni la primera noche. Llevada por la desesperación, se arrastró a una de las granjas en las que había robado alguna vez. Ahí el pajar estaba algo apartado de los otros edificios y el perro dormía en la casa. No vigilaba demasiado. Solo lo había oído ladrar en contadas ocasiones cuando se había colado a escondidas en el gallinero.

En efecto, llegó al pajar sin que nadie se percatara y se dejó caer aliviada en el heno seco y cálido. Lo único que no tenía que hacer era gritar. Se acurrucó gimiendo cuando los espasmos se intensificaron y esperó poder aguantarlos. En un momento dado se atenuaron y durmió un poco. Cuando un nuevo y tremendo dolor la despertó, vio horrorizada una cara peluda blanca y negra. El miedo la paralizó, hasta que reconoció que no se trataba de un supuesto duende, sino de un perro.

—¡Buf!

Cuando ella se enderezó, el border collie de los Frazier emitió un sonido de sorpresa e hizo el gesto de ir a lamerle la cara.

—¡Vete! —susurró, pero entonces oyó la voz del granjero.

—¿Qué ocurre, Trooper? ¿Qué has encontrado?

Tricia no supo qué decir cuando detrás del perro apareció su amo con una lámpara de petróleo en la mano. La muchacha levantó el brazo para protegerse de la luz cegadora.

—¿De dónde has salido tú? —le preguntó el granjero—. ¿Y qué tienes que ocultar para esconderte aquí en lugar de pedir alojamiento para pasar la noche? Podrías haberte ganado un lugar donde dormir, siempre necesito ayuda en el campo. Si vosotros los vagabundos supierais lo que significa trabajar...

Tricia lo miraba sin entender. A ella nunca se le hubiera ocurrido pedir refugio o esforzarse por tener un trabajo. El granjero la miraba con desconfianza.

—¡Eh! Eres... eres... ¡Qué diantres, si eres una chica! Y muy joven todavía. Y, por todos los cielos, ¡si estás embarazada! —El hombre parecía realmente alterado—. ¿Cómo has venido a parar aquí? Voy a buscar a Elizabeth...

—Me puedo ir enseguida... —se ofreció ella, aunque no estaba segura de conseguirlo. Se encogió de dolor con la siguiente contracción.

—¡Ni te atrevas! —El granjero negó con la cabeza—. En tu estado. El bebé... el bebé debe de estar a punto de llegar... —El foco de luz de la lámpara recorrió la silueta delgada de Tricia y su enorme vientre.

—Hoy —susurró Tricia—. Vendrá hoy. Por eso... por eso quería refugiarme en algún lugar, ha llovido tanto...

—Y sigue lloviendo —confirmó el granjero—. Te llevo a casa. ¿Puedes caminar? No está lejos.

Ella sabía dónde estaba la vivienda de los granjeros y era consciente de que su huida había terminado si ahora se ponía a merced de la buena disposición de esa gente. Esa noche seguro que ya nadie saldría de casa, pero a la mañana siguiente avisarían a la policía y esta a los Trout. Estaba convencida de que su familia la buscaba. La hijastra de una figura pública como el sindicalista no podía simplemente evaporarse. Seguro que habían dado aviso de su desaparición, aunque fuera para guardar las apariencias. Nadie se creería que para los Trout Patricia no tenía el más mínimo valor.

En el pajar, Tricia miró impotente a su alrededor. Lo que más le hubiera gustado habría sido darse de nuevo a la fuga, pero no tenía ninguna posibilidad de encontrar otro refugio antes de dar a luz. Tampoco habría podido seguir andando. Cuando el granjero la ayudó a levantarse, las piernas le flaquearon a causa de la debilidad.

—Por Dios, si tú misma eres casi una niña... —murmuró el granjero, compasivo, rodeándola sin vacilar con el brazo.

Tricia intentó rechazarlo de manera instintiva, pero él la agarró con firmeza. Aliviada, se percató de que lo hacía sin tocarla de forma indecente.

—Y ahora quédate quieta —dijo con amabilidad, levantándola en brazos como si no pesara más que una pluma—. No voy a hacerte nada, solo te llevo a casa. Mi esposa se ocupará de ti. ¡Ven, Trooper!

Llamó al perro y salió a la intemperie llevando a Tricia en brazos. Ella abandonó definitivamente la idea de escapar cuando la lluvia le golpeó de nuevo el rostro. Su hijo llegaría al mundo en esa casa. Ya vería que sucedía mañana.

LA CONFESIÓN

—No soy una puta.

Elizabeth Frazier recordaría toda su vida las primeras palabras que pronunció la chica después de que su marido la entrara en la casa y la tendiera sobre el sofá desnutrida, sucia y empapada. Tricia había colocado las manos sobre el vientre, que se curvaba casi absurdamente grande para su delgado cuerpo, como si quisiera ocultar su embarazo. Y si eso no funcionaba, así defendía al menos su honor con desesperación.

—Nadie ha dicho eso de ti —intentó tranquilizarla Stuart Frazier, pero su esposa movió la cabeza con dulzura, indicando a su marido que callara.

—¿No quieres decirnos cómo te llamas? —preguntó a Tricia al tiempo que le colocaba una manta encima—. No tengas miedo, nadie te hará daño. Mira, bebe ahora un té caliente y luego te ayudaremos a subir al primer piso. No vas a tener a tu bebé aquí en el sofá. Seguro que todavía tarda un par de horas. ¿Qué te parece tomar entretanto un baño caliente? Stuart, ¿traes agua y llenas la tina?

Elizabeth Frazier era una mujer cariñosa, enérgica y decidida. Cuando su marido encontró a Tricia, debía de andar por los cuarenta y cinco y todavía tenía buen aspecto. Se la veía fuerte, con una cara ancha de rasgos expresivos y los ojos muy separados entre sí. Se había peinado el cabello negro y abundante en un moño suelto en la nuca. Llevaba veinticinco años casada con Stuart, con quien había tenido dos hijos. Uno de ellos trabajaba en la granja y el otro era aprendiz de cerrajero. Al igual que su marido, era franca, directa y nada cotilla. Lo único que pensó fue en calentar y dar de comer a la muchacha que de forma tan inesperada había entrado en su vida y que esa noche tendría que dar a luz.

—¿Necesitamos a la comadrona? —preguntó Stuart cuando Elizabeth ayudó con cuidado a Tricia a levantarse y la llevó a la cocina, a un par de metros de distancia, donde él había preparado la tina del baño.

Ella movió la cabeza negativamente.

—No vas a ir a la ciudad con esta lluvia—respondió—. Es posible que luego no llegues a tiempo. Deja, deja, ya me encargo yo del niño. No será la primera vez...

En esa zona apartada, las mujeres de los granjeros solían ayudarse unas a otras, tanto si podían contar con una comadrona como si no.

Tricia no opuso resistencia. Se deslizó con ayuda de Elizabeth en el agua tibia y bebió el té caliente, luego la esposa del granjero la envolvió en unas gruesas toallas y al final la ayudó a ponerse uno de sus camisones de algodón. La joven no consiguió subir las escaleras, pero esta vez no protestó cuando Stuart la llevó en brazos.

Puede que disfrutara de la cálida y acogedora cama, pero también es posible que no pensara en otra cosa que en los dolores del parto. Siete horas después de su llegada, cuando ya salía el sol y las nubes por fin se habían dispersado, Patricia dio a luz un niño. Era febrero de 1936. El bebé era diminuto, estaba débil y no gritaba. Elizabeth pensó lo peor y como era una mujer temerosa de Dios lo preparó todo para un bautismo de urgencia.

—¿Qué nombre quieres ponerle? —preguntó.

Tricia no contestó. Después del parto había caído en un profundo sueño. Ni siquiera había dirigido una mirada al niño, pero parecía confortada porque no era una niña.

—Moses —dijo bromeando Stuart, cuando su mujer salió con el recién nacido de la habitación de la parturienta. Lo había metido sin vacilar en un cesto de la compra—. Un expósito en una cesta de mimbre. Y si bien no lo hemos sacado del Nilo, la cantidad de agua que ha caído esta noche habría bastado para arrastrarlo.

Elizabeth frunció el ceño.

—¿Acaso tengo aspecto de ser una princesa egipcia? —preguntó—. Y en realidad tampoco es un expósito... La que sí es expósita es la madre. No debe de tener más de catorce o quince años.

El nombre, a pesar de todo, le gustó, así que el bebé de Tricia conservó el nombre del profeta bíblico que había salvado a su pueblo de la servidumbre. Fue un nombre que le dio suerte, pues sobrevivió a esa primera noche. Cuando empezó a chupar con energía y por vez primera el biberón de leche de vaca aguada, la mujer del granjero estaba tan contenta y orgullosa como si ella misma lo hubiera alumbrado.

La madre seguía durmiendo. Elizabeth estaba segura de que con su cuerpo enflaquecido tampoco estaría en condiciones de tener leche para el niño en los días siguientes.

Cuando Tricia despertó, Moses estaba a su lado durmiendo tranquilamente en una cestita. Pero la joven no mostró el menor entusiasmo cuando Elizabeth le presentó orgullosa esa criaturita sonrosada.

—Es más pequeño que los hijos de mi madre —dijo—. Está... ¿está usted segura de que está bien?

Le aseguró que el niño estaba sano y fue a ponérselo en los brazos. La muchacha lo rechazó.

—No puedo quedármelo —se justificó.

Elizabeth frunció el ceño.

—¿Por qué no? —preguntó—. Es tu hijo, nadie puede quitártelo. Además, lo hemos bautizado con el nombre de Moses.

Se sobresaltó cuando Tricia soltó una áspera carcajada.

—Es un bastardo, señora —dijo con la voz quebrada—. Y un bastardo no vale nada. Pueden hacer con él lo que quieran. Y ellos lo harán. Me volverán a llevar y a él... a él probablemente lo den a un hospicio. En cualquier caso, no se quedará conmigo, así que no hace ninguna falta que se acostumbre a mí.

Se giró dando la espalda a la mujer y al bebé. Con ese gesto desgarró el corazón de Elizabeth. Era evidente que la joven tenía un miedo horrible de que la devolvieran a su familia. A pesar de ello, los Frazier no podían esconderla en su casa. Durante un par de días todavía se podía sostener que las carreteras eran intransitables, pero había que informar a las autoridades de que había nacido un niño.

—¿Quiénes son «ellos», hija? —preguntó con dulzura—. ¿Y a dónde habría que devolverte? Tienes que contármelo todo, pequeña. De lo contrario, nos será imposible ayudarte.

—De todos modos no pueden ayudarme —contestó Tricia con el rostro todavía vuelto—. A no ser que me dejen ir. Hagan como si nunca me hubieran visto.

—¿Y el bebé, pequeña? —inquirió Elizabeth.

Tricia se encogió de hombros.

—Me lo llevo. O se lo queda usted. Puede decir que se lo han encontrado.

La mujer negó con la cabeza.

—No podemos mentir, hija. Y desde luego no podemos quedarnos con tu bebé... —Tricia se volvió hacia ella.

—Es lo que digo, que nadie lo quiere —observó—. Yo tampoco, pero me gustaría que le fuera bien.

Para Elizabeth esa fue la prueba de que la muchacha tenía corazón. Algo tenía que sentir por esa criatura a la que acababa de dar a luz. Intentó de nuevo hacerla entrar en razón.

—Tienes que querer al niño. Lo has concebido, has decidido tenerlo...

Tricia hizo una mueca.

—Yo no lo he «concebido». Me lo han metido a la fuerza. Yo no quería. Da igual lo que digan y lo que usted piense: no soy una puta.

Elizabeth le retiró el cabello sudado del rostro.

—Deja que yo decida lo que pienso —dijo dulcemente—. Cuéntamelo. Y dime tu nombre de una vez.

Tricia suspiró. Miró a la mujer y al niño y decidió entonces que no tenía otra elección.

—No le gustará —advirtió a pesar de todo.

Elizabeth movió la cabeza.

—Tampoco tiene por qué —la apaciguó—. La verdad pocas veces nos gusta.

—Está bien. —La joven se puso boca arriba y su cabeza se hundió en la almohada. Con los ojos cerrados empezó a hablar—. Mi nombre es Patricia Dickinson...

Tricia no logró contar toda su historia de un tirón. Primero el sueño la rendía de vez en cuando, y más tarde Elizabeth la fue interrumpiendo para que descansara y también para sobreponerse ella misma de las atrocidades que la muchacha le confiaba. Así que tardó tres días en enterarse de todo.

—Ahora ya lo sabe —concluyó Tricia con la voz ronca—. Y ya puede imaginarse lo que ocurrirá conmigo y el pequeño Moses cuando informe de nuestra presencia. A mí volverán a enviarme con los Trout y me irá igual que como me ha ido hasta ahora. Es probable que callen que he tenido un hijo, pero la gente del pueblo cotilleará, por supuesto. Y Moses acabará en algún hospicio. Usted y su marido tienen que decidir ahora si nos dejan ir o si nos traicionan.

—Pequeña, yo nunca te traicionaría —le aseguró impotente Elizabeth—. A pesar de todo hay que registrar al niño. De lo contrario podrían sancionarnos. Pero no podemos limitarnos a enviarte al bosque de nuevo con un bebé. ¿De qué viviríais? Estabas medio desnutrida cuando te encontramos. No, Tricia, debe haber otra solución. Has de confiar en las autoridades, en la policía y en el Servicio de Asistencia a los Jóvenes. Lo que Trout ha hecho contigo y lo que ha hecho su hijo es un delito. Tienes que denunciarlo, han de rendir cuentas de sus actos.

La chica exhaló aire con fuerza.

—¿A quién van a creer? —preguntó—. ¿Al señor Trout, funcionario sindical y respetado luchador por los derechos de los trabajadores, o a Basura, la bastarda que ha dado a luz a un niño con dieciséis años, a escondidas, después de fugarse de casa?

—Tricia, ¡tienen que creerte! —le aseguró Elizabeth—. Y te creerán. Déjame hacer a mí, pequeña. Pasado mañana viene mi hermana, se ocupará de ti y del bebé. Stuart y yo nos iremos a Whiritoa. Conocemos bien al agente de policía. No pondrá en duda mis declaraciones. ¿Quieres ahora dar de comer a Moses? Has de cogerlo en brazos más a menudo, los niños lo necesitan.

Tricia seguía mostrando poco interés por su hijo. Elizabeth nunca la veía acariciarlo o besarlo.

Apenas una semana después del nacimiento de Moses, los Frazier dejaron la granja en manos de su hijo y la casa bajo la tutela de la diligente y aplicada hermana de Elizabeth, Mary Ellen. Stuart dirigió el carro de tiro con los fuertes caballos hacia Whiritoa, una pequeña ciudad costera, la comunidad más cercana a su granja. El agente de policía escuchó atentamente su explicación y el empleado del registro civil documentó el nacimiento del pequeño Moses. Por deseo expreso de Tricia, la mujer dio el nombre de Herbert Trout como el de su padre. La joven creyó que era menos comprometedor haber concebido al niño de un chico algo mayor que ella y con quien no tenía parentesco, que con su padrastro.

—Es probable que niegue su paternidad —señaló Elizabeth, a lo que el empleado del registro solo contestó con un encogimiento de hombros. Dado el caso, otros deberían ocuparse de ello.

—En cuanto Patricia Dickinson se haya recuperado, la traeremos para que ponga la denuncia —concluyó Elizabeth su informe ante el agente. Tampoco este reaccionó con demasiada euforia.

—Informaremos en primer lugar a los padres —explicó, cerrando el acta. Había tomado muy pocas notas—. Después, ya veremos qué pasa.

—No sé si he hecho lo correcto —dijo Elizabeth a su marido en el camino de vuelta—. No vaya a ser que Tricia tenga razón y que la envíen de nuevo con esa horrible familia.

En la granja la esperaba una Mary Ellen totalmente fuera de sí con el bebé en brazos.

—La hemos buscado por todas partes... —dijo desesperada.

Elizabeth enseguida supo lo que eso significaba. Tricia no se había llevado nada más que el vestido que ella le había dejado. Ya hacía tiempo que no le iba bien a la esposa del granjero y solo había tenido que hacer algún pequeño arreglo. Sobre la mesa de la cocina había una nota escrita a toda prisa en la que se disculpaba por su «robo» y presentaba un último y atormentado ruego: que conservaran al niño.

Los granjeros no volvieron a saber nada más de ella. La denuncia por desaparición que puso Harold Trout no obtuvo resultados.

Tricia Dickinson continúa hasta ahora desaparecida.

MOSES

Elizabeth sufrió una gran decepción. Interpretó la huida de la muchacha como una muestra de desconfianza, aunque en las semanas que siguieron comprendió mejor los motivos de la joven. Al final tuvo que asumir que ni siquiera a ella, la respetable Elizabeth Frazier, le creyeron ninguna de las acusaciones que hizo contra Harold Trout. Habrían culpado a Tricia de ser una mentirosa y se habría confirmado el miedo de esta a que la devolvieran a sus maltratadores. Pese a ello, Elizabeth no alcanzaba a comprender cómo una madre era capaz de abandonar a su hijo. Habría podido perdonarla si se hubiera llevado a Moses, aunque bien pensado habría sido, por descontado, la peor opción para el niño. Sin embargo, al dejar al pequeño, la joven revelaba su falta de corazón y, por mucho que Elizabeth se esforzara después por pintar ante Moses una imagen afable de su madre, no podía ocultar del todo su desaprobación.

Por lo pronto, los Frazier tuvieron que entrevistarse con el Servicio de Asistencia a los Jóvenes, la policía y Harold. Todos aparecieron en la granja pocos días después de que Tricia se marchara. Harold y Herbert Trout fueron los primeros en llegar para llevarse a su hijastra y hermanastra respectivamente, lo que sublevó sobremanera a Elizabeth. Les habló sin tapujos y les dejó claro que si la joven todavía estuviera allí no se la entregaría. Stuart los echó de la granja a los dos, aunque enseguida volvieron. Harold Trout dudaba de que su hijastra se hubiese escapado y regresó con apoyo policial. Saltaba a la vista que el agente estaba incómodo cuando confrontó a Elizabeth con las declaraciones del hombre contra el que unos días antes ella había lanzado gravísimas acusaciones.

—Por lo visto se ha creído usted las mentirijillas de una embustera experimentada —le echó en cara a Elizabeth cuando ella no se abstuvo de repetir las acusaciones de Tricia delante de los Trout—. Una muchacha de dudosa reputación. Ya estamos viendo ahora de qué forma tan caprichosa e irrespetuosa se comporta. —Al menos prescindió de que registraran la casa, creyó lo que los Frazier contaban, que Tricia, como expresó el sindicalista, se había escapado otra vez. Por lo demás, el agente no mostró ningún tipo de compasión. También él pensaba que era sumamente irresponsable por parte de la chica abandonar a su hijo y lo interpretaba con una prueba de su degeneración.

Los Trout tampoco se interesaron demasiado por Moses, lo que desconcertó a la representante del Servicio de Asistencia a los Jóvenes, que acababa de llegar.

—Creo que el pequeño debería quedarse con la familia de la madre —señaló, lo que Trout rechazó vehementemente.

—Mi esposa tiene cuatro hijos menores de diez años —explicó—. Y no goza de buena salud. De ninguna manera le van a endosar al bastardo de Patricia.

Pese a ello, Trout no quiso aceptar la oferta de los Frazier de quedarse con el niño para cumplir así con el deseo de la madre. Se justificaba diciendo que el pequeño sufriría una influencia negativa. Luego amenazó a Elizabeth con denunciarla por difamación.

Pero Elizabeth no era una mujer que se rindiera tan pronto. Insistió en que sus declaraciones constaran en acta y repitió con todo detalle delante del responsable del Servicio de Asistencia a los Jóvenes lo que Tricia le había contado.

—¡Estas cosas no se las inventa una chica joven! —argumentó—. Al menos habría que investigarlo. Por ejemplo, si en la escuela también llamaba la atención por su... hum... franqueza, si provocaba a los chicos, si se vendía como su padrastro había dejado intuir. En una ciudad tan pequeña como Paeroa esas cosas no se ignoran, mientras sí puede pasar inadvertido que una niña quede embarazada dentro de la familia.

Al final, el Servicio de Asistencia tomó en consideración que realmente había podido existir una relación entre Tricia y su hermanastro. Se descartó que un respetable padre de familia como Harold Trout fuera un abusador. Por último, se llegó a una especie de compromiso entre los Trout y Elizabeth Frazier. En las actas solo consta su nombre; Stuart, un hombre de pocas palabras y más bien introvertido, la apoyó pero no hizo declaraciones. Elizabeth renunció a hacer más denuncias y acusaciones y, a cambio, los Trout no protestaron cuando el Servicio de Asistencia entregó a los Frazier el cuidado del pequeño Moses. Elizabeth no quedó satisfecha con esa solución, sus palabras finales en el acta del Servicio de Asistencia a los Jóvenes son lo bastante elocuentes: «No sé si de verdad no me creen o simplemente no quieren creerme. Yo solo puedo esperar que concilien ustedes el sueño cuando piensen en las otras niñas de esa familia. Caitlin, la medio hermana de Patricia, tiene ahora nueve años. Es probable que cargue sobre sus hombros con todo el cuidado de sus hermanos más pequeños. Y nadie sabe si no tendrá que sustituir en breve a su madre en los brazos de su padre. Esperemos que ese hombre se reprima al menos ante el incesto».

Elizabeth debió de insistir en que quedara constancia de estas palabras en el acta. Era una mujer fuerte y valiente y la mejor madre de acogida que Moses habría podido tener.

Moses era el típico hijo de granjeros de los años cuarenta. Los Frazier lo criaron como habían educado a sus hijos, con una cariñosa disciplina. Creció cristianamente, asistía a la iglesia y a la escuela dominical. En la granja tenía sus obligaciones. Aprendía a echar una mano en los corrales y en el campo, pero también tenía tiempo suficiente para hacer los deberes y para jugar y salir con los amigos. Más adelante calificó su infancia como feliz. No echaba de menos a su madre, aunque en cierto modo percibía que la historia de su familia era una mancha. Patricia debía de haber tenido sus buenas razones para marcharse, pero lo había abandonado. No lo había querido lo suficiente para llevárselo. Eso lo roía por dentro, aunque nunca lo admitió. A fin de cuentas, los Frazier insistían en que siempre hablase con el suficiente respeto de su madre.

Cuando se hizo mayor, lo informaron, aunque a grandes rasgos, de las circunstancias de su nacimiento. Aun así le hicieron creer que había sido concebido por el hermanastro de Tricia. Moses nunca intentó ponerse en contacto con la familia Trout y tampoco Harold o Herbert preguntaron jamás por el niño que uno de ellos había engendrado. No se ha podido averiguar si Alison Trout supo de la existencia de su nieto. Murió en 1950 enajenada mentalmente.

Durante su etapa escolar, Moses ya demostró su destreza para el trabajo manual y se desenvolvía bien con los animales. Esto le llevó a entrar de aprendiz en la herrería local. En la Nueva Zelanda rural de los años cuarenta y cincuenta todavía se sembraba preferentemente con caballos. Cuando más tarde la industrialización se impuso en el campo y las fábricas de las ciudades atrajeron a los trabajadores con unos salarios mejores, Moses se mudó a Auckland. Trabajó en una fábrica de maquinaria y como era aplicado y fiable consiguió el puesto de capataz.

En una comida campestre de la iglesia conoció a Susan Sullivan, una joven bonita de cabellos rubios y carácter agradable, mucho más joven que Moses pero sensata y lista. Susan trabajaba de telefonista, pero dejó su puesto cuando se casó con Moses. Ambos se compraron una casa, una casita de madera con un jardín en una urbanización de las afueras, que ella llamaba cariñosamente su casa de muñecas, y criaron a dos hijos, mi hermana Lara y yo. Nunca se habló de la historia de la familia. Stuart y Elizabeth Frazier ya habían muerto y mi padre no tenía una relación estrecha con sus hijos; además, eran mucho mayores que él.

Alison y Tricia habrían quedado relegadas al olvido si ya de niño yo no hubiera tenido debilidad por la historia. En la escuela elemental devoraba novelas de caballerías y leyendas griegas y romanas, y, cuando estudiamos el tema «familia» y hubo que dibujar un árbol genealógico, yo estaba como electrizado. De repente, la historia ya no era algo del pasado, sino que me afectaba a mí directamente. Yo me veía como una parte de la historia de Nueva Zelanda y del mundo. Era como si este estuviera compuesto por miles de millones de piezas de puzle y una de ellas fuera yo, Melvin Dickinson.

Al principio disfruté investigando, pero entonces averigüé las siniestras experiencias que se escondían detrás de mi apellido. Tenía diez años cuando me di cuenta de lo mucho que el caso Alison Dickinson había modificado la historia de la justicia, había marcado mi propia vida y la podía seguir marcando. En consecuencia, me pregunté si yo en cierta medida era distinto de los otros niños, ya que en la familia tenía a una asesina y a una madre que había abandonado a su hijo. De repente desperté los espíritus de Tricia y Alison para no desprenderme de ellos nunca más. Pensaba en esta última y en la pistola que sostenía en la mano cuando me peleaba con otros niños y sentía miedo de mí mismo. Y si un día yo tampoco lograba dominar mi cólera, ¿qué ocurriría? Si en mí había algo de la precipitación, desconsideración y sed de venganza de Alison, ¿qué sería de mí? Como todos los niños, yo no veía los tonos grises. Para mí todo era blanco o negro, bueno o malo, y Alison y Tricia pertenecían con toda claridad a la segunda categoría.

Los fantasmas de las dos me perseguían. Yo me preguntaba qué sería sostener un arma y apretar el gatillo; en mis pesadillas, me veía en el lugar del amante de Alison, oía el estampido de la pistola y sentía entrar las balas en mi pecho. O soñaba que estaba en la cuna del pequeño Moses, era un bebé que lloraba, destinado a morir de hambre abandonado por todos. Mi madre no podía explicarse mis miedos extremos al abandono; a fin de cuentas, tanto mi hermana como yo siempre habíamos sido tratados con cariño.

En un momento dado, mis padres descubrieron en mi habitación libros sobre el caso Dickinson y enseguida me los quitaron. No sé si vieron una relación entre mis pesadillas y la historia de nuestra familia, pero pensaron que los libros de divulgación y de criminalística no eran lectura apropiada para un niño de diez años por muy despierto que fuera.

Mi padre me habló de Tricia, subrayando que había pasado mucho tiempo y que no le guardaba rencor. Explicó que hacía mucho que la había olvidado y que, por favor, yo hiciera lo mismo. Un modo de vida bondadoso y cristiano nos salvaría de un destino como el de Alison Dickinson. Tenía que ser bueno, obediente y temeroso de Dios, y así no caería en la tentación de hacer algo malo.

Al día siguiente encontré en mi habitación un grueso ejemplar sobre la santa Iglesia que me distrajo de mis pensamientos, aunque me regaló otras pesadillas. La muerte de la mayoría de los mártires era mucho más sangrienta que la de Frank Winter.

Pero a la larga la religión no me llegó a seducir. Las historias reales me interesaban más, simplemente, que las leyendas de santos, y la fe cristiana de mis padres no resistió por mucho tiempo mi anhelo de cuestionarme las cosas de forma crítica. Alison y Tricia no me soltaban. Cuando crecí, escogí el caso Dickinson como tema para los trabajos escolares y conferencias en la escuela y la universidad. Cada vez reunía más datos que a menudo me afectaban profundamente. Yo mismo me atormentaba con la sombría historia de mi origen.

Al final acabé la universidad, estudié Inglés, Historia y Periodismo, y empecé a trabajar en un periódico. Fue un golpe de suerte que diera con una revista científica que destina una parte esencial de su labor a hacer de la historia algo vivo para sus lectores. Naturalmente, la redacción se concentraba en los pocos terrenos menos tenebrosos, en los momentos históricos estelares, grandes inventos, descubrimientos, auges... Me gustaba escribir acerca de ello, pero percibía que yo mismo pertenecía al lado oscuro, a la tierra sombría en la que Alison se condenó a sí misma y sus descendientes cuando disparó a Frank Winter.

He intentado con este libro descorrer un velo, por desgracia no lo he conseguido del todo. Quedan demasiados cabos sin atar, demasiados enigmas por resolver.

Por ejemplo, está la cuestión acerca de qué ha sucedido con Tricia. Dónde fue, cómo desapareció sin dejar rastro y cómo trascurrió su vida, si es que después la hubo. A fin de cuentas no es imposible que, invadida por el pánico, pusiera punto final a su existencia en algún lugar del bosque. Debía preferir morir antes que volver con los Trout. Nunca llegaremos a saberlo.

Mi mayor deseo habría sido hablar con Alison. Lamentablemente murió mucho antes de que yo naciera y se llevó con ella a la tumba muchas respuestas a las preguntas que hasta ahora me preocupan. ¿Se sobrepuso en algún momento a la muerte de Frank Winter? ¿Lamentó lo que hizo, acabar con la vida de un ser humano? ¿O al final solo lamentó la pérdida de su gran amor? Si fuera así, ¿por qué sintió tan poco afecto por la hija de Frank?, ¿por qué dejó sola a Tricia? ¿Quiso más a los otros niños que dio a Harold Trout? Tony, su hijo mayor, murió muy joven en la Segunda Guerra Mundial, fue uno de los últimos voluntarios que Nueva Zelanda envió al frente poco antes del final de la contienda. Pete emigró a Estados Unidos hace años y se desconoce su paradero. Es posible que cambiara de nombre. Caitlin se suicidó a los diecinueve años, es de suponer que se había convertido en la siguiente víctima de Harold Trout. La más joven, Julia, está casada en Australia. Parece tan poco interesada en la historia de su familia como mi padre, Moses, y no accedió a que la entrevistase.

Sigo luchando con los fantasmas de mi lúgubre legado. Y solo puedo esperar que esos espíritus, cuya historia he intentado contar, encuentren un poco de paz.

3

—Enseguida llegamos. —Gernot parecía algo disgustado y Ellinor sintió al instante mala conciencia. Le había leído en voz alta los primeros capítulos mientras él conducía, pero luego la historia la había absorbido hasta tal punto que se había olvidado de todo lo que la rodeaba. Así que el conductor tenía que haberse aburrido—. Faltan diez kilómetros para llegar a Dargaville —dijo—. ¿Cómo se llama el motel que ha reservado Rebecca? Era un motel, ¿no?

Ellinor le dio el nombre, aunque en realidad era innecesario porque había introducido la dirección en el navegador como destino. Pero todavía no estaba preparada para cerrar el libro de Melvin Dickinson. Observó ahora con atención las fotos que durante la lectura solo había mirado por encima.

La primera imagen mostraba a la familia Dickinson, una foto amarilleada de principios del siglo XX. El padre y la madre, así como un montón de hijos, miraban serios a la cámara. Alison se encontraba, tal como indicaba el pie de foto, en la segunda fila, entre una hermana mayor y el benjamín. No se la distinguía demasiado, pero había una foto más de ella sola. Seguramente se había tomado la decisión de acudir a un fotógrafo antes de que la adolescente ocupara el puesto de camarera en Paeroa. La familia ya sabía que no volvería a reunirse muy pronto, así que un retrato constituía un recuerdo reconfortante. Con catorce años, Alison estaba de pie, vestida con esmero, junto a una columna del estudio de fotografía. Miraba a la cámara más asustada que sonriente, se la veía torpe e insegura, como si no se sintiera a gusto en su, al parecer, nueva indumentaria, sin duda la primera de adulta. Hasta entonces debía de haber llevado faldas más cortas, posiblemente las faldas y las blusas que a su hermana mayor le habían quedado pequeñas. Tenía un cabello fino y rubio que se había trenzado y recogido en lo alto para la foto. De rasgos regulares, era bonita, aunque no una belleza como Clara Forrester.

También había una foto del hotel de Paeroa y otra de grupo que mostraba al personal alineado delante de la entrada principal. Ellinor la escrutó en busca de Frano Zima, que había trabajado allí por un tiempo. Pero no estaba junto a Alison. De todos modos, la imagen no era lo suficientemente nítida como para reconocer a alguien. Buscó en vano fotos de Alison y Frano; se preguntó si a la joven no le habría gustado conservar una instantánea del compromiso y qué motivo le habría dado él para evitarlo. Se acordó de la fotografía de la boda con Clara, para la que él se había dejado crecer la barba. ¿Casualidad? ¿O pretendía que no lo identificaran si la imagen, por la causa que fuera, caía en manos de alguien que lo conocía como Frank Winter?

Las siguientes imágenes procedían de la época en que Alison había estado acusada de asesinato y de los años en que las sufragistas y los sindicatos lucharon por su puesta en libertad. Tampoco se distinguía gran cosa en esas fotografías. La mayoría de las veces, volvía la cabeza a un lado, parecía desorientada y abatida. Volvían a ser más nítidas las fotos de su excarcelación en compañía de Harold Trout primero y finalmente sus fotografías de la boda. No se había casado de blanco. Llevaba un sencillo traje oscuro y de nuevo se la veía como a una niña a la que han vestido de adulta. Junto a su obeso novio, que miraba a la cámara con los labios apretados, ella daba la sensación de estar desplazada, perdida, su expresión reflejaba algo así como un incrédulo desconcierto.

El periodista también había reunido fotos de Tricia en el hospicio. La primera era de grupo. La niña, de unos tres años de edad, estaba sentada con otros pequeños en la primera fila. Ya ahí se reconocía lo preciosa que era. Para sorpresa de Ellinor incluso había un retrato de esa bonita criatura de cabello oscuro. Se preguntó si habían pagado al fotógrafo o si este había fotografiado a la niña por propia iniciativa, tal vez con la esperanza de encontrarle unos padres adoptivos si exponía la foto en su vitrina. Ella le habría dado la oportunidad, ella misma habría sucumbido enseguida al encanto de la pequeña. ¿Acaso Alison Dickinson no había permitido que adoptasen a su hija? ¿O tal vez los posibles padres adoptivos la habían observado con mayor atención y reconocido en los ojos de Tricia esa expresión que Melvin comparaba con el hielo y el fuego? Quizá no era el tipo de niña que alguien desea llevarse a casa.

Luego había una imagen del matrimonio Trout con su primera hija, Caitlin, y los hijastros de Alison. Herbert, el mayor, parecía aburrido; John miraba terco y astuto a la cámara. Se percibía que ninguno de los dos estaba entusiasmado con su nueva hermanita ni, probablemente, tampoco con su nueva madre. La pareja no había considerado que el nacimiento de los dos siguientes hijos fuera motivo suficiente para hacer una foto de familia. Fue después del nacimiento de la pequeña Julia cuando acudieron a un estudio de fotografía. La imagen mostraba a la familia con Tricia.

En esa instantánea seguía siendo una niña. Ya no tenía ese aspecto rebelde, sino un aire más bien triste y resignado. Ellinor se preguntó cómo era posible que ni los profesores ni el cura ni ninguna persona en Paeroa se percataran de lo mucho que sufría.

Cuando se tomó la fotografía, ya hacía tiempo que Harold abusaba de ella, incluso en el retrato se reconocía en él el «orgullo de quien posee». Había puesto una mano sobre el hombro de Alison, que estaba delante sentada en una silla con la recién nacida y la otra sobre el delgado hombro de su hijastra. Esta parecía encogerse debajo. Los dos hijos de Trout estaban detrás. Entretanto, Herbert se había convertido en una versión más joven de su padre, se lo veía más colérico que aburrido como en la primera foto. John seguía mirando receloso y hostil a la cámara. Ellinor reflexionó sobre si Tricia había sufrido tanto por sus «travesuras» como por los abusos de Herbert.

—Debe de ser aquí, a la derecha —indicó Gernot.

Apartó de mala gana la vista de las imágenes y descubrió un bonito motel. Era evidente que Rebecca no había sido tan cuidadosa con los precios como Ellinor cuando buscaba alojamiento. El edificio tenía un espacio con piscina, estaba rodeado de unos jardines con plantas subtropicales y no se encontraba lejos del río Wairoa. La pareja se inscribió en la recepción y enseguida les indicaron una habitación. Rebecca, que había llegado antes y hasta ese momento había estado en la piscina, los vio enseguida. Corrió hacia ellos en biquini y con un pareo atado a la cintura y los saludó con un abrazo. A Ellinor le resultó un poco incómodo que apareciera por el vestíbulo del hotel tan ligera de ropa, pero a ella no parecía preocuparle. Estaba guapa, el pareo resaltaba la exuberancia de sus formas, de las cuales era evidente que se enorgullecía. Encontraba las dietas absurdas, eso ya lo sabía Ellinor. La joven se gustaba tal como era.

—¡Qué bien que hayáis llegado! —exclamó—. ¿Qué tal ha ido el viaje? Si os dais prisa en arreglaros todavía podréis tomar un baño en la piscina y luego vamos a comer, ¿vale? Por mí, en el restaurante del motel, dicen que es bueno. —Resplandecía.

Los dos la siguieron con sus maletas hacia las habitaciones, situadas alrededor de la zona de la piscina. Ellinor se dio cuenta de que sobre una de las tumbonas había abierto un libro de Melvin Dickinson. Rebecca lo había estado leyendo sin que la hubiese afectado demasiado. Al menos todavía no había comentado nada al respecto.

—Es fácil de decidir. Después del largo viaje, tomar ahora un baño es la mejor idea del mundo —dijo Gernot. Se lo veía muy animado y de buen humor, lo que a Ellinor volvió a sorprenderla. En el coche, poco antes de llegar, estaba huraño y ella no estaba acostumbrada a que cambiara de humor tan deprisa. Por otra parte, no cabía duda de que Rebecca era un sol. También Ellinor se dejó contagiar por la alegría de la joven.

—Además, tenemos que pensar en qué vamos a hacer mañana —advirtió Rebecca cuando, diez minutos más tarde, la pareja salió de su habitación en traje de baño. Gernot saltó al agua al instante; Ellinor estaba temblando. Necesitaba algo más de tiempo para decidirse—. El pobre Melvin no puede asistir a la reunión.

—¿Cómo? —Ellinor se detuvo escandalizada—. ¿Nos hace recorrer casi cuatrocientos kilómetros y ahora no puede?

—No es del todo así. —La muchacha hizo un gesto sosegador—. Sigue queriendo que nos veamos, pero se ha visto obligado a posponer el encuentro. Tiene que ir a la televisión, la grabación es mañana en Christchurch. Lo pagan todo, el avión incluido. No podía decirles que no. Nos vemos pasado mañana por la tarde, en cuanto vuelva. Lo lamenta de verdad, pero tiene que promocionar el libro...

Ellinor soltó un suspiro de alivio. La disculpa de Dickinson era comprensible, no parecía querer escaquearse. Y ella tampoco encontraba tan mal que le quedara un día más para prepararse. Tenía ganas de volver a leer el libro, le habían llamado la atención algunas discrepancias que quería aclarar con ayuda del diario de Clara. Así que respondió que no con un movimiento de la cabeza cuando Rebecca propuso un par de excursiones para el día siguiente por las que Gernot se mostró sumamente interesado.

—Id vosotros —dijo—. Yo me quedo aquí, pasaré el día tranquila, comparando estos textos. Ya he leído el libro en el coche y hay un par de cosas que no me cuadran...

—¡No puede ser verdad! —exclamó asombrada Rebecca—. ¿Aquí? Por favor, seguro que no vuelves tan pronto a Nueva Zelanda. ¿Y qué harás? Quedarte tirada en la tumbona leyendo libros. Ya no lo entendí cuando Gernot y yo fuimos a Ninety Mile Beach.

Él se encogió de hombros.

—Ellinor es muy meticulosa —dijo—. Entonces, ¿qué hacemos mañana? ¿Vamos al Museo del Kauri o vamos a ver ese árbol..., cómo se llama?

—Tane Mahuta —respondió complacida Rebecca—. El mayor kauri de Nueva Zelanda. Toma el nombre del dios del bosque de los maoríes. De verdad, ¡te lo vas a perder!

Ellinor no creía que fuera para tanto, pero estaba contenta de que los dos estuvieran ocupados con sus planes. En general fue una velada muy agradable. La comida del motel era sabrosa y, después de dos botellas de vino, Gernot estaba de un humor excelente. La perspectiva de contar con mucho tiempo para leer al día siguiente permitió que Ellinor se olvidara de sus dudas y preguntas respecto a los textos de Clara y Melvin. Así que no mencionó *Un largo invierno*, lo que relajó los ánimos entre ella y su marido. Satisfecha, durmió abrazada a él.

Al día siguiente disfrutó de un buen desayuno y sin sentir la menor envidia contempló la marcha de su marido y Rebecca. Su recién descubierta y vivaracha pariente se había puesto guapa. Llevaba un vestido de verano de colores que hacía juego con una ancha cinta colocada en la frente para apartar el pelo suelto de la cara.

—Estilo maorí —le confió a Ellinor—. ¿No quieres venir?

—Déjala —terció Gernot—. Adiós, ratón de biblioteca. Ponte al menos un rato el sol para broncearte. O nadie se creerá que era verano durante nuestro viaje.

Ellinor pasó un día tranquilo con su estudio comparativo. Interrumpió la lectura para nadar de vez en cuando y por la tarde para dar un largo paseo junto al río. A última hora charló con Karla por Skype sobre sus últimos avances. Le describió con todo detalle las historias de Tricia y Alison y se alegró de que su prima se mostrara sinceramente interesada. Fue al acabar la conversación, cuando se percató de que ya llevaba un buen rato esperando a Gernot y Rebecca, que Karla enturbió su buen humor.

—¿Dejas que se vaya solo de excursión con esa muchacha? —preguntó Karla, recelosa—. ¿Con una chica, como tú dices, extremadamente atractiva?

—Sí, ¿y? —inquirió quisquillosa Ellinor—. ¿Es que no he de confiar en mi marido? ¿Y en Rebecca? ¡Es pariente mía!

—Es sobre todo una chica mimada y muy joven que está acostumbrada a conseguir todo lo que quiere —señaló Karla—. Tú misma lo has dicho. ¿Y qué ocurre si lo que ahora quiere es a tu marido?

—Me ha preguntado mil veces si no quería ir con ellos —respondió ofendida—. Además, tienen que ser dos los que quieran. Y no tengo ninguna razón para dudar de él. —Karla hizo un elocuente silencio y Ellinor llevó de nuevo la conversación hacia Melvin Dickinson—. Será interesante hablar con él. También para el mismo periodista. Cuando sepa más sobre Frano..., sobre el trasfondo... Eso ayudará a acallar sus fantasmas.

—¿Sus fantasmas? —preguntó Karla—. ¿Te dedicas ahora a

cazar fantasmas? ¿No estarás perdiendo la chaveta? ¿Estás segura de que todo esto te conviene?

Ellinor se echó a reír.

—A mí seguro que no me persiguen —respondió—. Aunque yo no estoy emparentada ni con Alison ni con Clara, solo con Liliana. Y su espíritu se mantiene netamente en un segundo término. —Sonriendo, explicó las últimas páginas del libro y las dudas que su autor abrigaba sobre sí mismo.

—Me parece que está bastante chalado —sentenció Karla—. Estoy impaciente por saber qué me cuentas. Y ahora demos por terminada la sesión. Llama a Gernot y averigua dónde está. La confianza está bien, controlar está mejor.

Gernot y Rebecca la llamaron de un humor excelente desde un restaurante junto a Waipoua Forest. Después de visitar el museo por la mañana, habían dado un largo paseo y «presentado sus respetos», como había dicho la muchacha, al Tane Mahuta. Pensaban que así se habían ganado una buena cena. Rebecca envió por WhatsApp fotos de los platos que acababan de servirles y que realmente ofrecían un aspecto prometedor. En ese momento se sintió algo marginada. ¿No podrían haberla recogido y buscado un buen restaurante de Dargaville?

Se acostó frustrada, pero se despertó cuando su esposo se metió recién duchado bajo las sábanas junto a ella.

—¿Has tenido un buen día? —preguntó somnolienta.

—Un día estupendo —confirmó él, y se dio media vuelta y se durmió.

Ellinor experimentó un pequeño chasco, pero al instante cerró los ojos. El día siguiente sería emocionante. Tenía ganas de conocer a Melvin Dickinson.

—Esta mañana podríamos ir a la playa —propuso Rebecca durante el desayuno—. Melvin no volverá hasta las tres más o menos. Y Baylys Beach es muy bonita.

Ellinor se encogió de hombros. ¿Por qué no? Ya era hora de que volviera a ver algo de Nueva Zelanda. Ahora se arrepentía un poco de no haberse marchado con ellos el día anterior. Su prima le había contado con todo detalle la salida. El museo del kauri seguro que era un sitio interesante.

—A lo mejor me meto en el negocio de mis padres —reflexionó Rebecca—. La madera de kauri y toda esa historia sobre él... Es superemocionante.

Parecía haber enterrado de nuevo el proyecto de estudiar Historia del Arte. Mientras Gernot la secundaba y mencionaba una vez más la majestuosidad del Tane Mahuta, Ellinor observó malhumorada que la joven se dejaba llevar. Evidentemente, era una niña bien, como suele decirse, y no pensaba en absoluto en decidirse seriamente por una formación o por una carrera.

—A lo mejor podemos pintar en la playa —sugirió Rebecca para sorpresa de Ellinor. La joven había insistido en que Gernot adquiriese unos cuadernos de bocetos, carboncillo y acuarelas de colores.

—Dibujar —la corrigió él, indulgente—. Rebecca espera que yo le enseñe a dibujar.

Ellinor lo encontró extraño. ¿Gernot profesor? Realmente, la chica debía de habérselo conquistado. Pensó en los recelos de Karla, pero dejó a un lado las dudas de su amiga. Su pariente todavía era muy joven. Diecisiete años más joven que su marido. Él era paciente con ella, tal vez como un padrazo. No podía imaginarse nada más entre ellos. Además, no era su tipo. A él le gustaban más las mujeres altas y delgadas que las gorditas y con curvas como Rebecca.

—Pues adelante. —Ellinor sonrió y se preparó la bolsa de playa.

La Baylys era una playa larga de arena y rodeada de colinas. Había un par de surfistas, pero por lo demás ese día la tenían toda para ellos tres. Rebecca se metió en el agua al instante y enseguida la arrastraron las primeras olas. Gernot anunció que iba a salvarla y Ellinor los contempló retozando entre las olas. Ella misma renunció a ponerse a merced de esas olas tan grandes. Aunque nadaba bien, no tenía ganas de aparecer delante de Melvin Dickinson cubierta de una costra de sal y desgreñada.

A Rebecca eso no le importaba tanto, el mar poco influía en su cabello encrespado. Después del baño insistió en sacar los cuadernos de bocetos y Gernot le hizo el favor de dibujarle un par de esbozos rápidos de la playa y el mar. Le explicó con paciencia los fundamentos de la perspectiva, la posición del lápiz y algunas pequeñas técnicas.

—Qué bonito —se atrevió a decir Ellinor al ver los paisajes del artista.

Se arrepintió en el mismo momento en que lo pronunciaba: seguro que su marido empezaba un discurso sobre «la pintura figurativa como complaciente arte utilitario». Para su sorpresa no se ofendió. Estaba ocupado con su alumna y los primeros intentos de esta de dibujar. Quizá no se había enterado del comentario.

Después de la breve clase de dibujo, los dos se abalanzaron sobre las bolsas que habían llevado. Rebecca había pedido en el hotel que les preparasen comida, lo que seguro que aumentaría el importe de la factura. Ellinor opinaba que una visita al supermercado habría bastado, pero para Rebecca el dinero carecía de importancia. Él tampoco parecía preocuparse al respecto. Satisfecho, se llenó la barriga con las más diversas exquisiteces, bebió una cerveza y anunció que prefería quedarse en la playa por la tarde que seguir tras las huellas de los antepasados con las chicas.

—Francamente, estoy bastante harto de Frano Zima y sus mujeres —confesó—. Id vosotras mientras yo me ocupo de mi bronceado.

A Ellinor la entristeció un poco su falta de interés, pero Rebecca, sobre todo, se mostró decepcionada.

—Hemos venido expresamente para eso —dijo—. Me refiero a que..., de acuerdo, esto es muy bonito... —Daba la impresión de lamentarlo, como si pensara en serio en renunciar al encuentro. Pero entonces venció la curiosidad—. ¡Seremos breves, así de simple! —Sonrió buscando la aprobación de Gernot—. ¿Verdad, Ellinor? Charlamos un poco con él y luego volvemos corriendo aquí.

Ellinor frunció el ceño.

—En realidad yo quiero hablar tranquilamente con él —objetó—. Si es que tiene tiempo. Puede ser que la conversación se alargue, Gernot. ¿De verdad quieres quedarte todo el rato aquí? —Estaba decidida a no dejar que la apremiaran.

Rebecca hizo un puchero.

—Lo único que espero es que no sea un tío aburrido —dijo—. Vámonos. Cuanto antes lleguemos, antes habremos terminado...

Se puso un momento de espaldas y sustituyó el sostén del biquini por una camiseta muy corta. Se dejó la parte inferior y se puso un estrecho vaquero por encima. Se la veía realmente sexy. Ellinor esperaba que Melvin Dickinson no interpretara mal la vestimenta de su prima.

La casa del escritor se hallaba algo apartada de la playa, en las colinas, y a Ellinor le gustó de inmediato.

—¿Verdad que es bonita? —dijo entusiasmada cuando la distinguieron desde la calle—. Una auténtica casita de hobbit. Qué acogedora...

Era cierto. La casa de madera estaba pintada de color rojo

cobrizo, con las puertas y los marcos de las ventanas en azul. Tenía un hospitalario tejado de dos aguas y parecía sacada de una película infantil sueca: *Vacaciones en Saltakråkan*. Sonrió al evocar el famoso título de Astrid Lindgren.

—Yo la encuentro poca cosa —opinó Rebecca. Era evidente que comparaba todas las casas con Kauri Paradise—. ¿Vivirá ahí solo?

Ellinor hizo un gesto de ignorancia.

—Enseguida lo sabremos —respondió—. Se acercó a la casa y recurrió al anticuado método de golpear la puerta.

Dentro ladró un perro. Una voz masculina lo mandó callar. Su tono era de amable determinación. Se impuso poco, el perro siguió ladrando. Ella estaba impaciente por ver qué la esperaba detrás de la puerta. Siempre encontraba emocionante ver a gente con sus mascotas. ¿Qué perro encajaba con el escritor? Seguro que no sería un perro pastor o un rottweiler, más bien un labrador o un border collie.

—¡Voy! —Se oyó el sonido de unos pasos aproximándose y entonces Melvin Dickinson apareció junto a la puerta con un golden retriever a su lado que dejó de ladrar y pareció sonreír a las visitas—. No hace nada, solo ladra. Se considera un gorila y se toma muy en serio sus obligaciones —explicó sonriendo él también. Una sonrisa agradable, pensó Ellinor. Así a bote pronto le cayó simpático. Era alto y delgado, calzaba unas sencillas chanclas y vestía una camiseta gris. El pelo, espeso y liso, lo llevaba algo largo. Lo mantenía apartado del fino rostro con sus gafas sin montura, que le daban el aire de un intelectual. Tenía la nariz recta y los labios bien dibujados y carnosos. Ellinor se acordó del retrato de su abuela Tricia. El parentesco era evidente. Además, y a excepción de Ellinor, parecía ser el único de su generación que había heredado los ojos verdes de Frano Zima. Ella se preguntó si eso lo alegraba o si Frano formaba parte de los fantasmas que lo perseguían—. Hola, soy Melvin y él es

Doodle —se presentó a sí mismo y a su perro, que inmediatamente permitió que Ellinor lo acariciara—. Sois..., puedo tutearos, ¿verdad?

Ella asintió.

—Por lo visto, somos parientes —dijo y, obedeciendo a la invitación del anfitrión, entró en el minúsculo recibidor de la casita, en el que había varios pares de zapatos en un zapatero, y chaquetas y la correa del perro en dos perchas.

—Esto no está muy ordenado —se disculpó el joven—. Pero entrad, dentro no está tan caótico.

Ellinor rio. Enseguida se encontró a gusto en la sala de estar, pequeña y llena de objetos. Gernot habría afirmado que era agobiante; ella, en cambio, encontraba el mobiliario acogedor, en contraste precisamente con la amplia vista sobre la playa y el mar que brindaban las ventanas: un panorama potente, indómito. Dos viejos y voluminosos sillones invitaban a sentarse, la mesa baja era una joya de madera de kauri, al igual que los armarios, sencillos y acristalados en parte, en los que el inquilino guardaba platos y vasos, y sobre todo, libros.

Melvin Dickinson debía de tener cientos de libros. Enseguida sintió ganas de hojearlos. Delante de una chimenea, en un rincón, se veía una mecedora y al lado la manta de Doodle. Encima de la repisa de la chimenea se apretujaban unos trofeos más o menos kitsch: Melvin almacenaba todos los premios de cualquier tipo que había obtenido. Desde una copa en un campeonato de ajedrez de la escuela elemental y una envejecida condecoración en la categoría de canicross, hasta un premio de diseño futurista por un Artículo del Año, sección Ciencias. Todo estaba bastante polvoriento y las alfombras, gastadas. Ellinor no creía que el escritor conviviera allí con una mujer. El único accesorio al que ella habría atribuido gusto femenino era una lámpara de araña con velas que colgaba encima de la mesa.

—Aquí nos quedamos sin corriente eléctrica con frecuencia

—explicó Melvin al ver que ella miraba la lámpara—. Y en invierno hace un frío de muerte cuando sopla un temporal alrededor de la casa. Pero a nosotros nos gusta, ¿verdad Doodle? —El perro movió la cola afirmativamente—. Y ahora, sentaos. El sofá es muy cómodo. ¿Queréis un café? Acabo de preparar uno.

Ya había colocado las tazas en una mesa auxiliar. La suya estaba desconchada, pero había sacado dos intactas para las visitas. Ellinor pensó en que era igual que en casa de Karla, y en su casa rara vez aparecía el servicio Alessi en la mesa, si no fuera porque Gernot insistía en «un poco de cultura en el día a día».

—¿Leche?

Asintió y se puso cómoda. Con el rabillo del ojo se percató de que Rebecca se movía de un lado a otro inquieta. No daba la impresión de estar a gusto. ¿O acaso quería ya regresar a la playa?

Melvin sirvió café y luego se sentó en un viejo sillón frente a ellas, expectante. Seguro que era un buen oyente.

—Entonces, ¡contadme! —animó a las dos mujeres, después de disculparse de nuevo por haber tenido que aplazar el encuentro—. Estoy impaciente por saber. Nunca habría pensado que, más allá del libro, se encontrarían nuevos hechos que investigar sobre esta historia. Al menos no en Nueva Zelanda.

—Yo empecé en Europa, no aquí —explicó Ellinor, tras una breve presentación. Melvin la miró casi aliviado cuando habló de su trabajo en la universidad. Era probable que temiera vérselas con unas chaladas que querían compartir su fama televisiva—. La pista llevaba de Viena a Dalmacia y de allí a Nueva Zelanda. Y puesto que obviamente yo no había oído hablar de Frank Winter, me concentré en el apellido Zima. Así encontré a Rebecca.

El periodista apretó los labios.

—A mí también se me podría haber ocurrido buscar en Google. Por otra parte, nunca habría imaginado que, además de Tricia, Frano tuviera otros descendientes. Tuvo otro hijo, ¿no?

—Un hijo y una hija —precisó Ellinor, informándole ampliamente sobre Liliana. Melvin la escuchaba con atención, mientras su expresión delataba cada vez mayor perplejidad.

—Liliana nunca se liberó de él —concluyó—. Igual que les sucedió después a Alison y Clara.

—¿Clara es tu bisabuela?

El escritor se volvió hacia Rebecca, quien a su vez comenzó su explicación. Fue más breve que Ellinor, pero presentó una imagen más positiva de Frano Zima.

Sin embargo, la opinión de él sobre su bisabuelo era devastadora.

—Frano Zima, alias Frank Winter, era un estafador —constató—. Un seductor. Escurridizo y sin entrañas. Realmente, uno llega a entender a Alison.

Aunque no parecía comprensivo, sino más bien infeliz. Jugueteaba meditabundo con sus gafas. A Ellinor casi le dio pena.

—¡No es cierto! —protestó Rebecca—. Tienes que leer el diario de Clara. ¡Se enamoró de ella con locura y se olvidó de Alison, así de simple! De acuerdo, no fue honesto. Pero... pero con Clara... simplemente no pudo remediarlo.

—Lo que no pudo remediar fue reconocer que un negocio de la madera que funcionaba bien le abría mejores oportunidades de futuro que la incierta perspectiva de abrir un pequeño comercio en un lugar en ninguna parte —objetó Melvin desdeñoso—. Que la romántica y dulce Clara sería una pareja más fácil que Alison, que ya entonces lo criticaba porque hablaba mucho pero no hacía nada. No creo que, como tú dices, no pudiera remediarlo. Seguro que lo meditó fríamente. En cualquier caso, no es ninguna disculpa, ni siquiera si de verdad hubiera amado a Clara. ¡Estaba en deuda con Alison y sabía lo que le hacía!

—Como también sabía lo que le hacía a Liliana cuando se

marchó sin ella de Dalmacia rumbo a Nueva Zelanda —añadió Ellinor, acariciando a Doodle, que, camino de una manta a otra, pasó por su lado y apoyó la cabeza sobre su regazo—. Y hay algo más..., una incongruencia. Te das cuenta al comparar el relato de Clara con el tuyo, Melvin. Tú escribes que Frano abandonó a Alison alrededor de abril de 1919. ¿Cómo lo has deducido?

El joven frunció el ceño.

—Es un cálculo aproximado —admitió tras pensar unos segundos—. No hay datos al respecto. Pero Tricia nació a principios de diciembre de 1919, así que Alison debió de quedarse embarazada entre mediados de febrero y principios de marzo. No se dio cuenta hasta después del mes de abril. Frank le prometió que se casaría con ella cuando se enteró y luego se marchó. Entonces conoció a Clara.

Ellinor negó con la cabeza.

—Justamente, no —señaló—. De hecho, Frano ya se dejó ver en la granja de los Forrester en noviembre de 1918. El día en que se dio por terminada la guerra, no hay error posible. Salvo por ello todo coincide: lo de las figuritas de madera, la raíz de kauri... Lo único que no es posible es que ya estuviera embarazada.

Melvin se frotó la nariz.

—A lo mejor fingió estarlo para empujarlo a que se casara...
—Ellinor se encogió de hombros.

—No es posible. Entonces no existiría Tricia.

—¿Te refieres a que a lo mejor no fue él? —preguntó esperanzada Rebecca—. ¿Podría ser que Frano Zima y Frank Winter no fueran la misma persona?

Ellinor hizo un gesto negativo.

—Claro que Frank y Frano eran la misma persona —contestó impaciente—. De eso no cabe la menor duda. A lo que quiero llegar es a que Alison no debió de ser del todo fiel a la verdad cuando contó la historia ante el tribunal. No sé por qué, pero el hecho es que Frano desapareció antes, pero la visitó al menos una vez después de estar ya viviendo con Clara en Te Kao.

La mirada de Rebecca se ensombreció.

—¿Él...? ¡No! Eso significaría que con las dos... Me refiero... a que entonces ¡habría engañado a Clara!

Ellinor asintió.

—Hay que partir de esta hipótesis —confirmó—. Es probable que engendrase a Tricia durante su primer viaje a la península de Coromandel. Fue entre mediados de enero y finales de febrero. Encaja. —Tendió una hoja de papel a Melvin en la que había apuntado las fechas de los viajes de Frano—. Mira, estos son los períodos en que estuvo viajando para extraer goma de kauri. Y en el trayecto de ida y vuelta visitó a un misterioso «amigo» cuya identidad ahora conocemos: Alison Dickinson.

El escritor estudió la hoja de papel y asintió.

—La promesa de matrimonio debió de suceder durante el segundo viaje, en abril, cuando ya hacía tiempo que se había comprometido con Clara. Encaja perfectamente. Era un canalla —repitió—. Además de a una asesina tengo ahora entre mis antepasados a un estafador y, en cierto modo, un gigoló.

Contempló el mar mientras sacaba sus conclusiones. Ellinor casi creyó ver cómo los fantasmas de Melvin se agrupaban en torno a él.

Posó espontáneamente la mano sobre la de él, lo que Doodle, el perro, registró al instante. Miró inquisitivo a su amo y a la joven mujer, luego dio el visto bueno al contacto y volvió a descansar la cabeza sobre la manta.

—Melvin, ¡no tienes que tomártelo tan a pecho! —le advirtió—. Tienes razón, por supuesto, nuestro antepasado común era un miserable y desgraciado donjuán. Pero eso no tiene nada que ver contigo. No has de avergonzarte por su causa ni tampoco por el modo en que tu bisabuela solucionó su problema. Y el hecho de que Tricia abandonara a su hijo..., en fin, yo puedo comprenderlo. Estaba en una situación desesperada. Eso no significa que la infidelidad sea intrínseca de tu familia.

Él se quitó pensativo las gafas y volvió a ponérselas.

—No obstante, me pregunto cómo reaccionaría yo si atravesara una crisis existencial como Frano, Alison y Tricia. Si yo también... fallaría tanto.

Rebecca, que en los últimos minutos había permanecido en silencio desconcertada, se llevó las manos a la frente.

—No exageremos —observó—. Y ahora deberíamos irnos, Ellinor. Gernot nos estará esperando. Ya hemos terminado, ¿no?

En la concepción del mundo de Rebecca no encajaba que el Frano Zima al que tanto habían idolatrado Clara y su hijo cayera de su pedestal. De nada servía tampoco que los resultados de la investigación del periodista confirmaran una parte del mito familiar de los Zima: Clara tenía razón, Frano no la había abandonado. Si Alison no lo hubiese matado, habría regresado con ella y el hijo de ambos, si bien Ellinor y Melvin ponían muy en cuestión las causas que lo movían a ello. La historia del «gran amor» entre Clara y Frano se había desmoronado como un castillo de naipes.

Ellinor miró, impotente, al joven. Le costaba dejarlo de golpe solo con sus fantasmas.

Pero él sonrió amablemente.

—Marchaos —dijo—. Seguro que me pongo un poco dramático. Me caliento mucho la cabeza, al menos eso es lo que opina mi madre. Mi padre cree que debería buscarme un trabajo como Dios manda y que así no tendría tiempo de andar devanándome los sesos pensando en el pasado. Por desgracia, soy un manazas.

Ellinor rio.

—A mí me pasa lo mismo —admitió—. ¿Será herencia de nuestro antepasado Frano? A él tampoco le iba el trabajo físico.

Melvin sonrió irónico.

Rebecca, en cambio, defendió a Frano.

—¡Pero era un artista! —exclamó—. ¿No has visto las tallas? Era...

—Lo más probable es que las tallas fueran obra de su amigo Jaro —dijo Melvin, echando por tierra otra ilusión de la joven—. Él trabajaba con la madera.

—¿Quedan descendientes de él? —preguntó, mientras su prima, ya impaciente, se ponía de pie—. ¿Lo has investigado? A mí me falta el apellido.

—El apellido de Jaro era... Espera... —El escritor se masajeó las sienes—. Stančić o algo así. Tiene varios nietos y bisnietos repartidos por Nueva Zelanda. Llamé a un par de ellos, pero no parece que Jaro fuera muy hablador. Al menos nunca mencionó a Frano. Declaró en el juicio a favor de Alison y eso fue todo.

—¿Vienes ya? —Rebecca se dirigió hacia la puerta.

Ellinor miró a Melvin disculpándose.

—Tenemos que irnos, mi marido nos espera.

—¿Estás casada? —preguntó él—. Sí, es cierto, Rebecca lo mencionó por teléfono. ¿Y por qué no ha venido con vosotras? ¿No le interesa la genealogía? —Volvió a sonreír—. Bien, salúdalo de mi parte aunque no lo conozca. Y muchas gracias por haber venido. ¡Tantos descubrimientos y estímulos para seguir reflexionando! Debería escribir el libro de nuevo.

Les guiñó el ojo y se puso de pie para abrirles la puerta de la casa. Doodle, que había estado tendido a sus pies, también se levantó y se dejó acariciar de nuevo como despedida. Miraba a Ellinor con adoración mientras ella le rascaba la cabeza. Las chicas intercambiaron los números de teléfono y las direcciones de correo electrónico con Melvin.

—Por si todavía sucede algo —dijo él—. Nunca se sabe.

Ella asintió.

—Te enviaré las fotocopias del diario de Clara —le prometió—. Ahora solo tengo una y me gustaría conservarla. Pero estoy convencida de que querrás leerlo.

Él asintió.

—Nos mantenemos en contacto —dijo sonriente.

4

—Qué amable, ¿no? —comentó Ellinor cuando se sentó en el coche al lado de Rebecca. Esta regresaba al lugar donde las esperaba Gernot tomando las curvas a una velocidad vertiginosa.

Rebecca hizo una mueca.

—Regular —contestó—. Lo he encontrado bastante raro. Todo eso de los espíritus y de cómo el pasado todavía lo alcanza a uno hoy en día... A ver, a mí no me alcanza. Que Frano fuera o no un desgraciado, ahora...

—Estabas muy afectada —observó Ellinor—. Hasta ahora has pensado...

—¡Y sigo pensando lo mismo que antes! —la cortó Rebecca—. Da igual lo que digáis. Entre Clara y Frano hubo un gran amor, incluso si al mismo tiempo él tuvo algo que ver con esa Alison. A saber lo que ella hizo para llevárselo a la cama, también estaba perturbada total...

—Yo no calificaría a Melvin Dickinson de perturbado, la verdad. —Sintió que la invadía la cólera. Rebecca era agotadora—. Solo porque ahonda en el pasado y quiere saber la verdad. ¡A ti nadie te obliga a nada, puedes creerte lo que te apetezca! ¿No deberíamos girar a la derecha?

En efecto, Gernot las estaba esperando, ya entrada la tarde hacía frío en la playa.

—Pensaba que ibais a ser breves—dijo.

—Rebecca quería ser breve —contestó Ellinor—. Yo quería conversar con tranquilidad, ya que he venido hasta aquí. Y ha sido muy instructivo. Podrías habernos acompañado, Melvin es realmente simpático.

—Un simpático chalado —apuntó Rebecca—. Pero tu esposa no se cansaba de escucharlo. ¿Vamos a comer algo? Me muero de hambre. Seguro que tú también, Gernot...

¿Y yo?, pensó Ellinor y censuró para sus adentros el infantilismo de su prima. ¿Pensaba Rebecca que ella no tenía hambre solo porque estaba convencida, al igual que el escritor, de que Frano Zima era un estafador?

No la sorprendió que Rebecca no considerase necesario hablar más sobre el encuentro con el periodista, pero sí la disgustó un poco el desinterés de su marido. Este no hizo ninguna pregunta, estaba ocupado en otras tareas que nada tenían que ver con sus investigaciones. Gernot había aprovechado el tiempo pasado en la playa en ojear la guía de viajes y planear su nuevo destino, que seguramente no tendría nada que ver con Frano Zima y sus historias de mujeres.

—Creo que nos vamos a Waitomo. Se ve que las Glowworm Caves son fascinantes.

Nueva Zelanda era conocida por sus cuevas de luciérnagas, si bien esas criaturas luminosas no eran en realidad luciérnagas, sino las larvas de una especie de mosquito que desprendían una luz brillante por unos hilos mucosos para atraer y cazar insectos.

Rebecca intentó a un mismo tiempo asentir y negar con la cabeza.

—Las cuevas de luciérnagas son fantásticas —afirmó—. Pero para verlas no hace falta ir a Waitomo. En cualquier caso, un neozelandés no lo haría. Esas son solo para turistas. Son como Disneylandia y muy caras. Las cuevas de Waipu son mejores. Yo estuve una vez con la escuela, absolutamente genial.

—Pero en Waipu no hacen visitas guiadas —objetó Ellinor. También ella se había informado acerca de otras opciones distintas de Waitomo. En primer lugar porque Gernot se reía de ella cuando lo llevaba por caminos demasiado trillados por turistas y, en segundo lugar, para ahorrar dinero—. No sé si me atrevo a meterme sola en una de esas grutas.

Rebecca hizo un gesto de rechazo.

—Los senderos están bien indicados. No puede pasar nada. Además... —Su cara se iluminó—. ¡Puedo acompañaros! Waipu está solo a una hora de aquí, podemos ir juntos hasta allí. ¡Me pongo a vuestra disposición como guía turística!

Ellinor se frotó la frente. La verdad era que a esas alturas ya comenzaba a estar un poco harta de su efusiva prima. Rebecca le caía bien, pero ahora quería estar un tiempo a solas con Gernot. A él, por el contrario, la idea le pareció estupenda.

—Entonces, ¡a por ello! —decidió.

—¿No empieza a ponerte un poco nervioso? —preguntó, cuando llegaron de nuevo al hotel después de haber comido, no muy bien pero sí en abundancia, en una hamburguesería. Dargaville no ofrecía restaurantes más atractivos.

—¿Quién? ¿Rebecca? —preguntó Gernot—. Es muy divertida. Y sabe un montón sobre Nueva Zelanda.

De hecho, Rebecca había hablado sin parar de todo lo que la pareja todavía debía ver y hacer en el país.

—Vive aquí —observó Ellinor—. Y por lo visto en la escuela prestaba atención en las clases de Ciencias Naturales y Sociales. O simplemente se ha movido mucho. A fin de cuentas tiene suficiente tiempo y dinero.

Gernot frunció el ceño.

—Se diría que te da envidia —advirtió.

Ella negó con la cabeza.

—No. No envidio a un ser tan parasitario. Creo que es mejor cuando uno tiene un objetivo y se mueve hacia algo en lugar de estar haciendo siempre lo que le apetece en ese momento. En fin... Por suerte no es problema mío, sino de Rebecca, o como mucho de sus padres. Seguro que desearían que escogiese de una vez algo sensato que hacer...

—¡Qué convencional eres, querida! —exclamó Gernot.

Ellinor se encogió de hombros.

—Soy realista. Y tengo la anticuada opinión de que llegada cierta edad una debe ganarse el dinero por sí misma en lugar de depender de sus padres. Pero, lo dicho, a mí ni me va ni me viene. A pesar de todo, me saca de quicio su constante parloteo y su superficialidad. Esperemos que mañana no se pierda con nosotros en las cuevas.

Durante el viaje a Waipu, Rebecca y Gernot estuvieron hablando sobre las bellezas naturales de Nueva Zelanda y sobre arte. Ellinor no los escuchaba. Estaba exasperada porque su prima se había unido a su viaje sin preguntar. Después de criticarla casi se peleó con Gernot. Con lo susceptible que podía llegar a ser se había atribuido los reproches que Ellinor hacía a Rebecca. Así que de nuevo le había echado en cara tener una actitud convencional y estar celosa de la gente que se tomaba la vida más a la ligera. «¡Tu problema es que no ves más allá de tu pequeño mundo! —había dicho enfadado—. ¡No sueñas! ¿O es que en realidad estamos hablando otra vez de dinero? ¿Vas a reprocharme que viva de ti?» Ella se había limitado a dejar que se le pasara el arrebato. No tenía ni idea de cómo había llegado a crisparlo tanto. ¿Acaso no debería haber mencionado que Melvin Dickinson le parecía simpático?

El sesudo escritor no se le iba de la cabeza, como tampoco Frano, Alison y su historia. Ni la pregunta de por qué algunas personas no se desprenden del pasado mientras otras consiguen vivir totalmente el aquí y el ahora. Pensó que era un tema interesante para un seminario. Podría elaborarlo y ofrecerlo el año siguiente en la universidad. Se sorprendió a sí misma con la idea de lo sugestivo que sería hablar con el escritor sobre este asunto.

Viajaban en el coche de Rebecca, que había sugerido que dejaran en Dargaville el vehículo alquilado y que fueran a Waipu en su rojo y pequeño deportivo. Estaban atravesando un paisaje boscoso, cuando el anuncio de que Gernot y Rebecca habían decidido de golpe pararse y dar un paseo la arrancó de sus pensamientos.

—Pensaba que íbamos a ver las luciérnagas —objetó, para quedar de nuevo en minoría.

—Las luciérnagas llevan miles de años viviendo en Waipu —afirmó Rebecca—. No se escaparán. Esto es Tangihua Forest, podemos dar una vuelta por aquí. Hay un antiguo kauri. Al menos eso se anunciaba en el panel informativo del museo, ¿verdad, Gernot? Aquí trabajaron *gumdiggers*. A lo mejor encontramos resina de kauri.

Algo poco probable, según Ellinor. Estaba segura de que los *gumdiggers* no habían dejado nada para que, cien años después, un par de paseantes ocasionales lo descubrieran. Siguió a pesar de todo a su marido y Rebecca por el bosque y se preguntó por qué estaba siempre de mal humor. A fin de cuentas no iban a perderse nada, daba igual cuándo visitaran las cuevas de Waipu. ¿Estaba abatida porque había terminado de rastrear las huellas de Frano Zima? Tampoco había razón para ello. Todo le había salido bien. Y a pesar de ello, Melvin Dickinson y sus fantasmas trasgueaban por su mente...

Avanzó con dificultad por húmedos senderos detrás de Rebecca y Gernot y esperó con paciencia cuando los dos volvieron a sacar papel y carboncillo para hacer esbozos de las bellezas del bosque pluvial. Observó incrédula la solicitud con que su marido se dedicaba al dibujo figurativo y lo exageradamente efusivos que eran sus elogios sobre los intentos de dibujar de su alumna.

Los tres llegaron por fin a Waipu por la tarde, ya no tenían tiempo de pasear por las cuevas. Rebecca sugirió un motel junto a Langs Beach, no tenía ganas de volver a hacer el camino de vuelta y repetir el trayecto al día siguiente.

—Pero si ya hemos pagado la habitación de Dargaville —protestó Ellinor—. Si dormimos aquí tendremos que pagar el doble.

—Tampoco es un drama —repuso relajadamente la chica.

Ellinor no la contradijo más, le dolía la cabeza. A continuación se dirigieron a Langs Beach y buscaron un hotel. Ellinor enseguida se retiró a su habitación y dejó que Gernot y Rebecca se fueran a cenar juntos. Se tendió aliviada en la cama y disfrutó del silencio. En realidad había pensado hablar con Karla por Skype, pero ahora se sentía demasiado feliz de estar consigo misma y no oír más voces. A excepción de las de los fantasmas. Y la de Melvin Dickinson...

Sus preguntas habían resonado en su mente todo el día. Pero ahora por fin tenía tiempo de responder. Cogió el móvil, abrió el correo y empezó a escribir.

Querido Melvin, espero no molestarte, pero es que no se me van de la cabeza tus fantasmas, tal vez porque en parte son también los míos. En Dalmacia creí sentir la presencia de Liliana, y la de Frano... Bueno, últimamente los dos le hemos dedicado a él mucho tiempo. Pero no me arrepiento de ello, como tú soy del parecer de que los períodos de tiempo se engranan entre sí, que la historia no pasa completamente, sino que siempre determina nuestra naturaleza y nuestra vida, en lo bueno tanto como en lo malo. Solo pienso que tiendes demasiado a luchar contra tus fantasmas. ¿Has pensado alguna vez qué sucedería si en lugar de eso te hicieras amigo de ellos? Frano Zima... Claro que era un estafador. Pero debió de ser un hombre muy carismático, un poeta en cierto modo. Se desenvolvía tan bien con el lenguaje como tú. A lo mejor te dejó ese don como herencia y tú has aprovechado la oportunidad para utilizarlo de un modo más productivo y filantrópico. Y es posible que hayas heredado de él tu carácter afable. Tenía carisma, podía ser convincente. Quizá debes a ese talento suyo tu éxito en los programas de entrevistas.

Y Alison... De acuerdo, era una persona débil, dejó que se aprovecharan de ella hasta que estalló. Pero sabía amar de una forma profunda y ardiente, apoyó al hombre al que se había unido, era de fiar y leal. No son unos malos atributos mientras no se destinen a la persona equivocada.

Tricia tenía dieciséis años cuando dejó a su hijo. Sin embargo no lo abandonó ni lo entregó a un hospicio, sino que lo puso en manos de las únicas personas honradas y de confianza que había conocido, por eso les pidió que se ocuparan del bebé. Elizabeth Frazier podría haberlo entendido como un gesto de confianza en lugar de ver la huida de Tricia como una prueba de su recelo. La historia es también una cuestión de interpretación, las acciones dependen de las circunstancias, se ven determinadas por el tiempo y el lugar. Creo que deberías hacer las paces con tus fantasmas. Al igual que yo intentaré dejar que Liliana descanse tranquila. Ya hemos contado su historia.

Afectuosamente,

ELLINOR

No se lo pensó mucho antes de enviar el correo. Después se sentía mejor. Y su corazón dio un vuelco cuando poco después le llegó la respuesta.

Querida Ellinor, ¡qué mensaje tan bonito! Es cierto, nuestros fantasmas también han hecho algo bueno. Nos hemos conocido y estamos en contacto. Me alegraría tener de vez en cuando noticias tuyas, a fin de cuentas somos parientes.

Y en cuanto a la referencia a mi naturaleza afable, te puedo devolver de todo corazón el cumplido.

Con cariño,

MELVIN
(y DOODLE, gorila y cazafantasmas)

Ella rio y se sintió mucho mejor.

Se durmió y ni siquiera se despertó cuando Gernot regresó.

5

A la mañana siguiente, Karla le envió un mensaje para quedar para hablar por Skype.

—¿Ahora? —refunfuñó Gernot cuando su esposa sacó la tableta—. Queríamos desayunar rápido y marcharnos a las cuevas.

—Ayer por la noche ya le fallé —le confesó ella—. Íbamos a hablar, pero me dormí. Adelántate tú, me daré prisa.

Él hizo un mohín, pero luego se puso los tejanos y la camiseta y se fue hacia la puerta.

—Ayer no podías vivir sin ir a las cuevas —se paró a reprocharle antes de salir.

Ellinor volvía a no saber qué había hecho ella para irritarlo, pero tenía muchas ganas de conversar con Karla. Le habló con todo detalle de Melvin.

—Fue realmente superinteresante hablar con él —concluyó.

—Y además está superbién —observó Karla sonriendo irónica.

Ellinor frunció el ceño.

—¿Cómo lo sabes?

Karla se echó a reír.

—Internet. Fotos de autores. Los he buscado a él y el libro en Google. Qué bien que coincidamos. —Karla lanzó a su prima un guiño cómplice.

—¡Oye, que estoy felizmente casada! —Movió la cabeza—. Ese chico no me interesa.

—Pues es justo tu tipo —contestó Karla, burlona—. Alto, moreno, autónomo..., es probable que permanentemente sin blanca...

—Yo creo que Melvin puede vivir la mar de bien de su trabajo —lo defendió Ellinor.

Y no tenía ni que exagerar como solía hacer cuando le señalaba a Karla los logros de Gernot. *Un largo invierno* era un best seller y la casita del autor del libro, aunque no se asemejaba precisamente a la residencia de un millonario, tampoco se veía pobre.

—¡Un punto más a su favor! —siguió bromeando Karla—. Un hombre que no depende de ti...

Ellinor hizo una mueca. Karla no podía dejar de pincharla.

—Gernot acaba de vender un cuadro —dijo ofendida—. No vive a mi costa. Y Melvin no es un candidato para una aventura sentimental. Es... es mi primo...

Karla se echó a reír.

—Por suerte uno muy lejano. Qué pena, y eso que tenéis mucho en común: el interés por el estudio de la genealogía, la historia... Y encima, tiene un perro... —Karla sabía que su amiga quería desde hacía tiempo un perro o un gato, pero Gernot se horrorizaba solo de pensar en ver un pelo sobre su sofá de diseño. Sin contar con que encontraba muy burgués lo de tener mascotas—. ¿De qué raza es?

—Es un golden retriever —contestó Ellinor—. Y aunque me gusta especialmente, eso no significa que vaya a empezar una relación con el dueño de Doodle. Deja de decir tonterías, Karla, yo quiero a mi marido.

—Por cierto, ¿dónde está? —preguntó Karla—. ¿De viaje con la primita?

—Desayunando —informó Ellinor—. Lo que ahora mismo tendría que estar haciendo yo, me muero de hambre. Y sí, es posible que Rebecca también esté tomándose ahora un café. Hoy quiere enseñarnos una cueva de luciérnagas. Hazme un favor y piensa en mí. Si no doy señales de vida, por la tarde como mucho, es posible que nos hayamos perdido en las cuevas de Waipu. En tal caso, das la alerta.

Karla soltó una risa y divertida prometió localizar el móvil de Ellinor en caso de duda. Luego se despidieron.

Rebecca y Gernot casi habían terminado de desayunar, pero ella no se dejó atosigar. Puesto que no había comido nada más que un bocadillo para cenar, ahora tenía un hambre voraz y había decidido reunir fuerzas en serio antes de la excursión. Mientras, echó un vistazo por encima a un par de folletos que había cogido de la recepción cuando iba hacia la sala de desayunos. Se ofrecían paseos guiados por las cuevas y guías particulares.

—¿No deberíamos unirnos a algún grupo? —preguntó—. Podríamos telefonear para saber si hay alguna visita guiada. En la recepción me han dicho que en cuestión de poco tiempo se organiza una, además no es muy caro. Así no iríamos por allí completamente solos.

Rebecca puso mala cara.

—Eh, Gernot, ¡tu esposa no confía en mí! —le gritó al pintor, que en ese momento había ido a servirse otro café—. Ellinor, no puede pasar nada. Solo llegaremos hasta donde abarquemos con la vista...

—O pillamos en algún sitio un hilo rojo y lo atamos a la entrada como hicieron en su día Teseo y Ariadna. —Gernot rio—. No hay que contar con que vayan a salir monstruos, ¿o sí?

—Los únicos depredadores son las luciérnagas —respondió Rebecca—. En serio, no has de tener miedo. —Se levantó—. Vamos a pedir que nos preparen la comida. En caso de duda se la ponemos de cebo al monstruo.

Ellinor no dijo nada más y se dedicó a su muesli. Poco a poco iba sintiendo algo parecido a los celos al observar a su prima y a Gernot tonteando. A él se lo veía mucho más juvenil y abierto cuando estaba con la muchacha. Estaba descubriendo unos aspectos de él que no había conocido antes. Era evidente que le gustaba estar con gente joven y sabía qué trato darles. Sin embargo, siempre se había negado a trabajar de profesor. Habría podido ganar algo de dinero dando cursos de pintura y dibujo. Decidió retomar el tema cuando estuvieran de vuelta en Viena.

Gernot y Rebecca la esperaban en el coche y enseguida se pusieron en marcha. Su prima no siguió la indicación que llevaba a las cuevas de Waipu, sino que tomó un desvío. Poco después la carretera se convirtió en una pista que desembocaba en un pequeño aparcamiento. La joven se detuvo, cerró el coche y les dio a cada uno una linterna de bolsillo que había pedido prestadas en el hotel. Después se dirigió decidida a un prado que debían cruzar antes de llegar a una montaña.

—Aquí está la entrada —anunció, señalando un agujero escondido en el suelo detrás de un bloque de piedra.

—¿Yo tengo que meterme por ahí? —Ellinor movió la cabeza, incrédula—. ¡Qué claustrofobia!

—Es solo la entrada, luego se ensancha —afirmó Rebecca al tiempo que se internaba en la oscuridad.

Gernot la siguió. Ellinor comprobó unos segundos su móvil. Como era de esperar no había cobertura. Siguió a los demás con un mal presentimiento, pero se vio agradablemente sorprendida pues el estrecho paso llevaba, en efecto, a un espacio más grande. Rebecca y Gernot lo iluminaban con sus linternas, de lo contrario estarían del todo a oscuras. Tardaron un rato en acostumbrar la visión a la penumbra, y entonces Ellinor casi se quedó sin aliento ante la belleza que la rodeaba.

—¡Es una cueva de estalactitas y estalagmitas! —exclamó admirada.

Rebecca se echó a reír.

—¡Claro! —exclamó—. Lo son en realidad todas las cuevas de luciérnagas. Y esta es una de las más bonitas. ¡Venid!

Se adelantó con paso firme hacia el interior de la cueva y Ellinor la siguió con el corazón palpitante. De todos modos, era un camino trillado, seguro que no eran los primeros en recorrerlo. Rebecca caminaba hacia su objetivo segura y con destreza por el suelo de la cueva, muy resbaladizo en algunas zonas. Ellinor se cogió a la mano de Gernot. La atmósfera del lugar tenía algo de irreal. Había estado antes en otras grutas similares, pero esas formaciones calcáreas siempre estaban iluminadas a lo largo de los recorridos. En este caso, sin embargo, ella misma tenía que dirigir la luz de su linterna hacia las columnas y su semejanza con un hombre o un oso que amenazaba desde la oscuridad a menudo la sobresaltaba. Daba la impresión de que Rebecca también percibía la tensión y lo disimulaba con su constante parloteo. Compitió con Gernot en distinguir figuras o animales, palacios o castillos en las estructuras pétreas y señaló un arroyuelo que fluía por la cueva, pero en el que no se podía descender en rápel y dejarse llevar a través de la oscuridad como en las cuevas de Waitomo. No era lo suficientemente profundo para ello.

Finalmente llegaron a una sala más grande. La cueva se ensanchaba en ese lugar y ganaba en altura. Y el techo, en efecto, brillaba a la luz de incontables luciérnagas. Ellinor contempló fascinada ese esplendor similar al de un cielo estrellado.

—Es maravilloso... —susurró sobrecogida, y apretó la mano de Gernot para compartir con él ese momento mágico—. ¡Como en un cuento!

Aun así, él no parecía muy sensible a la magia de la escena. Enseguida se reunió con Rebecca, que había descubierto un par de larvas luminosas que colgaban más abajo. La muchacha dirigió el rayo de luz de la linterna hacia ellas y empezó a explicar cómo generaban luz y depositaban el cebo para otros insectos.

—Además, cuanto más tiempo ha transcurrido desde que realizó su última captura, más nítido es el brillo —explicó entusiasmada—. Ah, sí, y una larva llega a colgar hasta setenta hilos sedosos. Con ellos puede cazar incluso pequeñas serpientes, ciempiés y polillas. Esos bichos se lo comen casi todo. Así que mejor no los toquéis, ¡os podríais quedar pegados!

Rio y describió la elaboración precisa de los hilos que colgaban como diminutas cadenas de luz del techo de la cueva. Ellinor no se cansaba de mirarlos, aunque se le pasó por la cabeza la idea de que ahí se admiraba la belleza de algo que solo servía para matar. Pensó en si debía mostrar a sus compañeros el lado oscuro de ese luminoso esplendor, pero los dos volvían a divertirse juntos mientras desempaquetaban la comida. En realidad ella no tenía hambre, aunque era romántico descansar en la cueva bajo ese «cielo estrellado».

A solas con él todo habría sido mucho más bonito. Se habrían quedado allí sentados en silencio, empapándose de impresiones. Rebecca, en cambio, no dejaba de hablar. Ella cogió resignada la botella de agua que le tendía. En realidad ese momento se merecía un champán.

Después del tentempié, Rebecca los sacó de la cueva con la misma convicción con que los había metido. En eso al menos, Ellinor no habría tenido que preocuparse.

—Y ahora haremos otra excursión —anunció la autoproclamada guía turística, señalando unas marcas de color naranja en el camino—. Hay unas vistas geniales. Dura unas dos horas.

No tenía nada en contra, aunque a esas alturas habría ido a un lugar con cobertura y preferiblemente wifi a enviar un wasap a Karla y que cesara la alerta. Sabía que su prima se tomaba en serio sus temores y que estaría controlando el móvil a la espera de que diera señales de vida. Además, en Viena ya era de noche y le habría gustado decirle que habían salido sanos y salvos de las cuevas y que podía irse a dormir tranquila.

Pero en un principio no podía ni pensar en ello, no había ni siquiera una tienda de recuerdos o un café en el camino. Ciertamente, las cuevas de Waipu y su entorno eran conocidos solo por una minoría de iniciados. No se cruzaron con un alma durante el paseo, que discurría a veces por prados y a veces por terrenos de piedra caliza y bosques húmedos.

—¡Ha sido precioso! —exclamó admirada Ellinor después de llegar cansada al coche tras dos horas de caminata—. Vayamos a tomar un café antes de volver a Dargaville.

La cafetería tenía wifi gratuito y por fin había cobertura. Ellinor vio tres llamadas perdidas.

—Melvin —dijo sorprendida—. Ha intentado localizarme. ¿Qué querrá?

—Pues a mí no me ha llamado —intervino Rebecca tras echar un vistazo a su móvil.

Ellinor tenía dos mensajes de texto. Uno de Karla: «¿Todavía estás viva?». El otro era del periodista: «¡Llámame!».

Escribió a toda prisa un mensaje para Karla y luego se alejó un poco y marcó el número de Melvin.

El periodista respondió enseguida.

—¿Dónde estabas? —preguntó—. Ya empezaba a preocuparme. Normalmente, cuando uno se va de viaje se lleva el móvil.

—Pero no sirve de nada en una cueva —respondió Ellinor.

Él se echó a reír.

—¿Cueva? ¿Luciérnagas?

—Waipu. Ha sido fabuloso. Increíblemente bonito...

—Sí. —Ellinor casi creyó ver cómo se ajustaba las gafas hacia arriba pensativo—. Aunque también desasosegante. La luz inspira protección, pero en cambio aniquila al que vuela a su alrededor; en cualquier caso, a cualquiera que mida menos de tres centímetros.

Ella rio y, al mismo tiempo, encontró raro que Melvin, al contemplar las luciérnagas, hubiese pensado lo mismo que ella. Hermoso y al mismo tiempo desasosegante.

—No deberíamos perderlo de vista cuando enviemos astronautas a las estrellas —observó, haciéndole reír—. ¿Qué hay? —preguntó—. ¿Ha pasado algo? ¿O solo querías decirme cuándo emiten tu programa?

Habían hablado brevemente durante su encuentro de la grabación de Christchurch.

—Fue ayer —contestó él—. Los dos nos lo perdimos por un intercambio de mails. Aunque da igual, yo ya sé lo que dije. Tengo que contarte otra cosa. O que contaros, seguro que a Rebecca también le interesa.

—Está aquí —le comunicó, lamentándolo un poco, pues le habría gustado charlar un poco con el escritor a solas—. ¿Pongo el altavoz del teléfono?

Pulsó la tecla del altavoz aunque su prima no mostraba demasiado interés.

—He recibido una llamada —informó Melvin—. Después del programa de entrevistas. De una tal Hannah Biloxi. Estaba muy eufórica.

Rebecca se encogió de hombros.

—Es la primera vez que oigo ese nombre —dijo—. ¿No será otro miembro de la familia?

—No directo —respondió él—. Pero, por supuesto que está emparentada con vosotras, aunque solo es pariente lejana. Aun así os podría interesar reuniros con ella. Hannah Biloxi dirige una pensión en Paeroa: la Casa Winter.

—¿Qué? —preguntó atónita—. ¿La Casa Winter de Paeroa? ¿La casa de Alison Dickinson? Ahí vivió con Trout. Después del enlace, ¿no pasó a ser propiedad de él o al menos de los dos?

—Siempre perteneció a ella —contestó Melvin y Ellinor recordó que Alison le había insistido a Tricia sobre ello.

—Los Trout vivieron en ella y después de la muerte de Alison se quedó vacía. La familia se había mudado antes a Auckland.

—¿Y qué quiere enseñarte ahora esa tal Hannah? —inquirió—. Así... ¿simplemente? Para... ¿para que no queden lagunas? Melvin dijo que no.

—No era preciso, ya la he visto. Mientras efectuaba las investigaciones para escribir el libro, estuve allí. Entonces todavía la estaban rehabilitando, no se podía entrar, la rodeaba una valla de construcción. En cualquier caso, ni siquiera pude fotografiarla y no conocía a la propietaria. Así a posteriori es una gran pena, porque hablar con ella habría enriquecido el libro y tal vez aclarado muchos interrogantes. Hannah Biloxi ha vivido hasta ahora en Australia. Hace poco que llegó a Nueva Zelanda. Tras la muerte de su madre. Ellinor, es mi tía, la hija de Patricia Dickinson. Su nombre de soltera era Dickinson-Kandall.

Ella se quedó con la boca abierta.

—¿Y ahora quiere hablar contigo? —preguntó una vez que se hubo recuperado.

—¡A toda costa! —exclamó él—. Entre otras cosas ha venido a investigar sobre su familia, de vuelta a las raíces. Vio el programa por casualidad, una feliz coincidencia. Así que, ¿cómo lo veis, os reunís con nosotros?

Rebecca se llevó las manos a la cabeza.

Ellinor, en cambio, estaba entusiasmada.

—¿Podemos? —preguntó prudente—. Quiero decir... ¿no te ha invitado solo a ti?

—Tiene muchas ganas de conoceros —contestó él. Le he hablado de vosotras y está como loca por escuchar vuestra historia. Parece una mujer muy afable.

—Pero viejísima —intervino Rebecca.

—Por los sesenta. —Por lo visto, Melvin debía de haberlo preguntado—. Se diría que Tricia se dio tiempo antes de casarse y tener descendencia. Hannah es hija única.

—Junto con Moses —corrigió Ellinor—. ¿Sabía que existía?

El joven contestó afirmativamente.

—Tricia debió de hablarle de él. En cualquier caso, me parece todo muy misterioso. ¿Entonces, venís?

Rebecca hizo un vehemente gesto negativo con la cabeza y la expresión de Gernot era fácil de interpretar. Ni a una ni a otro les apetecía lo más mínimo. Ellinor no precisaba de palabras para entenderlo.

—¡En cualquier caso, yo sí! —respondió a pesar de todo—. Dame algo de tiempo para que lo aclare con mi marido y mi prima. Te vuelvo a llamar más tarde, ¿vale?

—Elin, ¡no puedes decirlo en serio! —Gernot la abordó en cuanto finalizó la llamada—. ¿Otros trescientos kilómetros de vuelta? Ya hemos estado por esa zona, cariño, lo hemos visto todo con detalle. Pensaba que iríamos a Wellington, pondríamos rumbo a la isla Sur y pasaríamos allí un par de días.

—Tenéis que ver los Alpes —terció entusiasmada Rebecca—. La costa oeste y Kaikoura en la costa este... Ahí se pueden observar ballenas.

Ellinor negó con la cabeza.

—Seguro que todo eso es muy interesante, pero yo he venido aquí para estudiar la historia de mi familia. Y Hannah Biloxi tiene una serie de datos que yo desconozco. No me perderé esta reunión.

—¿Y yo no tengo nada que opinar al respecto? —preguntó provocador.

Ella se reprimió preguntarle quién había pagado el viaje.

—Pues claro que tienes algo que opinar. Pero siempre podemos pasar a la isla Sur. Si nos reunimos con Hannah, perderemos un día, dos como mucho.

—O tres o cuatro... —precisó enfurruñada Rebecca—. A mí

no me apetece nada hablar con una tía tan vieja. Es la rama de la familia de Melvin y la verdad es que a mí esa no me interesa nada.

—Pero a mí sí —insistió Ellinor—. Si no queréis venir, me voy yo sola. Podéis hacer un par de excursiones más y nos encontramos en el trasbordador de la isla Sur.

—Sola significa sola con ese Melvin, ¿no? —inquirió Gernot.

—Está claro. —Ellinor no se reconocía a sí misma. Cuando él hablaba en ese tono ella solía ceder—. Al menos iremos juntos a visitar a Hannah. Si después voy a seguir hasta Wellington, Melvin y yo no podremos de todos modos viajar en un solo coche.

—¡Ese tipo va detrás de ti! —afirmó el artista.

—Ese «tipo» es mi primo —se defendió como había hecho por la mañana con Karla—. Tenemos el mismo bisabuelo, ¿te acuerdas? Y un par de intereses comunes.

Estuvo en un tris de decir «características en común» y ella misma se asombró de lo fácil que habría sido pronunciarlo. ¿Eran parientes o almas gemelas?

—En fin, si eso es todo... —rezongó Gernot.

Las dos mujeres se miraron incómodas.

—La idea de que nosotros dos hagamos otra cosa quizá no sea tan mala, Gernot —dijo entonces Rebecca—. Por ejemplo, en el río Whanganui. O podemos pasear por el monte Taranaki...

Ellinor esperaba que él protestara, pero casi sufrió una decepción cuando se quedó callado. ¿Realmente iba a separarse unos días de ella? ¿Le importaban a él tan poco sus deseos? ¡Sabía lo importante que era para ella seguir ese rastro! Desafiante, cogió el móvil. Que decidiera Gernot lo que quisiera, ella iba a conocer a Hannah Biloxi.

Melvin respondió al instante. Ellinor le puso al corriente de sus planes.

—Oh... —susurró él cuando ella le habló de que tenían que viajar a Paeroa con dos vehículos—. Me temo que estamos ante un problema. Yo no tengo coche.

—¿Qué? —preguntó Ellinor—. ¿No tienes coche? —Rebecca se tiró teatralmente del cabello—. Melvin, vives solo junto a una playa solitaria, ¿cómo puedes no tener coche?

Él rio.

—No quería decir eso. Por supuesto que tengo coche. Un pick-up, un modelo viejísimo, un Ford AA...

—¿Como el de los Walton? —inquirió ella. *Los Walton* era una antigua serie estadounidense. A Karla y a ella las fascinaba de niñas—. ¡Esa sí que es una pieza de museo!

—¡Exacto! —Melvin parecía encantado—. Está muy bien conservada, me gusta mucho, pero ahora necesita un motor de recambio. Afortunadamente por fin hemos encontrado uno. Pero la reparación se está haciendo eterna, sin contar con que en ese viejo trasto no debería hacer un viaje tan largo. En fin, ya lo conseguiremos. Me encargaré de alquilar un coche.

Ellinor negó con la cabeza.

—Llevo un coche alquilado —dijo con determinación—. Es absurdo que tú alquiles otro. Mañana temprano paso a recogerte. Iremos juntos.

Naturalmente, en cuanto colgó, se desató una tormenta.

—¡No puede ser verdad! —Rebecca movía la cabeza—. ¿Quieres ir de Dargaville a Paeroa y luego de nuevo a Dargaville y de ahí a Wellington! Vas a dar más vueltas que las aspas de un molino.

—¡De todos modos, de eso ni hablar! —afirmó Gernot—. No vas a recorrer media isla sola con ese tío. Ahora mismo cancelas ese estúpido viaje, ahora...

—No. —Ellinor conservó la calma—. No lo cancelo, me voy con Melvin a Paeroa. La alternativa sería que fuéramos todos a Paeroa. O al menos tú y yo. Rebecca no tiene que acompañarnos si no quiere. Estás motorizada, Rebecca, puedes volver a casa en coche.

La chica hizo un puchero.

—Todavía no tengo ganas —respondió.

—Entonces ven con nosotros. Ya lo has oído, nos invitan a las dos de todo corazón. Pero me da igual lo que vosotros hagáis, quiero hablar con esa Hannah. Y encuentro mucho más divertido viajar hasta su casa con el escritor que sola. A cambio, lo llevo de vuelta a Dargaville antes de ir a Wellington.

—¡Estás como una cabra! —dijo Gernot. Ella se encogió de hombros—. En cualquier caso, no te dejaré sola con ese Melvin —repitió—. Prefiero acompañarte. Pero qué locura. ¿Qué vas a decir cuando nos pregunten qué hemos visto de Nueva Zelanda? «La carretera entre Paeroa y Dargaville. Es tan variada que la hemos recorrido tres veces.» La gente pensará que no estamos bien de la cabeza.

Ellinor se reprimió el comentario de que ella no hacía el viaje para jactarse luego de él. Se alegraba de que su marido hubiese tomado esa decisión. A lo mejor por fin se quitaban a esa niña de encima.

Pero esta puso morros, se retiró los rizos de la cara y levantó las manos resignada.

—De acuerdo, entonces voy con vosotros. Dejo mi coche en Dargaville y vamos todos juntos. Espero que al menos no se lleve el perro. Odio que todo el coche huela a perro.

Por supuesto, Ellinor se alegraba de que Doodle fuera con ellos. Como se alegraba de ver a su amo. Dejó que el descontento de los demás le resbalara cuando Rebecca condujo el coche de vuelta hacia Dargaville. ¡Que se enfadasen! Era su viaje y su coche de alquiler. Y estaba impaciente por saber cómo continuaba la historia.

LA CASA WINTER

1

Doodle saltó con toda naturalidad al coche cuando Melvin hizo el gesto de apretujar su largo y flaco cuerpo en el asiento trasero del vehículo de alquiler. Rebecca, que ya se había sentado allí, se encogió en la otra punta.

—¿No puedes sentarte delante con el perro? —preguntó—. De pequeña me mordió uno. Desde entonces no me gusta tener bichos al lado.

—Doodle es muy afable —explicó Melvin—, con él puedes dejar esos miedos a un lado. Una conocida mía incluso lo utilizó una vez como perro de terapia y...

—Ya me pongo yo detrás —lo interrumpió Ellinor, bajándose para dejar que su prima se sentara junto a Gernot. No tenía ningunas ganas de correr el riesgo de iniciar una discusión sobre dónde colocar a Doodle. Rebecca cambió de sitio de buena gana y el escritor se disculpó por las molestias—. No pasa nada —dijo ella. Era evidente que el perro se alegraba de volver a verla—. Es realmente muy bonito, disfrutaré acariciándolo cinco horas.

—Ah, de ahí la excursión —farfulló Gernot—. La señora necesita achuchar algo grande, cálido y suave. ¿No debería haberse superado esta fase una vez pasada la pubertad?

—Eso de algo grande, cálido y suave es de Desmond Morris,

¿no? —preguntó Melvin—. ¿No se refería a las muchachas y los caballos?

Gernot se encogió de hombros.

—Ese publicó algo sobre el sexo. Y pintaba. Tuvo mucho éxito, expuso en la London Gallery. Y eso que tampoco era tan bueno... —Su voz tenía un deje desdeñoso.

El periodista rio.

—Yo solo lo conozco como etólogo. Su tema principal giraba en torno a la pregunta de qué comportamientos eran innatos y cuáles aprendidos. Su título más famoso es *El mono desnudo*. Pero a mí también me gustan sus libros sobre el comportamiento de perros y gatos. ¿Y no ocurrió algo con un simio que pintaba?

—A partir de entonces se hizo intolerable como artista —respondió indignado Gernot—. Un bofetón en el rostro de la escena del arte abstracto...

—¿Alguien puede explicarme de qué va esto? —preguntó Rebecca, que por lo visto nunca había oído hablar de Desmond Morris.

—Dejó que unos chimpancés pintasen unos lienzos y luego expuso los resultados en un instituto londinense muy famoso junto con cuadros de niños —contó Melvin—. Entonces un par de críticos y periodistas se percataron de las similitudes que aparecían entre las obras de los simios y las de unos artistas modernos muy cotizados. Estos últimos no lo encontraron demasiado divertido.

—¿Divertido? —Gernot tomó la curva tan bruscamente que el coche derrapó—. Qué hay de...

—Mi marido es artista —explicó Ellinor al neozelandés para prevenir algo peor—. Y, por supuesto, se indigna y con razón cuando alguien se burla del trabajo de sus compañeros.

Melvin puso una expresión cómica, como si quisiera disculparse mímicamente por haber metido la pata.

—¿Qué tipo de artista eres? —preguntó a Gernot—. ¿Eres pintor o te dedicas a la escultura? ¿Es posible que haya visto alguna obra tuya expuesta en algún sitio? De todos modos, debo confesar que no voy con frecuencia a los museos. El arte me interesa poco.

—Gernot expuso hace poco en Auckland —le informó ella. Todavía pensaba que podía estar sumamente orgulloso de ello.

—¿En serio? ¿Organizada desde Viena? Entonces seguro que eres conocido. —Daba la impresión de que Melvin se alegraba de poder decir algo positivo—. ¿Cómo me has dicho que te apellidabas? Sternberg... Espera, ¡creo que he leído algo al respecto! La exposición armó mucho revuelo, ¿no? Y tú te pronunciaste de forma muy crítica sobre la relación entre arte y comercio. Sí, los medios de comunicación hablaron de ello. —Esbozó una sonrisa de reconocimiento, mientras el rostro de Gernot permanecía sombrío.

—El galerista no estaba tan entusiasmado —intervino Rebecca, despreocupada—. Por eso hemos...

—En fin, naturalmente uno ha de tener los recursos para adoptar esta actitud —siguió meditando Melvin.

—¿Qué significa eso? —saltó Gernot—. ¿Permites que a ti te digan sobre qué temas has de escribir tus libros?

El periodista se encogió de hombros.

—Hasta cierto punto, sí —admitió—. Si la editorial no acepta un tema, los libros no se compran. Y los artículos para los periódicos suelen ser trabajos por encargo, lo cual no tiene por qué ser tan malo. De ese modo, a veces uno se detiene en temas que por propia iniciativa no se le habrían ocurrido. Yo, por ejemplo, nunca hubiese escrito sobre la Primera Guerra Mundial, pero de repente surgió esa tremenda exposición de Wellington sobre el cuarenta aniversario de Galípoli...

—¡La encontré genial! —exclamó Rebecca—. Fuimos con la escuela y...

—A ver, allí de «genial» solo había el arte de vender una batalla totalmente superflua y sangrienta, de fatales consecuencias, como el colmo del patriotismo y la estrategia. Allí se ensalzaba y se embellecía la guerra... y además era de lo más cursi. —Melvin movió la cabeza con desaprobación.

—¡Pues yo la encontré buena! —insistió obstinada la joven.

—En cualquier caso, investigué y, de hecho, saqué a la luz un par de hallazgos nuevos sobre Galípoli —siguió diciendo el periodista, ignorando la respuesta de Rebecca—. Al final me entregaron un premio por el Artículo del Año. No es que diera para mucho, pero...

—Debes de haber ganado un montón de pasta —volvió a intervenir Rebecca—. Tu libro es un best seller.

Melvin rio.

—En Nueva Zelanda —concretó—. Sobre un tema muy neozelandés. No creo que se traduzca a otras lenguas. Y aquí el mercado es limitado. Cuatro millones y medio de habitantes. ¡Alemania tiene más de ochenta! Por no hablar de Estados Unidos. Si uno da con un best seller internacional, ya tiene el porvenir asegurado. Pero no me quejaré. Me basta para el motor de *Johnboy*...

—¿Tu coche se llama *Johnboy*? —preguntó riendo Ellinor. El joven asintió complacido.

—Y para comida para el perro —siguió diciendo, al tiempo que acariciaba a Doodle. Este había puesto la cabeza en el asiento entre Melvin y Ellinor y disfrutaba de las caricias.

—Nosotros tampoco tenemos problemas económicos —dijo Ellinor—. Yo tengo un trabajo bastante bueno. —Esperaba dar con ello por zanjado el tema.

—Mi esposa quiere decir con esto que mantiene al vago de su marido —añadió Gernot, peleón.

—Qué va, ¡si acabas de vender un cuadro! —terció Rebecca. Ellinor se mordió infeliz el labio.

—Gernot, por supuesto que no quería decir eso —dijo sosegadora—. Al contrario. Me alegro de poder darte libertad para que te dediques al arte. Y nos las apañaríamos realmente bien si no tuviésemos a la vista gastos mayores... —Se frotó la frente.

—¿Queréis comprar una casa? —preguntó Melvin. También él estaba esperando la oportunidad de cambiar de tema.

Ellinor calló unos segundos.

—No, estamos... estamos pensando en tener un bebé —respondió algo apocada.

Melvin resplandeció.

—¿Sí? ¡Qué bonito! ¡Hace poco me he convertido en tío, mi hermana ha tenido una niña! ¿Y cómo es que tenéis que ahorrar para eso? Claro que hay algunos gastos, el cochecito, pero se puede comprar de segunda mano... —Rio—. Y como es sabido el mismo bebé es gratis.

—Un niño puede ser muy caro cuando la mujer no puede engendrarlo por sí misma —observó Gernot.

Ellinor enrojeció. Sabía que hablaba así porque estaba enfadado al haberse echado a perder unos días de vacaciones. Pero era el comentario más ofensivo que había hecho hasta entonces.

El escritor la miró inquisitivo.

—No... no funciona como habíamos esperado —susurró—. Por eso... Bueno en Austria hay que pagar si...

—¿Fecundación artificial? —preguntó el joven—. Sí, aquí tampoco entra en el seguro médico...

—Pues yo seguiría intentándolo —se inmiscuyó Rebecca—. O adoptaría uno o algo así... —Nunca parecía darse cuenta de cuándo era mejor callar.

—¡De adoptar, nada! —exclamó con vehemencia Gernot.

Ellinor calló como era usual. Esta vez tenía la sensación de que su marido se había pasado de la raya.

—En cierto modo, todo lo hago mal —se disculpó Melvin. Se habían detenido en un área de descanso y estaban dando una vuelta con Doodle mientras Gernot y Rebecca iban a buscar café—. Por lo general soy relativamente empático, pero hoy no hago más que pifiarla una y otra vez. —Hizo una mueca.

Ella sonrió y negó con la cabeza.

—No es culpa tuya —lo tranquilizó—. Gernot solo está disgustado porque yo quiero seguir investigando qué sucedió con Frano. Y Rebecca también está harta. Los dos preferían ir a la isla Sur, Kaikoura, Milford Sound, la costa oeste... algo así. A Rebecca le encanta hacer de guía turística.

—¿Se os ha colgado así sin más? —preguntó Melvin.

Ellinor suspiró.

—Sí. Y encuentro que se está poniendo pesada. Aunque está claro que es una chica agradable... Lo divertido es que se entiende bien con Gernot. Él... él normalmente no es tan gruñón, pero se había ilusionado mucho con el viaje y la exposición y luego todo se ha torcido. —Le habló del escándalo de Auckland—. Y ahora... está muy susceptible.

El joven frunció el ceño, pero no dijo nada más. En ese momento apareció Rebecca con dos tazas de café.

—¡Eh, chicos! ¿Seguimos? Por supuesto siempre que el perro haya hecho sus necesidades. —Puso cara de asco—. Gernot dice que en dos horas habremos llegado.

Melvin dudaba de que fueran a ir tan rápidos. Aun así, Ellinor le había dado la palabra clave para entablar una conversación inofensiva con Rebecca. Le preguntó cuáles eran sus siguientes planes para el viaje de la pareja, se interesó por sus propias experiencias como viajera y escuchó pacientemente lo que le contaba sobre excursiones con la escuela y un viaje más largo con sus padres a Australia. También había estado en Singapur y Dubái.

Ellinor se contentó con dejar de escuchar en un momento

dado. Sabía que el viaje iba a ser cansado, pero no había contado con que su marido fuera a atacarla sin el menor reparo en presencia de Rebecca y Melvin. Lo del deseo de tener un hijo había sido un golpe bajo. Por suerte, el autor del libro había sugerido que para el viaje de vuelta a Dargaville alquilaría un coche. Así que después de visitar a Hannah irían directos al sur. A lo mejor Melvin incluso conseguía convencer a la muchacha de que se marchara con él en dirección Northland en lugar de acompañarlos.

Ella decidió no volver a enfadarse.

2

Los cuatro llegaron a Paeroa a última hora de la tarde y tuvieron que dar algunas vueltas antes de encontrar la Casa Winter, que estaba algo apartada. Pero el esfuerzo merecía la pena, al menos para los futuros huéspedes de Hannah Biloxi. La casa se hallaba en un paraje idílico, en lo alto de una especie de desfiladero por el cual el río Ohinemuri labraba su cauce. Y ofrecía un aspecto tan acogedor que hasta la misma Rebecca tuvo un arrebato de exaltación.

—¡Qué monada! ¡Con todas estas torrecitas y voladizos! ¿Cómo... cómo se llama ese castillo que hay en Europa? ¿Neuschwanstein?

Ellinor sonrió.

—Bueno, no es precisamente Neuschwanstein. Ese está un poco más recargado. Pero, por lo demás, es encantadora.

La casa era de un color blanco crema, los balcones y galerías resaltaban en un tono más oscuro y los postigos de las ventanas, las puertas y las barandillas de los balcones estaban pintados de un azul claro. Alrededor de la casa se extendía un jardín rodeado por una valla baja de madera cubierta con una veladura azul cielo. En el jardín crecían árboles autóctonos y flores de colores. Se diría que a la propietaria le gustaban las rosas.

Justo detrás de la casa y sobre todo en el desfiladero, que se podía contemplar desde el jardín, se disfrutaba de una maravillosa vista de la naturaleza virgen de Nueva Zelanda. Junto al río crecía raupo y lino autóctono, y la orilla de guijarros se hallaba fragmentada por bloques de piedra. Con esa casa sobre la garganta uno tenía la impresión de que alguien había arrancado un poco de civilización a la naturaleza.

—No es un estilo típico de Nueva Zelanda, ¿verdad? —Ellinor no se hartaba de contemplarla, pero estaba algo extrañada.

—Los parientes de Alison tenían un gusto algo particular —contestó Melvin—. Seguro que nadie esperaba esta casita así de ecléctica en un entorno lleno de minas y campamentos de buscadores de resina. Por desgracia, no sé cómo se ganaba la vida su tío, pero debía de ser alguien importante en la sociedad de Paeroa, de lo contrario ella no habría conseguido empleo en el hotel.

—En cualquier caso, no se ve siniestra —señaló Rebecca—. Yo me la había imaginado más... más lúgubre. A fin de cuentas aquí se cometió un asesinato. Y además la propietaria sigue llamándola «Casa Winter». —El nombre de la pensión estaba sobre la puerta del jardín: CASA WINTER - BED AND BREAKFAST—. Hace publicidad precisamente con lo que sucedió. ¡Qué extravagancia!

—No creo que haya mucha gente que todavía se acuerde de lo que ocurrió —opinó Melvin—. La casa siempre se llamó así. Y los clientes de Hannah casi seguro que son todos extranjeros. Ni piensan en ello al ver el nombre.

—¿Llamamos? —preguntó Gernot—. De lo contrario ya podemos olvidarnos por hoy de encontrar otro alojamiento. No me extrañaría que por aquí cerca no hubiese ningún restaurante decente.

Ellinor esperaba con toda su alma que Hannah les recomendara un buen restaurante u otra forma de pasar una tarde agradable. Si bien habría preferido hablar con ella enseguida sobre Frano, estaba dispuesta a aprovechar cualquier oportunidad para calmar a Gernot. Mientras él y Rebecca bebían algo en el coche, ella y Melvin llamaron a la puerta. Hannah Biloxi les abrió al instante, era obvio que los estaba esperando.

—¡Ya está usted aquí! —exclamó contenta, dirigiéndose al periodista—. Tiene el mismo aspecto que en la televisión. Y qué perro más simpático. —Doodle se acercó a ella enseguida, sonrió con su sonrisa de perro y fue recompensado con una caricia. Hannah era una mujer menuda, muy delicada y con los rasgos faciales finos. Ellinor enseguida le encontró cierto parecido con el escritor y, al igual que Tricia, tenía los ojos color azul claro. Ya no se reconocía cuál había sido el color de su cabello. Ahora era blanco. Hannah daba la impresión de ser una mujer sumamente cultivada. Iba maquillada con discreción y llevaba una sencilla falda azul y una blusa bordada, además de una chaqueta de punto azul holgada. Su sonrisa era tan agradable como la de su pariente. A ella le gustó al instante—. Y usted es... ¿la prima de ultramar? —preguntó afable, tendiéndole la mano.

Ellinor se presentó y resumió las pesquisas en Dalmacia que la habían conducido a Nueva Zelanda. Entretanto, siguieron a Hannah a un vestíbulo sobriamente amueblado con unos escogidos muebles de madera de cerezo, la recepción. Gernot y Rebecca llegaron poco después, pero no hicieron ningún gesto de presentarse.

—¿Puedo interrumpir un momento esta emocionante conversación antes de que tengamos que escuchar por tercera vez la, ay, tan trágica historia de Liliana y compañía? —preguntó Gernot—. ¿Dónde hay por aquí cerca un hotel y un buen restaurante?

Hannah se volvió hacia él con expresión sorprendida.

—Naturalmente, dormirán todos aquí —respondió—. La casa todavía no está abierta, pero sí está preparada. Por decirlo de algún modo, son ustedes mis primeros huéspedes. Y... había pensado en cocinar alguna cosilla. Por aquí no encontrarán gran cosa, deberían volver a Paeroa...

Ellinor se apresuró a presentar a su esposo y a Rebecca.

—Creo que los dos están bastante hambrientos —dijo disculpándose.

—Oh... —Hannah consultó el reloj. Media tarde—. Todavía no he preparado nada.

—Nosotros podemos volver a Paeroa deprisa y vosotros le contáis a la señora Biloxi todas las fechorías de Frano —propuso Rebecca.

Ya había decidido abandonar los esfuerzos que había hecho hasta el momento por defender a su bisabuelo como un mito en su familia. Al parecer, ya no le importaba la reputación de este.

Hannah parecía algo extrañada.

—Pensaba que usted también se interesaba por esta historia, señorita... señorita Zima, ¿no es así? A mí me sorprendió mucho que todavía..., bueno, tener parientes lejanos. A propósito de parentesco, propongo que nos tuteemos. Es tan bonito que nos hayamos encontrado.

Rebecca asintió.

—Por mí, bien. Para cuando Ellinor y Melvin hayan acabado de contarlo todo, ya hará tiempo que estaremos de vuelta —explicó—. ¿Verdad, Gernot?

Ellinor volvió a sentir vergüenza de su marido, que siguió de buen grado la propuesta de la joven. Los dos se pusieron en camino. ¿No podría haberse quedado Gernot simplemente por cortesía? Entonces Rebecca habría tenido que quedarse y no habría violentado a Hannah.

Esta se volvió compungida a los dos que habían quedado presentes.

—¿Y vosotros? Bueno..., pues, si también tenéis hambre...

—Yo no tengo hambre —dijo el joven tranquilamente—. Solo curiosidad. Por mí podemos tomar asiento y hablar.

—A mí me interesaría mucho ver la casa. ¿Nos la enseñas primero? —le pidió Ellinor—. ¡Desde fuera es simplemente magnífica! No parece una pensión, más bien una vivienda muy acogedora.

Hannah resplandeció.

—Como debe ser. La gente ha de sentirse a gusto aquí. Ya sabéis todo lo malo que ha ocurrido en esta casa, y sin embargo desprende en realidad una agradable atmósfera. Creo que Alison la percibió. A pesar de todo, para ella la casa era un refugio. Y debió de arreglarla muy bien... —Sonrió a Melvin. Al parecer sabía por su libro los esfuerzos que Alison había invertido en la casa que quería compartir con Frano—. Es posible que con muebles de madera de kauri —supuso—. Tenía buenos contactos. Seguro que Jaro confeccionó los muebles que ella quería. A mí también me habría gustado amueblarla con madera de kauri, pero lo que encontré en el mercado eran piezas demasiado grandes... y demasiado caras.

Ellinor tomó nota. ¿Jaro? ¿Qué papel había desempeñado Jaro en el mobiliario de la casa?

—¿Te refieres a Frano? —preguntó a su vez Melvin—. ¿Te refieres a que Frano le hizo los muebles?

Hannah negó con la cabeza.

—No, creo que Frano... o Frank... no habría tenido buena mano para ello. No era un artesano, o al menos el trabajo manual no era lo que más le gustaba. Pero prefiero no contároslo a toda prisa. Ahora os enseño la cocina y el comedor, luego vamos al salón y nos tomamos un té o un café.

Los dos la siguieron a una cocina de aspecto funcional y a un comedor con un diseño precioso que iba a hacer las veces de sala del desayuno para los huéspedes.

—¿Estaba la casa todavía amueblada cuando la compraste? —preguntó Ellinor.

Hannah hizo un gesto negativo.

—No, creo que se llevaron los muebles cuando se mudaron a Auckland. Y tampoco creo que vivieran aquí con los muebles que Alison había adquirido para ella y Frank. Harold Trout debió de traer su propio mobiliario. Tricia describía la casa como un lugar sombrío y los muebles como deslucidos y pesados.

Entraron al «salón» —Ellinor no sabía si formaba parte de los aposentos privados de Hannah o si estaba pensado como sala de estar para los huéspedes—, que resultó ser una amplia y luminosa habitación. Las cortinas y los tapizados eran estilo inglés clásico Laura Ashley. También aquí la decoración producía un efecto acogedor. En una mesita auxiliar había un jarrón con flores. A Ellinor le gustaba, aunque podía imaginarse cómo reaccionaría al verlo Gernot. Para él un ambiente de ese tipo era el prototipo del gusto burgués convencional.

—Espero que Doodle no cace gatos, ¿o sí? —preguntó Hannah al tiempo que señalaba un gato gordo de color gris que dormía junto a la chimenea sobre una manta colocada en un precioso cesto.

Melvin negó con la cabeza.

—Doodle solo persigue fantasmas —explicó, guiñándole el ojo a Ellinor.

Hannah sonrió.

—Pues entonces ya está bastante ocupado contigo —dijo.

Ellinor encontró bonito que enseguida comprendiera la alusión. Por lo visto había comprado el libro tras el programa de televisión y ya lo había leído.

Poco después, Doodle y el gato yacían en buena armonía uno junto al otro y Hannah invitó a Ellinor y Melvin a que se sentaran en el sofá. Les sirvió unas pastas de té y un café en unas exquisitas tazas. Ellinor se sentía como si estuviera en otra época.

En primer lugar, Hannah les habló de la rehabilitación de la casa según su propio proyecto y luego les contó un poco su vida. Había estado felizmente casada en Australia hasta que su marido, arquitecto, había muerto de repente dos años atrás. Ellinor supuso que la búsqueda de sus raíces era un intento de superar el dolor por la pérdida de su esposo. A continuación volvieron con toda naturalidad al motivo de su encuentro y Ellinor contó la historia de Liliana.

—Se desmoronó cuando entendió que Frano se había ido a Nueva Zelanda con Jaro y no con ella —explicó—, y nunca se recuperó.

—¿Has investigado la razón? —preguntó Hannah—. Es decir, ¿por qué prefirió a su amigo en lugar de a Liliana?

Ellinor se encogió de hombros.

—Es un enigma. Supongo que para Frano Liliana era una carga, mientras que Jaro... Debía de darle una especie de seguridad. Quiero decir que era sin duda un joven con mucho aplomo, pero un cambio tan rotundo como el que conlleva emigrar... no es un paso que guste dar solo.

Ellinor también contó después la historia de Clara. Había llevado copias del diario y leyó de nuevo en voz alta algunos fragmentos. Cuando terminó, Hannah parecía cansada y tenía lágrimas en los ojos.

—Demasiado dolor... —dijo meditabunda—. Demasiada pena... Nunca permitas que un hombre te cause tanta tristeza, Ellinor...

La joven asintió.

—Nadie desea que le ocurra algo así...

Un breve ladrido de Doodle la interrumpió y al mismo tiempo sonó el timbre de la puerta.

Hannah sonrió.

—La pequeña Rebecca tenía razón —observó— al suponer que estarían de vuelta antes de que yo explicara mi parte de la historia. —Se levantó para ir a abrir.

—Nos deja en vilo, ¿verdad? —comentó Melvin cuando se quedó a solas con Ellinor.

—Pero qué dulce es, ¿no? —dijo ella—. Una auténtica dama. Si Tricia la educó de este modo, tuvo que cambiar mucho en Australia.

El joven asintió.

—Y la casa... Uno se ve transportado a la Good Old England, la vieja Inglaterra. Consigue crear una atmósfera muy especial...

—*Downton Abbey*... —Ellinor sonrió. Había visto todos los episodios de la serie británica que trataba de una familia noble y de su personal a comienzos del siglo XX y después de ser despojados de sus tierras.

—Más bien el *cottage* de lady Crawley. —Melvin rio—. Es demasiado pequeña para ser Downton Abbey. Y falta el servicio... Aunque naturalmente uno espera que en cualquier momento aparezca el señor Carson.

—¿Te gusta la serie? —preguntó.

—¿A quién no le gusta? —El periodista volvió a guiñarle el ojo—. Aunque Doodle encuentra extraño que, en el transcurso de los años, lord Grantham tenga tres perros que parezcan todos iguales.

—Quien ignora la muerte, tal vez tenga menos problemas con los fantasmas —bromeó Ellinor.

Él contrajo el rostro, haciendo obviamente un intento por encontrar réplica, pero, antes de que lo consiguiera, Rebecca y Gernot irrumpieron en la habitación seguidos de una consternada Hannah.

—¡Hemos traído pizza! —anunció ella, dejó dos grandes cajas de cartón sobre la mesa y empezó a abrir la primera—. Para todos. ¡Así no tienes que cocinar! —Se dirigió a Hannah buscando su aprobación.

Gernot colocó además dos paquetes de seis latas de cerveza.

—¿A alguien le apetece una birra? —Él mismo ya parecía haber bebido una lata como mínimo.

—Bueno... esto... entonces voy a buscar platos —dijo Hannah—. Y copas. En caso de que alguien... En caso de que alguien prefiera vino...

—A mí me gustaría beber vino —observó Melvin.

Hannah le sonrió agradecida.

—Yo también prefiero vino —confirmó Ellinor.

Rebecca, en cambio, ya había abierto una lata antes de que Hannah sacara de una vitrina jarras de cerveza y copas de vino tinto.

—¡Yo no necesito vaso! —rechazó la oferta—. Así es más cómodo...

Se sentó en un sillón sin que nadie se lo indicara y cogió un trozo de pizza, al que le hincó el diente con voracidad. Gernot la imitó. Ellinor se asombró. ¿No acababan de comer?

A pesar de ello, Hannah colocó platos sobre la mesa baja y puso encima las servilletas de papel. No parecía nada satisfecha por la invasión y temía quizá que se manchara la alfombra y el tapizado de los sillones. El comedor estaba junto al salón. Sin duda habría preferido cenar allí en la mesa. Ellinor estaba disgustada con su marido y su prima, y Melvin parecía molesto.

Hannah les sirvió vino.

—Syrah —dijo el periodista, dejando satisfecho que el aroma obrara su efecto en su paladar—. Típico de Nueva Zelanda. Este vino es de la bahía de Hawke, ¿verdad? ¿Lo compras directamente al viticultor?

Hannah le dirigió una cálida sonrisa.

—Sí, en una bodega bío. Me encanta. Me encanta el vino en general... Me gustaría viajar alguna vez a Europa... a todas las regiones vitivinícolas... ¿Eres de Viena? ¿Y usted, señor Sternberg, no suele beber vino? —Se dirigió a Gernot de una forma tan encantadora que él tuvo que abandonar su actitud desdeñosa.

—Disfruto mucho con un buen vino —respondió—. Pero desafortunadamente mi esposa pocas veces lo compra de buena calidad. Por lo visto supera nuestro presupuesto. Antes de beberme un vino barato, prefiero una cerveza.

Ellinor notó que se le agolpaba la sangre en el rostro. Parecía como si comprara el vino en tetrabriks. Vio aliviada que Melvin ponía mala cara.

—Entonces tiene que probar este —señaló Hannah, obviando el comentario—. Ha ganado distintos premios. —Cogió otra copa y la llenó para Gernot, quien, en efecto, lo elogió.

—¿Y tú, Rebecca? —preguntó amablemente Hannah—. Eres de Northland, ¿verdad? Es una buena región vinícola. El clima es casi mediterráneo. Pero seguro que a tu edad se prefieren los cócteles. ¿Tu familia vende esculturas de madera de kauri?

Ellinor tomó nota de que, aunque Hannah mencionaba a la familia de la chica, no abordaba el tema de Frano y Clara. Era evidente que la anfitriona había decidido dejar descansar la historia por el momento. No le había pasado inadvertido el rechazo de Gernot a la genealogía, percibía que había un conflicto latente. Hannah renunciaba a echar más leña al fuego. A lo mejor su testimonio sobre Tricia era demasiado valioso para contarlo con un trozo de pizza y una cerveza.

La anfitriona consiguió que pasaran una velada agradable. Habló con Gernot sobre arte, animó a Rebecca a contar sus planes de estudio y escuchó paciente sus reflexiones sobre cómo unir el Kauri Paradise con una galería de arte.

—Me gustaría llegar a exponer yo misma un día allí —declaró segura de sí misma—. Gernot opina que tengo talento.

—Siempre es bueno agotar tus propias posibilidades —respondió diplomática Hannah.

Ellinor y Melvin intercambiaron sonrientes una mirada. La propietaria de la casa tenía una forma de ser sumamente afable y una personalidad muy agradable. Hacía todos los honores a su antepasado común.

A eso de las diez, Hannah anunció que le gustaría retirarse.

Naturalmente, sus huéspedes podían acabarse el vino, que se sintieran como en su casa. Ellinor la ayudó a recoger y a colocar los platos en el lavaplatos.

—Habías... habías imaginado que la velada transcurriría de otro modo —dijo, disculpándose, pero Hannah hizo un gesto sosegador.

—Ya hablaremos mañana. Tenemos tiempo. Creo que para ti era más importante tranquilizar a tu marido...

Ellinor se sonrojó. Hacía dos horas que Hannah la conocía y ya se había percatado de su problema.

—A veces es un poco... difícil. —Defendió a Gernot—. Es su personalidad artística, ¿sabes?... Es muy emocional...

Hannah frunció el ceño.

—Pues precisamente de un artista yo esperaría autocontrol y disciplina —objetó—. Claro que las emociones deben plasmarse en los cuadros o las esculturas, para mí el arte bueno se basa en dar visibilidad a los sentimientos. Pero esto no excluye en absoluto cierto control de las emociones por parte del artista.

Melvin, que acababa de entrar en la cocina con Doodle, sonrió irónico.

—Yo no podría haberlo expresado mejor —terció—. Salgo un momento fuera con el perro, ¿alguna de vosotras quiere venir?

A Ellinor le habría gustado acompañarlo, pero temía que Gernot volviera a enfadarse. Debía disolver con la mayor habilidad posible el pequeño grupo. Si bien Rebecca y su marido parecían tener ganas de seguir conversando, Hannah se había expresado con suficiente claridad: le gustaría que sus invitados ocuparan ya sus habitaciones.

—¿Dónde vamos a dormir? —preguntó.

Hannah se llevó las manos a la frente.

—¿Dónde tengo la cabeza? ¿Llamas a los otros, querida? Los hombres subirán el equipaje. No tenemos ascensor.

Un ascensor no cuadraba con la atmósfera de la Casa Winter. Pero los peldaños no eran muy altos. En las paredes de la escalera colgaban acuarelas, unos cuadros que ilustraban paisajes neozelandeses. Ellinor advirtió que Gernot los miraba con desdén. Por suerte reprimió cualquier comentario.

Al igual que el salón, las habitaciones estaban decoradas con el mismo estilo alegre de casa de campo. Dominaban los colores pastel y las camas estaban cubiertas con colchas de *patchwork*.

—Las colchas son de una artesana de Paeroa —explicó Hannah, cuando Ellinor las elogió—. Los huéspedes pueden comprarlas si lo desean...

—¿En serio? —Ellinor lo encontró estupendo, pero calló en cuanto vio la expresión de menosprecio de Gernot.

—No irás a pagar por un trapo así —dijo.

Hannah arqueó las cejas.

—Cuál es la habitación en la que... bueno... en la que... —A Rebecca no parecía interesarle la decoración, estaba preocupada por otros asuntos—. En la que... quiero decir...

—¿La habitación en la que Alison mató a Frank? —preguntó Hannah—. Eso no voy a desvelarlo. En esta casa no hay fantasmas. No tengo ganas de aterrorizar a mis huéspedes. Además, tampoco veo ninguna necesidad. Esta es una casa vieja y en ella habrán muerto varias personas. En distintas habitaciones, unas habrán tenido una muerte más serena y otras menos. La de Frank fue sin duda una tragedia, pero esta no tiene que perseguirnos a nosotros.

Rebecca puso mala cara.

—Pues yo no quiero dormir en la habitación en que...

—Tú te instalarás en el dormitorio de los niños —la tranquilizó Hannah.

Ellinor se preguntó cómo estaba tan segura. Se podía conocer la habitación en la que se había efectuado el crimen, seguro que se averiguaba por los documentos del juicio. En todo caso,

433

Hannah podía haberse enterado de dónde dormían los hijos de Alison por Tricia, su madre. ¿Habrían realmente hablado con tanto detalle sobre el período que había pasado en la Casa Winter?

Hannah guiñó el ojo a Ellinor cuando instaló a la muchacha en una bonita habitación con las paredes forradas de un papel estampado con flores.

—Espero que esté contenta —advirtió.

Ellinor sonrió. Otra más a la que había que tranquilizar.

Pero ella ya no quería sosegar a nadie más cuando, poco después, se quedó a solas con Gernot en su habitación doble.

—Podrías ser un poco más educado —reprendió a su marido—. Hannah es muy amable y la casa está amueblada con mucho cariño. No necesitas demostrar cada tres minutos que no es de tu gusto.

Él se tendió sobre la cama.

—Cariño, lo que tú calificas de mala educación es pura y sencillamente sinceridad —afirmó—. No hay ninguna razón para montar una escena.

—¿Montar una escena? ¡Ya tengo bastante con que me avergüences sin cesar! —se sublevó ella—. Y lo mismo es aplicable a Rebecca. Se comporta a veces como una adolescente y eso parece que se te contagie.

Era raro que abordara de forma tan directa a Gernot, pero su comportamiento con Hannah la había indignado y también le había resultado lamentable delante de Melvin.

—Vaya, ¿vuelvo a notar cierta envidia hacia una joven segura de sí misma y sumamente auténtica? —preguntó él, burlón—. Ayer era una mimada, hoy es una adolescente... No consigues aceptar que alguien sea como es..., que no respete las convenciones, que no esté todo el rato queriendo afianzarse. En cambio, te hincas de rodillas ante ese seudoartista, uno que trabaja de escritorzuelo para poder comprar pienso a su chucho.

—¡Yo no me hinco de rodillas delante de Melvin! —exclamó indignada—. Pero por si te interesa: sí, siento un gran respeto por su trabajo. Y no escribe lo que la redacción quiere. Pusieron por las nubes la exposición de Auckland sobre la Primera Guerra Mundial. Si él fue crítico en su artículo...

—¡Mira por dónde! ¡Ahora de repente somos la mar de comprensivos con los críticos que lo saben todo mejor que nadie! —se burló Gernot—. ¡Ganar dinero despedazando a los demás! ¡Estupendo!

—Pues tú no es que tengas pelos en la lengua cuando hablas de tus colegas —replicó ella.

Sabía que atacarlo personalmente era la estrategia equivocada, pero como era habitual le faltaba la energía para mantener una auténtica discusión con su marido. Él siempre conseguía tachar de mezquinos sus argumentos o atribuirlos a unos motivos que ella jamás habría soñado. Le resultaba imposible defenderse ante algo tan absurdo como que envidiaba la autenticidad de Rebecca Zima.

—Yo —dijo Gernot con calma— también soy un artista. Y sé de qué hablo cuando juzgo el arte. Tu querido Melvin, por el contrario...

Ellinor habría podido contestar que el periodista nunca había intentado juzgar el arte, sino solo la representación de la historia a través de la educación en los museos, para lo cual estaba absolutamente cualificado como historiador. Pero no se tomó la molestia.

—No es mi querido Melvin —se limitó a decir.

Gernot resopló. Se desvistió mientras ella se duchaba y cuando Ellinor volvió ya se había acostado. Estaba convencida de que todavía no dormía. Pero bien, si quería dar por concluida la conversación..., a ella ya le iba bien.

Ella le dio la espalda y se confió al frescor de las sábanas y al ligero y delicioso olor a vainilla y canela. Era increíble que esa fuera la Casa Winter en la que Alison había perpetrado un asesinato y en la que Tricia tanto había sufrido. En la actualidad el ambiente era apacible, las voces del pasado no resonaban, solo el susurro del río se oía a través de las ventanas abiertas.

Hannah Biloxi había logrado ahuyentar a todos los fantasmas.

3

Gernot empezó a poner pegas en cuanto se dispusieron a bajar a desayunar.

—¿Tienes algo en contra de que Rebecca y yo nos vayamos a dar una vuelta por los alrededores mientras vosotros habláis de vuestras antiguallas?

A Ellinor todavía le duraba el enfado de la noche anterior.

—Vete a donde te dé la gana —respondió—. En lo que respecta a Rebecca... Debería quedarse al menos un rato, aunque fuera por educación, a escuchar lo que Hannah tiene que contar. A fin de cuentas para eso está aquí, o al menos eso es lo que ha dicho. Hannah la ha invitado para compartir con ella la historia de la familia. Debería quedarse media hora sentada y escuchando.

—¡Sí, mami! —se burló Gernot—. En serio, Ellinor, ¿de qué vas? Tú no eres su madre. No le mandarás hacer lo que...

—Si yo fuera su madre —lo interrumpió Ellinor—, le diría algo totalmente distinto, como que va vagando por el mundo sin ningún objetivo, que gasta dinero y que vive al día. En fin..., esto es problema de Meredith y David. Lo único que pretendo es no ofender a nuestra muy afable y cortés anfitriona. Y si está en mi poder, animaré a Rebecca a que haga lo mismo. Así que, por favor, no intentes estimularla para emprender alguna aventura. Hacia mediodía seguro que ya estaremos listos, entonces os podréis ir a pasear, a dibujar o a lo que tengáis planeado.

Se marchó de la habitación antes de que Gernot pudiera contestar. Fue al llegar a la escalera cuando se dio cuenta de que todavía tenía que recogerse el cabello. Pensó un momento en volver al dormitorio, pero cambió de idea.

—¡Buenos días! ¡Qué guapa estás hoy! —En ese momento, Hannah salía de la cocina con una jarra de café y entraba en el comedor, donde la mesa estaba primorosamente puesta para el desayuno con una bonita y afiligranada vajilla. Sobre la mesa había un jarrón con flores.

—No puedo más que darte la razón. —Melvin, que leía el periódico que Hannah había dejado en la sala, se lo puso sobre las rodillas cuando ella entró—. El cabello suelto te queda bien, pareces un hada...

Ellinor rio adulada.

—Gernot dice que es mi peinado de bruja. —De hecho, al principio lo decía con admiración, encontraba sus rizos muy seductores. Últimamente, por el contrario, utilizaba un tono de desaprobación. Ya la había acusado de forma injustificada en otras ocasiones de que con ese peinado quería atraer la atención de otros hombres. Eso lo mismo era ahora motivo de otra discusión. Se colocó nerviosa el pelo detrás de las orejas.

—¿Qué prefieres ser? —preguntó Rebecca. También ella estaba sentada a la mesa mezclando copos de avena y fruta en un muesli—. ¿Bruja o hada?

Ella no supo qué responder.

—¿Cuál es exactamente la diferencia? —preguntó Melvin, arrugando la frente como si estuviera pensando en serio sobre el tema.

—¿Café o té? —preguntó Hannah.

Ellinor rio.

—Los dos contienen cafeína —respondió—. Pero uno parece más suave que el otro. Con las brujas y las hadas pasa igual. Café, Hannah, por favor. ¡Aquí no se cocinan pociones suaves!

El periodista aplaudió la salida.

—Justo en el clavo. ¡Los huevos están en su punto, Hannah! Hablaré estupendamente de ti en la Asociación de Turismo.

El desayuno pareció obrar un efecto apaciguador incluso en Gernot. En cualquier caso, no hizo ningún otro comentario desagradable ni tampoco urdió nuevos planes con Rebecca.

—Te veo luego en el río —fue lo único que le dijo cuando se levantaron de la mesa. Hannah había sugerido seguir conversando en el jardín—. Queremos dibujar un poco —le aclaró a su esposa—. Si mami nos lo permite.

Ellinor se sonrojó de nuevo. Para que nadie se percatase, acarició a Doodle, quien apretó la cabeza contra su mano como para consolarla.

—¿Puedo llevarme el café afuera? —preguntó Melvin para romper el penoso silencio.

Al final se sentaron los cuatro alrededor de una mesa de exteriores con un mosaico de teselas de colores de tablero. Las sillas, como de cafetería, estaban pintadas de color crema y los almohadones para sentarse, forrados de una tela azul claro.

—Venga, ¡cuéntanos! —animó Melvin a Hannah—. Estamos impacientes por escuchar la historia de Tricia, la última niña implicada en esta historia.

—No es la última —replicó Hannah con tristeza —. También Moses se vio implicado en ella, como los demás hijos de Alison. Ni siquiera tú te libras de este asunto...

—¿Y a ti misma no te ocasionó ningún problema? —preguntó provocadora Rebecca.

—No, a mí no —contestó Hannah amablemente a la joven—. Yo tuve una infancia muy feliz. Tricia fue una madre maravillosa. No cabe duda de que tuvo que luchar contra sus demonios, pero a mí no me lo hizo sentir. No me contó toda la historia hasta más tarde, cuando yo ya era mayor. Creo que se alegró de poder compartirla por fin con alguien.

—Tu... padre... —intentó el joven formular una pregunta con prudencia.

—Mi padre lo supo todo solo a grandes rasgos. Llevaba a mi madre en bandeja. Si le hubiera contado lo que sucedió con ese hombre..., quién sabe si no hubiera cogido el primer barco y matado a ese tipo. —Hannah parecía convencida de lo que decía.

—¿Así que Tricia se casó más tarde? —preguntó Ellinor.

—Ah, sí —confirmó Hannah—. En Melbourne. Pero deja que empiece por el principio. Después de ese desdichado acontecimiento en Whiritoa, después de haberse confiado a Elizabeth Frazier y de que corriera el riesgo de que la enviaran de vuelta a casa de los Trout, se fue a Wellington. Desde allí consiguió de algún modo un pasaje de barco para marcharse a Australia.

—¿De algún modo? —preguntó Rebecca, recelosa.

—Nunca describió con detalle lo que hizo allí —respondió Hannah, mirándose cohibida las manos—. No creo que se sintiera orgullosa de ello, pero era su única oportunidad. Debía de estar muerta de miedo. Dijo que hubiera hecho cualquier cosa con tal de no volver con los Trout. No es necesario que hablemos de lo que significa «cualquier cosa» para una joven en su situación, teniendo en cuenta que el pasaje del barco no era lo único que había de pagarse. Necesitaba documentos falsos, de lo contrario no habría podido entrar en Australia.

—¿Mejoró su situación en Australia? —quiso saber Ellinor.

Hannah asintió.

—Allí ya no tenía que esconderse. Se fue a Melbourne, encontró trabajo en una fábrica de maquinaria y un lugar donde dormir en un asilo para mujeres jóvenes. Luego consiguió una habitación en la casa de una viuda, vivía muy retirada. En los primeros años, al menos, no quería saber nada de nadie. Se concentró de modo compulsivo en su trabajo, ascendió a jefa de departamento. Y entonces despertó el interés de un joven, Leroy Kandall. Era ingeniero mecánico en la compañía en la que trabajaba y se enamoró perdidamente de ella. Leroy la cortejó con toda su energía e imaginación. A ella le gustaba contar que incluso se atrevió a cantarle delante de su ventana. Y eso que no sabía cantar. —Los labios de Hannah esbozaron una sonrisa pensativa. Los recuerdos de su padre parecían estar impregnados de amor y cariño—. Tricia no se lo puso fácil —prosiguió—. Ya tenía casi treinta años cuando por fin aceptó su proposición. Sin embargo, se había enamorado bastante pronto de él, según me confió, pero no se atrevía a comprometerse con nadie. Tardó una eternidad hasta que llegó a confiar en Leroy. Después fue un matrimonio muy feliz. —Miró al grupo—. ¿Queréis beber algo más? En la nevera tengo zumo de naranja.

Melvin se levantó.

—Ya voy yo...

—Al cabo de dos años nací yo —siguió contando Hannah una vez que el joven hubo vuelto—, y no podría haber deseado mejores padres que Tricia y Leroy. Me brindaron sus cuidados sin hacer de mí una mimada, y su amor sin idolatrarme. Ahorraron para que yo pudiera asistir a las mejores escuelas. Yo tocaba el piano, iban conmigo al teatro, a la ópera y al cine. —Volvió a sonreír con esos felices recuerdos—. Hasta pude estudiar, lo que entonces no era obvio en el caso de una mujer. Había tenido en mente algo así como diseño, interiores... Bueno, y entonces conocí a mi marido, Peter Biloxi. Yo tenía veintitrés años cuando nos casamos, y queríamos tener hijos, pero no pudo ser. Hoy hay más posibilidades, pero antes, en los años setenta..., entonces la medicina de la reproducción estaba en ciernes. Los médicos todavía no podían ayudarnos. En un momento dado lo asumimos. Recuperé mi afición por la arquitectura de interiores, Peter y yo trabajábamos juntos...

—¿Y cuándo te contó Tricia la historia de su vida? —preguntó Ellinor.

La feliz expresión al evocar ese recuerdo desapareció de los ojos de Hannah cuando contestó.

—Mi padre murió hace diez años. Poco después mi madre dejó de valerse por sí misma. Peter y yo nos la llevamos a casa y yo me ocupé de ella hasta que murió. Teníamos mucho tiempo para hablar y siempre nos habíamos entendido bien. Así me enteré de todo.

—¿Te habló de Alison, de los abusos... y de Moses? —quiso confirmar Melvin.

Hannah asintió.

—Sobre todo de su hijo. Entonces no quiso vincularse a él, no quería darle de mamar, conservarlo, porque sabía desde un principio que tendría que desprenderse de él. Pero le dolió. Siempre se arrepintió de haberlo abandonado y esa pena la acompañó hasta el final...

Melvin hizo el gesto de ir a intervenir, pero Hannah siguió hablando.

—Esta es una de las razones por las que he venido a Nueva Zelanda —explicó—. El dolor de Tricia por su pérdida no me abandona. Había demasiadas preguntas sin contestar, demasiados cabos por atar... Tenía la sensación de estar en deuda con mi madre. Tal vez también con Alison... y con el pequeño Moses, mi medio hermano. Tenía la vaga esperanza de poder encontrarlo y hablarle de Tricia.

Dirigió a Melvin una mirada inquisitiva. Él negó con la cabeza.

—Mi padre murió hace tres años.

Hannah le dio sus condolencias.

—Primero llegué a Paeroa —prosiguió— y comprobé que

la Casa Winter estaba en venta. Para mí fue como un guiño del destino, sobre todo porque se ajustaba a lo que yo siempre había imaginado para mi pensión. Así que la compré y comencé con la rehabilitación, lo que no me dejaba mucho tiempo para investigar. Pues sí, y un día enciendo el televisor y encuentro la respuesta a mis ruegos. —Guiñó el ojo—. El destino recorre extraños caminos. Estoy muy contenta, de verdad, de haberte encontrado, Melvin.

—¡Y a nosotras, a Ellinor y a mí! —añadió Rebecca ofendida—. A fin de cuentas también somos parientes de Tricia. Aunque no tan conocidas como el autor del libro...

Hannah negó con la cabeza.

—No —dijo para sorpresa de todos—. No lo sois. Frank Winter no era el padre de Patricia. Esta es la razón por la que Alison la rechazó. En cualquier caso así fue como mi madre se explicó su maldad. Lo supo poco antes de huir de la casa de los Trout, cuando Alison descubrió que Tricia estaba embarazada... Debió de ser una escena... desgarradora.

Mientras Hannah hablaba, Ellinor creía ver a las dos mujeres peleándose enfurecidas ahí, en la Casa Winter.

—¡De tal palo tal astilla! —le recriminó Alison. Su agonía parecía haberse desvanecido de repente, y Patricia se dio media vuelta bajo su ardiente mirada—. Uno carga con ello hasta el final de su vida. Lo sabía. Nunca habría tenido que haberte traído aquí. ¡La hija de una puta a la fuerza iba a salir puta! ¿De qué otro modo iba a ser? —apretó los puños como si fuera a pegar a su hija.

—¡Yo no soy una puta! —se defendió Patricia. Tenía que resistir, lo sabía, o se volvería loca. Ella no había buscado nada de lo ocurrido en esa casa. Y no era culpable de nada—. Y tú tampoco eras una chica fácil —intentó tranquilizar a su madre—. Yo creo que estabas enamorada de

mi padre. Casi como casada con él. Hasta que él dio marcha atrás. Y no fue por culpa tuya, fue...

Alison resopló.

—¡Todo fue por mi culpa! —afirmó—. Todo. No debería haber permitido que Frank se acostara conmigo, con eso empezó todo. La iglesia lo prohíbe, Dios lo prohíbe y con razón. ¡Pero sobre todo no debería haber dejado que Jaro lo hiciera! Tú no eres la hija de Frank, Trish. Eso lo dije solo para que... para que él cumpliese su palabra.

Tricia miró perpleja a su madre.

—Tú... ¿querías que Frank cargara conmigo? —preguntó—. Después de que... Jaro era su amigo, ¿no? ¿Después de que tú lo engañases con su amigo?

La mujer se frotó las manos, el cuello, tenía la cara roja.

—Sí..., no... Al principio me quedé embarazada de Frank. Pero... pero perdí al niño a las pocas semanas. Me moría de pena. No quería seguir viviendo, al menos sin Frank. Pero él me había escrito diciéndome que iba a dejarme. Y Jaro... Jaro siempre estaba allí cuando yo lo necesitaba. Tan afable y comprensivo. Era justo lo que Frank nunca había sido. Pero lo conocí demasiado tarde. Si lo hubiera escogido a él..., si hubiera podido amarlo... Todo habría sido diferente, todo habría... —gimió, pero sus ojos permanecieron secos—. Él se habría casado conmigo —dijo desafiante—, pero yo no lo quería. No sabía lo que me convenía. Me lo tiré... Lo que hacía no era nada más que eso. Incluso si lo llamo amor.

—Pero entonces eras libre —dijo Tricia sin comprender—. Es decir, cuando Frank quiso romper el compromiso. Podrías haberlo aceptado y casarte con Jaro.

Alison negó con la cabeza.

—No. Jaro se había casado hacía poco. Y se mantuvo fiel a su compromiso matrimonial. Nunca habría dejado a su esposa.

—¡Simplemente la engañó! —exclamó irónica Tricia.

Se encogió, pero no pudo esquivar el bofetón de Alison.

—¡No hables así de él! Era... es... un hombre honrado...
Fui yo... yo tuve la culpa. Soy una puta. ¡Igual que tú! Lo
seduje, como tú has seducido a Herbert... Y vas detrás de
Harold desde que te sacamos del arroyo...

—Estaba enferma —dijo tranquilizadora Hannah después de haber descrito la escena y descubrir la indignación en los ojos de sus oyentes—. Alison ya no era dueña de sus sentidos. Se echaba la culpa de todas las desgracias que le habían ocurrido a ella y a Tricia. Si no se hubiera quedado embarazada de Jaro, tal vez podría haber olvidado. Pero así... solo veía la oportunidad de aferrarse a su historia y atribuir a Frank el niño para instigarlo a quedarse con ella. Cuando no lo consiguió, no vio otra salida.

—Pero Frank habría acabado calculando que no podía ser hijo suyo, ¿no? —objetó Ellinor.

Hannah asintió.

—Por supuesto. También es un milagro que saliera airosa en el proceso con su versión. Toda la defensa se basaba en que mató a Frank porque a pesar de su embarazo no estuvo dispuesto a casarse con ella. Sin embargo, el período entre la supuesta fecundación de Frank y el nacimiento de Tricia era demasiado largo. Jaro, por supuesto, podría haberlo aclarado. Pero se calló e intentó ayudar a Alison siempre que le fue posible.

Que el jurado alegara circunstancias atenuantes en el caso Dickinson debía agradecerse sobre todo a la declaración de Jaro.

—Todo eso debió de ser un shock para Tricia —reflexionó Ellinor—. La confesión de su madre, todo el desprecio con que la trataba...

—Además, le infundió miedo —siguió contando Hannah—. Esa horrible conversación con Alison fue el detonante de su huida. Me dijo que su madre tenía un aspecto amenazador, por primera vez pudo imaginar que había sido capaz de asesinar a Frank. Tricia temía por su propia vida y por la de su hijo si nacía en casa de los Trout. ¿Qué habría ocurrido si Alison hubiera decidido desterrar del mundo lo antes posible esa «vergüenza»? ¿Se lo habrían impedido Harold y Herbert? ¿O la habrían ayudado a encubrir su crimen? —Se volvió a Melvin—. Y esto es en realidad lo que quería contarte: Tricia no dejó a su hijo porque quisiera empezar una nueva vida exenta de preocupaciones. Solo trataba de protegerlo. Dijo que podría habérselas apañado con el maltrato, pero no con el odio y el peligro que emanaba de esa mujer. Estaba loca. Oh, mira, ahí viene Grisù... —Hannah se detuvo de repente y señaló el gato gordo y gris que se acercaba a la casa majestuosa y lentamente por el camino del jardín—. Disculpadme tres minutos, tengo que darle de comer.

Se puso de pie y los dejó a los tres en el jardín.

—Bah, pues para esto no tendríamos que haber venido; total, Tricia no tiene nada que ver con nuestra familia —opinó Rebecca—. Ya lo veis: yo tenía razón. Alison fue antes que Clara. Frano no engañó a Clara. La amaba.

Ellinor y Melvin no le hicieron caso.

—¿Te ayuda eso? —preguntó Ellinor al joven—. Lo digo en relación con los fantasmas. A fin de cuentas, ahora sabes que tu abuela no era una criatura sin corazón y sobre todo que tu bisabuelo no era ningún estafador...

—¡Frano tampoco era un estafador! —intervino Rebecca.

—Primero tengo que asimilarlo bien —admitió el periodista—. Esto es bastante fuerte. Por supuesto me gustaría saber más sobre Jaro. Qué tipo de persona era, qué vida llevó...

—Oh, Jaro lamentó hasta el infinito esa noche con Alison. —Hannah acababa de volver y había escuchado esas últimas palabras—. No al instante, claro, él la disfrutó, fue la culminación de todos sus deseos. Pero cuando ella se quedó embarazada... y mató a Frank... Y sobre todo cuando Patricia entró en el hospicio... Podía imaginarse cómo funcionaban esas instituciones por aquel entonces. Habría reconocido la paternidad, pero no se atrevió a contárselo a su esposa. Además, habría sido contraproducente para la revisión del proceso. ¡Ni qué pensar en lo que hubiera ocurrido si se hubiese comprobado que Frank no era el padre de la niña! Así pues, se ignoró a Patricia. Nadie la quería y en la mente perturbada de Alison era culpable. Es un milagro en realidad que su vida siguiera después un curso más o menos feliz —concluyó Hannah.

—¿Cómo sabes eso de Jaro? —preguntó Melvin antes de tomar un sorbo de café—. ¿Y que solo pasara una noche con ella?

—Me lo contó él mismo —respondió Hannah para sorpresa general—. Tricia se puso en contacto con él en cuanto llegó a Australia y se sintió segura. Se escribieron durante un par de años.

—¿Cómo lo encontró? —preguntó perpleja Rebecca—. Entonces no había internet.

Hannah sonrió.

—Tal vez os resulte inconcebible, pero también antes de la integración mundial en la red la gente se buscaba y se encontraba. No sé cómo lo hizo Tricia exactamente, quizá escribió a todas las carpinterías de Paeroa y de los alrededores. No podían ser muchas. Fuera como fuese, él contestó y fue muy comunicativo. Su esposa había muerto poco antes de que Tricia se pusiera en contacto con él. Tenía tiempo y nadie controlaba por encima del hombro qué escribía. Nunca habló a Maria de Tricia...

—¿Tienes las cartas? —preguntó esperanzado Melvin.

Hannah asintió.

—Pues claro. Están arriba, podéis leerlas inmediatamente con toda tranquilidad. Tengo que ir corriendo al pueblo, a la imprenta. Los folletos para atraer clientela a la Casa Winter están listos... —Se levantó y se dispuso a recoger las tazas de café y los vasos de zumo.

—Espera, te ayudo. —Ellinor se puso de pie, colocó los platos en la bandeja y se volvió hacia la puerta de la terraza. Luego se detuvo y miró a Melvin—. Si Frano no es tu bisabuelo —dijo pensativa—, ya no somos parientes.

Él la observó sorprendido unos segundos y luego se echó a reír.

—¡Cierto! —exclamó—. Ahora que lo dices...

4

Rebecca aprovechó la oportunidad para marcharse corriendo. Estaba deseando hacer su tan ansiada clase de dibujo con Gernot. En el jardín, Melvin y Ellinor, por su parte, abrieron el extenso archivador que Hannah les había entregado con las cartas de Jaro. Tricia las había clasificado todas con esmero. Ellinor repasó una de las primeras, en la que Jaro hablaba de cómo emigraron a Nueva Zelanda. Cuando se fue haciendo más interesante, la leyó en voz alta.

Ya habíamos hablado con frecuencia de Nueva Zelanda. Frano, al menos, consideraba que trabajar de *gumdigger* era más prometedor que hacerlo en las viñas. En cuanto a mí, yo dudaba. Claro que era una oportunidad, una aventura. Pero por otra parte me gustaba el trabajo en el taller de carpintería, soñaba con ocuparme un día del negocio.

Por desgracia, el padre de Frano era un hombre difícil, irascible, caprichoso y del que uno no se podía fiar. Un día me prometía que yo heredaría la carpintería y otro insistía en que, pasase lo que pasase, debía permanecer en manos de la familia. Un día me ponía por las nubes y al siguiente me dejaba por los suelos. A Frano le sucedía lo mismo. Tenía sus razones para preferir el trabajo en el viñedo en lugar de en el negocio familiar. Era más protestón que yo y era intolerante, soñaba con marcharse a un país en el que ser independiente y poder labrarse su propia fortuna.

Desde que le leí la carta de mi amigo, el que trabajaba de *gumdigger* en Nueva Zelanda, Frano estaba entusiasmado. También quería marcharse, hoy mejor que mañana, lo único que le faltaba era el capital inicial. Éramos pobres, ni siquiera teníamos dinero para ir a Dubrovnik, de donde zarpaban los barcos a ultramar.

Pero una tarde apareció en la casa de mi familia y de repente todo se aceleró. Dijo que tenía que marcharse inmediatamente. Ocurría algo con una chica —siempre le pasaba algo, con las chicas, y en esta ocasión había ido a parar a la familia equivocada—. Por lo visto el padre y los hermanos iban tras él, dijo, tenía que huir esa misma noche. Yo tampoco hice muchas preguntas, no tenía ningunas ganas de saber qué era lo que había hecho. En cualquier caso, dijo que tenía dinero, que podíamos pagar el trayecto a Dubrovnik y desde allí nos adelantarían los costes del viaje. El próximo barco partía al día siguiente o al otro.

Tenía que decidirme en un mínimo de tiempo y lo que contribuyó de forma fundamental a que tomara una determinación fue que ese día el padre de Frano había vuelto a imponerme su autoridad y a humillarme. Yo ya no creía tener un futuro en Pijavičino y vi el ultimátum de mi amigo como una señal del destino. Así que hice mi hatillo —tampoco tenía mucha ropa— y seguí a Frano hacia las montañas. Anduvimos toda la noche hasta llegar a la costa, donde por la mañana encontramos al dueño de un barco que aceptó llevarnos a Dubrovnik. Frano lo engatusó para que, después de discutir un rato al principio, acabara haciéndonos un precio realmente reducido. No tenía dinero en efectivo, solo unas cosas que quería empeñar. No le pregunté de dónde las había sacado. Siempre hacía pocas preguntas cuando se trataba de él, por eso me siento también algo culpable de su muerte, pero supongo que debía de haberlas robado.

—Las joyas de Liliana —observó Ellinor—. Era un desgraciado.

—Y Jaro se lavó las manos —apuntó Melvin—. Aprovechó la oportunidad.

Ellinor se encogió de hombros.

—¿Se le puede reprochar? —preguntó.

Luego siguió leyendo.

En Dubrovnik, Frano fue primero a la casa de empeños mientras yo esperaba con el propietario del barco. No quería dejarnos marchar a los dos, tenía miedo de que nos fuéramos sin pagarle. Pero Frano volvió enseguida y había obtenido una buena cantidad por las joyas. Pudimos pagar al propietario y permitirnos una comida decente antes de buscar la embarcación que iba a Nueva Zelanda. Aunque por aquel entonces todavía no sabía leer, adquirió además un libro: *Diccionario croata – inglés*. Tuve que prometerle que cada día le leería fragmentos en el barco, quería aprender la nueva lengua lo más deprisa posible.

El barco de emigrantes se hallaba en el puerto, tal como había dicho Frano, y estaba, en efecto, listo para zarpar. Enseguida nos pusimos de acuerdo con el capitán. Firmamos un contrato, según el cual estábamos obligados a pagar la travesía con nuestro trabajo en los *gumfields*. Cuando llegáramos, también nos facilitarían las herramientas. Compartimos entonces con otros hombres procedentes de toda Dalmacia un pequeño compartimento y el vapor partió con más de doscientos futuros *gumdiggers* rumbo a Auckland, Nueva Zelanda. La travesía duraba varias semanas.

Frano suspiró aliviado cuando el barco abandonó el puerto. Así que había algo de cierto en lo concerniente a las amenazas de la familia de su novia. Pero nunca me desveló el nombre de la chica.

—Ni nunca se lo preguntó —comentó decepcionado Melvin—. Las vilezas de Frano no le interesaban.

—¿Habría cambiado algo si se lo hubiese preguntado? —inquirió Ellinor—. ¡No te tomes tan a pecho todo lo que tu bisabuelo hizo o dejó de hacer! No era su problema, no habría podido ayudar a Liliana. No en Pijavičino y desde luego no en alta mar, camino de Nueva Zelanda. ¿Lees tú ahora? Estoy impaciente por saber lo que ocurrió entre Jaro y Alison.

El joven cogió la carta.

La travesía fue aburrida, la comida mala, los compartimentos enseguida se ensuciaron. Muchos hombres se marearon. Nosotros pasamos el tiempo jugando a las cartas (con lo que Frano perdió las últimas monedas que nos quedaban) y con el diccionario. Era muy difícil deletrear las palabras y luego nos enteramos de que las letras se pronunciaban de una manera distinta a la que conocíamos, pero Frano tiraba de mí. Estaba firmemente decidido a aprender. Aprovechando la oportunidad, le enseñé un poco a leer y escribir, aunque estaba mucho menos interesado por eso que por aprender inglés. No obstante, me prestaba a mí más atención que años atrás al padre Josip, el sacerdote de Pijavičino que nos daba clase a los niños del pueblo. Frano solo lo escuchaba cuando se trataba de sumas y restas. Al menos de niño, consideraba que saber leer y escribir no servía para nada.

—Lo que después le costaría caro —intervino Ellinor—. Sin esa carencia a lo mejor habría obtenido el trabajo que quería.

Melvin se encogió de hombros y siguió leyendo.

Al final llegamos a Auckland, una ciudad que nos causó una extraña impresión. Como en toda Nueva Zelanda, se apreciaba la influencia inglesa. El estilo arquitectónico y toda la atmósfera de la ciudad eran muy distintos de Dubrovnik o del mismo Pijavičino. Aunque, de todos modos, tampoco tuvimos tiempo para contemplarlo todo con atención pues nos llevaron directamente a los *gumfields*.

Frano y yo fuimos a parar a un campamento en Dargaville. Los años que pasamos allí fueron duros. El trabajo era difícil y estaba mal pagado, entregábamos la mayor parte de lo que ganábamos al mayorista, solventando así a plazos el coste de la travesía y de las herramientas. Yo odiaba el barro y la humedad del campamento y del *gumfield*; durante el día hurgábamos en el suelo pantanoso y por las noches dormíamos en tiendas mojadas. Durante los primeros años, a menudo me arrepentí de haberme ido de Dalmacia; pero él me daba ánimos.

Mientras que la mayoría de los hombres se resignaban con su situación e incluso tras haber pagado las deudas se quedaban en Dargaville, Frano tenía claro que íbamos a dejar el campamento lo antes posible. Seguía aprendiendo inglés, pese a que en el campamento los hombres que procedían de Dalmacia solo hablaban croata. Únicamente se relacionaban entre sí, la mayoría dominaba, como mucho, un par de palabras en la lengua del país. Todos soñaban con volver a reunirse algún día con su familia.

Frano, por el contrario, había quemado todos los puentes. Al final incluso se cambió de nombre: en este nuevo país se puso el de Frank Winter. Invertía una energía enorme en el estudio del inglés. A veces pasaba horas practicando la pronunciación de una frase. Estaba ansioso no solo por hablar correctamente en cuanto a la gramática, sino por hacerlo sin acento extranjero.

—Claro —interrumpió Ellinor para servir café—. El habla era su medio. La necesitaba para manipular a la gente, entonces ya debía ser consciente de ello.

Melvin asintió.

—Y perseguía su objetivo con toda determinación. Sabía lo que quería: ganar dinero sin deslomarse trabajando.

—Nada malo, en realidad —declaró Ellinor—. Lo único inquietante era la falta de consideración con que se dirigía a sus metas.

—Y su falta de humanidad —añadió el periodista—. Su trato con las mujeres... ¿No creerás tú también que amó a Clara más que a Alison?

Ella hizo un gesto negativo.

—Amar —declaró—, solo se amó a sí mismo. ¿Dónde está la carta en la que Jaro cuenta cómo conoció a Alison?

Melvin rebuscó en el archivador.

—Aquí —respondió—. A partir de ahí esto se pone interesante. En realidad, lo demás ya lo sabíamos.

Ellinor leyó por encima el comienzo de la carta, que hablaba del recorrido de Frano y Jaro hacia su autonomía. Al final informaba acerca de sus primeros hallazgos de valor y de lo eufóricos y emocionados que estaban cuando llegaron a sus manos las primeras monedas. Frano había sugerido celebrar su éxito en un buen hotel de Paeroa. Jaro había accedido con mala conciencia y entonces se toparon en la recepción del Hauraki con Alison Dickinson.

Fascinada, leyó la confesión de Jaro.

La amé desde el primer momento en que la vi. Era tan bonita, con esa cara en forma de corazón rodeada por una capota de encaje, como si un marco protegiera una delicada pintura. Sus ojos eran de un azul claro, dulces y amables, había tal calidez en ellos que creí poder sentirla físicamente cuando posó su mirada en mí. Estaba un poco pálida, tenía la piel de porcelana, pero cuando levantó la vista... cuando vio a Frano... un leve rubor cubrió sus mejillas. También ella se enamoró manifiesta y apasionadamente a primera vista. De Frano.

Por supuesto, él se dio cuenta al instante y, en consecuencia, empezó a engatusarla para sacar provecho. Al principio solo pensaba en obtener una habitación mejor o utilizar los baños de forma gratuita, pero luego le preguntó si no querría volver a verlo.

En un comienzo, yo solía acompañarlos cuando se reunían. Alison era prudente, no entablaba con facilidad relación con hombres y encontraba más seguro no quedarse a solas con Frano. En el transcurso de pocas semanas, sin embargo, fue ganando confianza. Su comportamiento ya no era tan formal, se reía con nosotros y emprendió pequeñas aventuras como montar en tiovivo en una feria. Y así cada vez me cautivaba más. Yo estaba rendidamente enamorado, lo habría hecho todo por ella.

Por desgracia, Alison solo tenía ojos para Frano. Era amable conmigo, le caía bien, pero, en lo que al amor se refiere, yo no tenía la menor posibilidad. No tardé mucho en comprenderlo, pero saberlo no me curó. La amaba tanto que lo único que quería era verla feliz. Así que asumí que la felicidad de ella consistía en hacer feliz a mi amigo. Durante años lo intentó todo para darle estabilidad. Quería casarse con él y para eso Frano tendría que haber ganado dinero suficiente, pero él no tenía mucho interés por aceptar los empleos en Paeroa que ella le proponía y olvidarse de la aventura de la goma de kauri. Él siempre emprendía nuevos proyectos que fracasaban sin excepción.

Era muy persuasivo, pero no le gustaba compartir sus triunfos y además tendía a aprovecharse de la gente. Tal vez yo tampoco lo habría apoyado durante tanto tiempo si Alison no hubiera existido. Hasta encubrí sus embustes sobre cómo obtenía la resina: también la buscaba en los terrenos estatales, que estaba prohibido. Incluso colaboré con él cuando alguna vez se dedicó a conseguir *bush gum*, lo que, por supuesto, era más fácil que la fatigosa búsqueda en los pantanos.

—¿*Bush gum*? —preguntó Ellinor—. ¿Qué es?

—Hay una técnica para conseguir resina de kauri que está prohibida —contestó Melvin—. Se hacen unas heridas en árboles vivos que para cerrarse rezuman resina. Medio año más tarde, se vuelve al lugar y se saca la resina, la *bush gum*. De este modo, con el tiempo se puede llegar a matar el árbol, y si no, en cualquier caso, se lo debilita. Este proceso está prohibido desde 1905. Hasta hoy en día los kauris están firmemente protegidos. Sigo leyendo.

Anduvimos durante semanas por los bosques, siempre con miedo a que nos descubrieran. A menudo se producían peleas con otros *gumdiggers*, que no querían reconocer nuestro derecho a explotar la resina, o con tribus maoríes, para quienes los árboles eran sagrados. Pero yo siempre le devolvía a Alison su Frano sano y salvo. Me enternecía que me diera las gracias por ello, que me pidiera que cuidara de él.

Llegó un día en que se produjo un giro. Ella siempre procuraba encontrar un trabajo para Frano en los alrededores de Paeroa y habló con un carpintero de Kaihere, un hombre de Dalmacia que tras trabajar unos años de *gumdigger* había construido allí un taller. Alison esperaba que se entendiese mejor con un compatriota, pero él ni siquiera se presentó. En su lugar, yo sí fui a echar un vistazo, en realidad para disculpar a Frano. Al hacerlo sucumbí al encanto de mi antiguo trabajo. Ya solo el olor de la madera, la melodía de la sierra... Solicité el trabajo y me lo dieron. Desde entonces no he vuelto a los bosques. A partir de ese momento el material con el que trabajaba era la madera de kauri. Que se encargaran otros de buscarla y extraerla.

—Y así fue como Jaro desapareció en cierto modo de la vida de Frano —observó Ellinor—. Por eso no aparece en el diario de Clara, Frano no lo menciona para nada. —Sonrió—. Otro interrogante solucionado.

—Debe de ser el período en que Frano empezó a extraer la madera de kauri —reflexionó Melvin—. Antes de que Alison se quedara embarazada.

Mi jefe, un hombre esencialmente bueno y honesto, estaba satisfecho conmigo y enseguida me presentó a su familia. Conocí a su hija, Maria, una muchacha bonita e inteligente, con ojos almendrados y una melena negra hasta la cintura. Maria sonrió cuando me vio —y hasta el día de su muerte sonrió cada vez que me veía— y no ocultaba que le gustaba como esposo. A mí también me gustaba ella, su forma de ser, amable y cariñosa, sus gestos livianos de bailarina y su voz oscura y seductora. Maria tenía un único defecto: no era Alison Dickinson.

Durante unos meses me sentí desgarrado por dentro. Maria me ofrecía una oportunidad única. Me daba la posibilidad de tener una esposa bonita, digna de amor, dulce y al mismo tiempo sensual y que, además, heredaba la carpintería de su padre. Aun así, yo me consumía por Alison, la mujer que no me quería y que ya hacía tiempo que había hecho su propia elección. Un día me contó resplandeciente que Frano por fin había pedido su mano. Había colaborado en la extracción de un viejo kauri y le habían pagado dándole la raíz. Ahora quería venderla y con el dinero abrir una tiendecita de muebles pequeños y tallas en Paeroa. Ella había heredado allí una casa y tenía dinero suficiente para renovarla. A partir de entonces, eso fue lo que hizo con gran entusiasmo mientras Frano emprendía un último viaje comercial para vender la raíz en el norte. Los fabricantes de muebles pagaban allí más que los compradores de madera de la región de Coromandel.

Frano no iba a ausentarse mucho tiempo, pues la boda no tardaría en celebrarse. Cuando me visitó un día antes de iniciar el viaje con el fin de llevarse un par de esculturas y muebles pequeños que yo había hecho y que esperaba vender también en el norte, me comunicó de forma escueta que Alison estaba embarazada. Todavía recuerdo perfectamente que eso me rompió el corazón, pero intenté mantener el control y la imparcialidad y alegrarme de verdad por los dos. Justo acababa de tallar un caballito con un resto de madera de kauri, me gustaba obsequiar con esos juguetes a los hijos de nuestros clientes. Se lo di para Alison y su bebé. Más tarde imaginé cómo habías jugado con él, Patricia. Siempre esperé que lo hubieras conservado, aunque nunca me atreví a preguntárselo a Alison.

Ellinor no pudo seguir leyendo.

—El caballito que le dio luego a Clara —dijo abatida—. Frano nunca se lo entregó a Alison. ¿Crees que él tenía intención de volver con ella? —Se frotó los ojos. Tenía la sensación de necesitar una pequeña pausa antes de que la historia empeorase.

Melvin se encogió de hombros.

—Yo creo que estaba abierto a todas las opciones —contestó—. No podía saber que una muchacha como Clara se cruzaría en su camino, pero, cuando la encontró, no dejó pasar la oportunidad. Alison tuvo mala suerte... Al menos Maria sacó provecho de todo esto. Se quedó con el hombre que quería.

El periodista siguió leyendo.

Después de que Frano se hubo ido, me decidí. Compré flores y un anillo e hice de Maria la mujer más feliz del mundo cuando pedí su mano. Nos habíamos prometido, pero a pesar de ello pasé mucho tiempo con Alison durante las semanas que siguieron. Nuestro taller efectuaba las labores de carpintería en la reforma de la Casa Winter, como ella llamaba tiernamente a su futuro hogar, y yo estaba con frecuencia allí para colocar suelos o medir ventanas. Durante esas semanas, me parecía feliz, casi eufórica. Se presentó como Alison Winter a sus nuevos vecinos y sus ojos desprendían un resplandor celeste cuando hablaba de su esposo, que en verdad todavía no era su esposo. Frank, decía haciéndose la importante, estaba de viaje de negocios, pero pronto volvería.

En cuanto a mí, se alegraba sinceramente de mi compromiso y planeaba que Frano, Maria y yo nos reuniéramos un día. Partía de la idea de que seguiríamos manteniéndonos unidos, a fin de cuentas nuestra carpintería sería la que suministrara el mayor número de artículos que ella pensaba poner a la venta en la Casa Winter.

Maria y yo nos casamos en la nochebuena del año 1918. Nos juramos fidelidad en el marco de la misa del Gallo. La familia de Maria pertenecía, como yo, a una congregación católica y me sentí muy conmovido con esa liturgia, que me transportaba a la Sveta Katarina de Pijavičino. Maria fue una novia preciosa, competía en resplandor con los cirios de la iglesia y sus padres no cabían en sí de orgullo.

Después de la ceremonia bebimos vino y comimos platos tradicionales que la madre de Maria había preparado en la *peka*. No había vuelto a comer algo así desde que abandonamos Pijavičino. Por lo demás también la fiesta se asemejó a un regreso a casa. Hablábamos en nuestra lengua materna, entonábamos las canciones de siempre y bailábamos al son de la música de Dalmacia. Fue casi como si hubiera vuelto al seno de mi familia en nuestro pueblo. Esa sensación se apoderó de mí hasta tal punto que no pensé ni una sola vez en Alison, Dickinson. Tampoco tuve que fingir ante Maria cuando esa noche la introduje en los secretos del amor carnal. Mi cariño por ella era auténtico y me conmovían la confianza y el profundo amor que sentía hacia mí. Nunca tuve la intención de serle infiel. Para mí, el capítulo con Alison había concluido a partir del momento en que me casé.

Esos días cercanos a la Navidad y el fin de año no supimos nada de Alison y Frano. A ella la habíamos invitado a la boda, pero no quiso ir sin Frano. Además, había esperado hasta el último momento a que regresara antes de los días de fiesta.

¡Y entonces él se presentó un día ante mi puerta! Ya no recuerdo cuándo exactamente. Solo me acuerdo de lo animado que estaba, casi exaltado, y todavía hoy oigo su voz: «¡Jaro, voy a casarme!». Me asombró que me lo dijera, a fin de cuentas ya hacía tiempo que lo sabía, pero cuando le mencioné a Alison hizo un gesto de rechazo. Me contó que había conocido a otra mujer, mucho más bonita que ella y, sobre todo, rica.

—¡Qué tío, fanfarroneando con Clara! —dijo Ellinor sin dar crédito.

El escritor comparó los datos.

—Esto ocurrió durante el primer viaje de Frano —indicó—. Y el amigo al que supuestamente visitaba era, en efecto, Jaro.

—También estaba más cerca —opinó ella—. Yo ya me había

preguntado cómo había conseguido recorrer el trayecto de Mangatarata a Paeroa en un día. Pero el taller estaba en Kaihere, está claro que mucho más próximo.

—Lo raro es que las pesquisas de los Forrester no dieran ningún fruto —reflexionó Melvin—. Pero sigamos leyendo...

Frano hablaba entusiasmado de la chica y de las oportunidades que le ofrecería el enlace con ella, mientras que yo solo podía pensar en Alison. Al final le pregunté qué pensaba hacer con ella y su hijo. Reflexionó unos segundos.

«Le escribiré una carta —contestó como si así pudiera borrar una relación de años, un compromiso matrimonial y la crianza de un hijo—. Se lo explicaré, ¡no te preocupes!» Luego tuvo que reemprender la marcha. Había de solventar un asunto importante relacionado con su futuro suegro. No le presté mucha atención. Solo estaba preocupado por Alison.

—Volvió a esconder la cabeza debajo del ala —comentó Melvin—. En lugar de coger a ese tipo, llevárselo a Alison y obligarlo a enfrentarse con ella.

Ellinor sonrió con amargura.

—¿Cómo se supone que debía hacerlo? —preguntó—. ¿Recurriendo a las armas?

Él se encogió de hombros.

—Algo podría haber hecho. No debería haber permitido que Frano hiciese tanto daño a esa muchacha...

Alison recibió la funesta carta un par de días más tarde. Me la enseñó cuando pasé por su casa para entregarle una puerta. Ella estaba fuera de sí. Nunca la había visto tan excitada, nunca tan desquiciada. Se había recogido descuidadamente el pelo, tenía la piel llena de manchas rojas y se había puesto la chaqueta al revés. Aun así, no quería dar su brazo a torcer. Pensaba que Frano debía de haber estado borracho al escribir esa breve misiva.

Le había asegurado que ella conservaba un lugar en su corazón. Así que la relación no había terminado del todo, seguro que él se lo pensaría mejor.

Alison me pidió que se lo confirmase y yo lo hice con inmenso pesar. No conseguí decirle la verdad.

«Le escribiré —le dije—. Tiene que entrar en razón. A fin de cuentas también está el niño.»

—Entonces todavía estaba embarazada —intervino Ellinor tras echar un vistazo a sus notas.

Volví a ver a Alison después de que Frano apareciera de nuevo. Llegó al taller, no a mi casa, y por casualidad me encontró allí solo. Mi suegro solía estar presente y Maria se habría percatado de su visita. Así que fui el único con el que habló y lo que dijo me llenó absolutamente de cólera. Estaba otra vez de un humor excelente, para él todo iba viento en popa, me habló de su inminente boda, pero yo solo veía la mirada triste de Alison. Al final ya no soporté más toda esa jactancia, le hablé de la desesperación de la muchacha y lo eché.

Sin embargo, experimenté a mi vez cierto sentimiento de culpa. Hacía semanas que no me ocupaba de Alison, quien seguro que necesitaba consuelo. Ya debía notarse que estaba embarazada y medio Paeroa estaría sin duda cotilleando porque su supuesto marido llevaba semanas desaparecido.

Para calmar mi conciencia, pedí prestado el coche de mi suegro un día lluvioso y frío de otoño y me dirigí a Paeroa, donde mis peores temores se vieron confirmados. No contestó ni a mis golpes en la puerta ni a mis gritos. Cuando intenté abrir la puerta me percaté de que la Casa Winter estaba sin cerrar. Alison estaba sentada en su sala de estar, recién renovada y de muebles claros, contemplando el río a través de la ventana. Había envuelto su menudo cuerpo en un chal para protegerse del frío, en la chimenea no ardía ningún fuego.

—No ha contestado —dijo de repente, cuando le hablé—. Frank. No ha contestado a mi carta.

—A lo mejor no la ha recibido. —Intenté consolarla y al decirlo me sentí como un canalla. No debería haber defendido a Frano, pero ella parecía tan desgraciada, tan infeliz... Al final solté un par de frases hechas, le dije que no tenía que abandonarse de ese modo a su pena, que tenía que pensar en el niño. Entonces se levantó y vi que no tenía el vientre redondeado como le correspondía. Estaba más delgada que antes.

—Ya no hay niño —dijo con voz ronca—. Lo he perdido.

Juro que lo que me movió en un principio no fue más que compasión. Quería darle apoyo, protegerla. La tomé entre mis brazos. Fue un abrazo amistoso, consolador, al menos eso es lo que yo ansiaba. Pero ella parecía querer más. Se estrechó contra mí, me frotó su vientre, alzó la cabeza para besarme.

Quería rechazarla, pero solo soy un hombre y había amado a esa mujer durante más de diez años, la había deseado, había soñado miles de veces precisamente lo que ella ahora me ofrecía. Así que la besé, y no quedó solo en un beso. Ella hizo el gesto de quitarme la camisa, yo le desabroché el vestido y al final la llevé a la cama.

No sé qué le ocurrió a Alison esa noche; por lo que a mí respecta, fue puro éxtasis. Creí estar en una de mis más desatadas fantasías: cuántas veces me había imaginado haciéndola feliz, tan feliz como para que se olvidase de Frano entre mis brazos. Creo que esa noche lo conseguí. Encajábamos a la perfección, nos entregamos a la pasión y al final permanecimos tendidos uno al lado del otro, agotados.

Cuando me recobré, sentí vergüenza. Había engañado a Maria y me había aprovechado de la debilidad de Alison. Balbuceé una disculpa, pero ella actuó como si no hubiera pasado nada. Se quedó de nuevo sentada en el sillón, delante de la ventana, y no respondió cuando le pregunté qué quería hacer. En el fondo podría haber recuperado su vida anterior, el hotel seguro que la habría contratado de nuevo. Se había despedido de allí al prometerse con Frano y la habían dejado marchar de mal grado.

Finalmente, me marché después de encender un fuego en la chimenea y de preparar una comida para los dos que ella no tocó. En realidad yo tenía la intención de ir a verla para saber cómo estaba, pero luego fui aplazando la visita un día tras otro. Me sentía culpable y no quería de ninguna manera volver a caer en la tentación. Una noche como aquella no podía volver a repetirse.

Más tarde, tuve la sensación de haberla dejado en la estacada. Pero ¿qué habría podido hacer? Yo no sabía que había vuelto a quedarse embarazada.

—De todos modos, tampoco habría contado nada a Maria —opinó Melvin sombrío—. ¿Qué fue lo que le pasó a Alison? Al leer esto es como si... como si hubiera planeado lo del bebé. Como si se hubiera quedado embarazada de Jaro conscientemente.

Ellinor se frotó la frente.

—Yo creo que ya entonces estaba deprimida. En cualquier caso no era dueña de sus actos. Es posible que lo que deseaba con más anhelo fuera un sustituto del bebé perdido. Pero no pudo haberlo planeado, no sabía si Jaro iba a ir a visitarla ni cuándo. Creo que tampoco sabía lo suficiente sobre el período como para conocer los días fértiles. A lo mejor solo buscaba consuelo...

—Y cuando se vio confrontada a su nuevo embarazo y sus consecuencias, perdió totalmente el control —señaló Melvin—. A ver qué escribe Jaro al respecto.

No volví a ver a Alison antes del suceso, pero sí a Frano. En julio volvió a presentarse en mi casa, en esta ocasión también Maria estaba allí. Yo me sentí muy orgulloso de ella porque no sucumbió al instante a los encantos de Frano, aunque él, por supuesto, intentó flirtear con ella como hacía con todas las mujeres. Salvo por eso, más bien habló poco. Quería zanjar nuestro conflicto, como lo llamó. Dijo que éramos amigos desde hacía mucho tiempo y que no podíamos dejar de vernos. Aun así, yo le repetí mis reproches y tampoco Maria se anduvo con tapujos a la hora de decirle lo mal que se había comportado con Alison. Al final, Frano cedió. Anunció que volvería a verla. Seguro que se aclararían todos los malentendidos. Nos separamos después, más o menos reconciliados. Maria incluso se hizo ilusiones de que los dos volvieran a estar juntos. Yo, por el contrario, estaba escéptico, no parecía que se hubiera separado de la mujer del norte.

Después no supimos nada más de Frano, como tampoco de Alison, hasta que Maria llegó un día a casa con la noticia de que la habían metido en la cárcel. Se había enterado en el mercado, todos en el pueblo hablaban de ello. Por lo visto, había disparado a su amante, Frank Winter, después de que él la hubiera dejado embarazada y luego la hubiese abandonado.

—No cuenta mucho más al respecto —se lamentó Ellinor.
Melvin arqueó las cejas.
—No estaba ahí —le recordó—. En todo caso podía imaginar lo que había pasado y no creo que tuviera ningunas ganas de hacerlo.
—Sigo yo ahora un rato con la lectura —propuso Ellinor.

Poco después fui a verla a la cárcel. Su aspecto era digno de compasión: pálida, con el pelo desgreñado y sin brillo. Llevaba una venda alrededor de la cabeza, había intentado quitarse la vida. En mi opinión, todavía estaba más delgada que en nuestro último encuentro, el uniforme de la prisión le colgaba como un saco. Pero ponía la mano protectora sobre su vientre. No me lo podía creer, pero, en efecto, volvía a estar embarazada.

—No me traiciones —susurró cuando vio mi expresión consternada—. Tienes que confirmar lo que le he contado al abogado.
Ese día estaba lúcida, me pareció mucho más serena y despierta que aquella funesta noche de otoño.
Por supuesto, no la traicioné. Al contrario, hice todo lo po-

sible para convencer a la policía y al tribunal que su versión de la historia era cierta. Igualmente, hice creer a los detectives que Frano había desaparecido pocas semanas antes. Y no dije nada cuando poco después e incluso meses más tarde apareció gente preguntando por él. Me enteré por mi suegro. Contó que unos detectives privados andaban preguntando por un inmigrante dálmata que llevaba desaparecido desde septiembre. A fin de cuentas, el padre de Maria solo había visto a Frano una vez de forma fugaz y solo lo conocía por el nombre de Frank Winter. De ahí que no estableciera ninguna relación. Las pesquisas —supongo que la familia de la esposa de Frano las había encargado— no condujeron a ningún resultado.

No volví a ver a Alison tras el proceso. No pude volver a visitarla a la cárcel y tampoco quería arriesgarme a despertar ninguna sospecha en Maria. Por supuesto seguimos el caso en la prensa y más tarde nos enteramos de que se había casado con Trout. Entonces ya teníamos hijos, mi suegro había fallecido y yo dirigía el taller. Teníamos otras cosas en la cabeza, Alison era poco más que un recuerdo.

Y tú, Tricia..., me avergüenza escribirlo, pero en realidad nunca exististe para mí. Hoy sé, claro está, que me comporté mal. Nunca lo has expresado claramente, pero leo entre líneas que no fuiste feliz en casa de tu madre y que puede que allí hasta te ocurriera algo malo. Todo esto me da mucha pena. Lo único que puedo decir para consolarte es que amé a tu madre de verdad y que tú, aunque fuiste engendrada en circunstancias adversas, eres fruto de ese amor.

Desearía que hubiese ocurrido de otro modo, pero espero que pienses en mí sin odio y tal vez hasta con un poco de cariño. Me alegraría que en tus pensamientos y después en tus recuerdos pudiera llegar a ser lo que en la realidad me fue negado:

TU PADRE

—Muy conmovedor —comentó irónico Melvin—. Primero se queda al margen de todo y luego...

Ellinor le colocó la mano sobre el brazo.

—No era un mal hombre, Melvin.

Iba a añadir algo más, pero en ese momento Gernot y Rebecca entraron en el jardín. Ellinor retiró la mano al instante. Sin embargo, el artista pareció percibir la atmósfera de intimidad que en las últimas horas había nacido entre ella y el periodista. La miró con recelo.

—¿Qué estáis haciendo aquí tan solos? Pensaba que queríais hablar con Hannah. Pero no se la ve por ninguna parte.

—Hemos estado leyendo un par de cartas —explicó Ellinor muy tranquila—. De Jaro a Patricia. También te habrían interesado a ti, Rebecca, parece como si Frano...

—¡Buf, acaba de una vez con estas viejas historias! —la interrumpió Gernot—. Rebecca ha perdido todo interés por ellas. Lo que quería saber, ya lo sabe, y tú ya lo has investigado todo hasta el más mínimo detalle. Así que, ¿podemos marcharnos de una vez? Si nos damos prisa conseguiremos llegar hoy mismo a Wellington y pasar a la otra orilla mañana. Casi no merece la pena, pero Rebecca opina que en una semana conseguiremos visitar los lugares más destacados de la isla Sur.

Ellinor suspiró. Si tenía que ser sincera, no le apetecía nada volver a pasar horas sentada en el coche. Tampoco quería ir a la isla Sur. Lo que le gustaría era pasar un par de días con Hannah para descansar y que la historia que habían desenterrado fuera aposentándose en su interior.

—Como mínimo tenemos que despedirnos de Hannah —señaló—. Marcharnos así como si nada cuando ella está ausente no sería educado. Y yo... y yo querría descansar un poco. Todo esto ha sido muy agotador. —Señaló vagamente los papeles que estaban sobre la mesa del jardín.

—¿Agotador? —preguntó Rebecca—. Bueno, claro, para ti es una lengua extranjera. Pero, a pesar de eso, ¿no puedes dormir en el camino?

¿Mientras tú no paras de hablar? Ellinor tuvo que contenerse para no ser insolente.

—¿Por qué no os quedáis esta noche aquí y os ponéis en marcha mañana? —preguntó Melvin. Parecía notar que Ellinor necesitaba algún pretexto—. Podemos buscar por Google a qué hora salen los transbordadores, a lo mejor mañana por la tarde sale uno.

—¿Otro día desperdiciado? Yo...

Gernot inició un discurso airado, seguramente largo, pero que Doodle interrumpió con un breve ladrido antes de que acabara cuando sonó el timbre de la puerta. Hannah regresaba a casa. Sonriente, señaló con la barbilla la caja de cartón llena de folletos que llevaba en los brazos. Encima había una bolsa con el logo de una tienda de exquisiteces.

—¡Dejo esto y preparo corriendo algo para comer! —anunció complacida—. Tengo ensalada, pan recién hecho y *antipasti*. ¡Seguro que os gusta a todos!

—¡Ellinor, deberíamos irnos ahora, en serio! —La voz de su marido tenía un tono casi amenazador.

Ella negó con la cabeza.

—Hannah sufriría una gran decepción —contestó—. De todos modos, algo tenemos que comer antes de emprender un trayecto tan largo. Aunque yo pienso que Melvin tiene razón. Deberíamos tomárnoslo con calma. Además, tengo un par de preguntas más que hacerle a Hannah.

—¡Ellinor, ya basta! —exclamó Gernot, cortante. Era raro que alzara la voz así, la mayoría de las veces bastaba con que refunfuñase para que Ellinor comprendiera la urgencia de sus deseos—. O te quitas de encima ahora mismo esta historia o Rebecca y yo nos marchamos solos. Son las vacaciones de los dos y hasta ahora no he hecho más que concesiones. Decídete de una vez.

Ella lo miró abatida.

—¡No puedes hacer esto! —exclamó.

Él resopló.

—Pues espera y verás.

Ellinor se mordisqueó el labio.

—Voy con vosotros —dijo de mala gana—. Después de comer. No vamos a pelearnos, Gernot.

Él hizo una mueca.

—¿Quién se está peleando? —preguntó—. Yo solo digo...

Doodle se deslizó entre él y Ellinor. Esta acarició la cabeza del gran perro y casi creyó sentir la mirada compasiva de Melvin. No levantó la vista por miedo a echarse a llorar.

—De todos modos, ya está resuelto, Hannah viene con la comida —observó el escritor—. Vamos a despejar. —Empezó a recoger los documentos.

—¿Alguien me ayuda a poner la mesa? —preguntó Hannah, colocando junto a la ensalada una apetitosa bandeja con pimientos rellenos, canapés de queso y unos sándwiches diminutos. Exquisiteces, en realidad, a las que Gernot no podía resistirse.

Ellinor esperó que ese panorama lo apaciguara y se levantó para seguir a Hannah a la cocina.

—Pareces triste —observó la anfitriona mientras ponía en una bandeja platos, cubiertos y vasos—. ¿Tanto te ha afectado lo de Tricia y Jaro? ¿O es por Frano? Como era tu antepasado...

Ella movió la cabeza.

—En el fondo, me deprime más el presente que el pasado —respondió—. Mi marido y yo no coincidimos con respecto a los planes del viaje.

Hannah asintió.

—No ha venido de buena gana —supuso—. Ya lo pensé ayer. Y la chica... Pero no deberías entristecerte. No permitas que te hieran y te entristezcan. La vida es demasiado corta para eso.

—Gernot me hace feliz, seguro —respondió la joven—. Es solo que... En fin, dejémoslo estar. Después nos iremos a Wellington y mañana a la isla Sur y luego todo volverá a su cauce. De todos modos, pronto volaremos de regreso a Viena y también nos libraremos de Rebecca... La verdad es que es por culpa mía Gernot no ha disfrutado ni de mi compañía ni del país.

Cogió la bandeja y la llevó afuera, donde el ambiente se podía cortar con un cuchillo. Gernot y Melvin volvían a discrepar. Ese día sería imposible abordar algún tema sobre el cual su marido no tuviera objeciones que hacer.

Se alegró de que Hannah volviera a dirigir diplomáticamente la conversación durante la comida. Esta vez preguntó a Ellinor por su trabajo en la universidad e incluyó al periodista en el diálogo. Ellinor se enteró de que junto a su actividad como escritor trabajaba de modo eventual en la universidad de Auckland. Ese último año había dado un seminario sobre «Revisión de la historia en los medios».

—Y además, un profesor nato —se mofó Gernot—. ¿Cuándo te queda tiempo para el arte?

Melvin no se inmutó ante la provocación.

—Escribo bastante deprisa —respondió—. No soy del tipo de escritor que debe pelearse por encontrar cada palabra. Y yo tampoco hablaría de arte refiriéndome a mis libros y artículos. No escribo poesía, no experimento con la gramática... —Les guiñó un ojo—. En resumen, no hago nada por lo que pueda obtener un premio literario. En cuanto a la enseñanza, no es necesario tener talento pedagógico para hablar delante de un par de estudiantes del trabajo que uno está haciendo.

—¡Pero usted también da clases, Gernot! —Hannah se dirigió amablemente al artista—. Al menos tiene usted por el momento a una pequeña alumna. ¿No es cierto, Rebecca? ¿No quieres mostrarnos alguno de tus trabajos?

La joven enrojeció.

—Todavía no están listos —susurró—, todavía no estoy satisfecha.

Hannah sonrió.

—Es bueno que un artista sea perfeccionista —respondió.

—¿Y qué temas estás investigando en Austria, Ellinor? ¿En qué trabajas fundamentalmente? —Era evidente que Hannah encontraba sencillo conversar con los miembros del grupo más comunicativos.

La historiadora contó relajada que ella no estaba involucrada en proyectos de investigación, sino que trabajaba en el secretariado de la facultad y que enseñaba a los estudiantes las técnicas básicas del trabajo científico.

—Cómo investigar, cómo citar de forma adecuada las fuentes, cómo elaborar un trabajo científico correctamente. No es que sea muy emocionante. En realidad es cada año lo mismo. —Levantó los brazos resignada—. De todos modos... —Dudó sobre si compartir lo que pensaba desde hacía unos pocos días con Hannah y los demás, pero al final lo hizo—. Lo he pasado muy bien con estas pesquisas que he estado haciendo. Y creo que el material... tiene el potencial necesario para iniciar un trabajo científico de mayor envergadura: las razones por las que emigran personas de diferentes naciones y su contribución a la construcción de la sociedad de los países de inmigración. O historias familiares de inmigrantes, vistos en el contexto de toda la masa social. Siempre he pensado en hacer el doctorado.

—¿Cómo? —exclamó Gernot—. ¿Escribir la tesis de doctorado? ¿Sabes la cantidad de tiempo que te llevará esto?

Ellinor asintió.

—Podría pedir un año sabático... —Jugueteaba con el sándwich que tenía en el plato.

—¿Y cuándo habías pensado discutir de este tema conmigo? —quiso saber Gernot con un tono mordaz—. Lo anuncias aquí como de pasada, pero no has pensado en las repercusiones que eso puede tener para nosotros y nuestra familia, ¿verdad? ¿Qué efectos crees que tendrá esto en nuestra economía?

—Solo estoy pensando en voz alta... —musitó ella—. Además, únicamente sería un año. Y luego ganaría más...

—Si es que lo consigues —advirtió él—. Ya hace tiempo que dejaste atrás los treinta.

—Tengo treinta y siete años... —admitió.

—Ya no eres una niña, pero está claro que todavía eres demasiado joven para la demencia senil —bromeó Melvin, inmiscuyéndose en la conversación—. Incluso con sesenta puedes doctorarte, si te lo pasas bien. No te dejes desanimar.

—Ya lo has oído —observó Gernot—. Incluso tu nuevo amigo te desaconseja que lo hagas.

Melvin lo fulminó con la mirada.

—Yo no se lo desaconsejo. Al contrario. Quería decir que, si quiere beneficiarse de tener unas calificaciones más elevadas, debería empezar lo antes posible. Y los dos temas parecen muy interesantes. Si puedo ayudarte, Ellinor...

—Entonces, ¡antes doctora que madre! —Gernot se levantó de un salto y dio una vuelta alrededor de la casa—. Tú sigue tramando planes alegremente. A mí se me ha ido el apetito.

Rebecca también se levantó.

—¿No nos vamos ya? —preguntó con prudencia.

Ellinor se encogió de hombros.

—Por mí podemos irnos cuando os vaya bien. No quería molestar a Gernot. Solo... solo pensaba en voz alta.

Hannah le colocó la mano en el hombro.

—Y yo he hecho las preguntas que no debía —la tranquilizó.

Melvin negó con la cabeza.

—Simplemente hay gente —observó— con la que nuestra naturaleza amable siempre fracasa.

Ellinor no pudo evitar sonreír, aunque ya tenía lágrimas en los ojos.

Hannah se encogió de hombros.

—Todo volverá a la calma. Y, Ellinor... —sonrió—, tengo un par de fotos arriba, en mi habitación. A lo mejor quieres echarles un vistazo. No tengo ninguna de Jaro, pero sí un montón de Tricia... Puedes subir conmigo. Ahora voy a retirarme un rato, la mañana de hoy me ha fatigado mucho. Y a lo mejor tú quieres descansar un poco...

No había nada que ella deseara más en ese momento. El día había sido agotador y la pelea, descorazonadora. No entendía por qué su marido siempre reaccionaba de forma tan irritada. Cada día estaba peor.

—Mientras, yo daré un paseo con el perro —anunció el joven. Por lo visto tenía un sexto sentido para percibir cuándo era mejor dejar a las mujeres solas.

Rebecca también se retiró. Ellinor se preguntó si iría detrás de Gernot, si sabría dónde localizarlo. Por el momento no quería ni podía pensar en ello. Ayudó a Hannah a recoger los restos de la comida y a meterlos en la nevera y a colocar los platos en el lavaplatos. Luego la siguió arriba. Hannah le dio un álbum de fotos y una bolsa con fotografías.

—Llévatelas tranquilamente a la habitación, pequeña —dijo con amabilidad—. Y acuéstate un rato. Después lo verás todo de otro modo.

5

Eso le habría gustado creer a ella, pero por el momento solo se sentía cansada y desmoralizada. Le habría encantado hablar con Karla. Por desgracia en Viena era la una y media de la noche. No podía sacar a su prima de la cama.

Indecisa, echó un vistazo a las fotografías, pero no se sintió en disposición de observarlas con atención. Esa forma tan desagradable de reaccionar de Gernot ante sus propósitos le había quitado la ilusión. Se tendió en la cama y cerró los ojos por unos minutos. Inmediatamente después se durmió.

Cuando se despertó ya era avanzada la tarde. No era hora de irse a Wellington, como mucho podían ponerse en marcha y pasar la noche en algún otro sitio. Miró preocupada por la ventana. Era extraño que Gernot no la hubiese despertado. ¿La habría desafiado en serio con irse sin ella? Delante de la casa seguía estando el coche de alquiler, así que Gernot y Rebecca todavía debían de estar allí. Se echó un poco de agua por la cara para acabar de despertarse y salió.

Seguía haciendo un día estupendo. Supuso que los dos estarían junto al río. Decidió salir a su encuentro. Melvin y Doodle todavía estarían paseando. En cualquier caso, el perro no había ladrado mientras ella bajaba por las escaleras. Se confesó con mala conciencia que prefería encontrarse con el periodista que con su marido y su prima. Ni los fantasmas de Melvin eran unos interlocutores tan antipáticos como su marido.

Sonrió cuando salió de la casa por la puerta posterior del jardín, que daba al río. El Ohinemuri fluía embravecido por su cauce, estaba crecido; seguro que no era navegable. Entonces vio a Melvin en la orilla. Estaba de pie en el terraplén y contemplaba el vigoroso caudal del río. Doodle rebuscaba en el bosque a los pies de los árboles que bordeaban en esa zona la orilla. El viento jugaba con las hojas. A Ellinor el corazón le dio un vuelco.

—¿Ya te estás rompiendo otra vez la cabeza? —preguntó sonriente. No lo entendía, pero bastaba con verlo para que ella se sintiera mejor. Era extraño el modo en que siempre interrumpían sus conversaciones y luego volvían a reanudarlas de repente con toda naturalidad, casi como si sospecharan lo que el otro pensaba—. Luchas con tus fantasmas, ¿verdad? Y sin embargo deberías alegrarte. Al menos has podido tachar a un canalla de tu lista de antepasados.

Melvin esbozó una sonrisa torcida.

—Solo para confirmar que Alison Dickinson no fue una víctima totalmente inocente como la presentaron sus simpatizantes. No cabe duda de que Frano la utilizó, pero ella misma tampoco tuvo reparos. Lo mató a sangre fría y luego utilizó a la hija de Jaro como móvil del asesinato. Sigo pensando que se quedó embarazada a propósito.

—Eso nunca lo sabremos —opinó ella cuando llegó al lado de Melvin—. Pero tanto si lo mató por desesperación como por venganza, si ya estaba deprimida o si perdió la razón más tarde... Tricia al final la perdonó. ¿Acaso no puedes hacerlo tú? Sin querer desembocó al final en todo eso, Melvin. Al igual que Jaro. No podemos juzgarlos.

Él sonrió y se apartó del río. Siguieron la corriente un tramo y llegaron a un bosquecillo. Allí el Ohinemuri fluía con más calma. Cuando les resultó más fácil oír sus propias palabras, retomaron la conversación.

—No hay nada que perdonar —dijo el joven—. Para mí, no. Tricia era algo diferente. Fue una víctima. Yo, por el contrario... ¡Yo solo quiero comprender, Ellinor! Cómo vosotras las mujeres acabáis en una historia como la de Frano. O con... —se interrumpió.

—¿Vosotras las mujeres? —preguntó inquieta ella. La conversación estaba tomando un giro que no le gustaba.

Melvin se mordió el labio.

—Ellinor, no quiero meterme donde no me llaman —afirmó—. Pero los... los paralelismos son evidentes. Alison y Frano... tú y Gernot... ¡No soporto cómo te trata! Y no lo entiendo. ¡No entiendo por qué se lo permites!

Ellinor replicó.

—¡Esto es algo totalmente distinto! Gernot es..., bueno, a lo mejor a veces es algo colérico. Y se ve sometido a una fuerte presión. Había puesto tantas esperanzas en esta exposición... Y ya lo ha explicado, estamos intentando tener un hijo.

—¿Explicado? —preguntó él.

Ella no se dejó confundir.

—Desea con todo su corazón tener un hijo. Con el dinero de los cuadros habríamos podido intentar una fecundación artificial...

Melvin arqueó las cejas.

—Pues en lugar de imaginar que iba a ganar una fortuna, Gernot debía constatar que Nueva Zelanda no estaba precisamente esperándole a él. Es así, ¿no, Ellinor? Lleva años intentando vender sus cuadros, pero por desgracia no hay nadie que los quiera. Eso debe de ser amargo, justo para alguien que está tan seguro de sí mismo y de sus facultades como él. Pero no es razón para descargar toda su frustración sobre su esposa, a quien se supone que quiere tanto que desea tener un hijo con ella. Si para él fuera tan importante ese tratamiento, haría algo para aportar dinero. Sin importar cómo. Como artista, mendigo o peón. ¡Y en lugar de eso permite que tú lo mantengas!

Ellinor hizo una mueca.

—En qué gasto mi dinero no es asunto tuyo, sino mío. Gernot y yo no rendimos cuentas. No... no nos sometemos a ningún control, somos autónomos.

Melvin movió la cabeza.

—«Yo era una mujer muy independiente...» —dijo citando a Alison Dickinson.

La joven se frotó la frente.

—Gernot nunca me ha engañado —se defendió. El periodista no tenía que saber nada de la agente del pintor.

Melvin suspiró y se detuvo.

—Si es esto lo que quieres creer —musitó—, yo no seguiría avanzando por este camino. Y tú tampoco deberías hacerlo. Pues es posible que en algún lugar tropecemos con Gernot y Rebecca.

—¿Y? —preguntó ella con vehemencia—. Yo también estoy aquí contigo. Sin... sin que eso no sea...

Bajó los ojos. No era del todo cierto. No cabía duda de que entre ella y Melvin estaba germinando algo, pero en cualquier caso seguro que no era nada que su marido pudiera recriminarle.

Melvin no contestó. Silbó al perro y sencillamente se dio media vuelta. Avanzaba con lentitud, como si llevara el peso del mundo sobre sus hombros.

Ellinor reflexionó unos segundos si seguirlo o no. En el fondo era humillante que se rebajase ahora a seguir la pista de los dos. Pero la venció la curiosidad. Quería averiguar si el escritor se limitaba a especular o si sabía algo. ¿Había estado tal vez antes ahí?

El sendero se alejaba del río junto a un afluente, era un paisaje maravilloso, el bosque húmedo con sus líquenes y helechos devoraba la luz del sol. Tenía la sensación de hallarse en un país encantado. Casi se había olvidado de su propósito cuando el sendero desembocó en un claro. Parpadeó, sus ojos debían volver a acostumbrarse a la claridad. Y entonces vio a Rebecca.

Su prima yacía en la orilla, como si el riachuelo la hubiese depositado sobre el musgo y las piedras. Estaba desnuda, un mechón de su cabello suelto colgaba en el agua cristalina, meciéndose pictóricamente llevado por la corriente.

El corazón de Ellinor se paró un segundo hasta que vio a Gernot con un cuaderno de apuntes. La estaba dibujando, dibujaba a la joven. Esa era la explicación. Se trataba solo de un desnudo.

Ya iba a respirar aliviada y a salir de la penumbra de los árboles para reunirse con ellos y saludarlos como si no hubiera ocurrido nada. Pero en ese momento su marido se levantó, dejó el bloc a un lado y se acercó a la muchacha.

Rebecca abrió los ojos cuando él la besó. Rio cuando sacó del riachuelo el mechón de cabello y empezó a desabrocharle la camisa.

Ellinor miraba hechizada cómo ella le ayudaba a desvestirse lentamente, como él la iba besando y acariciando... hasta que ella lo separó precavida.

—Hoy, no, Gernot. Ya te he dicho que ayer me olvidé de tomar la píldora. Y hoy podría ser un día peligroso. No quiero quedarme embarazada.

El artista rio y la besó en el hombro.

—No puedes, preciosa.

Ella hizo un mohín.

—¿Solo porque no funciona con Ellinor? No correré ese riesgo. Ella ha dicho que lo más seguro es que es cosa de ella.

Gernot negó con la cabeza, en su rostro asomó una sonrisa de superioridad.

—No. Es cosa mía. —Se frotó ligeramente la región lumbar—.

Esterilizado. Desde los veinte años... en un ataque de nihilismo. —Sonrió irónico.

—Pero... pero ¡esto es perverso! —Rebecca lo miraba con los ojos como platos—. ¡Es cruel! Me refiero, en relación con Ellinor. ¡Ella cree que tiene la culpa! ¿Y tú permites que se lo crea? ¿Nunca te ha pedido que te viera un médico?

Él hizo un gesto de indiferencia.

—En efecto. Pero los médicos están obligados al secreto profesional. Además, mi médico opina que en caso necesario se pude dar marcha atrás. Lo haré cuando estemos de vuelta en Austria... o no. —Volvió a besarla—. A lo mejor prefiero quedarme aquí...

Ella ya no opuso resistencia. Por lo visto tampoco estaba tan consternada. Suspiró llena de pasión y se enderezó hacia Gernot.

6

Ellinor miró y escuchó sin sentir nada. Era casi como si estuviera viendo una película. Pero entonces, de repente, salió de su inmovilismo y su apatía dejó paso a la cólera, una cólera tan abrumadora e intensa como nunca había experimentado. Supo de golpe cuál era el estado anímico de Alison Dickinson cuando cogió el arma. Tal vez Melvin tenía razón cuando dijo que la acción no había sido fruto de un arrebato emocional. Pero seguro que la cólera había prendido en su interior durante largo tiempo y había acabado inflamándose cuando Frano le habló de Clara o cuando leyó en sus ojos que todo había acabado para siempre. Tenía que estar indignada, desesperada, infinitamente lastimada por la traición.

Se sintió de repente muy cercana a la asesina de Frano, pero sabía que era incapaz de cometer un acto como el que había cometido Alison. Cerró los puños y luego se dominó. Tenía que alejarse, alejarse del hombre que la había estado engañando y utilizando desde hacía años, lejos de la mujer que aceptaba riendo esa confesión. Ponerlos en evidencia, arrojarles a la cara su rabia no era la solución. No quería ver las caras de horror, no quería oír disculpas ni, posiblemente, reproches. Si ahora Gernot invertía los papeles, como era habitual, ella perdería el control y al final su dignidad, lo único que todavía conservaba.

Cegada por las lágrimas regresó al río a través del bosque. Fue al llegar al Ohinemuri que se permitió gritar. Sacó toda su rabia, su odio hacia el hombre cuyos caprichos y maldades había soportado durante tanto tiempo, cuyo nefasto comportamiento había estado justificando frente a los amigos comunes durante años. El bramido del agua ahogó sus gritos, solo el Ohinemuri y las rocas que lo miraban desde lo alto fueron testigos de su arrebato.

Al final lloró desenfrenadamente: lágrimas de dolor y también de ira. ¿Cuántos años había visto Gernot cómo sufría ella por no tener hijos? ¿Cuántas veces se había reído de ella para sus adentros, o tal vez con Maja y ahora con Rebecca? Se dejó caer, golpeó la tierra con los puños como un niño rabioso hasta que su cólera dejó paso al agotamiento y su odio a la indiferencia. Su mente y su corazón estaban vacíos. Había pasado.

Se levantó, regresó lenta hacia la Casa Winter. Allí se precipitó a su habitación y empaquetó a toda prisa sus cosas. Luego se acordó de Hannah. Todavía tenía que despedirse de ella.

Se sorprendió al encontrarse con la distinguida mujer de edad madura en el rellano. Estaba sentada en un sillón, acariciando al gato. Se diría que estaba esperándola. Su expresión delataba que lo sabía todo.

—¿Ya... ya te lo han dicho? —preguntó Ellinor con la voz ahogada por el llanto.

Hannah asintió.

—Melvin —respondió con calma—. Ha pensado que ahora tal vez querrías conversar con alguien. Por eso me ha llamado a mi habitación. ¿Los has encontrado? ¿Qué ha pasado?

Ellinor esbozó una sonrisa forzada.

—No lo he matado de un tiro —contestó—. No temas. No tenía ningún arma a mano.

Hannah depositó el gato en el suelo, se levantó y abrazó cariñosamente a la joven.

—Eso también es mejor para ti —dijo.

—Mejor para él —señaló Ellinor—. Y para Rebecca, menuda harpía. No, en serio, Hannah, ahora no quiero hablar. Solo quiero irme. Irme lo más deprisa posible.

Hannah hizo una mueca.

—Lástima —repuso—. Y eso que yo tenía la esperanza..., tal vez sea infantil, pero tenía la esperanza de que en esta ocasión la historia se desarrollara de otro modo. Que Alison diera una oportunidad a Jaro.

Ellinor se mordió el labio.

—¿Te refieres a que... a que Ellinor le dé una oportunidad a Melvin? —preguntó frunciendo el ceño.

—A mí me gusta —dijo Hannah simplemente—. Y creo que a ti también te gusta.

—Sí... yo... claro... Pero todo esto es demasiado precipitado —declaró—. Melvin me gusta mucho. Pero hasta ayer pensaba que éramos parientes, aunque muy lejanos. Además, todavía estaba con Gernot, confiaba en él, yo quería un hijo suyo. —Rompió a llorar.

—Yo solo he hablado de dar una oportunidad —la tranquilizó Hannah al tiempo que le tendía un pañuelo—. Podéis empezar con toda tranquilidad. A fin de cuentas tenéis todo el tiempo del mundo. Piénsatelo.

Hannah esperó paciente a que Ellinor se secara las lágrimas. Seguro que estaba dispuesta a escuchar y que Ellinor le habría contado todo lo que había descubierto en el claro del bosque. Pero no quería abandonarse a su pena. No tenía tiempo. No fuera a ser que Gernot y Rebecca volvieran mientras ella compartía su dolor con Hannah. No, tenía que cortar por lo sano. Se limpió la nariz enérgicamente.

—Tengo que irme, Hannah, lo lamento.

Hannah le echó consoladora el brazo al hombro y las dos bajaron por la escalera.

En el vestíbulo tropezaron con Melvin. También él había empaquetado sus cosas. Lanzó a Ellinor una mirada furtiva.

—Lo siento —dijo sin preámbulos—. ¿Qué quieres hacer ahora? ¿Puedo ayudarte de algún modo?

Ella vio sus dulces ojos, leyó comprensión y preocupación en ellos. Y de repente sintió que la invadía la ternura, el deseo de proteger y ser protegida, de comprender y ser comprendida, de amar y ser amada incondicionalmente.

Tomó una decisión.

—Creo que vamos a llevarnos el coche de alquiler —anunció—. Ya se las apañará Gernot para irse de aquí. De Rebecca tampoco me preocuparé ahora. Que llame a sus padres. Y yo... —Ellinor consiguió dibujar una débil sonrisa—, yo desapareceré sin dejar rastro como mi bisabuelo Frano. ¡Tú no sabes nada, Hannah! Que piensen dónde puedo estar o que se preocupen por ello. Ya veré qué hago con los vuelos. En cualquier caso no regresaré en el mismo avión que Gernot. Ya sabrá de mí en Viena a través de un abogado especializado en divorcios.

Melvin asintió.

—No tiene mala pinta, este plan. —Señaló a Doodle, que frotaba su cabeza contra la mano de Ellinor—. ¿Nos llevas a la estación? ¿O a la agencia de alquiler de coches más cercana? De algún modo tenemos que volver a Dargaville.

Su voz le llegó al corazón, negó con la cabeza.

—Os llevo a casa —dijo con determinación.

El joven frunció el ceño.

—Pero si son trescientos kilómetros —le recordó—. Y ya es bastante tarde.

Ella se encogió de hombros y cogió su maleta.

—¿Y qué importa? —preguntó—. Tenemos tiempo. Yo ya no he de ir a la isla Sur ni a ningún sitio. Me queda algo más de una semana libre. Ya encontraremos dónde dormir. Nos tomaremos una copa y hablaremos. Haremos lo que la gente hace cuando empieza una historia.

Sonrió a Melvin. La esperanza que reflejaban los ojos de este lo decía todo.

Hannah los siguió con la mirada cuando dejaron la Casa Winter. El joven rodeó vacilante con el brazo los hombros de Ellinor.

—Un buen comienzo —susurró Hannah a su gato— que tal vez acabe bien. Ya es hora de un final feliz.

EPÍLOGO

Cuatro meses más tarde...

—¿Crees que vendrá a recogernos tu chico? —preguntó Karla mientras enderezaba el asiento del avión. El piloto acababa de anunciar que en pocos minutos aterrizarían en Auckland—. Estoy impaciente por conocerlo.

—¡Espero que no! —respondió Ellinor, arreglándose el pelo con la mano—. Con este aspecto que tengo... Me gustaría arreglarme un poco.

Se sentía sudada y desgreñada después del vuelo nocturno, aunque no tan agotada como en su primer viaje a Nueva Zelanda, pues Karla y ella se habían quedado tres días en Singapur. Aun así estaba nerviosa. Se alegraba de ver a Melvin, pero estaba preocupada. A fin de cuentas habían querido tomárselo con calma. Y ahora...

—Tonterías, ¡estás fantástica! —Karla movió la cabeza—. ¿Cómo lo decían? «Estás como una rosa.» El embarazo te sienta bien.

Ellinor sonrió insegura. Había estado reflexionando mucho tiempo acerca de si hacer o no ese vuelo tan largo, pero la ginecóloga no había puesto reparos, más bien al contrario. «Con este embarazo de cine... Ya hace tiempo que salió de los tres meses críticos. Así que visite al futuro padre y decidan juntos si va a ser un pequeño neozelandés o un pequeño vienés.»

En cualquier caso, solo había reservado en principio el vuelo de ida. Si todo iba bien con Melvin —si eran almas gemelas y la relación era algo más que un fugaz enamoramiento—, se quedaría. A fin de cuentas, tenía suficiente trabajo en que ocuparse. Había comenzado su tesis doctoral sobre migración e integración de personas de diversas nacionalidades en Nueva Zelanda y podía aprovechar la estancia para investigar. Eso ya lo había planificado cuando en marzo, después de dos intensas semanas juntos, se habían despedido. Lo que no entraba en sus planes era ese pequeño ser que se había unido a ellos sin que nadie se enterase.

Los primeros días que pasó con Melvin todavía estaba muy afectada, herida y demasiado ocupada con la separación para pensar en tener una relación sexual con otro hombre. Conversaron mucho, rieron mucho, él le mostró las bellezas de su entorno y la fue sacando lentamente y sin forzarla del pozo. Ellinor había prolongado su estancia en Nueva Zelanda para no tener que regresar en el mismo avión que Gernot y, al final, Melvin y ella habían intimado. Él era un amante más tranquilo y tierno, no tan fantasioso e impetuoso como Gernot, pero en contrapartida era dulce, digno de confianza y serio. Para él el amor no era un juego. Aseguró risueño que no era un hombre que regalase anillos de hierba.

—Tiendo más bien a las grapas —sostuvo.

—Tiendes a la autocrítica excesiva —observó Ellinor—. ¿Es que no puedes ser positivo y decir simplemente: soy fiel?

Por último, se habían separado a disgusto, aunque con la perspectiva de volver a verse en cuanto ella hubiese concluido con los preparativos de su trabajo de doctorado. En Viena había emprendido con entusiasmo el proyecto y no había tardado en encontrar a una profesora dispuesta a dirigir la tesis. Había empezado los trámites del divorcio. De hecho, no había sido tan fácil conseguir que se fuera del apartamento que compartían. Ellinor había vivido una temporada en casa de Karla y Sven y pasado mucho tiempo en despachos de abogados y en la universidad. Dejó de prestar atención a si tenía o no la regla, lo que durante tantos años había sido el centro de sus pensamientos y esperanzas.

Finalmente, fue Karla quien se refirió a sus náuseas matinales.

—Comprendo que el divorcio te está atacando el estómago, yo también creo que el comportamiento de Gernot es nauseabundo. Pero es la tercera vez en esta semana que vomitas por la mañana. ¿No puede ser por otra causa?

Una hora más tarde las dos se habían quedado atónitas mirando el test del embarazo que Karla había comprado para su amiga.

—¡Un bebé! ¡Voy a tener un bebé! No... no me lo puedo creer..., después de tanto tiempo. —Estaba tan emocionada que solo lograba balbucear. Karla, por el contrario, se había echado a reír.

—En fin, simplemente te has acostado con un hombre capaz de procrear —había señalado—. Tampoco es taaaaan raro quedarse embarazada.

Pese a todo, no había creído en ese pequeño milagro hasta que su ginecóloga le enseñó el feto en el ultrasonido.

—No cabe duda —le dijo—. Y todo es absolutamente normal. ¿Está contenta? Quiero decir...

Ellinor le había hablado a su médica, que la había atendido durante muchos años, de las mentiras de su marido y de su inminente divorcio. Y por supuesto le había asegurado que ahora no cabía en sí de contenta, aunque el embarazo se había producido en un momento de sentimientos encontrados. Se había preguntado qué diría el periodista de ello, si se alegraría o si más bien lo cogería por sorpresa como a Gernot. Melvin, el obsesivo, el indeciso, ¿se atrevería a asumir el papel de padre? ¿Pensarían al menos en criar juntos al niño o él se retiraría?

Al final había decidido enviarle un mail. Habría preferido conversar con él por Skype, pero quiso que Melvin dispusiera de espacio para reflexionar, y ahorrarse ella misma la decepción en caso de que el rostro de él hubiera reflejado reparos en lugar de alegría al darle la noticia.

Sin embargo, como respuesta a su mensaje, que ella había formulado con tanta cautela, le llegó una foto: Melvin y Doodle, los dos resplandecientes, y entre ellos un kiwi de peluche.

Todavía sonreía al recordar la imagen.

«¡Os esperamos! ¡Impacientemente! ¡Venid pronto!»

Como consecuencia, habían estado dándole vueltas a la idea de si no sería mejor que el periodista se reuniera con ella, pero él no habría tenido nada que hacer en Viena y todo se habría limitado a una visita breve y cara. Ellinor, por el contrario, podía quedarse meses en Nueva Zelanda, primero durante las vacaciones de fin de curso y luego trabajando en su tesis tras pedir un permiso. Cuando por fin se resolvieron las formalidades del divorcio, ella reservó el vuelo para las vacaciones sin pensárselo dos veces, y Karla quiso acompañarla. «En tu estado no voy a permitir que viajes sola —le había dicho, guiñándole un ojo—. Además, quiero ver cómo es ese Melvin. A lo mejor esta vez haces caso de mis consejos...» Karla se había alegrado de que su amiga se separase de Gernot y no pudo reprimir un ocasional: «¿No te lo había dicho yo?».

Y ahora ya casi habían llegado. Observaba por la ventanilla del avión un Auckland grisáceo y lluvioso. En febrero y marzo había brillado el sol; ahora, en julio, era pleno invierno en Nueva Zelanda.

—No es que sea el lugar ideal donde pasar tus vacaciones de

verano —se lamentó dirigiéndose a Karla, que se encogió de hombros.

—Siempre he tenido ganas de ir a un bosque húmedo —afirmó—. Y, a diferencia de en los trópicos, aquí no hay que contar ni con mosquitos de la malaria ni con otros bichos con los que uno corre el peligro de morirse. Hay que hacer concesiones. —Karla estaba de un humor excelente. Impaciente por bajar del avión cuando por fin aterrizó.

Ellinor se sentía inquieta. ¿Habría venido Melvin? No habían quedado en firme, él tenía algunos asuntos de trabajo que resolver en Auckland y no le había podido decir con exactitud si conseguiría llegar al aeropuerto o si las iría a ver al hotel. Pasó por el tormento de las formalidades de ingreso en el país, mientras los latidos de su corazón cada vez eran más fuertes. No era cierto lo que le había dicho a Karla. Quería ver a Melvin: tenía que ir a recogerlas y ella deseaba con todo su corazón que al verla sus ojos brillaran con tanto amor e intensidad como al comienzo de año.

Dejaron por fin la zona de tránsito; cuando Ellinor miraba insegura a las personas que esperaban, un perro de pelo largo y dorado trotó hacia ella con un ramo de rosas rojas en la boca.

—¡Doodle!

Ellinor corrió dichosa hacia él y descubrió entonces también al propietario del animal. Melvin llevaba un anorak empapado y su cabello, al igual que el pelaje de Doodle, estaba mojado por la lluvia. Pese a ello, los abrazó a los dos y rio cuando vio asomar el kiwi de peluche del bolsillo del chico.

—Las rosas son para ti y esto es para Buffy —dijo alegre, cuando se separaron.

Sonrió irónico.

—Bueno, porque será niña, ¿no? —Ella asintió con vehemencia. Así lo había confirmado el último ultrasonido—. Y Buffy es la cazafantasmas —prosiguió alegremente Melvin—. La serie de televisión, ya sabes.

Ellinor puso los ojos en blanco, luego rio.

—¡Qué ideas se te ocurren! Pero tienes razón. Hará las paces con todos los espíritus. A fin de cuentas ella no existiría si no nos hubiesen perseguido hasta que nosotros investigamos sus huellas. En mi caso hasta Nueva Zelanda. Por el momento la llamaré Kiwi.

Karla, que no había querido inmiscuirse en el reencuentro y que se había ocupado entretanto en conocer a Doodle, levantó la vista.

—¡No diréis en serio que vais a llamar a la niña Buffy! —exclamó—. ¡O Kiwi!

Melvin y Ellinor no pudieron reprimir la risa. Después, él dirigió a Karla su agradable sonrisa y le tendió la mano para saludarla.

—No sin el permiso de la madrina —bromeó—. ¡Tienes que ser tú, Karla, cuyo riñón, por decirlo de algún modo, lo desencadenó todo! Encantado de conocerte.

Karla le estrechó la mano y Ellinor observó dichosa cómo él la introducía en el círculo que con la hija de ambos se había cerrado.

Posfacio

Gumdigger... Mientras que en Nueva Zelanda todo evoca a la fiebre del oro, la historia apenas presta atención a aquellos hombres que durante toda una centuria estuvieron cavando en busca de la resina de los antiguos kauris. Solo un museo y un monumento en Dargaville recuerdan a los trabajadores que se reclutaron mayoritariamente en el sur de Europa y que vivieron en los campamentos de *gumdiggers* en unas condiciones miserables. Sus esperanzas de alcanzar una vida mejor pocas veces se cumplieron y no fueron bien recibidos como inmigrantes. Nueva Zelanda tenía un carácter centroeuropeo y a las personas procedentes del sur de Europa se las trataba con desconfianza. Se les permitía con reticencias la adquisición de tierras y el Estado les ponía trabas incluso en la búsqueda de resina de kauri. A partir de 1910 las codiciadas licencias que permitían a los buscadores de goma excavar en terrenos estatales solo se concedieron a los súbditos británicos. Los pocos jóvenes de Dalmacia que al final se asentaron en Nueva Zelanda y fundaron una familia recurrieron en su mayoría a sus habilidades tradicionales como la pesca o la restauración. Algunos encontraron una alternativa en la viticultura. Un par de bodegas fundadas por ellos todavía siguen en pie.

En este libro he unido la historia ficticia de dos hombres de Dalmacia con un asesinato basado en una historia real. El caso de Alice May Parkinson sacudió Nueva Zelanda en 1915 y en los años posteriores y ejerció cierta influencia sobre la evolución de la justicia. Alice May era, como mi personaje Alison, una muchacha cristiana y formal que trabajaba en un hotel y que allí se enamoró del hombre equivocado. Estaba convencida de que el obrero ferroviario Walter Albert West iba en serio con ella. Cuando Alice se quedó embarazada de él en 1914, invirtió todos sus ahorros en una casa y en amueblarla. Pero West se echó atrás después de que ella perdiera al bebé en enero de 1915. Sin recursos, sin trabajo y totalmente perturbada, Parkinson, desesperada, lo mató el 2 de marzo de 1915 de cuatro disparos en la cabeza y el pecho. El intento de suicidio que siguió fracasó. En junio de 1915 la joven acusada de asesinato se presentó ante el tribunal. El jurado contempló diversas circunstancias atenuantes, pero el juez fue intransigente y la condenó a cadena perpetua con trabajos forzados. La solicitud de revisión del procedimiento fue rechazada.

Alice ingresó en la prisión de mujeres pero su caso movilizó a los medios y al movimiento obrero. La prensa y el Partido Socialdemócrata se declararon a su favor. Se formaron comités bajo el lema de *Release Alice Parkinson* organizados por feministas del entorno socialista. Las mujeres comparaban la sanción impuesta a Alice con la que se aplicaba a violadores y pederastas varones, exigían más igualdad, jueces y policías mujeres. También se puso en cuestión el derecho de apelación. Por último, el Parlamento reaccionó y proclamó una ley que permitía la apelación en casos similares. Se hicieron grandes manifestaciones en Wellington y en Auckland y tres peticiones para que Alice quedara en libertad. Sesenta mil personas firmaron la primera. Finalmente, en 1921, la dejaron en manos de su madre, que era viuda. En abril de 1923 se casó en Wellington con el carpintero

Charles Henry O'Loughlin. La pareja tuvo seis hijos, cuatro chicos y dos chicas. Alice murió en 1949 en Auckland.

Mi caso de Alison Dickinson se remite al de Parkinson en lo que se refiere a la juventud de Alice y la evolución de la justicia. Sin embargo, la historia de Patricia es ficticia. Alice May Parkinson no trajo al mundo ningún hijo en la cárcel y, naturalmente, el que más tarde fue su marido no es el modelo en el que se inspira la figura de Harold Trout.

Liliana y Clara tampoco se inspiran en modelos reales, aunque sí hay una empresa en Awanui comparable al Kauri Paradise, cuyo nombre es Ancient Kauri Kingdom. Allí puede contemplarse la espantosamente hermosa escalera de madera de kauri que se menciona en el libro.

Por otra parte, la Casa Winter evoca una vieja casona como encantada que mi amiga y yo descubrimos cerca de una antigua población de buscadores de oro en la isla Sur de Nueva Zelanda, mientras que la idea de esta historia y su título provino en esta ocasión de mi lectora, Melanie Blank-Schröder. Como siempre, ella y mi editora, Margit von Conssart, han contribuido en gran medida a que esta narración sea coherente y los hechos que se mencionan sobre Nueva Zelanda estén verificados. Doy las gracias por ello, sobre todo por lo que a números se refiere. Yo tiendo a extraviarme totalmente en la selva de cifras y fechas y a perder el control escrupuloso de todas las distancias y localizaciones mientras escribo.

Naturalmente, doy las gracias a todas las personas implicadas en hacer un libro de mi relato, desde la impresión hasta el diseño de las cubiertas. Ya ahora espero ilusionada la presentación del libro en las librerías. Muchas gracias a todos los libreros y libreras que recomiendan mis títulos. ¡Y todavía más a las lectoras y los lectores de todo el mundo! Espero poder hacerlos algo felices con mis obras.

SARAH LARK